SONHOS DE AVALON

A ÚLTIMA PROFECIA

1

Grande Reino da Britânia

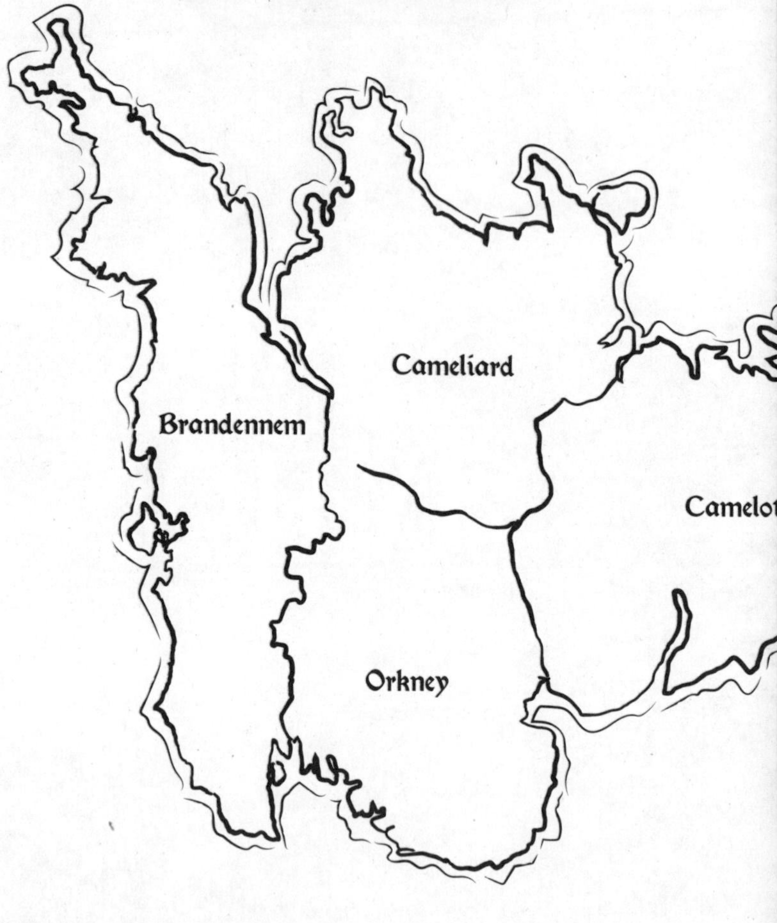

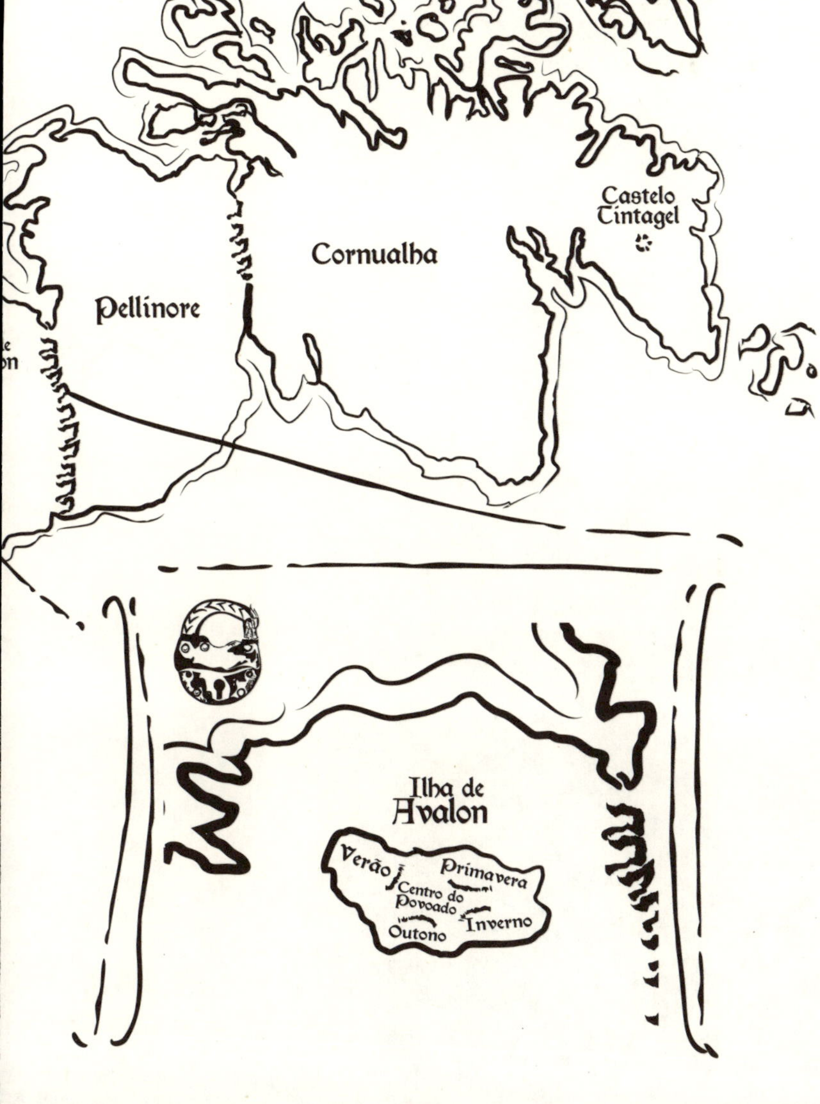
Castelo
Tintagel
Cornualha
Pellinore
Ilha de
Avalon
Verão
Primavera
Centro do
Povoado
Inverno
Outono

BIANCA BRIONES

SONHOS DE AVALON

A ÚLTIMA PROFECIA

1

1ª edição

BERTRAND BRASIL
Rio de Janeiro | 2017

Projeto de miolo e capa: Rafael Nobre e Andre Manoel | Babilonia Cultura Editorial
Imagens de capa: iStock/coleção Signature e Shutterstock (Woman´s Beauty).
Mapa das páginas 2 e 3: Gustavo Farina/Aldeia dos Livros.

Texto revisado segundo o novo Acordo Ortográfico da Língua Portuguesa

Sonhos de Avalon 1 – A Última Profecia, de autoria de Bianca Briones.
Primeira edição impressa em outubro de 2017.

Impresso no Brasil
Printed in Brazil

CIP-BRASIL. CATALOGAÇÃO NA PUBLICAÇÃO
SINDICATO NACIONAL DOS EDITORES DE LIVROS, RJ

Briones, Bianca
B871s Sonhos de Avalon 1: A Última Profecia / Bianca Briones. – 1ª ed. – Rio de Janeiro: Bertrand Brasil, 2017.
424 p.; 16 × 23 cm.

ISBN 978-85-286-2248-5

1. Ficção brasileira. I. Título.

CDD: 869.93
17-43824 CDU: 821.134.3(81)-3

Direitos exclusivos de publicação em língua portuguesa
para o Brasil adquiridos pela:
EDITORA BERTRAND BRASIL LTDA.
Rua Argentina, 171 – 2° andar – São Cristóvão
20921-380 – Rio de Janeiro – RJ
Tel.: (21) 2585-2000

Atendimento e venda direta ao leitor:
mdireto@record.com.br ou (21) 2585-2002

Em memória do meu avô
Amador Briones Fernandez.
Conseguimos, *vô.*
Espero que esteja orgulhoso
aí na Terra do Nunca.

A ideia inicial de Sonhos de Avalon surgiu em 2001. Comecei a anotar tudo em um caderno. Depois, o tempo passou e só retomei em 2007. Passei para o computador e escrevi apenas cinco capítulos. Ainda não era hora de esta história despertar.

Em 2012, meu avô adoeceu. Ele era o tipo de homem que colocava a família em primeiro lugar. Sempre. Como meu Lancelot, colocava sua fé em ninguém além de si mesmo e seu coração. Meu avô costumava dizer tudo o que pensava e, por isso, não era uma pessoa fácil de lidar.

Uma tarde, em maio, fui visitá-lo no hospital e ele me perguntou o que eu estava escrevendo. Contei a ele que decidi parar de escrever e o que ouvi foi: "Um Briones não desiste. Você é ótima no que faz. É minha neta. Vai desistir só porque o início é difícil? Pensa bem, se fosse fácil, que graça teria?"

Retomei Sonhos de Avalon nesse dia. Perdi meu avô em setembro daquele mesmo ano. Terminei a duologia em novembro, sentindo-o ao meu lado, orgulhoso.

Esta é, sem dúvida, a história da minha vida. Os livros que me ensinaram que eu nasci para escrever e que não podia dar as costas àquilo que fazia meu coração transbordar de amor.

Todos os outros vieram depois dele. Tudo mudou depois dele.

Não entendo os caminhos de Deus e por que a história está sendo publicada agora, quase cinco anos após sua conclusão. O que sei é que este é o tempo dela. A Bertrand é a melhor casa que ela poderia ter. O Grupo Editorial Record é o que eu sonhava para ela, quando ainda escrevia as primeiras páginas.

Então, tenho que começar agradecendo às pessoas que tornaram isso possível:

A Rafaella Machado, Roberta Machado e Sônia Jardim, obrigada por deixarem a porta da sua casa aberta para mim e meus livros. Minha gratidão e carinho por vocês é imensurável. Jamais esquecerei.

Silvia Leitão, minha editora. Quando eu ia imaginar que meu caminho se cruzaria com uma pessoa tão gentil, profissional e encantadora?

Thiago Mlaker, por ser meu amigo e um profissional tão incrível.

Aos meus filhos, Athos e Arthur... É surreal, né, meninos? Quantas batalhas lutamos lado a lado até chegarmos a este momento. Seu amor me manteve em pé e me deu força para continuar.

A minha irmã Monique, que leu Sonhos de Avalon lá em 2012, e não para de repetir desde então que este é o livro da minha vida.

As minhas irmãs, Bruna e Nicole, por me apoiarem.

Aos meus pais, por tudo. Pai, obrigada por cada ligação de horas que você fazia bem quando eu achava que tudo ia ruir e que nada daria certo. Obrigada por instigar minha imaginação e por me levar para ver castelos medievais, sabendo que são minha maior paixão.

Aos meus amigos, amo vocês todos e sou muito grata. Vocês são a família que a vida me deu. Alguns não podem ficar de fora: Marcos Dioclécio e Lex Bastos. Ao Lex, por ser o primeiro leitor desta história. Ao Marcos, por ser meu Marcos, a primeira pessoa a quem "dei" um personagem e que me atormenta desde 2008 para vê-lo publicado.

A Giovanna Zago e Chris Spezzaferro, por insistirem quando achei que era hora de parar.

E também Daniely Melo e Rozeli Lemos. Vocês duas me acompanharam durante as modificações que fiz na última versão desta história e foram o meu suporte toda vez que senti medo e insegurança. Obrigada.

A minha família no geral. Os últimos meses não foram fáceis. A vida tem batido muito na gente e machucado demais um de nós, ferindo a todos por consequência. Sander, estou escrevendo com medo porque não sei como serão os próximos meses, nem ao menos os próximos dias. Mas eu te agradeço, primo, por ter me ensinado muito durante toda a vida e ainda mais este ano. Por me dizer, quando eu precisava ouvir, que se eu estava viva e tinha forças, era porque devia resistir e lutar. Obrigada por me lembrar da fragilidade da vida e que devemos ter fé enquanto respiramos.

Por fim, e não menos importante, agradeço aos meus leitores. Que trajetória, não é mesmo? Que caminho mais maluco eu percorri sem que vocês me deixassem. Espero que apreciem a primeira parte desta história e que se encantem por ela, como me encantei.

Logo, logo tem mais.

Amo vocês.

LISTA
DE PERSONAGENS

Morgana Pendragon — *uma das últimas feiticeiras de Avalon e irmã de Arthur*

Arthur — *rei da Britânia, protetor da magia e irmão de Morgana*

Melissa — *a última filha de Avalon e irmã gêmea de Gabriel*

Merlin — *o feiticeiro mais poderoso do reino e conselheiro de Arthur*

Viviane — *feiticeira, Grã-Sacerdotisa da Deusa, conhecida pelo povo como Senhora de Avalon e tia e treinadora de Morgana*

Lilibeth — *a última princesa das fadas*

Sir Hector — *pai de Sir Kay, treinou Arthur para ser cavaleiro*

Gabriel — *irmão gêmeo de Melissa*

Benjamin — *pai de Melissa e Gabriel*

Uther — *primeiro Grande Rei da Britânia, morto pelos saxões, e pai de Arthur e Morgana*

Igraine — *rainha da Britânia, morta pelos saxões, mãe de Arthur e Morgana*

Lancelot — *primeiro cavaleiro de Arthur, filho de criação de Viviane*

Galahad — *cavaleiro de Arthur e grande amigo de Lancelot*

Kay, Bors, Tristan, Lucan, Berenis, Geraint, Percival e Bedivere — *cavaleiros da Távola Redonda e conselheiros de Arthur*

Marcos — *amigo de infância dos gêmeos Melissa e Gabriel*

Paula — *amiga de Marcos e Melissa*

Barba Negra — *pirata do reino mágico*

Capitão Gancho — *comparsa de Barba Negra*

Gorlois — *antigo duque da Cornualha e ex-marido de Igraine*

Malagant — *um dos trigêmeos de Morgause, junto com Mordred e Gaheris*

Morgause — *rainha de Orkney, irmã de Igraine e tia de Arthur e Morgana*

Lot — *rei de Orkney, marido de Morgause*

Gaheris, Gawain e Mordred — *cavaleiros da Távola Redonda e conselheiros de Arthur, primos do Rei e filhos de Morgause*

Isolde e Wace — *mulher e filho do cavaleiro Kay*

Ban — *um dos reis do reino mágico e pai de Lancelot*

Geoffrey — *antigo rei de Orkney que adotou Viviane como filha; pai das gêmeas Igraine e Morgause*

Owain — *filho de Viviane*

Germanus — *bispo romano*

Cedric — *rei de Brandennem e pai de Isolde*

Caius — *general romano*

Erin — *irmã de Tristan*

Mark — *rei da Cornualha e tio de Tristan e Erin*

Argus — *médico do castelo de Arthur*

Leodegrance — *rei de Cameliard*

Eldon — *rei de Pellinore*

LISTA DE LUGARES

Britânia — *conjunto de seis reinos herdado por Arthur, composto por Camelot, Cornualha, Orkney, Brandennem, Cameliard e Pellinore*

Camelot — *reino criado por Uther para viver com Igraine*

Cornualha — *reino onde Igraine vivia com o Duque Gorlois. Após sua morte, foi governado por Mark, antigo cavaleiro de Uther*

Orkney — *reino de Geoffrey, que, após sua morte, foi anexado por Lot com o casamento com Morgause, filha de Geoffrey*

Brandennem — *reino de Cedric, pai de Isolde*

Pellinore — *reino de Eldon*

Avalon — *ilha em que a magia corre livremente no mundo dos homens*

Quatro Estações — *pequena cidade do interior do Brasil onde a família de Melissa vive*

Cameliard — *reino de Leodegrance*

Benoíc — *reino mágico da família de Lancelot, fica do outro lado do portal*

Roma — *império que deseja anexar parte das terras da Britânia, além de cristianizar o povo*

PRÓLOGO

A respiração queimava os pulmões de Morgana, que caiu de joelhos com as mãos espalmadas no chão. Fumaça. Sangue. Dor. Não havia mais nada à sua frente além de destruição.

No intuito de ignorar o pavor de ver o reino em ruínas, a princesa tentou se levantar e tropeçou dois passos depois ao notar que sua pele se abria.

As palavras surgiam em seus braços, cortando-a, marcando-a e alertando-a sobre um futuro que ela não queria enfrentar:

Mais vezes do que se pode contar
O rei será traído
E o reino será destruído.
De novo.
De novo.
De novo.
E nada mudará
até a filha de Avalon chegar.
Porém, tudo depende do momento, do lugar e de quem primeiro a encontrar.

Sobressaltada, Morgana sentou-se na cama, com a mão no peito, tentando controlar as batidas desenfreadas do coração.

— Arthur. — O nome do irmão escapou de seus lábios trêmulos.

Como fora ensinada, Morgana inspirou profundamente. Buscava recuperar a tranquilidade, desejando acreditar que tudo não passara de um sonho.

Levantou-se, caminhou até a janela de sua torre e observou o movimento do castelo no pátio. Caso conseguisse se concentrar, escutaria o som da gargalhada dos cavaleiros do irmão trazido pelo vento.

— Foi apenas um sonho.

Melissa acordou com a sensação de estar caindo de joelhos. Apalpou o corpo devagar e sentiu o colchão abaixo de si. Tateou em busca do celular e verificou o horário. Sua respiração estava acelerada.

Os sonhos voltaram mais vívidos; ela não compreendia como tinham ficado tão reais. Ainda podia sentir o cheiro de fumaça.

Jogando as cobertas para o lado, deu um pulo da cama e correu para o chuveiro. Um bom banho a faria esquecer o terror que percorrera seu corpo enquanto esteve presa naquele sonho.

Debaixo da água, massageou os longos cabelos escuros e se permitiu distrair com a espuma do xampu, apesar dos flashes de escuridão que ameaçavam tomá-la.

Perdeu a conta de quanto tempo ficou ali e apenas abriu o boxe quando o reconfortante perfume do sabonete de lavanda a acalmou. Enrolou a toalha nos cabelos e puxou outra para secar o corpo, prendendo-a em volta do busto.

Respirando aliviada, olhou para o espelho e estendeu a mão para desembaçá-lo quando quatro palavras chamaram sua atenção:

O rei será traído.

1

Em um tempo e um lugar muito distantes, Morgana refletia. Era como se perdesse mais a razão a cada dia. Estaria enlouquecendo? Como era possível que alguém controlasse a água quente que jorrava da parede? Que magia era aquela? E como não se reconheceu ao olhar no espelho? Por diversas vezes, havia sonhado com o passado ou com o futuro, mas nunca tinha visto nada como aquilo. Seria algum sinal? Deveria avisar seu irmão?

Uma leve batida à porta a fez lembrar-se de sua aia, que deveria ajudá-la a se vestir.

— Entre — autorizou mecanicamente.

Não era possível sonhar com objetos que nunca tinha visto.

Alana entrou no grande quarto e começou a preparar seu banho. Morgana tamborilava os dedos na cama de carvalho nobre enquanto observava a menina prender o dossel. Recentemente, começou a perder o controle de seus poderes e a ter impressões da mente de vários homens de seu irmão.

Nem Merlin, o mais sábio feiticeiro de todo o reino, pôde explicar o que estava acontecendo. E seu irmão, Arthur, sabia que não era proposital. Em questão de instantes ela simplesmente se perdia dentro da mente de outra pessoa e via o passado e o futuro. Nunca ninguém havia tido um dom como esse.

Entrou na tina para se banhar; a água estava morna e agradável. Enquanto a aia a ensaboava, Morgana continuava pensando. Todos pareciam tão tensos. Ela precisava se conter quando um aliado vizinho estava em seu reino, porque, ainda que não tivesse a menor intenção, acabava se destacando. Isso atrapalhava sua condição para voltar para Camelot. Então seguia se escondendo dentro de si mesma, enquanto o poder crescia e se descontrolava.

Morgana terminou o banho e deixou que Alana secasse sua pele alva. A aia ajudou-a a colocar o longo vestido azul-marinho com uma faixa prateada, que destacava o tom azul dos seus olhos, e escovou seus longos cabelos vermelhos, tão vibrantes quanto o fogo. A mesma rotina. Ela nem se incomodava mais com o tempo que isso demorava.

Após terminar tudo aquilo, saiu do quarto à procura do irmão. A amizade e a união que compartilhavam a impediam de esconder de Arthur as novas visões.

Seus pais tinham morrido havia dois anos, em meio à guerra contra os saxões que ainda os perseguiam, exatamente no dia em que Morgana e Arthur retornaram ao castelo depois de dez anos vivendo longe dos pais.

Morgana entrou na sala de reuniões sem bater. Ele estava sozinho. As pesadas e grossas cortinas estavam abertas, permitindo que a luz do dia entrasse. O tempo começava a esfriar, e uma leve brisa gelada percorria o ambiente.

Seu irmão estava encostado em uma mesa redonda, cercada por longas colunas de mármore, com o semblante tenso. Observou-o em silêncio por um tempo. Arthur era um homem alto, de cabelo loiro. A túnica vermelha amarrada na cintura e bordada em dourado trazia no peito um dragão, símbolo de sua família. Ele não usava coroa, a não ser em eventos públicos ou reuniões políticas. Aos 24 anos, era um homem bonito e esbelto. Sua aparência tranquila muitas vezes escondia turbulências internas.

— Arthur... — chamou Morgana, aproximando-se dele. — O que houve?

Arthur levantou os olhos azuis e a encarou, arriscando que ela percebesse que algo o preocupava.

— Morgana, você tem que entender que quanto mais souber, mais precisarei protegê-la. — Ela abriu a boca para dizer que não precisava de proteção, mas ele prosseguiu antes: — Você realmente parece não entender o que acontecerá se os rumores sobre os seus poderes se espalharem. Certos pensamentos não devem ser lidos, e a magia pode ser sentida.

— Em primeiro lugar, não são rumores. Eu posso ver dentro da mente das pessoas — rebateu, voluntariosa, e com uma pontada de orgulho. Era jovem, e seus poderes cresciam exponencialmente. — Porém, você está errado. Não leio pensamentos. Não saberia fazê-lo nem se quisesse. Tenho pequenos vislumbres deles. Vejo intenções e prevejo conclusões. Não é algo concreto. Não é minha culpa que as mentes sejam tão confusas. Nem sei de onde veio esse poder. — Arthur não pôde deixar de rir; sua irmã sempre usava as palavras como lhe convinha. Ela sorriu e continuou: — E, segundo, não preciso de proteção!

— Não precisa? Estaria perfeitamente segura se não se envolvesse com o que não deve. Você precisa entender que...

— Não preciso entender nada. Sou Morgana Pendragon, uma das últimas feiticeiras de Avalon. Quem poderia me ferir?

— A prepotência de acreditar que é um dos seres mais poderosos que sobraram pode ferir você. — Arthur segurou suas mãos. — Pense, querida irmã, se você é *possivelmente* uma das últimas feiticeiras que conhecemos, onde estão os outros, além de Merlin e Viviane? Foram destruídos ou tiveram de se esconder. Seus dons foram usados para magia negra, e agora o poder se recusa a se apresentar a novas pessoas. Você é poderosa, sim, mas há algo maior. Isso tem destruído praticamente toda a magia que conhecemos, e não fazemos ideia do que é. Se todos os seres mágicos deste lado desaparecerem, como protegeremos o portal? Nossa cultura está se perdendo, irmã. Um mundo inteiro está prestes a desaparecer.

— Algumas pessoas culpam a religião romana. O cristianismo está tomando conta de tudo e confundindo as nossas raízes. Nós nunca deveríamos ter nos misturado com eles, irmão. Eles nos chamam de pagãos. Quem eles pensam que são para ousar nos denominar e nos dizer no que devemos acreditar?

— Eu gosto dos seus preceitos e realmente creio que as pessoas têm o direito de seguir a religião que quiserem; isso não quer dizer que temos de perder nossas raízes. E precisamos deles, se quisermos proteger o pouco que resta da magia.

— Não deixa de ser irônico que você os use para proteger justamente a magia que eles condenam.

— Fazemos o que temos que fazer. — Seu olhar sério tentava passar uma mensagem a ela.

— Quero ajudar — insistiu Morgana. — Posso usar meus dons. Você é vulnerável, Arthur. — Desta vez ele gargalhou, aproximando-se devagar. Ele era muito mais alto do que ela. — Não adianta impor esse seu tamanho todo a mim — continuou, balançando o dedo indicador para ele. — Você confia demais nas pessoas, e preciso me assegurar de que ficará bem.

Arthur e a irmã foram separados quando crianças. Ele tinha 12 anos quando foi levado por Merlin para ser treinado e receber a formação de cavaleiro por meio de Sir Hector, e Morgana tinha 8 quando partiu para Avalon, onde seria treinada por Viviane, sua tia e Grã-Sacerdotisa da Deusa, conhecida pelo povo como Senhora de Avalon.

— Magia pode ser sentida e rastreada. Quantas vezes já tivemos essa conversa? Você fica na linha de fogo dos dois lados: praticantes de magia que querem o seu poder e cristãos que querem queimá-la viva.

— Os cristãos não veem a magia, nem quando ela está bem debaixo do nariz deles.

— Você tem razão *quanto a isso*. — Arthur frisou as últimas palavras quando ela sorriu. — De toda forma, é por isso que Merlin não queria que você saísse de Avalon. Talvez ele tenha razão e você esteja mais segura lá. A barreira que envolve a ilha bloqueia o rastreio da magia, além de só permitir a entrada de quem confia. Você jamais seria capturada lá.

— E não estaria em Camelot. — Morgana encarou-o, ressentida. Uma rápida labareda surgiu em seus olhos quando teve uma impressão do que o irmão escondia. — Não voltarei a Avalon. Não deixarei o reino outra vez. É isso o que Merlin deseja? Preciso ficar em Camelot e proteger o portal. Se eu tivesse chegado antes daquela vez... — lamentou, apertando os lábios para conter a dor das lembranças. — Fiz uma promessa à nossa mãe.

— A mesma que eu fiz, irmã. Não se esqueça. — Arthur sustentou o olhar entre eles, permitindo que ela tivesse vislumbres de suas aflições. — Merlin não me disse nada sobre o que deseja. Você o conhece e sabe o quanto ele pode ser enigmático. Repetiu apenas o que você já conhece. *Estamos destinados a nos separar.* Não posso dizer que me sinto confortável deixando-a partir novamente.

Com o coração repleto de memórias dolorosas, Morgana irritou-se e começou a andar de um lado para o outro, como fazia quando se agitava. Os pensamentos se moviam como redemoinhos. Não sabia o que seus sonhos tinham a ver com o que estava acontecendo.

Arthur entrou em sua frente e a bloqueou, deslizando o dedo de sua testa até a ponta do nariz, como fazia desde que eram pequenos. Ela era sua irmãzinha, afinal de contas.

— Tenho meus cavaleiros comigo e sei como proteger o reino e o portal. Sou treinado, cresci recebendo treinamento. Foi para isso que nos separaram, lembra? Para que fôssemos instruídos e houvesse quem protegesse Camelot na ausência de nossos pais. *A magia estará protegida enquanto o Pendragon existir.* Quantas vezes ouvimos isso?

— Inúmeras.

— Merlin acredita que juntos somos mais vulneráveis.

— Como tanta força pode ser vulnerável? Merlin não sabe o que diz — resmungou Morgana inutilmente.

— Ele acredita que nossa irmandade possa interferir em nossos deveres com o reino. — Morgana nunca confiou completamente no feiticeiro, porque acreditava que ele poderia ter evitado a morte de Uther e Igraine. — Ele disse que, se você ficasse longe da mente das pessoas, sua mente iria se expandir e você veria o que realmente tem de ver, sem divagações. É isso o que a Deusa espera para que o que foi predestinado aconteça. Assim ela lhe revelará seus segredos e um meio de salvar a Britânia e preservar nossa cultura e magia.

O rei será traído... O rei será traído... As palavras reverberaram em sua mente.

— Não... Não está ajudando — respondeu, baixinho. — Minha mente está se confundindo. O que vejo não pode ser real. Há algo errado, Arthur. Não reconheço nada.

— O que prova que ele tinha razão — contestou, aliviado por mais uma vez o feiticeiro ter a resposta. — Está abrindo sua mente.

Morgana estava intrigada. Era um plano de Merlin. O que o velho tramava desta vez? Tentou questionar seu irmão, mas não conseguiu. Sua mente estava girando rápido demais. Seu coração disparava.

— Arthur, segure-me — foi o que conseguiu dizer antes de tudo ficar escuro.

2

Melissa esfregou as mãos no espelho com força até que nenhuma letra pudesse ser reconhecida. Depois deu alguns passos para trás até se chocar contra a parede, tentando recuperar o controle.

— Estresse pós-traumático — disse, baixinho, para si mesma.

Para ela, tudo que não tinha explicação em sua vida era jogado na gaveta intitulada "estresse pós-traumático". Tocando o cadeado tatuado no punho, observou o desenho. O gancho imitava a cabeça de um dragão, o corpo era arredondado, e curiosamente não havia espaço para chave. Sem deixar de acariciá-lo devagar, Melissa lembrou-se de quando encontrou o desenho sobre o criado-mudo do irmão, pouco depois do seu enterro, dois anos antes.

Gabriel era seu único irmão. Gêmeos, tinham dividido até a barriga da mãe. Recuperar-se após sua morte foi quase impossível, ainda mais por ele não ter sido sua única perda.

Puxando a toalha da cabeça e sentindo os cabelos molhados se esparramarem por suas costas, Melissa foi para o quarto, decidida a não pensar em frases estranhas que surgiam em seu espelho.

O dia seria difícil o bastante sem isso.

— Oi, pai... — A voz doce de Melissa não era mais que um sussurro ao se aproximar da cama de hospital em que seu pai estava inconsciente.

O branco do quarto era quebrado por uma porção de flores do campo e enfeites coloridos. Melissa queria que, quando o pai acordasse, pudesse reconhecer sua casa à sua volta. *Se acordasse...* Era o que os médicos repetiam após dois anos sem sinal de atividade cerebral. Segundo eles, o fim poderia acontecer a qualquer momento, mas, para Melissa, se o pai permanecia vivo, apesar de as máquinas estarem desligadas, tinha que significar algo. Ele voltaria. Bastava ter perdido a mãe quando criança e o irmão no acidente. Não era justo que o pai se fosse também.

O retrato de Gabriel sorridente sobre a mesa ao lado da cama a fez voltar àquela noite de tempestade. O pai os acordara no meio da madrugada, assustado, dizendo frases desconexas. Melissa e Gabriel não hesitaram em entrar no carro e acompanhá-lo, apesar de não entenderem o que estava acontecendo.

Quando Benjamin passou a dirigir a toda velocidade pela estrada, porém, Gabriel se virou para o pai e tentou pedir que parasse o carro. Melissa fez coro ao irmão, mas ele não os ouvia. Tudo o que dizia era que precisava afastá-los de Quatro Estações, a pequena cidade do interior em que viviam.

Melissa ainda se lembrava do instante em que o irmão tocou o braço do pai, tentando impedi-lo. Um estrondo cortou os céus e um raio atingiu o meio da estrada. Benjamin não foi capaz de manter o carro sob controle. Eles derraparam e, depois de uma freada brusca, capotaram e rolaram barranco abaixo, caindo com tudo no lago da cidade.

Apenas um deles voltou a abrir os olhos outra vez.

3

Arthur observava Morgana. Ela parecia dormir tranquilamente. A conversa que tiveram o afligia. Lembrara-se do dia em que os pais morreram, do momento em que tirou a espada de seu pai da pedra, da força que sentiu e de como teve e ainda tinha dificuldades para manter o reino a salvo. Unir um povo que seguia duas crenças tão distintas, em que o monoteísmo se digladiava com o politeísmo, não era uma tarefa fácil — ainda que contasse com cavaleiros leais que o apoiavam e muitos aliados em reinos vizinhos. Uns serviam à antiga religião que cultuava a Deusa e demais deuses menores, e outros se tornavam adeptos do cristianismo. Outros ainda, como seu primeiro cavaleiro e melhor amigo, não seguiam nenhuma das duas doutrinas. Arthur era conhecido justamente por ser um rei que não impunha crenças.

Morgana balbuciou palavras que ele não entendeu. Julgando que fossem apenas sonhos corriqueiros, Arthur voltou a divagar. Suas preocupações iam além de suas funções como rei; ele pensava em seu destino, no de sua irmã e em como impedir que Viviane a levasse outra vez. Era provável que Morgana estivesse escondendo algo, que sua situação pudesse ser ainda pior do que lhe confidenciara. Ao contrário do que dissera à irmã, Arthur tinha plena certeza de que a vida dos dois, juntos ou separados, estava diretamente ligada ao futuro da Britânia.

As palavras de Merlin o afastaram dos pensamentos; como sempre, o feiticeiro parecia ler sua mente:

— Nem sempre entendemos o desejo do nosso coração. O seu, por exemplo, quer algo que só a ausência de Morgana poderá oferecer. O mesmo vale para sua irmã; ela precisa ir para aprender.

— Como a partida da minha irmã poderia oferecer algo que meu coração queira? — perguntou, soltando um suspiro nervoso. — Gostaria que não fosse tão misterioso.

O feiticeiro, lançando-lhe um olhar complacente, acrescentou:

— Às vezes, para ganharmos, temos de perder.

— Não vejo ganhos em perder minha família. Honestamente, Merlin, gostaria que não se intrometesse desta vez e deixasse tudo como está. E seria ótimo se pudesse fazer algo para que minha irmã acordasse. — A impaciência ameaçava tomá-lo.

Sem saber como ignorar as palavras do feiticeiro, desejou não sentir aquele vazio no coração. Ele era um rei; não deveria se preocupar com nada além do bem-estar do reino. Entretanto, ainda que não quisesse, a estranha ausência permanecia. Mesmo que não desejasse confidenciar a Merlin, sentia falta de algo que não saberia explicar, e que talvez nem conhecesse. Cresceu pensando que era apenas de sua família e, mesmo com a irmã por perto, ainda sentia. Parte dele estava incompleta, mas, como dissera a Merlin, se pudesse escolher, continuaria assim e manteria sua irmã junto de si.

Notando movimentos ao seu redor, Morgana abriu os olhos devagar. Percebeu que estava em sua cama, no quarto da torre, apesar de não lembrar de como havia chegado lá. Arthur estava sentado em uma cadeira ao seu lado. Mais à frente, Merlin sussurrava alguma coisa para Alana. Todos pareciam preocupados, menos o feiticeiro — ele estava tranquilo, como sempre. Morgana preferiu não demonstrar que havia acordado. Estava confusa demais para lidar com todos. Fechou os olhos e tentou se lembrar do que havia visto. Nada. Não vira o irmão nem ninguém que conhecia.

Um quarto branco. Um homem deitado. Uma pintura de um garoto sorridente. Uma pintura estranha, muito real. E que dor horrível sentiu por perder seu irmão. Esse sentimento a intrigava. Arthur estava ali aguardando qualquer movimento dela. Estava vivo. Bem vivo. Por que sentia como se tivesse acabado de enterrá-lo?

— Não pode fingir que está dormindo pelo resto da vida, Morgana — falou Merlin, calmamente, bocejando. — Temos mais o que fazer.

— Não estou fingindo, estou pensando antes que a torrente de perguntas se inicie — respondeu, resignada, sentando-se na cama. — E o senhor sabia que eu estava acordada no segundo em que recobrei a consciência.

— Você está bem, irmã? — Arthur se aproximou, preocupado. — O que houve? O que viu? Como se sente?

Ela sorriu triunfante para Merlin ao receber tantas perguntas.

— Viu? — disse, apontando para o irmão. — Estou bem, Arthur. Só não posso responder nenhuma pergunta além dessa. Talvez ele possa. — Referiu-se a Merlin. — Tenho certeza de que ele tem algo a ver com isso.

Antes de começar a falar, o velho de cabelos e barba brancos pediu que Alana fosse preparar algo para Morgana comer como pretexto para deixá-los a sós. Sua aparência doce pouco revelava sobre o homem astuto e resistente. Ele ainda mantinha seus traços belos e sua presença marcante. Merlin era como a água, capaz de se modificar e se adaptar a qualquer situação. Era leal aos próprios princípios.

— Vocês dois são impetuosos demais para ouvirem alguém além de si mesmos, por isso sentem tanto a falta um do outro. São idênticos. Pequenas tormentas presas à alma de humanos. Não foi por um capricho meu que os separei da primeira vez. É porque deve ser assim. Acontecerá de um jeito ou de outro. É mais seguro.

Um longo silêncio se seguiu até que um dos dois falasse.

— Merlin, sempre o ouvi. Sempre. Mas não entendo o propósito disso. Prometi sobre o túmulo dos nossos pais que não deixaria Morgana ser levada outra vez.

— Quando você diz que é mais seguro, o que quer dizer? Arthur corre riscos comigo aqui? Porque, se for esse o caso, voltarei para Avalon.

Merlin a olhou atentamente. Alguma coisa mudou na última perda de consciência de Morgana. Ela parecia temer pela vida de Arthur. Parecia já sentir a dor da partida dele. O feiticeiro estreitou os olhos ao cogitar que o destino havia começado a agir.

— Não posso dizer o que não sei — respondeu, por fim. — Esse dom é tanto meu quanto seu. Sabe como funciona. Sou apenas um velho que segue os instintos e vê que o destino de vocês se separa em algum ponto.

— Seria profundamente infeliz sem meu irmão. Eu vi. Pude me ver sem ele e uma parte de mim morreu — confessou.

Arthur a olhou de soslaio. Ela não retribuiu o olhar, e o rei resolveu que perguntaria sobre o significado daquelas palavras mais tarde.

— Não importa o quanto lutem. Vocês se separarão. É o meio que a Deusa encontrou de salvar todos nós e nossas crenças. Os saxões estão vindo. Há boatos de que eles querem mais do que Camelot; eles querem a magia que protegemos. Não podemos permitir o domínio saxão nem nos dobrar plenamente ao cristianismo como os romanos desejam. Seus pais, Uther e Igraine, tiveram o cuidado de deixá-los conhecer o Deus dos romanos, porque queriam que vocês se mantivessem abertos a todas as crenças sem jamais esquecer a religião antiga do nosso povo. Em minha opinião, essa exposição foi um erro, por isso vocês foram levados de casa tão jovens. É provável que vocês não desejem tudo o que está prestes a acontecer, mas, repito, é inevitável. — Merlin sabia que não adiantaria discutir com eles; nunca adiantava. Arthur, porém, acabaria cedendo se não estivesse acompanhado de sua irmã. Morgana precisava partir. — Agora tenho que ir. Um de seus cavaleiros acabou de pregar uma peça em outro e as coisas não terminaram bem. Bors feriu a mão de seu cavalariço.

Nenhum dos dois se preocupou em perguntar como ele poderia saber. Apenas o deixaram ir. Morgana levantou-se da cama e caminhou até a janela. Podia ouvir os cavaleiros de Arthur. Sempre tão barulhentos, quando festejavam. Queria poder estar com eles, rir um pouco, esquecer tudo o que não estava conseguindo entender.

O irmão a observava pensando em quanto tiveram de enfrentar para ficar juntos. Mesmo ele tendo se tornado um homem e sendo rei, parecia que ainda não era capaz de impedir que algo ruim acontecesse a ela.

— Morgana, você está bem? Parece tão triste.

— Estou com um mau pressentimento. Poucas vezes me senti assim em meus vinte anos. Parece que nunca teremos tranquilidade — revelou, com tristeza. — Parece que nem ter vislumbres do futuro me ajudará no final. Não posso ficar se o preço for a sua vida.

Foi a vez de Arthur lhe lançar um olhar apreensivo. Ter Morgana por perto era como manter o verão dentro de uma caixinha — sujeito a tempestades, evidentemente. Ela era um misto de doçura e efervescência. Ele não se importava desde que ela continuasse ali.

— Eu não sei. Sei menos ainda que você nesse quesito. Passei dez anos tentando descobrir um meio de unir nossa família e, quando nos reencontramos no exato dia da morte dos nossos pais, não pensei em nada além de mantê-la em Camelot, sua casa. Acho que queria me lembrar de um tempo distante, em que fomos muito felizes, quando éramos crianças. Antes de recebermos o treinamento e nos darmos conta do perigo que corríamos. Apesar de todas as batalhas, não sentíamos a guerra. Estamos juntos há dois anos, e agora Merlin fala de uma nova separação. Sinto-me de mãos atadas. E, ao mesmo tempo, temos a situação da Britânia.

Morgana se lembrou de sua tia Viviane, irmã de sua mãe, e o espanto que lhe causou ao demonstrar ter poderes ainda tão nova.

— Viviane não confia em Merlin.

— E Merlin não confia em Viviane — completou o irmão. — Cheguei a pensar que eles queriam nos separar por causa de uma guerra pessoal, à parte de tudo.

— Já pensei assim. Há algo entre eles que ainda não descobri. Como se partilhassem um segredo e, ao mesmo tempo, quisessem dominar nossa situação. — Ela pensou um pouco antes de prosseguir e olhou dentro dos olhos de Arthur. — Sinto que meus poderes estão se descontrolando cada vez mais. Finjo que tenho pleno controle, mas não é verdade. Não é minha intenção ver nem metade do que tenho visto. Essas impressões das mentes dos outros não são normais. Não gostaria de partir, mas o farei se descobrir que sua vida corre risco. Na última vez que perdi o controle, eu...

— Não se preocupe — confortou-a, puxando-a para um abraço. — Não acho que sua partida seja necessária. Se eles dizem que vamos nos separar de qualquer jeito, não vejo por que nos apressarmos — respondeu, tentando passar uma tranquilidade que não sentia.

4

— Será que você poderia abrir os olhos quando eu terminar de contar até três? — perguntou Melissa, acariciando os cabelos escuros do pai, parecidos com os dela. — Saudade de olhar nos seus olhos e me reconhecer aí dentro.

Um surto psicótico foi o que os médicos disseram que o pai tivera, mas Melissa nunca ia aceitar aquilo porque naquele dia parecia que tudo o que ele queria fazer era protegê-los.

Agora estava com 22 anos. Sem mãe, sem irmão e insistindo em acreditar que um milagre traria o pai de volta.

As lágrimas se renderam à tristeza e escorreram por seu rosto. Melissa sentiu uma mão tocar em seu ombro e descer até a base de suas costas. Não precisou olhar para trás para saber que era Marcos. Sem hesitar, acomodou seu corpo no dele e permitiu que a abraçasse.

Não há nada que pareça mais com o calor de um lar quanto o abraço de Marcos. Ele a envolveu pela cintura, e Melissa observou os raios de luz pousarem na pele negra do amigo. Era reconfortante tê-lo por perto.

— Obrigada. — Ela fungou.

— Não por isso.

Marcos, Melissa e Gabriel se conheceram na pré-escola e se tornaram inseparáveis desde então. O afeto e o apego ficaram ainda maiores quando a avó de Marcos, que o criara, faleceu após um ataque cardíaco quando ele ainda tinha 17 anos. O garoto se virou praticamente sozinho, mas sempre abrindo espaço para os gêmeos e seu pai.

— O que leu para ele hoje? — perguntou Marcos, beijando o topo de sua cabeça.

Todos os dias, no fim do expediente, Melissa visitava e conversava com o pai. As manhãs de domingo eram dedicadas à leitura.

— Encontrei uma nova versão de Rei Arthur. — Melissa apontou para o livro de capa marrom aos pés da cama. — Como é possível que haja tantas?

— Gabriel gostava de dizer que elas eram reais, que cada livro era uma lição para que...

— Os erros não fossem repetidos.

— E os sonhos? — perguntou Marcos, sem rodeios.

Melissa confidenciava a ele a maior parte do que via, principalmente porque a princípio pensou ser apenas seu inconsciente fazendo-a se lembrar do irmão, que amava qualquer história relacionada à mitologia arturiana.

— Eles me assustam um pouco. — Encarou os olhos do jovem, permitindo se abrir a quem tanto confiava. — Às vezes parecem tão reais. Tenho muito medo que...

— Você não vai ter um surto psicótico.

— Como pode ter certeza? Têm acontecido coisas estranhas, Marcos. De verdade. É como se eu estivesse ficando louca. — Deu dois passos para longe dele e tropeçou na mesinha de cabeceira, escorregando e batendo o joelho no freio da cama. Um corte médio se abriu no joelho de Melissa.

Marcos correu para pegar papel-toalha e o molhou antes de limpar o ferimento que manchava a barra do vestido amarelo.

— Está vendo? Fico tão nervosa falando disso que nem presto atenção em nada — recriminou-se Melissa, pegando o papel molhado e terminando de se limpar.

Antes que Marcos tivesse tempo de responder, uma garota de cabelos coloridos entrou saltitando no quarto.

— Hum... Parece que finalmente o Marcos deu um jeito de levantar o seu vestido, hein, Mel? — Ela deu uma piscadinha. — Sr. B! — E se dirigiu ao pai de Melissa, bagunçando seus cabelos. — Vamos acordar hoje? Você certamente não tem vocação para Belo Adormecido. — Paula, amiga de Marcos e Melissa, refletiu. — Apesar de sem dúvida ser belo e estar adormecido.

Melissa balançou a cabeça e sorriu. O jeito espirituoso e expansivo da garota a incomodava um pouco quando se conheceram, pouco antes da morte do irmão, mas não podia negar que ninguém trazia tanta alegria consigo como Paula.

— Acho que você devia deixar a Paulinha um dia inteiro com seu pai, Mel. — Marcos enrolou uma mecha de cabelos verdes entre os dedos. — Pode ser o que falta para ele se levantar e sair correndo daqui.

— Afe, seu idiota! Ele ia amar me ouvir falando o dia inteiro. — Paula franziu a testa e se virou de costas para ele, suspirando por um segundo ao observar uma foto de Gabriel. — Oi, Gabs.

Nenhum dos três disse mais nada. Era hora de ir ao lago.

5

A manhã se escoava vagarosamente. Arthur e parte de seus cavaleiros haviam saído para um treinamento enquanto Morgana vagava pelo salão principal. Os guardas abriram passagem e curvaram-se quando ela se aproximou. Lembranças de outra vida a assombravam. Começava a confundir a realidade com sonhos. Depois de se questionar por vários momentos, seguiu em direção à ala leste do castelo, refúgio de Merlin. Aproveitaria a ausência do irmão para tentar descobrir a razão das estranhas visões.

À porta, antes de bater, ouviu a voz do mago pedindo que entrasse. Ela sorriu, com desdém. Era óbvio que ele sabia que estava ali e acreditava que também sabia o que perguntaria.

— Devo perder meu tempo e perguntar? — indagou Morgana.

Merlin a irritava e, quando estava tensa, ela não fazia questão de esconder.

— Penso que você deveria. As formalidades são sempre bem-vindas, jovem Morgana.

A feiticeira absorveu a ironia em suas palavras. Ele tentava, ainda que discretamente, mostrar que era mais velho e que deveria ser respeitado, pouco se importando com o fato de estar diante de uma princesa.

— Senhor Merlin, poderia por obséquio me dizer de onde vêm as estranhas visões que assolam minha mente? — Exibiu um sorriso, mais irônica que o antigo guardião do irmão.

Ele a encarou e não enxergou nada em seus olhos. Morgana o estava bloqueando, o que deveria enfraquecê-la. A feiticeira dificilmente admitia ter menos poder que outro semelhante, e tampouco permitia que qualquer um visse mais do que desejava mostrar. Era teimosa como uma pequena brasa que insistia em não se apagar, não importando quão forte fosse o vento.

— Pare de me bloquear, Morgana — disse Merlin, balançando a mão em direção a uma cadeira. — Sente-se de costas, se quiser, mas não me bloqueie dessa forma, ou desmaiará. E não estou vendo seu irmão para carregar você. Você não quer ficar caída no chão até que ele chegue, quer? — Sorriu, zombeteiro.

Morgana estreitou os olhos e expirou; sentia que a torre estava mexendo com ela. Merlin colocava magia em tudo. Por fidelidade ao irmão, ela tentava implicar menos com o feiticeiro. Ainda assim, era difícil confiar nele como Arthur fazia.

— Explique-me — ordenou, e depois acrescentou, ao sentar-se em frente a ele: —, por favor. Explique-me o que estou vendo. Eu perguntaria a Viviane, mas ela ainda está chateada comigo por ter deixado Avalon. O que estou vendo, Merlin?

Ele se aproximou de uma pequena mesa que havia em seu quarto e começou a separar algumas ervas. Morgana observou-o mexer em potes, picar e amassar folhas, como se ela não estivesse presente e não lhe houvesse feito uma pergunta. Sua longa túnica azul-claro com uma série de bordados prateados estava mais amassada que o comum; parecia que não estava dormindo direito e preferia não tirá-la, caso algo acontecesse durante seu sono e ele precisasse se levantar, apressado. Olheiras acentuadas envolviam seus olhos. Quando Morgana pensava em se levantar e ir embora, ele disse:

— E o que faz você pensar que eu também não estou chateado? — questionou, olhando rapidamente para ela.

— A diferença é que eu não me importo que você esteja.

— O que você vê, Morgana? Descreva para mim. — Ele preferiu ignorar a provocação.

Ela fechou os olhos por alguns segundos, relembrando cada imagem e informação. O lugar encantador e, ao mesmo tempo, assustador para onde ela ia com frequência. O perfume cítrico no ar.

— Um lugar estranho. Pessoas desconhecidas. Vestes estranhas. Máquinas estranhas, algumas enormes. Temo ser repetitiva, mas o lugar inteiro é desconhecido para mim. Não saberia descrever o que nunca vi antes.

— Esforce-se mais. O que sente quando tem essas... visões? — perguntou após escolher a palavra correta, sem parar de mexer nos utensílios da mesa.

— Tristeza. Naquele lugar meu irmão não existe mais, nem nada que eu conheço. Mas há mais. Às vezes me sinto feliz, confortável, amada.

Se Merlin não estivesse de costas, Morgana poderia ter visto sua expressão apreensiva.

— Sinto desapontá-la, jovem, mas essa é uma jornada que terá de fazer sozinha. Você terá de ir a um lugar onde eu não posso acompanhá-la. Há caminhos que não podem ser compartilhados. Por mais que queira esclarecer suas impressões, ainda não é a hora. — Ela fez menção de responder, mas ele a interrompeu: — Não há mais nada a dizer. Seu irmão está chegando e gostará de encontrá-la esperando por ele no saguão.

— Não é nem hora do almoço ainda. Não houve tempo para que ele retornasse.

— Menina, seus poderes estão saindo do controle. Se estivessem normais, você se daria conta de que, para mim, tempo é relativo. — Merlin colocou a mão na testa, a aparência ainda pior do que quando a feiticeira chegou.

Ela assentiu e deixou a torre leste. Merlin não diria mais nada.

Decidida a não obedecer ao feiticeiro e esperar por seu irmão no saguão, foi para o próprio quarto e se sentou na cama. Tudo parecia igual. A aia apareceu em seguida para verificar se Morgana precisava de algo. No mesmo instante, a feiticeira sentiu uma forte ardência no joelho esquerdo. Levantou o vestido e constatou com assombro um corte e uma mancha de sangue se formando no lençol.

— Mas o quê...? — Morgana não completou a pergunta.

Não tinha ideia do que era aquilo. Não estava em seu período, não era tempo. Alana se aproximou, confusa. O ferimento não existia quando ajudara sua senhora na troca de roupas, pela manhã. Contemplou Morgana e procurou não parecer desconfiada. A garota ficou vermelha diante do pensamento da aia. Como ela poderia ter ferido o joelho?

Sem compreender e tentando não pensar mais nisso, Morgana saiu do quarto, deixando a menina boquiaberta atrás dela. Seu joelho doía razoavelmente, mas não queria ficar sentada dentro do castelo. Mais tarde, tinha treinamento com Merlin e estudos sobre anatomia e astronomia. Arthur fazia questão que a irmã fosse a mulher mais culta de todo o reino. Contudo, Morgana sentia-se tão irritada que estava tentada a não comparecer à aula naquele dia.

Atravessou o salão o mais rápido que conseguiu, não sem antes trombar com um dos cavaleiros de Arthur. Eles pareciam brotar no ar. O impacto a desequilibrou e fez com que seu joelho latejasse.

— Sinto muito, lady Morgana — exclamou Galahad.

Morgana imediatamente se enrijeceu e enrubesceu. O ar parecia correr para fora do salão. Era o que sempre ocorria quando via o cavaleiro. Um sentimento completamente sem razão de ser e que ela não conseguia entender.

— Está tudo bem — afirmou, e perguntou o que lhe veio primeiro à cabeça: — Aonde ia com tanta pressa, cavaleiro?

Galahad percebeu que ela estava machucada e lastimou-se. Admirava-a desde que ele chegara a Camelot, e os poucos momentos em que se aproximavam eram sempre de grande valor.

— Arthur, digo, o rei me chamou. — Galahad consertou e estranhou ao vê-la esboçar um sorriso.

— Ele o escolheu como cavaleiro. Tenho certeza de que pode chamá-lo apenas de Arthur, assim como pode me chamar de Morgana. Para desespero de Merlin, não somos muito formais com os cavaleiros. Somos gratos por tudo o que vocês já fizeram por nós. — Morgana sorriu ao conseguir firmar o joelho e olhar nos olhos dele.

Com um leve tremor, a sensação habitual retornou. Era como se Galahad fosse estranhamente familiar.

— Você já esteve em Avalon... — Aquela pergunta a incomodava desde que fora apresentada a ele, mas percebeu que soou como uma afirmativa. — Nós já nos vimos antes de Camelot? — insistiu, realmente em dúvida.

Se não conhecesse a fama de Morgana, ele teria se assustado facilmente.

— Estive, sim. Há alguns anos. Entretanto, não me recordo de tê-la conhecido — respondeu, como se forçasse a mente. — Não, não me recordo.

Ela percebeu que ele continuava fitando-a, ao contrário de muitos que sabiam dos seus poderes. As pessoas não gostavam que ela bisbilhotasse seus pensamentos. Ele sustentou o olhar sincero. Morgana deu um passo para trás quando ele sorriu; foi impactante. O cavaleiro entrou para a pequena lista de pessoas que pareciam imunes aos poderes descontrolados de Morgana, e era ainda mais raro alguém que a impressionasse dessa forma. Conseguia perceber que ele dizia a verdade e só. Ela não conseguia afastar a familiaridade que sentia.

Apesar de não confessar, ele compartilhava do sentimento. Morgana deixava os sentidos do jovem em alerta, como se soubesse que ela precisaria dele a qualquer momento. A sensação de tê-la conhecido anteriormente o impressionava desde o primeiro momento.

Percebendo que algumas servas começaram a se interessar pela conversa, Morgana se indispôs. As pessoas eram mais intrometidas em Camelot. Em Avalon, ela jamais seria analisada com curiosidade. Sentia-se melhor lá, mas aqui tinha Arthur. Despediu-se do cavaleiro e seguiu, não sem antes olhar para trás mais uma vez e descobrir que ele estava parado no mesmo lugar, admirando-a, pensativo. Sem se conter, a feiticeira sentiu seu coração disparar.

Queria correr, queria parar. Ela não fazia ideia do que queria fazer.

— Posso acompanhá-la? — O cavaleiro cortou a distância e estendeu o braço a ela.

— Não tem que ver meu irmão? — A pergunta escapou dos lábios da feiticeira, ainda que quisesse logo responder que sim.

Galahad estreitou seus olhos claros e manteve o braço no lugar, oferecendo-o a ela.

— Sou leal ao meu rei, contudo jamais me perdoaria se a deixasse caminhar sozinha com a perna machucada. Tenho quase certeza de que se feriu ao trombar comigo.

— Não foi você. — Morgana finalmente aceitou o braço estendido e acomodou sua mão enluvada sobre a capa do cavaleiro. Ainda que houvesse camadas de tecido separando a pele dos dois, era como se cada parte dela queimasse em expectativa.

— Como se feriu?

Quando Morgana ia responder, conteve uma careta ao pensar em Merlin. E se ele soubesse como o ferimento apareceu? A inconstância de seus poderes a impedia de focar no que era realmente importante. Teria de ser mais paciente, render-se e conversar novamente com o feiticeiro.

Erguendo o rosto, notou que Galahad ainda esperava por uma resposta enquanto caminhavam em direção ao jardim de Morgana, que mais parecia uma floresta encantada, repleta de mistérios aos quais poucos tinham acesso.

Enfim, viu-se de frente para o jardim gigantesco formado de pequenas árvores que compunham um adorável labirinto. Antigamente o local pertencera à sua mãe, um presente de casamento dado pelo pai de Morgana. Sem pestanejar, seguiu em meio às árvores. A natureza parecia impedir que o mal entrasse, e as flores cresciam em todo canto e davam ao jardim um colorido único. Às vezes, se fizesse um grande esforço, quase chegava a ver os pais ali, rindo, conversando ou brincando com os filhos, ainda crianças, principalmente a mãe. Morgana adorava-a, e seu coração se liquefazia em dor quando se lembrava de que nunca mais poderia vê-la nem ouvir seus conselhos. Viviane jamais conseguiu atingir seu coração dessa forma.

— Preciso ir até o lago. Isso me ajudará a pensar — explicou enquanto caminhava.

— Entendo. Em algumas situações, preciso subir no topo da muralha. — Ele apontou para as gigantescas muralhas que envolviam e protegiam o castelo. — Há certa paz ali.

— A primeira vez em que eu o vi em Camelot você estava no alto da muralha.

— Eu me lembro. — Eles se entreolharam rapidamente e desviaram o olhar em seguida. A feiticeira estava da cor de seus cabelos. — Talvez seja isso que me encante tanto na muralha, afinal.

Com o coração acelerado, Morgana percebeu que estavam em frente ao lago. Procurou palavras para dizer, e o ardor no joelho a lembrou do que a levara até ali. Galahad se manteve em silêncio, e eles se fitaram por um longo momento até que a água do lago começou a borbulhar.

6

Era quase meio-dia quando Melissa, Marcos e Paula chegaram à margem do lago e se sentaram. Melissa fechou os olhos e lembrou-se do irmão, chamando-a com pressa porque queria pular logo na água. Era irônico que ele tivesse perdido a vida no lugar que mais amava no mundo.

Gabriel era tão cheio de vida, tão espirituoso e tão amigável. Era o tipo de garoto que sempre tinha a resposta certa para qualquer pergunta, e, em último caso, ele dizia que o Google estava ali para esse fim.

Na madrugada seguinte se completariam dois anos de sua morte. As lembranças brotavam sem ser convidadas. O luto rondava, querendo se aproximar. Apesar de as pessoas não nadarem mais no lago, o lugar continuava belíssimo, como se estivesse se negando a permitir a entrada da morte. Parte de Melissa queria fugir dali e ir embora. Estava prestes a fazê-lo quando Marcos segurou sua mão.

A água estava tranquila, ao contrário do vento que agitava as árvores. Podiam sentir a pele começando a amornar, o calor passando através das folhas. Enquanto as lembranças os engoliam, não disseram nada um ao outro.

Inspirando profundamente, Melissa abriu as sacolas e entregou um barquinho de papel colorido a cada um dos amigos e segurou o seu. Quando sua família ainda estava completa, eles passavam os aniversários dos gêmeos ali e soltavam barquinhos de papel na água. Agora era a lembrança da morte do irmão, da mãe e do estado quase desesperançoso do pai.

Apesar de a data se completar durante a madrugada, no dia seguinte Melissa teria prova na faculdade, então escolheu o domingo para honrar a lembrança daqueles que amava.

Observando escritos soltos em seu barquinho, ela notou palavras familiares: Excalibur, Arthur, Lancelot. A jovem passara a noite anterior escrevendo trechos da história favorita de seu irmão.

Melissa se levantou e os amigos a seguiram, caminhando até quase molhar os pés na água.

— O seu sorriso ainda é o mais bonito, Gabs. — Paula beijou seu barquinho e o colocou na água, enxugando uma lágrima discreta.

Marcos não conseguiu dizer nada. Deixou a água levar seu barco de papel e se levantou, embargado demais para verbalizar o que quer que fosse.

Abaixando-se e tocando a água com os dedos, Melissa fechou os olhos, permitiu que o líquido envolvesse seus dedos e fingiu que seu irmão ainda estava ali.

— E eu ainda daria a minha vida pela sua. — Ela soltou o barquinho de papel e se levantou, entrelaçando os dedos aos de Marcos e sendo abraçada por Paula.

Os três permaneceram ali, repletos de lembranças. A brisa transformou-se em vento, e os barcos de papel foram guiados ao centro do lago, enfileirados.

Um pássaro passou voando baixo, as asas batendo no lago. O sol surgiu por trás de uma nuvem, e seus raios refletiram na água. O ar ficou mais leve, e o mundo parecia mais belo.

A melancolia ainda reinava soberana no lago e teria sido o único sentimento presente se as águas não começassem a borbulhar.

7

— Isto é comum aqui? — perguntou Galahad sem se exaltar. Nada como ter vivido em Avalon para conhecer uma boa dose de magia.

— Nunca vi acontecer antes. — Morgana soltou de seu braço e se abaixou na margem, tocando a água. — Está morna.

E, da mesma forma como começara, a agitação se intensificou e depois desapareceu. O lago retornava à sua calmaria. Nada havia mudado além de três pedaços de papel coloridos que boiavam no centro.

— O que é aquilo? — Morgana estreitou os olhos, agitada. Estava quase decidida a entrar na água quando as folhas desapareceram.

— É realmente um lugar encantado. — Galahad sorriu, intrigado.

— O que é encantado? — A voz grave de Lancelot, o primeiro cavaleiro de Arthur, soou atrás do jovem casal.

O cavaleiro se aproximou com a mão apoiada na espada e o semblante tranquilo.

— A água estava borbulhando — explicou Morgana, ainda deliciada com a experiência.

— Você está em boas mãos agora, lady Morgana. — Galahad fez uma reverência. — Preciso ver seu irmão.

— É bom que se apresse. — Lancelot sentou-se e encostou a cabeça no tronco de uma árvore, cerrando os olhos.

— Não seja tão implicante, Lancelot — recriminou-o Morgana, sentando-se em frente ao cavaleiro. — Ele o enviou? — Referia-se ao irmão.

Lancelot riu antes de responder.

— Por que pergunta o que já sabe? Para isso nem precisa de poderes.

— Porque às vezes eu gostaria de não saber todas essas coisas simples que todo mundo tem de perguntar — concluiu, pesarosa.

— Trocaria seus poderes por uma vida normal?

— Talvez. — Pensou um pouco antes de responder. — Se isso parasse de me levar para longe daqui e do meu irmão. Estou confusa.

Era fácil conversar com Lancelot. Ela o conhecia desde criança, em Avalon. Nos três primeiros anos, corria o tempo todo atrás dele. Apesar dos sete anos de diferença, eles se davam muito bem. Depois, quando ele iniciou tardiamente sua jornada para se tornar um cavaleiro, Morgana o via a cada mudança de estação, quando ele visitava tia Viviane, sua mãe de criação. Suas melhores lembranças de Avalon eram formadas de histórias compartilhadas com o cavaleiro.

Lancelot pegou um pequeno graveto nas mãos enquanto observava Morgana. Ela parecia tão triste. Tão diferente do normal. Ele a via como uma irmã mais nova, assim como Arthur, que era três anos mais novo do que ele, e sentia-se mal por não saber o que fazer por ela.

— Arthur me disse que perdeu a consciência mais cedo. Ele não gostará de saber que deixou o castelo. Está preocupado. Todos estamos. — Incluiu a si mesmo e aos outros cavaleiros. — Não fui vê-la porque fui visitar a esposa de Kay, que ainda não retornou da última patrulha, para verificar se ela e o bebê estavam bem.

— Ouvi Arthur dizer a Bors que pediria a Tristan.

— Ele pediu. Não falaremos disso. Quero saber como você está.

— São as visões. Nas últimas semanas perdi parte do controle dos meus poderes. Por isso, toda vez que estava perto de alguém acabava mexendo em sua mente.

— Está perto de mim agora e não a sinto mexendo na minha mente. — Ele sorriu enquanto partia o graveto e o jogava para longe.

— Você é bobo, Lancelot. Descobri que não podia usar magia em você desde que entrou em meu quarto com aquele pedaço de pão e uma maçã. Posso sentir sua presença ao se aproximar às vezes, quando permite, mas não vejo nada. Você bloqueia magia e nunca me contou como. Eu queria ser capaz disso. Às vezes, não sempre. Você é o único ser imune à magia que conheço.

Lancelot desviou a atenção para o riacho. A magia para ele era como um raio distante; podia vê-la chegando, mas ela nunca o atingia. Quando criança, Morgana odiava essa capacidade do amigo. Conforme crescia, passou a apreciá-la; ele tinha uma forma única de lidar com os problemas. A amizade entre os dois ocorreu de forma simples. Ao chegar em Avalon, ela passou dois dias trancada em seu quarto, chorando. Queria voltar para a família, mas Viviane a proibira. Lancelot escalou a janela e saltou para dentro do quarto, surpreendendo-a com um pedaço de pão e uma maçã. Ela foi uma criança curiosa e doce, que buscava a atenção dele, que apreciava muito sua companhia. Ele sabia como era ser afastado da família, não queria que ela sofresse, então o caminho mais correto pareceu adotá-la como irmã.

— Você foi a primeira criança que apareceu em Avalon durante muito tempo. Não poderia deixá-la morrer de fome. Eu *precisava* de companhia — brincou, notando que ela necessitava de conforto. — E preciso dizer que foi interessante vê-la queimar essa cabana inteira depois — continuou, provocando.

— A sensação de queimar tudo foi ótima, mesmo com a série de reprimendas e castigos que tive de sofrer depois. E essas foram exatamente as suas palavras, naquele dia. Eu sorri e decidi comer, porque, afinal, precisava ajudar um garoto que escalara até a janela do meu quarto só para ter uma amiga.

— Você vale o risco.

— Foi um plano dela, sabia? — perguntou, receosa, referindo-se a Viviane.

— Sim, eu sei. Sempre soube. Eu deveria ter partido aos 12, para o treinamento de cavaleiros. Ela me manteve esperando por você. Temia que eu fosse embora e queria que você fosse encorajada a ficar. Por isso providenciou que nós nos encontrássemos. Ela sabia como eu me sentia. Bastou olhar para você para decidir que o treinamento poderia esperar. — Era uma amizade forjada, que se tornou real. — Às vezes, apesar de quem ou o que une as pessoas, elas sentem a necessidade de permanecer juntas — disse o cavaleiro, segurando sua mão. — E nem todo plano de Viviane e Merlin é ruim, embora eu acredite que eles sempre tentam manipular as situações.

— Talvez. Agora querem me afastar de Arthur mais uma vez.

— Acha mesmo que vocês dois vão se separar como Merlin insiste em dizer? Eu não acho. Não penso que a vida possa ser tão previsível assim. Creio que seja possível mudar e nos tornar senhores do nosso próprio destino. Conformar-se com algo que não queremos só porque nos foi dito que aquilo aconteceria de qualquer forma é uma desistência muito grande. E não é assim que vejo Arthur, e muito menos você. Nós dois, por exemplo, somos, sim, resultado de um plano de Viviane para que eu a convencesse a ficar em Avalon, mas ela não poderia prever o quanto eu seria leal a você. Vocês, feiticeiros, podem manipular mentes, mas jamais o coração. Eu quis ser seu amigo, e agora você precisa querer ficar com Arthur. Não pode ceder por medo do que talvez aconteça. Você não cede, Morgana. Acredite, eu sei. Aceite a palavra de seu amigo mais antigo. Você é a pessoa mais teimosa que eu conheço. É provável que seja a mais teimosa de todos os reinos. — Ela fez uma careta e eles riram. — Não aceite que o destino decida. Lute e mude o que quer que seja a seu favor. E, durante todo o tempo, não precisa olhar para os lados porque, seja lá onde estiver, estarei lutando por você e seu irmão. Sempre.

Morgana se sentiu reconfortada com as palavras de Lancelot. Ele era o cavaleiro mais distinto de seu irmão. Quando Lancelot ainda era um bebê, seu pai era um rei, mas sua família foi assassinada e seu reino, dizimado. Sua mãe perdeu a vida de forma misteriosa, e alguém o levara para ser criado por Viviane. Ela o amou como um filho e o ensinou a lutar uma guerra que não era sua. Lancelot conheceu Morgana e Arthur, aprendendo que a amizade dos dois era a sua verdade. Ele pertencia a Camelot, não por ser obrigado, e, sim, por ser o desejo do seu coração.

Havia boatos de que Lancelot fora abençoado por uma fada ainda quando bebê; que ela se encantara por ele e o tornara imune à magia, para que nunca pudessem lhe fazer mal dessa forma. E havia quem jurasse que essa fada era Lilibeth, a última princesa das fadas, em pessoa. Porém, desde que o reino das fadas foi destruído por Barba Negra e seu comparsa, Capitão Gancho, era possível contar nos dedos do pirata de uma mão só quem viu a fada outra vez.

Morgana amava Lancelot praticamente tanto quanto amava seu irmão. Aos 27 anos, Lancelot era um homem muito bonito, seus cabelos castanho-escuros curtos contrastavam com seus olhos azuis, que iluminavam seu rosto quadrado, arrematado por um furo no queixo. Era forte, atlético e bem alto, mas um pouco mais baixo que Arthur. Seu sorriso charmoso e sua barba curta, num tom um pouco mais claro que seus cabelos, mexiam com a cabeça das mulheres. Quando eram mais novos, a feiticeira via as moças desesperadas por ele não se casar com elas, mas o cavaleiro nunca ficava com alguém por muito tempo. Depois, de repente, a chuva de mulheres parou e ele agora se mantinha mais quieto.

Morgana desconfiava de que algo havia acontecido em algum período em que ficaram afastados. De um momento para outro, Lancelot passou a carregar uma doce melancolia. Ela via uma sombra de tristeza em seus olhos e nunca soube exatamente de onde aquilo vinha e como surgira. Era como se estivesse sempre esperando. Ele tentava esconder, mas ela não precisava usar magia para reconhecer um coração partido. Por menos que soubesse sobre o assunto, podia ver.

Às vezes Morgana percebia que definia o amigo comparando-o a seu irmão, e vice-versa. Os olhos de Arthur eram mais vivos, os de Lancelot, mais misteriosos. O sorriso de Lancelot era sedutor, o de Arthur, encantador. Lancelot não se importava com o que pensassem dele, Arthur queria impressionar as pessoas. Eles eram diferentes em muitos aspectos, mas ao mesmo tempo se completavam. Lancelot era intenso, Arthur mantinha a calma até mesmo quando estava prestes a explodir. Lancelot era fogo, Arthur, água. Arthur era razão, Lancelot, coração. Arthur precisava de suporte, Lancelot tinha as respostas e o apoio. Um era rei, o outro era seu mais sincero e leal cavaleiro. Ambos morreriam um pelo outro, e os dois colocariam o mundo abaixo por ela.

— Estava conversando com Galahad e gostaria de lhe fazer uma pergunta — disse ela, de repente, dissipando suas comparações, e percebeu que a menção ao cavaleiro fez Lancelot prestar mais atenção. — Quando olhei para ele, pude sentir... — Parou e observou-o fechar a expressão, preocupado. — Não fiz de propósito, Lancelot. Não banque o meu irmão. Acabei de lhe contar que não consigo mais controlar os meus poderes.

— Não estou dizendo nada, Morgana. Lembre-se de seu treinamento e do que aconteceu na última vez em que perdeu o controle.

— Sim, eu me recordo. Escuridão — admitiu, sem detalhar. — Meses em Escuridão.

— Se pensar que aquilo pode acontecer novamente, minha mãe virá buscá-la. E duvido que possamos impedir que você retorne a Avalon — continuou, tenso. — Seu corpo ficaria vulnerável no castelo.

Um pássaro levantou voo despertando a atenção de Morgana, que o seguiu com o olhar. Inicialmente distraída, não percebeu que Lancelot a fitava. Ela parecia cansada, e ele temia o resultado daquelas experiências que vivia. Deixando o passarinho de lado, sentiu o olhar do cavaleiro e o encarou. Nenhum dos dois disse nada, até que ela não se conteve.

— Está fazendo outra vez, Lancelot. Está me observando como se quisesse ver através de mim — disse, enquanto ele desviava o olhar. — O que procura?

— Nada, evidentemente. Você parece cansada.

— Pode esquecer isso um momento e responder a uma pergunta? — Essa era Morgana, perdendo a paciência ao sentir que ele lhe escondia a verdade e que não pretendia lhe dizer. Lancelot já a havia visto assim centenas de vezes.

— Continue — respondeu, grave.

— Vi Galahad em Avalon. Senti que ele esteve lá na mesma época em que estivemos, mas não me lembro. Você se lembra, Lancelot?

— Sim, foi lá que o conheci, há alguns anos. E recentemente o recomendei a seu irmão como cavaleiro. — Não deu mais detalhes.

— Eu sabia que ele havia estado lá! Ele disse que não se lembrava e foi sincero, senti isso. Como isso é possível? Por que não nos recordamos um do outro?

Era uma pergunta clara, e Lancelot compreendia que ela insistiria até que contasse. Ele não podia falar a respeito. Morgana deveria se lembrar sozinha. Qualquer ajuda seria um retrocesso.

— O fato é que eu... — Ele não completou o pensamento.

Os dois ouviram passos se aproximando, e logo Arthur e mais quatro cavaleiros estavam à sua frente.

O semblante do rei estava fechado. Entre os cavaleiros não havia nenhum da Távola Redonda, que, com a exceção de Bors, tinham saído com Kay. Lancelot levantou-se de imediato e estendeu a mão para Morgana, colocando-a atrás de si, antes que ela pudesse reclamar. Conhecia Arthur o suficiente para saber que estava à beira de um ataque de fúria, o que era raro. As árvores se agitavam, e os pássaros levantavam voo, parecendo sentir a tensão no ar.

— Lancelot, perguntarei apenas uma vez: Morgana contou a você? — indagou Arthur, observando Lancelot instintivamente colocar uma das mãos para trás, de modo que Morgana não tentasse vir para a frente. — Por Deus, não diga que foi você. — O rei empalideceu.

Seu primeiro cavaleiro olhou rapidamente para Morgana, que parecia tão confusa quanto ele. A feiticeira tentou se aproveitar dos poderes descontrolados e captar algo dos homens, entretanto nada vinha. Depois de dois dias de abundante confusão, era como se estivesse normal outra vez. Não tinha a mínima noção do que viria. Ela tentava olhar para Arthur, mas Lancelot bloqueava seu caminho.

Juntando toda a sua força, ela esperou pela distração de Lancelot, passou para a frente dele e viu Galahad ao lado do irmão.

— Ah! Você contou a ele? — exclamou, pensando que o irmão estivesse zangado pela conversa que tiveram. Não era nada grave, mas era só o que ela podia pensar. O falatório de Merlin deixava Arthur insuportavelmente superprotetor.

No mesmo instante, Arthur sacou a espada e a apontou para o peito de Galahad, que o encarou, perplexo.

— Foi você, Galahad? Não é possível!

Os outros cavaleiros não sabiam como proceder a esse rompante do rei, por não saberem exatamente o que acontecia. Isso não impediu Lancelot de se colocar entre a espada e o peito do jovem cavaleiro.

— Arthur, o que diabos está acontecendo? — exclamou, empurrando a espada com o braço, como se não estivesse na presença do rei, mas apenas na de um amigo, que era como o considerava. — Guarde essa espada e vamos conversar.

— Ele a desonrou, Lancelot — falou Arthur, entre dentes, despertando uma reação bem menos tranquila no cavaleiro.

— Como é? — Lancelot saiu da frente da espada e encarou Galahad, cruzando os braços. — Garoto, quer se explicar?

— Vocês perderam o juízo? — exclamou Morgana, nervosa, chamando a atenção dos presentes e finalmente conseguindo olhar nos olhos do irmão. Nada. A breve habilidade de ter vislumbres da mente humana já não existia. — O que está havendo?

— Estive em seu quarto e vi a prova enquanto Alana trocava a roupa de cama, irmã. — O tom de Arthur era baixo, contendo-se, sem querer expô-la ainda mais.

— Minha honra está intacta, caro irmão. — Morgana mal podia crer no que se dava conta. Arthur interpretara tudo errado. — O sangue não é de onde pensa — explicou, ruborizando. Afinal, todos foram ligando as peças e descobriram sobre o que se tratava. — É daqui. — Comprovou ao levantar o pesado vestido acima do joelho, fazendo com que todos os cavaleiros olhassem em direções opostas com a exceção de Arthur e Lancelot, que já nadara com ela no lago, em Avalon, e vira um pouco mais do que um joelho.

Os três se encararam quando ela soltou o tecido. Morgana ameaçava ficar ainda mais furiosa; Arthur, ainda parecendo confuso, acalmava-se na mesma proporção; e Lancelot continha o riso. O silêncio foi cortado por um longo suspiro de alívio da parte de Galahad.

— Sinto muito, Galahad — desculpou-se o rei, colocando a mão em seu ombro. — Foi um erro imperdoável duvidar de sua honra e lealdade.

— Não é necessário, Arthur. Entendo e faria o mesmo em seu lugar se fosse minha irmã — respondeu, sincero.

Morgana olhou admirada para o cavaleiro. Durante aquele tempo todo ele sequer tremeu. Virou-se para o irmão, levando as duas mãos à cintura.

— Sinto muito, Morgana. Foi um erro imperdoável duvidar de sua honra também — murmurou, contrariado, guardando a espada.

Ela virou o rosto para Lancelot, que imediatamente disse:

— Não cometi erro algum e não pedirei desculpas, se é o que você está esperando. — Levantou as mãos, enquanto Arthur liberava os outros cavaleiros.

Quando restavam apenas os três, Arthur começou:

— Morgana, posso ter me excedido razoavelmente. — Ele menosprezou o evento. — Entretanto, ainda não entendi por que seu joelho está ferido. E, por favor, agradeço se não levantar mais as vestes perante meus homens outra vez.

— Irmão, a situação já está obscura, não preciso dos seus rompantes. São tão raros e tão inconvenientes. Não sou uma menina indefesa para que proteja a minha honra. Se dependesse dos costumes... — Fez uma pausa, refletindo. — Viviane tinha muitos planos sobre isso. Pergunte a Lancelot. — Apontou para o amigo, que balançou a cabeça como se dissesse para não o envolver.

Arthur aproximou-se da irmã. Toda a fúria se foi, restando a dúvida. Com Morgana, não havia meio-termo. A vida era intensa e cheia de surpresas. Com as novas e descontroladas visões, tudo fora multiplicado. Quando vira o sangue no lençol, pensara que a irmã havia sido ferida ou até que poderia estar em seu período, mas ao notar que a quantidade era pequena e observar o constrangimento na expressão da aia, chegou à única conclusão possível. Estava envergonhado.

— Você sabe que não vejo a religião e o que ela faria com seu corpo da mesma forma que Viviane. Preocupei-me e cheguei às conclusões erradas. Agi precipitadamente. Imperdoável.

— Está tudo bem, Arthur — decretou ao segurar sua mão e perceber que estavam sozinhos. Lancelot se fora. Ele sabia que a situação estava sob controle. — Penso que você não teve muita escolha. A ocasião parecia comprometedora. Infelizmente, a verdade é que não sei como me machuquei. De um instante para outro meu joelho estava ferido, sangrando e doendo. Por mais que tente me lembrar, não sei como aconteceu. E... creio que a história fica pior.

— Como é possível? — Ele estava cada vez mais preocupado.

— As visões que tenho com outro tempo e lugar. Já contei sobre aquela jovem e... Bem, ela se machucou.

O rei empalideceu. "Como é possível?", repetiu em pensamento.

— Ainda não compreendo.

— Não é estranho que eu tenha um ferimento após a jovem com quem tenho visões se machucar? E tem mais: aquele poder estranho que me permite mexer com a mente das pessoas e ter vislumbres de passado e futuro se foi.

— Merlin estava certo, então. Era só um descontrole passageiro. É um alívio saber que você voltou ao normal, porém o ferimento me deixa apreensivo. O que estava fazendo antes de isso aparecer?

Ela pensou por um momento, olhou seriamente para ele e contou:

— Eu estava confrontando Merlin, Arthur. Era isso o que eu estava fazendo.

8

A vida de Arthur e Morgana nunca fora simples. Muito antes de seu nascimento, sua mãe, Igraine, era casada com o Duque Gorlois e morava em Tintagel, na Cornualha, localizada no reino dos homens.

À época, Uther Pendragon estava destinado a ser o Grande Rei de toda a Britânia, aquele que protegeria o reino da magia.

Decidido a explorar o reino dos homens, Uther desobedeceu Merlin e cruzou o portal. Quando conheceu Igraine, eles se apaixonaram perdidamente. Desesperado por conhecer seu poder, Gorlois temeu perder sua vida e sua mulher e arquitetou um plano para matar Uther. Mas ele não podia prever que Merlin se adiantaria e que os homens do rei estariam preparados. Gorlois morreu e, paralelamente, Merlin criou um feitiço, possibilitando a entrada de Uther em Tintagel e fazendo com que todos vissem Gorlois em sua face. Igraine conseguia enxergar quem ele era então, e eles consumaram sua nova relação, gerando, assim, Arthur. Morgana veio quatro anos depois.

Quando Igraine se negou a atravessar o portal e a deixar o reino dos homens, o amor de Uther por aquela mulher foi maior do que seu amor por toda a magia, e ele abdicou de tudo, criando seu próprio reino, Camelot. Merlin avisou-o dos riscos que corria e lhe jurou lealdade e proteção desde que, no devido tempo, lhe fosse entregue o primogênito do rei. O desejo do feiticeiro era restaurar o equilíbrio entre as terras e salvar a magia.

Quando Arthur completou 12 anos, Merlin informou a seus pais que partiria com ele para sua própria segurança e treinamento. Na mesma época, Viviane percebeu que Morgana nascera com o antigo poder de Uther e a levou para ser criada em Avalon. O coração de Igraine se partiu e ela nunca mais teve paz em sua vida. Acreditando ser uma punição, converteu-se ao cristianismo e viveu o resto de seus dias pedindo a Deus que trouxesse seus filhos de volta.

Arthur e Morgana eram muito apegados. A separação em uma idade tão prematura causou uma marca em suas vidas que jamais passaria. Essa carência excessiva levou a menina a criar laços muito fortes com Lancelot e, coincidentemente, o mesmo ocorreu com seu irmão, que conheceu seu futuro cavaleiro três anos antes de se separar da irmã.

Lancelot adorava quando precisava sair de Avalon para acompanhar sua mãe adotiva. Um dia, estava pendurado em um galho de árvore, esperando Viviane voltar de uma visita a Igraine. Ele tinha 9 anos e resolveu se pendurar de ponta-cabeça para descobrir quanto tempo suas pernas suportariam o peso de seu corpo antes de ter que usar os braços. Ouviu um grito, virou a cabeça para a esquerda e avistou um cavalo desgovernado, com um menino montado nele, vindo em sua direção. Lancelot tinha apenas alguns segundos para calcular a melhor forma de agir. Sorriu discretamente, contou até três, impulsionou o corpo para que suas mãos segurassem o galho e soltou-se, caindo exatamente sobre o animal.

— Olá, parece que está com problemas — dissera, virando-se para a criança, para então descobrir que se tratava de Arthur, filho do Grande Rei. — Não se preocupe, logo resolverei. — Piscou, segurando as rédeas com jeito.

Impressionado, Arthur observou-o inclinar-se sobre o cavalo e falar baixinho em seu ouvido, acalmando-o. Em seguida, eles pararam.

Assim nasceu a bela e franca amizade, que se intensificava a cada encontro. Parecia que o destino conspirava para que os dois deparassem com situações perigosas, que foram diversas no decorrer dos anos.

Quando Morgana chegou a Avalon, Lancelot imediatamente se aproximou e o tempo se encarregou de fortificar a afeição entre ele e os dois irmãos. Após seu treinamento com Sir Hector, juntou-se a Arthur, tornando-se seu melhor amigo e leal cavaleiro aos 18 anos, jamais deixando de retornar a Avalon.

Apesar das batalhas sangrentas de que participavam, a vida não poderia ser considerada ruim. Os dois apreciavam lutar e libertar a terra de qualquer inimigo que ousasse querer tomá-la para si. Arthur era um exímio estrategista, e Lancelot, seu fiel executor. Nenhum mal se aproximava do jovem príncipe enquanto seu amigo estivesse por perto. Foi assim que, aos 25 anos, Lancelot se feriu gravemente e precisou passar uma temporada em Avalon, com o intuito de se restabelecer.

Tudo parecia acontecer na mesma época: Merlin saiu em uma jornada sigilosa e estava desaparecido havia meses; Viviane solicitou que seu filho permanecesse por alguns meses em Avalon, dizendo a Arthur que esse era o desejo da Deusa; seu amigo, mesmo ferido, negava-se a ficar, mas o príncipe sentiu tranquilidade em seu coração — aquela era a coisa certa a se fazer.

Arthur não pôde ver Morgana; disseram-lhe que ela passava por um longo período de meditação preparando-se para conhecer sua sina. Ainda magoado com a separação que lhes era imposta havia anos, deixou Avalon e partiu em busca de Merlin.

Os três vieram a se encontrar novamente em um dia negro, quando a morte levou os pais de Arthur e Morgana, durante uma das batalhas contra os saxões, que estavam decididos a tomar o reino e descobrir como conquistar a magia.

Primeiro o pai, que após lutar bravamente teve uma espada atravessada em seu peito. Pouco antes de morrer, por meio do perdão e do poder da Deusa, Uther cravou sua espada em uma pedra, declarando que só um verdadeiro rei a tiraria de lá. Depois a mãe, que não resistiu ao ver sua alma gêmea deixando este mundo. Em presença da morte, a magia de Morgana se intensificou e o fogo nascido da dor de perder quem amava destruiu aquela vila e cada saxão que tentava se aproximar dela.

Morgana nem deveria estar no meio de tanto sangue, mas, após dormir um longo sono de seis meses, teve uma visão com a morte de seus pais e fugiu de Avalon, acompanhada de Lancelot. Ela chegaria bem a tempo de ver sua mãe caindo sobre o corpo falecido do pai. Após viver dez anos longe de quem amava, seu reencontro foi mergulhado em morte. Nunca sentiu tanta dor correndo em suas veias. Seu desejo era morrer com eles e levar consigo tudo ao redor. Como a mais poderosa sacerdotisa da Deusa, ela tinha, entre outros dons, o de controlar o fogo. Ninguém mais no reino tinha um poder assim, e ela passou a ser conhecida como Senhora do Fogo. Não fosse seu irmão, Morgana teria morrido consumida pelo ódio e pelo desejo de vingança que explodia em seu coração.

Merlin, que reaparecera havia algumas semanas, dissera a Arthur que seu destino era estar longe quando os pais morressem, mas este, pressentindo a morte, ordenou que seus cavaleiros rumassem para a fronteira de Tintagel, castelo onde sua família passava o verão. Eles chegaram à vila, alguns metros à direita do castelo, no momento em que Morgana queimava tudo, descontrolada. Ele demorou apenas alguns segundos para reconhecê-la; era impossível não ligar aqueles cabelos tão vermelhos à irmã.

— Sim, é Morgana — confirmou Lancelot ao cravar a espada no peito de um saxão que se aproximava de Arthur e vendo seu amigo fazer o mesmo com outro.

— Morgana — disse Arthur após se recuperar do choque momentâneo ao ver seus pais caídos —, o que houve aqui? — perguntou aos gritos.

— Chegamos agora também, Arthur. Não sei — respondeu Lancelot, virando-se de costas para ele, enquanto outros cavaleiros surgiam para proteger o príncipe, que também lutava bravamente, e seguia explicando: — Há muita desgraça. Para um estrago assim, alguém deve ter traído seu pai.

— Morgana! — gritou Arthur, avançando em direção ao fogo.

Ao ouvir a voz do irmão, a feiticeira olhou para ele, que se aproximava pulando as labaredas mais baixas.

— Nossos pais... Mataram nossos pais. Agora todos vão morrer — dizia ela enquanto uma das mãos apontava para um bárbaro saxão em pé e o queimava.

— É você quem controla o fogo! — constatou, surpreso, sem imaginar que ela tivesse um poder tão grande. — Morgana, pare! — gritou.

Concentrado na irmã, ele não viu que a parede de madeira de um casebre desabava, em chamas, e teria sido atingido se Lancelot não o tivesse empurrado para longe.

Morgana distraiu-se por um segundo, olhando em direção ao irmão e seu salvador. Ambos eram importantes para ela e pediam que parasse, mas ela não hesitava em continuar, porque seu coração enegrecido dificultava que os ouvisse.

Arthur percebeu que ela chorava lágrimas de fogo.

— Pare! — implorou.

Morgana o encarou com ferocidade, momentaneamente tomada por Escuridão, para, em seguida, finalmente dar-se conta de que estava arriscando a vida deles. Seu irmão, o que restava de sua família, seu próprio sangue. Lancelot, seu melhor amigo e irmão de coração. Ela diminuiu o fogo em volta dele, percebeu que o cavaleiro não estava mais à vista, provavelmente dando corbertura para Arthur. A feiticeira ordenou que o irmão fosse embora, para que ela pudesse queimar tudo à sua volta e morrer ali com seus pais, em meio a uma guerra que não parecia terminar.

— E eu, irmã? — suplicou. — Após tudo o que houve esta noite, terei de observar minha irmã ser consumida pelas chamas sem fazer nada? — perguntou, indo até ela, que, ao temer pela segurança do irmão, diminuía cada vez mais a intensidade do fogo.

Frente a frente, cercados por uma fraca labareda, Arthur prometeu que jamais desistiria da irmã e que a protegeria sempre. Ela caiu de joelhos, chorando. Extinguiu as últimas chamas e repetiu as palavras dele, dizendo que jamais desistiria de Arthur e o protegeria sempre. Promessas feitas de fogo, cinza e brasa.

Os cavaleiros de Arthur e homens de seu pai que sobreviveram conseguiram render os inimigos e evitar que mais vidas fossem perdidas, mas a morte e a ausência de fé abalavam o coração dos sobreviventes.

Quando a fumaça baixou e o dia começou a clarear, eles viram a pedra em que Uther cravara sua espada. Merlin aproximou-se dela e, quando a tocou, transformou-a em uma espada mágica resplandecente.

— Esta é Excalibur! — bradou o feiticeiro. — Aquele que a retirar desta pedra será o Grande Rei da Britânia e protetor da magia.

Os homens do finado Grande Rei não tinham consciência de que Arthur era o filho perdido que retornava, porém todos conheciam as lendas sobre o poderoso feiticeiro e conselheiro de Uther. Eles se encaravam, decidindo quem seria o primeiro a tentar se tornar o novo rei. Lancelot deu um passo à frente para impedi-los, mas Arthur segurou-o pelo braço, permitindo que os outros tentassem.

Um a um, todos os antigos homens de Uther tentaram e falharam. Ao terminar, olharam para os cavaleiros que chegaram em meio à batalha para ajudá-los e para a feiticeira que estava com eles, também não reconhecendo a jovem filha do rei.

Morgana apertou a mão esquerda de Arthur, e Lancelot tocou seu ombro direito, numa prece muda de apoio e lealdade. Arthur caminhou lentamente até a pedra, estendeu a mão e fechou os olhos ao se lembrar de seu pai. E, então, com o céu como testemunha e sob o olhar atento de Merlin, que os observava enigmático de longe, Arthur tirou Excalibur e levantou-a em direção aos céus. Imediatamente, Lancelot se curvou diante dele, sendo seguido por todos os presentes, que davam vivas ao novo Grande Rei.

Dois anos após a coroação de Arthur, Lancelot encarava o horizonte através da janela do salão de reuniões do rei. Refletia sobre o significado do descontrole de Morgana.

— Lembranças, meu amigo? — perguntou Arthur, aproximando-se dele.

— Algumas — assentiu, virando-se.

— No que pensava?

— No dia em que você tirou a espada da pedra.

— E, poucos dias depois, Morgana a arremessou no mar, revoltada por eu deixar que Merlin controlasse nossas vidas. — Arthur balançou a cabeça ao relembrar da impulsividade da irmã.

— Sim. — O cavaleiro sorriu, recordando-se daquele dia. — Mas a trouxeram de volta para você.

— Excalibur. — Arthur a desembainhou, o brilho da lâmina refletindo a luz e ilustrando sua imponência. — Um presente que Lilibeth me trouxe. Dizem que fui o último homem a vê-la. Uma honra e tanto, não acha?

— É o que dizem. — Lancelot deu um sorriso misterioso.

— A última princesa das fadas... — Arthur deslizou os dedos sobre o aço encantado da espada. — Nunca entendi por que ela não se proclamou rainha.

— Não há mais nada para reinar. — Lancelot se afastou da janela. Era como se todas as lembranças quisessem voltar.

— Ainda assim, Lilibeth é um dos seres mais poderosos de todos os reinos. Ela deveria estar aqui.

— Quando for necessário, ela virá.

Arthur encarou Lancelot e não questionou como ele podia ter tanta certeza. Era sabido entre seus homens que a fada tinha uma predileção por seu primeiro cavaleiro. E, apesar de ter certa curiosidade sobre até que ponto ia a relação dos dois, o rei decidiu deixar o assunto de lado.

— E Morgana, acalmou-se? — indagou Lancelot.

— Sim. Apesar de estar furiosa com Merlin. Ela o culpa por tudo.

— E provavelmente está certa — retrucou o cavaleiro.

— Nós conversamos e ele me garantiu que não fez nada. — Observou seu amigo estalar os dedos, como se quisesse se distrair e não prosseguir discutindo. — Vocês dois nunca confiarão plenamente em Merlin, não é mesmo? — constatou, sentando-se à cadeira em frente à grande Távola Redonda que preenchia o ambiente.

— Ele não é digno de confiança plena, Arthur.

— Sei que ele é um pouco dominador.

Lancelot riu e sentou-se ao lado do amigo, servindo-lhe uma taça de hidromel.

— Um pouco dominador, um pouco manipulador, um pouco ardiloso e mais um pouco de outras qualidades duvidosas.

Arthur acompanhou sua risada e desistiu de defender Merlin. Conhecia muito bem as artimanhas do feiticeiro, mas aprendeu a considerá-lo um pai. Mesmo reconhecendo seus defeitos.

— O que acha que está acontecendo com Morgana? — Arthur ficou sério e fez a pergunta que o consumia.

— Não sei. — Foi a resposta simples do cavaleiro.

— Foi assim da outra vez? — insistiu.

— Não exatamente — respondeu Lancelot, parecendo levemente desconfortável. — Houve uma alteração de poder também, algumas tonturas e perdas de consciência. Depois, como lhe contei, Viviane a levou para um lugar seguro com um dos trigêmeos de Morgause e me disse que ela estava com você, quando na verdade passou seis meses inconsciente. Até hoje sinto remorso por ter acreditado.

— Ela parece ter voltado ao normal agora. — Arthur assentiu, pensativo, e lembrou de Malagant, filho de sua tia Morgause, cuja morte trágica ainda marcava sua família. — É como se, mais uma vez, tudo acontecesse ao mesmo tempo. A magia parece estar se escondendo, os saxões cada vez mais invadem nossas terras, Morgana com esses problemas, e Roma anunciando que retirará seu apoio se eu não concordar em tornar toda a Britânia cristã.

— As pessoas usam a religião para controlar os homens. Não me parece que isso seja a vontade de qualquer um dos deuses que vocês seguem. Roma não tem o direito de impor sua crença em nossa terra. As pessoas devem ser livres. Sua situação é muito frágil, Arthur, você está bem no meio, pois não é nem cristão nem pagão. — Ele torceu o nariz ao mencionar o modo como os cristãos se referiam a eles. — Porém, ao contrário de mim, você crê nos dois ao mesmo tempo. Não entendo como é possível, sendo os preceitos tão diferentes, mas é claro que você tem esse direito. O problema é que ambos os lados podem se rebelar contra você.

— Até você, Lancelot? Como disse a Morgana, realmente acredito que as pessoas devam ser livres para crer no que quiserem, ou não crer em nada, como você.

— Tenho as minhas crenças. Elas só não estão nas mãos de um ser superior. Ainda mais quando simples homens julgam que devo obedecê-los em nome de Deus.

— Religião não deveria se misturar com política. — O rei balançou a cabeça.

— Não seja ingênuo, Arthur. Religião é poder. É o instrumento que eles usam para controlar você. Ao ceder, eles ganham poder.

— Já disse, Roma não enviará homens para derrotar os saxões se eu não ceder à Igreja.

— Então, mande-os embora. Eles irão mais cedo ou mais tarde, estão com medo dos saxões. Quanto mais se aproximarem, mais estarão em contato com a magia. Roma mandará colocar fogo em toda a Britânia, se descobrirem tudo o que escondemos. Nós podemos cuidar disso, você precisa tomar as rédeas da situação novamente. Faça novas alianças se quiser, mas não com quem quer dominá-lo. Você é o Grande Rei da Britânia, Arthur. Você e ninguém mais.

— Mandar Roma embora? Não é possível, Lancelot. Eles são nossos aliados. Protelamos a perda das nossas terras, mas não há muito o que fazer com a religião. Meu dever é assegurar que as pessoas possam crer no que desejarem.

— Isso está fora da nossa realidade. Quantas vezes um aliado seu quis o meu pescoço por dizer as palavras erradas e renegar a crença a que ele pertencia?

— Ninguém faria nada contra você, Lancelot. Você é meu melhor amigo. É como um irmão para mim.

— É exatamente essa a questão: sou o melhor amigo do Grande Rei e, por isso, inatingível. Mas e o povo? Você não vê o povo falando abertamente sobre o que crê, vê? O que eles farão? Matarão a todos que se negarem se dobrar a eles? Não há reino sem seu povo, meu amigo. — As palavras do cavaleiro soaram cortantes, trazendo uma verdade impossível de ser negada. — Deixe os romanos e suas espadas pequeninas irem embora. — Ele sorriu ao fazer referência às *espatas*, armas de luta romana, que eram como as espadas britânicas, porém muito mais curtas. — Nós podemos defender nossas terras sem nos dobrar a exigências desse tipo.

— Lancelot, o tamanho de uma espada não faz um guerreiro. — Arthur sorriu ao ver a sobrancelha levantada do cavaleiro e sua expressão sarcástica.

— Bem... Há controvérsias. — E os dois explodiram em risadas.

Os raios lunares caíam em cheio sobre a mesa redonda. Além deles, vários archotes iluminavam o ambiente. Arthur estava sentado em seu lugar, com os cotovelos apoiados na mesa e o queixo encostado nos dedos entrelaçados, como se fizesse uma breve oração antes que seus barulhentos cavaleiros chegassem para a reunião. Fora os batedores, arqueiros, lanceiros e outros importantes soldados que compunham seu exército, ele tinha 2500 cavaleiros, apesar de nem sempre todos ficarem em Camelot. Para as reuniões, apenas 12 compareceriam. Eram os membros do conselho do reino, os cavaleiros da Távola Redonda. A mesa foi presente de Merlin ao jovem rei.

Ela era feita de carvalho. No centro havia três desenhos esculpidos sobrepostos: uma ilha, retratando a magia de Avalon; um trono, simbolizando o poder de Arthur; e uma espada, representando a união dos cavaleiros. Uma inscrição dizia: “Esta é a Távola Redonda do Grande Rei Arthur e de seus XII valentes e leais Cavaleiros.” Nas bordas estavam os nomes de cada um deles, a partir de “Grande Rei Arthur”, em ordem, no sentido horário.

Assim que eram escolhidos por Arthur, os nomes surgiam gravados como fogo na madeira. Somente os mais valentes e corajosos eram escolhidos. E todos haviam salvado a vida de Arthur pelo menos uma vez.

Todos tratavam Arthur de igual para igual, sem nenhuma deferência a títulos. A Távola Redonda os igualava. O rei também estendia esse privilégio a vários de seus homens. Ele acreditava que, se alguém estava disposto a morrer por ele, o mínimo que poderia fazer em troca era honrar tal pessoa.

Vários de seus cavaleiros queriam ser dignos de se sentar com ele, mas só a morte de um dos escolhidos era capaz de determinar o próximo a se sentar ali. Entretanto, havia um lugar denominado “Assento Perigoso”. Merlin dizia que ninguém deveria se sentar nele até que a Távola escolhesse o cavaleiro mais honrado dentre todos, aquele que jamais decepcionaria Arthur e ajudaria a unificar o reino. Qualquer pessoa que ousou tomar seu assento morreu de forma trágica e rápida. Ele seria escolhido pela própria Deusa e seu nome surgiria na madeira quando Arthur mais precisasse.

— O que aflige seus pensamentos, Arthur? — Era Lancelot, como sempre o primeiro cavaleiro a chegar.

— Estive pensando: e se eu estiver pagando pelos pecados do meu pai? Ele roubou a mulher de outro, matou e mentiu para conseguir o que queria. — O rei observou o amigo se sentar ao seu lado direito, na cadeira que era dele por merecimento. — Ele desistiu da magia e quase colocou tudo a perder.

— Nós não somos responsáveis pelos erros dos nossos pais. Respondemos pelos nossos e nada mais.

— Talvez você tenha razão — disse Arthur, recebendo o suporte que esperava.

— Talvez não, eu tenho. — O cavaleiro sorriu. — Já me questionei se não havia mesmo um Deus por aí, mas creio que, se Ele existisse, teria mais o que fazer em vez de ficar pensando o tempo todo em como nos castigar. Nós somos responsáveis pelos nossos atos, e é possível que nos atormentemos com fatos com que nenhuma divindade se importaria. Seu pai escolheu o caminho dele. Certo ou errado, o peso recaiu sobre ele. Você é quem fará o seu. Suas escolhas determinarão seu fim.

— Às vezes você fala como um homem que crê, Lancelot.

— Meu dever é agradar você. — E a provocação funcionou, pois Arthur riu.

— Qual o motivo da alegria? — perguntou Bors, entrando no salão, seguido dos outros cavaleiros que estavam de volta da patrulha. Ele era alto, negro, forte e tinha os cabelos raspados. Aos 30 anos, era o mais velho dos cavaleiros de Arthur e, curiosamente, o mais animado.

Nem todos estariam presentes, pois executavam missões para seu rei. Ao se acomodarem nos lugares marcados, os cavaleiros colocaram suas espadas sobre a mesa, com as pontas sempre direcionadas ao centro. Três cadeiras estavam vazias: o Assento Perigoso e o lugar dos irmãos Gawain e Mordred, primos de Arthur, que haviam ido até a Britânia Menor para obter informações de como eles estavam resistindo aos saxões.

— Notícias de meus primos? — O rei iniciou a reunião da noite.

— Sim. — Gaheris, irmão dos dois, apressou-se em responder. Ele era gêmeo de Mordred, apesar de suas aparências serem opostas. Gaheris mantinha os cabelos loiros tocando seus ombros, era alto, encrenqueiro e irônico. Seus olhos verde-escuros poderiam demonstrar gentileza e escárnio na mesma proporção. Já Mordred era um pouco mais baixo, cabelos negros, nariz simétrico e olhos um pouco mais claros. Era organizado, diplomático e polido, embora também tivesse um lado sarcástico quando queria. Tinham 24 anos. — Um mensageiro chegou a Camelot, à tarde, e trouxe-nos a notícia de que Gawain chegará pela manhã e Mordred demorará mais uns dias, porque parou em Tintagel para escoltar nossa mãe para cá. Parece que ela teve um mau pressentimento em relação a Morgana.

Arthur evitou pensar nas lembranças ruins que o nome Tintagel — onde sua tia passava boa parte do ano com o marido — evocavam, mas não se livrou da preocupação com Morgana, embora sua expressão continuasse impassível. Sua tia seria uma presença benévola para sua irmã. Morgause lidava com a magia e a antiga religião com uma tranquilidade tocante; ela saberia acalmar a sobrinha nesse período difícil.

Lancelot olhou para Arthur discretamente e retomou a pauta, não querendo causar alvoroço.

— Eles não enviaram mais informações pelo mensageiro? — perguntou Percival, o cavaleiro ruivo, cuja esposa tinha laços de sangue distantes com a família real.

— Não — respondeu Gaheris.

— Nós nos desencontraremos deles — presumiu Arthur. — Partiremos para o reino de Pellinore ainda hoje.

Não foi surpresa para nenhum deles; estavam acostumados a viajar nos horários mais variados.

— Iremos todos? — Foi a vez de Kay perguntar.

Ele era o cavaleiro mais sereno do reino. Era brando e extremamente gentil. Arthur e Kayse se conheceram ainda crianças por causa do pai do cavaleiro, Sir Hector, e seu treinamento. O rei o via como um irmão mais velho, já que Kay tinha 27 anos. Estava sempre pronto a se colocar em perigo por ele. Assim como os outros, era alto. Seus cabelos loiros eram mantidos curtos, e seus olhos azuis refletiam o que ele era interiormente: bondade pura. Poucos momentos o transformavam — um deles era em batalha. Toda a sua fúria e intensidade explodiam.

A preocupação de Kay era ficar mais um dia longe da esposa e do filho. Era um cavaleiro, conhecia suas responsabilidades, porém sentia falta de ambos. E, mal retornou, já partiria outra vez.

— Não, Lancelot ficará. — Arthur hesitou, chegando ao assunto que não poderia evitar. — Como vocês devem imaginar, Morgana não está muito bem. Sua saúde é delicada e, durante esse período, Lancelot e eu nos revezaremos no castelo. Confiaria a vida dela a qualquer um de vocês, no entanto, nós a conhecemos mais a fundo e sabemos a melhor forma de lidar com ela. É do conhecimento de todos como minha irmã pode ser voluntariosa.

Eles riram, e Bors aproveitou para brincar com Lancelot, chamando-o de pajem de princesas.

Todos os detalhes ficaram acertados, e o grupo decidiu partir o mais rápido possível. Os cavaleiros já haviam sido dispensados, mas Kay manteve-se em seu lugar, fazendo com que Arthur entendesse que queria conversar.

— Está tudo bem? — perguntou o rei, notando-o apreensivo.

— Sim. — O cavaleiro assentiu. — Preciso de um favor.

— Qual? — Viu-o hesitar. — Vamos, irmão, não se intimide.

Kay relutava, porém passou boa parte da reunião desconcentrado.

— Preciso ver Isolde e Wace. — Referiu-se à mulher e ao filho ainda bebê.

— Partiremos em breve. — Arthur refletia. — Infelizmente, preciso de você para reafirmarmos a aliança com Pellinore. A guerra está cada vez mais à nossa porta.

— Eu sei. E por isso é um favor. — Seus olhos serenos imploravam. — Não os vejo há três dias e passaremos mais alguns fora. Preciso ficar com eles, ainda que seja por pouco tempo.

— Quanto tempo?

— Volto antes que tudo esteja pronto para sairmos — arriscou, ciente de que era o máximo que conseguiria.

— Vá. — A felicidade brilhou em seu cavaleiro. — Peça para Tristan cuidar de seus homens e do que for necessário para sua partida e vá ver sua mulher. Sei que sente saudade do seu filho, mas é Isolde que o está deixando maluco. É notável.

Kay se levantou e seguiu apressado para a porta, parando para falar com seu rei e amigo:

— Espero que você possa se sentir assim algum dia, irmão. Mesmo após dois anos de casados, é sempre como se fosse a primeira vez. Só de saber que vou vê-la, meu coração parece pular do peito. — A alegria escancarou-se em seu rosto.

— Vá! Corra! — Arthur sorriu, vendo-o partir e desejando realmente amar dessa forma algum dia.

9

A forte chuva castigava as janelas do apartamento de Marcos. Melissa cochilava em seu sofá enquanto ele lia, na poltrona, com a luminária da mesinha ligada. Tentava reler mais um capítulo do primeiro volume de *Guerra dos Tronos* e percebia que não se concentrava nem em cinco linhas. Já estava misturando Stark com Lannister.

Melissa se remexeu, adormecida, e chamou sua atenção. No tempo em que se conheciam, ele já a tinha visto dormindo muitas vezes. E quanto mais o tempo passava, mais se questionava se devia confessar seus sentimentos e descobrir se eles eram recíprocos. Ao mesmo tempo, sentia-se um pouco egoísta por pensar em tentar algo. Se desse errado, nada mais seria normal entre eles.

Colocou o livro de volta na estante, tocou de leve um velho tanque de brinquedo que havia de enfeite e sentou-se ao lado do sofá, sobre o tapete. Apoiou a cabeça nas mãos e analisou Melissa para ter certeza de que estava bem. Ela respirava tranquilamente, abraçada a uma almofada.

A jovem se mexeu, fazendo com que seus cabelos escuros cobrissem seu rosto. Marcos sorriu, movendo-os para o lado, recordando-se da primeira vez que a viu, quando não tinham mais do que 6 anos. Enquanto todas as meninas brincavam com bonecas da Barbie, Melissa carregava o tanque de guerra do irmão. Gabriel caminhava a seu lado, incerto. Ela lhe estendeu a mão e ambos seguiram em direção ao parquinho. Marcos cruzou seu caminho e mostrou seu brinquedo: um tanque igualzinho ao dela. Ela sorriu e disse:

— Ótimo. Já podemos começar uma guerra! Quer ser meu amigo? — Estava radiante. — Mas terá que ser amigo do meu irmão também. — E apontou para o menino tímido ao seu lado.

Marcos aceitou, exultante. Melissa poderia nunca descobrir, mas, no exato momento em que ele assentiu, ela se tornou seu primeiro amor.

Ele havia acabado de se mudar no dia anterior para a casa ao lado da que a avó morava. Nos anos seguintes, Marcos e os gêmeos seriam quase inseparáveis.

A morte de Gabriel trouxe Melissa ainda mais para a sua vida. Ele sentia muita falta do melhor amigo, dos jogos e das conversas. Quantas noites passaram debatendo sobre os mais diversos assuntos?

O suspiro de Melissa tirou Marcos de seus devaneios. Seu sono parecia agitado. Depois do episódio da água borbulhante no lago, Paula e Melissa vieram para a casa de Marcos. Por mais que tentassem encontrar uma resposta lógica, não conseguiram entender o estranho fenômeno com a água.

Fazia umas duas horas que Paula tinha saído, e então Melissa adormeceu enquanto os dois assistiam a um filme. Marcos estendeu a mão para acordá-la e dizer para que fosse dormir em sua cama quando ela murmurou:

— Arthur...

Marcos interrompeu o movimento da mão no meio do caminho.

— Arthur? — repetiu ele, um pouco alto, terminando de acordá-la.

— Quem? — perguntou ela, abrindo os olhos.

— Você estava falando dormindo — explicou Marcos, sorrindo com a confusão.

— Estava? — Melissa se sentou, ainda sonolenta.

— Estava.

Ela coçou os olhos, recordando-se do sonho.

— Foi estranho. Um sonho dentro de um sonho... Cada vez parece mais real, apesar das inconstâncias com o que conheço da lenda. — Balançou a cabeça. — É como se eu estivesse realmente em Camelot. Ah, esquece isso.

— Não, não vou esquecer. Fala mais sobre as histórias que você vive nos sonhos — pediu, como se o assunto fosse o mais normal do mundo.

— Você é sempre tão direto. Por mim, eu fugiria dos meus pensamentos.

— É para isso que estou aqui, para evitar que você fuja do que deve enfrentar. Não acho que seja tão simples assim não pensar.

— Como se você fosse um expert no assunto — reclamou.

— Eu não sou, não, Mel. Mas pesquisei sobre isso e acontece bastante, sabia?

— Sonhos reais? — Ela fez uma careta, apesar da curiosidade. — É tão estranho que pensei até em retomar a terapia.

— Li que algumas pessoas se sentem presas nos sonhos. É como se a alma se separasse do corpo. Quando a pessoa acorda, ela não volta corretamente, entende? Como se não se encaixasse com perfeição. Há vários casos na internet. Também li que isso passa; o estranho é que no seu caso é constante. E tem as lembranças...

Ah... Estou perdido... Só não pode dizer que não tentei. Sabe aquele momento de desespero que faz você pensar em pesquisar todas as suas histórias em quadrinhos de super-heróis? Pois é, estou nesse nível!

— Meu machucado no joelho apareceu em Morgana. — Melissa voltou a descrever o sonho. — Galahad apareceu dessa vez, o que é completamente maluco, já que ele é filho de Lancelot na mitologia e, no sonho, os dois eram jovens. Ah, não deveria me preocupar com essas mudanças, certo? Sonhar tanto com isso já é um problema. — Tentava lembrar os detalhes.

— E aí? — O amigo aguardava.

— Ela precisou provar que o sangue era do joelho e que ainda era virgem. — Melissa riu, confrontando a diferença entre as duas épocas.

— Nem sei mais o que dizer. — Marcos queria, acima de tudo, que a amiga não estivesse enlouquecendo, então por mais insano que pudesse parecer, ele torcia para que de alguma forma tudo isso fosse real. Afinal, talvez aquilo explicasse a água do lago.

— Ela levantou o vestido e mostrou o joelho machucado como o meu.

— Que estranho. Mas não pode ser um outro tipo de machucado? Quer dizer, as pessoas caem todos os dias. Você pode ter sonhado com alguém que caiu. É isso, mais ou menos? — Ele estava confuso.

— Não, Marcos, o ferimento era exatamente igual a este aqui — disse, erguendo o vestido e revelando a perna.

Marcos deu um pulo para trás e a encarou, assustado. O joelho estava curado. Não havia nem ao menos uma pequena casquinha de sangue.

— Mel, sei que o que vou perguntar não faz sentido, mas você deixou seu machucado no sonho?

10

No pátio, a lua cheia impunha ainda mais a sua presença gélida. Morgana sabia que estava violando o pedido do irmão para que se mantivesse em seu quarto, na torre, porém tudo estava sob controle e ela não aceitaria mais ser mantida presa. Aproveitou-se da reunião que ele marcou com alguns de seus cavaleiros para escapulir de seu retiro. A política de Camelot nunca a atraíra, ainda que a magia caminhasse paralelamente. Afinal, magia era poder, e poder normalmente terminava em política. Principalmente com inimigos como os saxões e aliados como os romanos, que insistiam em se manter perigosamente por perto.

Cruzou com três cavaleiros no pátio que conversavam sobre a ida de Arthur ao castelo de Pellinore, nas divisas do reino. Apertou mais a grossa capa junto ao corpo e continuou com o rosto parcialmente coberto. Era quase primavera e a noite estava fria. Passou por dois guardas, que não fizeram nada para detê-la, subiu as escadas que levavam para as muralhas e se debruçou na murada, admirando o horizonte escuro, iluminado pelo brilho da lua. Respirou fundo e tentou relaxar sob o ar frio.

Vários minutos se passaram e ela quase sentia como se pudesse se conectar à noite. A brisa tocava seu corpo coberto, querendo entrar, desejando-lhe contar segredos que ela não estava preparada para ouvir.

Primeiro Galahad surgiu em sua mente com a estranha conexão que os envolvia. Ela o viu de longe, mais cedo, conversando com Tristan, um dos cavaleiros da Távola. Percebeu que o jovem lançava olhares para ela, parecendo querer se aproximar, porém hesitando.

— Não está com frio, lady Morgana? — perguntou Galahad, ao parar ao seu lado e inspirar fundo, quase como se pudesse sentir o que ela sentia.

Morgana sobressaltou-se, dando um passo para o lado e aumentando a distância entre eles.

— Já conversamos sobre isso, Galahad — respondeu, sem o olhar.

— Sobre o frio? — Fingiu não entender e percebeu que ela sorria. — Certo, *Morgana*, eu me lembro. — Frisou seu nome, provocando-lhe um arrepio desconhecido. — Tentarei me lembrar de deixar o "lady" de lado.

— Espero. — Olhou-o pela primeira vez na noite. — E você, não sente frio? — Devolveu a primeira pergunta e observou-o atentamente.

Galahad era jovem, apenas um pouco mais velho que ela, apesar de ser mais forte e alto, o que não era difícil, já que Morgana era baixa. Os cabelos do cavaleiro eram claros, lisos e um pouco compridos, cobrindo parte de seu pescoço. Usava um cavanhaque bem-aparado, que lhe dava um semblante atraente e sério, exceto quando sorria. Ao sorrir, seu rosto se iluminava. Seus olhos pareciam ainda mais verdes sob a luz dos archotes próximos. Decididamente era muito belo. Sua túnica de lã cobria uma camisa acolchoada e ainda usava uma grossa capa, jogada sobre os ombros. Dificilmente estaria com frio. Essa constatação fez Morgana enrubescer levemente por ter feito tal pergunta. Não costumava questionar fatos improváveis. Ela ainda admirava-se por ele não desviar os olhos dos seus. Era como se ele não temesse nada do que ela poderia ver, ao contrário da maioria.

— Estou aquecido — respondeu, por fim, olhando-a de modo que a fez estremecer.

Galahad tirou sua própria capa e colocou-a por cima da dela. Morgana balançou a cabeça. Havia algo no sorriso de Galahad que a fazia se perder no fluxo de pensamentos.

— Não precisa tirar sua capa. Não estou com...

— Minha capa ficará onde está — respondeu ele, decidido, mas ainda mantinha o semblante tranquilo.

Entre contrariada e surpresa, Morgana concordou. Raramente um cavaleiro falava com ela dessa forma. Ela tentou ignorar sua presença e observar o movimento do vento nas árvores em volta do castelo. Um breve murmúrio das folhas chegava a seus ouvidos, confabulando. Ainda sentia que conhecia Galahad de outros lugares, outras vidas, talvez.

— Você está apreensiva. Está tudo bem? — perguntou, sem a olhar.

Mais uma vez, ele a surpreendeu. Principalmente por não perguntar sobre sua apreensão e simplesmente questioná-la sobre a provável causa daquilo.

— Perguntei a Lancelot sobre você — respondeu Morgana. — Ele não teve tempo de me contar — omitiu a razão —, mas disse que o conheceu em Avalon.

Galahad imaginava que ela sairia perguntando após o breve encontro da manhã. Ele mesmo estava coberto de dúvidas e decidira questionar Lancelot quando voltasse da viagem com Arthur e os outros.

— Não fiquei muito tempo em Avalon, pouco menos de um ano. Será que nos vimos em algum momento, ainda que de longe, e por isso temos essa sensação de familiaridade? Faria sentido.

— Sim, faria sentido — ela respondeu, mesmo sem acreditar.

— Bem, seria uma honra, mas acho pouco provável que eu seja a causa da sua apreensão.

— O quê? — perguntou ela, sem entender por alguns segundos. — Ah, não, não é você que me deixa *apreensiva*. — Morgana frisou a característica que ele mesmo lhe dera e usou a sinceridade que aprendera com Lancelot, vendo-o sorrir de leve.

— Quer falar sobre isso?

— É bobagem. É sobre essa sensação incômoda de termos nos conhecido. Creio que estou me repetindo.

— Como disse, também compartilho da impressão de termos nos conhecido antes. E sinto esse desejo inexplicável de falar com você — confessou, sem deixar de olhar para ela. — Por mais estranho que pareça.

— Não é estranho. Quer dizer, é, mas em relação a mim, é uma estranheza pequenina. — Aproximou o polegar do dedo indicador, mostrando-lhe o tamanho. — Talvez eu também sinta um desejo inexplicável de falar com você. Mas confesso que não gosto disso.

— Ora, Morgana, sou um cavaleiro tão amável e simpático. Por que não gosta de conversar comigo? — brincou, fazendo-a rir.

— Não é isso. Não gosto de perder o controle. E parece que isso está se tornando uma rotina em minha vida.

— Nunca perdeu o controle antes?

— Poucas vezes. Magia não é algo fácil de dominar.

— Não falo de magia. Falo de emoções. Nunca perdeu o controle delas? — Ela abriu a boca para responder, mas ele a interrompeu, acrescentando: — Emoções puras, sem magia.

A feiticeira pareceu pensar por um momento. Tudo em sua vida era relacionado à magia.

— Não. De que outra forma poderia perder o controle?

— Morgana, você está me dizendo que nunca se apaixonou? — perguntou, mesmo notando que iam cada vez mais longe dos limites aceitáveis entre um cavaleiro e uma princesa.

Morgana sentiu como se todo o sangue de seu corpo corresse para seu rosto, ruborizando. Sabia a resposta, e era negativa. Ela nunca se apaixonara. O que sentia era um calor no peito e o estômago embrulhado cada vez que se aproximava de Galahad. Também sentia as mãos ficarem frias, ainda que seu interior fosse composto de fogo. Estava doente. Essa era uma explicação aceitável. Teria contraído a peste de que ouvira Merlin falando com uma curandeira certa vez?

— Desculpe-me, Morgana. Acredito que tenha me atrevido demais — acrescentou Galahad, arrependido. — Por mais que eu sinta que já tenhamos nos conhecido anteriormente, não deveríamos nos tratar de forma tão íntima. Fui impulsivo e peço que me perdoe.

O cavaleiro se deu conta de que não deveria ter feito essa pergunta, assim como tinha certeza de que deveria ficar longe de Morgana. Inevitavelmente, não conseguia. Ele partiria essa noite com Arthur e, sem entender a razão, não resistiu ao impulso de conversar com ela ao vê-la tão perdida em pensamentos. Temia que sua imprudência pudesse afastá-la outra vez.

— Não, nunca me apaixonei — falou, baixinho, a feiticeira, sem entender por que lhe confidenciava isso.

Os dois estavam lado a lado e olhavam para o horizonte negro, como se não pudessem se olhar. Suas mãos estavam próximas, sobre a muralha. A ponta de seus dedos quase se tocava, atraindo-se. Sem pensar, Galahad colocou a mão sobre a dela. Ficaram em silêncio por vários minutos, continuando sem se olhar, até que ela disse:

— Arthur partirá esta noite para Pellinore, pelo que ouvi dos cavaleiros. Você o acompanhará? — perguntou, tentando mudar de assunto, mas percebendo que a questão poderia parecer íntima demais para o cavaleiro.

— Sim, faço parte dos que o acompanharão — respondeu, sem pretensão, partilhando do desejo dela de mudar de assunto e retomando sua postura tranquila. Espantando-a com sua habilidade de retomar o controle: — Lancelot e outros ficarão. Não é necessário deixar Camelot e aqueles por quem zelamos apenas sob os cuidados dos guardas e soldados do castelo. Não tirando o mérito destes, é claro.

— Não se esqueça do todo-poderoso Merlin — zombou ela, se dirigindo às escadas para descer das muralhas, o que fez com que Galahad risse alto.

— Nunca me esqueço daquele velho safado! — exclamou enquanto lhe oferecia o braço e a ajudava a descer para evitar que caísse ao gargalhar sem controle.

Morgana certamente queria por perto alguém capaz de zombar dessa forma do feiticeiro. Não importava o quanto ele fosse capaz de confundi-la e atraí-la.

— Galahad, você está querendo tomar o meu lugar como o cavaleiro mais corajoso de Arthur? — perguntou Lancelot, zombeteiro, enquanto os observava se aproximar do pé da escada.

— Um dia, caro amigo, mas certamente estou longe de superá-lo — respondeu, sem se abalar.

— Há poucas horas, Arthur tinha uma espada apontada para o seu coração justamente por causa dessa donzela. — Apontou para Morgana, impertinente. — E, agora, onde você está? Brincando com o perigo, literalmente, eu diria.

— Lancelot! — repreendeu-o Morgana, já perto o suficiente para dar um nada discreto murro em seu braço.

Ele gemeu e fingiu dor, antes de dizer:

— Isso são modos de uma dama? — Fingiu seriedade para em seguida rir, quando ela se preparava para bater nele novamente. — Eu não deveria tê-la ensinado a lutar.

Galahad observou a interação dos dois. Morgana parecia ainda mais inocente com Lancelot por perto. Era como se ele despertasse a menina que ainda havia nela.

— Galahad estava apenas me fazendo companhia — respondeu Morgana, levantando o queixo e desafiando seu amigo a contrariá-la.

— Exatamente — confirmou o jovem.

— Ah, pude ver. — Lancelot ainda mantinha o sorriso misterioso ao trocar um olhar com o cavaleiro. Eles eram grandes amigos, apesar de Galahad ser alguns anos mais novo.

Morgana fez menção de tirar a capa de seus ombros para lhe devolver, mas Galahad a impediu, apenas erguendo a mão sem tocar a feiticeira, sob o olhar atento do outro.

— Fique com ela pelo menos até entrar no castelo. Depois Lancelot pode me devolver.

Ela assentiu e sorriu, um pouco tímida. Que estranho fascínio ele exercia sobre ela. Por que isso parecia aumentar justo neste momento turbulento que vivia?

— Bem, devo ir agora. Tenho obrigações a cumprir antes de partir.

— Tome cuidado. — O cavaleiro mais velho pediu com um tom carinhoso, como um irmão preocupado. — Volte inteiro.

A feiticeira os observou. Apesar de conhecer Lancelot como ninguém, nunca tivera muitos detalhes de como a amizade deles se iniciara; por mais que perguntasse, seu amigo sempre desconversava.

— Morgana também quer que você tome cuidado e volte inteiro, garoto. — Ele não resistiu à provocação e ela lhe deu um tapa.

— Lancelot. Lady Morgana — disse Galahad, sorrindo e se despedindo deles, antes de caminhar para longe sem olhar para trás, enquanto Morgana olhava para ele.

Lancelot sentiu a vibração que parecia envolvê-los e sorriu, pensativo.

— Tomarei chá antes de dormir. Você me acompanha? — convidou Morgana. — Queria conversar.

— Claro. — Ele ofereceu o braço e a guiou até a grande cozinha.

Ao vê-la ali, uma das jovens servas do castelo preparou-lhe a bebida com ervas. Era um costume de Morgana, apesar de normalmente desfrutar da bebida em seu quarto.

Quando tudo estava pronto, a menina os deixou a sós.

— Você já se apaixonou, Lancelot? — perguntou Morgana, fazendo com que ele engasgasse. De todas as perguntas, essa era a que menos esperava.

— Sim, uma vez — resolveu responder. De nada adiantaria fugir do assunto.

— Apenas uma vez? — Morgana aproximou-se mais dele e quase sussurrou, como se partilhassem um segredo.

— Se é amor verdadeiro, é apenas uma vez, Morgana — respondeu, sério e pensativo.

Ela o encarou, confusa. Realmente não entendia nada sobre o assunto. Durante o tempo que vivera em Avalon, tudo o que pensou foi em treinar cada vez mais e ficar forte o suficiente para reencontrar seu irmão. Lancelot foi seu único amigo, e ela transferira para ele sentimentos que tinha pelo irmão. Portanto, se apaixonar nunca havia acontecido. Nem sombra do sentimento. Ela se lembrava que Lancelot era mais tranquilo, feliz e, de repente, tornou-se um pouco sombrio, quase como se uma infelicidade o perseguisse constantemente. Aconteceu na mesma época em que ela quase se perdera nas trevas, então de certa forma acreditou que pudesse ter acontecido algo nesse período.

— Naqueles dias, quando acordei, você estava diferente... — A lembrança surgiu vívida em seus pensamentos. — Você a perdeu. Foi por isso que mudou — constatou Morgana.

— Eu me perguntava quando você perceberia. Imaginei que seria quando se apaixonasse. — Lancelot não disfarçou a tristeza.

— Não entendo. Por que não me contou? E onde ela está? Por que desistiu? — Ela disparava indagações.

— Não desisti, não há muito que fazer. Ela teve que voltar para sua terra, e eu precisei ficar. Fim da história. Não contei porque você me encheria de perguntas que eu não estava preparado para responder. Não estou ainda — acrescentou, com a voz dura.

— Sinto muito, Lancelot. Arthur sabe?

— Não, nunca contei.

— Por quê? Ele não faria tantas perguntas como eu.

— É complicado, Morgana.

Ainda que não conhecesse o amor, Morgana soube reconhecer a dor do amigo. A perda o marcou.

— Posso fazer apenas mais uma pergunta? — insistiu delicadamente.

— E não faria mesmo se eu respondesse que não? — Ele ainda brincou.

— Hum, talvez? — Claramente uma mentira. — O que... é... como reconhecemos... — Morgana procurava as palavras. — Como sabemos que estamos apaixonados?

— Morgana, quando você ama, tudo em que acredita muda de perspectiva. A vida se separa em duas: antes e depois da pessoa. Certas coisas perdem o sentido, e outras se tornam primordiais. Como eu soube que estava apaixonado? Ela olhava para mim e, juro, era como se todo o ar fosse sugado para longe. O mundo deixava de existir e tudo o que eu via era ela. Quando ela sorria, o ar retornava. Percebi que finalmente havia encontrado o meu lugar. A minha vida era ela, e ela era a minha vida. É impossível definir de outro modo.

Morgana estava boquiaberta. Não conseguiu conter um suspiro antes de dizer:

— Lancelot, amar é assustador.

Mesmo com toda a tensão, ele não pôde deixar de rir.

— De certa forma, é. Mas, quando você deixa o medo de lado e se entrega, é o sentimento mais belo que existe. Nenhuma magia se compara a amar. Nada se compara a amar.

— Mas você teve de abrir mão. Ela se foi e você mudou, ficou magoado e soturno, mesmo disfarçando. Percebo agora. Não entendo. Era um amor impossível, como as histórias que Viviane nos contava quando éramos mais novos?

— Não existem amores impossíveis. Se é amor verdadeiro entre duas pessoas, é possível. Ainda que não estejamos juntos, não quer dizer que não haja amor.

— Não entendo. — Estava confusa.

— Entenderá. Você foi protegida por tempo demais, pequena — chamou-a pelo apelido carinhoso que apenas ele e Arthur usavam para se referir a ela. — E com a magia e tudo mais que têm fugido do seu controle, é natural que o amor não pareça tão simples. Mas é. Você verá. Seu coração lhe mostrará. — Colocou a mão sobre a dela, fazendo-a se lembrar imediatamente de Galahad. — Creio que já está mostrando, só que ainda não se deu conta disso.

Sem conseguir evitar, perguntou sobre o cavaleiro que habitava seus pensamentos.

— Lancelot, quanto a Galahad... Eu já o vi, certo? Digo, eu o vi em Avalon... — Tentou perguntar e afirmar ao mesmo tempo.

— Só você tem esta resposta. — Percebeu que ela estava perto de se lembrar.

— E você não me explicará? — Sem compreender, ela sabia.

— Não posso.

— Algo me diz que isso tem a ver com as visões e Merlin.

— Novamente, não posso ajudá-la.

— Entendo. Há magia envolvida — afirmou, mas ele continuou calado.

Lancelot e magia não se misturavam, Morgana entendia.

— Onde há magia envolvida? — interrompeu Arthur, ao entrar na cozinha. — Alana me disse que estariam aqui.

A princípio, nem Morgana nem Lancelot disseram nada. Ela não queria trair o amigo e falar mais do que deveria.

— Em tudo, Arthur — respondeu por fim o cavaleiro. — Há magia envolvida em tudo. Não que eu aprecie, é claro.

— Sobre o que conversavam? — Ele pressentia que estavam omitindo informações dele. Era comum entre os dois.

Arthur cresceu sentindo um pouco de ciúme da proximidade de Lancelot e Morgana. Os dois eram leais e o amavam, contudo havia conversas que nunca partilhavam. Uma ligação forte construída em Avalon da qual o rei não pôde fazer parte.

— Sobre o descontrole dos meus poderes — respondeu Morgana rapidamente, querendo desviar a atenção para ela.

— Sei. — Foi a única palavra que emitiu, ainda incomodado.

A feiticeira olhava de um para outro. Lancelot parecia não fazer questão de tranquilizar Arthur; era como se ele estivesse absorto nos próprios problemas e pouco disposto a lidar com ciúmes. E, então, sem aviso, a postura do cavaleiro mudou.

— Certo, quer mesmo saber? — questionou, recebendo toda a atenção do rei. — Você não apreciará, mas Morgana e eu estávamos planejando um modo de matar Merlin — declarou, explodindo em risadas e levando os outros dois com ele.

Lancelot sabia, como ninguém, o melhor modo de dissolver um momento de tensão.

11

Melissa encarava seu joelho, passando a mão sobre o local em que o ferimento deveria estar. A pele lisa não demonstrava ter se rasgado recentemente. A temperatura da sala parecia subir. Marcos devia estar sentindo o mesmo porque foi até a janela e a abriu mais. Ou talvez ele só quisesse ganhar tempo por não saber o que dizer.

— Bem, talvez... Talvez eu tenha supercicatrização — disse, em tom de dúvida, fazendo Marcos rir de nervoso.

Ele se aproximou dela e tocou sua perna.

— Pode ser. Acho que exageramos na reação. — Tentava tranquilizá-la, mesmo sem conseguir fazer o mesmo consigo. — Ah, Mel, a gente sabe que não é tão simples assim, né?

— Mas, Marcos, você vê o que eu vejo? — Apontou para a perna.

— Olha, estou mais preocupado com o que não estou vendo e devia estar aí.

Melissa apertou sua mão. Deveria haver uma explicação racional para isso. Ele se aproximou mais. Ela apoiou a cabeça em seu ombro. Estava tonta, sua cabeça pesava. Era loucura. Tudo tinha que ser fruto de um profundo estresse. Precisava passar a noite, quando o dia clareasse, o machucado estaria ali e a vida seguiria seu rumo. Queria muito acreditar nisso.

Marcos tinha consciência de que tirar qualquer proveito desse momento era errado, contudo ele não conseguia evitar se sentir muito confortável com Melissa em seus braços. O sentimento que vinha guardando parecia querer dominá-lo. Sem se dar conta, sua mão direita acariciava as costas dela. A garota suspirou baixinho, provavelmente relaxando um pouco após a tensão do sumiço do ferimento. Sentindo seu perfume, Marcos esqueceu completamente de que estava tentando se convencer de não ultrapassar os limites. Começou a se sentir mais culpado por pensar em beijá-la, quando ela precisava de seu apoio. Seus pensamentos certamente já estiveram mais alinhados antes. "Pare de pensar em beijar a Mel. Pare de pensar em beijar a Mel. Pare de pensar em beijar a Mel. Ah, meu Deus. Só consigo pensar em beijar a Mel! Beija! Beija! Beija!"

— Mel.

— Oi — respondeu ela, respirando fundo, sem perceber o tom íntimo dele. Seus pensamentos estavam turvos, como se estivesse sonhando outra vez.

— Você está bem? — perguntou enquanto segurava seu punho, acariciando a tatuagem do cadeado que Melissa tinha.

— Fora o milagre da cura e o cansaço, acho que sim. — Sorriu de leve, ainda com a cabeça em seu ombro.

Ele riu.

— Milagre?

— É. Eu tinha que chamar de alguma coisa. É melhor pensar em um milagre. Melhor que deixar no sonho. Ou, talvez, eu esteja sonhando ainda.

— Pode ser.

— Marcos.

— Oi...

— O que quer me dizer?

— Como sabe que quero dizer alguma coisa?

— Sei lá. Apenas sei. Vai me dizer? — Ergueu a cabeça e o encarou, com seus olhos brilhantes.

— Não era bem dizer.

— Era o quê? — perguntou, sem entender aonde queria chegar.

"Ah, que se dane", ele pensou e aproximou-se para beijá-la no mesmo momento em que uma mecha de cabelos dela se tornou vermelha.

— Meu Deus! — exclamou Marcos, tentando se levantar, tropeçando na cadeira do computador e caindo com o movimento brusco.

— Você está maluco? — Tentou ajudá-lo a se levantar, sem se dar conta de que ele esteve tão próximo de beijá-la.

— Mel, vai até o banheiro e se olha no espelho — disse, sério, sem dar margens para negativas.

Contrariada, ela saiu do quarto e caminhou nervosa até o banheiro. Se Marcos estivesse de brincadeira, iria se ver com ela depois. Abriu a porta do banheiro e tateou a parede em busca do interruptor.

Quando ela gritou, Marcos estava ao seu lado. Veio sem que Melissa se desse conta.

— Meu cabelo está vermelho! Como essa mecha ficou assim?! — questionou-se, assustada, pegando a mecha entre os dedos. — Não foi você que fez isso, certo? — perguntou por via das dúvidas, por se lembrar da vez em que ela e Gabriel pintaram o cabelo de Marcos com tinta verde enquanto ele dormia, aos 10 anos.

— Não, Mel, não fui eu. Isso aconteceu depois do joelho porque, enquanto você dormia, seus cabelos estavam escuros. Foi bem quando... Bem... — Como ele diria que estivera bem próximo de beijá-la? Era quase como se o destino estivesse brincando com eles. — Foi agora, quando olhei para você, pude ver essa mecha mudando de cor. — Ele se chocava com cada palavra que dizia. — E tem mais... — disse, espantado, segurando sua mão direita e virando o pulso para ela. — Hum... Cadê a tatuagem?

Ela puxou a mão, assustada, olhou para o punho e, chocada, percebeu que sua tatuagem havia sumido.

— Não é possível! — O desespero a tomava.

— Calma, Mel. — Marcos tocou seu ombro.

Melissa levantou os olhos para ele e não conseguiu enxergá-lo. Ouvia seu chamado distante ao mesmo tempo em que uma forte tontura a embalava, puxando-a para a inconsciência.

12

Um bom tempo após a conversa na cozinha com Lancelot, Morgana continuava refletindo sobre suas palavras. Em uma só noite descobriu que seu melhor amigo amou e perdeu seu amor, que ela não entendia nada sobre sentimentos e que Merlin usou um feitiço de memória nela. Não havia outra explicação. Ela havia aprendido que, caso alguém tivesse sua memória removida por magia, e se isso fosse revelado à pessoa, a memória poderia jamais voltar. Por essa razão, Lancelot era tão lacônico sobre Galahad. Ele não podia contar. A questão era: por que Merlin não queria que ela se lembrasse de ter conhecido Galahad anteriormente? E, mais, se o cavaleiro tinha a mesma sensação de familiaridade, era provável que Merlin também tivesse removido sua memória com magia. Por quê?

Ela tentou ir até a torre, mas o feiticeiro não estava lá. Claro que o velho sabia que ela o procuraria. Podia apostar que ele compreendia exatamente o que estava acontecendo.

Não poderia fazer nada naquela noite. Resolveu se vestir para dormir. Havia dispensado a aia, que estava acostumada com o jeito independente que Morgana tinha casualmente.

Quando se preparou para tirar o vestido, sentiu uma coceira insistente no punho e o aproximou da luz das velas sobre a mesinha para observá-lo melhor. Talvez um inseto a tivesse picado.

O grito surpreso de Morgana atraiu a aia, que dormia em um quartinho ao lado do seu.

— Lady Morgana, o que houve? — perguntou, entrando no quarto, de repente, e olhando em volta, assustada.

Recuperando-se, Morgana abaixou a manga do vestido.

— Apenas uma aranha, Alana. Já foi embora — mentiu. — Ajude-me a amarrar o vestido — solicitou com urgência. — Preciso ver meu irmão antes que ele parta. — Vestindo sua capa de qualquer jeito por cima do vestido, correu para fora do quarto, deixando a aia sem entender nada.

No meio das escadas, sentiu uma forte tontura e diminuiu o ritmo. Intuía que Arthur partira, mas esperava estar enganada. Sua cabeça latejava. Como já estava muito tarde, era provável que todos estivessem dormindo, com a exceção dos guardas da muralha e das portas do castelo.

Ao chegar ao salão, encontrou-o quase totalmente escuro, os archotes já perdendo o brilho. Tentou se concentrar, porém as imagens em sua mente ameaçavam formar um furacão. Estava se perdendo. Tropeçou e apoiou-se na parede, perto da grande porta, mas caiu de joelhos. Não conseguiria falar com o irmão a tempo. Era tarde demais. A Escuridão a encontraria novamente.

— Morgana! — Ouviu a voz de Lancelot e tentou se concentrar nela para voltar à luz.

— Lancelot, está acontecendo outra vez — gemeu, enquanto ele se ajoelhava a seu lado, tentando segurá-la. — Essa marca... É estranha. Não sei de onde veio. — Virou o braço direito para que ele pudesse ver o desenho de cadeado fechado com a cabeça de um dragão queimando na pele.

Ele ficou paralisado por alguns segundos e viu a mecha de cabelos escuros surgindo entre os fios vermelhos de Morgana. Apesar de não reconhecer a marca, sabia o que estava acontecendo. Um antigo dilema ressurgia.

— Concentre-se em mim — pediu ele, recuperando o controle.

O salão vazio parecia ainda maior, as vozes ecoavam. Lancelot pensou em gritar por ajuda, mas percebia que não adiantaria. Aconteceria de novo. Espantado, notou que Morgana se fora, mais uma vez. Seu corpo estava vazio.

Carregando-a no colo, subiu as escadas e encontrou Alana em seu quarto.

— Saia — ordenou, quando percebeu que ela se desesperava. — Vá para seu quarto, Alana. Não conte a ninguém que viu lady Morgana inconsciente, entendeu? É uma ordem.

— Sim, senhor. — A aia assentiu, deixando o quarto ao olhar uma última vez para sua senhora desfalecida.

A cama fria recebeu o corpo de Morgana. Lancelot ajeitou-a e tirou-lhe a capa. Ao deixá-la numa posição mais confortável, viu novamente o cadeado. A mecha de cabelos escuros brilhava entre os fios ruivos. Sua mão tremia levemente quando a tocou. Lembranças. Um turbilhão de lembranças.

Tocou o rosto frio de Morgana e a ouviu gemer baixinho. Surpreso, aproximou seu rosto do dela e a viu abrir os olhos, confusa. Não fora assim da outra vez. Talvez ela tivesse conseguido vencer as trevas.

— Lancelot... — murmurou ela, em tom de dúvida, ao percebê-lo tão perto.

— Você me assustou, Morgana — disse, ajudando-a a se sentar.

Ela olhou em volta, parecendo tonta, sem saber ao certo onde estava. O quarto iluminado pelas chamas da lareira e velas da mesinha girava ao seu redor.

— Eu a trouxe para os seus aposentos. Você desmaiou no salão. Acredito que procurava Arthur. Ele partiu para Pellinore.

Ela assentiu, embora não tivesse entendido. Tentou se levantar e sentiu uma forte tontura. Assustada, novamente permitiu que a amparasse. Não conseguia evitar. Parecia um pequeno cervo tentando aprender a andar, como se suas pernas não a pudessem sustentar. Sua respiração estava acelerada.

— Procurarei Merlin. Você está pálida. — E fez menção de deixar o quarto.

— Não... — murmurou. Jamais poderia lidar com Merlin.

Lancelot a observou olhar para suas mãos e pegar uma mecha de cabelos, como se nunca os tivesse visto antes — uma única mecha escura estava entre eles. As lembranças se amontoavam em sua mente, tentando entrar em foco.

— Estou preocupado. — Sentou-se na cama, olhando-a nos olhos. — Alana está no cômodo ao lado. Deixe-me chamar ajuda, Morgana.

— Eu... Meu... — A mão dela tremia. Lancelot tentou segurá-la, mas ela a puxou, ainda mais assustada. — Meu nome não é Morgana. — Sentindo uma vontade absurda de se esconder, Melissa percebeu que estava consciente dentro do corpo da feiticeira.

Um brilho escuro passou pelos olhos de Lancelot quando ele se levantou. Olhava-a como se não pudesse acreditar e, ao mesmo tempo, parecia convencido de que dizia a verdade. Ela tremia incontrolavelmente.

— Preciso chamar Merlin. Infelizmente Viviane está em Avalon — lastimou gravemente.

Melissa não compreendeu como ele permanecia tão seguro mesmo após sua confidência. Ela estava à beira de um colapso, completamente apavorada, e ele parecia surpreso, mas se mantinha calmo.

— Não... Não posso ficar sozinha aqui. — A jovem estava com falta de ar, estava tendo um ataque de pânico.

— Acalme-se. Respire devagar. O tremor passará. Prometo. Concentre-se em mim. — O cavaleiro segurou sua mão e, novamente, ela se soltou, erguendo-se depressa e cambaleando para trás até encostar na parede, buscando o apoio que temia aceitar dele.

Passando as mãos em seu próprio rosto, Lancelot procurava a melhor maneira de se aproximar. Ela parecia prestes a desmaiar de tanto medo. Aproximando-se devagar, ele disse, baixinho, sem saber como agir.

— Certo. Quero ajudá-la.

Como ele poderia ajudá-la? O que entendia sobre despertar no corpo de outra pessoa? Eram esses os questionamentos de Melissa. E, o pior, como ela sairia daquele lugar estranho?

— Preciso que se acalme. Eu me aproximarei de você agora, certo? — insistiu Lancelot, com uma falsa tranquilidade. — Quero ajudá-la. Você cairá sozinha.

Sem saber o que fazer com o homem bloqueando seu caminho, Melissa aguardou que ele se aproximasse, cogitando se jogar pela janela e torcendo para acordar e tudo ser mais um sonho.

A poucos centímetros dela, ele parou, receoso. Levantou um dos braços lentamente. Cada movimento observado por ela, que respirava com dificuldade, em pânico. Lancelot tocou seu braço esquerdo; depois, com a outra mão, o direito. Encurralando-a contra a parede. Melissa pensou em gritar, mas estava tão chocada que a voz lhe fugia.

— Apenas respire — disse ele, inspirando, como se quisesse mostrar a ela uma forma de se acalmar.

Durante os momentos seguintes, tudo o que ouviram foi o som da respiração descontrolada dela, tentando entrar nos eixos. Os olhos de Lancelot estranhamente a tranquilizavam em meio ao desespero de acordar no corpo de outra pessoa. Melissa percebeu que, naquela situação apavorante, ele trazia a calma de volta para ela, como se já tivesse agido assim muitas outras vezes.

— Eu conheço você... — murmurou ela, espantada com a familiaridade e tentando controlar a respiração.

— Claro que conhece — afirmou Lancelot com um sorriso discreto, percebendo que ela tremia com menos intensidade.

— Como é possível?

Lancelot havia se aproximado muito. Os tremores diminuíram, mas ele não a soltou. O corpo recuperava o calor. Eles estavam mais próximos do que ela havia notado.

— Como é possível? — insistiu ela.

Havia tanto que o cavaleiro queria dizer. Tanto a ser explicado. Tanto a ser relembrado.

— Vejo que chegou, jovem Melissa. — Eles ouviram a voz de Merlin, e Melissa sobressaltou-se, aproximando-se mais do cavaleiro e chocando-se contra seu peito. Nenhum dos dois o ouviu abrir a porta e entrar no quarto. Lancelot não se mexeu; estava pouco disposto a deixá-la ir. — Cada pergunta será respondida a seu tempo, minha cara. Agora vamos. — Estendeu a mão. — Você precisa de algumas explicações antes de Arthur tentar colocar o castelo abaixo para encontrar Morgana.

Melissa hesitou. Estava assustada, queria respostas. Temia seguir Merlin, temia ficar, temia não acordar.

— Não irei com você — murmurou, pois um pressentimento lhe dizia para evitar o feiticeiro. Sair do quarto significava enfrentar a realidade.

— Sim, irá. Você quer respostas, não quer? Sir Lancelot não pode oferecê-las a você. — Sua afirmação foi enfática. — Mas eu posso.

— Merlin, é melhor que eu vá com vocês — sugeriu o cavaleiro, ainda transtornado pelos acontecimentos da noite.

— Não, Lancelot. — O feiticeiro foi incisivo. — A segurança da Britânia é mais importante. Tente manter isso em mente.

A jovem não sabia o que fazer. O tom e o olhar de Merlin mostravam que ela não tinha escolha. Se quisesse descobrir o que estava havendo, teria de segui-lo.

O cavaleiro permaneceu parado, enquanto Merlin guiava Melissa, no corpo de Morgana, para sua torre. Ela seguia com insegurança, ainda um pouco cambaleante. Virou-se para trás e olhou para Lancelot. Seus olhos estavam repletos de dúvidas que ele não sabia se poderia responder, como o mago deixara claro.

Lancelot a observou partir, contrariado. Queria segurá-la, protegê-la. Impactado, fechou os olhos quando ela cruzou a porta, sua mente sendo povoada por lembranças.

13

A torre de Merlin era inexplicavelmente clara, como se emitisse luminosidade própria. As paredes eram cobertas por estantes que continham manuscritos, livros de capas escuras, ervas e outros materiais que Melissa não conseguiu identificar. A temperatura ambiente era agradável, como se quisesse confortar quem entrasse ali. No pequeno cômodo que antecedia o quarto, havia uma mesa quadrada e duas cadeiras, perto da janela. O feiticeiro a guiou até uma delas e a ajudou a se sentar, o que imediatamente a acalmou. E então ela se espantou, pois não era assim que deveria se sentir.

— O que você fez? — perguntou com a voz baixa.

— Foi a torre. Ela sente que você precisa se acalmar e entra em ação.

— Esta torre é mágica?

— Ela absorve o meu poder e o usa como quer. Felizmente ela gosta de agradar as pessoas. É, acho que podemos dizer que é mágica, sim. Morgana costuma resistir a esse poder e parece que há formigas em sua cadeira quando está por aqui.

Melissa olhou ao redor, querendo descobrir como tinha ido parar ali. Tinha dúvidas se o feiticeiro a ajudaria.

— Então, do que você recorda? — A pergunta dele a tirou de seu devaneio.

— Como assim? Eu me lembro de tudo.

— E sobre a Britânia, mais precisamente Avalon?

Ela surpreendeu-se. Por que deveria se lembrar?

— Tenho algumas memórias, mas não são minhas. Acho que são de Morgana — declarou, um pouco assustada.

— Nos primeiros dias, você confundirá as duas vidas. Os pensamentos e sentimentos dela estão em você para ajudá-la a fazer a travessia e se adaptar.

— Como isso é possível? Como vim para o passado?

— Você não está no passado. — Ele retirou uma pilha de peles de animais da cadeira e sentou-se de frente para ela, com a mesa separando-os.

— É claro que estou — refletiu, olhando à sua volta.

— Não exatamente.

— Teimar comigo não me fará mudar o que penso! — exclamou Melissa, estranhando a explosão repentina. Era geniosa, porém não explodia sem aviso.

— Temo que sua personalidade, conectada ao mais doce gênio de Morgana, seja capaz de explodir o reino — constatou, antes de continuar. — Espero que o efeito passe rápido. Você está em uma versão do passado. Não é possível que ache que há apenas um universo. Pensei que fosse tão inteligente quanto seu irmão. Ele criou uma teoria completa e deu o nome de multiverso, como nos... Como ele disse mesmo? Quadradinhos?

— Quadrinhos? Você conheceu Gabriel? — A jovem se agitou na cadeira.

— Claro que sim, entretanto isso não vem ao caso. — Merlin fingiu displicência.

— Como não? Quero saber como o conheceu. — Melissa se levantou e começou a andar pelo ambiente, ainda um pouco zonza, mas já senhora de suas ações. — Por que você não me diz logo tudo o que preciso saber? Este lugar... Estou sonhando, é isso? Não é possível.

— É possível. Não posso dizer como porque há muita coisa envolvida. É necessário tomar cuidado para não lhe contar nada que você já saiba. Um fato ou outro tudo bem, porém não sabemos o que pode bloquear suas lembranças para sempre, e preciso que você se lembre, pelo menos de uma parte delas. Mas posso esclarecer o que você estiver preparada para ouvir, certo? — Seu tom era condescendente.

Ela assentiu e se sentou. Merlin era misterioso demais para alguém que parecia tão inocente.

— Todas as histórias, todas as vidas, todas as pessoas... Não há apenas uma versão delas. Há outros universos. — O feiticeiro iniciou as explicações.

— Realidades paralelas?

— Sabia que não era tão ignorante como parecia — disse, como se fosse um elogio.

Ela abriu a boca, espantada, mas decidiu se calar e continuar ouvindo.

— Estamos em uma das versões da Britânia, mais precisamente a versão em que eu moro. Sou responsável por ela e não gosto muito do rumo que as situações tomam toda vez. Como um círculo, os eventos se repetiam continuamente, até que descobri como interferir. Infelizmente não tive muito êxito em todas as tentativas, e isso foi exaurindo o meu poder. Só tenho mais uma chance de colocar a história no rumo correto. Não tenho mais forças para arquitetar outra versão. Se eu falhar, nossa terra morrerá e a magia no mundo perecerá. Todos perecerão.

Ela sentia o temor nas palavras do feiticeiro. Ele a encarava como se quisesse fazê-la entender como sua função ali era essencial.

— Em que século estamos? — perguntou a jovem. Temendo a resposta, ela o viu mostrar os cinco dedos da mão. — Como me trouxe para cá? Por que estou no corpo de outra pessoa? — Pensar nisso a apavorava, mas aos poucos sentia-se familiarizada com ele, como se soubesse que poderia enfrentá-lo. Seriam reminiscências de Morgana?

— Não espera mesmo que eu conte como a trouxe assim de imediato, não é?

— Na verdade, espero, sim. — Tentou se manter firme, ignorando qualquer medo que pudesse sentir. — Muitas coisas são diferentes do que já estudei, até mesmo a aparência e costumes de vocês não são exatamente como seriam no século V. Tenho a sensação de estar em uma história romântica, uma versão mais bela do que a original, não sei por quê. Onde está sua longa barba branca? Até começar a ter aqueles sonhos, eu imaginava você de outra forma.

— Acredite, esta nem é a minha melhor fase. — Ele sorriu, prepotente, e passou a mão pela barba branca e curta. Tinha consciência de que ela esperava um velhinho frágil, mas apesar da idade ele ainda era forte e belo, o que não duraria muito se não conseguisse despertá-la para cumprir seu papel.

— Você não deveria ter livros, por exemplo. Não assim encadernados como aqueles. Parecem bastante atuais e estão muito à frente dessa época. — Pegou um dos exemplares que estava sobre a mesa e o folheou. — Como você pode ter um livro impresso aqui? Ou janelas assim? — Apontou. — O vidro já foi inventado?

— Por favor, não faça isso. Não procure exatidão na história. Realidade paralela, você se lembra? É a história de Arthur e há muita magia envolvida. Era a última vez que eu poderia fazer alterações e posso ter mudado um detalhe aqui e ali. Gosto das melhorias que o tempo proporcionou ao homem, então nos presenteei com alguns conhecimentos antes do tempo. Você realmente é ótima observadora; isso pode nos ajudar a resolver nossos problemas. Mas está desviando do assunto. Sem contar que você sabe todas essas tolices que está me perguntando. Por que se preocupa com detalhes bobos quando há tanto por trás?

— Se você foge das respostas, como posso descobrir o que há por trás? — Melissa cruzou os braços, na defensiva.

— Olha a Melissa aí. Sabia que você estava perdida em algum lugar — ironizou. — Relaxe um pouco. É normal que se sinta desnorteada e sua personalidade fique confusa, alterando-se continuamente. Morgana tem anos de estudo à sua frente e a capacidade de separar a personalidade do corpo. No seu caso, será mais demorado, mas creio que em breve você será apenas Melissa. E ainda precisa aprender a fazer as perguntas certas.

— Se você é tão poderoso a ponto de modificar tanto uma época, por que não resolve tudo sozinho? — confrontou-o, voluntariosa.

— Porque ninguém é tão poderoso para resolver algo tão grandioso sozinho. Como disse, minhas tentativas são limitadas, e meu poder, embora eu não goste de assumir, também. Arrisquei tudo o que tenho. Nem deixando as outras versões registradas consegui alterar o rumo da história.

— Como assim?

— Livros sobre... Como é que vocês chamam? Ah, sim, mitologia arturiana.

— Você está dizendo que as histórias sobre o Rei Arthur são reais? E se você ajudou a escrever, por que não vai até o inimigo e o impede de matar Arthur de uma vez?

— A maioria é real, sim. Não impeço porque mudar a realidade muda o inimigo: além do mais, não me recordo de todas as minhas vidas. Nem faço ideia de quantas são.

— Como é possível que histórias fantásticas sejam reais?

— Foi um modo de alertar você e seu irmão. Bem, apesar de ter influenciado os autores em minhas visitas ao seu mundo, nunca consegui me lembrar de nada quando retornei. Creio que a Deusa julgou que fosse informação demais e usou Avalon para bloquear minhas memórias. Tentei trazer um volume uma vez e, adivinhe, veio em branco! — exclamou, frustrado. — Você também não se lembrará.

— Claro que me lembrarei. É a minha história favorita.

— Conte o final de uma das versões, por favor — desafiou Merlin.

Melissa fechou os olhos por um instante, forçando a memória, sem êxito.

— Meu Deus... Não me lembro do final, nada além de Arthur morrer, mas não sei como, apenas que...

— Lancelot e Guinevere o traíram, a dor e o desespero que ele sentiu colaboraram para sua morte. Sim, é uma pena. São minhas únicas lembranças também. Não conseguir me lembrar das histórias que vivi não é uma boa sensação. — Olhou-a sorrateiramente. — Ah, e você esquecerá todos esses detalhes.

— O que quer dizer?

— Que amanhã pela manhã, tudo o que você saberá de Arthur e Lancelot será o que ainda for acontecer e lembranças de Morgana.

— Por quê? Eu vou esquecer desta conversa?

— Porque sim. É o que Avalon quer. Um recomeço. E, não, você não se esquecerá desta conversa, porém se recordará apenas do que eu quiser.

— Mas você se lembra de Arthur, Guinevere e Lancelot.

— Eu sou Merlin — zombou.

— Então, todas aquelas histórias... — Melissa ignorou a atitude pedante do feiticeiro.

— São resultados das minhas tentativas, porém nada deu certo até hoje. Permanece a recordação de que Arthur morre em todas. Eu continuo falhando.

— Entendo, mas o que isso tem a ver comigo? E por que estou no corpo de outra pessoa? — A jovem sentiu pena da desolação que o feiticeiro demonstrou, contudo precisava descobrir por que razão estava ali e como poderia ir embora.

— Tudo tem a ver com você, minha jovem. Você é a minha última esperança. Você é a mulher que se casará com Arthur e unirá a Britânia. Unidos poderemos facilmente derrotar os saxões e qualquer um que ousar invadir nossas terras, impedindo assim que se aproximem do portal que os levará a outros mundos, onde a magia ainda vive. — A empolgação o dominou.

— Está maluco?! Por que eu? Você acabou de dizer que a rainha o traiu, e ainda me lembro dessa parte. Por que quer me envolver nisso? Que se dane a magia! Preciso voltar para casa. As pessoas já devem estar sentindo minha falta.

Merlin abanou a mão. Seria mais difícil do que ele pensara. Por que os jovens não podiam simplesmente obedecer? E por que ele tinha que repetir tudo toda vez?

— Será uma longa noite — murmurou, antes de continuar, contrariado. — Você não é a mulher que o traiu. É outra. É aquela que o salvará. Quantas vezes preciso dizer que mudei os fatos? Quanto a seus amigos, eles não sentirão sua falta. Se tudo tiver dado certo dessa vez, há alguém no seu lugar, e Avalon está protegendo você. O tempo lá passa mais devagar do que aqui, bem mais devagar.

— Vivemos com um atraso de tempo? Quanto? — Melissa tentava entender, mas seu estômago embrulhou ao pensar em como Marcos reagiria quando percebesse que havia outra pessoa no corpo dela.

— Não. O tempo corre normalmente. Avalon só faz essa mudança quando você está aqui. Não dá para saber quanto. A ilha age conforme a conveniência da Deusa. Se ela quiser atrasar mais, será mais. Se quiser menos, será menos.

— Como Avalon pode ter tanto poder em outra realidade? — questionou e, antes que o feiticeiro pudesse responder, completou: — Quatro Estações... Não é coincidência que a cidade pareça encantada, certo? Ela realmente é.

Merlin sorriu. Adorava quando não precisava se estender em explicações e a pessoa usava o próprio cérebro.

— Não, não é. Quatro Estações é um pedacinho de Avalon. É o meio de contato do nosso mundo com o outro. É uma pequena cidade, com uma pitada de magia e muita segurança, onde você deveria ser criada. Como disse, você está sendo protegida.

— Por que preciso ser protegida?

— Você é a última filha de Avalon.

Dessa vez Melissa riu, de nervosismo. Como ela odiava soltar essas risadas em momentos inapropriados.

— Não, não sou.

— Sim, você é. Negar a verdade não muda quem somos.

Mais uma vez, ela se levantou e caminhou pela torre. Aproximou-se de alguns manuscritos.

— Não é estranho que a última filha de Avalon seja fruto da América? Sou brasileira, Merlin. Como isso é possível? — perguntou, pegando um dos manuscritos antigos, que estavam na prateleira de baixo da estante e lendo a primeira frase, como se pudesse encontrar a resposta para os seus problemas. — Por que ele está em português?! — Derrubou-o no chão, voltando a ficar nervosa.

— O manuscrito não está em português. Você é realmente mais inteligente do que eu esperava; normalmente demoraria mais para se adaptar. E também não é brasileira, não que isso seja medida de inteligência. Conheci brasileiros brilhantes na minha última viagem.

Melissa cambaleou. Eram muitas informações. Merlin foi até ela e a guiou até a cadeira.

— Fique aí até eu terminar — determinou. Melissa nem cogitou desobedecer. — Você está no corpo de Morgana, e ela tem a tendência irritante de desmaiar quando nervosa.

— Eu não sei ler essa língua. Não importa qual seja — disse para si mesma.

— Celta. Você compreende todos os idiomas que Morgana sabe. É por isso que está no corpo dela. A transição se dará melhor assim. Quando terminar, vocês terão os mesmos conhecimentos.

— Espere... Não estou falando português? — Levou a mão aos lábios e viu o feiticeiro negar com a cabeça. — Mas estou ouvindo...

— Você pensa que está por ser sua língua.

— É isso, sou brasileira. — Encarou-o, vitoriosa.

— Minha cara, se uma gata estiver para parir seus filhotes, entrar em um forno e der à luz ali mesmo, por acaso seus filhotes serão pãezinhos só por terem nascido em um lugar diferente?

Melissa entendeu a lógica maluca de Merlin, entretanto ele só podia estar errado.

— Meus pais são brasileiros, ou seja...

— Ah, não são, não. Seus pais são de Avalon.

— Impossível.

— Seus pais atravessaram o portal com a ajuda de Lilibeth, aquela fada intrometida. — Melissa o encarava cada vez mais espantada. — Seu pai, aquele irresponsável, decidiu que não queria que os filhos fossem obrigados a seguir uma profecia e sumiu com a sua mãe no instante em que descobriu a gravidez. Ele conseguiu escondê-los durante um longo tempo, pelo menos enquanto sua mãe esteve viva.

— Impossível — repetiu Melissa, fazendo Merlin revirar os olhos.

— Ele deveria ter treinado você, mas quem disse que aquele rebelde me ouviu? Vocês, jovens, são muito difíceis de lidar. Eu tive muito trabalho para rastrear sua família e romper o feitiço de proteção da sua mãe. Aliás, mantê-lo ativo por muito tempo foi o que a matou. É bom que saiba. — Apesar das palavras de Merlin não expressarem crueldade, ele se sentiu incomodado por dar a notícia dessa forma. — Eu sinto muito por sua perda.

— Por que meus pais nunca nos contaram nada disso?

— Porque seu pai renega o seu destino, por isso escondeu a magia de você e de seu irmão. E, mesmo que você tenha nascido com direito à magia, se não souber dela ou não a quiser, ela não lhe mostrará nada. Você viverá no escuro até aceitá-la. — Parecia que Merlin queria lhe dizer algo, porém, no momento, ela só pensava no pai.

— Como volto para casa?

— Você está em casa, Melissa. Quanto mais rápido admitir, mais rápido poderemos resolver tudo e seguirmos com as nossas vidas. Seu pai poderá voltar, se você aceitar o seu destino.

— O que você quer dizer com isso? Meu pai está preso em uma cama de hospital. Como me casar com Arthur poderá salvá-lo? Você não pode estar falando sério. — O feiticeiro levantou uma sobrancelha. Era sério.

— Seu pai não está preso em uma cama de hospital, Melissa. Você entenderá quando chegar a hora.

Melissa queria falar sobre o pai, queria fazer mil perguntas, mas sabia que o feiticeiro não responderia nenhuma. Por outro lado, se havia uma pequena chance de salvá-lo neste mundo estranho, ela o faria.

— Como posso me casar com Arthur? Não o conheço e, o mais importante, estou no corpo da irmã dele. Percebeu isso? Não sei aqui, mas de onde venho apenas mencionar um incesto já é nojento.

— Bem, minha cara, nós não vemos a situação como vocês. — Merlin riu ao ver sua expressão chocada. — Não se preocupe. Arthur segue o cristianismo mais do que aprecio e ele jamais ficaria com você no corpo de Morgana. Teremos que resolver esse detalhe.

— Não é um detalhe, e o problema não é só esse. Não vou me casar com ele só porque você quer. — Precisava ganhar tempo e descobrir se havia algo que pudesse fazer por seu pai.

— Vai, sim.

— E se eu me negar? — enfrentou-o.

— Aí terei de obrigá-la. — Merlin sustentou o olhar, desafiador.

— Veremos. — Ela não desistiria facilmente.

— Não discutirei com você, menina. Não entro em guerras que não posso ganhar, e você é tudo o que me resta, já disse. Dará certo. Não importa o que eu tenha de fazer. No momento, precisamos resolver a pendência do corpo. Você precisa ir para Avalon. Viviane poderá ajudá-la na transição.

Melissa queria repetir que se recusava, porém percebia a determinação do feiticeiro e nada do que dissesse seria suficiente. Ela precisava entender melhor a situação em que se encontrava primeiro.

— Por que sinto que não está me contando nem a metade do que eu deveria saber?

— Porque não estou mesmo. Estou amarrado. A magia está fazendo uma das suas artimanhas. Você terá que descobrir o restante. Você já sabe, na verdade. Avalon a ajudará. Não se esqueça do preço. Mantenha em mente que não cooperar comigo afetará diretamente a sua família.

Ela estava irritada com as ameaças. A torre não conseguia fazer mais nada para melhorar seu humor. Imaginou que parte daquelas sensações pertenceria a Morgana.

— Como chego a Avalon?

Se lá poderia estar a resposta, queria partir imediatamente.

— Senti falta dessa praticidade em você, Melissa. Sabe o que tem de fazer e faz. Muito bem. Por que perder tempo com perguntas, se você sabe onde procurar a resposta, certo?

Ela o encarou, surpresa. Tinha uma inexplicável recordação dessas palavras.

— Você terá que me ajudar, Merlin. Menos enigmas, por favor. Não sei chegar a Avalon.

Merlin pareceu realmente contrariado, de repente.

— Não posso acompanhá-la. Preciso estar aqui para dar prosseguimento à parte de Arthur... Você não pode vê-lo antes da hora. Lancelot a acompanhará. É o único caminho, apesar de ser o último que eu deveria escolher. Odeio quando o destino tenta me pregar peças. — Tamborilou os dedos na mesa, levemente irritado.

— Quando irei?

— Pela manhã. Pode dormir no quarto de Morgana.

Melissa se levantou para partir. Havia sido dispensada, e algo lhe dizia que ele guardaria os outros segredos.

— Antes de ir, darei a você um último conselho a fim de evitar futuros aborrecimentos — disse Merlin, enigmático. — Você só tem um caminho e já lhe dei as coordenadas. Não desvie dele.

— Do que você está falando agora?

— Ora, mais claro impossível. Ah, e *quando* encontrar Sir Lancelot, diga que estou esperando por ele.

Melissa assentiu, sem entender. Os sentimentos de Morgana se misturavam aos seus, confundindo-a ainda mais. Sua cabeça latejava.

Parou em frente a um corredor e desceu as escadas, sem saber por alguns segundos qual caminho tomar, depois seguiu adiante, virou à direita, subiu as escadas novamente e achou o corredor correto.

Ao chegar à porta do quarto de Morgana, encontrou Lancelot sentado no chão, perto da cama. Ele estava com os olhos fechados, a cabeça um pouco levantada e encostada na parede. Melissa observou um cacho de cabelo caído delicadamente em sua testa. Parecia cansado. Ele abriu os olhos devagar e se virou para ela, que havia parado a um metro de distância, sem saber como agir.

— Você está bem? — perguntou o cavaleiro, sem desviar o olhar.

— Sim — respondeu, escondendo a verdade.

— Sei que é confuso. Não tenha pressa de entender. Aos poucos você se adaptará e resolverá tudo.

Parte dela se sentiu confortada por ele não ter acreditado que estava bem. Lancelot parecia preocupado. Era intensa a familiaridade que compartilhavam. Merlin disse que ela dividia seus sentimentos e pensamentos com Morgana, talvez isso explicasse. Ao mesmo tempo era incomum a postura dele, talvez soubesse mais do que falava. Melissa perguntaria sobre isso no caminho para Avalon.

A conversa com Merlin e o fato de estar em outro corpo, sem compreender como isso era possível, haviam esgotado suas forças. Sentia-se muito cansada também, como se o corpo quisesse dormir, quando a mente queria saber mais. E talvez, se dormisse, poderia acordar com Marcos em vez de continuar em uma jornada completamente insana.

— Fiquei para saber como você está. Conversar com Merlin não é fácil. — Ele se levantou, ajeitando suas roupas; o colete de couro marrom estava aberto, a camisa branca para fora da calça. — Tente dormir um pouco. — Passou por ela, tocou levemente seu ombro e caminhou para a porta, se esforçando para não demonstrar o quanto tê-la tão perto o abalava.

— Obrigada. — Foi o que conseguiu responder. Tinha tantas perguntas e nada lhe vinha à mente. — Ah, Merlin quer ver você.

— Claro que quer. — Lancelot abriu um sorriso triste. — Durma bem.

Ele saiu, fechando a porta. Melissa aproximou-se de onde o cavaleiro estivera sentado e não resistiu ao impulso de tocar a parede, ainda quente. Olhou em direção à porta, a presença dele ainda preenchia os aposentos. Sentou-se na cama, passou a mão sobre as mantas grossas e convidativas, e então deitou-se, puxando-as para mais perto. Um frio corrosivo a atingiu.

Aos poucos e sem que percebesse, as lágrimas vieram. Seu corpo tremia; ela não tinha ideia de como sairia dessa situação nem se conseguiria juntar todas as peças do quebra-cabeça. Melissa se permitiu ter esse momento de total fragilidade, pois algo lhe dizia que a partir do dia seguinte teria de ser muito forte.

14

Melissa abriu os olhos e reconheceu o quarto de Morgana. Ainda não havia voltado para o seu lugar. Uma luz atravessava as cortinas, trazendo a realidade que ela temia aceitar.

Suspirou, não por estar resignada, mas por saber que fazer birra e bater pé não mudaria a situação; ela teria de descobrir um meio de voltar para casa. Se Merlin não tivesse respostas, questionaria Lancelot. Se ele também se negasse, Avalon seria a última parada. Se essas alternativas falhassem, teria de encontrar outras.

Alguém bateu duas vezes na porta do quarto. Melissa autorizou que entrasse, ainda estranhando falar com a voz de Morgana. A aia era pouco mais velha que uma criança, devia ter uns 14 anos. Melissa se lembrava dela das visitas anteriores àquele corpo, quando era mera espectadora. Seu rosto redondo trazia uma expressão preocupada, mas nada dizia. Quando ela começou a preparar o banho, Melissa se deu conta de que teria de ficar nua diante da aia, além de ser banhada por ela. Não poderia recusar se quisesse evitar suspeitas sobre seu comportamento.

— Você está bem? — perguntou Melissa, não aguentando mais o silêncio.

Alana a observou por mais alguns segundos antes de responder:

— Desculpe-me, senhora, não quis ser indiscreta nem passar a impressão de que estava incomodada — respondeu de cabeça baixa, apontando para a tina pronta, enquanto virava para ajudá-la a tirar o vestido.

Melissa tinha pegado no sono por exaustão na noite passada e não tivera tempo nem condições de se trocar.

— Você não fez nenhuma das duas coisas nem respondeu à minha pergunta. — Melissa tentou sorrir e mostrar que estava tudo bem.

— Ainda me sinto culpada por seu irmão ter pensado que a senhora tinha perdido sua honra e não quero falar nada que a ofenda mais.

— Você não me ofenderá, pode falar.

— A senhora está bem? Sir Lancelot a trouxe desacordada para cá e ordenou que eu não contasse a ninguém. Não contei, juro pela Deusa. — Alana colocou a mão no peito e voltou a banhá-la.

Melissa se sentia um pouco desconfortável por estar nessa situação, e conversar a ajudava a se distrair. A preocupação da aia fazia sentido.

— Estou bem, sim. Foi só um mal-estar.

— Fiquei muito preocupada, mas nada comparado ao desespero de Sir Lancelot. Ele estava transtornado. Nunca o vi daquela forma. — Estendeu-lhe uma toalha.

Melissa recordou-se da reação do cavaleiro quando acordou no corpo de Morgana. "Transtornado" era uma boa descrição. Quando o encontrou no quarto, ele parecia tão cansado, como se tivesse percorrido uma longa jornada até esse momento.

— Assustei a todos. Sinto muito — disse, sem saber como lidar com um corpo que não era o seu.

O sorriso da aia mostrava que ela havia se tranquilizado.

— Trarei seu desjejum e voltarei para arrumar seus pertences. Merlin me disse que decidiu voltar a Avalon; espero que não seja por muito tempo — disse, após ajudá-la a se vestir.

Melissa quase não a ouviu; tinha se aproximado da janela e estava distraída com o movimento no castelo. O quarto ficava em uma das torres altas, dando-lhe visão do pátio. Ela observou vários cavalos sendo preparados e cavaleiros se organizando para partir. Lancelot estava entre eles, orientando o que cada um deveria fazer. Ele parecia forte, determinado, seguro de si. Suas vestes eram diferentes das da noite anterior. Agora, usava uma túnica branca até o joelho, amarrada por um cinto prateado, e calça preta. Ela o observou por quase um minuto até que ele pareceu se dar conta e olhou para cima, diretamente para ela. Sua expressão serena não revelava muito o que pensava. Ele sorriu e voltou a falar com um cavalariço. A jovem se afastou da janela bem a tempo de ver Alana entrar.

Era hora de se preparar para ir.

*

O pátio estava em polvorosa quando Melissa desceu os últimos degraus, acompanhada de Alana. Os preparativos finais para a viagem estavam sendo executados. Havia pelo menos trinta soldados para acompanhá-la, além de Lancelot. Ao aproximar-se, Melissa percebeu que todos usavam uma cota de malha de ferro prateada sob a túnica.

Lancelot estava conversando com um jovem cavaleiro de olhos negros e cabelos escuros bem-aparados. Era risonho e agitado, falava movendo as mãos e parecia bastante amigável.

— Prima, está ainda mais linda do que eu me lembrava! — Ele a abraçou, tirando-a do chão.

Melissa usava um vestido verde de Morgana, amarrado por um cinto dourado; seus cabelos estavam soltos, e sobre a cabeça usava uma delicada tiara de ouro, com uma pequena esmeralda. Ela procurava o nome do rapaz em sua mente.

— Ora, Gawain, você ficou apenas 15 dias fora. — Lancelot resolveu seu problema. — Diminua a força ou vai esmagá-la.

— Olá, primo — respondeu ela, passando-se por Morgana, quando a soltou.

— Até seus olhos mudaram. Você é mesmo uma feiticeira poderosa. — Ele brincou e logo saiu; outro cavaleiro o chamava.

Melissa procurou o olhar de Lancelot, que deu um passo à frente, aproximando-se dela. Seus olhos estavam verdes como o vestido. Não eram mais de Morgana, eram de Melissa. Ele sustentou o olhar por longos segundos, e ela não soube bem como proceder, percebendo pela primeira vez que os olhos dele eram muito azuis. Sentia como se ele pudesse ver através da aparência de Morgana.

— Você está vindo — sussurrou ele. — Não deve demorar agora.

— Sir Lancelot, tudo está pronto? — Ouviram a voz de Merlin atrás deles.

— Sim — respondeu o cavaleiro, ainda olhando para ela. — Partiremos logo.

— Decidi que Alana não a acompanhará. Morgana já viajou sem dama de companhia outras vezes e, dada a situação, prefiro evitar que sua serva tenha uma síncope ao vê-la mudando. Quanto menos pessoas souberem que está vindo, melhor.

Melissa anuiu. Viajar sozinha não era novidade para ela, apesar de todo o resto ser, naquele lugar.

— Entretanto, seu primo Gawain se mostrou bastante empolgado em acompanhá-la. Ele zela por sua segurança e está familiarizado com magia. Sendo assim, Lancelot, creio que devamos fazê-la agir o máximo possível como Morgana até que vocês cheguem a Avalon. Viviane saberá o que fazer.

Lancelot assentiu para Merlin, sem dar muita atenção ao que ele falava, e estendeu a mão para Melissa.

— Nós vamos pela floresta e não pela estrada, por ser o meio mais rápido. Os cavalos de Avalon são especiais e sempre escolhem um caminho diferente para voltar para casa, por isso não poderemos usar uma carruagem. Importa-se de cavalgar ao meu lado? A égua de Morgana já foi selada.

Ela aceitou a mão. Sentindo-se segura, seguiu ao lado do cavaleiro e percebeu um brilho de reprovação passar pelos olhos de Merlin.

— Lancelot! — bradou ele.

— Eu sei, eu sei. — Foram as únicas palavras ditas por ele, sem nem se dignar a olhar para trás.

15

As horas da manhã passaram rapidamente. Quinze cavaleiros tomavam a dianteira, levantando dois estandartes com o símbolo dos Pendragon, um dragão, e mais 15 seguiam Lancelot e Melissa, que cavalgavam lado a lado. A floresta era densa e extensa, então essa era a melhor maneira de avançarem, sem atrair a atenção de possíveis mercenários ou inimigos. De tempos em tempos, Gawain aparecia para conversar com eles. Ele era bastante divertido e distraía Melissa com facilidade. Contou-lhe da noiva, uma garota que estava prometida a ele e que, segundo lhes contava, era belíssima, ciumenta e muito temperamental.

Quando Gawain não estava por perto, Lancelot contava para ela um pouco sobre cada um dos cavaleiros que os acompanhavam, e Melissa preenchia as informações com as lembranças de Morgana. Ela não conseguiu perguntar nada sobre a troca de corpos, porque sempre havia um cavaleiro por perto.

Pararam uma vez para fazer uma refeição e depois mais tarde, ao chegarem a um descampado que terminava à beira de um pequeno riacho.

Melissa observava, espantada, a eficiência dos cavaleiros ao montar o acampamento onde passariam a noite. Uns coletavam madeira para a fogueira, outros montavam as tendas e outros ainda caçavam ou ficavam de guarda, preparados para qualquer evento fora do comum que pudesse acontecer. Ela insistira que queria ajudar, mas eles não permitiram e fizeram-na se sentar em um tronco, o que a deixava entediada.

Lancelot era um dos que cuidavam da montagem. Era ágil e concentrado, trabalhando de forma automática. Ele pensava em Morgana e torcia para que estivesse bem; não queria que estivesse na Escuridão. Sentia-se egoísta por querer que Melissa fizesse a travessia, mas não conseguia evitar; queria muito. Talvez assim que pudesse ter certeza de que Morgana obtivera êxito. Se seu corpo desaparecesse, era porque ela estava no outro mundo.

Observando-a de vez em quando, Lancelot distraiu-se e perdeu-se em lembranças da conversa que tivera com Merlin na noite anterior ao deixá-la nos aposentos de Morgana.

Quando Lancelot abriu a porta da torre de Merlin, o feiticeiro tomava um gole de chá. O cavaleiro estava tenso e assim permaneceu. Ouvira falar dos poderes que a torre exercia nas pessoas, embora eles jamais tivessem funcionado com ele. Conhecia a postura de Merlin, sabia que ele falaria primeiro e quando resolvesse que deveria. Sentou-se na cadeira mais próxima, sentindo imediatamente o calor que emanava dela. Ele sorriu discretamente, ciente de onde tinha vindo.

— Já começou errado, Sir Lancelot — disse Merlin, espantando-o, pois ninguém podia ler sua mente. — Ah, nem precisaria ler nada. Seu sorriso o entregou. Sabe que não deve. É melhor cortar o mal pela raiz. Não podemos mudar o destino.

Merlin caminhava pelo cômodo, olhando-o intrigado.

— Não acredito em destino, Merlin. Está perdendo o seu tempo, se me chamou aqui para isso. Eu mesmo faço o meu destino. Ninguém me impõe nada.

— Não o chamei por isso. Conheço bastante seu gênio. Eu o avisei da outra vez, e você não me ouviu.

— É muita ousadia de sua parte dizer que me avisou, Merlin. — Elevou a voz. — Só fui informado de seus planos ardilosos meses após conhecê-la e pouco depois a perdi.

— Porque foi quando eu descobri. Viviane deveria tê-los avisado, mas preferiu deixar nas mãos da Deusa, que sabe-se lá por que não se envolveu. Vocês não deveriam ter se conhecido e, pior, jamais deveriam ter se apaixonado. Não é possível que eu refaça a história todas as vezes para terminar do mesmo modo até quando a mulher é outra.

— Pare de mudar a história, então. Pare de tentar manipular todos à sua volta. Às vezes me pergunto se Arthur é cego para não ver o que você apronta no reino. E Morgana, onde está ela? — Estava preocupado.

— Espero que do outro lado, embora ainda não possa garantir. Você se lembra da outra vez? Ela não conseguiu fazer a travessia e se perdeu na Escuridão.

Da última vez, Lancelot percebeu vislumbres de outra pessoa em Morgana; sua personalidade mudava de repente, assim como seus gestos e olhares, sem imaginar o que ainda aconteceria.

— Quanto tempo será dessa vez?

— Novamente, não sei. Espero que ela fique para sempre. Com Arthur, devo acrescentar. Porém, o que espero fica difícil quando vocês insistem em me desobedecer. Precisamos guiar Melissa ao rumo correto, assim Morgana poderá retornar. Sei que você é contra e, honestamente, compreendo seus motivos, mas o reino é mais importante. Se a Britânia não o convence... Prefere que Arthur morra? Ou Melissa?

Lancelot se levantou, irritado, derrubando a cadeira. Tirou o punhal, que sempre carregava na bota, e empurrou o feiticeiro, colocando-o contra a parede.

— Jamais os ameace, Merlin! — Encostou a arma no pescoço do velho. — Não faço parte dos seus jogos, e tampouco sou suscetível à sua magia. Poderia acertar seu coração neste momento e encerrar esta história. Não o farei por minha mãe e por Arthur, mas tenho certeza de que me arrependerei — bradou, afastando-se enquanto o feiticeiro se recuperava. — Não entendo por que entrelaça a vida dela e de Arthur ou a morte de um deles, caso não fiquem juntos. Arthur odeia quando tentam manipular suas escolhas. Uma hora ele verá, Merlin. Você não é capaz de cuidar da sua própria vida?!

— Ah, essa sua impulsividade... — O feiticeiro arrumou suas vestes. — Foi exatamente o que começou tudo. Ela não pertence a você, cavaleiro. Ela nasceu para propósitos maiores, foi forjada para tal.

— Ela não pertence a ninguém além de si mesma. Ela escolhe o que fazer e quem amar, não você.

— Seria muito mais fácil, você sabe, se não tivesse colocado essas ideias de liberdade de escolha na mente dela.

— Você a subestima se pensa que sou responsável por sua personalidade. Melissa é forte por si só. Nunca precisou de mim para isso.

— Penso diferente. Acredito que ela teria cedido, se você não tivesse surgido em seu caminho. Arthur não seria cristão se você não tivesse dito a ele desde criança que poderia crer no que quisesse. Essa sua mania de dizer às pessoas que elas podem ser o que quiserem e que não há um destino predefinido é absurdamente irritante. Cada realidade tem um destino, e estou tentando fazer este funcionar. Ela não teria perdido o irmão se você não tivesse se intrometido. Você é responsável por tudo o que enfrentamos agora, Lancelot. Lembra como terminou, não é? — Foram as palavras ferinas do feiticeiro.

Lancelot balançou a cabeça. A cena era clara em sua mente. Seu amigo coberto de sangue, morrendo. Ele se culpava pelo sofrimento que causou a ela. Foi ali que a perdeu.

— O que você quer, Merlin? Melissa sequer se lembra de mim — disse, a expressão marcada pelo sofrimento.

— Ela escolheu não se lembrar, Lancelot — falou Merlin com crueldade.

— Não ouse dizer que ela teve escolha. — Seus olhos refletiam a dor de se recordar daquele dia. — Terminou como você queria. Apagou nossa história para tentar refazê-la.

— Preciso que seja fiel a Arthur, cavaleiro.

— Isso não precisa ser dito. Sempre serei.

— Não se vocês tiverem o mesmo objetivo. Temo que em um futuro próximo isso os levará a lados opostos. Estou apenas zelando por Arthur, pela Britânia e pela magia. Não posso permitir que você seja responsável pela morte dele outra vez.

— Jamais trairei Arthur, Merlin. — Lancelot bateu na mesa, com vigor. — Pare de jogar nas minhas costas as outras vidas que você espia. Sou responsável apenas por esta. Eu. Nunca. Trairei. Arthur. Se essa é a sua preocupação, pode ficar tranquilo. Quanto a Melissa, ela não se recorda de mim. A magia não me atinge, mas afeta quem amo. Muito bem. — Passou as mãos pelos cabelos. — Não sei o que espera de mim. Sou transparente. Você sabe exatamente quais serão meus próximos passos. Lutarei por ela.

— Como pode querer a mulher de seu rei?

— Arthur sequer a conhece. Não acredito em predestinação e não posso trair uma ideia. Enquanto eu estiver vivo, meu amor por ela viverá — declarou em alto e bom som.

— Trair uma ideia... — repetiu Merlin, coçando o queixo. — Só por essa frase, posso entender por que não segue qualquer deus. A maioria das pessoas teme apenas o vislumbre de trair uma ideia. Você, entretanto... Onde estão suas crenças?

— Em meu coração. Minha vida é consequência dos meus atos. Não culpo deuses quando erro, tampouco dou crédito a eles quando acerto. Sigo meu coração não por haver alguém superior olhando, mas por crer que assim serei eu, na forma mais verdadeira.

— Você me coloca em uma posição delicada. As pessoas costumam seguir cegamente suas crenças.

— Da mesma forma que sigo cegamente o meu coração.

Os dois se analisaram. Lancelot não tinha ideia do que esperar, porém não pretendia ceder.

— Você sabe que, se forçar a memória dela, se falar demais sobre o passado, Melissa pode nunca mais...

— Sei das consequências dessa sua magia estúpida, Merlin, assim como sei por que você não quebra o feitiço — cortou-o.

— Bem, sendo assim, preciso de um favor.

— De mim? — Lancelot franziu o cenho, levemente surpreso.

— Quero que a leve a Avalon.

O cavaleiro não conteve um sorriso zombeteiro.

— São quase dois dias de viagem. É, você tem coragem.

— Você não irá sozinho — acrescentou, ignorando o comentário malicioso. — Mais alguns cavaleiros os acompanharão. Sua presença foi requisitada porque Arthur desconfiaria se não procedêssemos dessa forma. Vocês partirão pela manhã.

Lancelot não precisava estar sozinho; bastava estar com Melissa. Ele não ouvia mais o feiticeiro. Pensava apenas nos próximos dois dias em que viajaria com ela e, por fim, que Avalon poderia trazer sua memória de volta.

— Quero ajudar — insistiu Melissa atrás de Lancelot, tirando-o de um devaneio, sua voz cada vez mais parecida com a original.

— Nenhum deles a deixará mover um dedo, Melissa — chamou-a pelo nome, pela primeira vez desde que a garota despertou nesse corpo. — Somos... Como diria?

— Machistas? — ironizou, ciente de que ele não conheceria a palavra ou o conceito, mas se espantando quando Lancelot riu alto, inclinando a cabeça para trás. Ela havia dito essa palavra pelo menos mil vezes na outra vez que estivera ali.

— Sempre com observações pertinentes — arriscou o cavaleiro, que ainda cogitava quão longe poderia ir sem correr o risco de apagar sua memória.

— Como você conhece essa palavra? — questionou.

— Tenho meus poderes. — Piscou.

Lancelot pensou muito durante a noite. Não podia contar quem ela era, mas certamente poderia usar de alguns artifícios para trazer sua memória de volta.

— Venha, me ajude aqui. — Ele acenou para chamá-la. — Segure esta parte enquanto eu amarro.

— Obrigada! — Melissa se aproximou, solícita.

Enquanto ela segurava bem esticado o pano que cobriria a tenda, Lancelot amarrou uma das pontas. Ele estava bem próximo a ela e eles se encostavam ocasionalmente. Lancelot sentia choques intensos causados não apenas pelo toque dela, mas por seu cheiro, o perfume de Melissa tomando conta do novo corpo. O cavaleiro a direcionava, e a jovem executava a ação sem problema, como se tivesse prática, surpreendendo a si mesma, enquanto percebia que ele dava pequenos sorrisos, satisfeito.

Mais tarde, naquela noite, Melissa estava sozinha. A seu pedido, dois cavaleiros haviam trazido uma tina e a encheram até a metade com água aquecida para que ela pudesse se lavar antes de dormir, depois de um longo dia de viagem.

Eles saíram em seguida, e ela se viu em um dilema: jamais conseguiria desamarrar aquele vestido sozinha. Agora se arrependia por não estar acompanhada de Alana. O que faria? Andou de um lado para o outro por alguns minutos até que colocou a cabeça para fora, à procura de Lancelot. Não poderia pedir para outro cavaleiro ajudá-la sem que ele pensasse sobre sua honra e todos os outros preceitos da Idade Média. Ele a viu imediatamente e se aproximou.

— Entre, por favor — pediu.

— Está com algum problema?

— Na verdade, sim — admitiu, sem jeito. — Meu vestido... — Tocou suas costas. — Não alcanço o início da fita e não consigo tirá-lo.

— Eu ajudo. — Lancelot se prontificou, fechando os olhos por um segundo, tentando pensar que aquele corpo era de Morgana.

Ele tocou suas costas e começou a desamarrar a fita. Melissa segurava os cabelos, evitando atrapalhá-lo. Ela sentia pequenos arrepios provocados por encontros furtivos de seus dedos com sua pele, sem entender quando se tornara tão sensível. Ao mesmo tempo, a presença do cavaleiro a tranquilizava. A sensação de que era quase certo estarem juntos ali a embalava. Precisava se livrar logo das impressões de Morgana ou se confundiria completamente.

Lancelot chegou à altura da cintura e já ia se retirar quando viu uma marca de nascença em forma de um pequeno morango no corpo de Morgana, sobre o quadril. Ele ficou paralisado. Melissa percebeu sua hesitação e olhou para ele, confusa. O cavaleiro não disse uma palavra. Apenas pegou a mão dela e colocou sobre a marca. Ela sentiu o relevo e entendeu. Virou o corpo, soltando os cabelos e segurando a parte de cima do vestido para que não descesse. A expressão de Lancelot era clara: reconhecia que aquela marca não pertencia ao corpo de Morgana, e isso fez Melissa se perguntar se ele já tinha visto Morgana sem roupa.

— Melissa, se precisar de qualquer coisa nos próximos minutos, chame Gawain. Eu me ausentarei. Preciso tomar um banho no riacho — disse, tenso.

— Mas a água está congelando — alertou, admirada por essa atitude.

— E é exatamente por isso que vou. — E saiu sem dar mais explicações.

Caminhando por sua torre, Merlin analisava a conversa que tivera com Lancelot na noite anterior, pensando no melhor caminho para convencê-lo a colaborar com ele. Lancelot era filho do Rei Ban, de Benoíc, um dos reinos mágicos, e mesmo tendo perdido toda a sua família e reino quando ainda era um bebê, carregava a postura altiva e desafiadora. Seus ideais de liberdade e lealdade eram conhecidos em vários reinos. Todos queriam ter um cavaleiro capaz de abdicar de qualquer coisa.

— Infelizmente, não de todas as coisas — murmurou Merlin.

O rompante de Lancelot ao encostar um punhal em sua garganta deixava claro que ele não pretendia ceder, ainda que o feiticeiro soubesse que o jovem jamais o mataria. Reconhecia que ele era um bom homem, apesar de sua personalidade independente e obstinada, e nunca pretendeu fazê-lo sofrer. Não era sua escolha. O único caminho era o casamento de Melissa e Arthur. O cavaleiro era um obstáculo perigoso, porque o feiticeiro não podia fazer nada para se livrar dele sem despertar as suspeitas de Arthur. O que ele certamente faria, se pudesse.

A franqueza de Lancelot impressionou o feiticeiro. Merlin presumia que ele lutaria, mas não pensou que pudesse admitir.

No que dizia respeito a Melissa, não podia confiar em Lancelot. Porém, ele era o único com quem podia contar por enquanto. Apenas ele poderia levá-la a Avalon. Se Arthur retornasse e descobrisse que Morgana, ou pelo menos seu corpo, fora acompanhada por outro cavaleiro, saberia que algo estava errado, já que Lancelot nunca a abandonaria, como prometera a seu rei e amigo.

Após a saída do cavaleiro, Merlin não havia conseguido dormir. Era sua última chance de salvar Arthur e precisava de um plano melhor. Ele controlava um tipo de magia muito forte e temia que, mais uma vez, não conseguisse vencer algo como química básica.

Precisava agir o quanto antes.

A muitas milhas dali, em um acampamento a caminho do castelo de Pellinore, Arthur não conseguia dormir, pois sentia um desejo incontrolável de partir para Avalon. Virou para o outro lado e tentou encontrar a razão desse sentimento que o dominara de repente. E por que Avalon? Entenderia se fosse Camelot, já que havia deixado a irmã com problemas e isso o incomodava. Mas o que o estaria atraindo para Avalon?

Nem havia chegado a seu destino, não podia voltar sem conseguir o apoio que precisava. A Britânia não se sustentaria por muito tempo se todos os reis não entrassem em consenso e formassem uma aliança. Os saxões adentravam mais a cada dia em seu território, cometendo todo tipo de atrocidade, e Roma ameaçava se retirar, levando consigo as suas legiões.

A conversa que tivera com Merlin surgiu em sua mente, e o vazio em seu peito se intensificou a ponto de doer. A solidão rompia em seu coração e aflorava na noite. Ele não entendia, pois havia pouco tempo que estivera com uma mulher. Como podia se sentir sozinho? Era uma pergunta que ele não precisava fazer.

Arthur sentia falta de uma companheira, alguém que estivesse a seu lado não apenas para esquentar sua cama, mas para partilhar seu reino. Sentia falta de alguém que nunca conheceu.

Levantou-se da cama e caminhou até sair da tenda. Os cavaleiros que estavam de guarda olharam para ele e logo voltaram à patrulha. Os passeios noturnos de Arthur eram bastante conhecidos entre eles.

A noite estava fria e a lua brilhava cheia no céu negro. Ele admirou-a por vários minutos, procurando por uma resposta. E, então, o rei viu os cabelos escuros de uma mulher, seguidos por enigmáticos olhos verdes e um sorriso doce. Arthur nunca a tinha visto antes, como ela podia entrar assim em sua mente? A singela imagem se aninhou em seu peito, a simples possibilidade aquietou seu coração. Era ela a mulher que procurava. Como a encontraria? Como se fosse uma luz guiada por um raio lunar, a resposta veio: ela estava em Avalon.

— Bors, avise aos outros, amanhã de manhã partiremos para Avalon. Chame Galahad. Ele irá na frente para avisar sobre nossa chegada — decretou o rei ao cavaleiro mais próximo, que começou os preparativos para a nova viagem.

Arthur sorriu. Faltava pouco para que ele se sentisse pleno. Não importava quem fosse essa mulher, ele a buscaria em Avalon, faria dela sua rainha e juntos reinariam.

Em Camelot, Merlin sorria olhando para a lua cheia, fazendo uma prece de agradecimento.

16

Aproximadamente dois anos antes, Lancelot cavalgava pelas fronteiras de Avalon, quando se sentiu impelido a ir até a parte leste do lago. Era quase como se pudesse sentir seu chamado. Ao chegar, desmontou e soltou seu cavalo, que foi até a margem para beber água, rejeitando a ideia logo em seguida. Os cavalos de Avalon tinham uma personalidade peculiar.

O ar estava carregado de centelhas, e Lancelot percebeu que algo estava para acontecer. Tirou a capa, sentou-se na grama e se encostou em uma árvore. O cavalo se aproximou dele e pressionou o focinho contra a sua cabeça; parecia tão agitado quanto o ar. O cavaleiro se levantou e olhou ao redor, sempre acompanhado do animal. Nada, o mundo parecia igual.

Quase se sentou outra vez, quando viu a água começar a borbulhar e correu para a margem. A água estava morna e parecia esquentar mais a cada momento. Magia. Ele observava atentamente. O lago se agitava e formava ondas violentas. O cavalo relinchou, balançando a cabeça em direção às águas e olhando para Lancelot.

— O que você quer me dizer? — perguntou no exato momento em que um jovem foi arremessado do lago e a paz voltou à superfície.

Lancelot correu até ele, que tossia.

— Você está bem? — perguntou, abaixando-se perto dele.

O garoto sentou-se, assustado, olhando em volta.

— Minha irmã. — Tentou se levantar, cambaleou e caiu. — Ela não sabe fazer a travessia e vai se afogar lá dentro! — Queria arrastar-se de volta para lá.

Não era preciso dizer mais nada. Lancelot descalçou as botas, tirou a camisa e mergulhou no lago, sendo envolvido pela água morna. A princípio, não encontrou nada. Subiu para tomar ar, vendo o cavalo puxar o jovem pelas roupas, evitando que ele se jogasse outra vez nas águas.

Lancelot mergulhou novamente, mais fundo dessa vez, e então a viu. Seus longos cabelos escuros flutuavam em volta de seu rosto. Seus olhos estavam fechados, e bolhas de ar saíam por suas narinas. Seu vestido fino flutuava, deixando as pernas expostas. Ele pegou-a pela cintura e a puxou rumo à superfície. Assim que emergiram, o irmão se aproximou para ajudar.

— Melissa, acorda! — Em desespero, ele tentava checar sua pulsação.

Lancelot aproximou seu rosto do dela para verificar se ainda respirava, e ela abriu os olhos quando estavam a poucos centímetros um do outro. Seu olhar brilhava, atraindo-o imediatamente, fazendo com que ele segurasse a respiração por alguns segundos e a admirasse.

— Mel, que alívio! — O irmão a abraçou. — Você está bem?

— Onde está o pai? Já amanheceu? — perguntou ela, tentando se levantar, depois de tossir algumas vezes.

Afastou-se do rapaz que a olhava tão intensamente e se aproximou do irmão.

O garoto pareceu pensar no que dizer, então falou com Lancelot primeiro:

— Meu nome é Gabriel. — Estendeu a mão para ele, que a apertou, receoso. — Devo a minha vida a você por ter salvado minha irmã.

— Não é necessário. Fico feliz por estar por perto. — Ele se virou em direção aos seus pertences e pegou sua capa, estendendo-a a Melissa, que não entendeu. — Sou Lancelot.

O vestido branco com poucas e pequenas flores lilases estampadas tinha finas alças listradas amarradas atrás do pescoço, de uma forma que marcava seus seios, dando uma visão irresistível de seu colo.

— Onde está o pai? — Melissa cambaleou até a margem do lago. — Gabriel! — Sua voz soava desesperada, e ela não conseguia entender a tranquilidade do irmão.

— Se ele não está aqui é porque está do outro lado, Mel. Ele está bem. — O garoto aproximou-se dela, que estava pronta para pular no lago outra vez.

— Como assim? Que outro lado? — Estreitou os olhos, confusa. — Você bateu a cabeça?

— Você precisa se acalmar. — Tocou seu ombro devagar.

— Não me diga para eu me acalmar! O carro capotou e caiu no lago. Onde está nosso pai?!

— Prometo que vou explicar, mas vai ter que manter a mente aberta.

— Você tem certeza de que ele está bem? — Melissa fez uma careta. A preocupação era maior que a raiva por não entender o que se passava.

— Sim — respondeu Gabriel, sem hesitar, apesar do temor que sentia.

— Onde ele está, então?

Lancelot aproximou-se com as sobrancelhas erguidas, tentando entender a conversa entre os irmãos.

— É uma honra conhecer você. Esta é minha irmã, Melissa — apresentou o garoto. Ela observava tudo ao redor, depois voltou a olhar para Lancelot, enquanto Gabriel a cobriu com a capa. — Aqui não é um bom lugar para ficar descoberta, Mel.

— Gabriel, onde estamos? — Ela tirou a capa de cima dela. — Quem é esse homem e por que ele está vestido assim? — perguntou, estranhando as vestes do sujeito à sua frente, que havia recolocado a camisa e as botas. — É uma pegadinha? Se tudo isso for uma brincadeira sua e do Marcos, não sei o que vou fazer. Até parece que o nome dele é Lancelot, como o cara da história.

— Não, Mel — interrompeu o rompante da irmã. — Ele é o Lancelot *da história* e você logo saberá onde estamos.

Ela ficou ainda mais confusa e levemente irritada com a tranquilidade do irmão. Lancelot também franziu o cenho.

— Que história? — quis saber o cavaleiro.

— Contarei — disse Gabriel, levantando-se e ajudando Melissa. Percebeu que Lancelot logo se aproximou para ampará-la também. — Agora preciso que você nos leve até Viviane.

— Eu os levarei.

— E você nos conte no caminho — exigiu Melissa.

Gabriel contou a eles que sempre tivera impressões com a Britânia, porém que nunca havia conseguido fazer a travessia antes. Nenhum deles soube, a princípio, que Morgana perdera a consciência no segundo em que Melissa saiu do lago. Viviane escondeu deles essa informação, dentre outras, o máximo que pôde. Eram informações vitais que os impediram de se preparar para o que viria.

Pouco mais de dois anos depois, Melissa vestiu a roupa de dormir de Morgana, sem ter a mínima noção de que já estivera nesse mundo antes. O tecido era macio e quentinho, e ela supôs que fosse lã. Sentou-se na pequena cama do acampamento, colocou a grossa coberta sobre as costas e abraçou as pernas. Sua vida estava mudando, e ela tentava acompanhar o ritmo. Tinha a estranha sensação de que se esquecia de alguma coisa importante, mas não sabia o quê.

Lá fora, a lua cheia iluminava o acampamento. Afastado dos cavaleiros, Lancelot saía pingando da água. Sua pele estava tão quente em contraste com a noite gelada que algumas gotas evaporavam antes de atingir o chão. Respirou o ar frio, esperando que o acalmasse. Vestiu as roupas com o corpo ainda úmido e sentou-se sobre uma pedra. Precisava se controlar antes de voltar para ver como Melissa estava.

A primeira vez que tinha visto aquela pequena marca em forma de morango explodia em seus pensamentos, despertando-lhe sensações adormecidas.

Depois de surgir no lago, naquele dia distante, tudo era novidade para Melissa. A princípio, não gostou de estar presa àquele mundo. Irritava-se pelo fato de o irmão lidar com a situação naturalmente, insistia em saber como estava o pai e discutia com Lancelot a cada vez que suas culturas se chocavam. O cavaleiro ficava indignado, mas aos poucos ele foi aprendendo a lidar com a personalidade em chamas de Melissa e entendendo que ela não era como as mulheres da Britânia. Mesmo Morgana, que estava à frente de sua época, não chegava aos pés da paixão e da impulsividade que via em Melissa. Apaixonar-se por ela foi tão fácil quanto mergulhar no mar em um dia de verão. Ela era convidativa, quente e imprevisível.

Lancelot se viu ansiando pelo dia em que ela demonstraria sentir o mesmo por ele. Nunca antes uma mulher mexera tanto com seus sentimentos. Ele sabia que ela tivera outros homens, porque a jovem não cansava de provocá-lo, contando suas histórias. Não queria pensar nisso; o passado não importava. Ele queria ser o último.

Melissa estava em Avalon havia 13 dias. O cavaleiro usara tudo o que sabia para tentar conquistá-la, e nada parecia dar resultado. Fora de Avalon, era mudança de estação, e Lancelot sabia que os sobrinhos de Viviane viriam visitá-la, inclusive Arthur, que tentaria ver Morgana e não teria sucesso.

Um passeio pela parte norte da ilha despertou em Melissa o desejo de tomar banho no lago. Ela se dirigiu para um local mais afastado e pouco visitado, indicado por Viviane, tirou suas vestes e mergulhou na água levemente morna. As pedras coloridas do fundo do lago davam-lhe uma aparência única; era como mergulhar em um paraíso de cores brilhantes.

Quando Lancelot soube onde estava, foi ao seu encontro. Ele não conseguia entender por que estava tão irritado com a possibilidade de outro homem encontrá-la. Parte dele pensava que ela era livre para nadar onde e quando quisesse, mas havia outra parte que temia pelo resultado disso. Um pressentimento lhe dizia para tirá-la de lá.

— Melissa, não é uma boa hora para um banho no lago — começou, avistando a pilha de roupas jogadas perto de uma árvore. — Ainda mais nua.

Ela o ignorou e mergulhou, dando-lhe uma visão clara de seu corpo antes de submergir.

— Essa praga! — murmurou Lancelot, passando a mão pelos cabelos, tenso.

Quando Melissa emergiu, virou-se na direção dele, apenas a cabeça fora da água.

— Ainda está aqui? — provocou.

— Há vários homens chegando em Avalon e você não pode ficar nua por aí. Um homem pode encarar isso como um convite.

— Isso é tão machista. — Ela revirou os olhos.

— Já disse que não conheço a palavra, mas imagino que esteja me ofendendo.

— Imaginou corretamente. Sou livre para fazer o que eu quiser, como qualquer homem, Sir Lancelot.

— Eu entendi da primeira vez que você me explicou, e é provável que seu mundo seja muito mais evoluído que o nosso ao permitir que as mulheres sejam quem elas queiram. — A sinceridade de Lancelot chamou sua atenção. — Melissa, não há ninguém neste reino que preze mais pela liberdade do que eu. O problema é que não sou eu quem faz as regras e não estarei por perto para protegê-la toda vez.

Melissa gargalhou, jogando água para todos os lados.

— Não preciso que me proteja.

— Não me faça entrar aí — ameaçou ele ao observá-la retomar as braçadas.

— Lancelot, você não pode me dizer o que fazer. Não respondo bem a ordens, pergunte a Gabriel. — Continuava nadando de um lado para outro.

— Certo. A escolha é sua, não me responsabilizarei se um deles a vir e resolver tomá-la como esposa. — Virou-se para ir embora, ciente de que a tinha atingido.

— Espere — chamou-o. Ele parou, sem se virar. — Isso é possível? — perguntou, lembrando-se do que conhecia sobre a Idade Média. Sim, era possível, e era claro que não queria ser a esposa de ninguém. Contrariada, cedeu. Uma coisa era provocar Lancelot, que, por mais que não compreendesse alguns de seus valores, a respeitava. Outra coisa era encontrar um bárbaro que decidisse se casar com ela à força. — Está bem, vou sair e ir com você. — O cavaleiro sorriu, sem que ela visse. — Não se vire, vou me trocar. É sério. Conheço sua fama. Se você se virar, Lancelot, aprenderei a lutar com espadas só para matá-lo.

Lancelot gargalhou enquanto ela se vestia. Melissa virou de costas para ele, contendo um sorriso, enquanto desvirava o vestido. Sentia a força que os atraía um para o outro, por mais que odiasse admitir.

Uma brisa tocou as folhas das árvores que os envolviam, e Melissa sentiu como se elas rissem deles, conspiratórias. Terminou de se vestir, agradecendo pelas mulheres de Avalon usarem vestidos mais simples e não aquela porção de camadas comuns à época. Notou que a roupa úmida grudou um pouco no corpo e não havia nada que pudesse fazer no momento. Virou-se para chamá-lo e o encontrou a um passo dela.

Uma simples troca de olhares bastou para que ele a beijasse. Lancelot envolveu seu corpo molhado e percebeu a mão dela subindo por seu pescoço. Melissa sentiu as pernas fraquejarem e segurou parte da túnica do cavaleiro, o que ele considerou como um incentivo e desceu a mão para baixo da linha da cintura.

Para Lancelot, se houvesse algo com um toque divino neste mundo, seriam os lábios de Melissa.

Eles estavam tão envolvidos que não perceberam a chegada de alguém, até que ouviram uma tosse.

— Estava demorando. — Foi o que Gabriel disse, tentando não olhar para os dois. — Viviane está procurando vocês.

Quando Melissa se deu conta da forma que se entregara ao beijo, empurrou Lancelot, que se surpreendeu. Ela não queria ser controlada; nunca fora antes e não seria agora.

— Gabriel, você tem uma espada aí? Preciso matar uma pessoa.

Gabriel riu, pois estava acostumado com o furor da irmã e a vê-la se agarrando com outras pessoas, por mais que não fosse uma visão agradável. Ele gostava de Lancelot, tinham se tornado amigos em poucos dias. Apesar da atração visível que o cavaleiro sentia por sua irmã, parecia ser um bom homem.

Melissa saiu batendo os pés, ofegante. Passou os próximos dois dias na cabana que Viviane lhe providenciara. Não queria ver nenhum dos homens que chegariam a Avalon e, principalmente, não queria ver Lancelot. Havia apreciado o beijo muito mais do que um dia chegaria a confessar, porém não havia tempo para isso. Gabriel e ela tinham que ir embora daquele lugar. O pai os esperava, onde quer que fosse. Permitir a si mesma se apaixonar por Lancelot seria dar a este mundo um poder a mais sobre ela. Quando chegasse o momento, ela partiria sem olhar para trás. Melissa só não sabia que, quando se trata do coração, não somos tão livres quanto pensamos.

Uma semana depois, Lancelot enfrentou alguns mercenários na fronteira de Avalon, e uma flecha passou raspando por sua cabeça. Não foi mais do que um arranhão, mas Viviane precisou cortar seus cabelos bem curtos, rentes à cabeça, para costurar o ferimento, um pouco acima da nuca. Se ele soubesse que se ferir seria o meio de obter a atenção de Melissa, teria ido a uma batalha mais cedo.

Quando Gabriel contou à irmã que Lancelot havia se ferido, ela correu para os aposentos do cavaleiro. Os cabelos dele ficaram bem baixos, dando-lhe um ar perigoso. Ele sabia que causaria um efeito favorável nela, por isso decidiu cortar até a parte que não era necessária. Assim que o viu deitado, parecendo tão frágil, Melissa perdeu o fôlego. Ele a ouviu entrar e se aproximar, mas manteve os olhos fechados, esperando. Não vestia nada, e apenas um leve lençol o cobria. Soube o momento exato em que ela percebeu a ausência de vestes, porque ouviu um suspiro alto.

Lancelot precisou de uma força sobre-humana para não falar com ela, até que sentiu o toque suave em seu rosto. Ele segurou seu punho, acariciando seu braço, e abriu os olhos. Ela entreabriu a boca e foi o convite que precisava para puxá-la para um beijo.

Melissa arregalou os olhos, admirada. Ele mantinha o olhar conectado ao dela, dizendo tudo o que precisava saber. Puxou-a mais para perto, e, sem oferecer nenhuma resistência, a moça se sentou no colo dele, que continuava deitado. O lençol era a única barreira entre eles. Foi a vez de a surpresa brilhar nos olhos de Lancelot, que sorriu, consciente de que era uma combustão e derretendo-se quando ela abaixou-se para beijar uma cicatriz que ele tinha no ombro, subindo vagarosamente de volta até seus lábios.

Lancelot saboreava o momento, suas mãos correndo pelo corpo dela, procurando a barra do vestido e tirando-o. Ele a despiu completamente, demonstrando o tamanho de seu desejo, depois pegou-a pela cintura e a virou, ficando por cima dela e então arrancando o lençol que ainda os separava.

— Isso ultrapassa muitos limites para você? — Ele não resistiu à tentação de provocá-la. — Porque, se for demais, posso parar... — sussurrou enquanto mordiscava sua orelha.

Aceitando o desafio, ela abaixou a mão delicadamente pelo corpo dele, contornando os dedos nos pelos do peito, descendo cada vez mais, bem lentamente. Sustentando o olhar repleto de luxúria dele, acariciou seu abdômen definido e sorriu da forma mais sensual que ele já vira, quando finalmente sua mão atingiu seu objetivo, envolvendo-o.

— Isso é muito moderno para você? — perguntou, umedecendo os lábios. — Porque, se for demais, posso parar...

Lancelot não resistiu e riu, antes de dizer:

— Você foi feita para mim, Melissa. Sua liberdade é sua qualidade mais bela. — E tornou a beijá-la intensamente, preparando-se para fazer o que queria desde o primeiro dia que a conheceu.

Ele beijou-a com mais intensidade, enquanto passava a mão por seu colo, suavemente, fazendo-a ansiar por mais. Desejava mostrar a ela e fazê-la sentir a forma torturante como ele a queria. Lancelot e Melissa eram como o calor do sol sobre a palha em um dia seco. A menor fagulha poderia causar um incêndio incontrolável. Ele a provocava, ela retribuía. Ele a desafiava, ela aceitava e devolvia o desafio. Eram almas livres que decidiram se envolver.

Lancelot prendeu seus braços ao lado do corpo, seus lábios descendo pelo pescoço, passando pelos seios e fazendo-a tremer em seus braços. Ele queria mais, queria o descontrole. Melissa reconheceu a intenção em seu olhar, muito antes de ele soltá-la e abaixar-se, beijando-a e provocando arrepios intensos. Ela admirava a virilidade de Lancelot, seu autocontrole e força em não concluir o ato, como ela almejava em desespero. Ele não queria apenas possuir Melissa, queria levá-la à loucura.

O cavaleiro beijou sua coxa direita, fazendo-a gemer baixinho, implorando para que continuasse. A língua chegou entre suas pernas, queimando, como se pertencesse àquele lugar. Melissa inclinou seu corpo, mal conseguindo resistir às ondas de calor que a consumiam. Lancelot aprofundou a carícia e não diminuiu a pressão até que a sentiu tremer incontrolavelmente. Colocou suas mãos por baixo do quadril dela, para levantá-la, e sentiu uma textura diferente na pele. Virou-a e descobriu uma pequena marca de nascença em forma de morango, que ele tinha visto de longe quando ela nadou nua.

— Hmmm... — murmurou, beijando-a com os lábios entreabertos o suficiente para tocá-la com a ponta da língua.

Melissa voltou-se novamente para ele, tentando recuperar parte do controle. Puxou-o para um beijo, deslizando as unhas delicadamente por suas costas e tocando-o, outra vez. Surpreendeu-se com o quanto ele ainda podia ficar maior. Com a mão livre, ela o empurrou, fazendo-o deitar de costas na cama e subindo sobre ele, provocando-o.

Lancelot segurou-a pelo quadril e acomodou-a sobre ele, sem que ela se opusesse. Instantes depois, colocou-a por baixo e cobriu o corpo dela com o seu, enquanto olhava em seus olhos, para em seguida beijá-la profundamente, sem se desconectar dela. Foi então que Melissa soube que estava perdida, pois jamais poderia ser de outro homem. Naquele dia, Lancelot levou muito mais do que seu corpo. Agora ele era dono de seu coração e de sua alma.

De volta ao presente, Lancelot ainda sentia o toque de Melissa marcado em seu corpo. Eles ficaram juntos por mais cinco meses, apaixonando-se mais a cada dia, até Merlin se intrometer, enviando-a sem memória de volta para seu mundo. Ele jamais amou outra mulher, e a certeza de que jamais teria outra habitava seu coração.

Melissa voltou diferente. Lancelot sentia sua tristeza, sua melancolia, provavelmente causadas pela perda do irmão. Parte de sua vivacidade se foi, talvez ficando no passado que compartilharam. Ele queria despertá-la, mostrar a ela a mulher intensa que um dia fora, dividir com ela o amor que sentiram um pelo outro. Ao mesmo tempo, a jovem estava mais branda, mais doce.

Sentia que Melissa estava voltando, só teria de ficar com ela e estar presente no momento em que fizesse a travessia. Ela precisava se lembrar, e seu cavaleiro estaria lá, para impedir que qualquer destino escrito previamente ficasse entre eles.

Enquanto Lancelot estava perdido em recordações, Melissa, sem imaginar que um dia se entregou tão inteiramente a ele, ouviu um lobo uivar e se arrepiou. Um pavor tomou conta dela, que não entendia de onde aquilo vinha. Não sabia se o animal estava perto ou não, mas sentia como se pudesse atacá-la a qualquer momento.

Andava de um lado para o outro, xingando Merlin por não permitir que a dama de companhia viesse com ela — pelo menos não estaria sozinha. Decidiu que não ficaria mais um segundo ali. Sairia e ficaria de guarda com os cavaleiros, se necessário, não importava o quanto argumentassem. Correu em direção à saída, mas deu de encontro com algo sólido. Se a parede humana não a amparasse, teria caído.

— Ei... — Ela ouviu a voz de Lancelot. — O lobo, certo?

O cavaleiro tinha seguido para a direção dela, assim que ouviu o lobo uivando. Melissa tinha pavor desde que um deles a atacara nas fronteiras de Avalon. Ela não chegou a se ferir, porque Lancelot apareceu, mas nunca mais pôde ouvir um uivo sem tremer.

— Como sabe? — perguntou, sem se afastar dele.

— Já disse, tenho meus truques.

— Não vai me contar? Às vezes sinto que você me conhece e não sei como isso é possível.

O momento que Lancelot temia chegou. Ela tinha questionamentos, e ele não tinha respostas.

— Não posso dizer — respondeu, abalado.

— Como vou saber, então? — Sentiu-se irritada, de repente.

— Precisa descobrir sozinha.

Os dois ficaram em silêncio. Ele por não saber o que poderia dizer, e ela por saber que ele não responderia.

— Preciso perguntar: o que está havendo entre vocês dois? — Ouviram a voz de Gawain, e Melissa se afastou de Lancelot.

— Não está acontecendo nada, Gawain — afirmou Lancelot, taxativo.

— É claro que está. Estou observando essa troca de olhares o dia todo. Arthur sabe disso? — inquiriu, fazendo Lancelot rir de forma irônica e Gawain entender ainda mais errado. — Não condeno nada, Lancelot. Você é um dos homens mais honrados que conheço, e ela é minha prima querida. Na minha opinião, não há problema em um relacionamento entre vocês, mas sabemos que não é tão simples. Eu dei sorte de amar a mulher que foi prometida a mim e ser amado por ela. Para alguns, não basta duas pessoas se apaixonarem.

— Nós não estamos apaixonados — apressou-se em responder Melissa, e a mágoa que viu no semblante de Lancelot partiu seu coração. Estaria ele apaixonado por Morgana? Seria essa a causa da tensão entre eles e do banho gelado no riacho? Ela era uma mulher do século XXI; sabia por que um homem precisava de um banho frio.

— Nada está acontecendo, Gawain — repetiu ele. — Morgana se assustou com o uivo do lobo e eu vim, apenas isso.

— Desde quando você tem medo de lobos? — O outro cavaleiro estranhou.

— Ah, tive um problema recentemente — inventou, alterada.

— Certo, farei por você o que você faria por mim, Lancelot. Que Arthur me perdoe. Fingirei que não estou vendo nada. Peço apenas que seja discreto; não sei como os outros cavaleiros não perceberam nada ainda. E, Morgana, não saia mais vestida assim. Além da exposição, sua voz está um pouco rouca. Creio que está ficando doente. — Virou-se e deixou os dois sozinhos novamente, parados.

O lobo uivou outra vez, e ela sobressaltou-se correndo para dentro da tenda. Lancelot levou dois segundos para decidir o que fazer. Gawain ter dito que faria vista grossa o colocava em um dilema: passar ou não a noite com ela?

Mais tarde, Melissa estava sentada na cama, de pernas cruzadas, cobertas com uma manta. Agora não estava sozinha; Lancelot estava com ela. Por mais que ela insistisse, ele negou-se a se sentar a seu lado, preferindo ficar no chão com o braço direito sobre a cama, perto de Melissa.

A jovem ainda não aceitava bem o fato de ele se negar a lhe contar se a conhecia, mas se sentia grata por não estar sozinha com aquele lobo uivando lá fora. Já Lancelot sentia-se grato pelo lobo.

À meia-luz, com as velas bruxuleando, eles conversaram durante horas sobre os mais diversos assuntos. Ela lhe contou sobre sua infância e sobre sua vida em outra realidade. Lancelot conhecia a maior parte da história, exceto pelos últimos dois anos, e ouvia novamente com prazer. Às vezes, fechava os olhos e ouvia sua voz melodiosa, agora completamente a voz de Melissa, fingindo que o tempo não tinha passado. Dessa vez entendera melhor a mágoa dela ao ouvir sobre a situação do pai e o modo como ela se lembrava da morte do irmão. Foram dois anos difíceis.

Muitas das histórias dele envolviam Arthur, e ela percebeu o quanto essa amizade significava para Lancelot. Ele também falava com doçura sobre Morgana, e Melissa cada vez mais acreditava que os dois mantinham um relacionamento.

Voltaram a falar do que acontecia com Melissa e da dificuldade que era viver no corpo de outra pessoa. Lancelot não podia ajudar muito, mas tentava passar pistas que a ajudassem a se lembrar dele.

— Bem, se era para trocar de corpo, seria mais fácil ter trocado com a Branca de Neve e ido para um reino encantado, onde as piores maldições podem ser quebradas com um beijo de amor verdadeiro. Aí era só achar a pessoa certa e pronto, eu estaria salva.

— Bem, preciso lhe dizer que o beijo ajudou, mas não foi tão simples assim para a Branca de Neve.

— O quê? — questionou Melissa, levemente boquiaberta. — Existe um lugar onde maldições podem ser quebradas com um beijo? A Branca de Neve existe?

— É claro que sim. Ela vive do outro lado do portal.

— Não acredito!

Lancelot riu. Ela tivera exatamente a mesma reação quando soube dessa história da primeira vez.

— Acredite. Na verdade, nossos pais eram irmãos. Eles morreram na Segunda Grande Guerra da Magia.

— Você está me dizendo que Branca de Neve é sua prima?

— Estou.

— Todos os personagens de contos de fadas existem? Como isso é possível?

— Viviane costuma dizer que alguns escritores têm conexões com outros mundos. Eles são capazes de ver através do portal. É por isso que o que você pensa ser apenas uma história, na verdade, é real.

— Uau. Nunca imaginei que Camelot pudesse existir de verdade. Se isso é possível, não duvido que exista um reino encantado cheio de personagens de contos de fadas. Ou Nárnia. Hum... Preciso tomar cuidado na próxima vez que for abrir um guarda-roupa. — Ela sorriu.

— Não sei se todos existem, mas gostaria de viver em um lugar onde tudo pudesse ser resolvido com um beijo. Seria trabalhoso, mas eu poderia controlar a situação. — Ele levantou uma sobrancelha e forçou uma expressão sedutora.

Melissa gargalhou, e ele a acompanhou, feliz por ter atingido seu objetivo, apreciando a momentânea felicidade dela.

— Por que estou rindo? — perguntou a jovem, sem conseguir se conter.

— Porque é bom.

— É, é, sim. Obrigada, Lancelot. Não ria assim há muito tempo. Seria muito bom, de verdade, se o amor resolvesse problemas...

— Você não acredita mais no amor? — quis saber Lancelot, percebendo seu deslize ao usar o "mais" e esperando que não tivesse estragado tudo.

— Acredito. É que a minha realidade diz que as pessoas que amo são tiradas de mim com muita facilidade. — Sua voz parecia emocionada. — Perdi minha mãe e meu irmão. Não sei se meu pai vai acordar. Não há um dia em que eu não barganhe com Deus. Faria qualquer coisa para tê-los de volta. Daria meu coração, minha alma, qualquer coisa só pela possibilidade.

Lancelot se sentiu o pior dos homens. Culpava-se por sua perda e não podia contar a ela. Desejava mais do que nunca que ela recuperasse a memória, gostaria de poder explicar e interromper sua dor.

— Não permita que a dor finque raízes em seu coração.

— É tudo o que me resta. Sabe como é amar tanto alguém a ponto de seu coração doer, e essa pessoa ser tirada de você, sem que você possa evitar?

— Sei. — Melissa não imaginava o quanto ele sabia. — Aprendi que às vezes amar não basta. As pessoas são tiradas de nós e só o que nos resta é aceitar que nunca mais seremos os mesmos sem elas.

— Você já perdeu alguém — afirmou, com a certeza de que ele pensava em Morgana.

— Sim. — Não conseguiria dizer mais nada.

Melissa percebeu o pesar em sua expressão e entendeu que ele não queria falar sobre o assunto. Seu rosto era iluminado pelas fracas chamas das velas e uma mecha de cabelos dele estava caída sobre sua testa, dando-lhe um ar encantador e melancólico. Em um impulso, ela estendeu a mão e segurou a dele, sobre a cama.

— Sabe, Lancelot, se é para ficar presa em um corpo diferente em um mundo estranho, fico feliz que você esteja por perto. — Ela foi sincera; sentia-se incrivelmente perto dele.

— Eu fico ainda mais. — Ele virou a mão para cima e entrelaçou os dedos aos dela, no exato segundo que todas as velas se apagaram, como por magia.

Melissa deitou-se na cama, sem soltar sua mão. Lancelot encostou a cabeça bem próximo a ela, fechou os olhos, permitindo-se voltar à outra época e mergulhar em suas lembranças. Emocionado, percebeu que ela acariciava seus cabelos e cantava baixinho. A mesma música que havia cantado para ele dezenas de vezes antes, sem se dar conta do que fazia. Lancelot sorriu. Era o máximo que teria no momento, e ele se sentia infinitamente grato.

17

Galopando velozmente rumo a Avalon, Galahad se questionava sobre as alterações daquela noite. Os anos de treinamento lhe ensinaram que mudanças repentinas nem sempre geravam bons frutos.

Os cascos do cavalo mal tocavam o chão. O cavaleiro tinha pressa e um mau pressentimento no peito. Morgana. Aquele nome se agitava em seus pensamentos. Desconhecia as razões de Arthur, entretanto seu coração era claro: tinha a ver com Morgana e talvez nem Arthur soubesse o quanto.

Ele recordava-se da conversa que havia tido com Lancelot, pouco antes da partida para escoltar Arthur até Pellinore.

— Você precisa ser cauteloso com seu envolvimento com Morgana, Galahad. Ela é inocente demais e ainda não sabemos quais são os planos políticos para ela, por mais que eu deseje que a pequena seja livre para escolher.

— Você acha que Arthur faria Morgana se casar por política?

— Depende. Como irmão, Arthur não permitiria. Porém, como rei, ele não tem muita escolha. A Igreja pesando de um lado, e os feiticeiros, de outro. Não sei por mais quanto tempo a balança de Arthur continuará nivelada. Por mais que ele se destaque por ser extremamente preocupado com seu reino e zeloso com sua família e amigos, ainda assim ele é rei e, como tal, dobra-se à política e à Igreja, quando necessário.

Galahad conhecia os costumes, mas se negava a acreditar que alguém como Morgana pudesse ser entregue a um reino aliado apenas por política. Infelizmente, Lancelot estava certo; não dependia apenas da vontade de Arthur.

A ironia era que Lancelot sabia como ninguém o quanto planos externos podiam desestruturar as intenções e modificar o rumo da vida. Talvez por isso ele tenha parecido tão preocupado com Galahad. O cavaleiro sentira na pele o que era ter um grande amor e ser obrigado a abrir mão dele. Por serem amigos, ele estava tentando protegê-lo, evitando futuros rompimentos.

Galahad entendia. Esteve com Lancelot quando este perdeu a mulher que amava. Viu-o destroçado, sem vida, sem esperança. Parte de Lancelot morreu quando ela partiu, e Galahad tentou ajudá-lo da melhor forma que pôde. Uma vez partido, porém, jamais foi possível colar todos os pedaços corretamente. Lancelot era um misto de cicatrizes, que ele conseguia bravamente esconder de todos, inclusive de Arthur.

O jovem cavaleiro era o único que conhecia sua maior fraqueza e, agora, o outro o aconselhava com o intuito de protegê-lo. Suas razões eram íntegras e honradas, mas Morgana despertava-lhe sentimentos desordenados e ninguém, nem mesmo o rei, poderia se colocar entre eles, se ela compartilhasse do que ele sentia. Galahad conhecia a magia muito bem para saber que havia uma conexão misteriosa entre os dois; ele só precisava descobrir de onde aquilo vinha.

Além da amizade de Lancelot, o jovem não tinha muito mais em sua vida. Grande parte do que amava lhe fora tirado. Ele perdeu demais para desistir tão facilmente de alguém que mexia com ele de uma forma que ninguém antes fizera.

E, assim, o cavaleiro agitava as rédeas de seu cavalo, sentindo que Morgana precisava do seu auxílio. Ainda não imaginava o que teria de fazer para ajudá-la, contudo, faria o que fosse necessário para vê-la bem.

18

Quando amanheceu, Gawain chamou Melissa através do tecido da tenda, dizendo que partiriam em breve, e ela percebeu que estava sozinha, com um trevo-de-quatro-folhas ao lado de seu travesseiro. Deduziu que Lancelot o tivesse deixado ali. Ela segurou o trevo entre os dedos, e uma sensação de familiaridade rapidamente a envolveu.

— Lembranças de Morgana — murmurou ela, sem se recordar da primeira vez que ele lhe presenteara com essa planta, mas sentindo que já havia passado por isso em outras ocasiões.

Melissa guardou o trevo cuidadosamente entre a roupa de dormir e colocou junto aos pertences que levava, querendo protegê-lo.

Na noite anterior, eles haviam se aproximado bastante. Ela julgava que era por ambos partilharem o sentimento de perda. Enquanto conversavam, havia sentido um forte impulso de consolá-lo. Melissa ainda não sabia como poderia ir embora para que Morgana pudesse voltar para ele, mas tentaria ser uma boa amiga enquanto estivesse ali.

Alguns minutos depois, já estava praticamente pronta. Gawain perguntou se poderia entrar e a encontrou tentando amarrar o vestido nas costas.

— Lancelot me disse que você teria dificuldades. Posso? — O jovem apontou, pegou as pontas da fita e amarrou firme, quando ela assentiu. — Eu pensei que você se trocasse sozinha muitas vezes, você é bem independente quando quer.

Ela preferiu não dizer nada a falar algo errado.

— Você está bem? — perguntou ele, estranhando o silêncio.

— Estou.

— Lancelot passou a noite aqui...

— Não aconteceu nada — apressou-se em dizer, olhando diretamente para ele. — Conversamos até pegar no sono. Ele dormiu ao lado da cama, no chão.

— Sei. — Ele balançou a cabeça.

— É verdade, Gawain. Juro por Deus. — Estava nervosa, não queria causar problemas para Lancelot.

— Deus? — espantou-se, e ela percebeu o deslize. Morgana não era cristã.

— Deusa — tentou consertar.

— Bem, pelo menos Arthur ficará contente. Os cristãos são mais *certinhos* que nós — ironizou.

— Não é isso, Gawain. Eu... Estou confusa.

— Está tudo bem, prima. Você sabe que penso como Arthur, pode crer no que quiser, mas aconselho que esconda esse lado de minha mãe — brincou ele.

Melissa decidiu não dizer mais nada. Eles saíram para que ela tomasse o desjejum e rapidamente os cavaleiros terminaram de desmontar o acampamento para que pudessem seguir viagem.

O cavalo de Lancelot aproximou-se de Melissa e apoiou o focinho em seu ombro. A garota sorriu e acariciou-o.

— Será que você sabe? — perguntou ela baixinho.

— Ele sabe. — Lancelot se aproximou com a égua dela, vendo o cavalo balançar a cabeça, assentindo.

— É muito esperto e sensível, então.

— Muito mais do que Gawain. — Ele a fez rir.

— Obrigada, Lancelot.

— Por fazê-la rir? É um prazer.

— Não apenas por isso, mas por passar a noite comigo e pelo trevo. É lindo. Nunca tinha visto um. Pelo que pude sentir, Morgana já. Sei que essa situação deve ser muito difícil para você. — Assim que as palavras saíram, Melissa percebeu o sorriso pesaroso dele; parecia acontecer sempre que o nome da feiticeira era mencionado.

— Sim, Morgana já viu alguns, mas não apenas ela. — Ele a pegou pela cintura e a ajudou a subir em sua égua. — E, sim, é muito difícil para mim. — Afastou-se em seguida, deixando-a com as perguntas por fazer.

As poucas horas restantes da viagem passaram rapidamente, e Gawain ficou por perto o trajeto inteiro, impossibilitando que Melissa fizesse qualquer questionamento. Ela esperava ter respostas em Avalon. A sensação de que faltava um pedaço de sua vida a incomodava muito.

A quinhentos metros de Avalon, Lancelot orientou os cavaleiros a montarem acampamento.

— Eles não podem entrar na ilha — explicou, baixinho, para que Gawain não desconfiasse mais ainda da falta de conhecimento da pessoa que julgava ser sua prima. — Você virá, Gawain? — perguntou, aumentando o tom de voz.

— Não posso. Precisei falar com minha tia no mês passado e a ilha não me deixará entrar. Sabe como ela é temperamental. Se eu for com vocês, a passagem não se abrirá. Ficarei no acampamento com os outros.

— Certo. Enviarei alguém com notícias sobre o tempo que ficaremos lá e com mais comida.

— Caçaremos enquanto isso. — Gawain mostrou o arco.

Melissa ficava mais confusa a cada minuto. Quando se afastaram o bastante, Lancelot explicou:

— Nem todos têm o privilégio de entrar em Avalon e alguns têm visitas limitadas ao ano. A ilha se fechou mais ainda depois que houve derramamento de sangue em suas terras por alguém em quem ela confiava. — Lancelot olhou para ela na esperança de que se lembrasse que aquele episódio estava relacionado a Gabriel, porém ela não pareceu perceber. — Gawain pode visitar sua tia apenas uma vez a cada estação. Arthur é rei e o escolhido da Deusa, então pode entrar e sair livremente. Morgana e eu fomos criados na ilha, portanto podemos ir e vir, embora estejamos há muito tempo afastados daqui.

— E eu? — questionou ela. — Poderei entrar por estar no corpo de Morgana?

— Não necessariamente. — Parecia procurar as palavras certas.

— Aquilo sobre eu ser filha de Avalon é verdade? — Referia-se às palavras de Merlin.

— Mais do que você imagina. — Ele parou em frente a um lago gigantesco, ajudou-a a descer da égua e pegou as rédeas dos dois animais.

Melissa pensou em demonstrar sua admiração e espanto, mas se calou ao perceber que uma enorme ilha surgia de dentro do lago. Segurando sua mão em um impulso, aproximou-se de Lancelot.

Como se brotasse do lago, Avalon nascia, triunfante. Pássaros levantavam voo e cantavam, peixes saltavam na água, gotículas de vapor inundavam o ambiente, formando centenas de arco-íris. Borboletas brancas, azuis e vermelhas agitavam suas asas como se convidassem todas as vidas a partilhar de um sonho em meio à névoa levemente perfumada.

Ver Avalon surgindo fez sua respiração se acelerar. Melissa sentiu um aperto incômodo no peito, como se a ilha pedisse para ser reconhecida e ela não conseguisse encontrá-la em sua mente. Podia ver lembranças de Morgana, mas nada além disso.

— Quando a ilha surge, ela tem um cheiro característico para cada um e sempre remeterá ao momento mais feliz de sua vida até então, que pode mudar de acordo com os anos — contou ele, esperando.

— Tem cheiro de...

— Lavanda — completou, e ela olhou para ele, admirada.

Lancelot não tinha certeza de que ela se lembraria, mas a ilha passou a exalar esse perfume para ambos quando fizeram amor em meio a uma plantação de lavanda que havia no interior de Avalon, na primeira vez que disseram um ao outro que se amavam e prometeram ficar juntos — promessa que foram forçados a não cumprir.

Ele entrelaçou os dedos aos dela, ansiando por uma memória que não surgia. Melissa sentiu o coração acelerar, enquanto se perdia ao observar a ilha e os olhos de Lancelot.

— Como você sabia?

— Já disse, tenho meus poderes. — Ele sorriu.

Entretida com a ilha nascendo aos seus olhos, Melissa virou-se novamente em direção a ela e a viu completamente emersa. Um caminho de pedras saiu de Avalon, cortando o lago, e estendendo-se até os pés de Melissa e Lancelot. Era um convite para que entrassem. Ainda mantendo-a com ele, o cavaleiro incentivou-a a seguir e puxou as rédeas.

Ao pisarem em Avalon, o caminho atrás deles se dissolveu nas águas; ninguém mais entraria sem sua permissão. A névoa em volta da ilha se intensificou, e Melissa não conseguiu mais ver de onde vieram. Uma imensa floresta surgiu no trajeto que eles fizeram para entrar. O vento agitava as árvores e suas folhas tinham um tom marrom-alaranjado, como no outono.

— Vamos submergir? — perguntou ela, apreensiva, segurando o braço dele.

— Sim, a ilha vai, mas nada mudará para nós. O céu e a terra continuarão onde estão.

— Ufa... — Colocou a mão no peito. — Magia, né? Você me disse que era imune a ela.

— Eu sou. A magia não me afeta, mas isso não quer dizer que eu não possa vê-la. Avalon é um reino à parte do mundo, com flora, fauna e estações próprias. É infinitamente maior do que parece. É a conexão com outros mundos.

— Olá, meus queridos. — Eles ouviram uma voz angelical, extremamente doce e gentil. — Meu coração se enche de alegria por vê-los retornarem depois de tanto tempo.

Uma senhora baixinha de pele bem clara os recebeu, sorridente. Sua longa túnica lilás arrastava-se no chão, e os cabelos negros chegavam à cintura, como um véu. Ela estendeu os braços para eles. Melissa voltou toda a sua atenção a ela.

— Essa é Viviane, a Grã-Sacerdotisa da Deusa, também conhecida como Senhora de Avalon — explicou Lancelot.

— Como o que mais sou conhecida, menino? — perguntou ela, colocando as mãos na cintura, fingindo-se zangada e ocasionando um sorriso sincero nele.

— Como minha mãe. — Ele se abaixou para abraçá-la. — Senti sua falta.

— Não mais do que eu, não mais do que eu — repetia. — E você, jovem Melissa, sentimos sua falta também. Diria que uns extremamente mais do que outros. — Ela segurou a mão de Lancelot por breves segundos.

Melissa analisava a feiticeira. A mulher parecia doce e amorosa, porém em um mundo onde as pessoas decidiram que deveriam controlar seu destino, como poderia confiar?

— Você sabe quem eu sou? — perguntou a jovem, receosa, aproximando-se e sendo abraçada também.

— É claro. — A feiticeira acariciou seu rosto. — Você demorou.

— Quase dois dias — disse Melissa, acreditando que ela falava da viagem de Camelot.

— Ah, sim. — Viviane trocou um olhar sério com Lancelot.

— Você tem respostas? — quis saber Melissa, ansiosa. Não sabia mais por quanto tempo aguentaria essa situação sem enlouquecer.

— Algumas sim, outras não. — Ela piscou algumas vezes e estendeu-lhe a mão. — Vamos, temos muito o que conversar.

E Melissa aceitou a mão, sentindo-se tranquila rapidamente. Magia. Por mais que a sentisse, ainda não tinha certeza se devia confiar nela ou não.

19

O sol do meio-dia brilhava e o movimento na vila ao redor do castelo era intenso. Mercadores anunciavam seus produtos, o ferreiro batia seu martelo no ferro, o barulho tinindo a distância, os construtores lixavam pedras que completariam a primeira capela de Camelot e crianças corriam atrás de porcos e galinhas.

Quando Merlin avistou uma carruagem e sua escolta se aproximando, reconheceu o estandarte de Lot, marido de Morgause. O feiticeiro estreitou os olhos, prevendo desavenças quando ela não encontrasse a sobrinha. Desde a morte de Igraine, Morgause era extremamente possessiva em relação a Arthur e Morgana.

Mordred desmontou do cavalo, entregou-o ao cavalariço, aguardou que ele abrisse a porta da carruagem e estendeu a mão para a mãe, que desceu olhando ao redor.

— Não é estranho? — perguntou ele, seus olhos claros investigando o pátio.

— Sim — respondeu ela, sem precisar de complemento. — Onde está Morgana?

Eles conheciam o temperamento da jovem feiticeira, e ela era a primeira a correr para receber as visitas da tia.

— Um minuto, mãe. — Mordred se encaminhou até Gervaise, o administrador do castelo. — Onde estão meus primos e meus irmãos?

Gervaise era um homem forte, com cabelos tão claros que pareciam palha.

— Arthur partiu para Pellinore com Gaheris e os outros. Morgana foi levada para Avalon, Gawain faz parte de sua escolta.

— Avalon? — Morgause aproximou-se, interrompendo-o com desconfiança.

O administrador perdeu a fala por alguns minutos ao observar a altivez da jovem senhora. Ela usava um vestido verde-água, no mesmo tom de seus olhos, repleto de bordados em prata. Suas mãos e colo eram cobertos de joias. Seus cabelos vermelhos e longos, como os de Morgana, estavam ajustados em várias tranças presas na altura da nuca. Uma coroa delicada e reluzente adornava sua cabeça, afinal era rainha de Lot. Ninguém que a contemplasse teria dúvidas de que nascera para se sentar em um trono de um reino muito poderoso. Sua imagem impactava ao mesmo tempo em que tranquilizava — talvez por ser gêmea idêntica da antiga rainha Igraine.

— Sim, majestade — começou ele, ao recuperar a fala e fazendo uma reverência. — Ela mesma solicitou que fosse levada. Partiram há dois dias.

— Você está me dizendo que Morgana quis voltar para Avalon? — inquiriu ela ao sorrir ironicamente.

— Foi o que aconteceu, majestade. — Continuava curvado.

— Não, não foi — disse ela, baixo, afastando-se dele e fechando o manto prateado em volta do vestido. — Morgana jamais partiria para Avalon assim. Algo está acontecendo aqui e descobrirei em breve quem está querendo determinar o destino de meus sobrinhos outra vez. — Olhou para cima, diretamente para a torre do feiticeiro, acompanhada de Mordred.

Merlin os observava da janela. Como previu, logo começariam as discórdias. Gostaria de saber por que Morgause tinha que chegar justo neste momento. Nos últimos dias a vida do feiticeiro parecia um eterno equilibrar de pratos.

Morgause entrou no castelo, intrigada e irritada. Era bom alguém lhe dar informações e, para o bem de todos, era melhor que fosse rápido. Mordred acompanhou-a até a torre de Merlin. À porta, disse:

— Eu a deixarei agora, mãe. Preciso verificar se Arthur deixou instruções a meu respeito. — Fez uma reverência a ela. Morgause adorava formalidades. — Tente não matar Merlin. Arthur gosta muito dele. — Virou as costas, partindo.

A porta dos aposentos foi aberta no mesmo momento em que ela consentiu, observando o filho se retirar.

— Ah, Morgause. — Merlin abanou as mãos e virou as costas para ela, como se não estivesse na presença de uma rainha.

Ela o examinou dos pés à cabeça, com desdém.

— Eu perguntaria como você está, contudo a resposta é evidente. — A mulher passou os dedos na estante e soprou a fina camada de pó, enquanto analisava as vestes amassadas do feiticeiro. — Você já esteve melhor.

— Agradeço a consideração, Morgause, é muita gentileza de sua parte.

— Merlin, meu querido. — Ela retirou a própria capa, ciente de que não receberia tais gentilezas dele, e continuou, mordaz: — Serei clara e breve: onde estão meus sobrinhos?

O feiticeiro a contemplou por um longo período, ganhando tempo. Morgause e Igraine podiam ter sido idênticas em aparência, porém eram opostas em personalidade. Enquanto Igraine era doce e bastante manipulável, Morgause era astuta e manipuladora. Fazia o que queria, quando queria, e ninguém em reino algum poderia detê-la se estivesse realmente empenhada. Quase uma versão feminina do próprio Merlin, ele sorriu com aquele pensamento. A diferença é que era tão bonita quanto o próprio diabo seria, caso ousasse assumir a forma de uma mulher.

— Estou esperando. — Ela se sentou e cruzou as pernas, tamborilando as longas unhas sobre a mesa.

— Creio tê-la visto conversando com Gervaise. Ele não lhe disse?

— O administrador deste castelo está sob efeito alucinógeno de suas ervas. Disse que minha sobrinha foi para Avalon. Pior, disse que ela quis ir para aquela ilha miserável. E nós dois — movia o indicador entre ela e ele, que se sentou à sua frente — sabemos muito bem que Morgana jamais deixaria seu irmão sem um excelente motivo. Não depois de ter passado seus últimos seis meses presa lá, na Escuridão. Duvido também que meu sobrinho permitiria que ela partisse. Arthur é gentil, mas pode ser bastante persuasivo quando quer. O que você está tramando, Merlin?

— Por que eu seria o responsável? — Ele bocejou.

— Porque é sempre você e a anã da minha irmã — acusou, zombando da baixa estatura de Viviane.

— Viviane sequer sabia que Morgana estava a caminho de Avalon quando eles partiram daqui.

— Não desconverse. Se não foi ela ou se é inocente, por enquanto, a culpa é sua. Você causou tudo isso, feiticeiro. Minha irmã Igraine está morta por sua causa. Se ela não tivesse se casado com Uther, estaria viva até hoje — acusou. — E não foi o suficiente, não é mesmo? Essa luta estúpida tirou meu filho de mim. Ai de você se um dia eu tiver a prova de que você esteve envolvido na morte de Malagant. — Ela menciona o trigêmeo de Mordred e Gaheris, morto em Avalon, pouco antes do ataque que culminou no assassinato de Uther e Igraine. — Você e suas tentativas estúpidas de unificar a Britânia.

— Você sabe que unificar a Britânia é o único caminho de sobrevivência para todos nós — respondeu, paciente.

— É claro que sei, porém você não tem o controle da situação. É uma pena que tanto poder caia nas mãos de quem não o merece.

— Você se esquece de que se Uther não tivesse se casado com Igraine, você não teria seus preciosos sobrinhos, o Grande Rei e a Senhora do Fogo.

Morgause o encarou longamente, impassível.

— Quando Arthur retornará?

— Em poucos dias.

— Decidi que passarei uma temporada em Camelot. Quando ele chegar, buscarei minha sobrinha. Estou cansada de vê-los sendo manipulados por você.

— Prefere ser você a determinar o rumo da situação? — Ele a desafiou.

Morgause se levantou, imediatamente, e pegou sua capa.

— Não lhe devo satisfações, feiticeiro.

— Foi o que pensei — murmurou, enquanto ela cruzava a porta, furiosa.

20

O pôr do sol chegava pintando de laranja o céu de Avalon, mesclando-o com raios violeta e azuis. Lancelot contemplava Melissa da janela da cabana de pedras brancas de Viviane, no centro da ilha. Ela estava sentada, abraçando as pernas, com o queixo sobre o joelho e o olhar fixo no horizonte. Ele queria saber o que se passava em sua mente após a conversa com Viviane, que terminou por não lhe trazer informações novas, além daquelas fornecidas por Merlin. A feiticeira dissera à jovem que a Deusa ainda não lhe dera permissão para falar, entretanto sentia que em breve as palavras poderiam correr livremente.

— Como ela não percebe que você a ama com você olhando-a dessa forma o tempo todo? — Ele ouviu a voz da mãe atrás de si.

— Ela percebe, mas pensa que amo Morgana. Melissa me lança olhares de pena, às vezes, extremamente dolorosos. Talvez se culpe por estar aqui, impedindo-me de concretizar o amor que acha que sinto por outra. Ela voltou assim, a culpa a consome. Ficou destruída por perder o irmão e ver o pai naquela situação. — O pesar era tocante em sua voz.

— Ah, pobrezinha...

— Eu não sei até onde posso ir ou o que posso contar a ela sem fazer com que se esqueça de mim para sempre. Você não pode ajudar? — Virou-se para Viviane, que mexia em um caldeirão cheio de legumes, carne de cervo e ervas, formando um caldo grosso, cujo aroma preenchia a cabana.

A cabana tinha dois cômodos principais. Uma cozinha repleta de legumes, flores e peles de animais pendurados nas paredes; uma mesa quadrada no centro, com flores que mudavam de cor de acordo com o humor dos habitantes — no momento o cinza preenchia suas pétalas, refletindo a angústia do cavaleiro; um caldeirão enorme, que Viviane usava para manipular poções, outro um pouco menor, para cozer alimentos, e um pequeno, para poções especiais; além de uma mesa longa encostada à parede oposta à porta, onde ficavam jarros de argila repletos de água e as mais diversas ervas. O segundo cômodo era o quarto e continha apenas uma longa cama, coberta por peles, uma mesinha com utensílios de higiene pessoal e três baús grandes, que ela nunca deixava ninguém abrir. A feiticeira vivia de forma simples, sem perder sua conexão com a natureza. As mais diversas flores brotavam das paredes, dando-lhe um ar colorido e calmo, oposto aos sentimentos atuais do cavaleiro.

— Sabe que não. Merlin lançou o feitiço. Qualquer um que tentasse desfazê-lo estaria correndo risco. Só ele e a própria Melissa podem quebrá-lo, porém ela precisa querer se lembrar. — A mãe apontou para a cadeira próxima a ela, para que ele se sentasse. — Você sabe que ela concordou com isso.

Lancelot aceitou o convite e apoiou a testa nas mãos, desestabilizado.

— Melissa não teve escolha. — Ele repetiu as palavras que dissera a Merlin. — E se ela nunca se lembrar? E se conhecer Arthur e se apaixonar por ele?

— Se ela fizer isso, cumprirá o papel para o qual foi forjada. — Viviane deixou o líquido no caldeirão borbulhando, ajeitou a lenha sob ele e sentou-se ao lado do filho, acariciando seus cabelos.

— Você não pode concordar com isso. Ela tem o direito de escolher o próprio destino.

— Não é questão de concordar ou não, querido. Quando Melissa surgiu pela primeira vez e vi como vocês se olhavam, eu deveria ter interferido, deveria ter dito a você que ela era de outro.

— Por que não disse?

— Por dois motivos. Você me ignoraria e correria atrás dela para conquistá-la, e, principalmente, porque nunca o vi tão feliz, pequeno. — A mãe continuava fazendo carinhos em Lancelot, como se ainda fosse uma criança e não um homem feito. — Seu sorriso iluminava toda a ilha. Você a amava de uma forma tão intensa, e ela retribuía igualmente. O amor é lindo de se ver, muitas vezes é mais poderoso que magia. Vocês tiveram meses maravilhosos. Sem vocês saberem, ajudei-os até a escondê-la de Arthur, quando ele me visitou naquela primavera, lembra? — Ele se recordava, foi quando beijou Melissa pela primeira vez. — Contudo, errei, não é mesmo? Permiti que vocês se ferissem e, agora, ela precisa cumprir seu papel. Guarde o que vocês tiveram e a deixe ir. Se ela não se lembrar de você sofrerá menos.

— Eu não desistirei. — Lancelot se levantou, em um impulso.

As flores da mesa tornaram-se rubras.

— Eu sei, e sei também que alguém se ferirá muito nessa história. Temo que seja você.

Ele passou as mãos pelo rosto; a pequena cabana parecia diminuir de tamanho, sufocando-o.

— Se Melissa se lembrar de mim e ainda me quiser, fugirei com ela. Nenhum de vocês nos encontrará — decidiu.

— E conseguirá viver com a culpa pela morte de Arthur?

— Você também colocará essa culpa sobre mim? — questionou, abalado.

— Jamais o culparia, apesar do que isso faria ao reino, a Avalon e ao mundo mágico. É você quem se culpará. Você ama Arthur e ama Melissa. Não poderá ter os dois, menino, não poderá. A profecia diz que Arthur precisa de Melissa para se salvar e unificar os reinos. Se você levar Melissa, perderá Arthur. Se salvar Arthur, perderá Melissa.

— Em qualquer caminho, estou fadado a perder a mim mesmo. — Lancelot abaixou a cabeça, e as flores imediatamente tornaram-se cinzentas novamente e murcharam, como o coração do cavaleiro.

— Eu sei, eu sei. — A feiticeira tentou se aproximar dele. — Meu coração se despedaça, mas sei. É como disse: no fim, quem mais se machucará será você. Eu errei. Deixei que meu amor por você fosse maior do que o meu dever como Grã-Sacerdotisa.

Tentou tocá-lo, mas ele saiu, batendo a porta e atravessando o pequeno pátio em frente à cabana de Viviane. Olhou para trás e viu a mãe reabrir a porta e permanecer parada, contrita, apertando as mãos. A chaminé da cabana soltava uma fumaça cinzenta com tons arroxeados. Lancelot sabia o que isso significava; assim como o dele, o coração de sua mãe estava se partindo.

Melissa observou o cavaleiro se afastar, adentrando a mata ao norte da casa de Viviane. Ela se levantou, pensando em segui-lo, sentindo a angústia dele. Caminhou rápido em sua direção. Adentrou a mata e encontrou uma escada, coberta de grama verde. Depois desceu, incerta. Seu coração lhe dizia que era para lá que Lancelot havia ido.

Quando chegou a um grande vale, repleto de árvores, com uma fonte de água cristalina no centro, avistou duas pequenas lebres e pensou ter perdido o cavaleiro. Olhou ao redor, decidindo que caminho tomar, e seguiu à direita, entre flores de algodão. E então ela o viu sobre uma pedra, no centro de milhares de lavandas.

Melissa levou as mãos aos lábios, sentindo-se imediatamente conectada ao lugar, envolvida por aquele perfume. Lancelot estava sentado de costas para ela, de cabeça baixa, completamente perdido em pensamentos. Seu sofrimento preenchia o ar, fazendo com que até a brisa parecesse chorar. Ela deu dois passos em direção a ele, decidida a descobrir por que estava tão arrasado, e parou.

— Lancelot...

Um breve murmúrio que ele jamais chegou a ouvir. Melissa estendeu as mãos vagarosamente e percebeu, chocada, que estava desaparecendo.

21

A noite se perdia em madrugada quando Galahad chegou a Avalon. A ilha imediatamente abriu-se para ele, o perfume salgado do oceano, o momento mais feliz da vida dele ainda era a primeira vez que vira o mar com sua família, quando criança. O jovem cavaleiro era um dos poucos que mantinha o direito de ir e vir quando quisesse.

O barulho dos grilos e o coaxar dos sapos eram os únicos sons que ele ouvia ao deixar seu cavalo no estábulo e seguir para a cabana de Viviane. À porta, vaga-lumes brilharam em torno dele, saudando-o por seu retorno tardio.

— Olá, minha senhora. — Curvou-se perante Viviane, quando ela abriu a porta e estendeu os braços.

— O que é isso, menino? Você sabe que quero muito mais que uma reverência. — Ele se levantou, sorrindo, e deu-lhe um beijo na face. — Como você está? — perguntou, observando-o, enquanto o ajudava a despir a capa e a malha de ferro.

— Estou bem. Arthur me enviou para dizer que está vindo, ele deve chegar ao meio-dia.

Ela assentiu e suspirou.

— Imaginei que isso aconteceria cedo ou tarde. Talvez mais tarde, se Merlin não tivesse se intrometido. É uma pena, pois não haverá tempo.

— Tempo para quê?

— Para quem. É essa a questão, tempo para quem... — repetiu ela, enigmática, enquanto aquecia um prato de sopa para o jovem.

Ele colocou sua capa sobre a cadeira em frente à mesa e reparou que as flores estavam cinzentas e murchas.

— O que houve com elas? — Ele apontou.

— O que acha? Lancelot. — Suas palavras eram carregadas de tristeza. — Ele está tão destruído que a intensidade de seus sentimentos matou as flores. Elas renascerão pela manhã. Agora, quero que me diga como você está e fale a verdade dessa vez. Prefiro que desabafe logo antes que o pior aconteça. Você e Lancelot são muito parecidos e não quero que a ilha exploda sob meus pés.

Galahad respirou fundo. Ela o conhecia muito bem, provavelmente conhecia a todos, mas o jovem era como um livro aberto para a feiticeira — tanto que, muitas vezes, não era preciso nem completar as frases para que o entendesse.

— Morgana — admitiu.

— Ah...

— Você sabe, não é? Sabe por que me sinto ligado a ela. — Viu-a consentir, distraidamente. — E não contará, certo? — Ela balançou a cabeça negativamente. — Pode me dizer ao menos se estamos sob um feitiço de memória? Lembro-me muito bem de Merlin dizendo que não colocaria um feitiço de memória em mim, que era imprescindível que eu me lembrasse disso, entre outras razões. Acredito que aquele miserável tenha mentido.

— Mentir é algo que Merlin faz, se for necessário.

— Sabia. — Viviane não disse mais nada e estendeu o prato de cozido a ele e fez com que sentasse à mesa. — Morgana está aqui? — perguntou, enquanto pegava a colher.

— Não mais.

— Eu vi os cavalos no estábulo. Lancelot a trouxe para cá, encontrei cavaleiros acampados perto daqui.

— Sim, ele a trouxe, porém ela não está mais aqui.

— Então, Morgana se foi... — afirmou o cavaleiro, concluindo que havia chegado tarde demais.

— Sim, mas ela voltará, se tudo der certo.

— Ela fez a travessia? — Estava preocupado.

— Ainda é cedo para saber. Na primeira vez, Morgana, bem como você sabe quem, não estava pronta para o outro mundo e ficaram presos entre as duas realidades. Teremos essa resposta em breve.

— Você não está escondendo o corpo dela como fez daquela vez, está? Lancelot me disse que naqueles meses todos ninguém a viu e depois ela lhe contou que passou todo aquele tempo na Escuridão. Ele sequer sabia que Morgana ainda estava na ilha. Eu mesmo não me recordo dela aqui.

— Foi necessário escondê-la para protegê-la. Falhamos com o outro. Você sabe melhor do que ninguém.

— Jura que não a escondeu novamente?

— Não gosto que duvidem de mim, Galahad, mas relevarei por você. — Lançou-lhe um olhar duro, tão atípico dela. — Sim, eu juro.

— Certo. — Balançou a cabeça. Pelo menos Morgana não sofreria daquela forma novamente.

Galahad pensava em Morgana e desejava que ela ficasse bem enquanto a magia a mantivesse longe. Por enquanto, teria de deixar os sentimentos de lado, porque, se ela havia partido, significava que Melissa retornaria.

— Lancelot sabe que a troca está prestes a ser concluída?

— Ele desconfia. É uma pena, realmente uma pena — disse ela, desgostosa. — As pessoas pensam que não devo me importar, já que sou a Grã-Sacerdotisa da Deusa, mas não é assim. Eu sinto e me importo. Ele se magoará outra vez e precisará de você. Ele está zangado comigo.

Galahad fez menção de sair e foi interrompido:

— Aonde vai?

— Contar a ele, ajudá-lo a encontrá-la, a lutar por ela, a fazer o que for necessário.

— Você não pode fazer isso, menino, não pode...

— Como não? A senhora sabe o que a perda dela fez com ele. Se desta vez for da forma que Merlin arquitetou, certamente o matará. Ele jamais conseguirá escolher entre ela e Arthur, ainda mais se tiver que carregar a culpa da morte de um deles.

— Sabemos disso, e Merlin também. Acredito que o plano seja esse: Lancelot não conseguirá escolher.

— Odeio aquele velho! — exclamou.

— Às vezes, eu também. Apenas às vezes — confessou.

— A senhora deveria odiá-lo sempre depois de tudo o que fez e continua fazendo.

— É, eu deveria, porém nem sempre fazemos o que deveríamos. E é minha culpa também, deixei o amor dos dois ir longe demais. Nunca entendemos por que Melissa veio antes da hora e justamente nos meses em que Merlin estava distante, em peregrinação, buscando um meio de ajudar a profecia a se concretizar. É quase como se Avalon quisesse que Lancelot e Melissa se conhecessem primeiro. Por quê? Eu me pergunto se não foi um teste para mim e se eu deveria tê-los impedido. Se errei, chegará a hora em que terei de pagar o preço. — Balançou a mão em frente ao rosto, como se pudesse afastar um pensamento ruim. — Agora obedeça a sua avó e sente-se novamente para comer. Teremos um longo caminho à frente e precisaremos estar fortes. O seu destino e o da última filha de Avalon estão entrelaçados. Você sabe que tem um papel importante e deve estar preparado para cumpri-lo quando chegar a hora — disse enquanto observava o nascer do dia pela janela. — Infelizmente, nem todos lidarão bem com as novidades que esse dia nos trará.

Um beija-flor passou perto do rosto de Lancelot, acordando-o. O sol brilhava alto no céu. O cavaleiro sentou-se. Ainda estava em meio às lavandas, mas não se recordava de quando pegara no sono. Passou grande parte da noite em claro pensando em um modo de resolver a situação.

Caminhando até a borda do riacho, decidiu contar tudo a Arthur; poderia ser sua única chance. Se ele soubesse que amava Melissa, não se interessaria por ela. Era o que esperava, sem ter muita certeza de que daria certo.

Todos esses anos, escondera de Arthur seu relacionamento. Resolveu que não adiantava falar de um assunto que não tinha solução, já que ele não sabia se Melissa retornaria e conhecia Merlin o suficiente para saber que ele não desistiria. Uma outra preocupação passou por sua mente: os cavaleiros acampados fora dos limites de Avalon não poderiam ficar lá por muito mais tempo. Estavam expostos demais.

Ele se ajoelhou, lavando-se e molhando os cabelos. Uma angústia pequenina surgiu em seu peito e foi crescendo em escala, como uma pedrinha jogada no centro de um lago, que pouco a pouco formava ondas ao seu redor. Ele se levantou em um impulso e ouviu seu cavalo relinchar, galopando rapidamente ao seu encontro.

— O que foi? — Lancelot acariciou o peito do animal. — Também sentiu?

O cavalo empinou, agitado, erguendo o focinho e batendo fortemente os cascos no chão. Lancelot olhou para trás, procurando.

— Melissa! — exclamou, seguido por um bufar do animal, como se estivesse consentindo.

O cavaleiro sentiu o tempo parar, faíscas começaram a brotar no ar, seu cavalo relinchou mais uma vez, e a verdade tocou seu coração: Melissa havia feito a travessia.

Lancelot montou e saiu em disparada para os limites de Avalon, tão rápido e focado que não percebeu quando Galahad subiu no próprio cavalo e o seguiu.

22

A temperatura se elevava enquanto Arthur cavalgava acompanhado de seus cavaleiros. A terra tremia levemente sob as patas dos animais, que corriam até Avalon, e a poeira se levantava, deixando um rastro de vivacidade pelo caminho. O coração de Arthur se agitava conforme se aproximava, sentindo que encontraria as respostas para suas perguntas.

Quase chegando a Avalon, encontrou outra parte de seus cavaleiros acampados.

— O que fazem aqui? — questionou o rei, confuso.

— Viemos escoltar Morgana — apressou-se a responder Gawain. — Merlin disse que era primordial que a trouxéssemos.

— O que aconteceu, Gawain? Ela está bem? — perguntou, desmontando e despindo a cota de malha de ferro, com a ajuda de um servo. Ficou apenas com uma camisa branca, uma calça de couro marrom e recolocou a capa.

— Sinceramente, não sei, Arthur. Ela parecia bem quando cheguei a Camelot e concordou em vir. No caminho, me pareceu diferente, mais frágil. Lancelot está com ela dentro das fronteiras da ilha.

Arthur já não o ouvia e seguiu em direção ao grande lago que escondia Avalon. Será que Morgana também sentiu a presença de alguém? Por que ela voltaria, se tudo o que queria era não vir? O rei caminhava apressado e fez sinal para que seus homens não o acompanhassem. A ilha o protegeria, se necessário.

À beira do lago, ele sentiu a mudança no ar. Centenas de centelhas o envolviam, e a água borbulhava. Avalon nunca o recebera dessa forma, e ele deu um passo à frente, sentindo-se atraído pela água. Ao tocá-la, sentiu sua temperatura subir.

No fundo do lago, Melissa abriu os olhos para o breu. O medo ameaçou tomá-la, uma breve luz a envolveu, e ela se lembrou das palavras distantes de Gabriel, reconhecendo que precisava sair dali. *A resposta estará na superfície, Mel.* Deixou seu corpo descer mais, sentiu a terra macia debaixo dos pés, impulsionou-os e sentiu seu corpo ser puxado para fora das águas.

O vento suave tocava a face de Arthur tentando lhe chamar a atenção, quando ele viu uma jovem nua ser atirada para fora do lago. Ela caíra próxima a ele, sobre a vegetação, de barriga para baixo. A luz do sol refletia nas gotículas de água que permaneceram em seu corpo, fazendo-a brilhar, como Arthur imaginava que pudesse ser um anjo. Ele passou a mão pelos olhos, estaria sonhando? Aproximou-se vagarosamente, ajoelhou-se perto dela e viu a marca em forma de morango e o desenho no punho virado para cima. Temia tocá-la e vê-la se desintegrar.

A cabeça de Melissa doía e ela gemeu baixinho, tentou se levantar, ainda recuperando as forças, e não conseguiu. Sentiu quando alguém se aproximou, virou o rosto na direção do som de folhas sendo amassadas e o viu contra a luz do sol, sem enxergar direito seu rosto.

Arthur a contemplou tirar os cabelos molhados do rosto e sentiu seu coração se enternecer ao admirar seus olhos verdes. Era ela. A mulher da visão, sua resposta, sua rainha. Ele estendeu a mão para tocá-la, crente que estava sonhando acordado e temendo que evaporasse sob seus dedos. Alguém tão angelical não poderia existir. O rei tocou sua face morna. Ela piscou algumas vezes, sem entender, e se retraiu de repente.

— Ah, meu Deus! — exclamou Melissa, ao se dar conta da ausência das roupas.

Foi o suficiente para Arthur sair do transe. Ele rapidamente tirou sua capa, depois a camisa, e as estendeu a ela, virando-se para que pudesse se trocar. Ela se levantou devagar e vestiu a camisa, que chegou até o meio de suas coxas. Olhou por cima dos ombros e o viu ainda de costas, sem fazer menção de se virar, discreto.

— Você é ele, não é? É Arthur — constatou ela, com sua voz rouca, fazendo-o sorrir levemente, encantado. — Rei Arthur.

Imaginando que ela já estava vestida, ele se virou e percebeu que ela havia colocado apenas sua camisa, deixando suas longas pernas descobertas.

— A capa... — Foi o que conseguiu dizer, olhando para baixo.

— Ah, sim. — Ela a pegou e se cobriu. — Então, você é ele? — questionou, desviando o olhar de seu peito nu.

— Sim, sou Arthur, o rei. — Parecia tão desajeitado quanto ela.

Os dois não disseram nada pelos próximos segundos, apenas se avaliaram e tentaram fingir que não.

— Como sabe quem sou? — Ele encontrou palavras para perguntar.

— Eu... simplesmente sei. — Preferiu não contar que o vira muitas vezes nas impressões que tivera do corpo de Morgana.

— Quem é você? — Ele se aproximou um pouco mais, ao perceber que ela não tinha muita firmeza nas pernas.

— Melissa. — Foi o que respondeu.

— Melissa de que reino? — Arthur segurou seus braços, amparando-a delicadamente, tirando parte do cabelo molhado de seu rosto.

— Quatro Estações — disse, e ele franziu o cenho.

— Não conheço. Como você chegou aqui? — Sentiu a necessidade de perguntar, embora desconfiasse.

— Acho que você sabe a resposta. — Ela apontou para o lago.

— A última vez que vi alguém saindo dessas águas, era uma fada que veio me dar esta espada. — Apontou para o cinto.

— Excalibur — murmurou ela, admirada com a grandeza da espada, sem se lembrar ao certo de onde ouvira esse nome.

Todas as lembranças da lenda se esvaíam de sua mente. Recordava-se apenas de que estava em outra realidade, de parte da conversa com Merlin, e mantinha as impressões que tivera no corpo de Morgana. Nada mais.

— Você sabe bastante para quem não é daqui.

— Sei menos do que gostaria — respondeu, decepcionada.

Arthur percebeu que ela parecia confusa e desconfortável.

— Você está sob minha proteção, lady Melissa de Quatro Estações. — Curvou-se perante ela.

— Não. — Ela tocou seus ombros. — Não precisa fazer isso. Você é o rei aqui e pode me chamar de Melissa, por favor. — Fez menção de se abaixar, mas ele a impediu, ainda ajoelhado à sua frente.

— Não. Esperei você por tempo demais para que se curve a mim. Você é especial e merece toda honra da minha parte, Melissa. Avalon a enviou para mim e, até hoje, todos os seus presentes me completaram. Protegerei você enquanto eu viver.

O rei se levantou, e as mãos dela desceram para seu peito, por breves instantes. Melissa conhecia os planos de Merlin e desde o início sua posição era clara: não cederia. Contudo, com Arthur tão próximo e com um sorriso tão grande, ela soube que lutar contra ele não seria simples como havia previsto. Talvez a profecia que os ligava fosse forte demais.

23

Do outro lado das fronteiras de Avalon, a névoa se dissipava enquanto Lancelot desmontava e via Arthur ajoelhado perante Melissa.

Durante anos servindo como cavaleiro, havia se ferido inúmeras vezes, porém nada o fez sofrer tanto quanto ver as mãos de Melissa no peito de Arthur, ainda que por um instante.

O cavaleiro sentiu a presença de outra pessoa e viu Galahad parado a seu lado, o apoio silencioso e velado.

— Não consegui estar com ela na travessia — disse Lancelot, destruído.

Galahad olhava para a cena, ainda impactado.

— Você conseguiu falar com ela? Explicar tudo?

— Ela ainda não se lembra de mim, Galahad. De nenhum de nós. — A desolação pulsava a cada palavra.

— Merlin. — Praticamente cuspiu o nome do feiticeiro.

— Sim, o feitiço da memória continua ativo.

— Será que, se eu falasse com Melissa, ela se lembraria?

— Talvez. Ela não reconheceu Viviane e conversaram por horas. Estive com ela o tempo todo. — Balançou a cabeça, sem desviar os olhos de Arthur e Melissa. — Por que ela está com Arthur?

— Ele mudou os planos e quis vir para cá, com urgência.

— Ele a encontrou dessa vez. — Depois de tudo, ele a perderia para outro.

— Aquele velho safado! Temo pela sua reação quando vir Merlin.

— Não é por mim que deve temer — disse, austero. — Não consigo acreditar que perdi a travessia.

— O que faremos? — perguntou Galahad, solícito.

— O que podemos fazer? — O próprio Lancelot respondeu: — Nada. A magia amarrou minhas mãos, mesmo sem me atingir. Se eu falar demais, Melissa pode nunca se lembrar, e o que quer que eu faça deixará Morgana presa no outro mundo. Não posso simplesmente deixá-la lá. Você também não conseguiria. — Trocaram olhares. — É, eu sei, garoto, eu sei. E ainda que consigamos trazê-la de volta, será que é justo tirar de Melissa tudo o que ela conseguiria se ficasse com Arthur? Há muito mais envolvido. Aquele feiticeiro bastardo articulou cada detalhe para me imobilizar. — Apertava o punho da espada, a tristeza cedendo lugar à fúria.

— Encontrarei um meio de consertar isso. — Galahad deu um sorriso, confiante.

— Como?

— Ainda não sei, mas não sou neto de quem sou à toa — disse, determinado.

Avalon começava a se abrir para Arthur e Melissa, em breve eles estariam frente a frente.

— Lancelot, você sabe que não pode olhar para eles desse jeito em público, não sabe? — aconselhou Galahad.

— De que jeito? — perguntou o cavaleiro, sem desviar os olhos dos outros dois, mantendo os punhos cerrados.

— Como se estivesse preparado para matar Arthur.

— Eu jamais faria mal a ele — assegurou.

— Não é o que a sua expressão está dizendo. Precisa ser forte. Mais do que já foi até agora. Se alguém o vir, saberá na hora que você ama Melissa. Agora, com Arthur envolvido, é ainda mais perigoso para vocês dois. Ele é o rei. Lembra o que me disse sobre Morgana? É infinitamente pior no seu caso.

— Não farei essa expressão — garantiu.

— Por mais que doa — acrescentou Galahad, colocando a mão sobre o ombro do amigo.

— Por mais que doa — repetiu.

Lancelot nem sempre apreciava o quanto Galahad o conhecia e o fazia dividir seus sentimentos, contudo ninguém compreendia sua dor como aquele garoto.

24

Avalon se abria para receber Arthur e Melissa. Ela respirou fundo e sentiu o perfume das lavandas, sem conseguir evitar pensar em Lancelot e na aparência triste que tinha da última vez em que o viu.

— O que você sente? — perguntou Arthur, vendo-a enlevada.

— Lavanda, mas não me lembro de quando aconteceu. — Ela pareceu um pouco perdida. — E você?

— Sinto você — declarou, com um sorriso tímido.

— O quê? — Melissa deu um passo atrás.

— Sinto o perfume que senti quando me aproximei de você ao sair do lago. Uma mistura de flores, água e você. — Deu um passo à frente, na direção dela.

— Esse foi o momento mais feliz da sua vida? — perguntou, surpresa.

— Por enquanto, foi, sim — disse, sincero. — Por tudo o que a sua vinda significa.

Ela sentiu-se corar e virou o rosto. Arthur a deixava encabulada sem fazer esforço, o que não era uma característica comum a Melissa. Era como se cada palavra dele fosse direcionada de forma despretensiosa a tocá-la de alguma maneira.

— Vamos? — Ele lhe estendeu a mão, quando chegaram ao caminho de pedras.

Melissa hesitou por alguns segundos, desconhecendo o motivo, e aceitou a mão dele. Do outro lado, Viviane se aproximava de Lancelot e Galahad.

— Então, chegou a hora — constatou a feiticeira, enquanto Galahad lançava olhares apreensivos para Lancelot, que mantinha o maxilar tenso.

Melissa avistou Lancelot de longe. Ela não sabia como deveria proceder diante dele. Como explicariam a Arthur que eles se conheceram enquanto ela estava no corpo de Morgana? Fechando bem a capa em volta dela, decidiu que esperaria a reação do cavaleiro para descobrir como deveria se portar.

Arthur tomou a frente e a apresentou aos outros. Os dois cavaleiros fizeram uma reverência a ela, e o rei seguiu, levando-a pelo braço para a cabana de Viviane, que também agiu como se não a conhecesse.

Melissa olhou para trás, enquanto Arthur conversava amigavelmente com a feiticeira.

— Bem, acredito que temos a resposta — disse Galahad, respirando fundo. — Ela também não me reconheceu. Merlin certamente está jogando pesado, aquele miserável. Espero que ela me reconheça em outro momento, mas creio que não será agora.

— Por que não?

— Porque agora sou invisível para ela. Melissa só tem olhos para você.

Lancelot retribuiu o olhar até que ela se virou, ainda segurando a mão de Arthur.

— É difícil, sinto muito — disse o jovem.

— Eu também, garoto, eu também. — Baixou o olhar. — Ela está ainda mais linda, mais mulher... E há uma doçura em volta dela, tão meiga e atraente. Foi difícil não me aproximar para beijá-la. — O desespero ameaçava tomar conta de seus sentimentos.

— Por que não conta a Arthur que a conheceu antes?

— Pensei em contar. O problema é que ela não se lembra de mim. Arthur não é fácil. Se eu contar, ele pode questioná-la, e aí tudo relacionado a mim ficará no passado. As memórias nunca retornarão.

— Ela precisa lembrar primeiro.

— Precisa. E você conhece Arthur.

— Ah, sim. Quando ele quer, ele tem — disse Galahad. — Mas há um porém. Ela pode se apaixonar por você outra vez.

— Não acredito que teremos tempo para isso. Você viu como Arthur olha para ela?

— Nós não vamos desistir só porque Merlin e Viviane disseram que o destino quer assim. É impactante vê-la outra vez e ainda mais com outro. Você está abalado. Agora deixe essa postura derrotista de lado, esse não é você. Você luta pelo que quer, Lancelot. Vá lutar por ela. Você tem dito coisas que têm me deixado inquieto. Desde quando se importa com o que o destino quer? Podemos dar conta das consequências e evitar que as profecias se concretizem.

E também encontraremos um meio de trazer Morgana de volta. Basta não nos precipitarmos.

— Tem razão — disse, enquanto caminhava. — Obrigado, Galahad.

— Aonde você vai?

— Vou lutar por ela — respondeu, resoluto.

— Esse é o Lancelot que eu conheço. O que pretende fazer?

— Graças a Merlin, tenho poucas opções. Então optarei pelo básico, tentarei despertá-la.

— Não na minha frente, por favor — pediu Galahad, fazendo o outro rir com recordações.

Lancelot deu alguns passos e parou, virando-se.

— Galahad.

— Diga.

— Sabe aquilo que lhe falei sobre tomar cuidado com seus sentimentos por Morgana e que poderiam existir planos para ela, antes de saber que Melissa retornaria naquela noite?

— Sei.

— Esqueça. Vamos encontrá-la, você lutará por ela e, se ela corresponder a seus sentimentos, vocês ficarão juntos. Não importa o que eu tenha de fazer para ajudá-los.

— Lancelot.

— Diga.

— Nunca pretendi seguir o seu conselho. — O jovem mantinha uma expressão zombeteira ao falar.

— Às vezes você é mais sábio do que eu. Isso é bom.

— Meu caro amigo, sou mais sábio do que você o tempo todo — provocou.

— Como isso é possível se lhe ensinei mais da metade do que sabe?

— Porque peguei o que me ensinou, somei ao que eu já sabia e me tornei melhor. Serei um bom amigo e lhe ensinarei o que sei um dia, mas não tudo. Gosto de ser o mais sábio.

Lancelot gargalhou e virou-se, caminhando para a frente.

A temperatura na ilha e em sua fronteira nunca acompanhava o mundo exterior. Arthur, vestindo uma camisa verde providenciada por sua tia, observou Melissa sair do quarto de Viviane. Ela usava um vestido azul-claro de mangas curtas, como a maioria das mulheres de Avalon em dias quentes. Os cabelos brilhavam, ainda úmidos. Ele tinha dificuldades de não imaginá-la como um anjo. Melissa sentou-se à frente dele e comeu a refeição preparada por Viviane, junto a ele, parecendo bastante deslocada.

Arthur fez a pergunta que já o afligia.

— Onde está minha irmã, Viviane? Por que ela não apareceu no instante em que cheguei? — Parecia tão angustiado que Melissa se compadeceu.

— Precisamos conversar, Arthur — disse a feiticeira, com um tom sério.

Melissa se levantou para sair e passou por ele.

— Você pode ficar. — O rei segurou sua mão.

— É melhor eu ir. É uma conversa que você gostará de ter a sós com Viviane. — Ele a soltou, relutante, e ela cruzou a porta.

Percebendo que a flor da mesa mudou de um tom verde-claro para laranja, Arthur soube que teria problemas. A ansiedade parecia preencher o ambiente.

— Ela não está aqui, Arthur.

— Gawain me disse que Lancelot a trouxe para a ilha. — Levantou-se, procurando o cavaleiro pela janela, sem o avistar.

— Não é culpa de Lancelot. Ele só soube há pouco — defendeu.

— Ele devia protegê-la. — Arthur mantinha o tom baixo e calmo, porém as emoções fervilhavam em seu peito.

— E foi o que ele fez. Lancelot não pode evitar que a magia atinja outras pessoas.

— Magia?

— Sim. Merlin conversou com você sobre suas angústias e disse que você teria que perder para ganhar, certo?

— Certo. — Ele conhecia os feiticeiros muito bem para saber que se comunicavam das formas mais variadas, e provavelmente Merlin já havia contado sobre a conversa a Viviane.

— O que sentiu quando viu Melissa?

— O que ela tem a ver com isso? — questionou, lembrando-se dos sentimentos ternos que imediatamente despertaram nele e vendo as flores oscilarem para rosa. — Não. — Compreendeu. — É uma troca? — Vendo-a aquiescer, continuou: — Viviane, traga minha irmã imediatamente. Não há necessidade disso. Por que preciso perder uma para ter a outra? O que está havendo? Traga minha irmã de volta.

— Isso não depende de mim.

— Não! — Arthur se levantou, irritado. — Onde ela está?

— Não tenho como responder a essa pergunta.

Arthur andava de um lado para o outro na pequena cabana. Sua paciência se esvaía. Ele sabia que encontrar Melissa no lago era algo grandioso e que causaria um impacto em sua vida, porém jamais arriscaria a irmã.

— Falhei com minha irmã. — Passou a mão pelos cabelos, aflito.

— Não, você não tem culpa de nada do que está acontecendo. Você se lembra de quando Morgana era criança e precisei trazê-la para cá para proteger seus dons e segredos? Foi quando tudo começou. Ela teve sua primeira visão e contou parte da profecia. Você estava com ela, naquele dia.

— "Um dia, o lago trará de volta aquela que unificará a Britânia e salvará a magia, ligando seu destino para sempre ao do Grande Rei." — Conforme dizia as palavras, Arthur sentia sua verdade. — Melissa. — Ele parecia admirado. — Está mesmo surpreso? Ela saiu de um lago para você, Arthur. A Deusa autorizou Avalon a trazê-la para um propósito. Tenho certeza de que foi tocado por sua presença. — Ele balançou a cabeça, incapaz de responder. — Ela é a resposta para todas as perguntas. Você só precisa saber como perguntar e ter um pouco de paciência.

— E Morgana?

— Está no mundo de Melissa.

— Em outro mundo? — Estava perplexo.

— Você sabe bem que há muitos outros. O único meio de Melissa fazer a travessia era trocar de lugar com sua irmã.

— Minha irmã nunca mais retornará?

— Melissa pode trazer Morgana para cá, porém ela não se lembra de como fazer isso.

— Como isso é possível?

— Os poderes dela estão adormecidos. Não se preocupe, ela se lembrará de tudo. O coração dela provavelmente será partido no trajeto, mas se lembrará.

— Eu não quero machucá-la. A situação me deixa irritado, mas não pretendo fazer mal a ela — assegurou.

— Claro que não, menino. Você a amará da forma mais doce, branda e fiel possível. Às vezes um coração se parte sozinho, sem que possamos evitar. — O rei se manteve em silêncio. — Há muitos caminhos à sua frente, Arthur. Roma está prestes a deixar nosso território, os saxões se aproveitarão disso para invadir. Melissa está aqui para unificar a Britânia e salvar a magia, porém ela não aceitará facilmente esse papel. Você terá de conquistá-la. Ela precisa amar nosso reino, precisa amar você, precisa querer que tudo se resolva e, acima de tudo, precisa recuperar seus poderes e ser protegida enquanto isso.

— Eu lhe dei minha palavra de que a protegerei com minha vida.

— Honestamente, espero que não seja necessário usar sua vida, ou nada valerá a pena. — Acariciou suas costas.

— Farei o que tiver que fazer, entretanto preciso que me garanta que minha irmã está bem. De nada vale salvar o reino se minha irmã se ferir no processo. As mortes dos nossos pais já foram perdas dolorosas o suficiente.

— Morgana está bem — respondeu Viviane, sem hesitar. Ainda que ela não tivesse certeza, Arthur não daria prosseguimento ao plano se não fosse convencido. — Agora vá. Vá procurar Melissa antes que ela se lembre exatamente do que deve esquecer. Quanto antes Melissa se apaixonar por você, mais rápido será o retorno de Morgana e a resolução de todos os nossos problemas.

25

Ao sair da cabana de Viviane, Melissa foi direto para a plantação de lavanda. Queria novamente a sensação de plenitude ao avistar as flores que viu antes de desaparecer no dia anterior, queria a confusão do breve reconhecimento, queria, mais do que tudo, descobrir qual fora o momento mais feliz de sua vida. Ao chegar à grande pedra onde Lancelot estivera no dia anterior, sentou nela e inspirou profundamente.

O sol tocava o rosto de Melissa quando Lancelot a viu. Ela mantinha os olhos fechados, deleitando-se com o perfume das flores. Ele se aproximou devagar, cruzou a pedra e parou em frente a ela, sem saber o que dizer ao vê-la tão tranquila.

Quando Melissa abriu os olhos, por um instante, as palavras fugiram aos dois.

— Lancelot. Sou eu, Melissa. — Pegou uma mecha de cabelos e apontou para o próprio corpo.

— Eu sei. — Foi o que conseguiu dizer, tentando se recuperar do impacto.

— Você não disse nada quando nos vimos e eu não sabia se poderia contar a Arthur que nos conhecemos no corpo de Morgana.

— Você parece feliz por estar aqui — desconversou, não querendo falar de Arthur.

— Na verdade, não. Vai acreditar se eu disser que estou começando a ficar um pouco irritada? São tantos segredos. Sem contar que não gosto da ideia de que alguém tenha definido o meu destino. Acho que você é o único que não espera nada de mim. É um alívio. — Sentou-se de novo na pedra, deixando um espaço que o cavaleiro ocupou, sem saber da ironia daquelas palavras e o quanto ele esperava. — Arthur descobriu que Morgana está no meu mundo. — Ela tirou o cavaleiro de seus devaneios ao mencionar de novo o amigo. Aparentemente não conseguiria evitar o assunto.

— Não será fácil para ele. Morgana é inocente demais, e imaginá-la longe de tudo o que conhece é aterrador. Eu me preocupo muito também.

— Sinto muito por ele... e por você — acrescentou Melissa, com uma leve tristeza por notar o sentimento dele por outra. Essa mágoa repentina a assustou. — Gostaria de trocar de lugar com ela e fazer tudo voltar a ser como era antes — revelou, sob o olhar atento dele. — Mas parece que não será assim. Merlin diz uma coisa, Viviane reforça. Não gosto dessa imposição. É como se eu não tivesse escolha.

— Sempre temos uma escolha. Às vezes é diferente do que esperamos, mas sempre temos uma escolha.

— Não quero me casar com Arthur e salvar a Britânia e a magia. Não é a escolha que eu faria. Fui jogada aqui para resolver um problema que nem fazia ideia de que existia, um problema que não é meu. Quero voltar para casa. Ver como meu pai está. Meu Deus, como Marcos deve estar? Eu estava com ele quando vim parar aqui. É um amigo — explicou para Lancelot, mas ele já sabia disso desde a outra vez que ela estivera em Avalon. — Não consigo deixar de pensar que posso salvar meu pai. Talvez seja uma esperança boba, mas se a Branca de Neve existe, pode existir uma maldição do sono, certo? E se for isso? E se houver um jeito de acordar meu pai? — A emoção envolvia suas palavras, e Melissa conteve as lágrimas. — De repente, me tornei uma personagem na minha história, e não mais a criadora. Merlin diz que me obrigará a ficar e me casar. Como ele pode fazer isso? Magia? Minha vida virou de ponta-cabeça. E quem aquele feiticeiro pensa que é para tentar me dominar? — Melissa fez uma careta, zangada, e Lancelot conteve um sorriso. Aí estava a garota explosiva por quem ele se apaixonara. — Mas também não quero que ninguém se machuque. O que você faria?

— Por mais que eu ame Arthur e queira ajudá-lo, posso afirmar que não me casaria com ele — disse, fingindo seriedade e rindo em seguida. — De forma alguma. — Ela gargalhou com ele.

Lancelot fechou os olhos por alguns segundos e permitiu que o som da risada se acomodasse em seu coração. Adorava vê-la feliz.

— Se você fosse eu, Lancelot. — Tocou levemente seu braço.

— Não posso dizer o que você deve fazer. — Ficou tenso, após o toque, sentindo a pele queimar no caminho que os dedos fizeram. — Você é livre para escolher, não importa o que Merlin lhe diga. Uma decisão dessas não pode ser tomada sem que a pessoa conheça todas as suas opções.

— E quais são as minhas opções?

— Há pelo menos mais uma além de se casar com Arthur. — Dentro de Lancelot um desejo absurdo de beijá-la se chocava com a prudência que lhe aconselhava a ir com calma.

— Vocês são misteriosos demais — reclamou ela. — Ninguém facilita. Percebo que há algo que eu deveria saber. Dá para sentir isso, mas vocês não falam. São apenas metáforas jogadas ao vento. Fico caçando pistas, sem nenhum direcionamento — desabafou, irritada.

Melissa fechou a expressão, e Lancelot não conseguiu evitar um sorriso dessa vez. Até vê-la zangada era um prazer após tanto tempo distante.

— Você está sorrindo, Lancelot? — Melissa espantou-se, cruzando os braços.

— Desculpe. — Ele conteve o riso.

— Agora está rindo! — exclamou, em parte indignada, em parte surpresa.

O cavaleiro tapou a boca, como se quisesse conter o riso e sua expressão travessa conseguiu aliviar a tensão.

— Eu deveria estar irritada. — Ela balançou a cabeça.

— Mas não está.

— É, não estou mais. — Surpreendeu-se com o modo brando com que ele a acalmava e passou a mão sobre sua tatuagem, pensativo. — Achei que você não usasse magia.

— Não uso. Sou apenas eu, Melissa. Sem magia, sem subterfúgios, sem máscaras. Apenas eu. — Lançou-lhe um olhar intenso.

Melissa permitiu-se encará-lo por um tempo e soube que poderia se perder neste olhar, se ele não pertencesse a outra. Morgana tinha sorte de ser amada por Lancelot. Melissa já não tinha mais dúvidas de que o sentimento existia.

— Somos amigos, certo, Lancelot?

— Sim. — Doeu, mas ele respondeu e virou o rosto.

— Você me ajudará se eu quiser enfrentar Merlin?

— Eu a ajudaria em qualquer situação, e enfrentar Merlin faz parte da minha rotina. Se eu acreditasse em destino, poderia até dizer que o meu é infernizar aquele velho.

— Quero descobrir um meio de voltar para casa. Não me dobrarei às vontades de ninguém. Tenho pensado nisso desde que Viviane confirmou as palavras de Merlin. Mas não sei se devo pedir sua ajuda. — Enquanto falava, ela fazia um desenho imaginário na pedra abaixo deles.

— Por que não?

— Porque você é leal a Arthur e deve continuar assim. Acho que me rebelar não vai ajudar seu amigo e não quero causar problemas a você. Por mais que não queira me casar, não vou me colocar entre vocês.

"É tarde demais", Lancelot pensou. Ele queria falar com Arthur sobre Melissa, porém conhecia o amigo e sabia que não seria fácil simplesmente contar e resolver a questão. Se Arthur a quisesse, de nada adiantaria saber que Lancelot a amava.

— Por que está aqui, Melissa? — Uma pergunta com tantos sentidos.

— Não faço ideia. Dizem por aí que devo salvar o lugar — desdenhou.

— Não, não na Britânia. Por que está aqui, no campo de lavandas? — perguntou, virando-se outra vez para ela.

Melissa hesitou. Não sabia ao certo explicar a familiaridade que sentiu em meio às flores. Tentou colocar seus sentimentos em palavras:

— Porque você me disse que a ilha nos faz sentir o aroma da lembrança de nosso momento mais feliz, e sinto que fui feliz neste lugar. Não sei como é possível, mas a cada segundo a certeza é maior, o que por si só é uma loucura, já que nunca estive aqui antes. Quer dizer, acho que não. Não sei de mais nada neste mundo. Os enigmas de Merlin me fazem crer que não é a minha primeira vez aqui. Para quem pode mexer tanto em uma realidade como ele, apagar minha memória deve ser tão simples quanto estalar os dedos. — Ela fez o gesto. — É confuso porque não sei quais são as lembranças de Morgana e quais são as minhas. É insuportável não saber.

Lancelot absorveu a melancolia de Melissa. Era incrível como ela estava mais madura e centrada. Ainda assim sabia que parte da mulher que amava estava escondida, sem imaginar o quanto ele a queria exatamente daquela forma. Ouvindo suas palavras e vendo-a mexer nos cabelos enquanto falava, ficava claro para ele que, mesmo se não a tivesse conhecido antes, jamais evitaria se apaixonar por ela outra vez. Queria ajudá-la a se encontrar e ser plena, sem tanta angústia e tristeza.

— Pela minha experiência, com o tempo fica mais fácil separar e ter certeza de quem você é. Como soube chegar à plantação?

— Eu vim para cá ontem procurar você — confessou. — Que experiência? Está admitindo que estou sem memória. É isso?

— Não estou admitindo nem negando. — Eles falavam de dois assuntos ao mesmo tempo. — Veio me procurar aqui?

— Você já passou pelo que estou passando? — Aproximou-se mais, querendo entender. — Eu o vi, Lancelot, quando saiu da casa de Viviane. Você parecia tão desolado que senti sua tristeza e me culpei por ela, afinal, enquanto eu estiver aqui, estou atrapalhando você. Tentei segui-lo e me perdi por uns instantes. Depois encontrei o caminho e o vi sentado nesta pedra.

— Eu não a vi, mas não foi sua culpa e não está me atrapalhando. — Ele estava confuso. O que ela pensava? — E, passei, sim. De uma forma diferente, mas passei.

— De que forma? Você estava concentrado em algo bem ruim, deu para perceber. Quando vi a plantação, fiquei tocada de uma forma intensa. — Como se quisesse enviar um sinal a ela, um ramo de lavanda caiu em seu colo, trazido pelo vento, e ela o segurou, aproximando-o do nariz e sentindo o perfume. — Em seguida, desapareci e acordei no lago.

— Com Arthur — disse ele, resignado. — Não posso falar de que forma e não estou feliz por isso, acredite — acrescentou, frustrado.

— Que droga, Lancelot! — exclamou ela, enervando-se — Agora não sei o rumo que minha vida tomará. Se eu pudesse, ficaria aqui entre estas lavandas sem me mexer. — Ela abraçou os joelhos.

— Eu também.

E ficaram ali, parados. Cada um com seus pensamentos. Sem se tocar e extremamente conectados. Ela tentava se lembrar de algo inimaginável, e ele desejava que ela o fizesse. A conversa entre eles sempre se desenvolvia de forma natural e, ainda que em meio a tantas desilusões e frustrações, sentiam-se bem por estarem tão próximos.

26

Cavalgando a toda velocidade, Gaheris, primo e cavaleiro de Arthur, chegou a Camelot. Ao desmontar, viu seu irmão e outros cavaleiros vindo em sua direção, com os semblantes aflitos.

— O que houve, Gaheris? — Mordred foi o primeiro a perguntar.

— Nada grave, apenas uma mudança de planos. Arthur foi para Avalon — explicou, desmontando.

— E Pellinore?

— Adiado. Arthur disse que voltaria em poucos dias ou enviaria um mensageiro — respondeu, enquanto um servo o ajudava a tirar parte de suas vestes, mantendo apenas sua túnica por cima das calças. Estava cansado e faminto ao cruzar o grande salão, sem o mínimo desejo de fornecer longas explicações.

— Avalon?

Gaheris ouviu o comentário sibilante de sua mãe atrás de si, a última pessoa que gostaria de encontrar em um momento assim.

— Mãe. — Fez uma reverência à rainha e beijou-lhe a mão. — Posso responder suas perguntas enquanto como?

— É claro. Pedi às servas que lhe preparassem uma refeição, assim que o vi chegar. Que tipo de mãe pensa que sou? — inquiriu, ofendida.

— Do tipo que agrada para conseguir o que quer — provocou o filho, tirando uma mecha dos cabelos loiros da testa.

— Gaheris, não provoque nossa mãe — interferiu Mordred. — Ela veio para passar um tempo conosco. E se preocupa com os filhos, além dos admiráveis sobrinhos, pode acreditar — ironizou, dando um beijo na face de Morgause, que estreitava os olhos como se pudesse soltar fogo a qualquer momento. — Não se zangue, mãe. Gaheris está cansado e sabemos como fica seu humor enquanto não come e descansa.

— É por isso que Gawain é meu preferido — declarou Morgause, ignorando as gargalhadas dos dois.

— Conte-nos outra novidade — replicou Mordred.

— Uma não tão óbvia, por favor — acrescentou Gaheris.

— Que saudade do Malagant. — O tom genuinamente triste da mãe ao mencionar o trigêmeo morto dos dois fez com que Mordred e Gaheris trocassem um olhar. Era um dos poucos assuntos que os abalava.

Malagant era o único dos irmãos cuja magia havia começado a despertar. Ele partira cedo, contra a vontade de Morgause, para ser treinado em Avalon. Seu assassinato em terra sagrada ainda era um mistério.

Tentando deixar o assunto que os entristecia de lado, Gaheris se concentrou nas palavras de Mordred sobre a partida de Morgana para Avalon.

Ao entrar na cozinha, encontraram pratos com alimentos sobre a mesa. Lavou as mãos em um dos baldes que também estava ali, pegou uma coxa de frango cozida e mordeu um bom pedaço, enquanto Mordred servia-lhe um copo de vinho. A comida estava fria, mas ele estava faminto, então não se importou.

— Por que você não come no salão? — A mãe voltou a falar, levemente enojada por seu filho se portar como um servo. — Você é um cavaleiro, membro do conselho de Camelot, e é um príncipe também.

— Estou bem aqui, mãe. — Engoliu um pedaço de frango e continuou: — Se quiser me aguardar no salão, sinta-se à vontade. — Liberou-a, apontando com a coxa de frango para o corredor, mas ela não se moveu.

Morgause observou o contraste entre os filhos gêmeos, por uns segundos. Gaheris tinha pouca paciência com ela, já Mordred fazia suas vontades, desde que lhe fosse conveniente e ela não ultrapassasse os limites. Enquanto Gaheris tinha uma beleza selvagem com seus cabelos na altura dos ombros, Mordred tinha traços mais clássicos, mantendo os cabelos aparados e as roupas, asseadas, mesmo que estivesse no meio de uma batalha. Em relação a Morgause, Mordred era moderado, dando-lhe atenção, porém mantendo a ironia muitas vezes em suas palavras; já Gaheris era impaciente, irritante e insuportavelmente sarcástico, revelando um olhar desconfiado toda vez que a via. O caçula Gawain caía mais nos encantos da mãe, mas uma verdade que lhe doía muito era que nenhum deles a mimava como aquele que morreu.

— E então, irmão, o que Arthur foi fazer em Avalon? — perguntou Mordred o que a mãe também gostaria de saber, julgando não ser nada grave.

— Você sabe que temos um compromisso com o rei, como seus cavaleiros e conselheiros, e não podemos falar tudo o que se passa no reino para ela, não sabe? — declarou Gaheris, bebendo todo o vinho do copo e estendendo-o ao irmão, para que o enchesse.

— Eu posso ouvir o que está dizendo! — Indignou-se a rainha.

— Estava contando com isso. — Deu-lhe um sorriso cínico. — Não há segredos, senhora. Arthur decidiu no meio da noite que partiria para Avalon e não explicou nada a ninguém. Vim para Camelot avisar sobre as alterações. Ou seja, não há nenhuma informação secreta que eu possa lhe passar, e ainda que houvesse...

— Você não contaria — completou Morgause, enquanto Gaheris levantava o copo a ela, reafirmando sua posição. — Você sabe ser irritante, filho.

— É de família — respondeu, arrancando um sorriso de Mordred.

— Ah, sim, herdou do seu pai — replicou ela, olhando à sua volta e cansada de conversar na cozinha, onde qualquer servo poderia entrar. — Já terminou? Gostaria de continuar em meus aposentos. E, de preferência, sem vinho. Gaheris ficará bêbado antes que eu termine de falar, se continuar assim.

O loiro bufou, impaciente.

— Preciso me lavar, dormir e encontrar uma boa mulher. Não necessariamente nessa ordem.

— Eu já pedi que preparassem seu banho. Terá que encontrar a mulher sozinho.

— É claro que pediu. — Ele balançou a cabeça, vencido. — Juro pela Deusa que não há mais nada que eu saiba sobre Arthur e Avalon. Você precisa parar de se intrometer nos assuntos de Camelot, mãe. — Deu-lhe um beijo ainda melado de gordura do frango, a que ela se encolheu toda, pela sujeira, mas não conseguiu deixar de se sentir bem pelo gesto carinhoso. — Agora vou descansar. Acredite em minhas palavras e vá fazer o mesmo.

— Eu acredito. — A mãe suspirou, enquanto ajeitava suas pulseiras. — Entretanto, há evidências de que Arthur e Morgana estão em perigo.

— O quê? — perguntaram juntos os irmãos, levantando-se, prontos para defendê-los.

— Ah, agora consegui chamar a atenção de vocês. — Sorriu, vitoriosa.

— Podemos confiar? — Gaheris perguntou a Mordred. — Não é mais uma manipulação para saber o que se passa no reino?

— Ela pareceu bastante atribulada quando não encontrou Morgana. E da outra vez, ela estava certa, não é? Nossa prima e Malagant ficaram desacordados por meses, tia Viviane escondeu-os de todos nós e, depois, o Grande Rei e tia Igraine foram traídos e assassinados. E não se esqueça que apenas Morgana acordou. Malagant foi apunhalado enquanto dormia. Até hoje não descobrimos por quem.

— Vocês sabem que posso ouvi-los, não sabem? — indagou ela, zangada por fingirem que não estava no ambiente.

— Sabemos. — Gaheris coçou a barba curta, enquanto analisava a situação. — Juramos proteger Arthur, Morgana e o reino. Se tem algo a dizer para nos ajudar, diga agora, mãe. Sem joguinhos e disputas de poder entre você, Merlin ou qualquer outro. Queremos a verdade.

— Contarei. Venham aos meus aposentos.

Os dois a seguiram em silêncio. Observaram-na trancar a porta. Gaheris se jogou na cadeira mais próxima, e Mordred se sentou tranquilamente a seu lado.

— O que está havendo? — perguntaram juntos antes de Morgause começar.

— Conversei com o pai de vocês antes de vir para Camelot. Ele concorda comigo sobre ser um risco para Arthur ser cristão no momento em que a Britânia se encontra.

— Nosso pai sempre concorda com você. É sabido em toda a Britânia que você ama se envolver em política — começou Gaheris, deixando claro que isso não era base para desconfiança. — E também sabemos que a fé de Arthur pode ser um problema, porém, nossa função não é questioná-lo, é protegê-lo e servi-lo.

— Como Uther e minha irmã foram protegidos? — acusou Morgause. — Ou Malagant?

— Foi uma tragédia, mas você sabe que nós fazíamos parte dos cavaleiros de Arthur, não de Uther. Quando chegamos à batalha era tarde demais. — Mordred se defendeu, sem elevar a voz. — E houve um traidor em Avalon. A perda do nosso irmão nos impacta até hoje, porém foi escolha dele ser um feiticeiro. E nós o honramos aceitando suas escolhas.

A rainha levantou-se e olhou pela janela, procurando as palavras corretas e que influenciassem os filhos a dar atenção a ela e ao perigo que se aproximava do reino, caso permitissem.

— Sinto que Morgana está com problemas. O que está acontecendo hoje a envolve, e também a Viviane e Merlin. Eles são os culpados de tudo.

— Merlin pode ser tão ardiloso e manipulador quanto você, mãe, mas não é correto falar assim da sua própria irmã — defendeu Gaheris.

— Ela não é minha irmã. — Finalmente os surpreendeu, fazendo com que se inclinassem para a frente para ouvi-la melhor. — Tudo começou quando ela entrou na vida da minha família...

Quarenta e três anos atrás, fazia um dia frio e chuvoso, quando Viviane chegou ao castelo do Rei Geoffrey, em Orkney. Com apenas 16 anos, ela carregava uma grande responsabilidade e um filho na barriga. A velha feiticeira que a entregou ao rei disse que era um pedido pessoal da própria Deusa, que o fruto do ventre de Viviane seria um dos responsáveis por salvar a Britânia e a antiga crença.

O dever de Geoffrey era adotá-la e proteger a criança quando nascesse, até que seu pai verdadeiro se apresentasse e o guiasse em sua jornada.

O bebê nasceu poucos meses antes das filhas gêmeas de Geoffrey: Igraine e Morgause. Para sua própria proteção, foi criado como um dos servos, sob o olhar atento do rei e de três de seus mais leais cavaleiros. Como Geoffrey estava em seu segundo casamento, as meninas jamais imaginaram que Viviane não fosse sua irmã de sangue, pelo menos por parte de pai. Contudo, não souberam que o pequeno Owain, com quem seu pai permitia que brincassem, era filho dela.

Quando ele tinha 14 anos, Viviane partiu para Avalon, deixando-o, sem saber que era sua mãe. Ela tornou-se a Grã-Sacerdotisa da Deusa, que apreciou seu sacrifício e permitiu que, pouco tempo depois, Lancelot ainda bebê fosse entregue a ela para que o criasse como filho, visando compensar o sofrimento que um dia lhe causara.

Owain cresceu sem conhecer seus pais e a cada dia se aproximava mais das filhas do rei, principalmente de Morgause. Ele se tornava mais forte e bonito, e o amor da jovem princesa crescia por ele.

Lembrando-se das palavras da velha feiticeira sobre a importância que o jovem teria para a Britânia, a cobiça tomou conta do rei, que orientou seus cavaleiros que permitissem encontros entre ele e Morgause, principalmente quando Igraine deixou o reino, aos 16 anos, para se casar com Gorlois, da Cornualha, casamento que não completaria um ano, graças a Uther.

Morgause e Owain amaram-se pelo tempo que lhes foi possível. Quando completou 18 anos, temendo que o rei se voltasse contra eles, ele sugeriu que deixassem o reino. Ela aceitou, e decidiram fugir.

Como se o destino estivesse à espreita, naquela mesma noite, um misterioso homem chegou ao castelo, alegando ser o pai de Owain e que ele deveria segui-lo em sua jornada para que o reino não fosse amaldiçoado. Os passos seguintes do jovem seriam o cumprimento de uma profecia, já que seu destino estava ligado ao da última filha de Avalon.

Os jovens ficaram desesperados e lutaram o quanto puderam. Morgause foi entregue a Lot, para ser sua rainha, que reinou sobre Orkney após a morte de Geoffrey, por este não ter herdeiros homens. Ela nunca mais soube de Owain e só descobriu a verdadeira história do nascimento de seu amor juvenil pela mãe, em seu leito de morte.

Às vezes, quando refletia sobre seu passado, Morgause se perguntava se tudo não passara de sonho. Até que um dia, enquanto visitava Igraine, Arthur chegou correndo do campo, contando a profecia que saíra dos lábios de Morgana. Um encantamento antigo a tomou, e ela soube que as palavras de Morgana estavam relacionadas a Owain. Duas profecias que se conectavam de um modo inacreditável. Morgause quis manter a sobrinha por perto, com a esperança de que isso um dia a reaproximasse do homem que amava, porém Viviane ressurgiu em sua vida e levou mais uma parte dela para longe.

Quando Igraine morreu, Morgause jurou que nunca mais deixaria que lhe tirassem pessoas queridas e prometeu a si mesma que não permitiria mais que os outros decidissem seu próprio rumo. Desde então se mantinha próxima dos sobrinhos, vigilante e alerta, com a esperança de que um dia as profecias se realizariam e, com elas, a possibilidade de descobrir o destino de Owain e sua ligação com a última filha de Avalon.

Gaheris girava seu punhal nas mãos, distraído, enquanto a mãe terminava o relato, ocultando evidentemente seu romance com o misterioso filho de Viviane e contando apenas os fatos que lhe eram convenientes.

— Ainda não entendi aonde quer chegar — disse, colocando o punhal na mesa, ao lado da caixa de joias da mãe.

— Espere — interrompeu Mordred, levantando a mão. — Você nos contou essa história para dizer que acredita que Morgana teve outra visão e por isso foi para Avalon? Acha que estamos à porta de outra grande tragédia como a morte de Uther?

— Acredito que sabemos qual dos meus filhos é o mais sagaz — declarou, irônica.

— Eu havia entendido, apenas não sei aonde você quer chegar — defendeu-se Gaheris. — Ainda que seja o caso, ela teve uma visão e foi levada. O que podemos fazer?

— Bem, de acordo com as palavras de nossa mãe, a última visão de Morgana terminou na morte do Grande Rei. — Mordred parecia preocupado. — A repetição desse fato seria desastrosa para todos nós.

— As visões não são o único problema. Da última vez, nada aconteceu. Eu estava lá e até hoje, por mais que creia, não vi a tal última filha de Avalon. — Aproximou-se dos filhos, passando a mão pelos cabelos de cada um. — O que me assombra é que, talvez, alguém muito poderoso esteja usando todos nós, criando profecias que deveriam acontecer, deixando-nos com esperanças e distraindo-nos do que realmente deveríamos ver.

— Mas é nisso que cremos, não? Que a Deusa nos guia, com profecias ou não. O caminho que seguimos é determinado por ela. — Gaheris tentava ligar os pontos da história, enquanto Mordred permanecia quieto, com a mão no queixo, refletindo. — A minha fé está em todos termos um propósito predeterminado por ela. O meu é servir a Arthur.

— É justo e digno que proteja seu rei e primo, entretanto me nego a acreditar que esse seja seu único objetivo na vida — rebateu a mãe, levemente indignada.

— Não, não é, mas esse é o maior. — O filho se levantou e se aproximou dela. — Agora chega, mãe. O que você quer? Ouvi sua história e sinto que há um buraco nela, algo que não nos contou. Com que propósito Viviane seria enviada à sua casa quando é uma filha de Avalon? Lá não seria o lugar mais seguro para que ela pudesse ter o filho que supostamente está envolvido na unificação da Britânia? Por que ele cresceu com vocês? Qual é a relação disso com a nossa família?

Morgause não hesitou. Se fraquejasse, Gaheris poderia perceber que ela omitiu sua relação com Owain. O filho já a analisava demais e qualquer sinal errado poderia colocar tudo a perder.

— A relação que vejo é que há anos as pessoas estão usando o nome da Deusa para nos obrigar a fazer o que não queremos. Onde está a última filha de Avalon da profecia? E por que ela não salvou Uther, Igraine e Malagant? — questionou, desviando a atenção deles para seus questionamentos. — Ela vai se apresentar quando os poucos feiticeiros que restam estiverem mortos?

— Você acha que alguém está tentando nos manipular por meio da nossa fé? — perguntou Mordred após longos minutos calado.

— Manipular a fé do outro é o que move o mundo, meus filhos, em qualquer doutrina.

Ela saboreou o silêncio. Cada um a seu modo refletia sobre suas palavras e a situação delicada que a Britânia enfrentava em meio às crenças opostas. Ela precisava que percebessem que Arthur estava sendo manipulado por ambos os lados. Morgause jurou a si mesma que assumiria o controle da situação, ainda que tivesse que usar um dos filhos. Afinal, era tudo por um bem maior. Arthur precisava saber a verdade.

27

Ao andar pelo vilarejo de Avalon, Melissa observava a rotina das pessoas. Mulheres com vestidos simples e leves colhiam flores, legumes e frutas, enquanto cantavam para as crianças, todos meninos. Curiosamente, não viu nenhuma menina. Os homens, vestindo túnicas e calças claras, aravam a plantação entoando cânticos que ela parecia conhecer.

As casas eram feitas de pedras coloridas, madeira e palha. Elas ficavam no chão e sobre as árvores, com pontes que interligavam tudo. Todas as moradias eram enfeitadas com flores e exalavam os mais diversos aromas.

Os animais, como galinhas, pavões, porcos, ovelhas e gansos, circulavam livremente entre as pessoas durante o dia e eram recolhidos à noite. Outros, como cervos, coelhos e outros animais silvestres, eram mais discretos, podendo ser vistos se assim desejassem.

Avalon poderia facilmente ser confundida com um paraíso. Os caminhos pavimentados com pedras claras eram cercados por extensas áreas verdes, com grama baixa e flores. E, em volta da vila, havia uma gigantesca floresta, cuja extensão Melissa não chegou a percorrer para que pudesse observá-la de perto. Quem a via de fora, quando a ilha estava emersa, jamais poderia prever sua magnitude.

A jovem estava debruçada na fonte que havia no centro da ilha, quando Arthur se aproximou e disse:

— Estava procurando você.

— Desculpe. Estava caminhando. — Melissa apontou à sua volta. — É tão grande, por mais que eu ande parece que não conhecerei tudo.

— Não precisa se desculpar. — Parecia aborrecido.

— Está tudo bem?

— Soube que minha irmã está em seu mundo.

— Foi o que me disseram.

— É seguro? Você acha que ela ficará bem?

— Espero que sim. — Melissa pensava sobre o momento da troca e que, se o padrão fosse mantido, Morgana provavelmente estaria com Marcos. — Acho que ela está com meu amigo — revelou, pensando que isso poderia confortá-lo.

— Amigo? — questionou Arthur, parecendo irritado de repente. — Há outras mulheres na casa desse amigo?

— No momento, não. — Notou a tensão e hesitou antes de responder. Avistou Lancelot e Galahad se aproximando. — Ele mora sozinho.

— Bem, se algo acontecer a Morgana, a responsabilidade recairá sobre ele — anunciou, aparentemente tranquilo.

— O que você quer dizer com isso? — rebateu Melissa, temendo se exaltar.

— Que o interrogarei e, se o julgar culpado, vou matá-lo — respondeu, calmamente, enquanto bebia um gole de água, precisando descontar em alguém a revolta que sentia por descobrir que sua irmã estava em outro mundo.

— Isso não acabará bem — sussurrou Galahad para Lancelot, que concordou, aguardando.

— Você não matará o meu amigo! — Ela se alterou, elevando a voz. — Quem você pensa que é para ameaçar as pessoas assim?

— Eu não disse que o matarei sem um julgamento — defendeu-se, ainda mantendo o tom de voz baixo. — Sempre dou a oportunidade de as pessoas se defenderem, não importa o quanto a situação pareça comprometedora.

Quando Arthur se aproximou, não era sua intenção fazer ameaças a qualquer pessoa, porém se sentia de mãos atadas por não encontrar a irmã e, ao descobrir que ela estaria sozinha na presença de um homem desconhecido, não conseguiu conter as palavras. Afinal, Melissa surgiu nua do lago. Quem garantia que Morgana não surgiria assim no outro mundo? Ele sabia que não estava sendo racional, porém precisava externar suas emoções.

Melissa o encarou. A aparente calma dele a deixava mais agitada. Como alguém podia fazer uma ameaça de morte tão tranquilamente?

— Com ou sem julgamento, matar Marcos está fora de cogitação — afirmou e virou as costas, passando feito um furacão entre Lancelot e Galahad.

— Como chegaram a esse ponto? — perguntou Lancelot, sem entender.

— Eu provavelmente me excedi — confessou Arthur. — Como quando disse que mataria Galahad por ter desonrado minha irmã. O que deu em mim? — culpava-se.

— Você costuma perder a cabeça quando se trata de Morgana.

— Sei disso, Lancelot.

— Venha. — Ele segurou o braço do rei, fazendo sinal para que Galahad fosse verificar se Melissa estava bem. — Vamos conversar.

Os dois seguiram para a parte leste da ilha, passaram por uma pequena ponte de pedras sob a qual corria um riacho, andaram por mais alguns metros e sentaram-se à beira da água, em uma área em que as árvores produziam folhas vermelhas e alaranjadas, afastados das pessoas para que pudessem conversar livremente. Era visível que Arthur estava se sentindo encurralado. Retrair-se e declarar ações que não pretendia executar era como se comportava quando perdia as rédeas da situação.

— Agora me explique, por que ameaçou matar alguém que nem sequer conhece? — perguntou Lancelot, querendo ajudá-lo.

— Lancelot, como Morgana foi parar em outro mundo? — questionou, molhando a ponta dos dedos no riacho.

— Ela desapareceu e se foi. Não sei mais do que isso, Arthur, e sinto muito por não ter conseguido controlar a situação — lastimou, apesar de não ter presenciado a travessia.

— Você acredita que ela está bem?

— Tenho que acreditar ou enlouquecerei. Ela é importante para mim também.

— Sim, eu sei. — O rei anuiu. — Parece que tudo está relacionado a Melissa.

— Foi o que minha mãe disse. — Lancelot procurou as palavras certas.

— É incorreto eu me sentir alegre por Melissa estar aqui, mesmo que isso tenha acarretado a ausência de minha irmã? — Arthur finalmente confessou o que o incomodava, em busca de suporte e aprovação. Como sempre, esperava receber de Lancelot. — Uma profecia se cumprindo assim é algo bom. Significa que conseguiremos salvar o reino e a magia.

Um cervo aproximou-se deles e bebeu água do riacho, na margem oposta, para correr em seguida, percebendo uma tensão que Arthur estava longe de sentir.

Lancelot encontrava-se em um terrível dilema. Temia por esse momento desde que viu Melissa entrar em Avalon com Arthur. O encantamento de seu amigo era cristalino, como a água que corria entre as pedras do riacho. Parte de Lancelot queria ajudá-lo, e parte queria contar a ele sua história.

— Arthur, eu preciso... — tentou dizer, sendo interrompido pelo rei.

— É cedo para estar apaixonado? — perguntou o rei, sem se dar conta do segredo que seu amigo esteve prestes a revelar.

— O quê? — disse Lancelot em um fio de voz.

— Você não se apaixonaria à primeira vista por ela se a tivesse encontrado? — Mantinha um sorriso bobo nos lábios.

Parecia que Lancelot estava se afogando. Como se tudo em que acreditasse estivesse sendo colocado à prova. Para qualquer um, diria que estava apaixonado por Melissa e que eles tinham uma história. Para qualquer um, confessaria que não seria possível abdicar desse amor sem que isso resultasse em sua desgraça. Para qualquer um, menos Arthur. Por mais que fossem melhores amigos, Lancelot percebia que o limite se perdera. A oportunidade de falar sobre Melissa tinha se evaporado. Se ele contasse, Arthur acreditaria, mas não sem questionar Melissa sobre seus sentimentos por Lancelot. E a grande ironia era que ela não se lembrava. Não havia saída para Lancelot. Arthur era o rei, e Lancelot, o cavaleiro. Ele jurou servi-lo, defendê-lo e honrá-lo. Ele cumpria suas promessas. Se ao menos Melissa se recordasse.

— Arthur, eu...

— Eu me casarei com ela! — exclamou o amigo, decidido, sem nem sequer perceber que Lancelot empalidecera.

Os batimentos do cavaleiro estavam alterados. Arthur normalmente era racional, pensava sobre uma ação, analisava-a friamente, para depois colocá-la em prática. E, agora, justo agora, parecia completamente tomado pelos sentimentos.

— O quê? — Lancelot via-se preso dentro de um pesadelo, sem conseguir se pronunciar como deveria. — Pode ser precipitado. — Foram as poucas palavras que conseguiu dizer.

— Ela saiu de um lago para mim, Lancelot. É dela que fala a profecia. É sobre ela que Merlin falou, por quem sempre estive esperando. Viviane disse que quanto mais cedo consumarmos isso, mais rápido Morgana voltará. Todos poderemos ser felizes, meu amigo. Não é maravilhoso? — Arthur estava tão arrebatado e cego que não percebeu o impacto que causou em seu cavaleiro. — É o que farei. Ela foi enviada a mim por Avalon, como se estivesse...

— Predestinada... — completou Lancelot, sem chão.

— Exato! Predestinada a ser minha rainha. — Arthur olhou para Lancelot e finalmente percebeu seu mal-estar. — O que foi, meu amigo? Acredita que estou me precipitando? Você não se casaria com ela se tivesse a oportunidade? Pensaria duas vezes?

— Não, Arthur. Eu não pensaria duas vezes. — Dizer as palavras era como dar um murro em um punhal. — E se ela já for prometida a outro? — arriscou, buscando meios de não submergir na confusão em que estava.

— Alguém maior que o Grande Rei da Britânia? Não creio que seja possível que ela tenha vindo de um reino tão distante. Bem... Não quero obrigá-la, por mais que tenha esse direito. Quero que ela se apaixone por mim, que deseje se tornar minha rainha e ficar ao lado do homem que sou, não apenas do rei. Acha que será difícil fazê-la se apaixonar por mim? — Era uma pergunta sincera entre amigos.

— Não, Arthur. Qualquer mulher se apaixonaria facilmente por você. —

Lancelot estava dividido entre o que deveria e o que queria dizer.

O rei sorriu, confiante, após o que acreditava ser o apoio do amigo.

— De qualquer forma, perguntarei a ela se há outro homem.

"E ela não se lembrará", Lancelot pensou, pesaroso, enquanto o rei continuava, impulsivo.

— Se ele existir, não desistirei. Conquistarei essa mulher — afirmou, levantando-se. Como o amigo seguia calado, continuou: — Você falaria com ela, Lancelot?

— Eu? — questionou, perplexo. — Quer que eu pergunte se ela tem outra pessoa?

— Não, não. Quero que a acalme para mim. Como já fez outras vezes entre mim e Morgana, quando ela estava zangada. Você é bom nisso. — Arthur piscou e Lancelot não conseguia acreditar na ironia.

— Falarei com ela — respondeu, embora não soubesse o quê.

— Como sempre, conversar com você me tranquiliza. Estava furioso há pouco. Imagine você que ela saiu nua do lago. Nua, Lancelot! — Levantou-se, andando em volta do cavaleiro, sem conter seu entusiasmo. — Linda como um anjo! Ainda posso sentir o arrebatamento que aquela visão me causou. Fui rendido. Fiquei perdidamente apaixonado.

O cavaleiro estava se preparando para se levantar, porém se manteve no chão, fincando os dedos na terra, em busca de estabilidade. Tomado de fúria, seu coração tornava sua visão escura. Ainda que quisesse, ele não poderia se mexer. Lancelot desconfiava que, se houvesse um destino, o seu seria padecer lenta e mortalmente.

28

O último som familiar que Morgana ouviu foi a voz de Lancelot. Ela tentava se apegar a ele como a um derradeiro fio de esperança. Sentia-se escorregando e afundando em um líquido tão gelado que cortava a pele.

Frio, solidão, tristeza. Mais uma vez, estava entre a vida e a morte. O desespero tomava-a e o ar escapava de seus pulmões, esvaziando-os.

Tentava se concentrar e buscar onde se amparar na queda que parecia não ter fim. Cada vez mais cansada e sem fôlego, Morgana implorou pela ajuda da Deusa.

— Vamos, acorde! — chamou a voz.

Morgana tentou se concentrar nela e se lembrar de onde a conhecia. Era Marcos, o amigo de Melissa. Antes que pudesse abrir a boca para responder, a garota caiu no chão duro.

Seu corpo todo doía, como se estivesse partida em vários lugares. Encolheu-se e abraçou a si mesma, sem forças.

— Por favor, me ajude. — A voz não passou de um murmúrio, enquanto sua mão tentava em vão pegar a de Marcos.

— Ei, olha para mim. — Ela o ouvia sem poder vê-lo.

Ciente do que acontecia, Morgana começou a tremer violentamente. Não conseguia voltar para Camelot. Não conseguia seguir adiante. Estava presa.

Tudo o que havia agora era o silêncio.

Apavorada, Morgana chorou.

Estava presa na Escuridão outra vez.

29

Hesitante, Galahad observou Melissa se dirigir à parte oeste da ilha e a seguiu, após correr até a casa de Viviane e pegar sua capa de lã. Ela não suportaria ficar naquela região por muito tempo sem estar agasalhada.

Melissa caminhava amaldiçoando Merlin. Tinha consciência de que descontara um pouco da frustração causada pelo feiticeiro em Arthur. Não conseguiu se conter ao ouvir a ameaça a Marcos.

Distraída, ela não percebeu que o ambiente ao seu redor se transformava. A cada passo, a vegetação e a infinidade de flores coloridas da primavera perdiam a vivacidade e a temperatura caía.

— Quem esses dois pensam que são? — desabafou para si mesma, percebendo que o ar utilizado para pronunciar as palavras havia se condensado.

Assustada, olhou a seu redor e viu neve para todos os lados.

— Mas o que é isso? — espantou-se. — Como vim parar aqui?

— Você está no Inverno. — respondeu Galahad atrás dela, fazendo-a dar um pulo. — Sinto muito. Eu não quis assustá-la. — Aproximou-se e colocou a capa sobre seus ombros.

Melissa reconheceu o cavaleiro que estava com Lancelot mais cedo, quando ela chegara com Arthur. Ele a olhava, inseguro, como se esperasse mais dela, e a jovem não compreendia a sensação de reconhecimento que a percorria, lembrando vagamente das impressões que teve dele quando sonhava com Morgana e Camelot. A recordação veio nublada, como um sonho que se perdia ao acordar. Era quente, agradável e preenchia todos os sentidos de Melissa.

— Eu... conheço você?

— Deveria. — Ele sorriu, iluminando toda a clareira de neve.

Conforto. Melissa foi inundada por uma onda de carinho, paz e tranquilidade. Ao mesmo tempo, seu peito se apertava e lágrimas enchiam seus olhos.

— Acho que Morgana gosta de você. — Ela deixou escapar, arrependendo-se em seguida, por confidenciar um segredo que não era seu.

— Acho que eu gosto dela também. — Continuava sorrindo, um brilho peralta passando por seus olhos.

Melissa confundiu-se. Lancelot e Galahad amavam a mesma mulher? Talvez a tristeza de Lancelot se devesse ao fato de não ser correspondido por Morgana. Seria isso?

— Como a temperatura pode ter mudado tanto assim? — perguntou ela, querendo se esquivar da intensidade do momento.

— Não mudou — respondeu, ainda olhando para ela, esperando.

— Mudou, sim. O lugar era repleto de flores há um minuto. — Ela abaixou-se, pegando um punhado de neve.

— Ele continua florido para lá. — Apontou para o norte. — Nublado para lá. — Apontou para o sul. — E caloroso para lá. — Indicou o leste. — Estamos no Inverno. Ao norte, parte de que você gosta bastante, é Primavera. Ao leste, temos Verão. E aquela floresta ao sul, que se formou quando você entrou na ilha, é Outono.

— Vocês têm todas as estações do ano ao mesmo tempo? — Caminhava, admirada, com Galahad andando a seu lado.

— Sim. E fauna e flora característicos em cada estação também. Por isso, se você for por ali — mostrou um caminho de neve entre as árvores à esquerda —, encontrará lobos e, provavelmente, ursos. Eles são mais discretos; não é fácil vê-los. A ilha é imensa.

Melissa congelou, aproximando-se dele e sentindo sua pele gelada. A camisa de mangas curtas era incapaz de aquecê-lo.

— Você não está com frio? — perguntou, querendo entregar a capa, que ele rejeitou com um gesto.

— Ainda não, mas estarei em breve. Quer ver as outras estações?

— Sim. — Ela se agitou com a possibilidade, a curiosidade se acendendo dentro dela.

Galahad sorriu novamente e estendeu-lhe o braço, fazendo-a se questionar se ele era sempre assim, alegre e convidativo.

Afastaram-se do Inverno, com ela analisando cada detalhe.

— O coração da ilha, onde fica o vilarejo principal, segue o fluxo normal das estações, mas tendo alterações quando quer também. Elas só são fixas ao redor dele. É uma ilha com bastante personalidade. — Ele explicava enquanto cruzavam uma ponte de pedras de gelo, saindo do frio intenso. — Não tire a capa ainda. Você pode se resfriar com a mudança brusca de temperatura.

— Você falou como o meu pai falaria — disse, sentindo-se muito à vontade.

— Seu pai é uma pessoa prudente, então — brincou.

— É, sim. — Melissa apertou o peito ao pensar no pai e no quanto gostaria de estar com ele.

Percebendo que a temperatura estava bastante agradável, ela tirou a capa, dobrando-a e pendurando-a no braço.

— Não vamos percorrer toda a extensão das estações porque demoraríamos várias semanas, talvez mais. Mas posso mostrar a entrada de cada uma delas e um pouquinho do Verão, talvez.

O encantamento de Melissa era visível, e Galahad sentia-se feliz por vê-la tão extasiada. Caminhar pelos limites das estações era mágico.

Como prometera, no Verão, o cavaleiro entrou com ela na floresta. Seguiram por um caminho de pedras amarelas, e Melissa se sentiu dentro do livro *O mágico de Oz*.

Um coelho colocou a cabeça para fora da toca e um falcão passou perto dele, perdendo-o por pouco.

O sol quente fazia a natureza brilhar, despertando uma sensação inebriante. Dois lagartos estavam sobre uma pedra, sem se importarem com nada.

— Os habitantes de Avalon convivem harmonicamente com a natureza. Os animais selvagens, que poderiam oferecer algum perigo, dificilmente se aproximam das pessoas. Você só precisa tomar cuidado com os filhotes. As mães são superprotetoras. — Ajudou-a a pular um galho de árvore, enquanto ela levantava o vestido para não tropeçar. — As lobas da Primavera são as mais temperamentais, mas acredito que você já saiba disso. — Soltou seu braço, e ela fechou os olhos com força, arrepiando-se e tendo um chocante flash de memória. — Mas não precisa temer. Os animais não vão feri-la, não importa o quanto pareçam irritados, às vezes.

Melissa abriu os olhos e percebeu que ele a olhava. A imagem de três lobas rosnando e encurralando-a contra vários arbustos reluziu em sua mente.

— O que você fez? — Ela se afastou, tropeçando.

— Eu? Nada. — Ele parecia realmente inocente enquanto caminhava.

Melissa o seguiu, incerta e desconfiada. Por mais que a situação devesse assustá-la, sentia-se como se estivesse em casa. Agora ela não tinha mais dúvidas; já estivera em Avalon antes.

— Você me conhece, certo?

— Certo.

— E seja lá o que está fazendo, porque eu sei que fez alguma coisa, é para me ajudar, certo? — Ele transmitia confiança, por mais que ela quisesse evitar.

— Certo outra vez. — Galahad respondia sem parar de andar, com ela sempre o seguindo.

— E você sabe o que eu deveria saber e todos escondem de mim — afirmou.

— Sei, sim.

— E vai me contar? Quero dizer, sem metáforas ou enigmas? — perguntou, esperançosa, fazendo-o parar e olhar para ela.

— Bem... — Ele fez uma careta.

— Ai, que inferno! — xingou Melissa, fazendo-o rir. — Para que tanto mistério, me diz?

— Eu ajudarei você, Melissa. É tudo o que precisa saber por enquanto. Agora venha que eu quero lhe mostrar as casas de palha onde vive o povo do Verão.

— Eles vivem nas estações também? — rendeu-se, curiosa. Talvez conversar com ele lhe despertasse outras memórias. Galahad era mais aberto do que qualquer um de quem ela já havia se aproximado até então.

— Sim. Depende da forma como eles desejam se conectar à Deusa. Alguns alternam entre as estações. Veja. — Apontou para o céu, que ao entardecer tinha um tom rosado, com traços de lilás e azul.

— É lindo — murmurou. — Os moradores daqui são todos feiticeiros?

— Em teoria, sim. Na prática, não. A magia está latente, à espera do despertar da última filha de Avalon. — Ele fez uma reverência cheia de pompa.

— Eu...

— É o que dizem. Não se cobre tanto. As pessoas esperam demais. — Ele colocou a mão no ombro dela.

— Quantos ainda têm poder?

— Poucos. Que eu conheço, dos mais velhos, apenas Merlin, Viviane e Morgause, porém ninguém sabe ao certo qual o poder dela nem como ele nasceu. Merlin diz que ela é capaz de fazer algumas poções e só. E eu nunca a vi pessoalmente, só conheço a fama. Creio que existam outros escondidos e não sei se todos estão do nosso lado. Viviane diz que muitos de nós tiveram a energia absorvida por magia negra.

— E entre os mais jovens? Quantos feiticeiros são?

— Morgana, você e eu.

— Eu não tenho poderes.

— Tem, sim. Você só não sabe disso.

— Merlin disse que é perigoso saber demais. É estranho. Você fala muitas coisas abertamente para mim.

— E ele tem razão. É perigoso, mas também sou feiticeiro, para desespero de Merlin. Sei até onde posso ir.

— Por que ele ficaria desesperado? Você não é um dos cavaleiros de Arthur? Não é leal a ele?

— A Arthur, sim. Sempre. Não posso dizer o mesmo quanto a Merlin. — Seu semblante era enigmático.

— Como Lancelot. Ele parece não gostar muito de Merlin também. E Morgana, definitivamente, tem um relacionamento difícil com aquele homem.

— Ele é um manipulador muito habilidoso, pessoas não manipuláveis tendem a não se dar bem com ele.

— Ele é poderoso, não sei se isso é bom. Só o fato de eu estar aqui é uma prova.

— Ah, não. Você está aqui em parte pelo poder dele, em parte pelo seu próprio poder, Melissa.

Mais uma vez o cavaleiro se referia a algo que ela não sabia que tinha.

— Eu me lembro de sonhar com Morgana controlando o fogo. Você também faz isso? Eu posso fazer? — resolveu perguntar.

— Não. Morgana é a única feiticeira em milênios que pode controlar o fogo. — Ela percebeu como o tom de voz dele ficou carinhoso e orgulhoso ao mencionar a feiticeira.

— O que você faz? Em minhas impressões nunca soube que você era feiticeiro. Acho que Morgana não faz ideia.

— Ela não sabe. Há um motivo para existirem poucos de nós, eles foram rastreados e assassinados, por isso Morgana e você foram tão protegidas e por isso nunca disse nada a ela. — Melissa estremeceu ao ouvi-lo. — Ninguém em Camelot sabe, além de Merlin e Lancelot. Pensei em contar, mas não tive tempo. — Uma sombra de tristeza passou por seu rosto.

— Desculpa... — conseguiu dizer Melissa, olhando para baixo.

— Ei, não é sua culpa. — Tocou seu queixo. — Nada do que aconteceu ou está acontecendo é sua culpa. — Ela assentiu, com a impressão de que Galahad lhe falava muito mais com o olhar. — Veja. — Ele se afastou um pouco, apontou para o riacho com a mão formando um círculo imaginário, fazendo com que uma grande bola de água se levantasse, girando sem parar.

Ele fechou e abriu a mão uma única vez e a bola explodiu violentamente, os respingos caindo sobre eles, mesmo a vários metros de distância.

— Meu Deus! — exclamou Melissa, estupefata. — Eu não tenho poderes. Acho que se enganaram quanto a mim.

— Tem, sim — disse, paciente. — Eles estão adormecidos, assim como sua memória. — Piscou o olho e tocou sua testa, fazendo com que ela se sentisse leve, quase como se pudesse ver uma barreira entre o presente e lembranças que nem sonhava ter. — Infelizmente a magia de Merlin é muito forte e eu ainda não posso quebrá-la. Ainda não. Não sem... — Ele colocou a mão na cabeça, apoiando-se na árvore mais próxima.

Assustada, Melissa tocou suas costas.

— O que houve?

— Não é nada. — Ele se endireitou.

Galahad respirou fundo várias vezes, reassumindo o controle. Seu corpo não aguentou a pressão de bloquear o feitiço de Merlin, para que pudesse passar mais informações a Melissa sem corromper sua memória.

— Você está pálido. Quer que eu chame alguém? — Fez menção de sair e ele segurou sua mão.

— Não precisa. Vamos voltar.

Seguiram pelo caminho por onde vieram, mas Melissa não percebeu que pequenas flores amarelas nasciam nos lugares em que havia pisado. O cavaleiro sorriu uma vez mais, fraco. A dor que explodia em sua cabeça valia a pena. Merlin que se preocupasse, porque Galahad quebraria o feitiço e a faria se lembrar de Lancelot, sem se importar com o que isso lhe custaria.

30

Lancelot avistou Galahad saindo do Verão com Melissa. Ela lançava-lhe olhares preocupados, e o jovem cavaleiro estava pálido e parecia fraco.

— Galahad — disse Lancelot ao se aproximar do amigo, que balançou a cabeça, sinalizando que não falaria sobre o assunto.

— Estou bem, mas preciso descansar um pouco. Você faz companhia a ela? Vejo vocês mais tarde, no ritual. — Afastou-se sob o olhar atento dos dois.

O final do entardecer se aproximava, e logo o sol iria se pôr. Ao longo do vilarejo havia vários bancos de madeira clara, adornados com flores. Tudo em Avalon era incrivelmente belo. Melissa sentou-se em um banco, e Lancelot se aproximou, sentando-se no chão com um joelho dobrado e a outra perna esticada.

— Que ritual? — perguntou ela.

— Em algumas noites o povo de Avalon reverencia seus deuses menores e a Deusa, e hoje eles têm um motivo para comemorar.

Melissa entendeu a quem ele se referia e suspirou, ainda incomodada com a virada em sua vida.

— Você participa desses rituais?

— Quando estou aqui, às vezes, não que eu reverencie alguém, mas Viviane aprecia quando estou presente e a comida é boa. — Eles riram.

— E como são? As pessoas correm nuas em volta da fogueira? — provocou ela.

— Às vezes, sim — respondeu ele. Vendo-a arregalar os olhos, acrescentou: — Não há a sensualidade que você imagina. Eles acreditam que, estando vestidos, não se conectarão devidamente.

Não se preocupe, você dificilmente ficará nua, e eles tampouco, pelo menos hoje. Segundo dizem, é preciso entrega total. Se você não quiser, eles não vão simplesmente arrancar suas roupas e fazê-la beber sangue.

— Que horror! — Balançou a cabeça, enojada. — Você já fez isso?

— Bem... Moro aqui praticamente desde que nasci. — Ela arregalou os olhos, e ele riu. — Estou brincando. Nunca bebi sangue, mas, sim, já andei sem roupa por aí. Não para reverenciar nenhum dos deuses deles, garanto. — Piscou.

Ao longe, eles podiam ver Arthur, que lançava olhares ansiosos para os dois, desejando que o cavaleiro conseguisse resolver sua situação com Melissa.

Lancelot abaixou a cabeça, rendendo-se. Por poucos instantes, esquecera-se completamente de Arthur.

— Ele não quis deixá-la zangada — começou Lancelot, contrariado, ciente de que não havia nada que pudesse fazer além de conversar com ela como prometera a seu amigo.

— Eu sei — respondeu enquanto seu olhar cruzava com o de Arthur. — Mas ele deixou. Meus amigos são importantes para mim e não gosto que os ameacem.

Lancelot sorriu, discreto. A impetuosidade de Melissa era um traço que ele adorava em sua personalidade. Ela não cederia facilmente, a menos que a pessoa soubesse onde tocá-la e, felizmente ou não, ele sabia.

— Arthur foi movido pela preocupação com a irmã.

A postura rígida foi esmorecendo quando olhou para o rei outra vez. Compreendia-o, apesar de não aprovar seu modo de lidar com a situação.

— Eu entendo. — Ela pensava em Gabriel. — Eu me preocuparia da mesma forma, sem ameaçar pessoas inocentes, mas me preocuparia. — Trocou olhares com Arthur novamente e o viu passar a mão pela nuca; a ansiedade dele parecia flutuar. — Acha que devo conversar com ele?

A pergunta que Lancelot temia. *Não!*, seu coração gritava. O que ele deveria fazer? Tornar insuportável uma situação que já era difícil para ela? O cavaleiro tentou falar com Arthur, mas falhou, e agora teria de lidar com as consequências. Talvez Viviane tivesse razão e a recordação do que viveram fosse ainda mais prejudicial. Se ela ficasse com Arthur, Merlin quebraria parte do feitiço, e ela poderia recuperar o que perdeu por ficar com Lancelot. O que ele poderia fazer além de desejar que ela fosse plenamente feliz?

Arthur estava a cem metros deles, fingindo que se concentrava nos meninos que brincavam ao pôr do sol. Melissa aguardava uma resposta. A resposta que poderia mudar tudo.

— Sim... — sussurrou Lancelot, e ela teve que se aproximar mais para ouvir. — Vá falar com ele. Vá — repetiu, e ela notou, sem entender, que as palavras lhe custavam.

Por mais que o ferisse, Lancelot queria dar a ela a chance de ser feliz. Não desistiria de fazê-la se lembrar dele, porém isso poderia não acontecer. Nada lhe restava além de cumprir com sua obrigação.

A vida de Lancelot se encaminhava para um precipício. Por mais que sua cabeça lhe dissesse que era inútil lutar, seu coração explodia a cada batimento, deixando claro o quanto Melissa significava para ele.

Em silêncio, ele a viu assentir e caminhar em direção a Arthur, que balançou a cabeça, sorrindo para o cavaleiro, agradecendo por ter feito o que deveria fazer.

O último raio de sol se extinguia enquanto Melissa percorria a curta distância até Arthur. Postes com tochas eram acesos por jovens em toda a extensão do vilarejo. O clima era agradável, e dois meninos passaram por ela cantando.

Arthur passou a mão pelo cabelo, inquieto por vê-la se aproximando. A calma, tão característica dele, parecia se esvair quando trocava olhares com ela. Melissa despertava sentimentos que nem ousava pensar que existiam dentro de si.

Ela parou, em frente a ele, quieta e um pouco arredia, mas bastou olhar em seus olhos para que a mágoa se perdesse.

— Eu lhe devo desculpas — declarou o rei antes que ela falasse.

— Está tudo bem, desde que não ameace mais meus amigos.

— Não farei. Quer dizer... — interrompeu, percebendo que ela dera um passo para trás. — Seu amigo, ele é bom? Ele vai proteger minha irmã? — Estava temeroso.

A preocupação com Morgana derreteu qualquer restrição que Melissa poderia ter.

— Vai, sim. Tenho certeza. Marcos sempre esteve a meu lado e fará o mesmo por ela — garantiu, tranquilizando-o.

— Fico feliz. — Sorriu, encantador, e ela retribuiu, levemente acanhada com a intensidade.

Arthur a guiou para o banco em que ela estava sentada com Lancelot havia pouco. O cavaleiro não estava mais à vista.

Quando o rei começou a falar sobre a Britânia e Camelot, Melissa sentiu a emoção causada pela devoção que tinha por sua terra e povo. Sua luta era intensa, e suas perdas, tão dolorosas quanto a dela. Ele era um excelente orador e, inconscientemente, ela se deixava levar por suas palavras, envolvendo-se. Quando falou sobre Morgana e o tempo em que viveram separados, Melissa se conectou à sua melancolia.

A jovem lhe contou sobre sua família e o quanto sentia falta deles. Arthur foi extremamente gentil, demonstrando que entendia o sentimento. Essa confissão criou um laço entre eles.

Um pouco depois, um jovem veio avisá-los que Viviane queria que Melissa fosse se preparar para o ritual, e Arthur mandou que ele avisasse à feiticeira que a jovem iria em breve. Primeiro ele queria terminar um assunto.

— Amanhã pela manhã nós partiremos para Camelot... — começou o rei, e ela franziu o cenho. — Gostaria que você nos acompanhasse. Lancelot está preocupado com a exposição dos cavaleiros na fronteira, e ele está certo. É perigoso.

Melissa hesitou ao perceber o que isso significava: ficar mais próxima ainda dele, para júbilo de Merlin. Não era o que queria.

— Não sei se tenho escolha. Quero descobrir por que estou aqui. Não gosto muito da versão que me deram.

Arthur baixou o olhar, e a garota percebeu que se excedera. Ele sabia por que ela estava naquele mundo.

— Melissa. — Arthur parecia ganhar forças conforme falava. — Não quero impor nada a você. Não quero que se sinta coagida por uma profecia e muito menos que fique comigo sem desejar ficar. Meu povo precisa de mim e dizem que você é a resposta, mas não é por isso que quero você por perto.

— Não?

— Certamente não. — Ele tocou a tatuagem de Melissa, sem comentar sobre o que significava. Viviane o alertara sobre a jovem ainda não conhecer seu caminho. — Eu não apreciaria ser controlado e ter meu destino manipulado.

Ela não fez menção a isso e seguiu sem entender como Arthur não via que ele era, sim, manipulado pelas pessoas.

— Não quero causar mal a ninguém — respondeu ela.

— Você não causará. Preciso lutar para unificar a Britânia, salvar os que vivem nela e proteger a magia. Qualquer sacrifício deve ser feito por mim, e não por você. Sou o Grande Rei e responsável. Vivo sob o peso dessa profecia há quase 15 anos, não quero colocá-la sobre seus ombros.

— Por que quer que eu fique?

— Porque, antes de você chegar, eu nunca havia perdido o ritmo do meu coração. — Ele tirou-lhe as palavras, e Melissa apenas conseguia encará-lo, boquiaberta. — Você foi enviada para mim. É de você que eu preciso. Não para salvar o reino, mas para salvar a mim, como pessoa. Salvar Arthur, e não apenas o rei.

— Não sei o que dizer. — Olhou para as próprias mãos, sentindo-se desconcertada como nunca antes.

— Você não precisa dizer nada. Venha para Camelot, permita-me mostrar por que amo esse reino para que, talvez, você se sinta como eu e escolha ficar. Dê-me parte de seu tempo e se, no final, decidir voltar para o seu mundo, prometo que moverei céus e terras para conceder o seu desejo. — Estendeu a mão a ela. — Pode fazer isso por mim?

O apelo inesperado comoveu Melissa. Arthur a confundia e dificultava sua decisão de não ceder. Ela não queria ficar, mas como poderia dizer não a um pedido desse? Ele estava quebrando cada barreira que havia sido levantada entre os dois. Sentia-se compelida a ficar com ele, sem explicação ou razão específica, contrariando o coração, que parecia avisá-la de que algo estava errado.

Ela tocou a mão dele com os dedos, vacilante, e ele os segurou, beijando-lhe o dorso, sem desconectar os olhos dos dela. A noite, em meio às tochas, tornava o momento ainda mais íntimo e, por um instante, Melissa sentiu um desejo incontrolável de se afastar dele antes que ele conseguisse conquistá-la. Entretanto, continuou ali, sem conseguir se mover, até que ele se levantou, sem soltá-la.

Arthur a acompanhou até a porta da cabana de Viviane. O último dia de lua cheia colaborava para deixar o vilarejo mais claro.

— Avalon é um lugar tão lindo. Seria bom se fosse grande o suficiente para todas as pessoas que você quer proteger — comentou Melissa.

— A questão é essa, Melissa, não quero que o povo se esconda em Avalon, quero que todos sejam livres em sua própria terra. Quero construir um mundo melhor.

— Isso é utópico. — Vendo que ele não entendeu o conceito, explicou: — Um sonho. É lindo, mas um sonho.

— Pela manhã, você era um sonho, agora é real. — Arthur passou os dedos pelo braço dela, causando-lhe um arrepio fugaz. — Tão real que pode ser tocada. Eu esperei, e você veio. Quer sonho maior do que esse?

Como parecia ser comum com Arthur por perto, as palavras de Melissa correram para longe. Sem saber o que dizer ou fazer, ela entrou na casa de Viviane sob o olhar apaixonado do rei.

Seria mais fácil se negar a cumprir a profecia se a outra parte fosse mais repelente. Permanecer perto de Arthur, escapar de cada uma de suas investidas e lutar contra um envolvimento era quase uma missão impossível.

❋

Horas mais tarde, Melissa estava pronta. Ela foi banhada por três mulheres de Avalon, enquanto Viviane as direcionava, apesar de seu total desconforto. Elas a vestiram com um longo vestido branco de seda fino, sem mangas, que emoldurava seu corpo, marcando cada detalhe dela. Sua pele e seus cabelos cheiravam a rosas, e ela sentia como se pudesse flutuar.

Através das paredes, o som dos tambores e cânticos chegavam a seus ouvidos. O clima místico que a envolvia lhe deu um estranho desejo de se juntar às pessoas lá fora.

Um pouco mais cedo, ela se assustou com o que representava esse ritual e disse que não gostaria de participar por não seguir a religião. Viviane usou de sua doçura para convencê-la, dizendo-lhe que não tinha nada a temer e que o ritual serviria para purificá-la e agradecer à Deusa e aos deuses menores por tê-la trazido para esse mundo em segurança.

— Você é um presente para nós, menina. — disse a Senhora de Avalon, prendendo um arranjo de flores em seus cabelos.

— Ainda não sei nem o que devo fazer. Como posso ser um presente?

— Precisávamos de você, e agora está aqui. Você mudará tudo.

— E se eu não quiser mudar nada? — argumentou.

— Às vezes, não cabe a nós querer. Pode escolher não ficar com Arthur, contudo seus destinos estão entrelaçados. Se você partir, ele morrerá.

Quando estava longe de Arthur, Melissa refletia sobre suas palavras; não lhe despertavam nada além de identificação por causa de Morgana e a falta que a jovem claramente fazia ao irmão. Com ele por perto, tudo se complicava. Ele a queria e não fazia a mínima questão de esconder, e suas palavras a deixavam perdida e confusa, mesmo ciente de que não tinha nenhum sentimento mais forte por ele.

"Se você partir, ele morrerá." Essas últimas palavras da feiticeira ainda reverberavam no peito de Melissa, quando Viviane a guiou até a porta.

Dois meninos a estavam esperando e a seguraram um em cada mão. Ela estava descalça e podia sentir a eletricidade emanar da terra e preencher cada molécula de ar. Os moradores do vilarejo formavam um enorme círculo, deixando o coração da ilha livre. Eles tocavam seus instrumentos, e os druidas contavam histórias de Arthur e seus cavaleiros às crianças, que piscavam com os olhos brilhantes.

Conforme Melissa se aproximava do centro, cinco jovens um pouco mais velhas do que ela a cercaram, e os dois meninos a entregaram a elas, que formaram uma roda à sua volta, enquanto uma ainda maior era formada por todos os meninos da ilha em volta delas, e assim por diante, vários círculos os envolviam.

Melissa hesitou, sentindo-se perdida por dois segundos, tempo que seu coração levou para lhe mostrar que não havia nada a temer. Todos dançavam, e as jovens sorriam.

Ela fechou os olhos, sentindo a terra, o ar, a natureza ao seu redor e deixou-se levar pelo ritmo dos tambores. Ela girava, sem ver nada, apenas sentindo, apenas absorvendo, apenas vivendo. Cada célula de seu corpo se agitava, deixando-a extasiada. Antes que percebesse, Melissa cantava e ria com os outros, enquanto vaga-lumes e beija-flores brilhantes voavam em torno deles. Ela virou a cabeça em direção ao céu e, surpresa, viu todas as fases da lua refletidas lado a lado, adornadas por milhares de estrelas brilhantes. Riu alto, enquanto rodopiava, renovada.

Seu olhar cruzou com o de Lancelot, que estava sentado, encostado em uma árvore, sem tirar os olhos dela. Ela sorriu, e ele retribuiu o sorriso.

— Você está vendo? — perguntou Lancelot a Galahad, que estava sentado a seu lado.

— Sim, ela está feliz. — Ele também sorriu, contagiado.

— É maravilhoso vê-la assim.

— Ainda mais depois de tudo o que aconteceu.

— Se você a visse quando chegou. Tão magoada e ferida. Quase outra pessoa. Garoto, neste momento, seria capaz de desistir de Melissa, se soubesse que ela se manteria feliz.

Galahad sorriu, orgulhoso do amigo.

— Eu sei. Você sempre fará o que for melhor para ela. Mas, acredite em mim, já vi vocês juntos. Por mais feliz que esteja agora, ao seu lado ela era exultante. Era quase como se o amor de vocês pudesse iluminar o mundo inteiro.

Melissa não conseguia desviar o olhar, uma intensa conexão a guiava até Lancelot. Ela deu um passo, como se não pudesse evitar, e percebeu que o semblante do cavaleiro havia mudado. Sentindo uma mão em sua cintura, ela virou-se e chocou-se contra o peito de Arthur.

— Você partirá comigo? — O rei manteve a mão em sua cintura e, com a outra, retirou parte da franja de Melissa que caía sobre a testa, permitindo que ela visse seus olhos azuis.

Arthur capturava seu olhar, evitando que olhasse para qualquer outro. Ele sorria, confiante, porém ela conseguia enxergar através de sua fachada. Melissa pôde conhecer uma insegurança vinda de um lugar distante do coração do jovem rei. Ele parecia temer perdê-la.

Se você partir, ele morrerá. Cada batida de seu coração lhe mostrava Arthur perecendo por ela. Poderia ser responsável pela morte de alguém tão bom? Tudo o que ele queria era trazer sua irmã de volta e proporcionar o melhor para o reino.

— Você partirá comigo? — repetiu ele.

— Sim. — A pequena palavra fugiu de seus lábios, e ele a tirou do chão, antes que ela pudesse impedir, girando-a nos braços.

Em meio aos rodopios, ela viu Lancelot se levantar e entrar na floresta escura.

E, surpreendentemente, seu coração repetiu, mais uma vez, como um trovão: "Se você partir, ele morrerá."

31

Para Marcos, não havia explicação racional para os últimos dias. Após Melissa desmaiar em seus braços, ele a levou o mais rápido que pôde para o hospital. Medicações foram aplicadas. Exames foram feitos. E ninguém conseguiu explicar por que a jovem não acordava. Os médicos chegaram a suspeitar que a causa poderia ser congênita, afinal pai e filha apresentavam os mesmos sintomas.

Tudo ficou ainda pior quando Marcos foi buscar um café, no dia anterior, e, ao retornar ao quarto, encontrou o leito de Melissa vazio. A felicidade por acreditar que ela tinha acordado se esvaiu quando ninguém a encontrou.

— Ei, Marcos. — Paula entrou no quarto no hospital e encontrou-o olhando para o nada enquanto segurava um exemplar do volume mais recente de *Star Wars*. — Nenhuma novidade?

— Nada. — Ele se levantou, colocou o livro sobre a poltrona e se aproximou da cama do pai de Melissa. — E as coisas no trabalho?

— Eu cobri vocês. Tudo tranquilo.

Marcos e Paula trabalhavam na única livraria da cidade, que pertencia ao pai de Melissa, e atualmente era a jovem quem a administrava com a ajuda dos dois.

— Obrigado.

— Não precisa agradecer, mas, olha, eu não acho que seja saudável você ficar enfiado aqui. Você está parecendo a Mel nos dias depois do acidente.

— Eu sei. É que ela precisa vir ver o pai, certo? Como que ela acorda e sai do hospital assim? E desde quando ela virou expert em se desviar de todas as câmeras de segurança? — Apertou a cabeça, aflito. — É como se ela tivesse desaparecido.

— Isso seria meio maluco, né? Tipo a água do lago borbulhar do nada? Ou como a mãe do Oz, que vive tendo sonhos malucos que preveem coisas? — Ela estava mencionando os vizinhos de Melissa. — Eu não acho que a Mel sumiria sem dar satisfação. Não acho mesmo. Ah, Marcos, essa cidade me dá arrepios às vezes. — Jogou uma mecha de cabelo lilás para trás.

— Todos sabemos que há fatos sem explicação em Quatro Estações, mas as pessoas não desaparecem.

— É, claro que não. Só a tatuagem some e os cabelos mudam de cor do nada. Marcos, você viu o cabelo da Mel ficar ruivo. No dia em que ela desapareceu estava ruivíssima! Acredita em mim, cabelo desbota, mas não muda de castanho-escuro para ruivo, não! E que tom de ruivo maravilhoso! — Paula fez um carinho no ombro do pai de Melissa. — Era uma boa para você acordar, Sr. B. E vamos falar em fatos sem explicação? Olha os braços desse homem? Já viu alguém ficar em coma por dois anos e não perder tônus muscular? Eu nunca vi! E olha que eu procuro bastante! Vivo passeando pelos corredores do hospital para ver se encontro um médico bonitão disponível.

Os aparelhos de Benjamin continuavam apitando, e Marcos olhou para o homem que durante muito tempo foi como um pai para ele. Não fazia ideia de para onde Melissa tinha ido nem por que ela não dava notícia.

Marcos observou Paula pegar um pente e arrumar os cabelos escuros do pai de Melissa, enquanto murmurava que seria bom se as pessoas pudessem acordar do coma com um beijo e que ela se ofereceria para esse sacrifício com prazer. Marcos sorriu. A amiga era tão maluquinha quanto a cidade, e seu jeito excêntrico de sempre dizer o que pensava acabava trazendo alívio aos momentos tensos que teimavam em envolvê-los.

— Não sei o que pensar, Marcos. Eu só não acredito que a Mel sumiria assim sem avisar a gente. Esse papo dos médicos de surto psicótico não me convence. — Paula deu a volta no leito e pegou a mão do amigo.

— Nem a mim, Paulinha. — Ele a puxou para um abraço. — O problema é que, assim como você, não sei o que pensar.

32

Melissa estava parada em frente à floresta por onde se abriria o caminho de pedras para que partissem de Avalon. Relembrava a conversa que tivera com Viviane sobre seu destino e o de Arthur estarem entrelaçados, com ele correndo risco de morte.

A feiticeira se aproximava com Arthur, e a jovem olhou para o outro lado.

— Lembre-se de tudo o que conversamos e, se precisar de ajuda, não hesite em pedir. — Foram as últimas palavras de Viviane para Melissa ao se despedirem.

"Como se eu pudesse esquecer", pensou Melissa com certa irritação. Cada vez mais, odiava a sensação de que não tinha escolha e a impressão de que seria simples deixar sua vida para trás.

Arthur, Lancelot e Galahad partiram com ela em direção aos cavaleiros acampados, que já os aguardavam preparados para partirem. Ao todo eram quase oitenta.

— Quem é ela, Gawain? — perguntou Tristan, um dos imponentes cavaleiros, referindo-se a Melissa. — Ela veio com vocês?

— Não, trouxemos apenas Morgana. Não a conheço.

— Ela é linda — observou Percival.

— Realmente.

— Arthur também acha — brincou Bedivere, e eles riram ao ver como o rei a admirava.

— Já estava na hora, não é? — intrometeu-se Kay, esperançoso, ao se lembrar da conversa que tivera com o amigo, antes de deixar o castelo para ver sua esposa.

— Mais do que na hora — concordou Bors. — Arthur precisa de uma boa mulher para colocar fogo em seus lençóis — acrescentou, levando os outros às gargalhadas.

— Ele realmente parece encantado — intrometeu-se Lucan com um sorriso.

Arthur deixou Melissa acompanhada de Galahad a alguns metros deles e se aproximou de seus cavaleiros com Lancelot.

— Cavaleiros, partiremos imediatamente. Vocês ficaram quase dois dias aqui.

Eles bradaram, e Gawain perguntou a Arthur:

— Morgana não nos acompanhará?

— Ela ficará em Avalon por um tempo. Espero que pouco — explicou o rei, sem demonstrar sua tristeza ao falar da irmã. — Lady Melissa nos acompanhará. Ela é minha protegida.

— Por qual caminho devemos seguir? — perguntou Kay.

— Por qual caminho vieram? — O rei virou-se para Lancelot.

— A segunda opção — explicou o cavaleiro.

— Voltaremos pela quarta. É mais seguro alternarmos. Começaremos pela floresta e terminaremos pela estrada. Nesses dias aqui, em suas rondas, não encontraram nada suspeito? — Agora a pergunta foi dirigida a Gawain.

— Nada.

— Nem seus homens, Lucan? — perguntou ao cavaleiro responsável pela patrulha, quando estavam em suas jornadas.

Lucan era um dos homens mais inteligentes de Arthur. Apesar de não ser tão alto quanto os outros, era forte. Tinha cabelos escuros cacheados e olhos tão negros quanto a noite. Era o melhor rastreador de todo o reino.

— Nada — repetiu.

— Então devemos partir já. Passaremos uma noite acampados. Sabem para onde ir.

Ao seguir viagem, Melissa cavalgou entre Arthur e Gawain. Eles iam no máximo pareados de três em três. Conforme prosseguiam, as copas das árvores se tornavam tão fechadas que era quase impossível ver o céu em alguns trechos. Os raios de sol que penetravam entre as folhas davam um brilho fantástico ao local. As flores de urze apareciam esporadicamente, e Melissa se distraía procurando por elas. Eram pequenas plantas baixas que produziam flores minúsculas em um tom de lilás. O ar perfumado e tranquilo a deixava sonolenta.

A viagem até o local de parada durava aproximadamente cinco horas. A área para cavalgarem aumentou, e os cavaleiros aproximaram-se mais uns dos outros. Eles conversavam ocasionalmente, porém estavam alertas.

Lancelot passou o dia afastado de Melissa, sem nem mesmo olhar em sua direção. Ainda tentava lidar com as revelações de Arthur e procurava encontrar um meio de reverter a situação. Sua noite fora péssima. Em um rompante, fora à cabana de Melissa, chegando a quase bater à porta. Ele nunca sentiu tanto medo como sentia de perdê-la.

Melissa percebera seu afastamento e o de Galahad, que permanecia conversando com o amigo. Ela entendia que era a proximidade com Arthur a causa desse comportamento. Os tempos eram outros, e ela não estava mais no século XXI. Ainda assim, queria-os por perto. Estar naquele lugar parecia mais natural quando podia estar com eles.

Um pouco antes do pôr do sol, eles pararam para montar acampamento. A vegetação mantinha-se a mesma, mas agora estavam em uma grande clareira, envolvida pelas árvores. O céu claro repousava acima deles, e em breve a noite viria. Melissa andava de um lado para o outro, procurando uma ocupação, mas com Arthur por perto ela sabia que nenhum deles lhe daria o que fazer. Suas pernas doíam pela cavalgada, mas nada que a incomodasse. Agradeceu a quem quer que houvesse feito ela ter as mesmas práticas que Morgana. Assim, andar a cavalo tornou-se algo corriqueiro.

Ela percebeu uma troca de olhares entre Tristan e Lancelot, e depois Lancelot e Arthur. Algo estava errado.

— Arthur — disse Lancelot, a preocupação evidente em seu rosto.

Os anos de companheirismo e treinamento fizeram Arthur entender o recado de Lancelot apenas com uma palavra e um olhar. Ambos fitaram Melissa, que se aproximava sentindo a tensão.

— O que está havendo? — perguntou Melissa para espanto dos homens próximos.

— Faz sentido Arthur encontrar uma mulher como Morgana e Morgause, não? — perguntou Kay baixinho a Tristan, seu melhor amigo entre todos. — Que outra além delas interromperia uma formação de batalha?

— Sei que não é o costume, e estamos perto de uma situação perigosa, mas gosto quando uma mulher se impõe. — Tristan brincou com seu amigo, como lhe era habitual. — São as melhores.

Lucan saiu como um lince de dentro da mata, balançando a cabeça para Arthur e empunhando sua espada.

— Em formação! — declarou Arthur instantaneamente. — Arcos!

De imediato, todos pararam qualquer função da montagem do acampamento e se armaram. Tristan, Gawain e outros pegaram uma flecha de suas aljavas e posicionaram seus arcos para as árvores que os cercavam.

Lancelot deu um passo na direção de Melissa e novamente trocou um olhar apreensivo com Arthur. Ela começava a se irritar com a falta de explicações.

— Proteja-a. Creio que isso não tenha nada a ver com ela, mas a proteja com sua vida, Lancelot — ordenou o rei.

O cavaleiro assentiu para o amigo, que não fazia ideia do quanto arriscaria por ela.

— Melissa, uma batalha começará nos próximos minutos. — Arthur mantinha o tom brando.

— Como você sabe? Vocês só trocaram olhares e parece que todos foram avisados telepaticamente. — Ele franziu o cenho perante a palavra desconhecida, e ela explicou: — Como se pudessem ler os pensamentos uns dos outros. — Queria que estivessem errados, mas de uma forma sombria reconheceu que não seria sua primeira batalha.

— Não, não fazemos isso. É treinamento básico de cavalaria. Os pássaros pararam de cantar, e se não cantam é porque não estão aqui. Eles voaram para longe das árvores. Há alguém nelas e não são delicados como pássaros. Além disso, Lucan encontrou rastros.

— Você soube tudo isso em um olhar?

— Sim. Ele é o responsável por encontrar rastros e sabemos quando os encontra, sem que precise dizer nenhuma palavra.

— Arthur — advertiu Lancelot. — Não temos muito tempo.

As árvores em volta deles balançavam mais do que o normal.

— Gostaria muito de poder falar mais sobre técnicas de guerra, Melissa, mas Lancelot tem razão, não há tempo. Na atual situação que vivemos, o foco deles deve ser me emboscar. Eles virão atrás de mim. Se você ficar comigo, estará em risco. Permaneça com Lancelot. — Segurou seu braço carinhosamente por poucos segundos. — Fique atrás dele e tente não olhar. — Beijou-a na testa e se afastou dando ordens, deixando-a temerosa, sem entender o que se passava.

Lancelot aproximou-se dela, tocando seu braço, no mesmo local que Arthur havia tocado, e sua pele formigou, aquecendo-se rapidamente. Ela interpretou como excesso de adrenalina pela batalha.

— Pegue isso. — Lancelot passou um punhal a ela, percebendo que estava assustada e tremendo. — Você ficará bem — disse, olhando-a com intensidade e vendo-a assentir, em confiança a ele. — Não o deixe cair. Eu a protegerei, mas não hesite em usá-lo, se necessário. — Colocou-a atrás de si. — E, principalmente, não feche os olhos. Você pode precisar deles. Tudo terminará bem — garantiu.

Quando Melissa foi responder, percebeu que ele assumira a postura de guerreiro, concentrado na batalha iminente, e com a espada empunhada. Ela segurou o punhal com as duas mãos, e, antes que pudesse piscar, uma flecha saiu das árvores, atingindo o braço de um dos cavaleiros.

— Cavaleiros, preparem-se! — avisou Arthur, e os demais sacaram suas espadas e seus escudos.

Um brado saiu do meio das árvores, seguido por dezenas de homens armados. Eles usavam armaduras de couro e seus rostos estavam cobertos. Eram mercenários.

O tinir de espadas ecoava na clareira em que se encontravam. Melissa se encolheu, chocada com tanta ferocidade. Os cavalos amarrados davam coices e relinchavam. Os cavaleiros estavam cercados.

Apesar de Lancelot não estar na primeira linha, os inimigos o alcançaram. Ele levantou a espada impedindo o golpe e abaixou rapidamente, surpreendendo o mercenário e ferindo-o mortalmente. Três homens se aproximaram dele. O cavaleiro flexionou seus joelhos e atingiu a barriga do primeiro, vendo o segundo cair por terra com uma flechada na cabeça, lançada por Tristan. Atrás dele, outros também lutavam bravamente protegendo Arthur e Melissa.

A floresta se encheu de sangue, e Lancelot pegou Melissa pela mão livre e a refugiou à frente de um grande carvalho, protegendo-a com o próprio corpo como escudo. Ele avistou Arthur agitando sua espada e cortando a cabeça de alguém. O cavaleiro volveu o corpo e matou outro que se aproximava, esguichando sangue no vestido de Melissa. Novamente a ação em volta de Arthur chamou sua atenção, e ele viu que os mercenários estavam isolando os grupos de cavaleiros para chegar até seu rei. Não era apenas uma emboscada; eles conheciam as táticas da cavalaria de Camelot. Arthur corria perigo.

— Galahad! — gritou Lancelot. — Galahad!

— Estou aqui. — Galahad, que a poucos metros retirava sua espada do coração de um homem, aproximou-se, entendendo. — Estou com ela. Vá!

— Como você está? — perguntou ele, hesitando.

— Estou fraco, mas posso protegê-la — respondeu, ofegante. — Só posso defender uma pessoa — avisou.

— Ela. — O cavaleiro enfatizou e se afastou, derrubando um mercenário no chão. — Eu protegerei Arthur.

Lancelot se aproximava de Arthur, aniquilando qualquer inimigo que se colocasse à sua frente.

— Tristan — disse ele, ao cruzar com o cavaleiro que havia largado o arco e acertava a espada na nuca de um adversário —, a emboscada foi feita por um de nós.

— O quê?! — gritou Bors, colocando-se ao lado deles, com um machado em punho.

— Olhem ao redor. O modo como quebram nossas barreiras até Arthur — constatou, sem parar de lutar.

— Lancelot tem razão. — Lucan arremessou um punhal que acertou um mercenário que se aproximava de Melissa e Galahad. — Vamos tirar Arthur de lá, antes que tenhamos uma perda irreversível — declarou, avançando, acompanhado dos outros.

— Não matem todos — avisou Lancelot. — Precisamos descobrir quem nos traiu.

Por mais que Arthur derrubasse seus oponentes, outros surgiam. Não era possível que houvesse tantos. Com um rápido volver de corpo, viu vários homens de ambos os lados caídos no chão. Ele distraiu-se procurando por Melissa e, quando deu por si, estava cercado por cinco homens. O rei girou a espada na mão. Seria um desafio, não restavam dúvidas. Partiu para o mais próximo e não viu quando um surgiu às suas costas. Ele teria ferido Arthur se Lancelot não cravasse uma espada em sua nuca e o empurrasse para o lado. O cavaleiro virou-se de costas para o rei, uma posição de combate conhecida. Lancelot sempre o protegia.

— E Melissa? — gritou Arthur.

— Ela está bem. Está com o melhor de nós.

— Lancelot — disse o rei, receoso —, você é o melhor entre meus homens.

— Ela está segura — repetiu o cavaleiro, e chamou o próximo adversário, com um sorriso provocador. — Estou com pressa. Tenho outros para matar depois de você.

O homem se jogou contra ele e as espadas se chocaram. Tristan e Bors lutavam a seu lado. Não demoraria muito e eles derrotariam todos.

A dois metros deles, Arthur viu Gawain em apuros, cercado por dois deles.

— Tristan, vá ajudar Gawain — ordenou Arthur, e o cavaleiro o encarou, hesitando em deixá-lo. Por mais que o primo fosse tão seu cavaleiro quanto os outros, era o mais jovem deles, e o rei não estava disposto a perdê-lo tão cedo. — Agora! Salve-o. É uma ordem.

Tristan saiu, chutando um homem cambaleante que Lucan havia atingido com o punhal. Percebeu que Kay vinha em sua direção, provavelmente em auxílio de Gawain. Tristan pegou o arco nas costas e imediatamente viu-se em um dilema: tanto Kay quanto Gawain seriam atingidos por arqueiros. O arqueiro tocou a aljava com as mãos, ao mesmo tempo em que sentiu um punhal passar velozmente próximo a ele; havia apenas uma flecha.

Kay atingiu um homem que estava atrás de Percival com uma adaga, provavelmente salvando seu companheiro. Tinha apenas mais uma arma além de sua espada, com que atacava furiosamente. Um pouco distante, viu Arthur cercado e os cavaleiros se aproximarem. Depois, observou Tristan se afastar. Rapidamente notou que ele ia em direção a Gawain e seguiu em seu auxílio. Kay notou que algo afligiu seu amigo, e essa distração quase lhe custou a vida. Rapidamente atirou seu último punhal no coração do inimigo que vinha por trás de Tristan ao mesmo tempo em que sentiu algo o atingir.

Cambaleando, Kay tocou a flecha que lhe atravessou o pescoço antes de desabar. A batalha acontecia fervorosamente a seu redor, porém o cavaleiro já não via mais nada. Seus pensamentos estavam longe dali, voando para Isolde e seu filho. A mulher a quem havia prometido que retornaria. Nunca mais veria aqueles que mais amava.

— Não — gemeu Tristan ao cair próximo ao amigo, que mal conseguia falar àquela altura, sufocando em seu próprio sangue. — Por favor, não morra. — Não sabia o que fazer e parecia não se dar conta de que estava cercado por inimigos.

Gawain, agora livre, lutava para protegê-los. Bors se juntou a eles, evitando que a cabeça de Tristan fosse arrancada.

O cavaleiro ferido fazia esforço para falar, tocando o rosto do amigo com a mão ensanguentada e puxando-o mais para perto, tentando sussurrar.

— Minha culpa — murmurou Tristan, enquanto o outro fazia que não, pouco antes de fechar os olhos para sempre.

Nenhum cavaleiro soube se Kay conseguiu dizer as últimas palavras a seu melhor amigo, porém, quando Tristan ergueu a cabeça, uma nuvem de lembranças perturbava sua mente, inundando-o como se duas vidas o habitassem.

Sentindo a ira tornar seu coração negro, arrancou a flecha do pescoço de Kay, levantou-se, colocou-a em seu arco, mirando à procura do arqueiro que o atingira. Eles se viram, armaram seus arcos e atiraram ao mesmo tempo. Porém, Tristan era mais ágil e desviou, vendo o assassino de seu amigo ser atingido na garganta.

— Olho por olho — murmurou, antes de pegar a espada e afundar-se em mais sangue.

Galahad matou um dos homens que se aproximaram e estendeu a mão para Melissa.

— Venha! — Puxou-a para trás do carvalho e correu com ela até estarem mais próximos do fino riacho que corria entre as pedras. — Fique aqui. Não saia, não importa o que aconteça. Eu a protegerei, mas você precisará ficar parada. Pode parecer apenas água, mas nada é o que parece com magia. — Ele se afastou dois metros dela e, antes que Melissa pudesse argumentar, uma enorme parede de água a cercou, congelando-se.

O foco da batalha estava centrado em Arthur, porém Galahad sabia que eles viriam até ele assim que percebessem que era um feiticeiro. Seria um problema, pois enfraquecia mais a cada segundo.

Dois homens saíram de trás das árvores, e ele levantou sua espada na altura do peito, preparando-se para dar sua vida por Melissa, se fosse necessário.

Galahad se concentrava nos inimigos à sua frente. Melissa estava segura. Ele só precisava resistir mais um pouco.

Dentro do escudo de gelo, lampejos de outra vida se juntavam a Melissa. Outra batalha e muito sangue. Ela tentava controlar a respiração e olhar para Galahad, que lutava por sua vida. Ele derrotou um dos homens, mas sua expressão denunciava exaustão. A parede em torno dela começava a se romper. Ela apertou com força o punhal em suas mãos.

Galahad olhou para Melissa; ele estava enfraquecendo. Em uma única tentativa antes de perder suas forças, procurou transmitir a ela uma lembrança, porém falhou. Ele pereceria, e ela nunca mais recobraria a memória. O cavaleiro caiu de joelhos, fraco, e ouviu o mercenário rir, caminhando até ele. Galahad levantou a cabeça e o viu avançar. Era o fim. Contudo, de repente, o homem caiu em frente a ele com um punhal cravado nas costas, sob o olhar assustado de Melissa.

33

— Meu Deus! Meu Deus! Meu Deus! — Melissa andava de um lado para o outro, hiperventilando.

A noite chegava à cena da batalha, e ela quase não enxergava mais nada.

— Melissa. — Ela ouviu o chamado baixo de Galahad e se aproximou dele, que ainda estava de joelhos.

— Você está bem? Está ferido? — perguntou ela ao tocar o rosto úmido do cavaleiro.

— Não estou bem e não poderei defendê-la, caso outros venham. — Ele tossiu, respirando com dificuldade e apoiando as mãos no chão. — Você precisa correr e tem que ser agora.

— Não. — Foi enfática: — Não o deixarei.

— Tudo o que fiz foi para proteger você. Eu existo para ser seu protetor. Se você morrer, terei falhado.

— Nenhum de nós vai morrer hoje — declarou, colocando um braço em sua cintura e tentando levantá-lo. — Se há um pouquinho de força em você ainda, Galahad, preciso que a use para se manter de pé.

O cavaleiro forçou-se a aceitar o apoio e levantar. Melissa caminhava escorando-o, sem saber para onde ir, tropeçando.

— Qual é o caminho mais seguro? — perguntou para si mesma.

Imediatamente uma pequena luz verde começou a brilhar à sua frente, era um vaga-lume.

— Siga o vaga-lume —murmurou Galahad, mancando.

— É loucura, mas que mal vai fazer? Já estamos no inferno.

O vaga-lume acendia e apagava, mostrando-lhes o caminho. Melissa caminhou com Galahad por aproximadamente trinta metros. Ainda estavam próximos demais da batalha. Ela podia ouvir os gritos, urros e o tilintar das armas. Os grossos carvalhos os escondiam em meio ao breu, porém ela sabia que homens treinados poderiam encontrá-los. Ela se arrependeu por não ter retirado o punhal das costas do homem. Era coisa demais para pensar.

Quando viu que seu caminho terminava em um monte de pedras altas, Melissa não soube o que fazer. O vaga-lume piscou mais uma vez, sumindo perto de um carvalho gigantesco.

— E agora?

— Ali. — Ele virou-a para que olhasse onde uma luzinha brilhava sem parar, quase escondida.

Melissa o arrastou para aquela direção e percebeu que, atrás das folhagens grandes que encobriam o carvalho, ele era oco. Com muito esforço, ajudou Galahad a se sentar e tombou a seu lado.

— Melissa, não quero assustar você. Talvez eu perca a consciência.

— Você está louco? Não pode me deixar! Como vou ficar aqui sozinha? Não pode. Sério, desculpa, mas não vai perder a consciência. — A voz dela tremeu.

Ele riu pelo rompante da jovem, e a risada saiu sufocada, como se estivesse muito fatigado.

— Galahad — começou ela, baixinho. — Por que você está assim? Foi ferido?

— Não fui ferido.

— Mas você está tão fraco.

— Melissa, eu disse a você, minha função é protegê-la.

— Fazer magia deixa você fraco? Seria uma ironia muito grande ter poder e morrer quando o usasse.

— Não é isso. A magia em si não me deixa fraco. Fui treinado para usá-la, mas mexer com o feitiço enquanto uso magia me enfraquece — explicou, colocando a espada perto dela. — Escuta, aquilo que falei sobre perder a consciência acontecerá em breve. Não é a morte, não precisa se preocupar, só estou cansado e preciso fechar os olhos até recobrar minha energia. Segure a espada e use, se necessário, como fez com o punhal.

— Não! — Ajoelhou-se em frente a ele. — Por favor, não apague.

— Melissa... — Ele tentou entregar a espada mais uma vez.

Melissa pegou a espada, colocou-a de lado e segurou as mãos dele, que estavam frias. Ela se culpava. Galahad estava assim por tentar ajudá-la. Ela sentia, embora não tivesse certeza de como. Sempre que estava com ele tinha flashes do passado.

— Por favor, fique bem — murmurou, passando as mãos nas dele, tentando aquecê-lo. — Por favor.

Galahad ficou em silêncio, e ela achou que o tivesse perdido para a inconsciência. Sentiu as mãos dele esquentarem, ouviu sua respiração entrar em um ritmo normal. O ar dentro do carvalho se condensou, pequenas fagulhas piscaram e Melissa temeu que alguém pudesse vê-los, mas não soltou as mãos do cavaleiro até que ele se mexeu.

— Seu poder — disse ele, ajoelhando em frente a ela.

— Não fiz nada. — Ela o soltou, assustada.

— Fez mais do que imagina. Obrigado. Agora preciso ajudar os outros. — Ele estava plenamente restabelecido. — Você ficará e não fará nenhum barulho. Eu virei buscá-la.

— Não. — Melissa segurou-o.

— Eles precisam de mim. Ninguém a encontrará aqui. Deixarei a espada por precaução.

— E você vai sem nenhuma? Como se protegerá?

— Eu tenho duas.

— Que tipo de cavaleiro carrega duas espadas?

— Do tipo ambidestro. — Ele riu e saiu, sem dar chance para argumentações.

Quando Galahad chegou ao campo de batalha, poucos inimigos estavam em pé. Ele matou um deles, que tentou atacá-lo, e o empurrou para longe. Identificou vários de seus amigos caídos, feridos ou mortos. Ainda não era o tempo do luto; precisava ajudar os sobreviventes.

Outras fogueiras e tochas foram acesas e brilhavam quentes, iluminando a noite que os encobria. O ar cheirava a sangue, suor e fumaça.

Ao final, dez cavaleiros foram perdidos, e mais oito feridos. Entre os mortos, estava Kay, com quem a maioria dos cavaleiros da Távola e Arthur cresceram e foram criados, como irmãos. Entre os feridos estavam Gawain e Lucan; o primeiro na perna, e o outro, no braço. Nada grave.

A perda mais significativa para todos eles era Kay. Além do que representava para o rei, ele passara a vida disposto a manter a cavalaria unida. Era o símbolo do cavaleiro perfeito. Um ideal a ser seguido. Vê-lo morto em uma emboscada, provavelmente criada por um deles, era cruel.

Tristan estava sentado próximo à vítima, sem falar, sem se mover, deixando transparecer o quanto a perda o abalava. Ele estava acostumado a perder amigos em combate, porém não o seu melhor amigo e não quando ele poderia ter evitado.

Poucos inimigos sobreviveram, mas os que ainda respiravam estavam amarrados e seriam interrogados. Quando tiraram suas máscaras, julgaram que pareciam homens britânicos, e isso os indignou ainda mais. Que tipo de homem lutava contra quem defendia sua própria terra?

Melissa estava encolhida dentro do carvalho oco, querendo acordar desse sonho que a consumia havia dias. A terra se conectava a ela, tentando confortá-la, porém não aceitava a tentativa da natureza de mostrar quem ela era. Tudo o que queria era ir para casa, tomar um banho e se jogar sob o edredom, acordando no dia seguinte como se nada tivesse acontecido. Queria mais do que tudo que o pai estivesse acordado e com ela.

Labaredas produzidas por uma tocha surgiram, e Melissa se retraiu ainda mais, segurando a pesada espada de Galahad. Ela prendeu a respiração, temendo que o menor movimento pudesse chamar a atenção de quem quer que estivesse lá fora, cercando-a.

Atenta, percebeu que a pessoa parou por um momento. Ouviu um sussurro, era mais de um, e em seguida notou que as folhagens que cobriam a entrada do carvalho se mexiam. As chamas brilhavam do outro lado. Seja lá de onde vinha, entrava no carvalho oco e deixava alguém esperando por ele. Que seja Galahad, ela pensou e ficou em pé, apontando a espada para a frente, sentindo a incrível sensação de já ter empunhado uma arma assim antes.

— Melissa? — Ela ouviu a voz conhecida e soltou a espada no chão.

— Lancelot! — Jogou-se em seus braços e sentiu-se segura quando o cavaleiro a envolveu, abraçando-a forte, como se não pretendesse mais soltar.

— Você está bem? — Ele mal podia vê-la no escuro, então passava a mão por seu corpo à procura de ferimentos.

— Estou. E você? — O corpo de Lancelot estava úmido, e ela temeu que fosse sangue, porém não quis se afastar.

— Estou bem. Não se preocupe. — Abraçou-a mais forte, ciente de que o tempo estava acabando.

Melissa sentiu a respiração de Lancelot em seu pescoço e surpreendeu-se com a velocidade que seus batimentos cardíacos atingiram.

— Galahad me salvou. Ele está bem? — perguntou, temerosa.

— Está, sim. Está lá fora com a tocha. Ele me mostrou o caminho.

— Devo minha vida a ele.

— Eu também lhe devo por isso — respondeu, reunindo forças para se afastar dela. — Precisamos ir. — Segurou sua mão e ela hesitou, temendo o que fosse encontrar.

— Lancelot.

— Eu sei. — Ele se virou e levou a mão ao rosto dela, acariciando-a com seu polegar. — Não é uma cena agradável, mas temos de ir.

— Por um momento, enquanto tudo acontecia, tive flashes de outra batalha e, quando enfiei o punhal naquele homem, por mais horrível que tenha sido, eu sabia exatamente o que estava fazendo, sabia o lugar mais vulnerável para atingi-lo.

— Você teve um bom treinador. — Lancelot apoiou o queixo na cabeça de Melissa, desejando poder adiar o momento de sair do carvalho.

— Você, certo? — Ele ficou quieto, mas sua postura enrijeceu. — Eu sei que foi você.

— Continue lembrando, Melissa — disse, antes de sair e segurar as folhagens para que ela passasse. — Venha, Arthur nos espera.

— Ele está bem? — perguntou, preocupada.

— Fisicamente, sim, mas uma emboscada dessas abala qualquer um.

Ela saiu do carvalho e encontrou Galahad a alguns metros, segurando a tocha. Soltou a mão de Lancelot e correu até ele, abraçando-o. O jovem a envolveu com o braço livre.

— Obrigada, Galahad.

— Não precisa agradecer. E, se formos contar, empatamos.

— Ainda não consigo acreditar que fiz aquilo.

— O que importa é que você fez, Melissa.

Os três caminharam para a clareira. A visão era chocante para Melissa. Homens gemendo, outros, mortos, cobertos por suas capas, com sangue para todos os lados. Seu estômago embrulhou, e ela soube que teria passado mal se tivesse comido alguma coisa nas últimas horas. Continuou seguindo entre os dois cavaleiros e desejou poder voltar para o carvalho. Ambos lhe lançavam olhares. Ela fraquejou, as pernas cedendo, e aproximou-se de Lancelot, que a amparou, andando mais devagar.

De joelhos ao lado do corpo de Kay, Arthur fazia uma prece a Deus, por sua alma. A expressão contrita do rei tocava a todos. Melissa o avistou e seu coração se condoeu. Ela tocou seu ombro, sem perceber que Lancelot e Galahad se afastavam, e abaixou-se a seu lado, segurando sua mão. Apesar da imagem horrível que se abria a seus olhos e do mal-estar que sentia, Melissa não conseguiu resistir ao impulso de consolá-lo.

Arthur virou o rosto, apertou forte sua mão, entrelaçando os dedos aos dela.

— Sinto muito por expor você a isso, por arriscar sua vida.

— Sinto muito por seus amigos — retribuiu, usando a outra mão para acariciar seu braço.

— Emboscados — murmurou o rei, inconformado. — Não consigo acreditar que fomos emboscados.

Os cavaleiros à sua volta preparavam os cavalos para partir. A ordem de Arthur era transportar os feridos e deixar qualquer equipamento de viagem que não fosse de defesa. Os cavaleiros mortos também seriam levados para que pudessem ter uma preparação digna de seu espírito para o descanso eterno. Os inimigos vivos foram levados, e os que já não respiravam mais tiveram suas cabeças cortadas e foram queimados, como mandava a religião da maioria dos cavaleiros, carregando o ar de um odor insuportável. Eles partiriam e cavalgariam durante toda a noite, sem parar. Era perigoso, porém, depois do que aconteceu, permanecer seria ainda mais arriscado.

— Arthur, precisamos ir — disse Percival, cobrindo o corpo de Kay e carregando-o com a ajuda de Tristan e Lancelot.

O rei assentiu, ainda segurando a mão de Melissa e indo até seu cavalo.

— Nós perdemos alguns animais. Você cavalgará comigo, se não se importar — disse ele, vendo-a concordar. — Galahad, você precisa ir na frente. Avise Mordred e Gaheris para virem ao nosso encontro, com pelo menos cinquenta homens. Vamos nos encontrar no meio do caminho. E, cuidado, não sabemos mais o que estará em nosso caminho.

O jovem cavaleiro montou em seu cavalo, acenou para o rei e partiu em alta velocidade. Melissa pediu a Deus que o guardasse. Não queria perder mais ninguém.

Arthur ajudou a jovem a subir e montou, sentando-se atrás dela, assim poderia protegê-la, caso fossem atacados novamente. Todos estavam preparados para partir e seguiram viagem apreensivos, pesarosos e em luto.

Uma brisa gelada os envolvia, como se a morte estivesse pronta para recebê-los. Melissa sentiu o corpo cansado e se ajeitou sobre a sela, encostando a cabeça no peito de Arthur, que a envolveu com sua capa. A exaustão a venceu. Queria dormir, mas o sacolejar do animal não permitia, então refletia sobre os acontecimentos, sentindo o braço do rei em torno de si, protetor. A sensação de proteção lhe remetia ao passado, em que tudo era mais fácil, e se sentir segura era rotineiro. Fechou os olhos com força em busca da memória, mas como sempre ela fugiu para longe, deixando-a perdida.

34

O cavalo de Galahad chegou esgotado aos portões de Camelot. O cavaleiro desmontou e apoiou as duas mãos nos joelhos, também cansado. Além dos soldados que se aproximaram dele, Gaheris correu pela porta do salão principal, seguido de Mordred, vendo o jovem coberto de sangue.

— Fomos emboscados na floresta, na clareira dos carvalhos. — Galahad retomou a postura ereta e continuou: — Perdemos dez homens até agora. Arthur ordenou que vocês sigam ao encontro deles com pelo menos cinquenta homens.

— Preparar para partir — gritou Mordred para os homens próximos a ele. — Corram! Nosso rei está em perigo.

A movimentação tornou-se ainda mais intensa no pátio. Cavalariços e escudeiros corriam preparando cavalos e armas.

— Você pode ir descansar — Gaheris disse a Galahad. — Já sairemos.

— Não. Irei com vocês. Apenas troquem o meu cavalo.

— Não é necessário que você vá — interveio Mordred. — Reconheço o seu esforço, mas você está acabado. Precisa se banhar e descansar.

— Depois — afirmou Galahad, resoluto. — Irei de qualquer forma.

— Ora, você recebeu uma ordem direta de dois cavaleiros da Távola Redonda e pretende ignorar? — chocou-se Mordred.

— Exatamente. — O jovem retrucou e, depois, acrescentou: — Desculpe, senhor, mas pretendo.

Gaheris riu, pois dificilmente alguém enfrentava Mordred. O cavaleiro loiro aproximou-se de Galahad, colocou a mão em seu ombro e admirou o brilho decidido nos olhos verdes.

— Ele irá conosco — declarou para seu irmão. — Se está tão disposto a ir proteger seu rei, devemos permitir. — Prepare outro cavalo para ele — ordenou a seu cavalariço que vinha trazendo seu animal. — E cuide desse. Ele deu mais do que deveria hoje.

Mordred encarou Galahad enquanto decidia ou não questionar seu irmão. O jovem cavaleiro sustentou o olhar e o outro virou as costas à procura de seu escudeiro. Galahad sabia que teria problemas por conta de sua afronta, porém tudo o que lhe importava era levar as pessoas que amava em segurança para o castelo.

A cavalaria de Mordred e Gaheris encontrou Arthur na metade do percurso até o castelo, quando eles estavam saindo para a estrada, o que significava que o cavalo de Galahad cavalgara mais rápido do que era esperado para um animal normal. Arthur surpreendeu-se ao vê-lo de volta e cumprimentou-o com um aceno de cabeça, aprovando sua atitude, o que provocou uma expressão de descaso de Mordred.

Gaheris avistou a jovem que cavalgava com Arthur e trocou um olhar significativo com seu irmão. Mordred sorriu amigavelmente para ela, que correspondeu, receosa. Não tinha vontade de sorrir depois de tudo.

No topo de uma montanha, Camelot surgiu, triunfante. Melissa entreabriu os lábios, admirada. Quando estava no corpo de Morgana, sua mente estava tão confusa que não fora capaz de notar a grandiosidade do reino. O castelo gigantesco, que reluzia sob o amanhecer, tinha cinco torres altas; uma em cada extremidade e uma central. Era repleto de janelas, que refletiam a luz fazendo-o irradiar energia. O reino era protegido por uma gigantesca muralha, armada com guardas que, ao vê-los, ordenaram que a ponte levadiça fosse içada. Em torno de toda a sua extensão havia profundas cavidades conhecidas como "buracos da morte", preparados para serem preenchidos com piche fervendo, extraído do fundo de lagos pastosos, no caso de uma invasão.

Após cruzarem os portões, o povoado parecia protegido, vivo, repleto de movimento. As pessoas os observavam, preocupadas, porém urravam e comemoravam o retorno de seu rei. Os cavaleiros passaram pelas casas e prosseguiram até o castelo.

Melissa sentia como se pudesse desmaiar após tanto tempo em cima de um cavalo, mesmo com Arthur tendo lhe auxiliado para que mudasse de posição várias vezes. Ela mal podia andar de tanto que seu quadril doía.

Percebendo seu desconforto, Arthur pegou-a no colo, sem cerimônia, sob o olhar espantado de Morgause, que estava ao lado de Merlin, em frente ao grande salão.

— Quem é aquela mulher com Arthur, Merlin? — perguntou ela, sem desviar os olhos da cena.

— Quem?

— Aquela mulher.

— Que mulher? — Ele continuava se fazendo de desentendido.

— Ora, Merlin, deixe de ser tão irritante!

— Honestamente, Morgause, eu não posso ver todos os eventos em uma bola de cristal. — Ela o encarou, indignada. — Não o tempo todo, pelo menos. E você deveria se preocupar com seu filho caçula.

— Do que está falando? — Ela levou a mão ao peito, demonstrando real preocupação.

— Você está vendo Gawain entre os cavaleiros?

Morgause desceu os degraus, dirigindo-se aos cavaleiros, sendo interceptada por Gaheris.

— Ele está bem — disse, tranquilizando-a ao ver sua expressão. — Nós o levamos para o alojamento dos cavaleiros; o médico do reino está lá.

— Alojamento? Meu filho? É um absurdo o que acontece aqui.

— Ele é um cavaleiro, antes de ser seu filho. Você sabe como o código funciona. Se quiser ir até lá, posso acompanhá-la.

Ela percebeu que Arthur caminhava para dentro do castelo com a mulher nos braços. Imediatamente mudou o foco de sua atenção e estreitou os olhos. Arthur parecia zeloso demais, e a curiosidade a vencia.

— O ferimento de Gawain é grave? — Ela hesitou.

— Não creio que você se interesse mais em descobrir quem é aquela mulher do que no estado de seu filho — recriminou Gaheris.

Ela chegou a dar um passo em direção ao sobrinho, depois retrocedeu.

— Certo. Veremos o meu caçula, e depois conversarei com seu primo.

— Muito bem. Você não é uma bruxa sem coração, afinal.

— Garoto! — Fuzilou-o com o olhar, enquanto aceitava seu braço e se dirigia para os alojamentos.

35

Melissa acordou, com uma batida na porta, no quarto de Morgana. Seu corpo doía, ela tinha vários arranhões e seu braço esquerdo agora tinha uma marca roxa, fruto de um puxão de Lancelot ou Galahad no calor da batalha.

— Como está, milady? — questionou a jovem serva. — Ontem, quando a senhorita chegou, eu estava na vila e não pude recebê-la

— Estou bem, Alana. Um pouco dolorida — respondeu ela, sentando-se na cama e assustando a serviçal. — Arthur me disse seu nome — explicou, lembrando-se de tomar cuidado com o que falava.

— Todos estão se preparando para os funerais — falou a jovem, baixinho.

As recordações da batalha explodiam em sua mente, enquanto Melissa puxava o cobertor mais para perto, querendo dormir novamente e acordar longe dali. Sentiu as lágrimas vindo e as reteve. Se começasse, não conseguiria parar. Forçando-se a reagir, levantou-se da cama e disse:

— Não sei como é o costume, mas gostaria de usar um vestido escuro. Morgana teria algum para me emprestar?

— Não temos cores para esses dias. Os cavaleiros se vestem com esmero, porém são suas roupas de batalhas, limpas, é claro. O Rei Arthur nos orientou a lhe vestirmos com roupas de Morgana até que as costureiras terminem as suas.

— Terminem?

— Elas tiraram suas medidas ontem, pouco antes de dormir. A senhorita devia estar tão cansada que não se lembra.

Alana lhe mostrou um vestido azul-marinho de Morgana, sem muitos adornos, e Melissa decidiu que serviria, após soltarem a barra. Ela não quis prender os cabelos ou usar qualquer joia da irmã de Arthur.

Mais tarde, quando chegou à porta do grande salão, Mordred surgiu em seu caminho.

— Arthur me pediu para levá-la até o local da cerimônia, lady Melissa. Sou Mordred, cavaleiro e primo do rei. — Estendeu-lhe o braço, que ela aceitou. — Ele não pôde vir porque está impedindo que Merlin mate o padre.

— Eu ajudaria o padre — respondeu ela enquanto cruzavam o pátio do castelo e passavam pelo vilarejo.

— Por ser cristã?

— Por ser contra Merlin. — Ela o fez sorrir, mesmo em meio ao luto.

— Normalmente eu também seria, mas agora o velho feiticeiro está certo. O Germanus, um maldito romano, obviamente, insiste que todos o tratemos como bispo e quer que nossos cavaleiros sejam enterrados de forma cristã. — Mordred foi franco e não escondeu que a imposição o incomodava.

— Ele pode fazer isso? — perguntou, cruzando o grande volume de pessoas que deixava sua casa para prestar uma última homenagem aos cavaleiros.

— Não, não pode, mas agora que essa capela cristã está quase concluída, ele acha que tem algum direito em Camelot.

— Espero que Arthur não concorde. As pessoas devem ser livres para crer no que quiserem. É por isso que ele luta, foi por isso que esses homens morreram — declarou, fazendo Mordred se interessar mais ainda em saber quem era ela e o que queria com seu primo.

— Ele não concordará. Em todo caso, minha mãe está lá por garantia. Se Merlin não matar o homem, ela matará. Meu irmão foi um dos feridos ontem. Felizmente, está bem, apenas mancará por alguns dias.

— Quem é ele?

— Gawain. Conhece-o?

— Nunca conversamos — respondeu Melissa, pensando se era ou não uma mentira. — Sei quem ele é. Fico feliz que esteja bem.

Uma capela de madeira surgiu em frente a eles. Não era gigantesca como Melissa vira nas fotos dos livros de escola. Conforme Mordred explicou, era a primeira, e ela sabia que quanto maior e mais ornamental, mais tempo fora gasto em fazê-la.

— Essa nem bem terminou e eles já estão construindo outra maior e de pedras. Qual foi a palavra que o romano usou? — perguntou-se. — Mais imponente — ironizou.

Atrás da construção, Melissa avistou uma colina coberta por verde. Era um cemitério, porém poucos túmulos tinham cruzes. A população se negava a se dobrar ao Deus cristão. Ela viu onze covas abertas.

— Onze?

— Sim. Berenis morreu durante a noite.

— Sinto muito.

— Todos sentimos.

Uma movimentação de pessoas chamou sua atenção, e Melissa viu uma mulher ruiva de braços cruzados e expressão fechada, Merlin, Arthur e um homem vestindo um manto marrom, que ela reconheceu como católico, com uma faixa em volta do pescoço, repleta de adornos dourados, assim como nos punhos das mangas e barras. Ele era calvo e usava uma barba grisalha, aparada.

— O assunto está encerrado, bispo Germanus — determinou Arthur.

— Teremos que conversar depois, majestade. Você não pode tratar Deus dessa forma. A Igreja precisa ser honrada.

— Deus precisa ser honrado e será, mas não creio que Ele queira obrigar outras pessoas a servi-Lo.

— Ele deve ser reverenciado por seu povo. — O bispo falava afetadamente e com um forte sotaque.

— Estes homens nunca creram em seu deus. Eles farão a passagem como qualquer um de nós — intrometeu-se Morgause.

— Conversaremos sobre o assunto mais tarde, bispo. — Arthur tentava administrar a discussão.

— Mais homens de Roma estão vindo para saber como a religião está em Camelot. Estamos sendo pessimamente tratados. — Fez uma reverência a Arthur e entrou em sua capela, fechando as portas.

— Isso, isso! Tranque-se em sua igreja antes que eu a queime — provocou Merlin.

— Merlin, isso não é necessário — disse Arthur.

— Viu como os romanos são formais? — perguntou Mordred a Melissa, alfinetando o cristão.

Arthur percebeu a presença de Melissa, enquanto Morgause a examinava com interesse.

— Melissa, esta é minha tia Morgause, irmã de minha mãe e esposa do Rei Lot. — A jovem fez uma reverência a ela, e Arthur pegou sua mão. — E, tia, está é lady Melissa, a mulher que tem em mãos o poder de me fazer muito feliz.

Melissa ruborizou e não conseguiu dizer nem uma palavra sequer. Morgause estreitou os olhos.

— De onde você é, querida?

— Quatro Estações — respondeu ela, baixinho.

— Onde fica esse reino?

— Distante, muito distante — interferiu Merlin. — E eu sou Merlin, conselheiro do rei. — O feiticeiro não esperou uma apresentação formal, recebendo um olhar de desdém da parte da jovem.

— Ora, sinto que gostarei dela — provocou Morgause, dando o braço para o filho, e surpreendendo Arthur, que estava confortando as viúvas e não reparou no modo como a mulher por quem ele estava apaixonado lidou com seu feiticeiro.

Eles subiram uma pequena colina até o topo, onde ficava o cemitério. Ao lado de cada cova, jazia um corpo embalsamado e coberto. Melissa baixou os olhos, era uma imagem dolorosa demais. Quando tornou a levantá-los, seu olhar se cruzou com Lancelot. Ele vestia uma túnica branca, amarrada por uma fita vermelha na cintura, sobre a cota de malha de ferro. Estava exatamente como todos os outros cavaleiros, porém sua presença se destacava. Sua expressão demonstrava toda a tristeza que sentia por se despedir dos amigos.

Com a presença do rei, os corpos foram colocados nas covas e também as armas de cada um, além de montes de palha. Dez cavaleiros e Arthur pegaram uma tocha e mergulharam em meio à palha seca, fazendo os corpos queimarem.

Uma mulher chorava com seu bebê nos braços, e Alana, que se aproximou para honrar os mortos, sussurrou no ouvido de Melissa que aquela era Isolde, a viúva de Sir Kay. A dor de todas aquelas pessoas esmagou o coração de Melissa como um martelo. Recordou-se do enterro da mãe e de Gabriel. Lágrimas quentes rolaram por sua face, e ela só não saiu correndo do cemitério porque Galahad surgiu a seu lado, segurando-lhe discretamente o braço e oferecendo-lhe apoio.

Pouco antes do pôr do sol, quando o fogo dos corpos havia se apagado, Melissa caminhava pela colina próxima ao cemitério, cujas tochas já haviam sido acesas por causa da noite iminente, tentando entender a razão de tantas perdas. No vale, viu Arthur encostado a uma árvore, olhando na direção do cemitério. Ela se aproximou e se sentou perto dele. Sem esperar convite, segurou sua mão. Sabia o que Arthur sentia.

— Não foi sua culpa — disse.

— Cada vez que um deles perece é minha culpa. Sou responsável por eles, por suas famílias. Filhos perderam seus pais, mulheres perderam seus maridos, pais perderam seus filhos. E isso aconteceu porque eles optaram por me servir, por serem leais a mim. Cada vez que um deles cai, parte de mim cai com eles.

— Eu entendo. — Seus olhos se encheram de lágrimas outra vez.

— Entende? — Ele passou a mão em seu rosto, molhando-a com as lágrimas.

— Sim, não queria que se sentisse assim. Sei o quanto dói. É como morrer todos os dias.

Ele virou o corpo, aproximando-se mais dela, a mão descendo para sua nuca. Melissa reconheceu o momento e a intenção. Se ela quisesse se afastar, teria de fazê-lo rápido, porém a dor que viu refletida em seus olhos era tão parecida com a sua que se sentiu impelida a não se mexer.

— Você me compreende tanto assim?

Ela assentiu, deixando sua dor falar mais alto. Sua perda misturava-se à dele. Compreendia-o. Queria encontrar aquilo que parecia faltar em ambos. Desejando reconfortar e ser reconfortada, permitiu que ele a beijasse, no instante em que o sol se pôs e a noite chegou.

Melissa já havia sido beijada de várias formas, mas nunca sentiu tanta ternura como ao beijar Arthur. Era como se o pesar se perdesse entre os lábios e se transformasse em conforto. Ela se aconchegou em seu peito e permitiu que aprofundasse a carícia. Um beijo que poderia salvar uma vida.

Perdidos, devastados, ligados, confortados, eles não viam nada ao redor. Nem mesmo o cavaleiro que os fitava do alto da colina, sentindo como se fosse um daqueles corpos queimados por fogo pela manhã. Sentindo que, de tantas vidas que foram tiradas, a dele permanecia morrendo.

36

Lancelot viu Melissa subindo a colina, enquanto autorizava a troca de turno dos guardas da grande muralha. Ela parou no topo, parecendo perdida e hesitante. Quando decidiu descer, o cavaleiro já havia dispensado os guardas e caminhou até onde ela estava. Foi então que viu Arthur lá embaixo, desolado pela morte dos companheiros.

Galahad percebeu que Lancelot se enrijeceu. Antes mesmo de ver seu rosto, ele parecia antecipar o pior.

— O que está fazendo? — perguntou o mais jovem, e obteve sua resposta antes que o outro falasse. — Tem certeza de que quer ficar aqui? Arthur está triste. Você sabe pelo que ela passou. A identificação é natural. — Viu-o assentir. — Não creio que seja bom se torturar assim. Só lhe fará mal. Por que não entramos?

— Galahad — disse, tenso.

— Ficarei quieto.

— Vá embora.

— Não, não irei. — Cruzou os braços, decidido.

Galahad ainda tentou fazer com que Melissa tivesse um lampejo de memória, por meio de magia, entretanto os últimos dias o levaram a um estado pleno de exaustão e temia perder o controle, causando o pior a ambos. Melissa restaurara suas forças, porém faltava muito para que a capacidade de interferir em um feitiço alheio retornasse.

Lancelot prendeu o fôlego quando Arthur levou a mão à nuca de Melissa, aproximando-se mais, e continuou assim quando ela não se mexeu para evitar o contato. Quando os lábios dos dois se uniram, o cavaleiro sentiu como se o chão tivesse se aberto e sua vida fosse sugada para um buraco sem fim, repleto de fogo, dor e escuro.

Galahad manteve-se em silêncio, quase como se pudesse ouvir o coração do amigo se rompendo no peito.

— Não diga nada, Galahad — ordenou Lancelot.

O cavaleiro caminhou para longe, de cabeça baixa e ombros caídos. Pela primeira vez, Galahad o via derrotado. Independentemente do que Lancelot quisesse, seguiu-o.

Lancelot chegou à área de treinamento, não utilizada durante a noite. Pegou uma espada e começou a golpear o boneco de treino. Colocou toda a sua fúria, frustração, mágoa e dor. Galahad o observava, sem ação. Nunca o tinha visto tão destruído, desestabilizado. Era como se alguém tivesse arrancado fora seu coração, partido em várias partes, e depois lhe devolvido para que o colocasse de volta. O barulho das pancadas da espada soava seco, duro, tenso, repercutindo o som do pesar de Lancelot.

Galahad sabia que ele desmoronaria a qualquer momento e que, mais tarde, se envergonharia. Queria ajudá-lo, salvá-lo da destruição que a vida lhe incutia, porém nada do que dissesse ou fizesse seria capaz de trazer a luz para seu amigo naquele momento.

Apesar de Lancelot não crer na Deusa ou em Deus, Eles pareciam estar olhando por ele e sentindo sua dor. As nuvens escuras tornaram-se água, e a chuva desabou. O cavaleiro continuou a luta vigorosa contra seu próprio passado e tenebroso futuro por mais algum tempo até que, sem forças, desabou sobre os próprios joelhos e cobriu o rosto com as mãos, aniquilado. O turbilhão de emoções queria escapar em forma de um grito, porém nenhum som saiu de seus lábios. O trovão explodiu nos céus, parecendo urrar por ele. Seu coração tinha uma ferida aberta por onde sua alma se esvaía. A chuva ocultava suas lágrimas, mas ele certamente chorava.

Galahad já o vira perder Melissa uma vez. Conhecia sua luta diária para superar a aflição que o tomava por não saber onde ela estaria e se estava bem. Daquela vez era pior, pois Lancelot sabia onde ela estava e não tinha mais esperanças. Daquela vez, ele era um homem morto.

Destruído ao limite e mergulhado em dúvidas, Lancelot apertou a mão em seu próprio peito, mal conseguindo respirar, querendo arrancar o que o matava. Pela primeira vez, acreditou que as palavras de Merlin pudessem se cumprir: ele estava destinado a perder.

A chuva surpreendeu Melissa e Arthur em meio ao beijo, deixando-os encharcados em poucos segundos. O rei tentou cobri-la com sua capa e correram para dentro do castelo. Os guardas da entrada do salão abriram e fecharam a porta, trocando um sorriso malicioso ao ouvirem as vozes abafadas dos outros dois lá dentro.

— Não esperava por essa tempestade — disse Arthur, dirigindo-se a uma das servas que passava e pedindo que preparassem roupas secas para ambos.

Melissa examinava-o discretamente, fingindo se concentrar nas chamas que se mexiam ardentes na lareira. O momento havia passado, e ela se questionava sobre o beijo. O que isso implicaria na vida de ambos? Normalmente, não se preocuparia com o resultado de um beijo seu, porém estava na Idade Média e lembrava-se dos romances que lera ao longo da vida. Esperava que Arthur fosse diferente, um homem à frente de sua época, como ele vinha demonstrando ser.

— Quero que se case comigo. — Ele aproximou-se dela.

— O quê? — Ela empalideceu.

— Melissa, eu disse que seria paciente, mas agora que sei que você corresponde aos meus sentimentos não quero mais esperar.

— Arthur.

— Beijar você... Por um instante, beijar seus lábios levou a dor embora... E... também minha habilidade com as palavras, aparentemente. — Sorriu, segurando as mãos dela. — Ainda sofro pelas perdas que tivemos, mas você levou parte da minha angústia. Nós vamos conseguir vingá-los e restaurar a paz.

— Eu não posso me casar com você — falou rapidamente e deu um passo atrás, soltando-se dele.

— Como não? Há poucos momentos, nós...

— Você está se tornando especial para mim, não há dúvidas, mas não posso me casar com você após um único beijo.

— Isso não é problema. — Tentou se aproximar outra vez, e ela se chocou contra a parede.

— Não. — Colocou as mãos no peito dele.

"No que eu me meti?", pensava, sentindo o calor do peito dele através das roupas molhadas. A antiga Melissa teria sucumbido e o puxado, sem se importar com as consequências, porém o brilho apaixonado nos olhos de Arthur era uma advertência.

— O que está havendo? — questionou ele, vendo-a tão confusa.

— Eu o vi desolado, precisando de conforto e, quando me beijou, me senti tão bem que achei que seria bom para ambos.

— Certamente foi, mas não é assim que oferecemos conforto a uma pessoa em luto por aqui. — Arthur fechou a cara. — É dessa forma no seu mundo?

— Não...

— Então, sou especial — interrompeu-a, sem entender.

— É claro que é. Acabei de dizer isso. Eu não beijo todas as pessoas em luto que conheço.

— É um alívio saber disso.

— É que...

— Melissa, me responda, quantas pessoas você já beijou da forma que nos beijamos?

E quem está contando? O desespero começava a envolvê-la.

— Isso não vem ao caso — respondeu, levemente irritada, causando o mesmo efeito nele.

— Péssima resposta. — Ele passou a mão pelos cabelos molhados.

— Tentarei explicar mais uma vez. Por favor, me escute. Eu sinto, sim, algo diferente por você. Não sei dizer ao certo o quê. Não consegui resistir ao impulso de beijá-lo. — Teve a impressão de ver um sorriso orgulhoso passar pela face dele. — Foi bom, Arthur, muito bom, mas isso não muda nada entre nós.

— Eu não sei o que é pior. Essa sua rejeição ou pensar que minha irmã pode ter ido parar em um mundo em que beijar, como nos beijamos, é algo banal.

Tristeza, irritação, frustração. Arthur controlava cada sentimento que se revirava dentro de si.

— Não é uma rejeição. — Melissa estava chateada consigo mesma por ter se envolvido nessa situação.

— Não? Casará comigo, então?

— Não.

Ele se afastou dela e andou pelo salão.

— Certo.

— Não quero magoar você. — Andou atrás dele.

— Tarde demais.

— Droga! — exclamou, chamando a atenção dele. — Arthur, me desculpe. Vocês são diferentes aqui e eu deveria ter sido mais cuidadosa. — Tocou seu ombro. — Se terei de ficar até saber como trazer Morgana de volta e como ir embora, nós teremos de conviver. — Ele permanecia mudo, e ela ficava mais nervosa. — Certo. Se você vai agir assim, tudo bem. — Caminhou para a porta sob o olhar surpreso dele.

— Aonde você vai?

— Caminhar. Preciso pensar.

— Há uma tempestade lá fora.

— Ótimo! — Ela saiu, deixando-o boquiaberto.

— Agora que uma tempestade foi ao encontro de outra, meu caro sobrinho, você pode me dizer onde está sua irmã? — Ele ouviu a voz de Morgause surgir das escadas, antes que tivesse tempo de se recuperar.

*

Em uma das altas janelas do castelo, a chuva que desabou, apagando várias tochas da área de treinamento, impediu que Morgause continuasse observando Lancelot. Teria a morte dos companheiros deixado o cavaleiro tão desestabilizado? Os homens de Camelot estavam sensíveis demais.

Ela começou a descer as escadas para o grande salão e ouviu duas pessoas discutindo calorosamente, reconhecendo a voz do sobrinho.

Desceu mais devagar, tentando não fazer ruídos. Chegou pouco antes da jovem que Arthur trouxera para o castelo sair para o pátio e ela questionar o sobrinho sobre o destino de Morgana.

— O rompante da jovem o deixou sem voz, meu querido? Não sei muito sobre essa moça, mas não podemos dizer que não tenha personalidade, não é mesmo? É geniosa como as mulheres da nossa família. Isso me agrada e preocupa na mesma medida. Agora me diga onde está sua irmã.

— Em Avalon — respondeu Arthur, aproximando-se da janela e vendo Melissa caminhar sob a chuva. — Buscarei Melissa.

— Não, não perca seu tempo. Ela precisa de espaço — aconselhou Morgause.

— Ela é diferente de qualquer mulher que conheci. — A tia sorriu, irônica ao ouvir a comparação. — Mesmo você e Morgana — explicou. — Vocês são independentes, têm um comportamento que me deixa louco, mas ela é como o fogo. Vai de uma chama tranquila e morna para um incêndio sem controle. Se pressionada, escapa e queima tudo à sua volta. Era para eu estar zangado, mas é ela quem caminha sob a chuva, como se pudesse fazer a água evaporar.

— Quando a conheceu?

— Quando fui para Avalon.

— E se apaixonou dessa forma em poucos dias? Acredito que subestimei essa jovem. Você é o rei, Arthur. O Grande Rei. Não pode se sujeitar a essas paixonites.

— Não sei se tive escolha. Você acha mesmo que eu não devo ir atrás dela?

— Certamente não.

Antes que eles pudessem continuar, Mordred veio da cozinha, interrompendo-os:

— Arthur, os homens querem saber se teremos reunião esta noite. Ainda preciso lhe contar o que está havendo em nossas fronteiras.

— Teremos sim. Avise-os para me encontrarem após o jantar. — Virou-se para Morgause. — Preciso me preparar para uma reunião da Távola Redonda. Terei de terminar essa conversa mais tarde. — Ele assumia a posição de rei, deixando os sentimentos de homem de lado, enquanto Mordred se afastava por onde veio.

— Ainda quero saber de Morgana — insistiu ela.

— Está em Avalon, já disse. — Arthur despediu-se e saiu.

— E eu sou uma fada — acrescentou Morgause no salão vazio.

Melissa ia a passos bruscos em direção ao pátio, sob o olhar espantado de cada homem com quem cruzava. A chuva, que diminuíra muito de intensidade, a molhava.

Temia que seu relacionamento com Arthur se complicasse por causa do beijo, apesar de no final da conversa ele já não parecer tão zangado. Era como se estivesse analisando a situação.

Andava tão nervosa que, assim como em Avalon, não percebeu para onde ia. O local estava escuro, iluminado por poucos archotes protegidos da chuva. Melissa estava decidida a voltar quando ouviu a voz de Galahad:

— Vamos, Lancelot.

— Galahad, não falarei outra vez.

— Certo. Entrarei e lhe darei um tempo.

Galahad seguiu para o alojamento dos cavaleiros e não percebeu que Melissa estava parada atrás das toras de madeira que Bors usava para treinar com seu machado. Ela tentava acostumar os olhos à semiescuridão.

Assim que o jovem cavaleiro se foi, ela se aproximou de Lancelot, que estava sentado com os braços apoiados nos joelhos, a cabeça levantada para trás. A chuva, agora mais fraca, caía sobre ele.

— Lancelot, você está bem? — Melissa chegou mais perto, ajoelhando-se em frente a ele.

— Melissa, o que está fazendo aqui na chuva? — Levantou-se bruscamente, afastando-se dela.

Tê-la tão próxima após vê-la beijando Arthur era demais. Mesmo ciente de que Melissa não se lembrava dele, era difícil não se sentir magoado. A exaustão tomava seu corpo, refletindo a vagarosa morte de seu interior. Olhar para ela querendo confortá-lo sem imaginar a ironia de tal ato era como lhe cravar um punhal no peito.

— Tive um desentendimento com Arthur, mas isso não importa. O que houve? — perguntou, sem se aproximar muito.

Lancelot parecia transtornado, e ela sentia-se incomodada sem saber de onde vinha o sentimento. Melissa sentiu seus pensamentos envoltos por uma densa neblina.

— Nada — respondeu, seco. — Vá para o castelo, Melissa.

— Lancelot... — Tentou falar e foi interrompida.

— Vá, apenas vá. — O cavaleiro virou as costas, andando para qualquer lugar em que ela não estivesse.

Melissa ficou parada, com a mão estendida. Sentia-se magoada pelo distanciamento dele e não entendia o que havia feito para motivá-lo a agir assim. Olhando para a direção que Lancelot havia partido, permaneceu no mesmo lugar, como se sua capacidade de se locomover tivesse ido embora com ele.

37

O primeiro grito fez Morgana se encolher. O segundo, tremer. O terceiro, correr. Depois ela parou de contar. Correu sem rumo pelos corredores sombrios da Escuridão.

Forçava-se a se manter consciente o máximo que podia. Sabia que isso seria essencial para conseguir encontrar a saída. Tateando por corredores que pareciam pertencer a um labirinto, ela prosseguia, sem se render. Algo a atraía; era como se uma voz lhe indicasse o caminho. Não foi assim da outra vez. Tinha certeza de que havia alguém com ela agora. Precisava chegar à luz. Era o único modo de sair. O que tinha agora não passava de uma leve penumbra.

As gargalhadas histéricas estavam ao redor e se intercalavam com murmúrios repletos de dor. Fazia preces à Deusa, baixinho, pedindo que a guiasse.

Depois de um tempo que não poderia ser medido, Morgana encontrou uma porta repleta de espinhos. Tentou inutilmente usar seu fogo para queimá-la. Seus poderes não funcionavam ali.

Procurou algo ao redor, que a ajudasse a abrir a porta. Nada. Estava quase desistindo quando viu um pouco de iluminação escapar pelas frestas. Precisava dar um jeito de entrar. Ciente de que tudo naquele lugar horrível era alimentado por sofrimento, Morgana fechou os olhos. Antecipando a dor que sentiria, apoiou as mãos na porta e a empurrou.

Os espinhos feriam sua pele, fazendo-a sangrar, e a porta rangia ao se abrir. Ao entrar, Morgana analisou as mãos feridas e as limpou nas vestes gastas e rasgadas que usava.

O cômodo era grande e mal-iluminado. Podia ver as cores negra e vermelha preenchendo as paredes. Panos velhos e encardidos estavam sobre uma mesa em que jazia uma porção de alimentos que apodreciam.

Morgana deu um passo à frente, prestes a tocar em um livro jogado em um canto, quando ouviu correntes se arrastando e uma voz baixa e muito rouca:

— Precisa ir.

Assustada, a feiticeira sobressaltou-se ao se virar para o homem. Suas vestes escuras estavam em um estado pior que as dela. Seus cabelos negros iam até os ombros e cobriam parte de seu rosto. Sua pele era pálida. Quando esticou a mão em sua direção, ela pôde ver cortes em toda a sua extensão.

— Sua voz. Eu o ouvi em meus pensamentos — disse ela, ainda temerosa e se encolhendo um pouco, o que o fez retroceder e arrastar as correntes que o prendiam pelo pé.

— Não devia estar aqui. — Deu as costas para ela, caminhando devagar até o outro lado da sala, para perto de um espelho velho e manchado. — Precisa atravessar.

— Eu não consigo. Tentei voltar para Camelot. — Caminhou para perto dele. — Não consigo.

— Outro lugar. Estações.

— Avalon? — inquiriu Morgana, pensando nas quatro estações da ilha.

— Outro. — Apontou para o espelho, para o próprio reflexo e tirou os cabelos do rosto.

A feiticeira aproximou-se devagar e encarou o reflexo. Olhos verdes muito tristes a encaravam. Uma familiaridade instantânea a tomou, mesmo sabendo que nunca o tinha visto antes. Com a compaixão ardendo em seu peito, Morgana tocou o braço do homem, que tremeu, porém não se afastou.

— Atravessar — disse ele, sem romper o contato visual.

— Você sabe como?

— Guardei sua luz. — Puxando a corrente, esticou os braços o mais longe que pôde e tocou o espelho.

Um brilho discreto começou em seu centro e foi se alastrando até que todo o objeto estivesse iluminado.

— Vá. — O homem apontou para o espelho.

Sem acreditar e com o coração disparando, Morgana deu um passo à frente, prestes a atravessar, mas parou no último instante.

— Você não vem?

— Preso. — Ele mostrou a corrente.

— Quem o prendeu? — Morgana se ajoelhou a seus pés e tentou abrir o cadeado. Olhou-o, desolada, quando não conseguiu.

Os gritos do lado da sala aumentaram e ficaram ainda mais cruéis.

— Sem tempo. Vá.

Hesitante, a feiticeira abraçou seu salvador. Jamais conseguiria escapar se ele não lhe mostrasse o caminho.

— Eu voltarei.

— Não. Luz. Ali. — Ele apontou para o espelho, depois para o próprio peito. — Preso. — As lágrimas inundavam seu rosto.

Morgana não conseguiu conter o próprio pranto, antes de passar pela luz e dizer:

— Eu juro pela Deusa que voltarei.

A luminosidade a envolveu completamente e inundou-a, fazendo-a se sentir mergulhando em um banho quente que eliminava a dor de seu corpo. Um redemoinho a fez girar até quase perder os sentidos, para então arremessá-la para fora da água, sobre um gramado.

O ar voltava aos seus pulmões, mas ainda lhe faltavam forças para levantar. Mal podia enxergar direito e não soube o que pensar quando reconheceu um jovem negro e uma garota de cabelos coloridos correndo até ela.

38

Aproximadamente duas horas depois, Lancelot cruzou a porta do grande salão. Uma reunião do conselho era tudo o que queria evitar, porém sua lealdade a Arthur o impedia de se ausentar. Sua aparência estava lastimável, os olhos fundos, a expressão cansada. Parecia convalescente de algum mal, o que, de certa forma, era o que lhe acontecia.

Melissa estava sentada, próxima à lareira, com uma caneca de chá nas mãos. Trocaram um olhar silencioso e ele virou o rosto, evitando-a e deixando-a desolada por não saber como o havia magoado tanto.

O cavaleiro subiu as escadas para a torre central e, quando estava quase à porta da sala de reuniões, cruzou com Merlin. Instintivamente levou a mão à espada.

— Não faria isso se fosse você, cavaleiro — disse o feiticeiro, percebendo a situação.

— Você não poderia me impedir.

— Não, contudo seu rei está a poucos passos de nós, atrás daquela porta fechada. Seria uma traição matar o homem que o criou, não acha? — Sorriu.

— Bastardo manipulador — xingou o cavaleiro entre dentes.

— Lancelot, você me ofende. Estou apenas zelando por Arthur. Sinto muito se atinjo você.

— Sente? — questionou, repleto de ironia.

— Sinto. Arthur sofrerá quando perdê-lo. — O cavaleiro olhou para baixo, sem poder argumentar. — Ele me contou há pouco que a beijou sem que ela resistisse — disse o feiticeiro, fazendo o outro dar um passo para trás com o impacto. — Sua aparência e reação me fazem crer que os viu. Ele a pedirá em casamento e ela aceitará, eu me encarregarei disso. Sei que partir passou pela sua mente. E talvez você devesse mesmo fazer isso. Você está sobrando.

— Partir sem ela não passou pela minha mente.

— Você precisa entender que o homem que a tiver controlará a Britânia e cada portal que nos leva ao reino da magia.

— Não quero a Britânia e tampouco a magia, Merlin. Melissa me basta. — Ele passou pelo feiticeiro e seguiu andando até estar próximo à porta da sala de reuniões.

— É uma pena. — Balançou a cabeça e seguiu na direção oposta.

Lancelot hesitou antes de abrir a porta. Arthur gostaria de contar a ele sobre o beijo e não estava preparado para ouvir. Ao mesmo tempo, se não fosse agora, seria depois. Respirando fundo, buscou a coragem dentro de si e entrou.

— Lancelot, não era sem tempo. Estava estranhando a sua demora — declarou Arthur ao vê-lo.

— Estava falando com os homens, reforçando a guarda das muralhas. — Não era mentira.

— Está tudo certo por lá?

— Sim.

— Ótimo. Depois da emboscada, precisamos de uns dias para nos recuperar. O ânimo do povo está por terra. Sofremos perdas irreparáveis — acrescentou, pesaroso. — Você está arrasado, amigo.

O cavaleiro caminhou para a sua cadeira, ao lado do rei, e correu os olhos pela mesa, passando os dedos onde estava escrito o nome de Kay, que começava a perder o brilho. Ficou em silêncio por alguns segundos, em honra ao amigo perdido.

— Gostaria de tê-lo protegido — falou ele, por fim.

— Cada perda nos afeta, mas você não pode proteger todos em um campo de batalha. Nesta última, em especial, você me desobedeceu.

— Para protegê-lo.

— Ainda assim.

— Arthur — cortou-o —, jurei protegê-lo. Se isso implica desobedecer suas ordens de vez em quando, eu o farei. Você provavelmente não estaria aqui para tentar me repreender, se não o tivesse desobedecido.

Analisando suas próprias palavras, o cavaleiro percebeu que o beijo também não teria acontecido. Ainda assim, salvaria seu amigo dezenas de vezes, se necessário.

Como se lesse sua mente, o rei tocou no assunto temido.

— O que acha de Melissa?

— É bonita. — Foi breve.

— Eu a beijei.

Silêncio. Lancelot entrelaçou seus dedos por baixo da mesa e apertou-os até sentir o sangue parar de correr.

— Foi maravilhoso. Nunca senti tanta emoção em um só beijo — continuou, sem saber que feria o amigo pouco a pouco. — Melissa é quente, intensa, quase mágica. E por algum motivo absurdo se negou a se casar comigo. — Arthur expressou uma leve irritação.

— O quê? — O amigo conseguiu dizer.

— Você acredita? — Arthur interpretou como uma surpresa. — Eu a pedi em casamento, e ela disse não. Ainda discursou sobre como queria apenas me consolar e afirmou que, no mundo dela, as mulheres não se casam por um beijo. Que mundo é esse?

Pela primeira vez na noite, Lancelot esboçou um sorriso. Continuava sendo doloroso e não tinha consciência de como reverteria a situação, porém saber que ela ainda não sentia fortes sentimentos ao ponto de se comprometer era um alívio. Melissa realmente dissera que se desentendera com Arthur quando o encontrou na área de treinamento, mas ele estava tão destruído que mal a ouviu.

— Você insistiu? — perguntou o cavaleiro.

— Muito. Pressionei tanto que ela saiu como um raio ao encontro da chuva.

"Tão Melissa", Lancelot pensou.

— Agora sinto culpa — admitiu Arthur, com a voz triste.

— Por tê-la beijado?

— Jamais sentiria culpa por um beijo correspondido. — Franziu o cenho, como se o cavaleiro não o conhecesse. — Por Morgana.

— Você sente culpa por Morgana após ter beijado Melissa?

— Não dessa forma, Lancelot. Por quem me toma? Você está lento hoje. O que houve? — perguntou sem esperar por uma resposta. — Depois que a beijei e ela me disse aquilo sobre como consolar uma pessoa, fiquei pensando em minha irmã perdida naquele mundo, mas a verdade é que nem sabemos se ela está bem, não é mesmo? E tudo o que quero é que ela esteja bem.

— Tudo o que quero é que ela esteja bem — repetiu Lancelot, depois de um triste suspiro. Daria qualquer coisa para ter Morgana de volta sã e salva.

Antes que ele e seu inesperado rival pudessem continuar, Tristan entrou na sala, cambaleante e visivelmente bêbado, seguido pelos outros cavaleiros. Como Lancelot, um a um, os cavaleiros tocaram os nomes de Kay e de Berenis, dando-lhes um momento de silêncio em reverência. Tristan era de longe o mais abalado. Trouxera com ele uma jarra de vinho e uma taça, provavelmente para manter-se embriagado, tentando afastar a dor. Havia sumido durante todo o dia, não comparecendo nem ao funeral.

Todos se sentaram, deixando cinco lugares vagos, pertencentes a Lucan e Gawain, que estavam feridos, o Assento Perigoso, Berenis e Kay.

— Cavaleiros — iniciou o rei.

E a porta se abriu outra vez. Lucan a atravessou com seu peito e seu braço enfaixados. Estava pálido e cansado, contudo jamais faltaria a uma reunião se estivesse em Camelot.

— Você devia estar descansando. — Percival se levantou para puxar a cadeira para o amigo.

— Eu deveria estar aqui.

— Deixo-o ficar. — Gaheris apertou o ombro são do cavaleiro. — Gawain só não está presente porque nossa mãe certamente o drogou.

— Cavaleiros — recomeçou Arthur —, sofremos perdas irreparáveis, inclusive em nossa mesa. Berenis era o mais calado entre nós e ainda assim o que mais parecia compreender nossos anseios e batalhas. Em sua vida pessoal, era um lobo solitário. Nós éramos sua família e devemos honrar sua memória. — O rei hesitou. — Kay, como já foi amplamente dito ao longo do dia, era um excelente cavaleiro, amigo, marido, filho e pai. Seu filho não completou nem quatro estações, e é nosso dever protegê-lo e mantê-lo. Tomei as devidas providências para que não falte nada à sua família e pretendo encontrar um bom marido para sua viúva e pai para o menino. Estou aberto a sugestões.

— Gostaria de participar da aprovação dessa pessoa antes que se torne oficial. — Tristan levantou a mão com a taça de vinho, respingando gotas pela mesa.

— É claro, Tristan — concordou Arthur, mudando de assunto. — Mordred, e nossas fronteiras?

— As notícias não são boas. Elas estão sendo invadidas ao sul por saxões. Eles vêm pelo mar, e a cada dia há mais deles entre nós. Os povos marítimos pedem nossa ajuda para protegê-los. Porém, se enviarmos mais soldados, é possível que fiquemos vulneráveis.

— Não podemos negar auxílio a quem nos pede.

— E tampouco distribuí-lo — acrescentou Bors.

— Não podemos nos separar agora, ficaríamos vulneráveis, como Mordred afirmou — disse Lancelot, recebendo um olhar indagador de Arthur.

— Não podemos ficar escondidos enquanto a Britânia é invadida — indignou-se o rei.

— Não foi o que sugeri. Jamais diria para abandonarmos quem não pode ser defendido — continuou o cavaleiro, enquanto todos os outros prestavam atenção a mais um embate entre os dois.

— O que foi, então?

— Devemos nos preparar para uma guerra contra os saxões e, talvez, contra alguns de nossos vizinhos também. É um fato. Os saxões estão aqui e acredito que parte do reino os esteja acobertando.

— Você enlouqueceu, Lancelot?

— Eu prestei atenção aos detalhes, Arthur. Na batalha, na floresta dos carvalhos, fomos cercados, nossos bloqueios foram quebrados e os inimigos sabiam exatamente como fazê-lo.

— Por que algum dos outros reinos nos trairia? — Arthur questionou e balançou a cabeça, a resposta surgindo em seu pensamento. — Magia.

— A Britânia é composta por seis reinos, incluindo Camelot. O único rei com acesso à magia é você, Arthur, por isso é o Grande Rei, como seu pai foi um dia. Para todos os outros, a magia é uma lenda. Imagine o que é para um homem comum pensar que pode quebrar a barreira e ter acesso a uma infinidade de seres mágicos.

— Eles não têm direito à magia. — Gaheris trocou um olhar com o irmão, recordando-se das palavras da mãe. — A magia é passada por sangue. Cada um de nós tem ligação com alguém que já viveu do outro lado do portal.

— E esse é o motivo pelo qual fomos escolhidos para protegê-la — completou Bors.

— Quem derrubou Uther está se preparando para derrubar você, meu amigo. — Lancelot encarou o rei, enquanto ele absorvia suas palavras. — Temos que estar prontos para uma grande batalha, que não deve demorar.

— Lancelot está certo — interveio Lucan. — O modo como eles se aproximaram foi muito calculado. Enviei meus homens para cada uma das rotas que fazemos para Avalon, cada uma das quatro que desenvolvemos na estação passada. Em todas havia rastros de uma emboscada. Eles estavam nos esperando por todos os lados.

Um clamor passou pela mesa, quando todos se revoltaram com a concepção de que um traidor habitava Camelot.

— Os poucos inimigos que sobraram foram interrogados. Eu mesmo supervisionei — relatou Percival, um cavaleiro alto, magro, de nariz aquilino e cabelos ruivos e longos. Ele era poucos meses mais novo que Bors. — Eles estavam nos esperando. Nenhum soube informar quem era seu líder, mas a ordem era para que nos emboscassem.

Novamente a indignação passou pela mesa.

— Há mais, não há? — questionou Arthur, conhecendo o olhar do cavaleiro e tentando controlar a ira que fervia seu sangue ao imaginar que o traidor devia estar no reino desde antes do assassinato de seus pais.

— Eles tinham ordem de levar a mulher que estivesse conosco, viva, um resgate seria pedido por ela — acrescentou Bedivere, um cavaleiro de cabelos castanho-claros e curtos, cavanhaque e uma estação mais novo que Lancelot. — Fiz parte do interrogatório, assim como Geraint. — O homem baixo, de cabelos encaracolados, longos e castanhos, com uma cicatriz no queixo, confirmou.

Dessa vez, foi Lancelot quem foi dominado pelo temor. Morgana ou Melissa corria perigo, e ele não fazia ideia de qual delas os mercenários estavam atrás.

— Quem sabia que a jovem estaria com vocês? — perguntou Gaheris.

— Ninguém — respondeu Arthur.

— Todos pensavam que Morgana voltaria para Camelot. É mais provável que o sequestro fosse para ela — completou Mordred.

— Creio que sim — continuou Geraint. — Um dos homens disse que a jovem era uma feiticeira. Essa moça que vocês escoltaram tem algum poder?

— Não — responderam juntos Arthur e Lancelot.

O cavaleiro mentia, porém não soltaria informações que oferecessem riscos a Melissa com um possível traidor entre eles.

— Não pretendo colocar dúvida sobre ninguém, mas o fato é que há um traidor em Camelot — declarou Lancelot.

— Concordo — respondeu Tristan. — E quando o acharmos, ele é meu. — Tocou sua espada. — Cortarei sua cabeça e a pendurarei à porta do castelo para que todos vejam como um traidor deve ser tratado — acrescentou, bebendo mais.

— Acredito que nem preciso perguntar para saber que todos concordamos com você, Tristan — disse Arthur, vendo todos assentirem e bradarem. — Como vamos encontrá-lo? Pode ser qualquer um.

— Creio que, para começarmos, todos os assuntos tratados devem permanecer nesta sala. Só repassaremos as informações necessárias para a proteção do reino. Fora isso, nenhum cavaleiro que não esteja com o nome gravado nesta mesa deve saber do que se passa aqui — aconselhou Lancelot.

— Incluindo aquele garoto que vive atrás de você, certo, Lancelot? — provocou Mordred.

— Não gostei da insinuação, Mordred. Galahad é como um irmão para mim e jamais trairia Camelot. Apesar de eu o chamar assim, ele não é um garoto. E, sim, ele está incluído.

— Não o leve em consideração, Lancelot — interveio Gaheris, que até o momento estava calado. — Mordred ainda não se recuperou da impertinência de Galahad em não seguir suas ordens. Eu julguei-o decidido e corajoso, como você. Porém, meu irmão não consegue lidar com pessoas que o desafiam. Ele tem meu voto, inclusive, quando chegar a hora de substituir Kay e Berenis.

— O meu, não — afirmou Mordred. — É insubordinado e não deve saber de nossos planos.

— Sabe quem mais não deve saber? Sua mãe — provocou Lancelot, causando uma reação negativa no outro, que bateu com a mão na mesa.

— Lancelot — repreendeu-o Arthur.

— Isso foi baixo. — Gaheris parecia defender o irmão. — Você sabe que ele não tem culpa de nossa mãe ser um demônio manipulador — continuou provocando.

Com os braços cruzados, Mordred olhou para Arthur, esperando uma posição.

— Parem, vocês dois. Estão ofendendo minha tia, além de provocar um amigo que tem uma boa dose de vinho no sangue. Creio que seja melhor marcarmos essas reuniões com a maioria sóbria. Hoje não foi um dia bom para nenhum de nós. — O rei tentava apaziguar os ânimos. — Talvez devêssemos continuar amanhã.

— Quanto ao dia de amanhã, a outra parte dos romanos chegará — alertou Percival, recebendo um olhar severo de Gaheris, que Arthur não entendeu.

— Outra parte? — O rei demonstrou confusão.

— Sim, quatro homens chegaram há dois dias. Parte de sua escolta foi embora, e outros ainda estão no castelo.

— Estão em que lugar?

Percival apontou Gaheris com o queixo.

— O que você fez? — perguntou Arthur, fatigado, levando a mão à cabeça.

— Eles estavam por aí até ontem. — Gaheris deu de ombros.

— E onde estão agora?

— Quando soube que vocês foram emboscados, previ que teríamos baixas e posso ter recomendado que nenhum romano, além daquele que se tranca na igreja quando você não está, fosse visto no pátio.

— Gaheris. — Arthur estava tenso.

— Certo, eu tranquei os nobres nos quartos, os soldados nas masmorras e ordenei que nossos guardas não os deixassem sair, mas eles foram alimentados. Não sou nenhum animal sem coração. — Todos os cavaleiros gargalharam, para desespero de seu rei.

— Meu Deus! Vá soltá-los — ordenou.

— Não se preocupe, soltei-os antes de vir para cá e, devo acrescentar, aconselhei calmamente que eles não interrompessem a nossa reunião. Contudo não havia nenhum punhal envolvido.

— Uma adaga, talvez? — provocou Bors.

— Como você não é o rei, eu me negarei a responder. — Gaheris manteve a expressão o mais inocente que conseguiu.

— Reunião que se encerra agora. Continuaremos amanhã, à tarde, e com menos vinho — ordenou o rei ao ver Tristan chacoalhando a jarra vazia de ponta-cabeça. — Estão dispensados.

Era quase madrugada quando Arthur conseguiu acalmar os romanos e seguir para seus aposentos. Merlin o aguardava no corredor.

— Está aqui há muito tempo? — perguntou o rei.

— Não.

— Não me diga que temos outro problema? Gaheris poderia ter causado uma guerra pelo que fez.

— Ora, o menino agiu corretamente — defendeu-o Merlin.

— Estou com medo de perguntar se você tem algo a ver com isso.

— Não pergunte. — Alisou as próprias vestes, parecendo cansado.

— Você está bem? — Arthur analisou-o atentamente, preocupado. — Deveria descansar mais. Pelo que fui informado, ultimamente parece que está sempre acordado. Não quer retornar a Avalon?

— Ainda não posso. Vamos conversar no corredor?

— Não, perdoe-me. — O rei entrou em seus aposentos, seguido do feiticeiro.

A antessala era aconchegante. A lareira estava acesa, e grossas cortinas de veludo azul-marinho protegiam as janelas. Uma escrivaninha repleta de manuscritos, com tinta, pena e pergaminhos, estava acomodada em frente a uma cadeira acolchoada forrada com tecido escuro. Arthur puxou a cadeira para que o feiticeiro se sentasse e permaneceu em pé. Seu interior agitado o impedia de se acalmar.

— Tive uma visão — começou Merlin, enquanto o outro aguardou. — Você tem um assunto inacabado para resolver em Pellinore. Não pode partir, porque Camelot precisa de você, porém deve enviar a pessoa em quem mais confia e aquele que se assemelha a seu irmão.

— Lancelot deve ir e o outro... Galahad, talvez? — Meditava. — Lancelot disse hoje que o tem como a um irmão. Eu não sabia que eles eram tão próximos, apesar de ver o garoto com ele a maior parte do tempo. Mordred não gosta dele. Gaheris gosta. Parece-me que é um bom garoto.

— Mordred está competindo com Galahad, é natural. E você está certo, ele é bom.

— Os assuntos inacabados são sobre a aliança entre os reinos, certo? Acredita mesmo que enviar Lancelot será o suficiente? — Estava inseguro.

— Ele é seu braço direito e homem de confiança. Deverá servir. Outros devem acompanhá-lo, é claro. Longe de mim querer que Lancelot se exponha e termine morto.

— Por Deus, jamais. — Arthur fechou a expressão e continuou andando em círculos, com as mãos entrelaçadas nas costas. — Se você pensa que é o melhor a ser feito, eu os enviarei pela manhã, com cinquenta cavaleiros.

— Creio que é o melhor — respondeu, com um sorrisinho vitorioso. — E a jovem?

— Nada mudou depois que nos falamos. Melissa está zangada comigo.

— Deve procurá-la, tentar se aproximar. Mas do jeito dela, Arthur, não do seu. Ela é de outro tempo e lugar. As mulheres de lá não respondem bem à pressão.

— Como os homens de lá podem permitir isso? Ela é mais geniosa que Morgana e Morgause juntas.

— Esse é o tipo de pergunta que você não deve fazer na frente dela, certo? E, por favor, Morgana pensa que é rebelde e Morgause é dissimulada, é diferente. — Ele ajeitou os óculos que usava para leitura e suspirou, exausto.

— Não fale assim de minha tia, Merlin. Já conversamos.

— Eu sei, eu sei. Você se dói porque ela é a cópia de sua mãe. Ficarei quieto. — Levantou-se, preparando-se para partir. — Agora vá.

— Aonde?

— Atrás de Melissa.

— É tarde, ela deve estar dormindo — titubeou.

— Não, não está. Você não pode perdê-la, Arthur. Vá e faça o que tem de fazer. Conquiste-a. Não deve ser difícil encontrar um ponto fraco. Lembre-se, nos moldes dela. Tente evitar frases que comecem com "os homens isso, os homens aquilo". Isso evitará que ela tente cortar sua cabeça.

Arthur concordou com ele, e ambos deixaram o quarto, Merlin para se dirigir a seus aposentos, e Arthur para conversar com Melissa.

39

Mais uma noite em que Melissa perdia o sono, após rolar na cama pensando sobre como retornaria para Quatro Estações e se o pai e os amigos estavam bem. Também se sentia culpada pelos olhares que Lancelot lançava-lhe, certamente magoado por ela ocupar o lugar de Morgana. Seu único alívio é que a visão com a feiticeira finalmente veio e ela a viu saindo do lago, em Quatro Estações, como Viviane previra.

Sobressaltando-se ao ouvir batidas à porta, a jovem correu para abrir e encontrou Arthur. Seus cabelos estavam bagunçados, a túnica azul-claro para fora das calças. Permitiu que entrasse e se sentou na cama, esperando.

— Ainda acordada? — começou.

— Estou com problemas para dormir.

— Merlin tem ervas que podem ajudar — sugeriu.

— Não, obrigada — respondeu, seca, por causa da menção ao feiticeiro, e Arthur se retraiu, entendendo errado.

— Sei que está zangada.

Ela não estava mais. Preocupada era a palavra correta. Uma profecia os ligava e a proximidade era inevitável. Temia ferir seus sentimentos.

— Está tudo bem, só queria que entendesse que...

— Você é diferente, eu sei, mas não é a única que precisa de um tempo para se adaptar a essa situação que nos foi imposta. Estou tentando entender sua impetuosidade. Você é doce na maior parte do tempo, mas se incendeia rapidamente como se guardasse um combustível inflamável na roupa. Nunca conheci uma mulher capaz de beijar sem compromisso, sem que fosse uma... — Arthur se calou, apertando os lábios ao ver o arregalar de olhos de Melissa. — Eu sinto muito.

— Sua irmã está segura — resolveu dizer para mudar de assunto, antes que ele dissesse algo que a fizesse bater nele.

— Está?

— Sim, eu a vi saindo do lago em Quatro Estações. Meus amigos a encontraram. Ela ficará bem.

O suspiro de alívio de Arthur, seguido de um sorriso, causou um bem-estar em Melissa.

— Graças aos céus. Que alívio. — Sentou-se na cadeira perto da cama e levou a mão ao peito.

— Eles cuidarão dela, certo?

— Sim. Ela está segura.

Melissa observou-o ficar em silêncio por um longo tempo, provavelmente pensando na irmã. Porém, quando voltou a falar, retomou o assunto anterior.

— É muito confuso para mim. Mesmo essa situação, nós dois sozinhos no quarto e você perfeitamente confortável. É fora da minha realidade.

— Nós não estamos fazendo nada — rebateu.

— Sim, mas as pessoas podem pensar.

— Nunca me importei com o que as pessoas pensam.

— Nunca? — Surpreendeu-se.

— Nunca. O que elas pensam é problema delas.

— E eu achava que minha irmã era rebelde — acrescentou, tentando assimilar a diversidade entre os dois. — Você mudou meus padrões.

— Sinto muito. — Compreendia o quanto era difícil para ele.

— Não, não é errado. Mudar é bom e nos torna melhores. Preciso me adaptar. — Sentou-se na beira da cadeira para que pudesse esticar a mão e tocá-la. — Podemos recomeçar? — pediu, aproximando-se dela, tocando um dos joelhos no chão, enquanto mantinha o outro flexionado de modo que pudesse olhar em seus olhos.

Melissa desejou tirar a mão e responder que não recomeçariam nada, porque ela sabia exatamente onde terminaria: ela o beijaria outra vez. Conhecia-se muito bem para entender que, se continuasse perto de Arthur, se apaixonaria por ele. Não havia nada que a impedisse. Seus sentimentos não estavam presos a ninguém, apesar da confusão que às vezes sentia. E ela não podia se prender a ninguém quando o que mais queria era voltar para casa.

Era impossível não reconhecer que ele se esforçava. Arthur a queria e lutava a cada momento para consegui-la. Melissa estava insegura por não ter sentimentos mais fortes por ele e saber que eram tão diferentes.

— Olha... — começou ela.

— Por favor — interrompeu o rei. — No seu tempo, do seu jeito.

— Certo. Podemos *tentar* recomeçar. — Como resistir?

— Ótimo.

Arthur se levantou, satisfeito, puxando-a levemente pela mão. Ela era livre para se negar a vir a seu encontro, porém veio. Em pé, com seu corpo quase tocando o dele, Melissa se amaldiçoava por ir tão fácil. Deslizando a outra mão pela cintura dela, ele eliminou o espaço restante, sem desviar o olhar de seus olhos.

— Arthur... — Seu tom implorava. — Você sabe onde isso vai dar. — Seu coração disparava.

— Sei.

— Não vou me casar com você.

— Hoje não. — Ele a fez rir. — Conheço alguns modos de persuadi-la. — Aproximou os lábios dos dela.

— Convencido. — Foi a última palavra que conseguiu dizer antes que ele a beijasse.

Se a primeira vez foi repleta de ternura, essa foi tomada pela urgência. Arthur desejava uma vida com Melissa. Não perderia a oportunidade de conquistá-la para si. Queria que seus corações batessem no mesmo ritmo, inebriando-a e tornando-a perdidamente apaixonada por ele. Quando ela soltou um gemido entre seus lábios, ele se afastou, tocando seu rosto de leve.

— Eu a deixarei descansar e pela manhã conversaremos. — Ele apertou sua mão e saiu, fechando a porta atrás de si.

— Maldito — exclamou Melissa antes de se jogar na cama, o coração disparando como se tivesse corrido uma maratona. — Ele tem um plano.

Sem saber que seu coração pertencia a outro, a jovem dormiu profundamente.

40

Os raios de sol surgiam e Lancelot escovava seu cavalo. Essa era a função do cavalariço, porém conversar com seu animal era uma forma de desabafo. A pelagem negra, os músculos evidentes, a crina comprida e perfeitamente escovada e a postura altiva e imponente lhe davam um ar quase surreal. Assim como todos os da raça, era o mais forte cavalo de guerra que poderia ser encontrado; um dos mais belos Destriers do reino e sem dúvida o de maior personalidade. Diziam que ele havia sido um presente de Lilibeth, a princesa das fadas, que lhe deu o nome de Espírito da Liberdade. O animal permitia ser montado apenas por Lancelot, sem que ninguém soubesse um motivo específico. Às vezes, o cavaleiro achava que o cavalo se julgava seu dono, e não o contrário.

O cavalo expirou fazendo barulho e virou a cabeça para o cavaleiro, tocando seu ombro.

— Não é tão simples assim, Liberdade — respondeu o cavaleiro à insistência muda do cavalo para que ele reagisse.

O animal bateu o casco frontal direito no chão, perto do pé de seu dono.

— Se continuar com isso, chamarei Grant para escová-lo. — Referindo-se ao cavalariço.

— Conversando com seu cavalo outra vez? — Arthur aproximou-se, apoiando os braços na porta da baia.

— Ele gosta — respondeu, enquanto o rei se afastava para que ele passeasse com o cavalo pelo pátio.

Não estava sendo fácil ver Arthur recentemente. Ele andava ainda mais sorridente e isso deixaria Lancelot muito feliz, se o motivo não fosse a presença da mulher que ele amava. Uma amizade que caminhava por um terreno cada vez mais arenoso. A lealdade permanecia, porém destruindo o cavaleiro e seu segredo. Ao mesmo tempo, a antiga irmandade entre os dois se negava a partir.

— Claro que gosta. Ele é quase sua versão equina. É surpreendente o quanto vocês se entendem. — O rei caminhou ao lado do outro.

Quando estavam se aproximando da porta da capela, o animal virou de costas, levantou o rabo e defecou nos degraus da entrada.

— Lancelot, diga que não ensinou Liberdade a agir dessa forma. — Arthur chamou um dos serviçais para que limpasse a sujeira antes que o bispo pudesse ver.

— Juro por Deus — respondeu o cavaleiro, irônico — que não ensinei nada.

— Se a Britânia não for dominada pelos saxões, talvez meus cavaleiros a destruam com as próprias mãos e afrontas aos homens enviados por Deus.

— Ora, não seja dramático. Está parecendo Morgana. Mais um pouco e você fará beicinho — zombou.

Arthur empurrou Lancelot pelo ombro e riu, sob o olhar assustado do bispo, que descia as escadas desviando-se do esterco.

— Você dá liberdade demais a seus cavaleiros, majestade — começou o velho discurso.

— Eles são meus irmãos, bispo Germanus. A liberdade que temos é justamente o que nos une e fortalece — declarou Arthur.

— Uma postura que merece ser revista.

— Arthur, voltarei ao estábulo para alimentar meu cavalo. — Lancelot afastou-se devagar. — É um risco ficar aqui. Ele não gosta muito de cristãos e está temperamental por causa da igreja.

O animal bufou e bateu as patas dianteiras no chão, levantando poeira, como se concordasse.

— Como é possível que ele tenha a sua personalidade? — perguntou Arthur, rindo, enquanto o bispo fazia o sinal da cruz e repetia que o cavalo estava possuído por um espírito maligno.

— Só Deus sabe, talvez o bispo possa perguntar a Ele — continuou Lancelot, provocando, e deu um tapinha no lombo do animal, que mostrou os dentes tentando sorrir. — Bom garoto. E nada de matar cristãos hoje! — disse alto enquanto se afastava, ocasionando uma reação de choque em Germanus.

— É inadmissível que seus cavaleiros sejam ateus ou pagãos. Eles zombam de nós o tempo inteiro. Você precisa mostrar a eles quem é a autoridade em Camelot.

— Eu sou. — Arthur sorriu, pacientemente. — E eles sabem.

— Sim, mas a Igreja precisa ter uma base sólida em seu reino também. Fomos pessoalmente enviados pelo Papa, e você não quer que Deus se volte contra seu povo, quer?

— Jamais.

— Então, doutrine seus cavaleiros. Nossos pobres homens foram mantidos cativos em seus quartos por dois dias. Nossos soldados, nas masmorras. Certamente Deus está bastante decepcionado com você agora.

Uma sombra de preocupação passou pelo semblante de Arthur. Concordava que o modo como Gaheris havia tratado os romanos era imperdoável, mas como poderia nivelar essa balança? Seus homens e a Igreja pareciam correr para lados opostos, isso quando não se chocavam. Ele não sabia dizer o que era pior.

— Preciso conversar com Lancelot, bispo. Podemos retomar o assunto mais tarde?

— Eu o aguardarei e espero que não demore muito. Precisamos conversar sobre o que Deus espera de seu reino, e você precisa fazer suas orações.

— Conversaremos. — Arthur assentiu e apressou os passos até o estábulo, encontrando Lancelot abastecendo seu animal com cevada e trocando sua água. — Precisamos conversar.

— Do que precisa? — Passou a mão pelo lombo do animal antes de sair e fechar a baia.

— Que vá ao encontro de Pellinore no meu lugar. Não posso deixar Camelot ainda.

— Quando devo partir? — perguntou Lancelot, pensando inevitavelmente em Melissa e no quanto essa alteração de planos os afastaria ainda mais.

— Nas próximas horas. Bors, Galahad, Gaheris, Bedivere e Geraint estão entre os que o acompanharão. Preciso tirar meu primo daqui por alguns dias. Os romanos estão indignados.

— Você sabe o que faz — falou, sem acreditar muito.

— Você não entende. — Arthur captou o tom do amigo.

— Não tenho de entender, não se preocupe. Você é o rei, Arthur, se quer se dobrar aos romanos, é um problema seu. Não deve satisfações a nenhum de nós. — O tom não continha julgamentos.

— Não estou me dobrando — rebateu. — Acredito em Deus, e eles são Seus homens, foram abençoados pelo Papa e...

— Arthur.

— O quê?

— Você sabe que sempre paro de ouvir quando você menciona o Papa, não sabe?

Arthur suspirou.

— Às vezes penso que o bispo tem razão. Vocês têm mesmo liberdade demais — disse, sério.

— Provavelmente, ele tem razão. O que fará? Cortará nossas cabeças? — Lancelot passou o dedo pelo pescoço, arrancando um sorriso de Arthur.

— Acabarei entre a cruz e a espada — desabafou.

— Entre a cruz, a espada e o caldeirão. Não se esqueça do caldeirão. Os pagãos — imitou a voz enjoada do bispo — também querem um pedaço seu. — Vendo a expressão tensa do amigo, acrescentou: — Você é o rei, Arthur. No fim, a palavra final será sua. Só precisa decidir que rumo tomar e pronto. Quanto mais hesitar, mais perderá o controle.

— Queria que fosse mais simples.

— Não podemos ter tudo o que queremos. — Lancelot passou a mão pelo rosto, deixando a tristeza transparecer mais do que gostaria.

Tentava manter a postura correta na presença de Arthur, partilhando das brincadeiras e amizade que faziam parte de sua rotina, contudo não era fácil e, quando menos esperava, esmorecia.

— Estou preocupado com você, meu amigo. — Arthur colocou a mão em seu ombro. — Essa tristeza não é natural, mesmo depois do que passamos nos últimos dias. O que me esconde?

— Não quero falar sobre isso, Arthur.

— Você é tão fechado quando quer. Morgana saberia o que fazer. É realmente uma pena... — Não completou o pensamento, encostando-se na porta da baia fechada de Liberdade e cruzando os braços.

— Não falaria para ela também. E é, sim, uma pena que ela não esteja aqui. Sinto falta da pequena... pelo menos ela está bem, como você nos informou mais cedo. Partirei logo, e falar sobre o que me aflige não tornará meu ânimo melhor — garantiu.

— Certo. Conversaremos quando voltar, então. — O rei desistiu. — E se não quer falar de nada triste, contarei algo maravilhoso: beijei Melissa mais uma vez essa madrugada, em seu quarto — confidenciou. — Acredito que terei chances, se permitir que seja pelos moldes dela. Derrubarei cada barreira que ela levantar assim. Foi um sábio conselho de Merlin.

Lancelot chegou a dar um passo para trás tamanho o impacto que a notícia lhe causou. Saber que Melissa adorava brincar com fogo tornava tudo pior. A mulher de quem Arthur falava parecia muito a versão que o cavaleiro conhecera, aquela antes de se apaixonar perdidamente por ele, compartilhando de seus sentimentos, aquela que pensava que todo beijo era apenas mais um beijo, aquela que ainda não havia se rendido ao amor, aquela que nem sonhava o quanto era possível se entregar a alguém. No momento, ela pensava que não tinha laços com ninguém e queria apenas viver. Nessa situação, conhecê-la tão bem mais o magoava que o ajudava.

Arthur teria facilmente percebido o quanto o outro estava abalado, se Liberdade, provavelmente revoltado pelo amigo, não tivesse dado um coice na porta da baia jogando o rei para a frente.

— Lancelot, esse animal está ultrapassando os limites! — bradou, massageando o ombro. — Na próxima, vou sacrificá-lo. — Ouviu o relincho indignado.

O cavaleiro olhou para o cavalo, que lhe lançou um olhar compreensível e enfurecido, na mesma medida.

— Ele quer cavalgar, é isso. Partirei em breve e isso deve resolver o problema de todos nós, pelo menos por enquanto. — Saiu, deixando Arthur sem entender por que estava tão chateado.

— Ei, eu estava brincando sobre sacrificá-lo, não precisa levar tão a sério. Quem está parecendo a Morgana agora? — tentou dizer Arthur, mas Lancelot já estava longe, caminhando para o alojamento dos cavaleiros, na expectativa de encontrar Galahad.

41

Galahad entrou como um raio na torre de Merlin e encontrou-o sentado em frente à sua escrivaninha.

— O que você fez? — Apontou o indicador, esperando respostas.

— Você definitivamente não tem modos. — O feiticeiro continuou sentado calmamente com um livro nas mãos.

A torre começou a agir em Galahad, tentando tranquilizá-lo.

— Pare, agora. — Levantou a mão, bloqueando qualquer influência externa.

— Você está ficando mais forte — constatou Merlin, sem levantar os olhos da leitura. — Morgana quase desmaiou na última vez que tentou e Melissa nem se deu conta de que poderia bloquear o poder da torre.

— Diga o que inventou para Arthur para que ele mandasse a mim e a Lancelot embora. O que foi? Uma visão?

— O que tive que fazer não é da sua alçada. Ele não os mandou embora, não seja dramático. Vocês retornarão em pouco tempo.

— O suficiente para você dar dicas para Arthur sobre como conquistar Melissa, é isso? — O jovem estava indignado. — Quando você vai parar?

— Vocês, cavaleiros, já foram melhores para guardar segredos. Pararei quando tudo o que planejei estiver concluído.

— Sabe que não permitirei — desafiou.

— Sim, você é forte o suficiente para me causar problemas, mas até onde me consta, seu rei o enviou para longe daqui. — Bateu o livro na mesa.

Merlin levantou-se e dirigiu-se para perto do jovem feiticeiro, colocando-se em frente a ele. Ambos se analisavam, sem recuar.

— Precisamos conversar, garoto. Deixe essa postura rebelde de lado e sente-se. Vamos beber.

— Não confio em você para partilhar da sua bebida.

— Garoto esperto. — Balançou a mão em direção à cadeira. — Não me faça forçá-lo a se sentar.

— Você não sabe se seria capaz — afrontou.

— Não sei, não é mesmo? Mas sei que bloquear meus poderes enfraqueceria você e o impediria de ajudar Melissa. É justamente sobre isso que precisamos conversar. Sim, eu sei que é você quem está tentando romper meu feitiço.

— Nunca tentei esconder. — Galahad se sentou, colocando os dois pés na mesa e apoiando as mãos na cabeça.

— Oh, criei um monstro. — Merlin empurrou os pés dele para o chão, observando sua postura desafiadora. — Não podemos duelar para sempre, então vou propor um acordo.

— Não confio em você para fazermos um acordo.

— Fica difícil ser uma boa pessoa dessa forma. O que você quer?

— Que Melissa se lembre, que tenha uma chance de escolher se quer ou não se casar com Arthur. Você não pode apagar a vida dela e fazer uma nova. Ela precisa saber que tem um passado com Lancelot.

— Todos nós fizemos sacrifícios para que chegássemos onde estamos.

— Você não entende nada de sacrifícios — acusou Galahad, veemente.

— Não ouse questionar do que abri mão, criança — disse, frio. — Todos nós fizemos sacrifícios — repetiu.

— Se é o que diz — desdenhou.

— Bem, você não quer acordos, então darei um conselho. — Encheu uma taça de hidromel para cada um, sob o olhar desconfiado de Galahad. — Antes que crie uma teoria de envenenamento. — Bebeu um gole da taça do jovem e estendeu a ele. — Não há planos agora. Quero conversar, apenas.

Pegando a taça e levando aos lábios, Galahad perguntou:

— O que está tramando?

— O básico, você já sabe: Melissa se casar com Arthur, salvar a Britânia e a magia...

— Sabe que não o ajudarei, então por que está me servindo bebidas e falando comigo como se fosse uma pessoa doce e amorosa, quando entrei aqui disposto a cravar uma espada em você?

— Tocou em um ponto fundamental. Essas são características dadas a você, alguém doce e amoroso. Nunca vi esse lado tão aclamado por outros.

— É porque você não o merece.

— É duro. Não há nada mais doloroso do que a ingratidão.

— Realmente acha que lhe devo algo?

— Tenho certeza de que deve, mas não é para isso que estamos aqui. Eu sei que foi Melissa quem restaurou suas forças. — O jovem permaneceu calado. — Não sabe como ela foi capaz, não é? — Merlin sorriu, enigmático. — Estou avisando, se aquela jovem se esforçar demais, pode morrer. Precisa de treinamento para fazer o que fez. Está anos à frente de dominar o poder de energizar filhos de Avalon.

— Ela terá poderes além de todos nós. Será mais forte que você.

— Sim, é o que está escrito, mas eles não virão de uma vez. Será preciso tempo. Muito tempo. Suponho que não queira arriscar a vida de sua protegida, não é? — O cavaleiro encarou-o, furioso. — O conselho, vamos a ele. — Galahad colocou o copo vazio na mesa e esperou. — É sabido que você quer quebrar o meu feitiço e ser o herói da história. Sempre soube que Lancelot e seu complexo de salvador do mundo seriam influência negativa para você, mas sua avó preferiu me ignorar. Pare com isso — ordenou, vendo que ele abria e fechava a mão ironizando o fato de o feiticeiro falar muito. — O que quero dizer é que você tem um caminho perigoso à frente. Se continuar tentando quebrar meu feitiço, seus poderes se enfraquecerão e lutarão para manter você vivo. A única forma de isso acontecer é na Escuridão, onde você se regeneraria por um tempo indeterminado, sem saber se um dia acordaria. Você sabe quem morreu assim, não sabe? — Uma sombra de tristeza marcou o rosto de Galahad, antes de ele voltar a se mostrar impassível. — É claro que esse não é o único meio de ir para lá. Quando os poderes de alguém são incontroláveis demais para que essa pessoa possa suportar, o choque faz com que ela perca a consciência e mergulhe em Escuridão. Preciso dar mais detalhes?

— Não. Foi o que aconteceu com Morgana. — Ele estremeceu, involuntariamente. — Você não pode garantir que acontecerá comigo.

— Não posso, porém você está buscando um poder muito mais forte do que pode suportar agora. E tem mais: a Escuridão não é o único caminho, há um nível de exaustão que pode levá-lo à morte. Entendo que queira ajudar Melissa, mas não seria muita ironia se você perdesse a consciência sem conseguir fazer com que a única pessoa que pode ajudá-lo tenha recuperado a memória?

— Você está mentindo. Melissa não é a única. Não sabemos nem se ela é capaz disso. Alguém salvou Morgana da outra vez e não foi ela, nem minha vó.

— É verdade, não foram elas. Ah, garoto, sua inocência por trás dessa postura de cavaleiro valente é tocante. Você realmente não se lembra, não é mesmo?

— Do que eu deveria me lembrar? Você não colocou feitiço de memória nenhum em mim.

— Eu não, mas não sou o único feiticeiro que conhece, apesar de sempre desconfiar de mim. Serei um bom anfitrião e lhe darei um presente além do conselho, só para mostrar que posso. — Merlin levantou-se e tocou seu ombro.

O ar pareceu sumir da torre, e por um segundo Galahad se viu em outro lugar, distante, escuro, frio. Quase não conseguia respirar. Vislumbres do passado desfilavam por seus olhos. Para sua surpresa, em meio à Escuridão estava Morgana.

— Fui eu — disse de uma vez só. — Eu salvei Morgana. — Colocou as mãos nos joelhos, procurando apoio. — Por isso nos lembramos um do outro, por isso a forte conexão que temos... Como é possível? Meu Deus.

— Ah, por favor. Não o mencione na minha frente.

— Há dois anos, em Avalon, eu salvei Morgana.

— Sim, daquela vez você a salvou. — Havia mistério na voz do feiticeiro.

— Quem apagou minha memória? — questionou, exaltado.

— Ora, não seja tão ingênuo.

— Viviane?

— Sim, sua doce avó.

— Por quê? — perguntou, sem conseguir acreditar.

— Terá de perguntar a ela. Agora vamos recapitular as lições de hoje. Eu lhe mostrei o que acontecerá se continuar se arriscando e provei que sou infinitamente superior a você ao quebrar o feitiço de memória de Viviane sem sofrer qualquer consequência. — Sorriu, triunfante, batendo palmas. — E, como brinde, fiz você questionar a quem deve lealdade. — Caminhou para a porta e abriu-a. — Esclarecemos quem é o mestre, não?

O jovem cruzou a porta devagar e virou-se no último instante.

— Minha vez de recapitular as lições. Aprendi para onde poderei ir, caso insista em continuar, vi que você é capaz de quebrar feitiço de outros feiticeiros sem se abalar e o quanto é ardiloso, mas isso não muda nada. Continuarei tentando consertar o que você quebrou. E, mais, descobri o quanto está desesperado por temer que eu consiga. Nada do que aconteceu nesta torre hoje me afeta. Na verdade, você esclareceu uma parte obscura do meu passado com Morgana, por isso agradeço. Você perdeu, Merlin. É questão de tempo. E como já ouvi por aí: "O aluno superou o mestre." — Sorriu, zombeteiro.

— Garoto, você realmente está passando dos limites — gritou Merlin enquanto Galahad descia as escadas.

Apesar do semblante tranquilo para provocar o feiticeiro, o jovem estava tenso. Sua avó mentira. Morgana e ele tinham uma forte ligação, e Viviane, por alguma razão, decidira esconder isso. Havia muito mais do que Merlin contara, ele não tinha dúvida.

A lembrança do contato com Morgana na Escuridão preenchia seus pensamentos. Foi breve, porém intenso. O exato momento em que segurou a mão dela e a puxou para a luz o fez sorrir por um segundo. A situação era confusa, talvez perigosa, mas tudo o que conseguia pensar era que queria trazer Morgana de volta e lhe contar a verdade.

42

Depois de passar parte da manhã convencendo Alana de que poderia se banhar, trocar e vestir sozinha, se o vestido não fosse muito difícil, Melissa saiu para o pátio. A menina lhe contou que vários cavaleiros, entre eles Lancelot e Galahad, partiriam em missão até o reino de Pellinore. Melissa se perguntava se Arthur sabia o quanto as fofocas se espalhavam rapidamente debaixo de seu teto.

Andando de forma apressada até o alojamento dos cavaleiros, ela olhava atentamente a seu redor, procurando os dois cavaleiros que partiriam. Era grata a eles por tudo o que fizeram e sentia um carinho cada vez maior. Parou à porta, ciente de que os homens reagiriam mal se entrasse, e não os encontrou. Rumou para os estábulos e, assim que entrou, avistou Lancelot mexendo nas selas de seu animal, que o tocou com o focinho para que se virasse na direção dela.

— Lancelot, eu... — começou ela, e antes que conseguisse concluir o viu virar de costas.

— Melissa, sinto muito por não poder lhe dar atenção, mas preciso me preparar para partir.

— É sobre isso que...

Ele voltou-se novamente para ela e percebeu que a distância entre eles era menor que um metro. Melissa notou que sua expressão se fechou mais ainda e que ele estava em dúvida se falava ou não, parecendo muito decepcionado.

"O que eu fiz? Será que ele não entende que não estou no lugar de Morgana de propósito?"

— Desculpe. Tenho que ir — disse Lancelot, passando por ela e batendo a porta atrás de si, deixando-a boquiaberta.

Observando a porta balançar para lá e para cá, ela não percebeu que Galahad entrava pelo outro lado.

— Melissa, olá — cumprimentou-a, percebendo o clima tenso. — Está tudo bem?

— Não. Lancelot está irritado comigo e ele não tem esse direito.

— Na verdade... — tentou explicar.

— Na verdade nada. Como ele pode agir assim? Sei que minha presença aqui mudou todos os planos dele, mas que culpa eu tenho?

— Então...

— Então nada. Na próxima vez que ele bater uma porta na minha cara, jogarei alguma coisa nele. Estou avisando. — Ela zangava-se mais a cada segundo. O lado impetuoso da antiga Melissa parecia aflorar mais a cada dia.

— Bem...

— Galahad, não ouse defendê-lo, por favor. Você não viu a cena.

— É, eu sei, mas...

— Ah, chega desse assunto. — Aproximou-se de repente e lhe deu um abraço apertado. — Foi para isso que vim.

— Veio me dar um abraço? — Estava confuso.

— Nos dois. Estar em Camelot não foi uma escolha minha, mas vocês dois são importantes para mim. Tudo é muito confuso aqui e quero muito voltar para casa, mas vocês têm me ajudado. Apesar de Lancelot ter sido bem idiota. Ah, Galahad, não sei explicar tudo o que sinto. Só sei que meu coração se partiria se um de vocês se ferisse. Eu... me preocupo muito. Mesmo com ele — assumiu. — Cuide-se, está bem? E cuide de Lancelot também. Pode deixar alguém bater nele, porque ele está merecendo, mas só de leve e sem objetos pontiagudos — cogitou por alguns segundos. — Não, ele não merece. Não deixe que batam nele, nem de leve — decidiu.

— Está bem. — Galahad riu. — Vocês dois são inacreditáveis.

— Espero que voltem logo. — Ela abraçou-o outra vez. — Não faça aquilo do seu poder de novo, não quero que apague sem mim por perto.

— Certo. Direi a ele que você veio para lhe dar um abraço.

— Não, não diga. Agora não quero mais. Ou melhor, diga, talvez ele possa me perdoar um pouco.

— Por que ele tem que perdoar você? — Galahad queria entender sua lógica e descobrir do que se lembrava.

— Por... — Melissa não queria contar a Galahad que ele e Lancelot amavam a mesma mulher, por isso se calou.

— O que está acontecendo aqui? — Os dois ouviram a voz de Mordred vindo de trás.

— Nada — responderam ambos.

— Já vou indo, Galahad. Tome cuidado. — Melissa reforçou o pedido e saiu, deixando Mordred e Galahad se encarando.

— Você sabe que ela é de Arthur, não sabe? — questionou Mordred, com frieza.

— É? — menosprezou, irônico.

— Você está passando dos limites, garoto.

— Devo estar, realmente. — Ele deu de ombros. — Você é o segundo que me diz isso hoje, e ainda não estamos nem na metade do dia.

— Ora, seu moleque, uma coisa é ser impertinente comigo. Cobiçar a mulher do seu rei pode lhe levar à morte.

— Não estou cobiçando a mulher de ninguém, Mordred. De ninguém — frisou, e deixou o cavaleiro falando sozinho.

Era quase meio-dia. Os homens estavam prontos para partir, e Lancelot precisava acertar os últimos detalhes com Arthur. Procurava-o pelo castelo quando encontrou Morgause.

— Ora, ora, se não é o poderoso cavaleiro.

— Sua Majestade. — Ele fez uma reverência e beijou a mão que a rainha lhe estendeu. — Infelizmente não poderei lhe dar a atenção merecida. Preciso conversar com Arthur e partir.

— Então, o que acha da mulher que meu sobrinho trouxe com ele? — perguntou, sem rodeios, impedindo que fosse embora sem responder.

Dificilmente Lancelot trairia seu rei, porém qualquer nuance poderia dar a ela uma indicação de caminho a seguir.

— Ainda não tenho muitas informações para julgá-la.

— Infelizmente, eu também não. Conto com você para me manter informada.

— É sempre um prazer, milady, contudo, como a informei de início, estou de partida.

— Lancelot, não importa se partirá ou não, você é capaz de descobrir todas as informações necessárias. Desde que o conheço, sei que protege meus sobrinhos. — Colocou a mão no peito. — Sinto tanta falta de minha querida Morgana.

— Eu também — concordou.

— Parece-me tão suspeito que minha sobrinha tenha desaparecido justamente com o surgimento dessa jovem.

— Morgana não desapareceu. Ela está em Avalon. — Lancelot manteve a mentira contada por Arthur e a observou estreitar os olhos, certamente percebendo que não conseguiria nada com ele.

— Quem é o pai de Melissa? Ela é nobre? Que reino estranho chamado Quatro Estações é esse? São tantas perguntas sem respostas. — Suspirou, colocando a mão na testa.

— Sinto por não poder ajudá-la.

— Mas há algo que não podemos negar, meu caro. Ela é belíssima. Senti-me velha, de repente.

— A senhora também é muito bela — elogiou-a, como ela esperava que fizesse. — E creio que sabe disso.

— Sei. — Piscou, flertando com ele, como lhe era comum.

— Senhora, realmente preciso ir. — Reverenciou-a mais uma vez.

— Pode ir, cavaleiro. Eu o verei quando voltar, espero que com menos pressa. Há algo nessa jovem que me perturba. Creio que Arthur esteja apaixonado e ainda não me decidi se aprovo ou não.

"Certamente, eu não aprovo, mas parece que não temos escolha", pensou Lancelot, afastando-se dela.

Ao sair do castelo, o cavaleiro encontrou Arthur, que vinha da direção da igreja.

— Já estou de partida. Só queria lhe perguntar se precisa de algo antes que eu vá — perguntou Lancelot, e notou que Melissa o olhava sobre a muralha, porém fingiu que não viu.

— Pode ir — respondeu Arthur, colocando a mão sobre o ombro do amigo por um instante e dizendo em um tom mais baixo: — Tome cuidado, irmão.

— Tomarei. Obrigado. E você não se coloque em risco na minha ausência. — Afastou-se para montar em Liberdade.

Os cavaleiros se afastavam das muralhas do castelo, enquanto Melissa os observava, o vento agitando seus cabelos. Na última visão que tivera de Galahad, ele estava montando no cavalo, com uma das mãos na testa como se estivesse fraco. Temia que estivesse usando seu poder. Por mais que quisesse se lembrar, não queria lhe causar danos.

Uma estranha apreensão se enraizava em seu peito, deixando-a triste. Mesmo sem entender de onde vinha, soube que se referia a Lancelot. Pouco antes, o cavaleiro passara por ela, vestido com sua armadura e capa vermelha, lançando-lhe um olhar antes de partir. Havia tanto que ele queria lhe dizer. Era perceptível, porém Melissa não conseguia traduzir o que era.

Lancelot deixou o castelo como um homem derrotado. Já não sabia mais o que encontraria quando retornasse. Deixava a única mulher que amou em sua vida, e por quem esperou durante dois anos, nos braços de seu melhor amigo, que claramente estava apaixonado por ela.

A tragédia despontava em seu horizonte como uma flecha certeira que destruiria quem surgisse diante dela. Constatar que não havia mais a possibilidade de uma solução sem ferimentos o agoniava. Pela primeira vez, chegou a conceber como seria sua vida sem Melissa, e em desespero percebeu que não haveria vida. Ela apareceu em seu rumo, mudando suas perspectivas, reformulando seus caminhos, enchendo-o de sentimentos que ele jamais imaginou que faltavam.

Para Lancelot, perder Melissa seria como perecer a cada respiração. Não conseguiria suportar, sabendo de tudo o que compartilharam em Avalon, ciente do quanto haviam se entregado um ao outro. Vê-la com outro seria padecer interminavelmente.

Virando-se mais uma vez para trás, avistou-a na muralha, olhando para ele. Queria ser capaz de fazer seu amor flutuar até ela e devolver-lhe cada memória. Em vez disso, contemplou o início do fim. Melissa estava se despedindo.

43

Sentindo-se muito melancólica de repente, Melissa absorvia a sensação. Arthur colocou a mão em suas costas, e ela não hesitou em se aproximar dele, encostando a cabeça em seu peito em busca de conforto. Foi pior: bem lá no fundo de seu coração, algo gritava que esse não era o caminho correto.

Tentando fugir da tristeza que parecia envolvê-la, permitiu que os braços dele a envolvessem e que lhe acariciasse os cabelos, o que lhe provocou uma vontade absurda de chorar.

Ao perceber que ela não estava bem, Arthur guiou-a pela mão até a cabine da muralha mais próxima, ordenando aos dois guardas que lá estavam que saíssem, fechando a porta ao passar. Ele mal teve tempo de se virar, antes que ela o beijasse, empurrando-o contra a porta. Melissa agarrou-se a ele, puxando-o, querendo se livrar do buraco de dor que se abria em seu peito, desejando intensamente que ele levasse o sofrimento para longe, ansiando acabar com o vazio que se espalhava por seu coração, implorando para que a salvasse da perdição que surgia à sua frente. O pesar a destruía, e sua única esperança era Arthur. Ele precisava resgatá-la antes que fosse consumida.

Arthur virou seu corpo, colocando Melissa entre ele e a passagem que os levaria para fora. Ele não entendia o que a levara a agir dessa forma e também não queria pensar sobre o assunto. Queria beijá-la, marcar seu corpo e não soltá-la mais. Nunca se sentira tão sem controle com uma mulher antes. Ela o fazia esquecer que era rei, que não deveria estar onde estava, deixando-se levar pelos sentimentos. O desespero de Melissa passava através de sua pele e o contaminava. Ele queria levar o que a atormentava embora, queria aconchegá-la em seu peito e prometer que tudo ficaria bem. Mais uma vez, eles se beijavam como se isso fosse capaz de salvar uma vida.

Passando a mão por seu rosto, Arthur percebeu o que nem Melissa havia percebido ainda: ela chorava. Ele se afastou um pouco e a beijou levemente pelo rosto.

— O que houve? — perguntou com carinho e preocupação.

Dando-se conta do que acontecia, ela soluçou, chocada consigo mesma. Já não sabia mais o que estava fazendo.

— Não sei. — Suspirou.

— Quer ir embora, é isso? — perguntou, desolado ao ver a tristeza em seu rosto.

— Quero voltar. Eu sinto como se estivesse no lugar errado. Em um lugar que jamais deveria estar. É como se estivesse fora de mim, e esse sentimento está me deixando louca. Está me sufocando. Não sei mais quem eu sou. — Encostou-se nele.

— Se eu pudesse, juro que a enviaria para casa, mesmo que morresse a cada dia sentindo sua falta.

— Quero ver meu pai e meus amigos, mas já não sei se o que preciso está lá.

— Permita-me ser o que você precisa, Melissa — pediu, beijando seus lábios devagar. — Juro que afastarei essa dor que a envolve.

— Quero que faça isso, quero mais do que tudo que faça isso — sussurrou, antes que ele a beijasse outra vez.

Melissa queria romper as barreiras que seu coração levantava contra Arthur. Queria deixá-lo entrar, mesmo com a sensação de que não deveria. Ele era tudo de que precisava, sabia disso. Porém, não importava o quanto repetisse para si mesma que se renderia; uma voz baixinha repetia em seu peito: "Não é ele, não é ele." E a constatação a afligia com intensidade porque não conseguiria mais se afastar, e agora sabia que ambos se machucariam irreversivelmente.

Quando Melissa e Arthur deixaram a cabine, ela estava recomposta, porém envergonhada. Não pelos beijos impulsivos trocados, mas por deixar que ele visse sua vulnerabilidade. A intimidade entre eles crescia vertiginosamente. Do lado de fora das muralhas, nada fora do comum era avistado. Abaixo deles, a vila mantinha o ritmo acelerado do meio-dia.

Arthur estendeu a mão, e Melissa a aceitou enquanto seus pés tocavam os primeiros degraus. Ele trocou algumas palavras com o guarda e desceu, guiando-a.

— Mais tarde, visitarei a viúva de Kay. Gostaria de me acompanhar? — perguntou.

— Sim.

— Isolde é adorável. Ela está em Camelot desde que se casou, há um ano e meio. É a terceira filha do Rei Cedric, de Brandennem. Kay foi feliz com ela, pena que por tão curto período — entristeceu-se.

— Vocês se conheciam há muito tempo?

— Desde crianças. O pai de Kay recebeu a mim e a Merlin, em um povoado de Brandennem, quando partimos de Camelot. Sir Hector me treinou.

— Deve ter sido horrível ter se afastado da família e ficado sozinho.

— Foi horrível, mas não posso dizer que estive sozinho. Convivi com praticamente todos os meus cavaleiros desde criança, e Merlin foi como um pai. Nunca me abandonou e me ensinou boa parte do que sei.

— Talvez por querer que você tivesse esses laços com ele — sugeriu Melissa ao chegar ao piso de pedras que cercava a parede da muralha.

— Você conversou com Lancelot ou Morgause? — indagou Arthur, desconfiado e um pouco arredio.

— É o que penso. Não preciso de outra pessoa para me dizer que opinião devo ter sobre alguém. — Seu tom foi levemente ríspido. Merlin era assunto difícil.

— Melissa, como disse, ele é como um pai. Sei que é intrometido e um pouco manipulador, porém não podemos amar só as qualidades das pessoas. Ele zela por mim e nunca mostrou nada diferente. Gostaria muito que não fosse um problema entre nós. Morgana, Lancelot e Morgause já me causam aborrecimentos demais sobre esse assunto.

— Foi você que tocou no nome dele — defendeu-se.

Arthur parou por um momento para olhar para ela. Melissa parecia realmente chateada por falar do feiticeiro, e não havia justificativa para tal. Eles mal se conheciam, e ela não deveria permitir ser influenciada por outras pessoas dessa forma. Era decepcionante como a situação entre os dois podia mudar drasticamente em poucos segundos. Do fogo para o gelo.

— Preciso conversar com o bispo antes de sair para visitar Isolde. Continuamos depois? — perguntou, procurando alguém à sua volta.

— Sim, vou caminhar um pouco.

— Prefiro que não fique sozinha. Precisamos encontrar uma dama de companhia para você, já que não quer usar a de Morgana.

— Nem Morgana usava a dela.

— Como você sabe?

— Ouvi dizer — respondeu, percebendo seu deslize.

— As pessoas falam demais nesse castelo. De qualquer forma, Morgana conhecia tudo e todos por aqui. Você não. É necessário que alguém a acompanhe.

— Mas eu não...

— Mordred! — Arthur não a ouviu e chamou o cavaleiro que passava. — Preciso que acompanhe Melissa enquanto converso com o bispo. — Entregou-a e dirigiu-se à capela.

O cavaleiro assentiu, estendendo gentilmente o braço a ela, que aceitou a contragosto — não por ele, mas pela atitude controladora do rei. Por um acaso ela era uma criança para ser entregue de mão em mão?

— Para onde quer ir?

— Qualquer lugar — respondeu, contrariada.

— Você está zangada — constatou Mordred, quando Arthur já estava longe, enquanto guiava-a para o mercado. Talvez ela se distraísse com a movimentação.

— Muito.

— Ele quer apenas protegê-la — disse, consciente de que ela não imaginava a suspeita de haver um traidor entre eles.

Conforme se aproximaram das barracas, as pessoas pareciam se interessar mais por Melissa. Vendedores lhe ofereciam frutas para provar, as tecelãs lhes estendiam tecidos. Ela, contudo, estava focada na conversa com o cavaleiro, que notando a falta de interesse tomou o rumo do castelo, pensando em como poderia entretê-la.

— Todos nós só queremos protegê-la. — Ele voltou a falar, quando viu que Melissa tinha se fechado.

— Eu sei, mas não preciso de guarda-costas.

— Do que me chamou? — Não compreendeu.

— Segurança, protetor, cavaleiro de armadura brilhante. Não preciso de nada disso. Sei me virar sozinha.

— Não pensei que isso fosse possível, mas você é pior que Morgana. Não se ofenda — apressou-se em concluir. — Minha prima é independente, provavelmente fruto de sua criação em Avalon e da influência de Lancelot, mas ela sabia onde poderiam estar os perigos. Você não sabe, por isso é vulnerável. Entendo Arthur, porque também me preocupo. Sinto que preciso protegê-la.

— Por quê? — surpreendeu-se. — Por ser cavaleiro?

— Não exatamente. É irritante sentir-me assim, Gaheris sente o mesmo e Gawain a vê como algo sagrado. Como ele é um garoto ainda, talvez esteja apaixonado. Gaheris e eu conversamos apenas entre nós, mas nosso caçula não para de falar sobre você, então, devo avisá-la, é questão de tempo para nossa mãe ficar interessada.

— Por que ela ficaria interessada em mim?

— Não em você exatamente, mas no que está acontecendo para que nós nos sintamos dessa forma. Ninguém nos diz nada, mas há magia envolvida. Não é preciso ser um feiticeiro para perceber. Talvez haja um encanto para querermos protegê-la. Eu não deveria nem estar conversando com você sobre o assunto. O desejo de contar foi maior do que minha resistência. — Coçou o queixo. — Estou preocupado, realmente. Não aprecio não ser dono de minhas ações.

— Por isso você ficou tão zangado quando me viu com Galahad? Quer me proteger? — perguntou quando entravam no pátio do castelo.

— Não. Não gosto de Galahad. — Foi sincero. — E, sim, quero protegê-la, porém não mentiria ao dizer que foi apenas isso.

— O que ele lhe fez? — Melissa não apreciava ouvi-lo criticando seu amigo.

— Uma série de pequenos eventos que não direi. Posso sentir um desejo incompreensível de protegê-la, mas isso não me fará contar todos os meus segredos. — Um tom sombrio passou por suas palavras.

— Ele lutou bravamente por mim na batalha. Não estaria viva, se não fosse por ele.

— Verdade? — Espantou-se.

— Sim.

— Então passarei a respeitá-lo, ainda que continue a não gostar dele. — Deu um tapinha na mão dela que estava sobre seu braço. — Será mais rápido do que eu esperava — murmurou.

— O quê?

— Minha mãe — disse, virando-a para Morgause, que caminhava como uma tigresa na direção deles. — Gaheris pensa que falo demais para ela, mas você entenderá logo que com Morgause ou você dá algo que ela queira, ou ela não para de pressionar. O segredo é não dar demais. Como uma aranha, ela tece sua teia em volta de quem deseja e não desiste até conseguir. É preciso pensar em cada palavra dita.

— Olá, meus queridos. — A rainha sorriu, esfuziante. Melissa admirou a bela ruiva que irradiava simpatia. — Estava mesmo à sua procura. Meu caçula amado finalmente foi transferido para um dos aposentos do castelo, como solicitei. Eu o visitarei e gostaria de companhia. Vamos comigo? — Segurou a mão livre da jovem. — Você pode ir procurar o que fazer, Mordred. — Balançou a mão para o filho.

— Preciso acompanhá-la. Foi um pedido de Arthur.

— Ela está acompanhada por mim. Quer companhia melhor? — desdenhou. — Minhas servas estão comigo. — Apontou para as duas jovens que aguardavam atrás dela. — Agora, se me permite, preciso ver seu irmão. — Saiu, deixando Mordred parado, pensando se deveria ou não ter permitido que Morgause a levasse. Ele sabia que, querendo ou não, nada impediria a mãe de ter esse momento com ela.

Melissa entrou, acompanhada de Morgause, nos aposentos destinados a Gawain. A rainha ordenou às duas servas que as aguardassem do lado de fora. O quarto era pequeno, tinha apenas uma cama, duas cadeiras, uma mesinha e um baú. Como o jovem cavaleiro estava ferido na perna, o médico resolveu que teria de ficar no térreo. Na verdade, não deveria ter sido movido do alojamento dos cavaleiros, mas Morgause ameaçou o máximo de pessoas que pôde, até que foi atendida.

— Olá, meu anjo — disse a mãe, carinhosa, aproximando-se do filho, que sorriu ao vê-la.

— Olá, mãe. Pensei que só voltaria mais tarde. — Colocou o copo vazio na mesinha ao lado da cama, junto com a jarra cheia de água.

— Não posso me preocupar com meu filho?

— Pode, só não precisa ser tão superprotetora — respondeu, vendo Melissa parada à porta. — Lady Melissa. — Seu sorriso foi tamanho que ela chegou a acreditar em Mordred. O garoto estava realmente com uma paixonite adolescente por ela.

— Pode me chamar de Melissa, apenas — reforçou o pedido que fazia a todos. — Você está melhor?

Gawain estava deitado com o lençol cobrindo-o até a cintura, vestindo um camisolão branco, aberto até o peito. Ele arrumou-se, antes de responder:

— Sim. Creio que em um ou dois dias estarei mancando por aí.

— Fico feliz. — Sentou-se na cadeira ao lado da mulher.

Um silêncio constrangedor caiu sobre eles quando os assuntos corriqueiros terminaram, cortado estrategicamente por Morgause.

— Diga, minha jovem, já que precisamos entreter meu pobre filho ferido. — Fez um carinho nos cabelos de Gawain, que sorriu. Melissa percebeu que a mãe era mais carinhosa com ele, e que usava um tom mais afetado com Mordred. — Por que não nos fala mais sobre sua vida? Seus pais, reino, história... Como chegou em Camelot, conheceu Arthur e qualquer outra informação que julgar importante.

As palavras de Mordred vieram à mente de Melissa. Morgause não sossegaria enquanto não soubesse o que desejava.

— Mãe — intercedeu Gawain. — Para que tantas perguntas?

— Não há problema. — Melissa aquiesceu. — Não guardo segredos. Vim de Quatro Estações, um reino muito distante. Conheci Arthur no trajeto para cá, ele me resgatou, por assim dizer.

— Bandidos? — perguntou a outra.

— Não, me perdi das pessoas que deveriam me acompanhar — inventou — e, por fim, quase me afoguei. Foi onde ele me encontrou.

— Seus pais devem estar preocupados.

— Minha mãe faleceu e meu pai... está doente. — Pensou que era o melhor a ser dito.

— Coitadinha. — Morgause continuava enquanto Gawain não dizia nada. — Sem irmãos para protegê-la?

— Ele morreu há dois anos.

— Sinto muito. — Gawain apressou-se em dizer, demonstrando compaixão por ela. — Perder um irmão é uma dor que não se vai.

— Pobrezinha — acrescentou sua mãe. — E seu pai não aguarda o seu retorno?

— Acredito que sim.

— Chega, mãe. — O jovem a interrompeu. — Preciso conversar com ela e creio que é mais importante do que fazer interrogatórios sobre sua vida.

— Só estamos conversando, pequeno. — Fez-se de desentendida, porém ficou quieta. Seu filho parecia diferente. — Não gosto quando fala comigo como se fosse com seus irmãos. — Ela demonstrou mágoa.

Melissa aguardou o breve embate dos dois até que Gawain continuou:

— Mãe, há algo grave acontecendo — começou, sem conhecer o real interesse de Morgause. — Melissa, preciso fazer uma pergunta que me atormenta desde que a vi: nós já nos conhecemos?

Morgause cruzou as pernas e levantou a sobrancelha, interessada.

— Creio que não — respondeu.

— Sinto que sim — insistiu.

— Por que diz isso? — A jovem sentiu-se incomodada.

— A primeira vez que a vi foi normal, como se realmente estivesse conhecendo alguém, porém, com o tempo, passei a sentir como se já a conhecesse.

— Desde quando?

— Aí é que está, desde sempre. Não me entenda mal, por favor, mas é como se eu pudesse fazer qualquer coisa por você.

— Pode ser parte de você por ser cavaleiro. — Melissa se levantou, inquieta. Apesar de Mordred ter contado a ela o desejo de protegê-la, com Gawain a intensidade era infinitamente maior.

— É muito além, Melissa. Entregaria minha espada, minha honra e minha vida a você. Se eu pudesse me levantar, me ajoelharia. Sinto Avalon me ligando a você. — Seus olhos claros brilhavam.

Morgause prendeu a respiração perante aquelas palavras, empalidecendo.

— Não sei o que está havendo, Gawain. — A jovem se levantou, assustada. — Eu... Eu preciso de ar.

Melissa saiu dos aposentos, enquanto Morgause recuperava a cor ainda sem acreditar no que estava debaixo de seus olhos. Não era possível.

44

Marcos e Paula estavam conversando, à beira do lago, enquanto a noite começava a cair. A temperatura estava agradável, e Paula encostava os dedos na superfície da água.

— Posso falar algo bobo? — Ela virou-se para ele, fazendo os cabelos balançarem.

— E desde quando você pede permissão?

— Afe, idiota! — Jogou-lhe um pouco de água. Depois suspirou, melancólica. — É que... aqui deveria ser um lugar triste, certo? Mas tivemos tantos bons momentos que não consigo odiar o lago.

— O lago não teve culpa do acidente. Eu entendo o que quer dizer. E não tem como odiar o lugar preferido dele, né? É por isso que sempre voltamos.

— Se o Gabs estivesse aqui, as coisas seriam diferentes.

— Não tenho dúvida disso.

Os dois voltaram a ficar em silêncio, e Paula esticou a mão para tocar a água outra vez no mesmo instante em que ela começou a borbulhar.

— Ain, caramba! — A garota pulou para trás. — Eu não fiz nada.

A agitação logo se espalhou pelo lago inteiro. Marcos se levantou, afastando-se e parando ao lado de Paula, que olhava para água com a mão cobrindo a boca. O ar se encheu de centelhas brilhantes, enquanto um imenso redemoinho se formava sobre uma bola de luz gigante.

Marcos pegou a mão da amiga e estava prestes a puxá-la para trás quando um corpo foi arremessado da água e caiu a dois metros deles. Uma jovem ruiva levantou a cabeça e olhou na direção deles e depois a baixou, parecendo muito cansada. Chocada, Paula soltou um palavrão e olhou para o amigo. Antes que ele pudesse impedi-la de se aproximar, rompeu a distância e se abaixou perto de Morgana.

— Ei! — Tirou os cabelos molhados de cima de seu rosto.

Morgana abriu os olhos devagar, ainda cansada. Ao se deparar com a estranha de cabelos coloridos, se encolheu, tocando o próprio corpo, aliviada. Uma vez Viviane lhe dissera que algumas pessoas perdiam as roupas durante uma travessia. Sabia que não estava coberta como deveria, mas ao menos não estava nua.

— Você está bem? — Paula tentou outra vez. — Está machucada?

A feiticeira abriu a boca, sem que saísse nenhum som. As palavras pareciam se encaixar aos poucos em sua cabeça, demorando para fazer sentido. Já visitara aquele lugar uma infinidade de vezes no corpo de Melissa. Sem saída, tentou se lembrar de tudo o que sabia sobre a Escuridão e a travessia entre mundos. Era claro para ela que não estava mais em Camelot. Então suas visões não eram com algo que estava por vir, era com outro tempo e lugar.

Ela reconhecia a garota de cabelos coloridos e olhou de relance para o rapaz. Como era mesmo seu nome?

— Ei, gata — insistia Paula, enquanto Marcos se aproximava devagar, não querendo assustar a garota. — Você precisa mesmo me ajudar. Tem certeza de que saiu do lago? — Ao fazer a pergunta sentiu-se boba, porém sabia o que vira. Estranhava um pouco que isso não a assustasse.

— Sim — respondeu Morgana.

— Certo. E você estava onde antes? Porque eu estava aqui pensando... Vai que você mergulhou na outra margem e veio nadando sem a gente perceber, né? O que não é possível é que você tenha vindo do nada, certo? Isso não faz o menor sentido e... — Paula continuou tagarelando. Por mais que procurasse mil desculpas, o ar ainda estava carregado de centelhas brilhantes, apesar de a água ter se acalmado.

— Eu vim de Camelot. — Omitiu a passagem pela Escuridão. Já estava assustada o suficiente com o que estava vivendo para relembrar seu pior pesadelo. — Levantou-se devagar, ajeitando os trapos que vestia. Quando ficou em pé, sentiu uma tontura muito forte e teria desabado no chão, se Marcos não tivesse se adiantado e a segurado no colo.

A feiticeira se esforçou para não perder a consciência. Levantou a cabeça e cruzou seu olhar com o do jovem à sua frente.

— Marcos. — Houve um segundo de reconhecimento. Depois o empurrou e saiu desajeitadamente do seu colo.

— Você me conhece? — perguntou ele, erguendo as mãos quando ela se afastou ainda mais. Não queria que ela se sentisse ameaçada.

— Conheço os dois — respondeu com a voz baixa, analisando o idioma que falava. Resquícios de suas visitas anteriores em outro corpo. — Melissa.

— Você conhece a Melissa?

Afoito, Marcos deu dois passos à frente, fazendo Morgana retroceder e cair, assustada.

— Para trás! — Ela ergueu as mãos. Faíscas pulavam entre seus dedos, enquanto tentava controlar sua respiração. Estava muito fraca para usar seus poderes. Isso deveria ser bom. Não queria matar ninguém e suas emoções estavam longe de seu controle.

Os três ficaram em silêncio por um breve momento. Todas as centelhas no ar se dissipavam, enquanto Marcos erguia as mãos, mostrando-as a Morgana.

— Eu não quero fazer mal a você. — Ele a observou conter uma risada nervosa, sem saber que ela poderia matá-los com um estalar de dedos. — Você disse algo sobre a Melissa. Sabe onde ela está?

— Ela não está aqui? — perguntou Morgana, estreitando os olhos.

— Não.

— Então é provável que esteja em Camelot. — Buscou a resposta em cada um dos seus ensinamentos. — Alguém fez um feitiço conectando nossas almas. Creio que tenha sido o miserável do Merlin. Por isso ele sabia que eu iria para longe.

Marcos e Paula se entreolharam. A garota falava frases que não faziam sentido para eles, porém parecia tão certa do que dizia que os assustava. Não podia ser coincidência que ela falasse dos lugares com que Melissa sonhava.

— Quem é você? — quis saber o jovem, por fim.

Ainda desgastada pelos últimos eventos, Morgana se levantou outra vez, devagar. Ergueu o queixo de forma imponente. Por mais que sentisse medo nessa terra estranha, não demonstraria.

— Morgana Pendragon. — E como se seu nome não fosse imponente o suficiente, ela continuou: — Senhora do Fogo, feiticeira e princesa de Camelot e irmã do Grande Rei Arthur, rei da Britânia e protetor da magia.

Marcos procurava o que dizer quando Paula chegou mais perto.

— Não que eu esteja duvidando nem nada, e muito menos preparada para a resposta, mas você tem como provar tudo isso aí? — indagou a garota.

Morgana odiava que duvidassem dela, porém, dadas as circunstâncias, decidiu que o melhor era deixar tudo às claras. Então, ciente do que isso poderia lhe custar, esticou a mão fechada na direção deles, e, quando abriu, uma bola de fogo surgiu na palma.

Paula soltou um palavrão baixinho e Marcos apertou a cabeça. O natural seria correr. Alguém os julgaria por isso? Ainda assim ambos permaneciam olhando para a feiticeira e sua bola de fogo sem saber o que dizer. E, antes que qualquer um deles pudesse recuperar a fala, Morgana murmurou algo em um idioma estranho e desmaiou.

*

Morgana bocejou ao acordar e sentiu o tecido agradável que cobria seu corpo. Por um instante pensou ter sido tudo um sonho, mas ao abrir os olhos se viu em um quarto diferente. Usar seus poderes devia tê-la esgotado. Precisava tomar cuidado e se recuperar antes de tentar novamente.

Pelas memórias de Melissa, sabia que aquele era o quarto de Marcos. Sentiu o perfume dele no travesseiro e se sentou, em um ímpeto. Um abajur iluminava o ambiente. Estreitando os olhos, aproximou-se dele e tocou a lâmpada, quase queimando a ponta do dedo.

— Como eles prendem a luz dentro do vidro?

Por mais que tivesse vivido várias experiências através do corpo de Melissa, tudo ali era novo e diferente. Levantou-se da cama e viu que vestia roupas que não conhecia.

Ao se aproximar da porta entreaberta, ouviu os dois amigos de Melissa conversando.

— Será que a gente fez certo em não levá-la para o hospital? — questionava Marcos.

— Claro! E se a gente leva e ela taca fogo em tudo? — assegurou Paula. — Cara, isso é assustador — disse, deitada no sofá como se estivesse em um divã. — O que mais pode sair daquele lago?

— Olha, do jeito que a coisa está, eu não me surpreenderia se saísse um dragão, viu? — Marcos andava de um lado para o outro. — E como a Mel pode estar bem vivendo em meio a bárbaros? É a Idade Média, Paulinha? Imagina a Mel do jeito que é cercada por homens que pensam daquela forma?

— A Melissa será muito bem-tratada. Não somos bárbaros. — Morgana saiu do quarto e cruzou os braços, ofendida. — E dragões não podem viajar entre portais desde que Barba Negra e Gancho tentaram dominar a magia — explicou como se fosse algo óbvio.

— Eu não acredito que dragões existem! — vibrou Paula, sentando-se no sofá.

— Estão quase extintos, mas existem.

— Hum... Me diga, o Gancho é mais estilo Disney ou *Once Upon a Time*? — perguntou Paula, fazendo referências a como o personagem já fora representado e, vendo a confusão de Morgana, explicou: — Malvadão? Sedutor e supergato?

— Paulinha, isso é hora? — Marcos a advertiu, ainda sem saber como se desculpar por ter ofendido Morgana, que o encarava como se pudesse transformá-lo em cinzas a qualquer momento.

— O quê? — A amiga deu de ombros. — Nunca se sabe, né? Vai que ele atravessa o lago. Preciso saber.

— Dizem que Capitão Gancho é tão malvado quanto sedutor, que se o encontrar perderá todo o ouro e seu coração, mas eu nunca o vi. Arthur o mataria, se ele se fosse atrevido o suficiente para se aproximar de Camelot. Ainda mais depois do que ele fez a Lilibeth.

— Quem é essa? — Paula apontou para o sofá, convidando Morgana para se aproximar.

— Princesa das fadas. É muito poderosa, mas está desaparecida. Eu nunca a vi. — Morgana deu a volta no sofá e se sentou, ereta. — Quem me trocou? — lembrou-se de perguntar e respirou aliviada ao ver Paula apontar para o próprio peito.

— Me desculpe — disse Marcos ao se sentar na mesinha de centro, em frente à feiticeira, não conseguindo mais se conter. — Eu a ofendi e não foi minha intenção.

— Se eu falar da sua família, minha intenção será ofendê-lo — rebateu Morgana. — Então duvido que não tenha percebido o que fazia.

— A Melissa é minha família.

— Ei! — Paula deu um chutinho em seu pé.

— A Melissa e essa doida são minha família, Morgana. — Marcos encarou-a. Era visível a tristeza que o invadia por não saber se a amiga estava bem. Ele não sabia nem como estava conseguindo não surtar com tantas informações. — Não tenho mais ninguém. Desde que ela desapareceu, passou tanta coisa pela minha cabeça, menos que ela estaria em outro mundo. É isso mesmo? Esse mundo não é passado?

— Há mundos infinitos. Nem eu tenho acesso a todos. Creio que nem Merlin — respondeu ao sentir a tristeza dele. Sabia como era ter poucas pessoas. — Meu pai era um feiticeiro muito poderoso. Ele era fascinado pelo reino dos homens. Em uma visita, se apaixonou por minha mãe, cuja família tinha alguns laços com o mundo mágico, mas eu nunca soube exatamente quais. A magia estava escapando por frestas em portais e um conselho mágico decidiu que era preciso criar um lugar onde ela se fixasse, assim nasceu a ilha de Avalon. Ela contém a magia segura, para que ela não se espalhe entre os homens. Ou pelo menos era assim antes, quando éramos mais fortes. Meu pai não deveria ter ficado do outro lado, mas ele desistiu de tudo por amor à minha mãe.

— Ele foi punido por isso? — perguntou Marcos, sem entender de onde vinha a apreensão que sentia.

— Não. Pelo contrário, a Deusa o abençoou, mas ele precisou abdicar dos poderes. Entretanto Lilibeth, a princesa das fadas, o ajudou a unificar os cinco reinos já existentes na Britânia e a criar Camelot. Ninguém sabe por que ela demonstrava tanto zelo e carinho por nós, mas ela foi leal a minha família até desaparecer há dois anos. Não sei ao certo o que está acontecendo agora entre mim e Melissa. Algo me diz que os mundos estão colidindo. Bem, como eu disse, alguém nos conectou, então ela está em Camelot. De todos os mundos, não posso pensar em um lugar melhor para que ela esteja além de onde meu irmão e seus cavaleiros estão.

— A Mel está lá durante todos esses dias? — perguntou Paula. Por mais que fizesse brincadeiras, amava e se preocupava com a amiga.

— O tempo tem velocidade diferente em cada mundo.

— E agora? Por quanto tempo será que ficarão trocadas? — questionou, um pouco aflita.

— Esse tipo de troca tem uma finalidade. Uma missão que só podemos executar em conjunto. Há algo para ela em Camelot, e há algo para mim aqui. Quando cumprirmos o que quem nos ligou espera, poderemos destrocar.

— E você sabe o que é? — voltou a questionar Marcos.

Morgana notou um fio de esperança em seu olhar. Ele queria Melissa de volta e, se houvesse uma missão envolvida, seria capaz de ajudar, para que a amiga retornasse. Ela deu um sorriso triste, esperando que, em casa, alguém a quisesse de volta com tanto afinco também, porém no momento não tinha boas-novas.

— Eu não faço ideia do que preciso fazer.

45

Poucas pessoas saíam da capela de madeira do mais nobre carvalho quando Arthur entrou. Normalmente essa construção teria dois andares: o superior, para os nobres, e o inferior, que deveria ser usado pelo povo. O rei negou-se a permitir que fosse dividido por não crer que Deus fizesse acepção de pessoas, para total desespero do bispo. Havia duas fileiras com dez bancos, e o corredor era marcado por um belo tapete de pele de cordeiro.

O átrio tinha um pequeno púlpito onde o bispo presidia as missas, às quais um número reduzido de pessoas comparecia. O povo ainda era reticente quanto à ideia de servir a um único Deus.

Arthur seguiu até o primeiro banco e ajoelhou-se, cruzando as mãos em frente ao rosto. Levantou a cabeça e contemplou a cruz de ouro no alto da parede. De tudo o que precisava pedir, uma única prece surgiu em seus lábios. Morgana. Queria sua irmã de volta a Camelot. Depois poderia se preocupar em resolver todo o resto. Não queria mais passar anos longe dela como da última vez. A jovem podia ser teimosa, impertinente e desafiadora, porém, por mais que contrariasse cada uma das suas decisões, ela o entendia.

— Vejo que veio prestar honras ao nosso querido Deus. — O bispo sentou-se no banco em frente ao rei.

Arthur levantou-se e sentou-se ao lado dele.

— Como as pessoas estão reagindo?

— Pessoas precisam de exemplos e regras, majestade. E ultimamente não têm nenhum deles. Você não tem vindo muito à igreja e também não os obriga a fazê-lo.

— Estou aqui agora e, o mais importante, Deus está o tempo todo em meu coração.

— Não tenho dúvidas.

— Fui informado de que o General Caius está a caminho, juntamente com dois homens do clero. Resolveremos a situação.

— Espero que sim. Essa jovem que chegou com você ao castelo, quem é?

— Melissa.

— É nobre?

— Mais do que imagina.

— É cristã? — Seu interesse aumentou.

— A primeira frase que ela me disse foi "Ah, meu Deus", então creio que sim.

— Ótimo. Gostaria de conhecê-la. — Agora estava curiosíssimo.

— Conhecerá.

— O que ela significa para você? — Foi direto.

— Ela é apaixonante, não há como não se deixar envolver por ela, mas não sei se nos entenderemos. — Refletia.

— Por quê? — questionou o bispo, intrigado.

— Ela é voluntariosa.

— Pelo que sei, você tem experiência com mulheres assim, apesar de Deus as condenar.

— É diferente. E não creio que Deus condene uma mulher por ter personalidade, bispo — respondeu, grave.

— Essas são as mais fáceis de serem manipuladas pelo diabo e virar a vida de um homem de ponta-cabeça.

Arthur sorriu ao se lembrar dos beijos trocados havia pouco. Germanus certamente desejaria queimar Melissa na fogueira se soubesse, apesar de o rei desconfiar que ela era ainda mais ardente que o fogo. O bispo continuava falando, contudo os pensamentos do outro estavam longe. Devaneios que certamente deveriam ser proibidos dentro de uma igreja.

Melissa saiu apressada do castelo. O que estava havendo? Primeiro Mordred disse que sentia a necessidade de protegê-la, depois Gawain a avisava que daria a vida por ela. Como queria ter Galahad e Lancelot por perto para conversar.

Sem rumo, continuou seguindo os limites da muralha até que avistou a vastidão verde, subiu a colina onde acontecera o funeral dos cavaleiros e notou alguém sentado em frente ao local onde Kay fora cremado. Hesitando entre ir ou não, rendeu-se ao desejo de apoiar a dor da perda de quem quer que fosse. Era assim desde que sentira na pele o quanto a morte poderia ser cruel.

Aproximando-se devagar, viu um dos cavaleiros de Arthur. De cabeça baixa, o vento batendo em seus cabelos, ele parecia murmurar algumas palavras, enquanto seus dedos tocavam a terra. Receosa de que ele também pudesse ter um protecionismo indevido em relação a ela, decidiu se afastar ao mesmo tempo em que o homem se virou.

— Milady, posso ajudá-la?

A dor evidente em seu semblante desestruturou Melissa.

— Tristan, certo? — Ela lembrou-se de ouvir outro cavaleiro dizendo seu nome.

Ele assentiu, levantando-se.

— Precisa de algo? — perguntou outra vez.

— Não. Como você está?

— Bem. — Surpreendeu-se com a pergunta e respondeu, apesar de ser mentira. Estava abatido, cansado, desolado e sua aparência provavelmente externava seu interior.

— Você não parece bem. — Viu-o encostar a mão na testa. — Acho que está de ressaca. — Ele arregalou os olhos para ela. — Bebeu demais ontem, não bebeu?

— Essa é provavelmente a conversa mais esquisita que já tive com uma mulher, apesar de não deixar de ser interessante. — Balançou a cabeça. — Creio que ainda estou bêbado.

— Você precisa beber bastante água e comer frutas. A frutose, açúcar natural das frutas, vai ajudar a limpar seu organismo.

— De onde você veio? — questionou, intrigado pela desenvoltura dela sobre bebidas e suas consequências.

— Quatro Estações.

— Não conheço — respondeu, e voltou a ficar em silêncio.

— É... Arthur me convidou para visitar Isolde com ele mais tarde. Quer ir conosco?

Tristan ajeitou o cinto, mexeu na túnica cinza amassada e passou a mão pelos cabelos castanhos bagunçados, enquanto decidia o que dizer. Seu estado era lastimável, mas ela não parecia se importar. Quem era essa mulher que conversava tão abertamente com quem mal conhecia? Poderiam os costumes ser tão diferentes entre os reinos?

— Arthur sabe que está me convidando? — perguntou, incerto.

— Não, por quê? Ele precisa saber?

A pergunta despretensiosa o fez rir pela primeira vez desde a morte de Kay.

— Na verdade, precisa.

— Ah, sim, formalidades e costumes. Falarei com ele, se você se sentir melhor. Se concordar em ir conosco, posso esperar com você. — Estava desesperada por companhia normal, após os eventos do dia. — Se não tiver alguma obrigação de cavaleiro, é claro.

— Não tenho compromissos à tarde.

— E então?

Cogitando a situação, Tristan hesitava. Teria de ir à casa de Kay mais cedo ou mais tarde. Sabia que não estava preparado, porém não podia fugir de suas responsabilidades. Quanto a Arthur, ele provavelmente ficaria irritado, mas a situação era irreverente e o cavaleiro gostaria de observá-la melhor. Talvez não conseguisse sair das trevas em que se encontrava, mas o sorriso incentivador de Melissa lhe dizia para tentar.

— Eu irei.

Melissa sentiu-se bem por convencer Tristan a acompanhá-los. Os primeiros dias eram os mais difíceis, e evitar os lugares que recordavam a pessoa perdida não mudava o fato de que ela havia partido.

— Ótimo. Posso perguntar algo? — Ela se afligia com os últimos acontecimentos.

— Pergunte.

— Você não sente um desejo incompreensível de me proteger, certo? — Achou melhor saber de uma vez.

— Não mais do que o desejo de proteger qualquer outra pessoa. — Tristan ficou sem entender a pergunta incomum.

— Ótimo. — Respirou aliviada. — Não sei quanto tempo Arthur demorará.

Ele olhou para o céu, pensando no que poderiam fazer, e obteve sua resposta cruzando pelas nuvens.

— Quer ver um falcão?

Quanto mais conhecia, mais Melissa se dava conta da grandiosidade do reino. Atrás dos estábulos ficavam os canis e as gaiolas, repletas de animais muito bem-cuidados. As janelas das gaiolas eram grandes para receber luz. Havia grossos tecidos de couros enrolados, e Tristan explicou que serviam para cobri-las em dias frios, para proteção dos animais.

Era fácil falar com o cavaleiro. Ele era tranquilo e despretensioso, principalmente enquanto manuseava algum pássaro. Ajudou Melissa a vestir uma espécie de luva que protegeria seu braço e chamou o animal com um assovio. Ela se assustou quando a ave se aproximou, porém não se mexeu, esperando. Garra de Aço, nome do maior falcão do reino, pousou em seu braço e olhou para ela, imponente.

— Isso. Ele não a machucará. — Tristan tocou seu braço, levantando-o, para acomodar melhor o pássaro. — Deixe assim.

Garra de Aço coçou a asa com o bico e tornou a olhar para a jovem.

— Posso deixá-lo voar? — perguntou Melissa, insegura.

— Claro. Faça assim. — Moveu o próprio braço para a frente, um pouco elevado, para que ela o copiasse, e a viu executar o movimento com perfeição. — Você leva jeito — disse, observando o falcão voando em círculos no céu.

Tristan aproximou-se dela novamente para tirar a luva de seu braço. Enquanto desamarrava as fitas de couro, Melissa o observava. Seus cabelos ondulados caíam sobre a testa. Não eram curtos nem longos. Com a proximidade ela percebeu que, em meio aos fios castanhos, havia pequenas mechas douradas. Ele levantou o rosto, permitindo que ela notasse seus olhos cinzentos, que refletiam sua tristeza, tornando-os escuros como uma tempestade que se anunciava. Tinha a mesma idade e altura de Lancelot, assim como a barba curta.

Ao cruzar o olhar com ela, Tristan decidiu que não era o melhor momento para confidenciar que estava se sentindo mais protetor, curiosamente a primeira pergunta que ela lhe fizera mais cedo. Querendo manter a tranquilidade que Melissa aparentava, calou-se e deu um breve sorriso.

— Tristan. — O cavaleiro ouviu a voz de Arthur e virou-se lentamente.

— Arthur. — Conhecia-o bem demais para identificar o ciúme em sua voz.

— Bors me disse que vocês estariam aqui.

— Claro que disse. Eu pedi que avisasse — respondeu, seguro.

— Arthur, convidei Tristan para visitar a esposa de Kay conosco — declarou Melissa. Ao receber um olhar de aviso do outro, acrescentou, um pouco contrariada: — Ele pode ir? — Caminhou em direção ao rei.

Arthur olhou de um para o outro. Nenhum deles parecia ter feito algo errado, então por que sentiu tanto ciúme ao vê-los juntos? Tristan era um de seus melhores amigos e um cavaleiro leal, jamais agiria dessa forma. Melissa provavelmente foi atraída a ele pelo instinto que a levava a consolar pessoas em luto. Ah, era isso. Ela teria confortado o cavaleiro como o confortara?

— Ele pode ir.

Observou Tristan colocar a luva na prateleira, chamar o falcão, colocá-lo na gaiola e fechar o trinco.

— Podem ir na frente. Eu os alcançarei em minutos.

— Depois precisamos conversar — informou Arthur a Melissa.

— Precisamos. — Ela mantinha a postura distante. — Podemos conversar no caminho. — Aceitou o braço que ele lhe estendeu, arrependendo-se imediatamente.

— Sozinhos — sussurrou Arthur em seu ouvido, causando-lhe um estremecimento.

— Talvez em público fosse melhor — sugeriu ao perceber o modo como ele a olhava.

— Sozinhos. — Arthur balançou a cabeça e riu. Como poderia conversar a sério com ela se toda vez que se aproximava só conseguia pensar em tocar sua pele?

— Do que está rindo? — A curiosidade a venceu.

— Lembrei de uma coisa que o bispo disse sobre mulheres e o diabo. Estou começando a concordar.

46

— Por quanto tempo pensou que poderia esconder de mim que ela é a última filha de Avalon, Merlin? — perguntou Morgause, mordaz, ao cruzar a porta da torre de Merlin.

Ele escrevia em um pergaminho e nem se dignou a levantar a cabeça.

— Terei de começar a trancar esta porta. Ultimamente qualquer um entra sem permissão. — Bateu a ponta da pena levemente no tinteiro.

Morgause caminhou até ele, colocou suas duas mãos na mesa e aguardou sem se mexer.

— O que você quer? — perguntou, ainda olhando para o pergaminho.

— Quais são os planos para ela?

— Para ela quem?

— Não me provoque. — A rainha andava pelos aposentos, agitada. — Como não percebi antes? Como? Ela chega de repente, Arthur se torna um bobo apaixonado. Como não liguei os pontos?

— Morgause, você está delirando. — Merlin desistiu de escrever, colocando a pena na mesa e cruzando as mãos sobre a barriga.

— Gostaria de saber como e onde a esconderam por tanto tempo.

A ansiedade ameaçava tomá-la. Se a filha de Avalon surgira, Owain não deveria estar longe. Tentou controlar-se para não dar munição ao feiticeiro, que poderia ser usada contra ela em uma situação oportuna.

— Por que está tão aflita?

Era tarde demais. Morgause sentou-se em frente a ele, fingindo tranquilidade. Arrependia-se por ter ido ao encontro do feiticeiro de imediato.

— Está louco? — rebateu. — Estou irritada. Quero saber por que não fui informada.

— Sei. — Observava-a atentamente.

— Você assume que é ela? — Morgause passava as mãos no vestido de cetim azul, evitando que ele as visse tremer.

— Não assumo nada.

— Não precisa. Está claro.

— Morgause. — Levou um dedo aos lábios, batendo-o levemente, refletindo. — O que está acontecendo com você?

— Ora, estou possessa, não está vendo? Odeio vê-lo controlando tudo outra vez. E mais: o que fez com meu filho? Por que ele é leal a ela a ponto de oferecer sua vida, espada e honra?

— Mas já? Ainda é cedo... — murmurou, pensativo.

— Sim, Gawain se sente ligado a ela intensamente.

— Gawain, o caçula? Não Mordred ou Gaheris? Tem certeza? — A confusão sincera nos olhos de Merlin demonstrou que Morgause cometera um erro ao passar a informação.

"É cedo e a ordem está errada. O que está havendo? Não era para ser Gawain. Quem está interferindo na profecia?" Merlin cogitava, enquanto Morgause se amaldiçoava por estar tão alterada.

— Por que fez isso? Por que ligou meu filho a ela? Não basta tudo o que essa profecia maldita tirou de mim? — Não conseguiu evitar a pergunta. — Malagant se foi por uma ligação assim. Eu não sou idiota.

— Não poderá me culpar dessa vez, Morgause. Não fui eu que criei essa ligação.

— Quem foi?

— Não que seja da sua conta ou que eu lhe deva satisfações, mas foi Lilibeth.

— Aquela fada cintilante? — questionou, admirada.

— A própria.

— Pensei que estivesse desaparecida ou morta, como todos da sua espécie — disse, com desprezo.

— Ela está. Isso foi antes.

— É claro, você não me daria uma informação que fosse realmente importante. De que adianta saber quem enfeitiçou meu filho se não posso encontrar e exterminar a pessoa?

— Você não é a única que quer encontrá-la. Ela me deve algumas explicações. — Merlin coçou a cabeça. — Bem, Morgause, não adiantará negar o óbvio, Melissa é quem você pensa que é. — Os olhos dela brilharam com a confirmação. — Devo avisá-la que, a partir de agora que você sabe, se qualquer acidente acontecer a ela, como tropeçar no pátio e ralar o joelho ou engasgar com um pedaço de pão, a culpa recairá sobre você.

— Você está me ameaçando? — chocou-se, colocando a mão no peito.

— Estou. — O feiticeiro cruzou os dedos e apoiou os cotovelos na mesa. — Você, seus filhos e qualquer um por quem você tiver sentimentos, supondo que você os tenha.

— Como ousa? Não pode pensar que sou assim tão frágil. — Estava indignada. — E contarei a Arthur.

— Eu negarei e ainda acrescentarei que você ameaçou Melissa. Ele está completamente envolvido, não toleraria qualquer dano a ela.

— Eu não a ameacei. Essa jovem é tão inocente neste seu jogo quanto meus filhos e sobrinhos. Arthur não acreditaria em você. — Seguia abismada com o comportamento do feiticeiro.

— Talvez não, mas ficaria em dúvida. E tenho meus meios de convencê-lo.

— Miserável.

— Não estou fazendo nada que você não faria, então não torne isso uma tempestade — ironizou.

— Estou cansada dessa manipulação, feiticeiro — respondeu, entre dentes.

— Não estou manipulando ninguém. Estou salvando Arthur. Não sei por que vocês insistem em usar essa palavra e não entender — reclamou, enquanto a observava se levantar, virar as costas e sair, deixando-o falar sozinho.

Para ele, pouco importava se Morgause tinha conhecimento ou não sobre quem era Melissa. Com o tempo, todos saberiam. A jovem rainha não ousaria fazer mal a ela. As ameaças do feiticeiro eram apenas um lembrete. Ele precisava administrar a situação. Se o feitiço de proteção havia sido ativado, em breve todos perceberiam.

47

À porta da casa de Kay, Arthur ajudou Melissa a desmontar. Normalmente os 12 cavaleiros pertencentes ao conselho e suas famílias moravam no castelo, porém Isolde, assim que se casou, pediu ao marido para que vivessem mais afastados, fora das muralhas que protegiam o vilarejo principal. Ela dizia que apreciava lugares mais isolados. Completamente apaixonado, Kay cedeu.

A casa era feita de grandes pedras retangulares revestidas de greda, calcário que dava às paredes um tom amarelo-esverdeado. Dividida em dois grandes cômodos, um deles se subdividia em cozinha, sala e área de tear, e o outro era o quarto do casal e de seu bebê. No segundo andar, Kay mais uma vez atendera ao desejo de sua esposa, construindo um pequeno salão onde ela ensinava as crianças que moravam perto a ler e lhes contava histórias. Isolde era o tipo de mulher que seria perfeita como senhora de um castelo. Ninguém imaginava por que ela preferia se isolar.

Em volta da habitação, alguns animais pastavam e servos cuidavam da área, preparando o campo para o plantio. Soldados se revezavam protegendo a região. As pessoas sorriam e acenavam para seu rei, e Melissa percebeu o quanto ele era amado.

Arthur bateu à porta, e a jovem observou Tristan passar a mão pelos cabelos. Ele parecia agitado e ao mesmo tempo temeroso, como se quisesse estar em qualquer outro lugar.

Uma menina de uns 5 anos, aluna de Isolde, surgiu e sorriu abertamente ao ver Arthur.

— Minha senhora, minha senhora — gritou a pequena enquanto corria para dentro da casa. — É o rei! Rei Arthur está aqui.

Passos apressados foram ouvidos e surgiu uma mulher de pele clara, cabelos castanho-claros e olhos azuis, em um tom bem escuro. Ela não tinha mais do que 23 anos. Melissa recordou-se de tê-la visto no funeral. A viúva usava um vestido marrom com delicados bordados brancos nas barras.

— Arthur — disse Isolde, enquanto ele colocava a mão em seu ombro e apertava levemente.

— Mais uma vez, sinto muito por nossa perda. — Ele segurou sua mão.

Os olhos dela encheram-se de lágrimas e sua voz embargou.

— Entrem, por favor — pediu, abrindo caminho.

— Vamos, Tristan — chamou Arthur, saindo do campo de visão, e só então a viúva viu o melhor amigo de seu marido.

Isolde prendeu a respiração. Ela conhecia todas as histórias dessa amizade. Ouvira cada uma dezenas de vezes, sob os dois pontos de vista animados. O tom sereno de seu marido e a vivacidade acalorada de Tristan. A jovem estranhou por não vê-lo no funeral, porém entendia.

— Tristan. — Sua voz não foi mais que um breve murmúrio.

O rapaz aproximou-se devagar e estendeu-lhe a mão, apertando-a lentamente e passando o polegar por sua palma. Um curto contato. Uma única lágrima escorreu pelo rosto do cavaleiro, e Arthur virou para o outro lado, dando-lhe privacidade. Contudo, Melissa não conseguiu desviar o olhar. Reconhecendo o sentimento de culpa, ela o viu refletido nos olhos dele; provavelmente nunca se perdoaria.

— Isolde, sinto muito. Espero que me perdoe. — Ele olhou para baixo, soltou sua mão e se afastou, sem conseguir continuar perto.

Melissa observou-o seguir para longe e olhou para Arthur, que parecia alheio à intensidade do momento. Isolde apertou suas mãos, sem saber como agir, e foi salva pelo choro do bebê que ecoou pela casa.

Uma jovem entregou o pequeno Wace à mãe, fazendo-o se acalmar instantaneamente. Isolde caminhava com ele pela cozinha, mirando de soslaio através da janela. O ambiente estava morno devido ao cozido que borbulhava nas panelas e o fogareiro aceso.

Arthur e Melissa sentaram-se próximos à mesa de madeira nobre. Em poucos minutos o bebê adormeceu e sua mãe juntou-se a eles, sem o soltar.

— Isolde, mais tarde, alguns homens virão buscá-la para que volte ao castelo — informou Arthur.

— Não gostaria de contrariá-lo, contudo desejo ficar em minha casa — explicou com sua voz baixa, desconfortável.

— Não ficarei tranquilo com você aqui sem um marido. Por mim, vocês estariam morando atrás das muralhas há muito tempo. Não entendo como Kay aprovava que você ficasse aqui enquanto ele saía para me servir. Você é minha responsabilidade e Wace também. Meu irmão aprovaria — referiu-se ao cavaleiro perdido.

— Minha casa é segura, os homens que trabalham em nossas terras nos protegeriam, além de seus soldados, e ainda estamos dentro do reino. — Ela insistia, porém sua voz perdia a força perante a determinação do rei.

— E se você deixasse alguns de seus cavaleiros de confiança por perto? — tentou interceder Melissa.

— Melissa. — O tom de advertência surgiu na voz do rei. — O assunto já foi decidido previamente. Isolde partirá para o castelo ainda hoje.

Revoltada, a garota controlou-se e deu-lhe a resposta mais sarcástica que conseguiu.

— Como o Grande Rei Arthur tem tudo sob controle e decidido — disse, levantando-se —, aguardarei lá fora com Tristan. — Recebendo um olhar espantado dos outros dois, Melissa saiu tranquilamente da casa.

Ela encontrou Tristan cortando lenha. O machado rasgava o ar e chocava-se violentamente contra a madeira. Ele passou o dorso do braço na testa, e ela pôde ver sua expressão tensa.

— Você está bem? — indagou.

— É a segunda vez que me pergunta isso hoje — respondeu, cortando o pedaço de madeira ao meio, lascas se espalhando para todo lado.

— Se não quer que eu pergunte, precisa parar de agir dessa forma. Você não conseguiu nem entrar na casa — observou, sem saber de fato por que se importava tanto com Tristan. Tinha a desconfortável sensação de que ele lhe lembrava alguém de seu passado, alguém de quem deveria cuidar.

O cavaleiro cravou o machado no tronco de uma árvore antes de se aproximar de Melissa.

— É comum em sua terra conhecer uma pessoa, já presumir o que se passa em sua mente e conversar como se fossem velhos amigos? Somos um pouco mais reservados em Camelot. Para se conquistar esse tipo de intimidade costuma se levar mais tempo — explicou, apontando para os dois.

— Somos diferentes. E daí? Se não quiser conversar sobre o assunto, posso ir embora, só não queria ficar dentro da casa ouvindo Arthur bancar o dono do mundo.

Tristan não conteve uma risada seca, surpreendendo a si próprio. Melissa acabaria enlouquecendo seu rei.

— Fique, por favor. — A impetuosidade dela era uma agradável distração. — O que Arthur fez?

— Determinou que Isolde deverá morar no castelo, provavelmente até que ele escolha um marido para ela. Que prepotente e machista! — Melissa apertou as próprias mãos como se quisesse bater em Arthur e percebeu que Tristan perdia o rumo novamente.

— Ela irá? — perguntou, abalado.

— Ela não tem escolha.

— Entendo.

— Há mais, não é? Muito mais do que luto nessa história. — Seus olhares se cruzaram, o cinza dos olhos dele se intensificando. — Isolde, certo?

— Mais devagar. — Tristan levantou a mão em frente a seu corpo, tentando mostrar a ela que estava ultrapassando barreiras.

— O quê?

— Nossa amizade — explicou, tirando uma lasca de madeira que ficara presa ao vestido dela. — Se vamos ser amigos, terá de se controlar com as perguntas.

— Tudo bem.

— E terá de se preparar, porque Arthur odiará vê-la comigo. Minha fama com as mulheres não é das melhores.

— O que você faz? — perguntou, curiosa.

— Você deveria se perguntar o que eu não faço. — Sorriu, sedutor. — Não paro com nenhuma ou tenho várias ao mesmo tempo. É sempre um problema de qualquer jeito — explicou, dando de ombros. — Arthur sabe e calculará o risco, apesar de sermos amigos e eu o servir.

— Arthur pode mandar em vocês, mas não em mim. — Ela sorriu, petulante. — E não é porque você fica com todas que encontra que eu vou me jogar nos seus braços, por favor.

— Será divertido manter você por perto. — Tristan caminhou a seu lado, pelo vasto campo verdejante, a curiosidade o vencendo. — Agora queira me esclarecer: o que é machista?

— Observe, caro cavaleiro. Sempre que achar que eu não devo fazer algo que você faz será machista.

— O quê? Mas homens e mulheres são diferentes e... — Melissa ergueu o dedo para ele. — Você está me dizendo que em seu reino as mulheres fazem tudo o que fazemos?

— E muito mais.

Havia um brilho divertido em seus olhos quando respondeu:

— Se precisar de escolta para voltar, conte comigo. Se todas as mulheres forem como você, creio que haja um novo reino para eu desbravar.

Melissa gargalhou antes de revirar os olhos e empurrar o cavaleiro, reconhecendo que, por mais que os valores dele fossem arcaicos para ela, não podia negar que tentava entendê-la.

Como Tristan esperava, Arthur sequer disfarçou o ciúme ao avistar Melissa conversando com ele. Porém, conhecendo parte do temperamento dela, o rei sabia que, se tentasse evitar essa amizade, mais ela ficaria fortalecida.

O cavaleiro despediu-se e saiu em disparada com seu cavalo, dando-lhes a oportunidade de conversar. Quando já se aproximavam do castelo, em uma pequena colina, Arthur disse a ela que parasse, sob a copa de uma árvore solitária. O pôr do sol se aproximava e a campina balançava conforme o vento.

— Precisamos conversar. — Aproximou-se, e ela deu um passo para trás.

— Pode falar daí — avisou, afastando-se ainda mais.

— Melissa, sei que está zangada, mas você não pode interferir em assuntos que sejam da minha alçada. Sou o senhor de Camelot e tenho obrigações. — Procurava manter o tom neutro.

— Eu sei.

— Sabe? — Ele surpreendeu-se ao vê-la assumir.

— Sim, sei. Apenas acho que você não tem o direito, sendo rei ou não, de obrigar as pessoas a mudarem a vida delas só porque acha certo — acusou, petulante.

— Eu tenho o direito — respondeu, um pouco irritado.

— Sei que tem, mas você me entendeu. — Cruzou os braços.

— Não vai ceder, não é? — Tentava controlar a impaciência.

— Não pretendo.

Ele tentou dar mais uma vez um passo na direção dela.

— Fica aí.

— Não preciso obedecê-la.

— Mas vai.

Ele suspirou, resignado.

— É assim em seu reino? As mulheres simplesmente dizem aos homens o que eles devem fazer e eles aceitam? — perguntou, exasperado, lembrando-a da conversa que tivera com Tristan mais cedo.

— Não, as pessoas sabem respeitar os limites dos outros quando estão em um relacionamento.

— Nós estamos em um relacionamento? — Arthur levantou a sobrancelha.

— Amizade é um relacionamento.

— Ah, como você é amiga de Tristan? — Não conseguiu esconder o ciúme.

— E de Galahad e de Lancelot. Acho que até de Mordred — enumerou.

— E você beija todos os seus amigos dessa forma? — A pergunta transbordou ironia.

— Lá vem você questionando quem e como beijo outra vez... Eu lhe pergunto quantas mulheres do reino você já beijou? Isso é particular, Arthur. E, não, antes que tenha uma síncope, não beijei seus cavaleiros.

— Bom, porque não compartilho mulheres com eles.

— Ótimo, mas só pode compartilhar o que é seu, e eu não sou propriedade de ninguém.

— Não consigo aceitar que uma mulher possa se entregar como você e não se permitir ser minha.

— Gostar de beijar você não me faz sua. Não é assim que funciona.

— Certo, me explique. — Ele cedeu, queria demais ter Melissa apenas para si e se isso significava que teria de aprender os costumes de outro lugar, ele o faria. — Como funciona?

— No outro mundo, às vezes nós colocamos a carroça na frente dos bois. Primeiro, vemos se há química, conexão, paixão entre duas pessoas. Isso não quer dizer que haja amor ou comprometimento.

— É o que aconteceu entre nós?

— Sim, definitivamente temos química. — Não evitou um sorriso travesso, que quase fez com que ele a beijasse, porém se conteve.

— Mas não há amor? — A mágoa do rei era evidente.

— Eu gosto de você, Arthur, mas não o amo e nem você a mim, apesar dessa fantasia que criou na sua cabeça por eu ter saído do lago supostamente para você.

— E poderá amar algum dia? — Queria ter esperança.

— Talvez, só o tempo dirá. Você me irrita, às vezes, preciso dizer. — Não conseguiu se conter.

— Por fazer o que devo? — zombou.

— Exatamente. Sei que é sua função, entendo perfeitamente, mas não consigo evitar ficar zangada quando o vejo agindo como se pudesse mandar na vida de qualquer pessoa.

— Bem, tecnicamente eu posso.

— É exatamente esse jeito pedante de saber o poder que tem que me deixa maluca. — Arthur olhou para baixo, e ela acrescentou: — E, às vezes, me atrai — confessou, recriminando-se. — É insano e controverso, mas também é sensual ver que você sabe o poder que tem e como usá-lo.

— Agora estou em um dilema. Nunca saberei se devo ou não agir como dono do lugar, o que sou, na verdade. — Sorriu.

— Outra coisa: não sorria assim quando estou nervosa com você. — Melissa não conseguiria lutar contra esta aproximação, então era melhor estabelecer os termos.

— Por quê?

— Porque deixo de estar, e é golpe baixo. Sou maleável demais — repreendeu-se. Por que tinha de ser tão suscetível?

Ele riu, aproximando-se e puxando-a para perto. Ela foi, sem oferecer resistência e amaldiçoando-se internamente.

— Então, segundo o lugar de onde veio, o resumo é que nós seguiremos nos beijando, entre outras coisas — tocou sua curva do pescoço com a boca —, sem estarmos comprometidos? — Ela assentiu, enquanto ele subia a mão por sua cintura — E você não se sentirá usada?

— Você se sente usado?

— Não, mas...

— Se ousar dizer que você é homem, teremos a maior briga que já teve em sua vida e dificilmente me beijará outra vez — avisou, tocando seu abdômen, lembrando-o do que ele poderia perder.

— Creio que seja mais seguro parar de falar — decidiu Arthur.

— Aprovado — respondeu Melissa entre seus lábios.

Após o dia entre desentendimentos e beijos com Arthur, Melissa adormeceu assim que sua cabeça tocou o travesseiro. E, imediatamente, parte de suas lembranças vieram à sua mente em forma de sonhos.

— Gabriel, quero voltar para casa — disse no momento em que seu irmão explicou que estavam em outro mundo e tempo.

— Mel, não sei se é questão de querer.

— Não quero saber. Quero ir. — Ela cruzou os braços, apoiando-se na parede da cabana de Viviane.

— Acontece que não fomos nós que escolhemos vir, fomos sugados.

— Você tem certeza de que o pai está bem?

— Viviane jurou que sim, então acredito nela.

As flores azuis sobre a mesa da feiticeira tornaram-se laranja, bem vivas, e Melissa deu um pulo.

— O que foi isso?

— Elas mudam de cor conforme o humor predominante na cabana, acho que é o seu, no momento. Está um pouquinho ansiosa, não é? — explicou Gabriel.

— Que coisa maluca — exclamou, afastando-se delas. — Voltando, você disse que já veio outras vezes, então sabe como sair. Não ficarei no século V sem eletricidade, água encanada e, pelo amor de Deus, sem internet.

— Já expliquei que não vim para cá exatamente. Eram impressões. — Gabriel tentava sem sucesso fazê-la entender.

— Mocinha, essas coisas são superestimadas — tentou explicar Viviane. — Podemos aproveitar a luz do dia, o fogo, e para que água encanada quando se vive em um mundo com as quatro estações simultâneas?

— Vocês têm as quatro estações simultâneas? — surpreendeu-se Melissa.

— Não tive tempo de lhe mostrar o lugar ainda — explicou Gabriel, sorridente.

— Ok, mas e a internet?

— Para que você quer algo que afasta as pessoas, quando pode se conectar com a natureza, literalmente? — questionou a feiticeira.

— A internet conecta o mundo inteiro, como isso pode afastar as pessoas?

— Você se surpreenderá com as conexões que Avalon pode fazer, menina. A ilha lhe fará bem. Você aprenderá que não é preciso estar conectado ao mundo inteiro, basta estar conectada a apenas uma pessoa, desde que seja a certa.

— Por que preciso estar neste lugar? — insistia Melissa, aborrecida.

— Já lhe disse, há uma profecia... — Seu irmão retomou. — Você deve salvar o lugar. Só não sabemos exatamente como e não confio muito em quem sabe.

— E se eu decidir ir embora sem salvar ninguém?

Gabriel revirou os olhos diante da teimosia da irmã, enquanto Viviane suspirou.

— Se ela quer ir, creio que seja seu direito — intercedeu Lancelot pela primeira vez, recebendo um olhar surpreso dela. Eles mal se conheciam.

— Gostei dele — falou a garota para Gabriel. — É o único sensato nesta cabana.

— Ainda bem que você assume que de sensata não tem nada. — O irmão provocou.

— Idiota.

— Olha quem fala.

Tensos, eles observaram as flores da mesa pegarem fogo, tornando-se brasa.

— É, achei que já tinha visto de tudo nesta ilha. Alguém aqui é mais quente que o normal. Tomara que não seja você, garoto — provocou Lancelot, recebendo um olhar analisador de Melissa.

— Chega, os três! — disse Viviane, cansada. — Agora minhas flores demorarão uma semana para renascer. Sei que estar em Avalon não é sua escolha, Melissa, mas infelizmente não cabe a nós mudarmos os fatos. Procure viver normalmente e aceitar seu treinamento. Como seu irmão disse, sua estadia faz parte de uma profecia. No tempo certo, você descobrirá sua função.

— Livre-arbítrio para quê, não é mesmo? — Melissa virou as costas e saiu da cabana, deixando os outros três para trás.

O cenário mudou. Revirando-se na cama, Melissa sentiu que algum tempo havia transcorrido e se viu passando em disparada por Lancelot.

As árvores balançavam suas folhas, como se fossem capazes de absorver seu nervosismo. O cavaleiro conseguiu encontrá-la em uma das pontes de madeira que cruzava o riacho do Verão. Estava sentada com os pés para baixo, tocando a água. Ele se acomodou a seu lado, cruzando as pernas.

— Se eu começar a falar, você virará as costas e me deixará falando sozinho? — perguntou Lancelot, mas ela continuou calada. — Vi seu comportamento com minha mãe há dois dias e seu irmão disse que é um costume seu, porém se fizer comigo será uma única vez.

— O que você vai fazer? — questionou Melissa, intrigada, sem olhar para ele.

— Não lhe darei outra oportunidade. Você tem todo o direito de estar zangada, mas virar as costas para quem quer ajudá-la não é a melhor opção. Se for ignorante comigo, me dará o direito de ser com você.

— E o que você faria?

— Eu a jogaria sobre os ombros e a trancaria em uma cabana até que me ouvisse. Mulher nenhuma me dá as costas, a menos que saiba o risco que corre.

— Isso é tão abusivo, típico de homens medievais. — Fingiu bocejar. — Você não fará isso comigo — declarou, encarando-o, enquanto ele se perguntava do que exatamente ela o ofendia.

— Desde que não saia enquanto eu estiver falando. — Seu sorriso foi tão encantador que ela não soube se falava sério ou não.

— Tentarei. O que quer dizer?

— Conversei com minha mãe sobre você ir embora.

— Sério?

— Sim. Não se anime. Ela disse que não depende dela. — Melissa suspirou, resignada. Parecia que, por mais que tentasse, não sairia de Avalon tão cedo. — Por que não tenta se adaptar até descobrirmos um meio?

— É aí que está o problema. Não quero me adaptar, quero ser quem eu sou e quero ver meu pai.

— Não posso ajudar quanto a seu pai, mas o que a impede de ser quem você é? Somos tão diferentes assim?

— Você nem imagina o quanto. Por enquanto, não precisei sair de Avalon, mas sei como é o mundo lá fora. Sei como são os homens. Não quero me sujeitar a eles ou às suas formalidades.

— Por que se importa com formalidades? Quem a obriga a deixar de ser quem você é? Qual é o grande problema: usar calças, não se sujeitar aos homens, sair por aí beijando todos que encontra? Eu ouvi, sem querer, é claro, uma conversa sua com seu irmão, sobre a rotatividade da sua vida amorosa, digamos assim. Você é livre, Melissa, para ser quem quiser. Seja lá ou aqui.

— Duvido que os outros pensem dessa forma. Acha que as pessoas me aceitariam como sou?

— Elas não têm de aceitar. Você é e pronto. Não tem de seguir um padrão. Sim, as pessoas ficarão chocadas, principalmente os homens. Ignore-os.

— Como se fosse fácil.

— Não estou dizendo que é fácil. É postura. Precisa se decidir: quer ou não se preocupar com o que os outros pensam de você?

— Não.

— Então, pronto.

— E se eles não ignorarem meu jeito?

— É só dar de ombros como já a vi fazendo algumas vezes nos últimos dias.

— Você está me observando demais, Lancelot — provocou, tocando seu braço.

— Preciso arrumar mais ocupações — respondeu, vendo uma folha cair em seus cabelos escuros e retirá-la.

— E se esses homens se negarem a aceitar minha impulsividade? Não quero ninguém me jogando nas costas e me trancando em quartos a menos que eu permita — declarou, provocando-o.

— Posso proteger você, se precisar.

— Hum... Nunca precisei ser protegida, acho que não começarei agora, mas obrigada. Por outro lado, você poderia me ensinar a usar um punhal. É pequeno e prático para carregar comigo.

— Ensinarei o que quiser aprender. — Lancelot riu da impetuosidade dela. — Pare de criar possibilidades do que pode acontecer, talvez você retorne ao seu mundo sem ter de sair de Avalon. Então por que passar dias irritada por uma probabilidade?

— Talvez você tenha razão.

— Costumo ter. — A lisonja transpareceu.

— Você mora nesta ilha?

— Não, fui criado em Avalon. Hoje vivo onde a vida de cavaleiro me leva.

— E ela o trouxe de volta?

— Sim. Um ferimento de guerra. — Mostrou a marca entre o ombro direito e o início das costas, que cicatrizava bem. — Já estou praticamente recuperado e deveria ter partido há alguns dias, porém minha mãe teve uma visão e garantiu que minha presença seria necessária por alguns meses. Assim como você, não gostei nada de ficar preso.

— E por que decidiu ficar?

— Porque um dia antes da minha partida ganhei um incentivo.

Eles trocaram um olhar significativo.

— O que sugere que eu faça enquanto estiver aqui? — Ela começou a ceder.

— Poderia começar aproveitando a água.

— Como assim? — perguntou e, sem aviso, ele a empurrou para dentro do riacho.

Melissa gritou e jogou água para cima da ponte, molhando Lancelot.

— Não acredito que fez isso comigo. Agora passarei meus dias pensando em um jeito de pegá-lo desprevenido para fazer o mesmo. Tenho muito tempo livre, lembra? — Ela ficou em pé, a água batendo pouco abaixo de seu peito. — É claro que terei de esperar você se curar desse ferimento.

— Nunca me pegaria desprevenido — instigou Lancelot, levantando-se. — E já estou curado. Posso voltar a combater, inclusive.

— Bom saber. Você não me conhece, garoto.

— Não vejo nenhum garoto aqui — respondeu ele, abrindo os braços.

— Poderia pelo menos me ajudar a sair? — pediu, piscando inocentemente. — Por favor.

Ele se aproximou, estendendo a mão, que ela segurou. Seus olhos se encontraram e Melissa descobriu que ele tinha uma pequena marquinha castanha no alto da íris esquerda. Um detalhe único em meio ao azul intenso. Ela entreabriu os lábios, chamando sua atenção. Lancelot colocou um dos joelhos sobre a madeira da ponte, equilibrando-se, e inclinou-se, o rosto próximo ao dela. O vestido molhado e fino marcava seus seios, o que distraiu o cavaleiro por um instante. Era tudo o que Melissa precisava. Juntando toda a sua força, puxou Lancelot, jogando-o na água.

Antes mesmo que o cavaleiro se recuperasse, ela apoiou as mãos na ponte, tomou impulso, subiu e afastou-se.

— Eu avisei. — Melissa cantarolou as palavras antes de correr. — E, deixando claro, você está mudo, então não pode dizer que o deixei falando sozinho — gritou, entre as árvores, enquanto ouvia a gargalhada dele.

Melissa acordou, sobressaltada. Um sonho permeava seus pensamentos. Lancelot... Ou seria Arthur? De onde vinham as lembranças? Elas eram como um sopro de vento morno em um dia de inverno, inexplicáveis e ainda assim acalentadoras.

Por um breve momento, sentiu-se em casa. Tentava se recordar, contudo as imagens esvaneciam na névoa do sono que tomara seu corpo outra vez. Pela manhã, a recordação se perderia.

Era noite. O movimento no castelo diminuía conforme a madrugada se aproximava. Os guardas vigiavam as muralhas e o cavaleiro andava pelo pátio, fingindo estar ocupado. O escuro da noite desviava a atenção para ele. Era questão de tempo.

Um cavalariço cruzou a porta do grande salão, caminhando apressado, olhando discretamente para os lados.

— Sinto muito, milorde — exclamou ao trombar com o cavaleiro, as mãos amparando-se em seu corpo.

— Olhe por onde anda — repreendeu-o a voz grossa.

Ele recuperou-se e partiu, apressado, para a direção dos estábulos. O cavaleiro tocou seu bolso e encontrou o que procurava: um pedaço pequeno de pergaminho. Caminhou para os seus aposentos rapidamente, fechou a porta ao passar, reconheceu a letra e o recado:

"O braço direito cairá em breve. Prepare-se e avise os outros. Começou."

48

Os raios de sol entravam pela janela da cozinha enquanto Marcos preparava o café da manhã para Morgana. A conversa não havia evoluído muito mais do que aquilo. Ele colocara mal as palavras outra vez e se precipitara ao julgar os cavaleiros. Morgana não o perdoara. Na verdade, ele era capaz de jurar que um brilho de fogo surgira nos olhos da moça. Entendia sua raiva, porém não conseguia deixar de pensar que Melissa era voluntariosa demais para ser controlada por homens medievais. Ela podia estar mais triste depois da morte de Gabriel, mas se a confrontassem ela reagiria.

Passando pelo corredor para buscar uma toalha de mesa limpa, ouviu a gargalhada da Paula, que estava mostrando como funcionava o chuveiro para Morgana. A feiticeira explicara que tinha todo o conhecimento de Melissa, mas se sobressaltava com cada tecnologia que encontrava.

Ele estava colocando o bule de café sobre a mesa, quando as duas chegaram à cozinha. Morgana estava com os cabelos molhados e tentava abaixar a barra de um vestido xadrez verde e azul. Por mais que ela puxasse, o tecido continuava a um palmo do joelho.

Os três se sentaram para comer. Marcos serviu Morgana em silêncio, e ela evitava olhar para ele. Paula observava os dois enquanto devorava um sanduíche de presunto e queijo.

— Vocês não podem dar os dedinhos e fazer as pazes? — perguntou ela, engolindo o último pedaço de pão. — Finalmente entendi a expressão "a tensão era tão grande que daria para cortar com uma faca". Que saco. — Ao ver que nenhum dos dois tomaria a iniciativa, ela continuou: — É assim, Ruiva, vou te explicar. O Marcos ama a Mel. Tipo muito. — Abriu os braços para exemplificar sob o olhar fulminante do rapaz, que sabia que jamais conseguiria fazê-la ficar quieta.

— Você não a ama? — perguntou Morgana, franzindo o cenho.

— Claro que amo. — Paula enrolou uma mecha de cabelos cor-de-rosa entre os dedos. — Mas minha preocupação com a Mel é se ela está sendo bem-tratada, e você já disse que seu irmão a protegerá, assim como aqueles cavaleiros lindos. — Colocou a mão no peito e suspirou, observando Marcos cruzando os braços. — O problema do meu amigo aqui é que, além de ter as mesmas preocupações que eu, ele sabe que mais coisas podem acontecer.

— Que coisas? — A feiticeira não entendia. — Ela está segura. Posso garantir.

— Mas não sabemos por quanto tempo durará essa troca. Você mesma disse que o tempo pode passar mais devagar lá e vice-versa. O medo do Marcos é que...

— Chega, Paula. — Marcos empurrou a xícara e saiu em direção a seu quarto, mas a amiga continuou falando como se não tivesse sido interrompida.

— Ele tem medo que a Melissa fique com alguém. — Agora havia um tom triste em sua voz.

— Ela certamente ficará. Arthur não deixará que fique desprotegida. Eu já falei isso e... — Morgana ergueu a voz, levantando-se também.

— Ain, você é inocência pura, né? É um tipo diferente de ficar. — Paula a abraçou. — Ele a ama, Morgana. Bem forte.

Morgana deixou a mágoa que sentia de Marcos de lado e finalmente entendeu. Um murmúrio triste escapou de seus lábios ao compreender que a amizade deles não era como a que ela tinha com Lancelot. Marcos não via Melissa como uma irmã; era algo mais. Olhando para o corredor, não pôde deixar de se sentir mal por ele, porque, por mais que não tivesse mais acesso aos pensamentos de Melissa, podia sentir parte dela e era capaz de jurar que a jovem era apaixonada por outro alguém.

Marcos abriu a porta do carro para Morgana em frente ao hospital. Eles haviam deixado Paula em sua casa, para que ela trocasse de roupa antes de ir para o trabalho. Os outros dois seguiriam para lá assim que o jovem explicasse aos médicos que Melissa estava sã e salva. Ele não gostava de mentir, mas não sabia quando ela retornaria e não podia deixar que continuassem procurando, onde jamais a encontrariam.

— Você já pode abrir os olhos — disse, em um tom suave, abaixando-se ao lado do banco do passageiro.

— É seguro? — Morgana enfiava as unhas no banco, como se quisesse se grudar ali.

— Sim, nós paramos.

Abrindo os olhos devagar, Morgana o encarou e ele tocou sua mão. A feiticeira observou o contraste entre as peles. Não havia muitas pessoas como ele em Camelot. Bors era mouro e o único cavaleiro negro no conselho de Arthur. Os dois se conheceram havia muitos anos, quando Arthur ainda treinava para ser cavaleiro, e seu irmão salvou a vida de Bors, que decidiu servi-lo desde então. Ela lembrava-se do tom cruel com que o bispo se referira ao cavaleiro, quando fora apresentado a ele, e o modo como o rei prontamente o defendeu. Arthur nunca se importou com diferenças entre as pessoas. Ele costumava dizer que, quando feridos, todos sangravam. Já o bispo... era outra história.

Agora Marcos a ajudava, mesmo quando se zangava com ele. O cuidado que o jovem tinha com ela vinha de seu coração, do seu desejo de protegê-la.

— Sou grata pelo que está fazendo. — Soltou-se do banco e apertou sua mão, devagar. — E sinto muito pelo que está passando.

Marcos pensou em argumentar, em dizer que Paula exagerou, que Morgana não deveria levar isso em consideração, porém se calou. De que adiantaria mentir?

— Esquece, Ruiva. Logo vamos resolver tudo. — Ajudou-a a sair do carro. — Como te expliquei, o pai da Melissa está doente. É como se ele estivesse dormindo. Vou falar com os médicos que atenderam a Mel, depois vamos ver o Benjamin e depois iremos para a livraria.

— Vamos ter que entrar naquela carruagem de ferro de novo?

— Vamos. — Ele sorriu, tentando confortá-la. — Vai ser mais fácil da próxima vez.

O hospital era tão branco quanto a neve do Inverno, e Morgana sentiu saudade de Avalon pela primeira vez em muito tempo. Seguiu Marcos e o ouviu explicar aos médicos que Melissa tinha ido visitar um familiar em outra cidade. Eles não gostaram muito, mas não demoraram a liberá-lo.

Antes que ela se desse conta, estavam em frente ao quarto do pai de Melissa. Marcos se aproximou da cama e disse algumas palavras em voz baixa. Morgana foi se aproximando devagar. Seus pés estavam pesados, e ela parecia grudada no chão. Andar requeria um esforço tremendo. Sua respiração ficou difícil. Ela olhou ao redor, examinando tudo atentamente.

Sem entender o que acontecia e de onde vinha tanta magia, Morgana caminhou até o outro lado do leito e observou melhor o homem deitado. A familiaridade que sentiu foi incrível. Ela sabia que já o tinha visto nas impressões de Melissa, contudo havia algo mais ali. Sem se conter, permitiu que seus dedos resvalassem sobre o dorso da mão pálida dele. Inspirou com força, enquanto sua mente era tomada pela visão da Escuridão. Flashes do homem de longos cabelos compridos a inundaram no momento em que a mão dele tremeu por um breve instante.

— Você viu isso? — perguntou Marcos, surpreso, tocando a mão do pai de Melissa, enquanto Morgana se recuperava da carga de energia que passara por seu corpo. — Ele nunca teve reação nenhuma. — Morgana tremia dos pés à cabeça, e Marcos deu a volta na cama para segurá-la pelos ombros, tentando confortá-la. — Você está bem? — Ela assentiu sem dizer nada. — Você tem algo a ver com a mão dele tremendo, certo? Não pode ser coincidência.

Morgana assentiu, antes de dizer, em um fio de voz:

— Eu sei onde ele está.

— Como assim? — indagou Marcos.

A feiticeira não o ouvia. Ela se afastou de Marcos e se aproximou do ouvido do pai de Melissa, sussurrando:

— Você pode me ouvir? Eu sei onde está e vou descobrir como trazê-lo de volta. É uma promessa.

49

Quatro dias se passaram desde que Melissa visitou a casa de Isolde. Os assuntos políticos imperavam em Camelot, e ela passava a maior parte do tempo fugindo de um novo encontro com Morgause. Descobriu que a melhor forma de evitá-la era estar próxima ao que a feiticeira repugnava: pessoas comuns, animais e cristãos.

De Merlin era mais difícil escapar, porque ele a cercava e usava Arthur para tal. Então Melissa precisava se encontrar com o feiticeiro todas as tardes. Ele tentava fazê-la se recordar da magia de formas simples, sem tocar em sua mente para não correr riscos desnecessários.

No dia anterior, Melissa entrou contrariada na torre do feiticeiro. Esses encontros a deixavam estressada. Merlin percebeu sua agitação e começou a se questionar por que a torre não conseguia mais acalmá-la. A jovem estava recuperando seus poderes sem que percebesse e, pior, estava bloqueando qualquer magia vinda dele. Analisando-a, teve certeza: Galahad era o culpado. O garoto havia passado informações a ela. Mesmo que sua consciência não tivesse se dado conta ainda, seu corpo sabia e tentava recuperar o controle.

Não querendo perder o domínio sobre a jovem, o feiticeiro decidiu que partiria para Avalon em breve. Precisava consultar Viviane e descobrir um meio de fazer Melissa se lembrar apenas do que ele desejava. Pela primeira vez um feitiço de memória se voltava contra ele. Aproveitaria a ausência de Lancelot e Galahad para resolver todas as questões.

A rainha aproveitou para estabelecer contato com Melissa e a chamou para uma conversa em seus aposentos. Insegura pela reação de Gawain quando o visitou, a jovem foi a seu encontro apenas quando percebeu que não poderia mais se livrar. Antes de ir, Melissa passou por Mordred, que almoçava, e pediu a ele que, quando terminasse, fosse a seu encontro para ajudá-la a escapar.

— Sente-se, minha cara. — Morgause apontou para a cadeira à sua frente. — Estava preocupada com você pela forma como saiu do quarto do meu filho. Como você está?

— Estou bem. E Gawain?

— Está melhorando. Ele pergunta muito sobre você, sente tanto por seu pai e irmão. Como eles se chamavam?

— Meu irmão se chamava Gabriel.

— E seu pai? — A rainha mal lhe dava tempo de respirar.

Alguém bateu à porta e entrou.

— Ah, você está aqui, Melissa. Arthur a procura — explicou Mordred, sem olhar para a mãe.

— Diga a seu primo que ela irá em seguida.

— Não, senhora. — Virou-se para a mãe. — Arthur quer vê-la agora. — Estendeu o braço a Melissa. — Eu a acompanharei.

— Mordred, quem lhe disse que na falta de Gaheris você deveria ser o petulante? — reclamou a mãe enquanto ele saía do quarto, rindo, conspirador.

Ao se afastarem, enquanto desciam as escadas, ela apertou seu braço e disse:

— Obrigada. Você chegou na melhor hora.

— Não precisa agradecer. Você pediu ajuda e eu fui. Mas, como lhe disse no outro dia, ela não sossegará até conseguir as informações que deseja. Talvez você devesse pensar no que pode oferecer sem que se prejudique.

— Fica difícil quando não sei o que ela quer.

— O que ela quer é claro: saber quem você é. Arrisco dizer que minha mãe já sabe e só quer mais detalhes. Eu a deixarei agora, Melissa — despediu-se ao chegar ao pátio. — Tenho treinamento. Quer que eu encontre companhia para você?

— Não, vou à igreja — respondeu, recebendo um olhar atônito dele.

— Sem sombra de dúvida, seria o melhor lugar para se esconder dela — disse, antes de se afastar.

Ao cruzar o pátio e entrar no meio das pessoas, Melissa percebeu que muitos a olhavam amigavelmente, curvando-se a ela e sorrindo. Ela retribuía, sem parar para conversar.

Quando colocou o pé no primeiro degrau da pequena capela, a madeira rangeu e Arthur, que conversava com o bispo, virou-se para ela e sorriu. Melissa sentiu-se amolecer imediatamente. Após a conversa na volta da casa de

Isolde, Arthur foi outro de quem fugira. E com os preparativos para a chegada dos romanos, ele quase não tinha tempo para conversar. Trocavam um beijo ou outro, porém o contato era rápido e quase sempre interrompido por alguém que chegava.

Agir sem pensar foi o modo de vida de Melissa antes de Gabriel morrer. Agora parecia que tudo voltava, e ela agia como se não houvesse amanhã ao se permitir um envolvimento com o rei. Porém, nas últimas noites, sempre que colocava a cabeça no travesseiro para dormir, um pressentimento lhe dizia que aquele não era o caminho, que algo estava insuportavelmente errado. Infelizmente a informação não passava de uma breve sombra sem sentido que se perdia toda vez que abria os olhos pela manhã.

— Ora, se não é a jovem que quero conhecer há dias — comentou o bispo, indo até ela com as mãos estendidas, cortando a troca de olhares entre os outros dois.

— Bispo Germanus, apresento-lhe lady Melissa.

— A misteriosa lady Melissa de Quatro Estações — mencionou, referindo-se às conversas anteriores que tivera com Arthur. — Esse reino segue Roma?

— É um reino distante.

— Hum... — O bispo ofereceu a mão para que ela a beijasse, como um teste, e se surpreendeu quando ela se curvou levemente e beijou-lhe o anel. — Ah, uma serva de Deus! — Sorriu, mostrando o máximo de dentes possível.

Melissa sorria, sem dizer nada. Conhecia muito bem o poder da Igreja na Idade Média e preferiu deixar que ele tirasse suas próprias conclusões.

— Eu lhe disse — concordou Arthur.

— Precisamos nos conhecer mais, é claro, mas já posso dizer que estou encantado com o que vejo. Gostaria que me visitasse todos os dias, se possível.

— Virei — respondeu Melissa, causando uma reação efusiva no outro. — Deveria ter vindo antes.

— Majestade, ela pode ser um grande exemplo para o povo. Nem tudo está perdido. Principalmente sendo uma nobre, como me disse. Ainda que seu reino seja pequeno e eu não o conheça. Sangue real é sangue real — disse, entusiasmado.

— Se me permite, gostaria de fazer uma prece — pediu Melissa, sabendo que era o que ele precisava ouvir e que assim pararia de falar.

— Vá, filha, vá. — Apontou sorridente para os bancos.

Melissa ajoelhou-se, entrelaçou os dedos e fechou os olhos. Não era dissimulação para agradar ao clero local, realmente necessitava de um guia e esperava que Deus assumisse essa função. Queria poder se aconselhar com seu pai, Marcos ou Paula. Precisava deles por perto e, mais do que tudo, seguir o rumo correto. Um caminho que não tinha certeza de que conseguiria percorrer.

A madeira rangeu a seu lado e, entreabrindo os olhos, viu Arthur de olhos fechados, na mesma postura que ela.

Arthur pediu pela irmã, antes de tudo, depois pelo reino, por seus homens e para que Melissa pudesse ver nele alguém para viver a seu lado e constituir uma família.

Melissa, além de pedir por seu pai e amigos, desejou que Lancelot e Galahad voltassem bem da missão, e ainda para que Deus lhe mostrasse um meio de não ferir Arthur e que a ajudasse a encontrar um caminho para casa, apesar de já não saber mais o que isso significava.

Lado a lado, eles continuavam com suas preces e dividiam suas angústias com Aquele em quem acreditavam. Ambos procurando respostas que os uniriam ou afastariam de vez.

Um tempo depois, Melissa saía da capela. Arthur permaneceu, pois ainda tinha assuntos para resolver com Germanus. Outros homens de Roma chegariam ao entardecer, e os temas que seriam discutidos estavam sendo retomados.

Morgause a observava da janela do castelo, quando Merlin surgiu atrás dela.

— Então a mulher da profecia, aquela que deveria se casar com Arthur, unificar a Britânia e salvar a todos nós serve a Roma? — A rainha revirou os olhos.

— Eu não diria isso.

— Como não? Quase pude sentir a alegria daquele maldito bispo daqui.

— Ignore-o, Morgause.

— Merlin, você decididamente não sabe fazer nada. — A rainha se afastou, nervosa.

O feiticeiro continuou observando Melissa pela janela e pensando: "Espere e verá, Morgause, espere e verá." Ele sorriu, vendo o bispo acenar para a jovem. Como todos os outros, estava encantado com ela. A cada dia Merlin tinha mais certeza de que daria certo; ele só precisava fazer os poderes de Melissa despertarem. Estava decidido: partiria para Avalon imediatamente. Viviane teria de dizer a ele onde escondera Lilibeth.

— Você é cristã? — Melissa ouviu a voz de Tristan ao vê-la saindo da capela.

Sua túnica estava amassada, seus cabelos, molhados, e os olhos apresentavam um brilho vivo, que sempre surgia quando lutava. Ele segurava a espada com a mão direita, apoiando-a sobre o ombro enquanto andava a seu lado. Ao vê-lo, Melissa foi tomada por um *déjà-vu*, esse momento era tão real em sua mente que cogitou se já não o tinha vivido.

— Bem, eu creio em Deus e essa é a base, certo?

— Você se comportou como uma cristã fervorosa de Roma — estranhou. — Quer matar Morgause e Merlin? — perguntou, fazendo-a rir.

Ela confidenciara a Tristan seu sentimento negativo por Merlin e dúvidas em relação a Morgause. A amizade dos dois crescia bastante conforme os dias passavam.

— Ah, sabia o que ele esperava que eu fizesse e fiz. Foi engraçado ver a sua empolgação. — Sorriu, travessa.

— Que donzela manipuladora. Mentiu para um bispo. — O rapaz fingiu horror.

— Não foi bem mentir. Creio em Deus de verdade. Eu só... bem... exagerei.

— Você sabe que agora irá para o inferno, não sabe? O inferno dos cristãos é um lugar tenebroso, conforme o bispo não cansa de nos lembrar.

— É possível que eu vá, mas duvido que seja apenas por ter enganado um membro do clero. — Ela sorriu, seguida por uma gargalhada do cavaleiro.

— Você lembra a minha irmã. — Um sorriso saudosista surgiu em seus lábios, depois fingiu seriedade. — Aliás, se conhecer Erin um dia, peço por gentiliza que não lhe dê más ideias.

Foi a vez de a jovem rir ao se recordar das histórias que Tristan contava sobre sua irmã caçula.

— Tentarei. Para onde você vai agora?

— Retornar ao treinamento dos cavaleiros.

— Posso ir?

— Quer que eu a leve a um local repleto de cavaleiros suados e cheios de... Como foi a palavra que você usou ontem quando separei aqueles garotos brigões?

— Testosterona.

— Isso! É o que mais tem em uma área de treinamento.

— Estou preparada. — Ela mostrou-se valente.

— Você? Não tenho dúvida. Só não sei se Arthur está preparado para superar o desejo de matar pessoalmente cada um dos seus cavaleiros. — Tocou o ombro dela com o seu. — Então vamos, menina. Vamos derrubar o reino.

Conforme se aproximavam da área de treino, Tristan explicava que os homens de Arthur faziam parte da elite militar, não importando se guerreassem montados ou a pé. O treinamento era diário, pesado, constante e bastante exaustivo. Corriam vários quilômetros por dia usando a cota de malha que pesava muito, além de treinarem levantando grandes pedras pesadas e jogando-as uns para os outros. Esse esforço ajudava-os a se acostumar com o peso da armadura e a lutar em uma batalha como se não estivessem com ela.

Quando finalmente os viu, Melissa ficou boquiaberta. No treinamento com espadas, usavam uma que pesava o dobro de uma arma comum. Isso servia para aumentar sua força e resistência.

Os cavaleiros da Távola Redonda eram responsáveis pelo treinamento dos demais soldados. Alguns deles ainda desenvolviam outras habilidades em que se destacavam, como Tristan, Percival e Gawain, que eram exímios com o arco, sendo o primeiro superior a todos; Gaheris, que não estava presente, era o melhor com a lança; Bors, que lutava com machado e espada ao mesmo tempo; Lucan, capaz de lançar punhais com extrema precisão e velocidade; e Lancelot, que conseguia ser habilidoso com qualquer tipo de arma, extremamente perigoso com uma espada na mão.

Mordred virou a cabeça na direção de Tristan ao mesmo tempo em que bloqueava um golpe de espada de Lucan com o escudo. Desviando de outro ataque, apontou com o queixo para Lucan e Percival, que lideravam aquele treino com ele.

— Alguém decidiu adiantar sua morte — gritou Lucan, ainda com o braço enfaixado e se recuperando do ferimento, na direção de Tristan ao ver Melissa entre eles.

Um soldado que lutava com outro tomou um soco no nariz e cambaleou.

— Atenção, homem! — Percival balançou a mão na direção dos dois e trocou um olhar com Mordred. — Que o exército inimigo não descubra que é só levar uma mulher à batalha para desconcentrar o nosso.

— Não seja duro — intercedeu Lucan. — Não é qualquer mulher.

— Claro que não — disse Mordred. — É a mulher por quem Arthur não hesitaria em cortar algumas cabeças. E vejam só, ela está usando roupas de treino. Creio que podemos dar adeus a nosso amigo Tristan. Arthur o matará. — Soltou o ar com força. — Dispensados! — gritou, e foi prontamente atendido pelos homens, que recolheram suas armas e se afastaram.

— Não precisam parar por minha causa — disse Melissa, quando ficou de frente para ele.

— Não foi por sua causa. Eles sabem o que aconteceu da última vez que uma mulher visitou o campo de treino. É um milagre o castelo ainda estar em pé — explicou Tristan.

— E você a trouxe mesmo assim, não é? — Mordred estreitou os olhos.

— Eu viria de qualquer jeito. — Melissa sustentou o olhar de Mordred, que sorriu, balançando a cabeça. — A outra mulher foi Morgana?

— Quem mais seria? — Percival arremessou um punhal para uma grande parede de madeira, deixando-o fincado. — Lancelot a trouxe. Ela queria treinar.

A menção a Lancelot e Morgana causou um aperto no peito de Melissa. Antes que percebesse, abaixou-se e pegou uma espada de madeira.

— Quero treinar também.

Tristan coçou o queixo, Percival assoviou, Mordred levou a mão à testa e Lucan deu um passo à frente, com a espada de metal apoiada no ombro.

— Sabe manejar uma espada?

Sem saber de onde vinha a certeza, Melissa girou a espada na mão, deixando-os boquiabertos.

— Vai lutar ferido? — Melissa apontou a espada para o braço enfaixado do cavaleiro, que piscou, assentindo.

— Está falando deste pequeno arranhão? — Ele tocou o braço e ela sorriu.

— É oficial. Vamos todos morrer hoje — exclamou Mordred.

— Vamos, mas antes eu quero ver isso. — Tristan se adiantou ao ver Lucan trocar sua espada por uma de madeira.

Os três cavaleiros abriram espaço para que Melissa e Lucan se enfrentassem. Com a espada nas mãos, Melissa tinha a estranha sensação de quando perfurou um dos homens que os atacaram com o punhal. Ela sabia usar aquela arma.

Frente a frente, Melissa e Lucan se encaravam. O cavaleiro de cabelos negros e cacheados sorriu antes de acenar para que ela atacasse. O primeiro golpe de Melissa foi facilmente defendido, e ela quase caiu para trás ao receber o impacto da espada dele.

Mordred deu um passo na direção de Lucan, prestes a derrubá-lo. Melissa bloqueou seu caminho.

— Estou bem — disse, aproveitando-se da distração do cavaleiro e acertando-o no abdômen.

— Ora, ora. Temos uma jovem ardilosa aqui. — Lucan se recuperou, com um brilho divertido em seus olhos escuros.

Imediatamente, tornou a atacá-la e admirou a força que Melissa usou para desviar, dando um pulo para trás. Sem esperar, Lucan continuou o ataque, ao que ela se defendia eximiamente.

Melissa percebeu o que o cavaleiro tentava fazer. Ele não usava de muita força, porém repetia cada investida tentando cansá-la. Ela sabia que dessa forma ele obteria êxito. Estava prestes a desistir quando um brilho em sua mente lhe mostrou o que fazer. Esperou o momento certo entre os ataques e, quando Lucan retrocedeu com a espada, ela abriu as pernas permitindo que o corpo escorregasse em direção ao chão, esticou a espada, ficando a milímetros da virilha do cavaleiro. Todos os outros prenderam o ar.

— Ei, ei. — Lucan soltou a espada e ergueu as mãos. — Nunca imaginei que pudesse receber um golpe assim, mas aceito a derrota. — Fez uma reverência e esticou a mão para ajudá-la a se levantar. — Seria melhor ser atingido no coração.

Todos os homens explodiram em gargalhadas e Tristan a cumprimentou, antes de dizer, enquanto os outros se afastavam, rindo de Lucan:

— É um golpe da sua terra, eu presumo.

— Não sei ao certo sobre o golpe — respondeu ela, ainda tentando entender. — Agora, a abertura. Ah, isso eu preciso agradecer à minha professora de pilates.

50

Arthur entrou zangado na sala de reuniões. Estava com um péssimo humor para receber os romanos, porém não tinha escolha. Eles vieram de longe para o encontro que definiria o rumo de sua aliança. Sua revolta nada tinha a ver com eles. Melissa era a causa. Ela e alguns de seus melhores cavaleiros. Tristan e Lucan, principalmente. O rei tinha certeza de que o primeiro era o responsável por permitir que Melissa participasse de uma rotina de treinamento, usando roupas masculinas. E o segundo tivera a ousadia de lutar com ela.

— Mandou me chamar? — perguntou Mordred ao entrar na sala e parar para jogar algo na lareira.

— Sim, quero que participe da reunião comigo. Normalmente Lancelot, Bors ou Tristan cumpririam esse papel, mas Lancelot e Bors não estão, e não quero correr o risco de discutir com Tristan na frente dos romanos.

— O treinamento — afirmou Mordred. — Você ficou sabendo.

— Sim. Como vocês puderam permitir?

— Não sei se tivemos escolha, Arthur. Melissa é diferente. Creio que seja assim no reino dela. Talvez as mulheres tenham mais liberdade.

— Como sabe? Ela lhe contou? Já os vi conversando.

Mordred fingiu que não notou o ciúme no tom de Arthur.

— Não. Sei porque não sou tolo, primo. Melissa não segue nossa conduta, mas não é por seu comportamento ser rebelde, é como se ela nunca tivesse aprendido.

— Perspicaz, como sempre. — O primo assentiu. — Você tem razão. Ela não aprendeu, o que não muda nada, já que eu aprendi e fico completamente fora de mim quando a vejo agindo dessa forma. Ela estava usando calças! Nem Morgana, que tende a me desafiar, age assim.

— Morgana também luta.

— Por causa de Lancelot! — Arthur estava realmente irritado. — E é diferente, Mordred.

— Entendo que para você seja mais difícil. Para o resto de nós, cavaleiros, preciso confessar, às vezes é divertido. O modo como ela rendeu Lucan foi peculiar.

— Meu Deus... Uma dama treinando com cavaleiros. Estrangularia Lucan e Tristan agora mesmo.

— E teria problemas com Mark, perderia a aliança com a Cornualha — provocou. — Quer um conselho? Deixe a impulsividade para ela. Você deve continuar a ser prático.

— Tem razão, mais uma vez. E eu não mataria os dois. São meus amigos. Só queria que vocês parassem de incentivá-la, principalmente Tristan.

— Então não diga a ele que quer que pare. Tristan é tão teimoso quanto Lancelot. "Não" tem um efeito contrário neles.

— Ser rei não muda nada nesse caso. Nunca pensei que ter a cavalaria como uma irmandade pudesse me causar esses inconvenientes.

— Muda, sim, Arthur. Mas você se impor dessa forma iria contra cada preceito da cavalaria e dos cavaleiros que compõem o conselho. Cabe a você. Acha que Tristan, com sua longa lista de mulheres, lhe oferece riscos? Afinal, o que Melissa significa para você?

— Não, confio em Tristan. É só... — Não conseguiu assumir o ciúme.

— Você a ama?

— Ela diz que não.

— Ela diz que você não a ama? — Mordred estava confuso.

— Exatamente. Diz que é uma ilusão por ela ser quem é.

— A mulher da profecia. — Mordred pronunciou as palavras tão tranquilamente que Arthur se surpreendeu.

— Como sabe?

— Minha mãe contou a história para mim e Gaheris. Pareceu lógico pensar que fosse ela, visto a tribulação que tem causado no reino, em você e nos cavaleiros.

— O que devo fazer, Mordred? Ela quer levar o relacionamento nos termos dela, e Merlin diz que devo aceitar.

— Nunca o vi precisando de conselhos para lidar com mulheres antes, ela realmente mexe com você. Se fosse com qualquer outra, eu lhe diria para esquecer os termos dela e mostrar quem manda. Minha mãe está aí para provar o que o excesso de liberdade causa em quem sabe abusar disso. Mas não sei o que dizer quanto a Melissa. Sinto que devo protegê-la. Não sei se é um sentimento natural, mas quanto mais reflito, menos sinto como magia.

— Pode ser parte da profecia. Você não está apaixonado por ela, certo? — resolveu perguntar.

— Claro que não. Com Gawain é pior, ou melhor, depende. Ele sente como se Melissa fosse realmente especial e que faria qualquer coisa por ela. Qualquer coisa, Arthur.

— Só pode ser a profecia.

— É o que parece. Mas estive me perguntando o quanto ela é importante. O que há nela para afetar todos nós?

— Merlin deve saber.

— E minha mãe. Os dois só contarão o que lhes for conveniente.

— Tentarei obter informações — decidiu Arthur.

Ficaram em silêncio por uns minutos. Os archotes presos às quatro colunas de mármore rodeavam a mesa, iluminando-a, além de algumas velas apoiadas sobre os candelabros das prateleiras na parede. Perceberam que o nome de Kay e o de Berenis se apagavam de vez.

— Preciso substituir Kay e Berenis. — Arthur suspirou.

— Alguém em mente?

— Para um deles sim e você não gostará.

— Galahad. Sei que a escolha final é sua, mas ele não tem meu voto.

— Por quê? Todos os cavaleiros o apreciam e até Merlin o elogiou.

— Ele é impertinente.

— Talvez seja pessoal. Vocês têm uma rivalidade.

— Não sei.

— Gostaria que reavaliasse.

— Tentarei. — Mordred fechou a expressão, tocando o lugar já sem nome que pertencera a Kay. — Quando o garoto voltar, conversarei com ele.

Mordred não gostaria de ceder quanto a Galahad, contudo Arthur já tinha problemas demais e resolveu deixar o assunto para mais tarde.

— Ela mexe comigo, primo. — Arthur voltava a falar de Melissa.

— Você a ama ou você a quer? — Vendo-o hesitar, continuou: — Somos parecidos. Fomos criados para querer e ter. Nunca quisemos algo que não pudesse ser nosso, principalmente você. Melissa é uma bela jovem e bastante impulsiva. São fatores que mexem conosco. Concentre-se no que você quer e, pronto, agarre.

— Sei que posso amá-la se ela me permitir, mas por enquanto eu a quero. É como se não pudesse evitar. Preciso estar com ela e, quando Melissa me afasta, me faz querê-la ainda mais.

— Mulheres difíceis. — Ele riu. — Por que não tenta um meio-termo? Se ela quer impor as regras, negocie. Você é bom nisso. Amor não é unilateral.

— Às vezes, queria agir menos com a razão e mais com o coração, como Lancelot.

— Lancelot é o único entre nós que abdicou de terras, ouro e títulos e, provavelmente, é aquele que mais faz o que quer. Nós ainda estamos presos. — Uma sombra passou por seu rosto e uma tristeza surgiu de repente em seus olhos, partindo com a mesma rapidez que chegou. — Não deixa de ser irônico.

— Ele não precisa lidar com o peso da responsabilidade de uma decisão errada. Age e pronto. Pois é, é mais fácil ser ele e agir sem pensar, quando não há um reino sobre seus ombros. — O rei balançou a cabeça. — Mordred, os romanos devem estar chegando para a reunião. Distraia-os, caso apareçam antes do meu retorno — disse, rumando até a porta.

— Aonde você vai?

— Agir sem pensar.

51

As chamas da lareira se agitavam e Melissa estava admirando o quarto que Arthur mandara preparar para ela, agora que não usaria mais o de Morgana. Grossas cortinas de veludo vermelho cobriam as janelas, pelas quais contemplara a noite havia pouco. Sua cama era grande e confortável, e um dossel de tecido branco leve e macio a envolvia. Fora os detalhes bordados no dossel, que reconhecia como um carinho especial da parte do rei, o quarto era bastante parecido com o de Morgana.

Ela estava distraída com os sons da noite, quando ouviu duas batidas na porta. Ao abri-la, deparou-se com Arthur. Não teve tempo nem de convidá-lo para entrar antes que ele a beijasse. Segurou-a com uma das mãos e, com a outra, fechou a porta.

Melissa não sabia o que pensar nem ao menos como agir. Correspondia ao beijo seguindo sua intensidade. Se encostou na porta fechada, e ela percebeu que Arthur não viera apenas para um contato simples. Ele queria mais. Seu corpo lhe transmitia uma mensagem clara. Sentiu a mão dele procurando uma brecha em sua roupa de dormir. Quando deu por si, ela fazia o mesmo, tocando sua pele sob a camisa. Arthur enrijeceu, dando um passo para trás, respirando com dificuldade.

— Preciso ir. — Ele esforçou-se a dizer.

— Você veio para dizer que precisa ir? — Melissa tentava entender.

— Não. Quer dizer, sim. Você me desconcentra. — Arthur se perdia nas palavras. — Tenho uma reunião com os romanos e... — Voltou a beijá-la e guiou-a até a cama, deitando-se com ela, suas obrigações de rei indo para um lugar distante. Tudo o que pensava era em tirar sua roupa e tê-la.

O raciocínio de Melissa havia se perdido assim que abriu a porta e ele a tomou em seus braços. Ela via a luz acesa em sua mente, dizendo-lhe para parar, mas seu corpo não permitia. Arthur lhe trazia recordações perdidas. Sua pele despertava e, sem imaginar que as lembranças não provinham de encontros com ele, ela se entregava.

Arthur beijava seu pescoço enquanto abria a fita da roupa de dormir. Ela tentou ajudá-lo, e ele segurou suas mãos. Melissa fechou os olhos, e a memória veio intensa, seus pulsos sendo presos exatamente da mesma forma. Cada toque de Arthur despertava uma lembrança diferente, uma intensa sensação de realidade. Melissa se entregava a ele ao mesmo tempo em que se entregava à lembrança. Precisava descobrir com quem já vivera dessa forma.

O tempo corria duplamente para Melissa. Aqui e lá. Presente e passado. Quem era ele? Teria sido Arthur? Seria possível que nenhum dos dois se recordasse?

Ao abrir os olhos, percebeu que o rei estava sem a camisa e não faltaria muito para que as calças fossem tiradas. Ele a tocou entre as pernas e a beijou novamente. Por melhor que fosse a carícia e por mais que o corpo de Melissa quisesse continuar, soube que precisava parar.

Ela colocou as mãos em seu peito e o afastou.

— Arthur, os romanos... — Foi o que conseguiu dizer.

O rei, sem perceber o quanto ela estava tocada, achou que Melissa estava sendo prudente ao lembrá-lo do compromisso que não poderia perder.

— Você está certa. — Levantou-se, descompassado, rapidamente arrumando as calças e colocando a camisa. — Melissa, sei que você tem suas regras e costumes, mas hoje, quando eu resolver meus assuntos, virei até seu quarto e baterei duas vezes na porta. Se você abrir, vamos terminar o que começamos e precisaremos rever seus termos. Quero me casar com você. Quero ter a liberdade de tocá-la quando e como eu quiser.

— Arthur, eu... — começou Melissa, trêmula, ainda sem conseguir se expressar como deveria.

— Eu virei. Não a estou forçando. O direito de não abrir a porta é seu, espero que o use sabiamente. — Saiu do quarto, deixando-a deitada no colchão enquanto a jovem tentava raciocinar sobre o que havia acabado de acontecer.

Correu para trancar a porta, depois voltou para a cama. Enrolando-se nas cobertas, pesava as palavras de Arthur. Era claro: se o deixasse entrar em seu quarto, não poderia mais fugir, criariam laços talvez irreversíveis. "Por que não? Parece que estou lutando contra uma profecia que mais cedo ou mais tarde vai se concretizar. E se eu ceder de uma vez? E se eu deixá-lo entrar em meu coração?

Seria essa a resposta? Por que estou resistindo? Porém, quanto mais sua cabeça pensava em se entregar, mais seu coração dizia não. As sensações que tivera quando Arthur a tocara estavam além de ser apenas causadas por ele. De onde vieram todas aquelas sensações? E se houver mesmo um passado? De onde vem esse sentimento que inunda meu coração? Estou apaixonada? Por quem? Por que não pode ser Arthur? E se eu estiver maluca e tudo o que senti veio só dele?"

Um amor intenso, forte, quente, duradouro explodia em seu coração, e ela se derretia.

Confundindo presente e passado, Melissa temia não se entregar a Arthur e se privar de viver um grande amor.

— O que devo fazer?

Como um caminho, o sono insistia em fechar-lhe as pálpebras e, quando Melissa se permitiu dormir, a resposta veio com sua memória voltando no tempo...

Melissa sabia que não deveria escutar atrás das portas. Em sua defesa, precisava deixar claro que estava passando quando ouviu a voz alterada de Lancelot e parou, ao ouvir Viviane mencionar seu nome.

— Já contou a Melissa, Lancelot?

— Como posso contar que a profecia diz que ela deve ser de outro? — A garota ouviu a cadeira caindo no chão, provavelmente derrubada por ele. — Por que você não me contou antes?

— Já disse, não adiantaria. O mensageiro de Merlin chegou hoje. Ele virá em alguns dias, disse que consertará tudo.

— Consertar como?

— Apagando a memória dela, mandando-a de volta para outro tempo e lugar até que finalmente possa retornar, se casar e cumprir a profecia.

— Não. Ele não pode determinar como Melissa viverá a vida dela. Ela tem o direito de escolher com quem deve se casar.

— Casar com quem? — perguntou Melissa, escancarando a porta.

Os dois olharam surpresos para ela, a frustração visível na expressão dele.

— Darei um tempo para que conversem. — Viviane deixou a cabana no momento em que suas flores se alaranjaram, quase cintilantes. — Lá se vão minhas flores outra vez.

— E então? — quis saber Melissa, arisca.

— Mel, escuta. — Tentou se aproximar, mas ela se afastou.

— O que a profecia diz? Mudou alguma coisa?

— Diz que você deve se casar com outra pessoa.

— Como é que é? Ela diz claramente isso? Porque eu não vou fazer. Esse mundo pode explodir inteiro que não me caso. — Andava de um lado para outro, passando as mãos nervosas pelo rosto.

— Não sei o que diz exatamente e você está certa, não fará.

— Quando você soube?

— Há três dias — contou, esperando a explosão.

— Sabe há três dias e não me disse nada?

— Porque eu pretendo resolver tudo.

— Sozinho?

— Sim, sozinho.

— Desde quando virou esse homem que acha que uma mulher não pode se defender? Depois de todos esses meses juntos, você me esconde informações! Que palhaçada, Lancelot. — Ela deu dois passos em direção à porta.

— Melissa, não faça isso — avisou.

— Por que, Lancelot? O que você vai fazer? — Encarou-o exasperada por cinco segundos e saiu, dando-lhe as costas.

Melissa correu apressada pelo vilarejo, tão depressa que pensou estar voando por um segundo até que percebeu que suas pernas foram impulsionadas para cima e ela foi agarrada.

— Eu avisei, quando nos conhecemos, para que nunca saísse andando e me deixasse falando sozinho. — Jogou-a sobre os ombros e rumou para a cabana que dividiam havia meses.

— Me solta! — Melissa bateu em suas costas e sentiu quando ele colocou a mão em sua nádega direita. — Lancelot!

— Não me bata outra vez, Melissa. Estou avisando. Retribuirei com a mesma intensidade e bem aqui. — Deu um tapinha de leve.

As pessoas se amontoavam para olhar para eles, as crianças riam. Gabriel surgiu movido pelos gritos de Melissa.

— Mas o quê? — Cortou a pergunta ao ver a cena. — O que está acontecendo?

— Gabriel, faça esse animal me soltar agora!

— É... Lancelot. — O irmão entrou em seu caminho, coçando a testa, fazendo o cavaleiro parar bruscamente.

— Saia da minha frente, Gabriel — ordenou o cavaleiro.

— Não vai sair, não. Me solta — bradava.

— Você é meu amigo, ela é minha irmã, então preciso perguntar: será violento com ela?

— Por quem me toma, garoto? — respondeu, ao sentir a mordida em suas costas. — Creio que está claro quem é violento com quem aqui.

— Certo, se é assim, pode passar. — Gabriel deu um passo para o lado.

— Eu vou te matar depois, moleque. Te matar! — gritou Melissa para o irmão no momento em que Lancelot abriu a cabana, travou a porta e soltou-a.

Melissa tentou passar por ele duas vezes e percebeu que seria impossível. Afastou-se e observou-o tirar a camisa, deixando seu peito nu.

— O que pensa que está fazendo? — perguntou, indignada.

— Estou com calor por ter carregado você.

— Ninguém pediu para que o fizesse.

— Você pediu.

— Como pôde mentir para mim? — confrontou-o.

— Eu não menti. Está sendo intransigente. Omiti informações porque pretendia resolver sozinho, já disse.

— E desde quando você omite algo que diz respeito a mim e tenta resolver sozinho?

— Desde que me importo com você mais do que comigo.

— Por que não me contou? — A jovem sentiu-se esmorecer, porém afastou o sentimento e manteve-se firme.

— Você se rebelaria.

— É claro que sim. Você iria querer que eu aceitasse e me casasse com outro?

— Jamais, mas Merlin está envolvido e o conheço bem o bastante para saber que ele destrói quem se rebela.

— Você estava preocupado comigo. — Finalmente se deu conta do óbvio.

— Sim. Com Merlin, vence o mais esperto, não importa muito ser o mais forte ou o que se debate mais.

— O que faremos? — questionou, temerosa.

— Não sei. — Pareceu cansado.

— Preciso pensar. — Ela tentou passar por ele. — Me deixe sair, Lancelot.

— Você não sairá daqui, Melissa.

— Como não? Já entendi, você tentou me proteger, mas estou zangada agora e preciso de espaço.

Lancelot segurou seu punho e os olhares se encontraram. Nenhuma mulher dava as costas para ele, contudo nenhuma outra mulher lhe ensinara tanto. Então, ele abriu a mão e a libertou, deixando-a atônita.

— Posso ir?

— Você não tem que me pedir para ir e vir, Melissa. — Sua voz soou triste. — O que mais gosto em você é que seja tão livre quanto eu. Como posso querer lhe dar uma lição?

— Como posso ficar zangada com você assim? — Tocou seu peito devagar.

— Parece que nenhum de nós é capaz de ficar zangado um com o outro por muito tempo.

— Isso deveria ser bom, certo? — Acariciou-o, provocante.

— É o que vamos descobrir.

Observou-o soltar o cinto de couro da calça, fazendo com que ela caísse a seus pés, chutando-a para longe e ficando nu à sua frente.

— Nunca lhe ensinaram que não se deve aproveitar o ponto fraco das pessoas? — Ela sentiu a excitação correr por seu sangue.

— Não, muito pelo contrário, me disseram: conheça bem o adversário, explore o ponto fraco. — Segurou-a, tocando na curva dos seios e encurralando-a contra a parede. — Atinja-o, sem hesitar. — Roçou os lábios em seu colo, mordiscando-lhe a pele e subindo até encontrar sua boca. — Neutralize-o. — A língua tocou a dela, provocante. — E faça com que se entregue a você. Nesse caso, faça com que queira desesperadamente se entregar a você. — Agarrou-a pelo quadril, apertando-a contra ele, expondo-se. — E, então, quer?

— Acho que não tenho escolh... — Ele não a deixou completar a palavra e calou-a com sua boca, segurando-a firme pelos punhos e aprisionando-os acima de sua cabeça com uma das mãos. Com a outra, tentava desamarrar o vestido, sem parar de beijá-la, fazendo-a derreter em seus braços. — Lancelot, me solta — murmurou entre os beijos.

— Quer mesmo ir? — Ele fez menção de se afastar.

— Não vou fugir, idiota. Só quero arrancar essa roupa logo. — Ele riu, enquanto atendia seu pedido e descia a mão entre as pernas dela, fazendo-a amolecer. — Para de me torturar... — pediu quando ele se abaixou, e cada célula de seu corpo passou a querer desesperadamente o dele.

Lancelot pegou-a no colo e colocou-a sobre a mesa — não chegariam à cama. Melissa o puxou pelas pernas, trazendo-o para dentro de si, e deitou o pescoço para trás, expondo o colo. Ele puxou-a pelas costas, aproximando-a ainda mais para que pudesse tomar seus lábios.

O amor que sentiam um pelo outro era capaz de criar fagulhas que incendiariam Avalon se não fosse consumado. Era assim havia meses. Cada lugar da ilha já testemunhara um desses momentos. Entrega e paixão nunca vistos antes. Uma intensidade que os conectava inexoravelmente e nenhum homem ou profecia mudaria isso. Ela jamais seria de outro. Ele jamais seria de outra. Após tudo o que compartilhavam, seria impossível perder a conexão.

— Lancelot, preciso dizer uma coisa — sussurrou Melissa, em meio aos gemidos.

— O quê?

— Darei as costas para você mais vezes.

— Então, prepare-se. Na próxima, eu a pegarei antes mesmo de cruzar a porta.

O castelo estava em polvorosa, mas o sono profundo dominava Melissa e suas lembranças. Tentava se agarrar a elas, esperando que pelo menos alguma restasse pela manhã. Em meio a tantas dúvidas em seu inconsciente, uma certeza se agitava: ela não abriria essa porta para Arthur.

52

Marcos guiou Morgana para fora do hospital. Ela estava fraca e silenciosa, e ele não sabia o que dizer. Fora do carro, o rapaz abriu a porta e a ajudou a se sentar. Depois deu a volta, sentou-se no banco do motorista e observou, de canto de olho, Morgana apertando as mãos no assento, enquanto ele dirigia o mais devagar que conseguia, distraído com a história que ela havia lhe contado.

A descrição de Morgana sobre a Escuridão e a forma como ela estremeceu ao dizer a palavra o preocupava. Seria possível que Benjamin tivesse vivido todo esse tempo preso em uma espécie de realidade paralela?

Mal se passaram cinco minutos e Marcos estacionou, na praça central, em frente à livraria. Quando Morgana desceu do carro, ela se sentia melhor, mas se manteve calada. Atravessou a rua ao lado do jovem e apenas esboçou reação ao erguer os olhos e ver a fachada da livraria. Era uma porta pequena, de madeira grossa, pintada de vermelho, e uma luz intensa escapava pelas frestas. Ela não entendia como Marcos parecia não notar nada diferente ao empurrar a porta e um barulho de sinos soarem por um instante. E foi exatamente nesse instante que ela suspirou, tapando a boca ao avistar seu interior.

— É bonita, né? — disse Marcos com um sorriso. A livraria era o coração de Benjamin, e ele tinha muito orgulho do trabalho que havia feito. Era praticamente um ponto turístico da cidade.

A feiticeira deu dois passos à frente e parou outra vez, olhando ao redor. A livraria tinha três andares e, por mais que contivesse todos aqueles apetrechos modernos que estava conhecendo, ela parecia um pequeno castelo.

Escadas em espirais giravam até o teto. Todas as paredes estavam recheadas de livros. Pessoas estavam espalhadas lá dentro, lendo e conversando em voz baixa. Um aroma de leite quente adocicado preenchia o ar.

— Você está sentindo? — Morgana olhou para Marcos, encantada.

— O cheiro de frappuccino?

— Não. — Ela franziu a testa, sem entender como ele não podia sentir a energia mais incrível que corria por aquela terra. — A magia.

Por mais que tentasse, Morgana não conseguiu fazer com que Marcos sentisse a magia do ambiente, então desistiu e começou a passear pela livraria enquanto ele se concentrava em seus afazeres. Na ausência de Melissa e seu pai, ele administrava o lugar.

Encantada com a livraria, a feiticeira passou muito tempo admirando livros infantis e seus desenhos coloridos, desejando poder levá-los a Camelot para mostrar às crianças.

Caminhava tentando encontrar a fonte da magia, mas o entra e sai de pessoas a distraía, então passou a folhear vários livros. A palavra "erótico" reverberou em sua mente e o significado a fez ruborizar. Entre as duas fileiras de livros, olhou para os lados e descobriu-se sozinha. Passou o dedo na lombada dos exemplares, decidindo qual deveria escolher primeiro. Fechou os olhos e aleatoriamente pegou um.

Sentou-se de pernas cruzadas e folheou-o de olhos bem abertos. Começou a ler as primeiras páginas. Pulava para a frente, voltava, sem entender como esses livros poderiam estar ao acesso de qualquer pessoa. De repente, sem querer, encontrou uma cena entre um casal e enrubesceu, lendo sem parar. Sem perceber o tempo passar, retirou vários livros da estante, devorando parte deles. Paula apareceu no corredor em que ela estava, e Morgana aproximou o livro do rosto, tentando se esconder.

— Eita que você saiu procurando magia e achou a estante dos eróticos. — Paula riu, sentando-se a seu lado, e entregando-lhe um volume de capa escura. — Se vai fazer isso, faça direito.

Morgana o aceitou, apertando-o em seus braços, depois olhando-o tão extasiada que a garota riu.

— Eu sabia de algumas coisas por minha tia Viviane, mas nada parecido com o que está descrito aqui.

— É... Acho que não sabe, mas aprenderá. Preciso me policiar um pouco sobre o que conto a você. Não quero que seu irmão mande cortar a minha cabeça por te devolver toda safadinha para a Idade Média. — Ela gargalhou.

— Ele não faria isso, mas certamente ficaria furioso.

— Ah... Ele não está aqui, está? — provocou. — Acho que posso ensinar algumas coisinhas desde que o todo-poderoso rei não saiba. — Elas riram. — Bom, tenho que voltar ao trabalho. Mais tarde apareço para ver como você está.

Assim que ficou sozinha, Morgana começou a leitura do livro indicado por Paula. Conforme avançava na leitura, ela sentiu seu coração disparar. Sua respiração se acelerou e teve a certeza de que estava muito vermelha, pois seu rosto queimava. Ela já tinha visto homens e mulheres nus em rituais de Avalon, porém sua mãe foi taxativa quando ela foi levada, e Viviane respeitava sua opinião sobre deixar Morgana ter maturidade o suficiente para decidir qual religião deveria seguir. Depois, ao chegar ao castelo, já com Arthur rei, foi como se um escudo imaginário tivesse sido colocado em volta dela. Ninguém mais se aproximava além de Lancelot, seus primos e, recentemente, Galahad.

Concentrada, não percebeu uma pessoa se aproximando até avistar um par de tênis pretos bem a seu lado.

— O que está lendo? — perguntou Marcos, curioso, ajoelhando-se perto dela. — Você passou quatro horas aqui. Já estamos fechando.

— Hum... — Escondeu o livro atrás de si.

Em Camelot, Morgana estava à frente de sua época, porém, em Quatro Estações, sentia-se como uma princesa inocente a maior parte do tempo. Era tudo tão diferente.

— Ah... — Seu olhar era travesso ao se sentar próximo a ela. — Quem diria, hein? Descobriu que há algo além de magia. — Sorriu.

— É... — Sua face fervia.

— Pela sua reação, você é ainda mais inocente do que eu pensava. — Ele tocou a ponta do nariz dela, fazendo-a estremecer levemente. — Por que será que, de repente, comecei a sentir que se eu pisar em Camelot seu irmão arrancará minha cabeça?

— Eu... — Morgana tentava recuperar o controle das palavras. — Essas coisas dos livros — começou, olhando para a camiseta dele —, Melissa já fez, não é? Muitas vezes...

— Essa é a pior pergunta que você poderia me fazer. — Riu da própria tragédia.

— Antes de ler, eu estava bem. Agora parece que... — Não conseguiu completar a frase.

— Você não está mais no corpo da Mel, como pode ter lembranças da vida dela? — Estava curioso.

— Acho que estava latente. — Continuava sem olhar para ele. — Você e a Melissa já...

— Ruiva, o céu está caindo. — Ele a viu instintivamente olhar para cima à procura de algo despencando. — Se puxar bem na sua cabecinha, verá que Melissa e eu nunca fizemos nada.

— Como vocês aprendem tudo isso?

Marcos sorriu da inocência daquela garota. Se fosse outra ocasião, ele facilmente se envolveria com ela.

— Por mais que eu queira ensinar umas coisinhas a você, preciso descobrir um meio de resgatar Melissa.

Morgana deu um pulo, irritada consigo mesma por ter se distraído com esses livros enquanto deveria buscar uma resposta para o problema de Benjamin.

— Ei, Ruiva. — Tocou seu braço, e ela finalmente levantou a cabeça para olhar para ele.

— Preciso me concentrar na minha missão.

— Salvar o Benjamin?

— Sim. É inadmissível que eu tenha perdido o foco.

A inocência em seus olhos mexeu mais com Marcos do que se ela tivesse sido provocante. Morgana era doce, mesmo quando queria mostrar-se forte. Sua inexperiência era tangível, e ele começava a cogitar por quanto tempo resistiria sem se deixar levar pelo momento. Mas o perigo que Melissa corria explodia em sua mente, trazendo-o de volta à razão.

— Não fique brava pelo modo como falei. É que se eu ensiná-la a ser como a Mel, tenho certeza de que uma flecha vai voar lá da Idade Média direto para o meu peito.

— Não quero ser como a Melissa. Mesmo tendo dividido o corpo com ela por um tempo, somos diferentes.

— Eu sei. Você me disse que precisava da livraria vazia para se concentrar na magia, certo? — lembrou-a da conversa de mais cedo.

— Sim.

— Então, agora é a hora.

Quando os dois chegaram à entrada da livraria, Paula deixava outros dois funcionários saírem e trancava a porta, virando-se para a dupla, saltitante.

— Vamos lá, Ruiva. Quero ver essa magia aí.

— Isso vai me desgastar bastante — avisou a feiticeira, e Marcos assentiu, colocando-se a seu lado.

Morgana ficou de costas para a porta e fechou os olhos, esfregando as mãos uma na outra, enquanto pequenas faíscas surgiam entre os dedos. Inspirava e expirava fundo, canalizando a energia que costumava usar para bloquear os feitiços de Merlin e utilizando-a para rastrear a magia do ambiente.

Seu corpo tremia levemente, e o ar se tornava pesado. Por um instante, pensou que perderia a consciência, mas foi amparada pelos amigos de Melissa, sentindo uma carga de poder imensa.

Ao reabrir os olhos, tudo à sua volta tinha um tom mais vivo e, com um sorriso, Morgana enxergou o pequeno fio que indicava um rastro de magia.

Quando Morgana deu um passo, os dois seguraram suas mãos. Sua visão tornou-se ainda mais aguçada. Caminhou olhando para o fio luminoso até que o viu sumir atrás de uma estante.

— É ali. — Ela apontou para a estante.

— A magia está atrás da estante dos eróticos? — Marcos apertou os lábios, contendo um sorriso. — É isso mesmo?

Morgana assentiu.

— Mas que coisa. Você deve ter sido atraída para cá desde o início. — Paula tocou a estante e não sentiu nada diferente. — Atrás dela não tem uma parede, Marcos?

— Sim. Tem uma parede. Não há portas aí.

— A magia não precisa de portas — respondeu Morgana, séria, e estendeu a mão devagar, deslizando-a sobre os livros.

Imediatamente eles ouviram o barulho alto de engrenagens se movimentando. Uma luz intensa iluminava os livros, visível até mesmo para Marcos e Paula. Tanto a estante quanto a parede começaram a se abrir, como um grande portão.

Com um sorriso no rosto, Morgana observou a escadaria que descia até perder de vista, reluzindo magia.

— Encontrei.

53

Arthur entrou na sala de reuniões, Mordred estava de pé, perto da janela.

— Ainda bem que chegou. Fui informado por um dos servos romanos que eles estão vindo — explicou o primo do rei.

— Ótimo. Quanto mais rápido começarmos, mais rápido terminaremos.

— Entendeu-se com ela?

— Não diria isso. Mudei alguns termos. Terei a resposta final depois.

Mordred se dirigiu a uma mesa redonda menor, que ficava em um dos cantos da grande sala, próxima a duas estátuas de gárgulas pequenas. Arthur não fazia reuniões na Távola Redonda, a não ser com seus cavaleiros, pelo simples fato de toda vez algum estranho insistir em se sentar no Assento Perigoso e acabar morrendo em meio a uma negociação importante.

— O General Caius — anunciou um de seus servos.

Um romano alto, ainda jovem, de cabelos negros cortados curtos, vestido com traje de guerra, uma túnica rubra até os joelhos, coberta por uma armadura de couro, além de um manto também rubro, suspenso com presilhas nos ombros. Ele cruzou a porta, e Mordred fechou o punho direito ao lado do corpo. Arthur não se preocupou com ele. De todos os seus cavaleiros, por mais que também não gostasse dos romanos, ele era o que mais ponderava as consequências para seu rei. Eles se cumprimentaram, apresentações foram feitas, se sentaram, e Caius lançou um olhar para a grandiosidade da Távola Redonda e as colunas que a cercavam.

— Roma não é digna de sua lendária mesa, majestade? — perguntou a Arthur.

— Certamente é — respondeu Arthur, escondendo seu descontentamento. Era um mau sinal. — Querem se mover para lá? Peço apenas que não se sentem em três cadeiras. Duas em memória de cavaleiros que perdi recentemente, e outra por motivos que creio que já conhece.

— A cadeira enfeitiçada — murmurou em desagrado. — Você ainda possui esse objeto do demônio que já me custou a vida de três soldados?

Arthur viu o brilho irritado passar pelos olhos do primo, porém ele não se moveu. O rei deu graças a Deus por não ser Lancelot ou Tristan quem estivesse presente. E, mais ainda, Gaheris. Qualquer aliança seria perdida.

— General, creio que o poder da mesa não é pertinente ao que precisamos discutir hoje. Também devo perguntar: por que está vestido como se estivesse preparado para a batalha?

— Ainda estou decidindo se Camelot é ou não um território hostil aos romanos — respondeu, seco.

Caius sentou-se à mesa menor, acompanhado de Germanus, que parecia ainda mais incomodado, provavelmente temendo que Roma o julgasse sem poder suficiente sobre Arthur.

— A influência do demônio em seu reino é exatamente o que precisamos discutir. — Caius retomou antes que o outro o interrompesse. — O que você chama de magia não é bem-visto aos olhos de Deus.

— Como não? Se tudo existe por permissão Dele — questionou Arthur.

— Não é como vemos. Além disso, seus homens são insubordinados. Soubemos o que aconteceu e pedimos que o responsável por manter nossos homens cativos seja executado.

Mordred não conteve uma risada e, ao ser encarado pelo romano, explicou:

— O responsável é meu irmão. — Enfrentou-o com o olhar.

— Sinto muito por sua perda. Creio que seu rei honrará nosso Deus e punirá seu irmão.

Mordred riu novamente.

— Você conta ou eu? — O cavaleiro inquiriu o rei.

— Mordred e seu irmão são meus primos, general. Gaheris foi repreendido e isso não se repetirá. Estávamos enfrentando uma grande perda e ele se excedeu.

— Deus vem antes da família, majestade. Ele deve ser punido.

— Nada vem antes da família, general. Consigo amar ambos igualmente. E ele foi repreendido.

— Sua postura é sempre contraditória. — Estava desgostoso. — Esta terra, a Britânia, é amaldiçoada, e Roma decidiu retirar suas tropas — informou, sem mais tardar.

— Vocês não podem. Temos um acordo. Parte das terras serão de domínio de Roma, se vocês nos ajudarem a proteger nossas fronteiras — rebateu Arthur. — Se vocês se retirarem, os saxões terão liberdade para agir. — Omitiu o risco que a magia corria.

— E talvez esse seja o castigo que Deus preparou para vocês por continuarem a cultuar o que não existe.

— Sente-se no Assento Perigoso — Mordred levantou-se e apontou para a porta — e verá o que não existe. — Sua mão assumiu o punho da espada.

— Feitiçaria é obra do diabo. Ele deu poderes a vocês para que afrontassem Deus — insistia Caius.

— Eu amo o meu Deus e jamais O afrontaria — declarou Arthur, trocando um olhar com o primo, que se sentou novamente. — Roma não pode retirar seu apoio por motivos tão vãos.

— Você exterminará a outra crença?

A hesitação de Arthur foi percebida por Mordred.

— Não — respondeu, por fim.

— Então não temos mais o que conversar. — O general se levantou.

— Espere — intercedeu o bispo Germanus. — E se Roma nos desse um pouco mais de tempo? Há uma jovem cristã no reino, sua família é nobre, altamente reconhecida. — Ele floreava, visando os benefícios que poderia ter com Arthur, mesmo sem saber ao certo quem Melissa era. — Ela chegou recentemente e frequenta a igreja, conhece nossos costumes e serve a Deus. Percebi hoje que o povo a olha com admiração e creio que os cavaleiros também. Sua majestade também a aprecia muito. Creio que o rei deseja desposá-la. Um casamento cristão poderia servir para ajudar o povo a ver a verdadeira graça.

Caius coçou o queixo, cogitando.

— Ela é mesmo cristã?

— Conversamos hoje e ela citou até partes da Bíblia Sagrada.

— Ela sabe ler? — surpreendeu-se.

— Vários idiomas, inclusive latim. — A admiração no olhar do general era evidente. — Eu lhe disse, lady Melissa pertence à nobreza.

Arthur observava a troca de palavras entre os romanos. Ele não precisava de incentivo para se casar com Melissa, e ver a facilidade com que o general mudava de opinião à simples menção do nome dela fez com que o rei se recordasse das palavras de Mordred: o quanto ela e a profecia eram importantes.

— Você se casaria com essa jovem? — Caius virou-se para Arthur.

— Sim.

— Como o povo a vê? De onde ela é?

— É de um pequeno reino e sua família tem extrema importância para o povo.

Caius percebeu que Arthur guardava segredos, porém julgou que era para proteger a dama e não faria mais perguntas, pelo menos por enquanto.

— Eles a seguiriam? E seus cavaleiros?

— Devido aos últimos acontecimentos, creio que fariam qualquer coisa por ela.

— Roma será generosa e lhe dará um prazo. Retornarei em quarenta dias. Se eu não enxergar nenhuma perspectiva cristã em suas terras, retiraremos as legiões completamente do solo britânico e não os ajudaremos mais em suas fronteiras. Temos um acordo?

— Temos — concordou o rei, e pouco depois os romanos deixaram a sala de reuniões, com a promessa de conversarem mais pelos próximos dias.

Antes mesmo que Arthur pudesse discutir o assunto com seu primo, bateram fortemente na porta, que se abriu em seguida.

— Arthur, desculpe interrompê-lo. — Era Bors.

— Bors, o que faz aqui? Houve algum problema com Pellinore? — O rei se aproximou dele, preocupado, ao ver o sangue espalhado por suas roupas.

— Tenho péssimas notícias. — Seu semblante era de desolação.

Não foi preciso mais nenhuma palavra. Arthur correu para a Távola Redonda e, desesperado, notou que dois nomes perdiam o brilho. A morte levara seus homens.

54

A poucas horas de chegarem ao seu destino, Lancelot e os cavaleiros encontraram um grupo de homens que escoltava a princesa de Cameliard, filha de Leodegrance, ao castelo de Pellinore. Eles haviam parado à beira da estrada para que ela pudesse esticar as pernas. Como o lugar era aberto em uma grande campina, os cavaleiros decidiram parar para escoltá-los no restante da viagem.

Lancelot estava se preparando para subir em seu cavalo novamente e partir quando a viu. A princesa estava acompanhada de suas damas de companhia e reclamava por estar exposta demais ao sol. Sua pele era extremamente clara, quase lívida, e seus cabelos eram de um loiro igualmente claro. Os olhos azuis procuraram os do cavaleiro, e ela sorriu. Ele balançou a cabeça e se virou.

Pouco tempo depois, já em seu cavalo, ele pensava em Melissa e no tempo que partilharam em Avalon. Mesmo preocupado com o que seria de seu futuro, um sorriso surgiu em seus lábios e ouviu uma pergunta:

— Qual é o seu nome, cavaleiro? — A jovem princesa o espiava de dentro de sua carruagem, que seguia a seu lado.

O restante da viagem seria em ambiente aberto, sem árvores. Era preciso estar ainda mais alerta.

— Lancelot — respondeu, sem olhar para ela.

— É o famoso Lancelot, o primeiro cavaleiro de Arthur?

— Sou o primeiro, mas não creio que seja famoso.

— E modesto — elogiou. — Não perguntará meu nome? — questionou, chateada por ele não lhe dar a atenção que julgava merecer.

— Qual é o seu nome, princesa? — perguntou, sem a mínima vontade de agradá-la.

— Guinevere. — Sorriu, afetada. — Você está em uma missão real? Eu deveria ter conhecido o Rei Arthur inúmeras vezes, e incrivelmente sempre nos desencontrávamos. Foi para isso que vim, porém fui informada de que ele precisou partir por um inconveniente antes mesmo de chegar.

Lancelot riu, imaginando o que aconteceria se Melissa ouvisse Guinevere chamando-a de inconveniente, mas a princesa interpretou aquilo como um incentivo para falar mais.

— Sua missão demorará? Espero que possa ficar por mais tempo.

— Infelizmente, preciso discordar. Espero que não demore.

— Por que quer voltar? — Ele ficou em silêncio e ela mesma respondeu: — Uma mulher.

— Você é astuta.

— Ela é bela? — A resposta do cavaleiro foi fechar os olhos por um instante e imaginar Melissa em sua mente. — Você a ama? — Guinevere sentiu ciúme da mulher que nem conhecia.

— Como jamais amei e amarei outra mulher.

— E se ela não pudesse ser sua? — arriscou.

— Não desejaria nenhuma outra. É ela ou ninguém — afirmou, sem hesitar, e ouviu o barulho da janela da carruagem se fechando bruscamente.

— Partiu o coração da princesa, Lancelot — falou Galahad a seu lado. Tinha ouvido o final da conversa.

— Por quê? — perguntou, já distraído com Melissa em seus pensamentos.

— Ah, meu amigo, você já foi mais sagaz. — Ambos riram.

Era o início da noite quando Lancelot e outros cavaleiros se aproximavam do castelo de Pellinore. O céu estava sem estrelas e um vento fraco soprava. A construção tinha um quinto do tamanho de Camelot e uma única torre. No alto da muralha, os guardas vigiavam. A ponte levadiça fora abaixada ao notarem o estandarte de Arthur e elevada rapidamente após sua entrada.

— Bors, na última vez em que estivemos aqui, as pessoas pareciam tão desconfiadas? — perguntou Lancelot ao descer do cavalo, olhando ao redor e notando as expressões sérias iluminadas pelas centenas de tochas presas às muralhas e paredes do pátio.

— Estava pensando exatamente nisso — respondeu o outro cavaleiro, descendo também.

— E as mulheres? Vocês estão vendo alguma mulher? — questionou Gaheris, juntando-se a ele.

— Como sempre, essa é a primeira preocupação de Gaheris — zombou Bedivere.

— Não, primeiro ele procura comida, depois as mulheres. — Foi a vez de Geraint, provocando uma gargalhada em seus amigos.

Os cinco cavaleiros da Távola Redonda enviados por Arthur estavam cercados por mais 45 homens leais, entre cavaleiros, lanceiros e arqueiros. Eles tentaram avisar a guarda da princesa, porém nenhum deles quis ouvir suas preocupações e entraram com ela rapidamente no castelo.

— Também não vi crianças — comentou Galahad perto de Lancelot, franzindo o cenho. — As crianças sempre correm para nos receber.

— Bors e Geraint, fiquem com os homens. Gaheris, Bedivere e Galahad, vocês venham comigo. — Lancelot deu dois passos e virou para Bors. — E não guarde as armas. Há algo errado.

Os quatro seguiram pelo pátio e um homem se aproximou deles.

— É o administrador do castelo? — questionou Galahad.

— Só se o antigo foi substituído — respondeu Bedivere, com a mão na espada.

— Olá, cavaleiros. — O homem baixo de cabelos loiros e cacheados os recebeu. — Sou Nennius, o administrador.

— Onde está Inachus? — questionou Lancelot.

— O antigo administrador? Morreu no verão passado — explicou Nennius, vendo os quatro cavaleiros sacarem suas espadas para ele.

— Isso é impossível. Nós nos vimos há poucas semanas. Onde está o rei Eldon? O que está acontecendo aqui? — Bedivere encostou a espada na garganta do homem que se passava pelo administrador, e uma flecha vinda do alto da muralha acertou seu olho e atravessou sua cabeça. O cavaleiro morreu no mesmo instante.

Antes que qualquer outro pudesse agir, dezenas de inimigos saíram das sombras. Eles estavam cercados. Emboscados, novamente.

— Não acredito — murmurou Gaheris, balançando a cabeça, enquanto Lancelot abaixava-se para constatar o óbvio: haviam perdido Bedivere.

— Presumo que saibam que não sou o administrador. — O homem de cabelos cacheados sorriu.

— Você não pode esperar que nos entreguemos sem lutar — respondeu Lancelot, dando um passo à frente e percebendo a agitação entre os inimigos.

— Ah, sim, vocês lutarão. Eu perderei alguns homens, e vocês morrerão. Todos. Agora, se me entregarem quem eu quero, deixarei os outros irem embora.

— Onde está Eldon? — indagou Gaheris.

— Não interessa. Vamos ao que eu quero?

— O que você quer?

— Lancelot. E não pensem que podem me enganar porque há uma pessoa lá dentro que conhece seu rosto.

— Sou eu. — Lancelot deu um passo à frente.

— Não, sou eu — afirmou Galahad, e por isso recebeu um olhar zangado do amigo.

— Por que estão mentindo? — questionou Gaheris. — Sou eu.

— É o mais alto. — Uma voz de mulher respondeu, e eles viram Guinevere descendo as escadas. — Com os cabelos mais escuros. — Aproximou-se dele, tocando seu peito por cima da malha de ferro — Eu teria poupado você, se pelo menos se dignasse a olhar para mim como se deve — esnobou. — Parece que sua dama terá de se contentar com outro homem.

— Seu pai serve a Camelot desde o rei Uther. Como pode nos trair? — perguntou Gaheris, enquanto Lancelot afastava a mão dela, enojado.

— Camelot cairá, e Arthur é a causa. — Ela deu-lhes as costas e seguiu para dentro do castelo sem maiores explicações.

— Quem são os outros dois? — quis saber Nennius. — Certamente cavaleiros da lendária Távola.

— Eu sou Gaheris — mentiu Galahad, sob o olhar incompreensível do verdadeiro Gaheris.

— Ora, ora... É meu dia de sorte. Levarei o primo do rei também.

— Eu sou Gaheris. O garoto está mentindo — interferiu Gaheris.

— E por que ele mentiria pela segunda vez? — O homem suspeitava.

— Porque ele é meu irmão — disse Galahad, recebendo agora um olhar de choque do cavaleiro loiro. — Sou Mordred — completou.

— Não diga! Dois primos do rei. Quanto mais, melhor. Certo, ficaremos com os três. — Dirigiu-se a seus homens: — Lembrem-se, eles devem ser mantidos vivos ou o resgate será de menor valor. Ele quer matá-los pessoalmente. Disse que fazia questão de derramar o sangue dos primos de Arthur, principalmente.

Os cavaleiros ainda empunhavam suas espadas.

— E os outros? — perguntou Lancelot, porém já imaginava a resposta.

— Eu disse que os soltaria, certo? Pois bem, menti, mas você já imaginava.

— Ótimo, porque não irei com você. Bors! — gritou o cavaleiro, avançando sobre os inimigos, seguido pelos homens guiados por Bors.

Com o cair da noite, os cavaleiros lutavam enfurecidamente, mesmo estando em menor número. Eram pelo menos trezentos contra cinquenta. As chamas das tochas iluminavam seus esforços, mas as inúmeras sombras formadas ao redor do pequeno pátio deixava os cavaleiros em uma gritante desvantagem. Era impossível lutar contra o que não se podia ver.

Galahad lutava com suas duas espadas às costas de Lancelot, protegendo-o. Gaheris estava junto com eles, cortando cabeças e chutando os homens para longe. Lancelot se desdobrava para proteger os dois, decidido a não perder mais ninguém. Bors girou seu machado e acertou um inimigo enquanto bloqueava outro com o escudo.

Os cavaleiros de Camelot reconheciam sua desvantagem, mas nem por isso lutavam com menos bravura. Defendiam, atacavam e visavam honrar seu rei acima de tudo.

O sangue, os corpos e a desolação não demoraram a tomar conta do pátio do castelo. Nennius, se esse fosse mesmo o nome dele, tinha razão: naquela noite tenebrosa, os cavaleiros cairiam. A noite encobria os arqueiros inimigos, que aos poucos matavam um a um os homens de Arthur.

Lancelot ainda bradava para que seus companheiros lutassem ao cravar sua espada no peito de um atacante, porém os arqueiros nas sombras seguiam derrubando-os e, por pouco, uma flecha não atingiu Gaheris.

Quando o primeiro cavaleiro de Arthur passou os olhos ao redor, não conseguiu contar nem uma dezena de aliados. Desolado, decidiu que não arriscaria a vida de mais nenhum deles e gritou:

— Chega, nós nos rendemos! — Como não foi ouvido, passou a espada pelo pescoço de mais um inimigo e bradou: — Nos rendemos!

Um som forte como um trovão soou pelo pátio, e os homens baixaram as armas.

— Eu disse que era melhor a rendição — avisou Nennius, saindo do castelo, com os braços abertos apontados para a carnificina em que se encontrava o pátio.

Lancelot esquadrinhou o lugar, a ruína dos cavaleiros marcava o espaço.

— O que você quer? — perguntou o cavaleiro.

— Tenho uma mensagem para Arthur. Escolha alguém para levá-la.

— Mordred — respondeu Lancelot, referindo-se a Galahad. — Deixe-o ir.

— Não, escolha outro que não seja primo do rei.

Lancelot abaixou a cabeça, depois procurou pelo ambiente e cruzou o olhar com Bors, apontando para ele.

— Pois bem — começou Nennius. — Diga que estamos retomando a Britânia. Nossos ancestrais viveram séculos sob dominação. Não permitiremos que o povo seja obrigado a seguir a religião imposta por Roma e mataremos cada rei cristão que pisar em nossas terras. Arthur encabeça nossa lista. Esse primeiro massacre é a prova de que podemos destruí-lo quando quisermos. Estamos reconquistando o que é nosso por direito. Entreguem um cavalo a esse homem, comida e água e deixem-no partir. Ele é o mensageiro da queda dos cavaleiros de Arthur. Diga a seu rei que o braço direito e os primos dele serão entregues a seu carrasco até o nascer do dia, assim que houver a aprovação de quem os solicitou. Após a execução, suas cabeças serão enviadas a Camelot como um presente. — Os inimigos bradaram, enquanto os cavaleiros restantes levantavam a cabeça, negando-se a esmorecer.

— E os cavaleiros que sobraram? — perguntou Gaheris.

Nennius contou quatro cavaleiros além dos que levaria como reféns.

— Deixem-nos ir também. Deixem que a vergonha retorne rastejando para Camelot. — E novamente eles bradaram.

*

Os três cavaleiros cativos foram levados às masmorras. O lugar era escuro, fétido e úmido, repleto de pequenas celas e lamentos de homens que pareciam estar presos havia anos. O lodo crescia por todos os cantos.

Eles seriam interrogados em breve. Foram amarrados e empurrados. Galahad analisava o lugar à procura de água, mas não encontrou. Poderia utilizar a umidade, porém demoraria tempo demais e sabia que não bastaria. Teria de improvisar.

— Ei, bastardo — chamou, dirigindo-se a um dos guardas ao perceber que havia uma jarra sobre a mesa. — Quero água. Se vou morrer nessa masmorra imunda, o mínimo que você pode fazer é me dar um pouco de água.

O guarda pegou a jarra de barro e jogou contra as barras da cela, espatifando-a e encharcando Galahad e as cordas.

— Tome. — E saiu rindo com outros homens.

— As pessoas são tão previsíveis. — O jovem cavaleiro sorriu.

— Garoto, você quis ficar conosco para morrer? — perguntou Gaheris, chocado.

— Não, fiquei para resgatá-los. — Olhou para suas mãos, controlando a água que molhava as cordas, e desfez o nó. Gaheris ficou atônito.

— Você é um feiticeiro... — Viu o sorriso maroto de Galahad. — Já tivemos um feiticeiro entre os cavaleiros? — Virou-se para Lancelot.

— Não. Ele é o primeiro — respondeu o cavaleiro, orgulhoso.

Gaheris explodiu em risadas.

— Mordred vai morrer. Ele sempre disse que você escondia um segredo.

— Ele é esperto. Um idiota, mas esperto — respondeu Galahad, enquanto desamarrava Lancelot e Gaheris.

— Lancelot, precisa escolher: ou saímos daqui e voltamos para Camelot para proteger Arthur ou ficamos para tentar descobrir quem está por trás da traição.

O cavaleiro hesitava. Se estivesse sozinho, ele se arriscaria para obter mais informações, porém não permitiria que Galahad e Gaheris se ferissem.

— Partiremos. Não adiantará descobrirmos o traidor, se acabarmos mortos. Não confio em Nennius. E se ele impedir que Bors chegue a Camelot? Precisamos voltar e avisar Arthur.

— Posso ficar para descobrir mais informações — ofereceu Gaheris. — Devo isso a meu primo.

— Impossível — negou Lancelot. — Não o deixarei para trás.

— Pode ser nossa única chance.

— Sim, pode, mas a chance de você se ferir é maior. Você irá comigo.

Eles se entreolharam, e Gaheris ainda pensava em insistir, porém não valeria nada se estivesse morto. Realmente, ficar ali sozinho parecia um suicídio.

— Prosseguiremos então — cedeu Gaheris. — E agora? Estamos desamarrados, mas presos aqui dentro. Sua magia abre celas?

— Bem, agora esperamos o primeiro guarda tolo que abrirá a porta julgando que nos torturará e sairemos daqui.

Meia hora mais tarde, três guardas vieram para pegá-los. Os cavaleiros estavam sentados de cabeça baixa, com as cordas sobre as mãos, como se ainda continuassem amarradas. Eles não teriam outra chance e tudo precisava sair como o combinado.

— Quando eu disser "agora" — murmurou Galahad.

O primeiro guarda abriu a cela e todos entraram.

— Hora de sofrer, cavaleiros. — Um deles segurou o braço de Gaheris.

— Agora! — falou Galahad alto.

Gaheris deu uma cotovelada no homem que o segurava e levou um murro no nariz, que começou a sangrar abundantemente. Lancelot pegou o outro guarda desprevenido e derrubou-o, chocando sua cabeça contra o chão. Galahad desarmou rapidamente o terceiro, e uma briga intensa começou.

Ao final, os corpos de Gaheris, Lancelot e Galahad jaziam no chão, cobertos de sangue, e os três guardas saíram vitoriosos das masmorras. Um deles limpava o sangue do nariz na manga e dava uma risadinha zombeteira ao observar as próprias mãos.

55

A madrugada de Arthur foi longa e completamente diferente do modo como ele imaginava passá-la. Bors lhe contou todos os detalhes sobre a emboscada e como a filha de Leodegrance os traíra, assim como provavelmente seu pai e Eldon, rei de Pellinore. Não havia mais escapatória: a guerra era iminente.

Andando pelo salão de reuniões, mais uma vez, o rei foi conferir sua mesa e deu um murro na madeira quando viu o nome dos cavaleiros perdendo o brilho. Seus homens estavam sendo exterminados como cartas marcadas. Arthur dera valor tarde demais à informação de Lancelot: havia um traidor entre eles. Quantos mais teriam de morrer para que ele fosse descoberto?

Suas reflexões foram interrompidas pelo forte som de uma trombeta. Arthur desceu as escadas o mais rápido que conseguiu, cruzou o pátio e correu para as muralhas. Os arqueiros estavam a postos, preparados para a primeira saraivada de flechas de fogo. Tristan estava entre eles, liderando-os.

Aproximando-se velozmente de Camelot, um exército surgia. O sangue do rei parou de correr por uns dois segundos até que reconheceu em meio às tochas o estandarte da raposa vermelha de Mark, rei da Cornualha, seu mais leal aliado.

— Meu tio — afirmou Tristan ao avistar o rosto familiar a poucos metros deles.

— Preparem-se para recebê-los — ordenou Arthur.

Felizmente uma boa notícia.

Melissa acordou sobressaltada quando o primeiro raio de sol cruzou o céu. Na madrugada, tivera a impressão de ouvir uma forte trombeta, mas o sono a envolvia profundamente, e os sonhos se negavam a liberá-la.

— Lancelot — murmurou, sentando-se na cama.

Sem saber de onde vinha o devaneio, respirava aceleradamente e pensava no cavaleiro. Um mau pressentimento apertava seu coração.

— Onde você está? — perguntou-se, com a sensação de que deveria encontrá-lo imediatamente.

Levantou-se, lavou-se na água fria que estava na bacia da mesinha, escovou os cabelos e vestiu um vestido de veludo amarelo-ouro, de mangas longas, pois sentiu que a temperatura começava a baixar. A roupa caía perfeitamente em seu corpo e fazia parte do enxoval que Arthur ordenara que fosse preparado para ela.

Estava quase saindo do quarto quando ouviu batidas aflitas à porta. Deu um pulo para trás. Seria Arthur? Não se mexeu, pensando no que diria, até que ouviu a voz de Alana.

— Senhora, senhora. — Continuava a bater.

Melissa a deixou entrar.

— O que foi, Alana? — perguntou, aflita.

— Minha senhora, o rei ordenou que eu não a deixe sozinha. Os cavaleiros foram emboscados e... — A serva não conseguiu completar a frase, pois Melissa deixou-a no quarto e saiu correndo pelas escadas.

O castelo havia virado um alvoroço completo. Servos passavam correndo pelos corredores, o grande salão estava repleto de cavaleiros, muitos que ela nunca tinha visto e vestidos de vermelho, todos com expressões de preocupação. O clima tenso contagiava-a, e o desespero da perda ameaçava tomá-la. Descendo os três degraus que levavam ao pátio, Melissa olhava para todos os lados procurando por alguém que tivesse respostas. Correu para os estábulos, instintivamente. Quando se virava para ir embora, trombou com Tristan.

— Lancelot. — Foi tudo o que ela conseguiu dizer, quando o cavaleiro a amparou para que não caísse.

— Já somos amigos o suficiente para você saber meu nome — brincou, mas Melissa percebeu que estava tão tenso quanto os outros.

— Não, não é isso. Você me faz lembrar de Lancelot. Só agora percebi. — Ela levou a mão à testa, sua cabeça doía.

— Você está bem, Melissa?

— Não. Tristan, preciso saber onde está Lancelot. E Galahad também. — Seu coração se apertava. — Por favor, me diga onde eles estão.

— Melissa. — O cavaleiro apertou os braços dela. — Houve uma emboscada, eles foram capturados.

— Não, não... — repetiu, balançando a cabeça, enquanto as lágrimas escorriam por sua face.

— Melissa — repetiu Tristan, tentando trazê-la de volta a si.

— Eu o perdi... Eu o perdi... — O descontrole a tomava, já não sabia mais onde estava. Suas pernas estavam amolecendo. Não ficaria em pé por muito tempo.

— Ei, calma. Nós... — Ele tentou dizer, porém ela não ouvia mais nada.

A consciência de Melissa caminhava para um labirinto sem fim, e ela sentiu Tristan segurá-la no colo antes de se perder de vez em memórias.

O dia estava sombrio em Avalon. Grandes nuvens carregadas habitavam o céu do vilarejo, refletindo o humor de Melissa ao ver Merlin entrar na ilha, escoltado por alguns homens. Quando Lancelot a envolveu pela cintura, soube que estava preparada para tudo. Não importava o que o feiticeiro dissesse; ela não cederia.

— Tire as mãos dela, cavaleiro! — Foram as primeiras palavras do feiticeiro.

— Quem é você para decidir quem coloca a mão em mim? — Melissa colou mais seu corpo ao de Lancelot antes que qualquer um pudesse falar.

— Ah, não! Não me diga que ela é do tipo temperamental? — Merlin inquiriu Viviane, que deu de ombros. — Ninguém quer facilitar a vida desse pobre feiticeiro. — Suspirou, exasperado.

— Merlin, não perca seu tempo. Nada do que disser me fará desistir de Melissa — declarou Lancelot, imponente.

— Certamente tenho minhas dúvidas. Na verdade, poderia apostar que quando souber o que está envolvido você cederá. Ou deveria dizer quem? — Merlin bateu o dedo levemente no próprio queixo, enigmático.

— Do que está falando? — O cavaleiro endureceu ainda mais o tom.

— Precisamos conversar. Deixe a garota aqui fora porque ela não será necessária agora.

— Se for falar sobre mim, eu quero ouvir! — replicou a jovem.

— Mas não irá. Depois o cavaleiro pode lhe contar, se quiser. Por enquanto meu assunto é com ele.

Percebendo a gravidade da situação, Lancelot convenceu Melissa, após muita discussão, de que ela deveria aguardá-lo, juntamente com seu irmão.

Impaciente, a jovem caminhou até o estábulo. Aprendera com Lancelot que Liberdade era um bom ouvinte. Chegando lá, soltou o animal e começou a caminhar com ele a seu lado, acariciando o pelo sedoso.

Não demorou muito e Lancelot saiu da cabana, com Merlin andando apressado atrás dele.

— Vocês já terminaram? — perguntou Melissa.

— Mal começamos. — Merlin estava furioso.

— Certo, Merlin, escute. — Melissa o enfrentou. — Não sei o que veio fazer em Avalon, porém nada do que me diga me fará mudar de ideia. Não me casarei com outro.

— É seu dever. Você nasceu para isso. — Foi categórico.

— Meu dever é com o meu coração.

— Não é possível! — Merlin revirou os olhos ao ouvi-la falar de forma tão parecida com o cavaleiro.

— Ficarei com Lancelot.

— Não, não ficará.

— Pague para ver — desafiou ela.

Melissa sentiu o feiticeiro tentando mexer em sua mente e reagiu fortemente, fazendo-o cambalear.

— Viviane me disse que tentaria apagar minha mente. Saiba que ela está fechada para você. — Tocou a própria testa. — Só entra aqui se eu permitir. Ser a tal última filha de Avalon me fez poderosa demais. Aprendi algumas coisas nesses meses. Você deveria saber.

— Juro pela minha vida que você se casará com quem deve para salvar a Britânia.

— Pois juro pela minha que não irei. — Colocou as duas mãos na cintura, enfrentando-o. — A questão agora é saber qual vida vale mais.

Antes que Merlin pudesse argumentar ou impedir, Melissa correu para Lancelot, que os observava. O cavaleiro abriu os braços, e ela se aninhou ali, ciente de que o feiticeiro os observava, porém o ignorando.

— Você vai terminar a conversa com ele? — perguntou ela.

— Não. — Acariciou seus cabelos. — Nada do que ele disser muda o que sinto e meu desejo de permanecer com você. Venha. — Puxou-a pela mão. — Quero lhe mostrar algo.

— Isso é ótimo, porque também tenho algo para lhe mostrar.

Melissa partiu com Lancelot, tentando ignorar qualquer ameaça feita por Merlin. Sobre o corrimão da ponte de pedras congeladas da entrada estavam dois longos e grossos cobertores de peles.

— Por que isso estava aqui? — A curiosidade despertou.

— Porque eu queria lhe mostrar algo — repetiu, e a enrolou protetoramente com o cobertor.

Seguiram caminhando pela pequena ponte de pedras negras, passaram por uma pequena caverna e subiram uma colina coberta por neve. O cavaleiro estendeu a coberta no chão e Melissa sentou-se, abrindo espaço para que ele se aconchegasse dentro da outra com ela.

— O que Merlin lhe falou? — perguntou Melissa, sentindo-o se acomodar atrás dela, envolvendo-a com suas pernas e puxando-a carinhosamente contra o peito.

— Não prestei atenção — respondeu, certificando-se de que ela estava protegida do frio.

Anoitecia, e o céu, recheado de estrelas, contemplava-os.

— Para de me enganar, Lancelot — pediu, encostando a cabeça no ombro do cavaleiro e sentindo-o envolvê-la com seus braços.

— É verdade. Como eu disse no vilarejo, pouco me importa o que ele tem a dizer. Você não será de mais ninguém, a menos que queira ser.

— Você promete? — perguntou, baixinho, entrelaçando os dedos entre os dele.

— Vou além, eu juro. — Tocou seu rosto delicado com a mão livre, fazendo-a virar um pouco para olhar para ele.

No céu, arcos coloridos se formavam, iluminando-os. Uma cortina brilhante horizontal os cobria com tons lilás, verdes, amarelos, azuis e cor-de-rosa.

— O que eu queria lhe mostrar... — Lancelot sorriu, apontando para o alto e vendo-a enlevada.

— É lindo. — Ela suspirou.

— Sim. Só acontece nesta época do ano, mas não deveria acontecer na Britânia. Seu irmão me explicou que no seu mundo essas luzes são o reflexo do impacto do vento solar e poeira espacial. Algo assim. Gabriel fala muito e não me recordo da explicação completa. — Melissa sorriu ao vê-lo se esforçar para lembrar.

— Aurora boreal — disse.

— Isso! — Beijou seu rosto. — Mas o que importa é que, segundo seu irmão, ela não deveria acontecer nesta região, porém Avalon de alguma forma misteriosa é capaz de nos presentear com esta beleza. — Apontou outra vez para o céu.

— Acho que estou entendendo aonde quer chegar. Segundo Merlin, nós dois não deveríamos estar juntos.

— Sim. E de alguma maneira misteriosa nossos caminhos se cruzaram.

— E agora?

— E agora voltamos ao início dessa conversa. Não há nada que possa me fazer desistir de você. — Beijou-a rapidamente. — O que queria me mostrar? — lembrou-se.

— Era bobeira, você já viu outras vezes e não se compara à infinita beleza deste céu.

— Diga-me. — Olhou em seus olhos, sem interromper o contato. O brilho colorido permeando entre eles.

— Era eu, seu bobo. — Ela riu, maliciosa. — Eu disse que não se comparava.

— Tem razão, não se compara. Você é ainda mais bela e, em você, posso fazer isso.

Os lábios dos dois se uniram em um beijo voraz que dizia muito mais que qualquer palavra. Melissa virou-se mais para que pudesse abraçá-lo, enquanto Lancelot aprofundou a carícia, puxando-a para perto.

Com o batimento acelerado, Melissa confirmou o que sabia desde que ficaram juntos pela primeira vez: seu coração era dele e jamais deixaria de ser. Entre temerosa e encantada, constatou que amava Lancelot desesperadamente. E o mundo à sua volta deixou de existir.

56

Morgana deu um passo à frente, rompendo o contato com Marcos e Paula, assim como a conexão direta com a magia.

— Ué, apagou? — perguntou Paula, estreitando os olhos.

— Não. — Morgana ergueu as mãos para o alto em direção às tochas penduradas na parede. Uma a uma, elas foram se acendendo, iluminando a escadaria de mármore.

— Não sei se um dia vou me acostumar com isso. — Marcos franziu a testa.

— Eu acho demais! — respondeu Paula, se apressando em seguir Morgana, que já começava a descer.

Os três percorreram o caminho em silêncio. Enquanto Paula estava tão curiosa que seu corpo parecia formigar, Marcos estava apreensivo.

Quando a escadaria terminou, ficaram em frente a uma porta de carvalho branco.

Antes que qualquer um pudesse impedir, Morgana tocou a madeira, que se abriu, em um passe de mágica.

— Você fez isso? — perguntou Marcos.

— Não — disse a feiticeira, entrando em uma enorme sala em forma de meia-lua. — Ela quer que a gente entre.

— Ela quem?

— A sala. — Morgana girou.

— A sala está viva? — indagou ele, entre encantado e chocado.

— A magia é viva. Ela pode se apoderar de objetos ou lugares. — Morgana explicava caminhando pelo local, que parecia abandonado, e acendendo outras tochas até que tudo estivesse bem-iluminado. — Mas poucos são capazes de manipular a ponto de dar vida a algo inanimado. Isso requer muito poder. Muito além do que posso controlar.

— E você acha que esse cara muito poderoso é o Benjamin, pai da Melissa? — quis saber Marcos, balançando a cabeça, um pouco receoso do que viria a seguir.

— Não tenho dúvida. É ele.

A sala tinha várias estantes e mesas nos cantos. Livros estavam espalhados por todas as partes. Alguns até abertos, caídos no chão. Morgana se abaixou e passou o dedo sobre a caligrafia apertada, tentando identificar as palavras e lendo em voz alta:

— "Não sei por quanto tempo conseguirei nos esconder e nos manter seguros, mas me nego a entregar meus filhos a ele. Eles serão envolvidos em uma guerra a que não pertencem. Ele está tentando mexer com a minha mente. Quer apagá-la e levá-los de mim. Lutarei até o fim para proteger quem amo de..."

O livro se consumiu em chamas sob o olhar espantado de Morgana.

— Caramba, Ruiva! — Paula se aproximou dela, cutucando as cinzas com a ponta da sapatilha. — Parecia um diário, né?

— Não fui eu. Isso foi um feitiço protetor. O livro se destrói se outro além do dono tentar ler. Melhor não tocarmos em nada, por enquanto.

Vasculhando o lugar, terminaram em frente a algo coberto por uma grande capa vermelha.

— Alguém mais está curioso sobre o que tem aí embaixo? — Paula dava pulinhos de tanta ansiedade.

— O poder da sala vem daí. Posso sentir. — Morgana exalou, perdida em um dilema.

— E se puxar o pano bem rapidinho? — Marcos mexeu a mão, simulando o contato.

Morgana o olhou, com a testa franzida, como se ele tivesse dito um absurdo. Quando ela se virou para o objeto coberto, não teve tempo de segurar Paula, que arrancou o tecido de uma só vez.

— Ah, vai me dizer que eu sou a única curiosa aqui? Não sei lidar com ansiedade não, garota.

A feiticeira já não ouvia mais nada. Seus olhos estavam hipnotizados pelo objeto escondido pelo tecido: uma espada cravada na pedra.

57

Melissa gemeu baixinho presa entre memórias e realidade. Sentiu algo molhado em sua testa e ouviu a voz de Alana, que dizia para chamarem o rei, antes de perder a consciência outra vez.

Pouco depois, Arthur entrou no quarto de Melissa, dividindo-se entre preocupado e irritado ao ver Tristan no corredor, esperando por notícias. Ele não era o único: Mordred, Bors, Gawain e sua muleta aguardavam, como se saber dela fosse mais importante do que qualquer perigo que rondava o reino. O que acontecia com seus homens? Ainda queria entender por que Tristan, de todos os seus cavaleiros, foi o procurado por ela pela manhã e quem acabou socorrendo-a.

— Como ela está? — perguntou Arthur.

— Ela segue acordando e perdendo a consciência. — Argus, o médico real, explicou. — Mas não tem febre nem nada que justifique. Soube que um de seus cavaleiros a encontrou. Gostaria de falar com ele.

— Tristan — disse Arthur alto, e o viu entrar, enquanto os outros três observavam da porta.

— Eu estava com ela.

— Ela estava bem? Não parecia agitada ou diferente antes de desmaiar?

— Ela estava preocupada com a movimentação do castelo. Apenas isso. — Preferiu omitir a verdade até saber de mais detalhes.

Jamais contaria tudo o que Melissa murmurara antes de perder de vez a consciência. Ele a tinha em alta estima e precisava conversar com Lancelot antes de tomar qualquer decisão.

— E ela simplesmente desmaiou? — inquiriu Arthur, cismado.

— Sim.

O rei faria mais perguntas, porém Melissa abriu os olhos, confusa, e perguntou:

— O que está acontecendo? — Levou a mão à cabeça, que ainda doía, tentando se agarrar ao delicado fio de memória que se distanciava dela outra vez.

Arthur sentou-se na cama próximo a ela e segurou suas mãos.

— Você desmaiou. Como você está, minha querida? — Passou a mão por seus cabelos.

— Estou bem. Eu só... — começou a dizer, porém o olhar de Tristan, por trás de Arthur, advertiu-a para tomar cuidado com as palavras. — Não sei o que houve. Talvez esteja sobrecarregada por tudo o que venho passando.

— É possível — falou o médico. — Você veio de muito longe, pelo que soube.

— Sim, ela veio. — O tom do rei mostrava que não estava satisfeito.

— Recomendo repouso por alguns dias — alertou Argus. — Virei vê-la à tarde.

— Não, não quero ficar presa aqui. Não conseguirei. Preciso sair, caminhar e pensar. — Ela começou a afastar as cobertas.

— Você não sairá daqui sozinha, Melissa. Não insista — disse Arthur, autoritário. — É perigoso.

— Eu posso acompanhá-la. — Os quatro cavaleiros disseram ao mesmo tempo.

— Mas o que diabos está acontecendo aqui? — perguntou o rei, exasperado.

— Nada — respondeu Tristan. — Queremos protegê-la, como você. Sabemos que ela não ficará presa a este quarto a menos que a tranque.

— Ninguém vai me trancar — avisou Melissa, chocada, e teve um vislumbre de memória de uma tranca sendo colocada sobre uma porta e um homem tirando a camisa.

— Não, não vou — assentiu Arthur. — Provavelmente um de vocês quatro arrombaria a porta ou ela tentaria escalar a parede. — Colocou a mão na testa, pensando. — Preciso me reunir com Mark. Tudo aquilo em que acreditei está desmoronando. Você se nega a aceitar uma dama de companhia, e eles têm funções a cumprir. — Apontou para os cavaleiros.

— Podemos nos revezar — sugeriu Gawain.

— Você mal consegue andar.

— E mesmo assim poderia protegê-la.

— Você não prefere ficar pelo menos um pouco mais deitada? — Arthur ainda segurava sua mão.

— Não. — Ela soltou-se dele.

O rei suspirou, visivelmente contrariado.

— Saiam todos — decretou, e ficou sozinho com ela. — O que está acontecendo? Pensei que tivéssemos nos entendido ontem. — Tentou beijar seus lábios, mas ela recuou, chocando-o.

O estado de espírito de Melissa estava uma turbulência completa. Ainda sentia muito carinho por Arthur, porém agora, mesmo não conseguindo descobrir por quem, sentia-se perdidamente apaixonada por outra pessoa.

— Eu... — tentou dizer.

— Há algo entre você e Tristan? — questionou, levantando-se, com a expressão fechada.

— Não. Ele é um amigo, apenas isso — apressou-se em responder.

Arthur olhava dela para a porta, ciente de que seus homens ainda estavam ali, esperando. Esse protecionismo que todos tinham por Melissa só podia ser fruto da profecia, mas, ainda assim, não deixava de ser enervante. Principalmente quando ela se negava a se assumir como dele.

— Melissa, não era assim que eu pretendia resolver a situação, mas precisamos nos casar.

— O quê? — perguntou, atônita, levantando-se da cama.

— Ontem, se Bors não tivesse chegado, eu teria vindo e teríamos consumado o que sentíamos. Eu toquei você, Melissa. Não é possível que você não veja a importância do que fizemos. Quero me casar com você e parar de me sentir como um garoto amedrontado toda vez que um deles — apontou para a porta — diz que quer protegê-la. Cheguei a dar graças a Deus por Lancelot não estar em Camelot, porque não suportaria vê-lo como os outros, encantado por você, e agora me sinto tão culpado.

Com medo de dizer o que não deveria, Melissa ouvia o desabafo de Arthur, pensando nas palavras certas. Palavras que fugiam dela.

— Arthur...

— Não ouse dizer que, de onde você veio, o que fizemos é comum. Eu não suportaria ouvir, Melissa, por favor. — Ele parecia tão desestabilizado que ela sentiu pena. — Meu reino está ruindo, meus homens, morrendo. Preciso ter você ao meu lado.

— Quem morreu? — perguntou em um fio de voz, apoiando-se na parede.

— Mais de quarenta homens, entre eles, Bedivere, Geraint e...

Uma forte batida na porta interrompeu a conversa.

— Arthur — ouviram a voz de Percival —, Mark quer vê-lo.

— Preciso ir. — Ele aproximou-se dela, dando-lhe um beijo rápido do qual ela não pôde fugir. — Nós nos falaremos depois. Você pode sair e caminhar, mas não fique sozinha. Fique com Tristan se for o caso, só não ande por aí sem alguém que possa protegê-la — cedeu, e a viu assentir. — E, Melissa, nossa conversa ainda não acabou. Eu vou me casar com você — declarou e saiu do quarto, antes que fosse contestado.

Quando Tristan entrou com Melissa na cozinha, todas as servas olharam para os dois. Porém, naquele momento, o castelo inteiro sabia da emboscada dos cavaleiros e julgavam que a jovem estimada pelo rei deveria andar com escolta.

— Coma, Melissa. — Tristan insistia enquanto a via mexer a comida de um lado para o outro no prato.

— Comi meia batata assada — defendeu-se ela.

— Não basta. Precisa se alimentar bem.

— Tudo bem. — Pegou um pedaço de carne. Quando engoliu, continuou: — Gostaria de conversar com você.

— Eu sei, mas não aqui. — Apontou para as cozinheiras que os olhavam de esguelha, curiosas.

— Eles morreram? — Não conseguiu evitar a pergunta.

— Não sei. A mesa fez os nomes de Gaheris e Lancelot oscilarem, mas foi diferente de Bedivere e Geraint, cujos nomes estão se apagando gradualmente.

— Vocês não vão resgatá-los?

Ele relutou em responder, porém Melissa empurrou o prato de comida para longe.

— Não sabemos se há alguém para resgatar, mas certamente os vingaremos. — Baixou os olhos repletos de tristeza e observou-a levantar-se e deixar a cozinha.

Respeitando seu espaço, Tristan deixou-a caminhar na frente, à procura de um lugar em que pudesse refletir. O pátio estava em polvorosa, ainda mais repleto que diariamente. Melissa seguiu para o único lugar que sabia estar vazio: o jardim de Morgana.

Em respeito à feiticeira, a jovem tinha evitado o lugar e descobriu, assim que pisou em seu território, que deveria ter ido lá antes. Os arbustos, que formavam uma espécie de labirinto na entrada, pareciam curvar-se a ela. Lavandas perdidas aqui e ali agitavam-se e lançavam seu perfume em busca de uma memória. Um girassol gigante virava-se para ela, como normalmente fazia para o sol. Borboletas se amontoavam e voavam alegres pelo caminho, recebendo-a.

Tristan parou, encantado.

— Dizem que este jardim é uma pequenina extensão de Avalon. A natureza se mistura — explicou. — Não tinha ideia de que você era uma feiticeira. —

Franziu o cenho. — O que prova muita inocência da minha parte. — Riu de si mesmo. — Você só podia ser.

— Eu não sei se sou.

— A natureza confirma, você é.

Sentando-se sob um grande carvalho, ela perguntou:

— Tristan, você já sentiu como se estivesse no lugar errado?

— Sim. É como me sinto há alguns anos. — Uma tristeza passou por seus olhos.

— E você já se apaixonou tão intensamente que sentiu que não haveria vida sem a outra pessoa?

— Sim.

— Isolde, certo? — Como ele não respondeu, continuou: — Acho que meu passado foi apagado. Tive uns vislumbres de memórias, pedaços perdidos, lembranças cortadas. Sinto que amo alguém e acho que cometi um grande erro.

— Com Arthur.

— Sim. Estou com medo de lembrar, Tristan. Estou apavorada com o que vou descobrir.

— É como se você vivesse duas vidas conflitantes. Já não sabe mais quem você é, e o esquecimento a envolve com um breu que não cessa. — Ele demonstrou compreensão. — Você sente que sonha com as respostas, mas não consegue alcançá-las pela manhã.

— Como você pode saber? — Ela estava assustada e ansiosa ao mesmo tempo.

— Porque já passei por isso. Duas vidas miseráveis.

— Meu Deus! Alguém apagou suas memórias?

— Sim.

— Quem?

— Lilibeth.

— A fada que tirou a espada do lago para Arthur? Pensei que ela era boa. — Melissa estava confusa. Será que ela havia apagado sua mente também?

— Ela é.

— Então, por que... — Deu-se conta antes de terminar a pergunta. — Você pediu.

— Pedi. Às vezes amamos quem não devemos amar. Julguei que era mais fácil esquecer. Estava errado. Meu corpo lutou todos os dias para quebrar o feitiço. É por isso que Arthur tem tanto medo de ver você comigo. Ele conhece o meu passado. Não sabe o que fiz, mas conhece as consequências.

— Que consequências?

— Mesmo não me lembrando dela, eu a procurava. Praticamente toda mulher solteira do reino foi minha e muitas casadas também, assim como uma grande quantidade de servas. Arthur e meu tio salvaram minha cabeça várias vezes. Eu não poupava ninguém.

— E foi assim que se lembrou dela?

— Não, foi da pior forma possível, provavelmente no pior momento da minha vida. — Ficou quieto, e ela entendeu que não deveria pressioná-lo.

— Não quero magoar Arthur, mas ao mesmo tempo quero saber o que foi tirado de mim.

— Você tem ideia do que seja? Ou melhor, de quem ele é? — Apesar de ter sua opinião, queria ouvir dela, diretamente. — Já foi difícil para mim. Arthur explodiria o reino se você resolvesse testar com cada homem disponível.

Melissa abriu a boca para dizer e foi interrompida pelo soar de trombetas e gritos estrondosos. Os dois levantaram-se, e ela começou a correr.

Com o coração disparando, à entrada do jardim, ela avistou um cavaleiro no pátio. Seus olhares se cruzaram, e Melissa sentiu seu coração derreter e escorrer por seu corpo, misturando-se ao sangue que se acelerava dentro dela. Sem pensar nos riscos, teria corrido ao encontro dele, se Tristan não segurasse seu braço.

— Parece que temos uma resposta, mas não vá até lá, a menos que deseje que ele seja executado.

— Eu não me lembro dele. — Colocou a mão em seu peito.

— É magia. Você pode não se lembrar, mas seu coração não esqueceu.

Melissa assentiu, absorvendo as palavras do cavaleiro, enquanto seu olhar mantinha-se na multidão do pátio que recebia acaloradamente Gaheris, Galahad e Lancelot.

58

Da janela do grande salão, Morgause observava a multidão feliz por receber três de seus cavaleiros de volta. Decidindo se deveria descer ou não para ver Gaheris de perto e verificar seu estado, fez menção de sair de onde estava quando avistou Tristan e Melissa parados em frente ao jardim de Morgana e notou que o cavaleiro segurava seu braço. O que eles estariam fazendo?

— Mãe, Gaheris chegou. Você não viu? — ouviu a voz de Gawain atrás de si.

— Ouvi, sim. Estava pretendendo descer agora mesmo para vê-lo.

— Estou tão feliz por ver que eles conseguiram escapar — falou o filho, andando devagar com sua muleta.

— Também estou exultante — murmurou, floreando as palavras. — Espero que Gaheris tenha aprendido os riscos que corre como cavaleiro.

— Não é nossa escolha, mãe.

— Não, claro que não. Vocês precisam proteger o rei. — Seu tom era enigmático.

— Sabe, torci muito para que eles voltassem. Pelos motivos óbvios e por Morgana.

— O que ela tem a ver com isso? — Morgause mostrou-se interessada.

De todos os seus filhos, Gawain era o que mais lhe fazia confissões. Talvez por imaturidade e não perceber o quanto ela utilizava cada informação. Por mais que os irmãos o orientassem, julgava que tinham ciúmes da boa relação que mantinha com ela.

— Eu acho que ela e Lancelot estão apaixonados.

— Não diga. Eu certamente aprovaria essa união. — Diminuiu o passo para que ele pudesse andar a seu lado sem perder o equilíbrio.

— Eu sei, ou não lhe contaria.

— Você fez bem, menino. — Deu-lhe um beijo na bochecha e sorriu, misteriosa.

— Preciso falar com ele, Tristan. — Melissa agitou-se ao ver Lancelot deixando o pátio. — E com Galahad.

— E sente a mesma urgência em falar com os dois? — Surpreendeu-se.

— Sim, com os dois. É diferente. Não sei explicar. Só preciso vê-los.

— Eu a ajudarei — afirmou, balançando a cabeça. — Se não morri por meus próprios méritos, provavelmente estou dando outra chance ao destino. — Pegou em seu braço. — Venha. Sei para onde Lancelot irá.

O estábulo estava repleto de cavaleiros que queriam conversar com o primeiro cavaleiro e fazer perguntas sobre sua escapada. Tristan entrou pela porta dos fundos, trancando-a. Guiou Melissa pelo braço e escondeu-a em uma baia vazia.

— Pois bem. Quem disse que não teremos treinamento hoje? — gritou, chamando a atenção dos homens. — Trocarei duas palavras com Lancelot e se não os encontrar na área de treinamento quando chegar lá, deixarei Bors cuidar da punição. Mordred já está lá esperando por vocês. Comecem sem mim porque quero recepcionar meu velho amigo. — Todos se apressaram para sair, antes que o cavaleiro precisasse avisar outra vez.

— Você já foi mais gentil, Tristan. — Lancelot abraçou o cavaleiro, que falou em seu ouvido.

— Ainda sou, amigo, ainda sou. Tranque a porta da frente assim que eu sair. Vocês não terão muito tempo. Não quero morrer ainda e muito menos que ela morra.

— Ela? — ergueu as sobrancelhas.

— Sim, ela. — Tristan cruzou a porta. — Tranque, vamos. Impedirei qualquer um de se aproximar, mas o tempo é escasso, lembre-se.

— Se você for me dar uma mulher qualquer de presente, eu dispenso — disse, grave.

— Acredite em mim, você não a dispensará.

Ainda confuso, Lancelot passou a tranca na porta e, quando se virou, viu Melissa a poucos passos dele. Vê-la tão próxima, após vários dias que passou julgando tê-la perdido, era demais para ele. Toda a frieza que lhe dispensara antes de partir dissipara-se no vento, e ele caminhou em sua direção, parando tão próximo que suas roupas se roçavam. Antes que pudesse tomar qualquer atitude, ela se jogou em seus braços, abraçando-o.

— Você está vivo — disse, sem soltá-lo. — Tive muito medo. Muito.

— Melissa... — Havia tanto que ele queria dizer.

— Escute. — Ela o soltou e olhou em seus olhos. — Não tenho muito tempo. Não quero que Tristan se arrisque por mim mais do que já fez. O movimento lá fora é muito intenso nesse horário. À noite, vá até meu quarto, quando todos estiverem dormindo. Precisamos conversar. Você irá? — Eles ouviram uma batida na porta, provavelmente Tristan avisando para agilizarem.

— Sim.

— Promete?

— Vou além, eu juro. — Tocou seu rosto, fazendo-a estremecer com um flash de memória. A certeza de que já tinha ouvido aquelas palavras antes.

— Ótimo. Eu sei que você sempre cumpre suas promessas e juramentos. Não faço ideia de como sei, mas é minha certeza. Se você diz que irá...

— É porque irei.

— Isso... — Ela dava passos para trás afastando-se dele. — Espere por mim — disse com as mãos sobre a tranca da porta dos fundos.

— Minha vida é esperar por você. — Lancelot sorriu, pela primeira vez, com esperança.

Saindo apressada do estábulo, Melissa procurou Tristan e o encontrou do outro lado, caminhando para a área de treinamento, quando Lancelot passava por eles e Arthur cruzava o pátio para conversar com o cavaleiro.

— Obrigada, Tristan — sussurrou ela.

— Não precisa me agradecer. Agora vá para o jardim de Morgana. Deixei algo lá para você.

— Irei, mas antes preciso dizer, não quero que se arrisque por mim só por causa da influência de uma profecia. — A preocupação era evidente.

— O excesso de proteção pode vir da profecia, mas todas essas artimanhas para ajudá-la a conseguir o que quer não são influência de ninguém além da minha mente audaciosa. Não se preocupe. Estou fazendo por você o que gostaria que alguém pudesse ter feito por mim antes que fosse tarde demais.

A amizade de Tristan era um presente tão grande que Melissa sentiu um enorme desejo de abraçá-lo, porém sabia que qualquer intimidade em público se viraria contra o cavaleiro.

— Ainda ajudarei você, pode ter certeza — retribuiu ela, afastando-se, apressada.

Assim que entrou no jardim, trombou com Galahad e algo mágico aconteceu: os arbustos se moveram, fechando a entrada.

— Você fez isso? — perguntou, antes de abraçá-lo.

— Não, você fez.

— Eu?

— Aham. — Ele riu ao olhar para ela. — Você está diferente.

— Eu me sinto diferente.

— Isso é bom.

— Não posso demorar muito. Arthur estava no pátio. Se ele me vir com outro dos cavaleiros, surtará.

— Não é um problema para mim. — Passou a mão na frente do corpo, fazendo Melissa dar um pulo para trás.

— Você pode se transformar em uma mulher? — perguntou, chocada ao ver Alana à sua frente.

— Não, posso criar a ilusão de que sou outra pessoa, qualquer pessoa — explicou, desfazendo a ilusão. — Também posso fazer o mesmo com os outros. Foi assim que escapamos. Fiz com que todos nos vissem como guardas do castelo de Pellinore.

— Nossa! — Colocou a mão nos lábios, rindo. — Você é incrível, Galahad.

— Ah, truque normal. — Foi modesto.

— Normal nada, como se eu pudesse fazer algo assim — ela agitou a mão em frente a seu corpo — e me transformar em Morgause, por exemplo.

Galahad gargalhou.

— Pois foi o que você acabou de fazer.

— Sério? — perguntou, admirada.

— Seríssimo.

Melissa correu para o lago e viu o reflexo de Morgause na água.

— Meu Deus. — Tocou seu próprio rosto.

— Com o tempo você aprenderá a dominar a técnica e conseguirá escolher quem quer que a veja assim e quem a verá como Melissa.

A jovem encarava as mãos de Morgause, e seus preciosos anéis começarem a desaparecer, voltando a ser ela mesma.

— O que aconteceu?

— Você precisa aprender a controlar. Evite usar na presença de outros enquanto os poderes estiverem oscilando. Aos poucos nem Merlin poderá com você, como deveria ser. — Sorriu, orgulhoso.

— Galahad — sua expressão tornou-se tensa —, você pode me ajudar?

— Sempre. Do que precisa?

— Acho que colocaram um feitiço de memória em mim. Você pode tirar?

— Estou tentando.

— Está?

— Você tem sonhado? — perguntou, travesso.

— Sim, mas nunca consigo me lembrar dos sonhos. Apenas de algumas sensações. — Estava aflita.

— Calma. — Ele tocou seu braço — Vai dar certo.

Melissa foi inundada de tranquilidade e sentiu seus pensamentos lutarem para colocar as memórias em foco. Galahad cambaleou, tonto.

— Galahad! — exclamou, aproximando-se dele.

— Estou bem. É só a exaustão da viagem. Agora vá. Não podemos abusar. — Ela começou a se afastar, com o coração apertado. — Eu prometo, vai dar tudo certo.

Melissa caminhou para fora do jardim. Galahad a observava, apoiado a uma árvore. Estava zonzo e disfarçava para que ela não percebesse. Toda vez que piscava via pontinhos brilhantes. Estava enfraquecendo rápido demais. Sentindo o ouvido molhado, levou a mão até ele e, quando a virou de frente para seus olhos, percebeu que seus dedos estavam repletos de sangue. O limite se aproximava e ele precisava fazer uma escolha.

59

Assim que Melissa cruzou a porta do grande salão, ouviu a voz de Morgause.

— Minha querida, estava à sua procura. — A rainha segurou seu braço antes que pudesse escapar. — Arthur me disse que você desmaiou pela manhã. Você não tem escolha, passará a tarde comigo. Alguém tem de cuidar de tão graciosa jovem.

— Mas eu...

— Nada de "mas". Eu já lhe disse que gostaria de ter tido uma filha? Pois gostaria. Minha sobrinha assume essa posição. Infelizmente, ela não pode estar conosco nestes dias e estou muito necessitada de carinho desse tipo. Custa muito ficar comigo e suprir essa carência? — Melissa observou chocada um pequeno beicinho se formar nos lábios de Morgause.

— Não custa — respondeu, sem ter escolha.

As duas sentaram-se nas cadeiras que ficavam em frente à lareira. Melissa estava incomodada por conhecer as perguntas incisivas da rainha.

— Soube que meu sobrinho quer se casar com você — declarou e, vendo-a calada, continuou: — Ele me disse que você está relutante.

— Não quero me precipitar.

— Claro, nem deveria. Casamento é para sempre. Veja meu marido e eu. Anos de felicidade juntos. Não viveria sem ele.

— Ele está aqui? — Melissa não resistiu à pergunta irônica.

— Não, está em Tintagel, mas isso não quer dizer nada.

— Claro que não.

— Entendo sua relutância. O amor juvenil é o sentimento mais lindo e sedutor que podemos ter. — Melissa retesou-se, imaginando o que ela queria dizer. — Farei uma confissão entre mulheres: quando me casei, não amava meu marido. Também tive um casamento arranjado, como a maioria de nós. Aprendi a amá-lo com o tempo. Nem todos podem ser livres para aproveitar o amor. Veja minha sobrinha, por exemplo, ela e Lancelot estão nessa fase de paixão que lhe falei, assim como você. Os amores proibidos são os mais intensos.

— Estão? — O ar faltou a Melissa. Não era possível que suas suspeitas se confirmassem. Não fazia sentido com o que sentia. Uma dor excruciante esmagou seu coração.

— Sim, sim. Fui informada hoje. Por isso que Arthur a enviou para Avalon, creio eu. Por mais que ele seja amigo de Lancelot, o cavaleiro abdicou de tudo o que possuía. Minha sobrinha merece mais. É claro que não posso negar que Lancelot seja o melhor espécime de sua raça que conheci, mas ainda assim ele não tem nada.

— Não é preciso ter posses para se ter amor — conseguiu dizer, embora já não pudesse pensar com clareza. Logo agora que descobrira a quem seu coração pertencia, tinha a certeza de que ele era de outra.

Morgause observava o desconforto de Melissa. A jovem empalidecia, e a rainha acreditou que a reação se devesse ao assunto em geral e não ao cavaleiro, já que, em seus pensamentos, Melissa estava envolvida com outro. Resolveu que era hora de tocar na ferida.

— Sim, eu sei. Tristan também não tem muito a oferecer, mas ele a ama, certo? É a isso que se refere.

— O quê? — Melissa se perdeu no raciocínio da rainha.

— Minha querida, eu lhe disse, é uma conversa entre mulheres. Entre amigas. O que você me disser ficará entre nós. Venho observando vocês dois e somei às queixas de meu sobrinho, ligando os pontos. Não há como negar, você não quer se casar com Arthur porque acha que está apaixonada por outro. Arthur, assim como eu, também suspeita. Sou a pessoa indicada para ajudá-la antes que seja tarde demais.

— Acho que há um mal-entendido.

— Tem certeza de que não quer me contar?

— Ora, se não é a minha bela mãe enroscando-se feito uma cobra e apertando até a pessoa sufocar e dizer o sim que ela espera — provocou Gaheris ao passar pelas duas e presenciar a última pergunta.

— Você faz com que eu me arrependa de ter pedido a Deusa para trazê-lo são e salvo para casa — zangou-se Morgause.

— Assim ficarei emocionado com tanto amor. Não me faça chorar na presença de tão linda dama. — Ele ofereceu o braço a Melissa. — Última chance de escapar. Vamos?

— Sinto muito, lady Morgause, preciso ir.

Ao tocar Gaheris e sair com ele do castelo, deixando a rainha indignada para trás, Melissa foi tomada pela incompreensível e confusa sensação de familiaridade, como se evocasse alguém que ela deveria ter conhecido e precisasse se lembrar. Olhos verdes, em um tom muito escuro, mas que lhe transmitiam um segredo em cada nuance. O que ela deveria ver?

Com o cair da noite, a reunião da Távola Redonda se aproximava. O rei de Camelot andava de um lado para outro quando Lancelot entrou na sala de reuniões.

— Lancelot, repetirei mais uma vez, você não sabe a alegria que sinto ao vê-lo vivo. — Arthur o abraçou.

— Obrigado, meu amigo. É um prazer estar vivo e é uma alegria revê-lo.

— Pode ter sido nosso último bom momento antes de um tempo tenebroso — disse o rei. — Estamos perdendo mais vidas a cada dia.

— Eu sei — assentiu, entristecido. — Mas não perca as esperanças ainda.

— Você, falando de esperança? — perguntou o rei, surpreso.

— Nunca é tarde para começar — respondeu Lancelot, misterioso.

— Mark tem um plano. Uma reunião entre reis aliados, na verdade. Já está marcada. Fui o último a saber. Ironia, não é? Ele me disse que Lilibeth o orientou a fazer dessa forma.

— Lilibeth? Ela reapareceu? — Lancelot sentou-se ao lado do rei e sorriu ao se lembrar da delicada fada de cabelos loiros com mechas cor-de-rosa, que mudavam de cor sem explicação.

— Não. Mark disse que ela o aconselhou há vinte anos, como um presente. Você sabe como ela gosta de dar conselhos e presentes.

— Sei, sim. — Havia tanto por trás daquela resposta.

— Merlin nunca a perdoou pelo que deu a você. Ele também está atrás dela. Foi para Avalon pressionar Viviane. Disse que precisa dela para que a profecia se concretize.

— Duvido que minha mãe lhe diga algo e, principalmente, duvido que Lilibeth o ajude.

— Bem, a profecia beneficiará a todos nós, então só posso desejar toda a ajuda que pudermos ter.

Lancelot percebeu a tensão aumentar ao redor deles.

— Melissa está resistindo — declarou o rei. — Chego a pensar se devo me casar com ela de uma vez e fazê-la se acalmar depois. Partilhamos momentos incríveis, mas ela se nega a assumir que me ama.

— Talvez não ame. — Tentou manter o tom desinteressado.

— Ela me deixou entrar em seu quarto e tirar sua roupa, Lancelot. Como pode não amar?

O cavaleiro colocou as duas mãos sob a Távola, sentindo que seria capaz de arremessá-la contra a parede.

— Vocês... — Não chegou a formular a pergunta.

— Não. Ela me impediu. Eu tinha uma reunião com o General Caius, depois Bors apareceu e você já conhece o final da história. — Arthur estava tão concentrado em seus próprios problemas que não percebia o que se passava a seu lado. — Parte dos romanos foi embora hoje, e outros irão conforme os dias. Mark quer que partamos o mais rápido possível. Não avisarei a ninguém qual será o nosso destino, a não ser você — mudou de assunto.

— É prudente — conseguiu dizer.

— E preciso pedir um favor.

— Diga.

— Fique de olho em Tristan e Melissa.

— Por quê? — Lancelot não compreendeu.

— Creio que Tristan está tendo uma recaída e voltando a se interessar por mulheres que não são dele. Conversarei com Melissa antes de partir. Pretendo acertar os detalhes do casamento quando voltar. Precisa acontecer. É a primeira vez que Merlin e Roma concordam.

— E isso basta? — A indignação ameaçava emergir à superfície.

— Não é apenas isso, Lancelot. Não me crie mais problemas. — O rei achou que ele se referia, mais uma vez, a quanto Arthur cedia. — Eu a quero. Se você tivesse a mínima noção da intensidade dessa mulher, me entenderia.

Trincando os dentes, o cavaleiro se calou e foi salvo de uma situação ainda pior por Mark, que cruzou a porta.

O rei da Cornualha era um homem de 40 anos. Seus cabelos castanhos eram mesclados por alguns fios brancos. Era forte e bastante viril, mesmo após todas as batalhas que os anos lhe trouxeram. Os olhos também castanhos tinham um brilho vivaz, como se estivesse sempre atento. Como Arthur, tratava seus homens de igual para igual e vestia-se de forma mais simples quando estava junto com eles. Agora usava calça de couro, túnica bege e um casaco grosso de pele animal devido à temperatura fria da noite. Quando mais novo, antes de seu pai morrer, Mark foi um dos cavaleiros de Uther. Tintagel, que se localizava na Cornualha e antes pertencia a Gorlois, fora um presente de casamento a Uther e Igraine. Apesar das condições em que a união ocorreu, o tio de Tristan foi extremamente leal ao antigo Grande Rei, como agora era a seu filho.

— Meus jovens, creio que tenhamos pouco tempo até que os outros cheguem — começou a falar, sentando-se no lugar que antes pertencia a Kay. — Arthur já lhe informou dos meus planos? — perguntou para Lancelot. Vendo-o assentir, continuou: — Partiremos em dois dias e nosso destino deve ser mantido em sigilo total. É claro que os homens nos verão partindo e um grande exército nos escoltará, porém Lilibeth foi clara: apenas você poderia saber. Parece que nossa querida fada continua mantendo-o em grande consideração. — Virando-se para Arthur: — E quanto a nós, caro amigo, temos um casamento para discutir depois.

Lancelot esforçou-se para não se abalar e novamente respirou aliviado quando os demais cavaleiros entraram na sala. Até mesmo Gawain, que havia sido ferido na batalha da floresta. Todos cumprimentaram os presentes e se sentaram. O único ausente era Mordred.

— Bem — começou Arthur —, não há mais dúvidas. Há um traidor no castelo e isso nos custou mais perdas irreparáveis. A guerra é iminente e, como vocês já imaginam, há uma profecia agindo no reino. Merlin se ausentou bem neste momento, e o único meio que vejo de lidar com a situação é tendo noção do quanto ela influencia cada um de vocês. É o único modo de protegê-la. — Alguém bateu à porta e a abriu. — Por isso, pedi a Mordred que a trouxesse até nós.

Mordred entrou com Melissa que, tensa, apertou seu braço. Queria entender o que Arthur planejava.

— Conversando com meus primos, vi que o sentimento, por assim dizer, que cada um de vocês tem por ela é diferente.

Os cavaleiros olhavam para Melissa e, antes que qualquer um pudesse se manifestar, Mark virou-se para trás e a viu pela primeira vez. O rei da Cornualha pegou sua espada, levantando-se.

Mordred, julgando que a jovem corria perigo, sacou sua espada e colocou a jovem atrás de si, protegendo-a. Mark rompeu a distância que os separavam e ajoelhou-se perante ela, causando o espanto de todos.

— Entrego minha espada, minha honra e minha vida a você. — Mark estendeu-lhe a espada, fazendo-a dar um passo para trás.

Todos analisavam a cena sem saber o que dizer, até que o silêncio foi cortado por Gawain:

— É exatamente o que eu faria por ela.

— Levante-se, por favor. — Melissa tocou o ombro de Mark, que a obedeceu.

— Ela é a mulher de quem me falou, Arthur? — perguntou o tio de Tristan.

— Sim. Lady Melissa. — O rei tinha o cenho franzido, preocupado com a reação de Mark.

— Não sei explicar a razão, porém sinto que faria qualquer coisa para protegê-la — explicou. — Devoção é a palavra.

— Melissa. — Arthur aproximou-se dela, pegando-a pela mão. — Eu a trouxe aqui porque meus cavaleiros têm agido de forma diferente e creio, assim como você, que seja fruto da profecia. Não imaginei que ela pudesse atingir Mark também, mas é bom saber. Entretanto, apenas Gawain e Mark tiveram ações mais intensificadas. Ou mais alguém se sente assim?

— Sim. — Bors acenou. — Sinto o mesmo.

— E os outros? Mordred, Gaheris, Tristan... — continuava Arthur.

— É diferente — começou Gaheris. — Mordred e eu sentimos que devemos protegê-la. Algo nos liga a ela e ainda não sabemos o quê.

— Não me sinto ligado a ela — explicou Tristan —, mas sinto necessidade de protegê-la e gosto dela. — Vendo o olhar chocado do rei pela confissão, completou: — Como uma amiga. Ou uma irmã, se preferir.

— E os demais?

— O mesmo — disseram Lucan e Percival.

— E Lancelot? — perguntou Mark.

— Ele é imune à magia — respondeu Arthur. — O que você sente por ela? — questionou ao cavaleiro — Algo diferente?

Lancelot trocou um breve olhar com Melissa. Seu sentimento nada tinha a ver com profecia alguma, porém não era hora de confessar.

— Não sinto nada — afirmou.

Melissa tentou não demonstrar qualquer abalo com as palavras dele. Sabia que estavam sendo observados e a resposta deveria ser a que foi. Ainda assim, após passar a tarde absorvendo o segredo que Morgause lhe contara, seu coração doeu. Talvez não fosse ele a pessoa por quem estava apaixonada e, caso fosse, estava perdida porque não seria correspondida.

— Pensei que trazer Melissa poderia nos dar respostas, mas vejo que gerei ainda mais perguntas — assumiu Arthur, voltando a se sentar.

— Posso voltar para o meu quarto? — perguntou ela, insegura com tanta informação.

— Sim. Leve-a, Mordred.

Os dois saíram, e todos os presentes trocaram olhares.

— A grande questão agora é — Arthur apoiou as mãos na mesa — como a profecia pode agir de forma tão diferente?

60

"Aguardo-o em meus aposentos após a reunião. Apresse-se." Era o conteúdo do bilhete que o cavaleiro colocou no bolso interno do casaco ao subir as escadas do castelo. Como era de praxe, assim que entrou, abaixou-se perto da lareira e jogou a prova da ligação nas chamas, observando-a queimar.

— Então, conte-me sobre a reunião — inquiriu a pessoa que o aguardava, sentada em sua cadeira com estofamento de veludo.

— Ela foi levada até nós para que Arthur pudesse ver como nos sentíamos.

— Por quê?

— Aparentemente a jovem é especial. De fato, é difícil não sentir nada em sua presença. Mark, inclusive, ajoelhou-se perante ela, oferecendo sua espada.

— O Rei Mark? — pediu confirmação.

— Em pessoa.

— Que feitiço é esse? — A curiosidade se intensificava.

— Ninguém imagina, mas Arthur quer descobrir.

— Quero saber de qualquer notícia.

— Saberá. Como devo proceder?

— Observe-a. Falhamos em eliminar Lancelot. Ele é astuto, temo que teremos problemas em breve. Ainda quero descobrir quem o ajudou. Pressinto que há magia envolvida. Até o momento não tive condições de coletar informações com os homens do castelo de Pellinore.

— Vou observá-la — referiu-se a Melissa.

— De qualquer forma, ela tem um poder impressionante nas mãos. Reis dobrando-se a seus pés e cavaleiros jurando lealdade. Podemos usá-la quando chegar a hora. Só há uma pessoa no reino capaz de um encantamento tão grandioso.

— Lilibeth.

— Sim. Essa fada miserável vem interferindo em nossa história há séculos. Como desejo matá-la.

— Dizem que ela é a última de sua espécie e está muito bem-escondida.

— Sim, é o que dizem. Veremos por quanto tempo continuará dessa forma. Se ela usou seu poder mais precioso nessa jovem, duvido que a deixaria sem vigilância. Lilibeth retornará e, quando isso acontecer, eu a esmagarei.

Quando Avalon se abriu para Merlin em sua grandiosidade, o aroma de laranjeiras penetrou suas narinas. Chacoalhando a cabeça para esquecer a sensação, rumou para a cabana de Viviane, que já o esperava à porta, com as mãos cruzadas atrás de si, ciente de que teria problemas.

— Olá, minha cara, vejo que estava esperando por mim.

— Sempre constatando o óbvio. — Ela sorriu ao abraçá-lo, seu humor com uma pitada mordaz, parte de sua personalidade que só surgia na presença do feiticeiro.

— Viviane, não farei rodeios. — Merlin sentou-se à mesa. — Quero saber onde está Lilibeth e ficarei em Avalon até descobrir. Se você não contar, usarei meus métodos. Em algum momento a ilha me dirá.

A simples menção ao nome da fada fez com que as flores sobre a mesa começassem a mudar de cor aleatoriamente, como se um festival de cores estivesse inundando a cabana.

— Ora, Merlin, você sabe que as flores sentem falta dela. Por que falar em voz alta? — Viviane pegou o vaso e levou-o para seu quarto, quase conseguindo ouvir as pétalas chorarem.

— Talvez já seja tempo de ela voltar — desdenhou.

— Não é. Ainda não.

— Viviane, quando pedi sua ajuda nessa jornada, não era para que um dia você se colocasse entre mim e o que quero.

— Quando você veio até mim foi por não conseguir sozinho, então não fale comigo nesse tom. É sua última chance, como você mesmo não cansa de lembrar — observou sua aparência cansada e as novas rugas no rosto. — Deveria saber que haveria um preço.

— O que está acontecendo comigo não é nada perto do que aconteceria com nosso reino se eu ficasse parado, esperando.

— Você envolveu todos nós.

— Por Arthur e o que ele necessitava.

— Ah, sim, você o superprotegeu. E no que isso resultou, Merlin? Ele se tornou incapaz de dar um passo sem a aprovação de terceiros. Era o que queria? Dominá-lo?

Ele a ignorou e voltou ao assunto que o trouxera a Avalon.

— Lilibeth. Onde ela está? Há acontecimentos surgindo que não estavam previstos na profecia. Creio que seja resultado do presente que ela deu a Melissa.

— É provável. Ela é uma fada engenhosa.

Viviane sentou-se na cadeira em frente ao feiticeiro e colocou as mãos na mesa, sentindo-se fraca, de repente. Arregalando os olhos, articulou um movimento com as mãos, fazendo o corpo do feiticeiro balançar.

— Você tentou entrar em minha mente? — questionou ela, espantada. — Não creio que tenha me subestimado dessa forma. Estou em Avalon todo esse tempo, meu poder está canalizado, e você sabe.

— Hum... Você está mais forte — surpreendeu-se.

— Ou você está mais fraco.

— Não deveria ser assim. Pena que seu precioso menino não seja tão poderoso. — Sua defesa foi provocá-la, ainda tentando ordenar os pensamentos por conta da onda de poder que ela havia atirado.

— O que você fez com meu neto?

— Eu lhe dei uma distração.

— Morgana — concluiu.

— Não apenas. Posso ter deixado que ele pensasse que você colocou o feitiço.

— Você não cansa de ferir minha família?

— Já disse, foi necessário.

— Não, não foi. Nada do que você disser irá distraí-lo de devolver a memória de Melissa. Nada. Ele espera por essa oportunidade desde que você a mandou embora. Se pensa que ele vai ceder, não o conhece. O que me surpreende muito sendo você quem é. Quando concordei em ajudá-lo, foi para dar uma chance a Arthur e ao reino. Você já levou meu filho e agora acha que pode influenciar meu neto. Se algo acontecer a ele por sua causa, não haverá profecia que me impeça de matá-lo.

— Esse excesso de humanidade em você e em Lilibeth é o que está nos causando problemas agora. A fada tinha apenas uma missão: proteger Melissa. Não tinha que criar artimanhas. Ela me cria problemas desde que resolveu proteger Lancelot.

Viviane sorriu, sem conseguir evitar.

— É realmente uma ironia que ela tenha dado imunidade à magia justamente a quem você mais queria enfeitiçar. Mas nem tudo tem a ver com você, Merlin. Foi uma promessa que ela fez à mãe de Lancelot.

— Às vezes me arrependo de tê-la inserido em meus planos.

— Você não teve escolha. Lilibeth é filha da Deusa. A única pessoa que podia aprovar as suas criações — lembrou-o, referindo-se a cada nova realidade que o feiticeiro criava para modificar o destino de Arthur.

— E cada uma das minhas tentativas deu errado — respondeu, frustrado.

— Não pode colocar a culpa nela. Ela fez o possível para ajudá-lo. Todos fizemos.

Merlin reconheceu a mágoa no olhar de Viviane.

— Sabe que também fiz meus sacrifícios. — Ele sustentou o olhar, apesar de não gostar de vê-la assim.

— Mas não é você quem tem que viver com isso todos os dias. Você simplesmente segue com seus planos e esquece o passado.

— Eu não esqueço nada, porém, sim, sigo com meus planos. — Ele endureceu a voz. — Porque salvar a Britânia é maior que tudo.

— Não precisa dizer isso para mim. — Viviane levantou-se e caminhou para a porta, afastando-se dele. — Eu me lembro muito bem.

— Não me dirá mesmo onde ela está? — Merlin desviou-se da conversa que não levaria a nada.

— Jamais. Há pessoas demais interessadas em seu paradeiro para que eu o revele a você.

— Viviane. — O tom de voz se tornou ameaçador. — Mais cedo ou mais tarde, você terá que escolher a quem é leal.

— Que seja mais tarde — respondeu, enigmática.

61

Quando bateram à porta do quarto de Melissa, ela a abriu devagar. Esperava Lancelot, mas sabia que poderia receber a visita do rei, e lá estava ele, com seu olhar triste e preocupado. Por um instante, ela desejou que fosse Arthur quem amava, porém a cada minuto tinha mais certeza do contrário.

— Você está bem? — perguntou ela, observando-o entrar e se sentar na poltrona em frente à cama.

— Cansado. — Apertou a própria testa. Em seguida lhe contou sobre os problemas com Roma, os saxões, as divisões no reino, o traidor, tudo.

Melissa ouviu-o em silêncio, compadecida de sua situação e grata por ter recebido sua confiança até para os mínimos detalhes. Arthur tinha muitos dilemas nas mãos.

— Com essa união entre os reis, ainda precisarão de Roma?

— Tenho medo de arriscar e colocar meu reino e a magia em risco. Se eu cair, os portais caem comigo. — Ele passou as mãos pelos cabelos e massageou o pescoço.

— No que você acredita, Arthur? — Por mais que ela soubesse, não conseguia entender muito bem sua crença. — Você acredita em Deus, como os romanos, e em magia, como Merlin. Fale sobre isso.

— Acredito que há um Deus e que Ele não deve ser imposto a ninguém. Acredito na magia e que aquela que Merlin considera uma Deusa foi o centro de toda magia. Uma fada muito poderosa.

— Você acredita que Deus criou todas as coisas, incluindo a Deusa a quem seu povo serve. — Ela se aproximou dele e tocou seu joelho.

— Sim. Sei que isso foge do que os romanos pregam, mas é o que sinto em meu coração.

— Seu coração é muito bonito, Arthur. — Ela sorriu. — Você precisa se ouvir mais. O que quer fazer? Não pense no que Merlin ou Roma quer. Como quer lidar com isso?

O rei abriu a boca e suspirou, antes de responder.

— Não quero que Roma imponha a fé ao povo. Quero que eles creiam no que quiserem. Não quero que Merlin faça arranjos pelas minhas costas. Quero que a aliança com os outros reis dê certo. — Arthur segurou a mão dela antes que Melissa pudesse se afastar. — E quero me casar com você, independente de ser o desejo de Roma e de Merlin.

Melissa se levantou e se afastou, notando a mágoa em seu olhar.

— Você tem todas as respostas de que precisa sobre o que deve fazer, mas não podemos nos casar.

— Melissa, eu tentei do seu modo. Juro que tentei, mas não posso mais. Olho para você e quero que seja minha, sem barreira nenhuma entre nós. — Aproximou-se dela, segurando seus braços. — Eu partirei em breve e ainda não sei quando retornarei, mas, quando esse momento chegar, quero me casar com você. — Abraçou-a com carinho, mas Melissa não se mexeu. — Depois de tudo o que sentimos, você aprenderá a me amar. Hoje você me ouviu e debateu o assunto comigo, como uma verdadeira rainha. Quero que seja essa rainha. — Beijou sua face e saiu, sem esperar por uma resposta.

❋

Poucos minutos após Arthur sair do quarto, Melissa estava sentada no centro da cama, abraçando os joelhos, quando ouviu três leves batidas na porta e sobressaltou-se. Sem entender de onde vinha a certeza, soube quem era e correu para abrir.

Ao entrar nos aposentos, trancar a porta e olhar para Melissa, Lancelot não resistiu e puxou-a contra seu peito, acariciando suas costas. Ela se encaixou ali, senhora de seu coração.

— Você veio — murmurou.

— Eu disse que a encontraria esta noite.

Assim que ela deixou a sala de reuniões acompanhada de Mordred, o tormento de Lancelot se reiniciou. Ainda estava magoado pelas confidências que o rei fizera a ele, porém queria estar com ela.

— Você está bem? — Ele notou que seu corpo tremia.

— Arthur insiste em se casar comigo.

— É o que você quer?

— Não! — disse, mais alto do que gostaria.

— Então não se casará. — Lancelot acariciou seu rosto e permaneceu com a mão nele por alguns segundos.

— Não me casarei — sussurrou Melissa, sem tirar os olhos dele. — Você está bem? Está tão abatido. — Acariciou seu rosto.

— Não.

A postura dominadora de Arthur preocupava-o mais a cada dia. O rei estava disposto a fazer o necessário para se casar com ela.

— Sinto muito. — Ela apoiou a cabeça em seu peito, ouvindo as batidas aceleradas de seu coração machucado.

— Eu também.

— Eu me preocupo com você.

Em meio a tanta dor que vinha passando, ele sorriu. Por mais que Melissa não se recordasse, algo dentro de si os conectava, e ela o procurava quando se afastava. Se tivesse mais tempo, Melissa se lembraria de tudo. Ela estava mudando, era visível.

Lancelot não se sentia mais dono de suas ações, tudo girava em torno do que seria jogado em seu caminho. Um olhar, uma preocupação, uma palavra dela eram capazes de inflamar seu peito e reavivar a esperança de que seria possível um futuro em conjunto.

Melissa não sabia o que sentia, contudo seu desejo era ficar nos braços de Lancelot para sempre. Todo o medo evaporou, e o calor que percorria ambos os corpos parecia convidativo e natural. Ela encostou a cabeça em seu peito novamente, abraçando-o na altura da cintura, e suspirou. A certeza de que ele fazia parte de seu passado se intensificava.

— Preciso ir... — disse ele, contrariado.

— Pode ficar até eu dormir? — perguntou com sua voz rouca, sem se afastar, estranhando seu próprio pedido e a facilidade com que as palavras saíram.

— Sim — respondeu o contrário do que sua mente lhe dizia que era prudente fazer.

Puxou-o pela mão e o guiou até a cama. O cavaleiro parou, hesitando, e ela não o soltou, sem dizer nada. Deitou-se sob as cobertas e olhou para ele, os olhos ainda brilhantes pelas lágrimas. Lancelot respirou fundo, soltou-se da mão dela e apagou cada vela acesa no quarto. Ficaram iluminados apenas pelas chamas da lareira. O cavaleiro sentou-se na cama, tirou as botas e deitou-se a seu lado, puxando-a para perto e cobrindo-os. Ela se aconchegou a ele, com a cabeça em seu ombro e a mão sobre seu peito, enquanto ele acariciava seus cabelos. Ele inspirava o perfume de seus cabelos, a doce fragrância de pétalas de rosas, que as servas misturavam ao banho dela. Ela inspirava o cheiro de Lancelot, uma mistura de couro, sabão e virilidade, seu cérebro tentando lhe mandar uma mensagem secreta sobre o odor tão conhecido por ela.

O coração partido de Lancelot passava por várias fases e, no momento, se liquefazia, misturando a cada sentimento novo/velho despertado pelo toque dos dedos dela em seu peito, tocando sua pele pela abertura da camisa. Seus corpos estavam próximos, cientes de que se pertenciam, ainda que as lembranças de sua amada estivessem perdidas em uma densa e tenebrosa neblina.

Lancelot conhecia todos os riscos de estar ali daquela forma com ela, porém decidiu que qualquer um valeria a pena por tê-la tão próxima mais uma vez.

Ao tocar os pelos do peito de Lancelot, Melissa sentiu uma fagulha de reconhecimento explodir dentro de si. Era ele? Ao mesmo tempo a lembrança de Morgana pairou entre eles.

— Eu sinto muito, Lancelot — disse ela, insegura.

— Por quê?

— Por estar aqui e impedir que você esteja com ela.

— Ela? — estranhou.

— Morgana.

— Eu não... — tentou dizer, mas Melissa o cortou.

— Não precisa explicar. Eu entendo. Se você estiver desconfortável por estar aqui comigo, entenderei. Talvez não devesse ter pedido.

Ele se virou na cama para que pudesse olhar para ela. A chama da lareira quase não os iluminava, e ele se aproximou bem de seu rosto.

— Melissa, direi só uma vez e espero que não precise repetir: nunca houve nada entre mim e Morgana e jamais haverá.

— Mas você a ama.

— Como uma irmã.

Seus rostos estavam a poucos centímetros um do outro, e Melissa sentiu sua respiração se acelerar. Ela tocou seu peito e as batidas do coração dispararam sob seus dedos.

— Meu coração... — murmurou, sem saber de onde as palavras vieram.

— Seu coração — sussurrou ele, aproximando os lábios.

Um breve roçar, sem desviar o olhar. A ponta da língua de Lancelot tocou sua boca. Melissa sentiu um choque intenso apoderar-se dela e entreabriu os lábios em um convite.

Lancelot soube que não conseguiria mais se conter. Sentia Melissa acordando, precisava trazê-la de volta. Vagarosamente, em uma carícia delicada e cuidadosa, cedeu ao impulso e a beijou, no mesmo instante em que alguém batia com insistência à porta.

62

Dois anos antes:

Na Primavera, em Avalon, a madrugada estava absurdamente estrelada e a lua brilhava redonda. Em meio à plantação de lavandas, Lancelot beijava Melissa. Ela vestia sua túnica, e ele usava apenas uma calça. A brisa suave intensificava o perfume das flores. As cigarras cantavam proporcionando-lhes uma sinfonia particular, e os vaga-lumes coloriam o ar com suas luzes diversas abençoando-os. A calma que sucedia os momentos de paixão esfuziante os envolvia.

— Deve tomar cuidado com certos homens, Melissa — disse, quando ela deitou a cabeça em seu peito, abraçando-o. — Não pode enfrentar todos eles. — Referia-se ao problema que ela tivera com Merlin.

— Ora, não era você que dizia que eu deveria ser quem quisesse, sem medir as consequências?

— Isso foi antes.

— Antes de quê?

— De me apaixonar. — Passou o braço direito em volta dela, enquanto sua cabeça estava apoiada sobre o esquerdo, tendo uma visão excepcional do céu.

— Está apaixonado? — perguntou em um sussurro.

— Como nunca estive antes.

Ela também desejava dizer o que sentia, porém a mudança de opinião dele sobre sua personalidade a fez hesitar.

— E estar apaixonado faz com que queira que eu seja diferente?

— Não, nunca. Quero que seja a mesma pessoa impulsiva, voluntariosa e intensa, mas preciso que tome cuidado. Não suportaria perdê-la.

Um riso escapou de seus lábios; o sentimento por Lancelot crescia em seu peito como jamais acontecera antes. Todos os outros que passaram por sua vida eram garotos invisíveis, apenas casos passageiros, uma forma de fugir do amor. Mas bastou conhecer Lancelot para que ele deixasse uma marca fervente em seu coração. Ela abriu os lábios para falar o que sentia e fechou-os novamente, a coragem fugindo-lhe.

— Eu sei, Melissa — disse, tranquilo.

— O quê? — perguntou enquanto passava os dedos sobre seu peito.

— Aquilo que não consegue dizer — explicou, a mão correndo por seu braço, acariciando-o.

Ela suspirou.

— Fico feliz que saiba, porque é verdade, muito. Como nunca antes.

— Ótimo.

Fechando os olhos por um instante, Melissa sentiu os dedos de Lancelot descendo por suas costas, causando-lhe um arrepio.

— Lancelot.

— Diga.

— Quero dizer em voz alta. — A insegurança nunca antes sentida a apavorava.

— Então diga.

Ela respirou fundo e disse em um só fôlego, pela primeira vez em sua existência:

— Eu amo você.

— Também amo você.

A brisa aumentou de velocidade, tornando-se vento e chacoalhando os ramos de lavanda, levantando seu perfume. Ao mesmo tempo, ambos foram tomados por um receio tenebroso.

— Não importa o que signifique essa profecia, haja o que houver, meu amor por você não mudará. Merlin não conseguiu apagar minha memória. Ele tentou e falhou. Viviane disse que para isso eu teria de aceitar o feitiço; tornei-me poderosa demais para ser controlada sem aceitar. Nunca vou me permitir esquecer de você. Ainda que ele cumpra o que prometeu e me envie para o século XXI, voltarei para você todas as vezes. Gabriel também disse que é questão de tempo para aprendermos a dominar a travessia.

— Se acontecer, eu esperarei. — Lancelot respirou fundo. — Ainda que tenha de esperar para sempre. Prefiro uma vida esperando por você a viver com outra. Não há ninguém que eu possa querer, se não for você. Ninguém que eu possa amar além de você. Nunca amei antes e não amarei depois. — Com o coração batendo em uma velocidade estrondosa, ele continuou: — Quer se casar comigo?

— Sim. — Virou para olhar para ele, emocionada, acariciando seu rosto tão amado. — Casaria com você agora mesmo.

— Vamos, então.

— Agora?

— Sim, neste momento e lugar. O que nos impede?

— Não precisaríamos de alguém para nos casar? — Riu, sentando-se, seguida por ele.

— Por quê? Quem determinou? Somos você e eu, Mel. Aqueles que não se importam com convenções.

— Tem razão. Vamos nos casar agora. Tudo o que é necessário para firmarmos nossa ligação está aqui. — Ela o beijou. — Você e eu.

Lancelot ajoelhou-se sobre a manta e Melissa espantou-se.

— De joelhos?

— Se há alguém entre os céus e a terra a quem eu me ajoelharia, é você. — Tocou seu rosto enquanto ela também se ajoelhava bem próxima a ele.

— Meu coração, corpo e alma são seus, Lancelot. Foram feitos para pertencer a você. — Segurou suas mãos.

— Melissa, não sigo crenças, não sigo deuses e não creio que um padre, sacerdote ou qualquer outro possa determinar a ligação entre duas pessoas. Por isso, hoje, neste lugar, entrego meu coração, meu corpo e minha alma, se eu tiver alguma — piscou —, a você. Você mudou minha existência e se tornou a razão dela. Em breve terei de retornar a Camelot e quero você comigo, como minha mulher. Entrego minha vida em suas mãos.

— E eu lhe entrego a minha, porque sem você não há vida. Se me esquecesse do que vivemos, eu seria como uma sombra que vaga pelo escuro à procura da mais breve luz. Partirei com você para onde for. Deste dia em diante, assumo que sou sua.

— E eu sou seu.

— Enquanto eu respirar.

— E mesmo depois.

Ele tomou seus lábios, e ela tocou seu peito, sentindo seu coração bater. Seu coração, ela sorriu.

Melissa acariciou seu rosto. Lancelot a beijou intensamente e se amaram outra vez, rompendo a mínima distância que havia entre eles, cientes da importância que tinham um para o outro e da conexão que os envolvia, sem imaginar que essa seria a última noite que compartilhariam em Avalon antes que ela se esquecesse dele e de cada promessa que fizeram.

63

Lancelot inclinou-se para trás e levantou-se da cama, tenso. Passou a mão pelos cabelos, preocupado. O medo do que poderia acontecer a Melissa se fossem descobertos se apoderava dele. Ela sentou-se, sem saber o que dizer, gelada. O calor que compartilhavam evaporava. Os dois estavam cientes do quanto haviam arriscado.

Antes que o cavaleiro pudesse impedi-la, Melissa se levantou e se aproximou da porta.

— Quem é? — Tentou manter a voz calma.

— Tristan.

Melissa colocou a mão no peito, voltando a soltar a respiração, e Lancelot olhou para ela, com a sobrancelha erguida.

— Não faço ideia — respondeu à pergunta silenciosa, como se estivesse acostumada a isso, e abriu uma fresta na porta. — Quer alguma coisa, Tristan?

— Lancelot.

Não foi preciso mais nenhuma palavra. Colocando as botas, Lancelot disse:

— Mel, preciso ir. É perigoso.

— Mel? — surpreendeu-se, por nunca tê-lo ouvido chamá-la assim, ao mesmo tempo em que levava a mão à cabeça. A sensação de familiaridade crescia a cada segundo.

— É... — Aproximou-se dela. — Mel.

Melissa fechou os olhos, deleitando-se com o som da voz dele pronunciando seu apelido, e os reabriu ao senti-lo acariciando seu rosto.

— Amanhã à tarde nos encontraremos no jardim. Já nos arriscamos demais por hoje. — Ouviram Tristan tossir lá fora.

— Lancelot — chamou-o, fazendo-o parar com a mão na porta. — Você responderá minhas perguntas amanhã?

— Você tem todas as respostas de que precisa.

— Tenho? — Parecia confusa, mas pela primeira vez ela acreditava.

— Tem.

— Tome cuidado — sussurrou ela ao vê-lo saindo do quarto e fechando a porta.

— Sempre. Até amanhã, Mel.

Melissa abraçou o travesseiro em que ele estivera deitado havia pouco. Seu perfume ainda estava na fronha. A certeza de que ele era o segredo que suas memórias guardavam começava a se intensificar. Imprudente, não conseguia pensar em nenhum risco e decidiu que não esperaria até tarde para encontrá-lo. Sorriu, pensando no que estiveram próximos de fazer e, sem pensar em mais nada, adormeceu.

— Lancelot! — disse Tristan, exasperado, descendo as escadas atrás do amigo. — Você tem noção do tempo que demorou para quem só veria como ela estava? — Recuperou parte da tranquilidade e sussurrou, mesmo ciente de que estavam sozinhos pelo horário avançado.

— Tristan, quase me esqueci de você — confessou, ainda imerso no que havia acabado de acontecer. Como Galahad estava de guarda, havia pedido a Tristan que vigiasse o corredor enquanto ele conversava com Melissa.

— Ah, claro, esse sorriso bobo não me deixa dúvida. — Abrandou ainda mais o tom. — Ela está bem?

— Está.

— Bom. Agora precisamos conversar.

— O que quer saber? — Cruzou a porta do salão, caminhando pelo pátio. Jamais falaria sobre Melissa em um ambiente fechado onde qualquer um pudesse se esgueirar pelos cantos.

— É ela, não é? — Tristan foi direto.

— Ela quem? — O cavaleiro tentou ganhar tempo.

— Seu grande amor.

— Sim.

— Nesse tempo todo em que eu me aconselhava com você sobre... — hesitou. — Sobre meu problema. Era dela que você falava. Ela é a garota que precisou partir.

— Sim — repetiu, enquanto rumavam para a região do cemitério, seus olhos acostumando-se à pouca luz fornecida pelas tochas.

— Quem a enfeitiçou?

— Você sabe sobre o feitiço? — admirou-se.

— Conversamos sobre isso. Ela está percebendo as duas vidas paralelas como...

— Você.

— Exato.

— O processo foi horrível, não foi, Tristan? — perguntou, referindo-se ao que o cavaleiro passara ao se lembrar.

— Quase insuportável. — A dor transbordava em suas palavras. — Ainda é.

— Ela vai passar por isso. — Lancelot balançou a cabeça, entristecido. — Queria poupá-la de qualquer dor.

— Não é possível, infelizmente, mas eu carrego uma culpa que espero que ela não precise carregar.

Os dois sentaram-se em frente à floresta ao lado do cemitério. O ar estava frio, e a respiração dos cavaleiros condensava.

— O que devo fazer para ajudá-la? — Lancelot queria poupá-la de qualquer sofrimento.

— Fique a seu lado. Quando ela se lembrar da antiga vida, vai se culpar por tudo o que fez enquanto estava sem memória. A desolação de esquecermos quem mais amamos é cruel.

— Você ainda não se perdoou.

— Não — murmurou, respirando fundo. — Talvez nunca me perdoe.

— Acha que ela se sentirá assim também?

— Creio que não. Tudo depende de como ela vai recuperar a memória. Descobri da pior forma possível, como lhe contei na noite antes de você partir para o castelo de Pellinore. Era por ela que você estava tão arrasado naquela noite, não era? Não entendo como não percebi.

— Sim. Eu a vi beijando Arthur. — A mágoa ainda o feria. — Você não percebeu porque sofria com suas próprias dores — acrescentou, compreensivo.

— Arthur está apaixonado por ela.

— Eu sei — admitiu, contrito pelo que havia acontecido e também pelo que estava por vir.

— É como se eu visse a história acontecer outra vez, só que agora sob um prisma diferente. — Tristan refletia.

— O que você faria?

— Você sabe o que eu fiz.

— E se arrependeu da decisão de desistir?

— Tenho medo de responder a essa pergunta, porque se eu disser que não me arrependi, não farei jus ao que vivi com ela. E, se disser que me arrependi, terei desejado o pior para o meu melhor amigo. Qualquer decisão é a decisão errada. Qualquer movimento estará fadado à mágoa. Qualquer escolha vai parti-lo em dois, Lancelot. Talvez você já esteja partido. Você conhece a minha história. A sua, com essa profecia envolvida, é ainda pior.

O vento batia nas árvores, balançando-as. A temperatura continuava caindo, porém os cavaleiros não faziam menção de entrar. Era o mesmo lado de histórias diferentes. Como escolher a quem se deveria honrar quando um sentimento tão pleno estava envolvido? Como apagar um amor que crescia, mesmo quando se fugia dele? Como prosseguir entre lealdade e paixão sem ultrapassar os limites da traição? Que base tinham para fazer a escolha correta? Como poderiam agir corretamente quando qualquer decisão os partia de algum modo? Que caminho seguir quando o destino fazia escolher entre trair um irmão ou trair seu próprio coração?

Os dois conheciam-se demais para se julgarem e o suficiente para lidar com os dilemas de amar uma mulher que em teoria não lhes pertencia. Um caminho que não foi procurado, que não foi planejado e que se mostrava inevitável.

Duas histórias. Duas jornadas e, infelizmente, um final que os levava para a tragédia, como se nada do que pudessem fazer fosse capaz de mudar o resultado final: sofrimento.

Enquanto Lancelot optava por lutar, Tristan encarava seu coração, e a culpa por não ter conseguido salvar Kay condenava-o a não tentar outra vez. Não se sentia digno de uma chance de ser feliz quando seu coração lhe dizia que era o responsável por tanta dor. O sangue de seu melhor amigo estaria para sempre em suas mãos, não importava o quanto lhe dissessem que era inocente.

As probabilidades de os dois cavaleiros serem felizes com as mulheres que amavam eram pequenas e tornavam-se praticamente nulas quando somavam seus anseios. Ainda assim, mesmo quando tudo se mostrava perdido, um ainda estava lá para apoiar o outro.

— E por que agora você não tenta recomeçar? — sugeriu Lancelot, após alguns momentos calados, apenas absorvendo a crueldade da situação que viviam.

— Porque a culpa ainda me consome. — A desolação pontuou a frase.

— Não foi sua culpa.

— Não é isso que digo para mim mesmo todos os dias e também não será o que você dirá a si mesmo. Aflige-me que mesmo que inconscientemente eu tenha deixado meu amigo morrer para ter o caminho livre.

— Você jamais faria isso.

— É o que repito todos os dias, porém a culpa não passa.

— Eu entendo. Desde que percebi que Arthur estava se envolvendo com Melissa, todas as noites, antes de dormir, decido que não olharei mais para ela, que não a procurarei, que não pensarei mais em tirá-la dele. Porém, quando acordo, eu olho para ela, eu a procuro e penso em tirá-la dele. Vivo em constante conflito, lutando contra uma força maior do que posso suportar.

— Conheço exatamente a sensação. É pior agora que ela está se lembrando, não é?

— Sim, porque quero mais do que tudo que ela se lembre. Quero ter uma vida com ela e, ao mesmo tempo, não consigo parar de pensar nas consequências. Estou prestes a me tornar o traidor que Merlin sempre disse que eu seria.

— Não pense que não me sinto mal por estar escondendo essa situação de Arthur. Eu me sinto. De certa forma, também o estou traindo. Ele é meu rei e fiz um juramento, mas sei como vocês se sentem e não consigo negar ajuda. Infelizmente, nós dois, você e eu, não temos escolha. Ou traímos alguém e ficamos com a mulher que amamos, ou traímos a nós mesmos e desistimos desse amor. Bem, meu caro amigo — colocou a mão em seu ombro —, eu lhe darei um conselho. Se o pior tiver de vir, virá. Não importa o quanto lutemos para o contrário. Então esqueça tudo o que está envolvido e aproveite o tempo que puder com ela até que o futuro chegue e aja como tiver de agir.

— É o que você faria?

— Certamente que sim.

— É o que você fará?

— Não sei. Acabei de dizer que é o que eu faria, Lancelot, não o que farei. O amor deixou você surdo? — Provocou uma risada no amigo, mesmo quando ambos não queriam rir.

— Não concordo com a sua postura, Tristan.

— Assim como eu não concordarei com a sua, quando chegar a hora.

64

O sol não havia nascido quando Melissa acordou, agitada. Ansiosa e sem poder esperar pela tarde, descobriu com Galahad que Lancelot ainda estava em seus aposentos e, depois que ele lhe explicou onde ficavam, dirigiu-se para lá.

À porta do quarto de Lancelot, as mãos de Melissa tremiam. À luz do dia, os riscos do que estava fazendo começavam a assombrá-la. Arthur surgiu em seus pensamentos e, com ele, a culpa. Não queria enganá-lo e tampouco ficar com os dois. Precisava esclarecer a situação com ambos.

Quando estava prestes a bater, o cavaleiro a abriu, preparado para sair. Lancelot parou, surpreso e admirado. Melissa sentiu todo o ar se esvair de seu peito. Sem conseguir pronunciar nenhuma palavra.

— Melissa, o que está fazendo aqui? — perguntou, preocupado.

— Não consegui esperar até a tarde — confessou. — Galahad está vigiando. Podemos conversar?

— Não podemos demorar para sua própria segurança. — Afastou-se e permitiu que ela entrasse, fechando a porta.

O quarto era simples. Uma cama grande dividia o espaço com uma mesinha, duas cadeiras e um guarda-roupa. A atmosfera, no entanto, era própria de Lancelot, intensa e cheia de expectativas.

O cavaleiro também estava mais tenso que na noite anterior. As palavras de Tristan ainda repercutiam em sua mente, e ele precisava tomar uma decisão.

Antes que ele fizesse qualquer coisa, Melissa foi sincera:

— Lancelot, nesse tempo em que você esteve fora, me aproximei muito de Arthur. — A confidência lhe custava.

— Eu sei. — Baixou os olhos e tentou evitar que as imagens viessem à sua mente.

— Ele é bom, você sabe. Seria simples aceitar o destino e me casar com ele, mas não entendo por que uma estranha conexão me traz a você. Sinto como se estivesse faltando um pedaço dessa história, algo que eu precisasse desesperadamente lembrar, e, às vezes, sinto que esse pedaço é você. A cada dia tenho mais certeza. Ainda mais depois de ontem.

Ouvir aquelas palavras abalava e alegrava Lancelot na mesma proporção, porém não era o bastante. Ela precisava recobrar a memória. Aproximando-se, segurou seus braços, subiu a mão direita lentamente até seu pescoço, causando-lhe um arrepio. Ela se perdia em seus olhos azuis procurando por respostas. Viu uma marquinha castanha, que imediatamente a remeteu a um riacho e risos. Ele se inclinou, os lábios tocando seu rosto, perto da orelha.

— O que você precisa lembrar está aqui — sussurrou, colocando a mão sobre seu peito, sentindo seu coração bater, sem se afastar. — Eu lhe disse, você tem as respostas. Tudo o que precisa saber, ele sabe. Basta ouvi-lo. — Ela mexeu um pouco o rosto e seus lábios roçaram o canto da boca de Lancelot, fazendo-o prender a respiração.

— Eu ainda não me lembro, mas... — sussurrou, deixando sua voz ainda mais rouca — parece tão certo...

Ambos sentiam como se o mundo estivesse prendendo a respiração para contemplar o próximo passo. Lancelot fechou os olhos, no breve momento que antecedia a perda de controle. Antes que pudesse fazer qualquer movimento, ela levou uma das mãos à nuca dele, apoiou a outra no peito, ficou na ponta dos pés e o beijou delicadamente.

Deixando os conselhos da razão de lado, ele a puxou para si, sentindo seu coração se desintegrar, quando aprofundou a carícia. Eles entreabriram os olhos, e Lancelot contemplou uma pequena faísca confusa de reconhecimento brilhar dentro dela.

O cavaleiro se afastou bruscamente, com a respiração descontrolada. Se ela se recordasse agora, nada a tiraria do quarto, e ele jamais arriscaria sua vida, nem para fazê-la se lembrar dele.

— Vá, Melissa. Não quero perder o último resquício de força que me resta. Se você ficar, sairemos daqui direto para a execução.

— Lancelot... — Deu um passo em direção a ele, a mão estendida.

— Por favor, vá e se lembre. Está perto, posso sentir. — Vendo-a tocar na maçaneta, impediu-a. — Espere.

Era chegada a hora de fazer tudo o que estava a seu alcance. Em dois passos rompeu a distância que os separava e, antes que ela pudesse se mover, tomou seus lábios em um beijo intenso, rápido e desesperado. Cada fibra de Lancelot passava a ela uma mensagem clara: *Lembre-se de mim.*

Quando ele a soltou, Melissa cambaleou, apoiando-se na porta e tocando os lábios com a mão, sentindo-os em chamas.

— Vá — murmurou, descomposto.

— Lancelot.

Ele deixou-se levar pelos seus olhos e foi o pior que poderia fazer naquela situação; beijou-a novamente. Melissa agarrava-se a ele, perdida entre memórias que se negavam a vir para a superfície, o corpo lembrando do que a mente havia esquecido.

— Agora você vai — disse ele, sério. — Ou terminarei matando qualquer um que nos interrompa.

Melissa saiu apressada e passou por Galahad, que estava parado no corredor. Seus sentimentos descoordenados se atropelavam. Tentando compreender o que sentia, apoiava-se nas paredes. Os lábios ainda queimavam, o peito ardia e sua mente girava. Queria voltar para o quarto e beijar Lancelot outra vez. Beijá-lo até ter todas as respostas. Pouco importava se era um risco, pouco importava se morreria tentando, só queria voltar. Precisou segurar-se na parede. A certeza de que não era a primeira vez que se beijavam dessa forma pulsava com seu sangue.

Galahad lançou um olhar preocupado para Melissa e ficou mais intrigado quando ela não pareceu sequer se dar conta de sua presença. Era como se estivesse presa entre as profundezas de suas lembranças e a superfície.

O jovem cavaleiro abriu a porta bem a tempo de ver Lancelot arremessando uma cadeira contra a parede, extravasando o furacão que habitava dentro dele.

— O que a cadeira lhe fez? — perguntou ironicamente, conseguindo tirar uma risada nervosa do amigo.

— Cale a boca, Galahad.

— Calarei, mas antes me diga: é impressão minha ou ela está se apaixonando por você outra vez? Merlin teve um trabalhão por nada. Que mundo irônico.

— Não precisa calar, você sempre tem as palavras certas, garoto. — Lancelot deixou a agonia de lado, sorrindo por um minuto. — Parece que está. Ela não sabe direito de onde vem o sentimento, mas está.

— Então, se está tudo se encaminhando, por que quebrou a pobre cadeira?

— O problema é que não sei como sairemos dessa situação mesmo que ela se recorde. — Respirou fundo. — Isso somado ao fato de que precisei me controlar. Era a cadeira ou descontar na pessoa que nos interrompesse e, meu amigo, presumo que seria você.

— É... Antes ela do que eu. — Galahad colocou as mãos em frente ao rosto, fingindo temer Lancelot. — E, se todas as nossas chances estão se esvaindo, só há um caminho: está na hora de alguém mostrar um pouco de poder àquele feiticeiro. — Sorriu, misterioso.

65

Melissa fazia sua caminhada matinal quando avistou Isolde perto do canil, mostrando filhotes para Wace, que agitava seus bracinhos gorduchos querendo pegá-los.

Desde que eles haviam chegado ao castelo, ela tentava estabelecer uma amizade com a jovem viúva. Pela proximidade de idade das duas, sendo Isolde um ano mais velha, aos 23, Melissa julgou que seria mais fácil criar laços. Porém, a jovem mãe era bastante reservada e evitava falar de sua vida pessoal. Parecia, inclusive, que se sentia desconfortável em sua presença, como se tentasse esconder a mágoa.

— Olá — disse Melissa, aproximando-se, chamando a atenção dos dois.

Wace virou para ela e tentou dar dois passos. Acabou caindo sentado, com os braços estendidos. O menino tinha os olhos azuis brilhantes, como os de Kay, assim como seus cabelos claros. Uma lembrança viva de quem seu pai fora um dia.

— Olá — respondeu Isolde. — Ele vive caindo agora que está aprendendo a andar. — Pegou o filho, que quase escapou de seus braços querendo ir com Melissa. — Parece que ele quer você. — Passou-o para ela.

O pequeno imediatamente se aninhou em seus braços e soltou um gritinho, feliz, segurando uma mecha de cabelos nas mãos.

— Como é meigo! — Melissa derreteu-se.

— Ele não é assim com pessoas que não conhece bem — surpreendeu-se ao vê-lo fazer um carinho em seu rosto. — Ele gosta mesmo de você. — Sorriu.

— E eu acho que estou apaixonada. — Ela deu um beijo estalado em sua bochecha, no momento em que Tristan e Lancelot passavam por elas.

A intenção de Melissa era observar a reação de Isolde ao ver Tristan. Havia dias que queria uma oportunidade assim, porém, no momento em que seus olhos se cruzaram com Lancelot, não viu mais nada.

Tristan virou a cabeça apenas uma vez e bem rapidamente na direção delas e foi o suficiente para perceber o choque de Isolde ao observar os outros dois e a intensidade que havia entre eles.

— Se quiser, posso eu mesmo cortar sua cabeça. — Ele chamou a atenção de Lancelot. — Porque, se continuarem com esses olhares, é o que acontecerá. — E seguiram seu caminho.

Então, quando Melissa finalmente virou-se para a viúva outra vez, notou a confusão evidente em sua expressão. Pela proximidade da jovem com Tristan, Isolde tinha certeza de que estavam envolvidos, mesmo ciente de que ela era prometida a Arthur.

— É... — Todas as palavras fugiram da mente de Melissa, ao se descobrir pega em flagrante.

— Cuidado — aconselhou Isolde, misteriosa.

Melissa anuiu, sem saber o que dizer, entendendo que finalmente as duas tinham uma ligação.

Sobre a Távola, Arthur executava os últimos preparativos para sua partida. Os homens de Mark estavam acampados do lado da muralha de Camelot e também se preparavam. Lancelot acompanhou seu rei durante toda a manhã, após Melissa sair de seu quarto. Ainda carregava a lembrança dos beijos urgentes consigo, feliz por sua atitude de procurá-lo, já que pelo resto do dia teria de se responsabilizar por diversos afazeres.

— E Mark concordou... — Arthur terminou uma frase, e o cavaleiro percebeu que estivera tão distraído que não havia prestado atenção.

— Entendo — preferiu dizer.

— E você o que acha?

— O que eu acho? — Tentou ganhar tempo.

— Sim, Lancelot, o que acha do casamento? Como eu lhe disse, os saxões que entraram por Brandannen mataram os pais de Isolde, suas irmãs e sobrinhos. Ela tornou-se preciosa demais porque seu filho agora é o herdeiro do trono de sua família — disse, ao se aproximar da grande janela que permitia que os raios de sol entrassem, iluminando a Távola.

— Pobre Isolde — murmurou. — Ela já sabe?

— Lancelot, onde estava sua cabeça quando lhe contei sobre o assunto? — perguntou Arthur, impaciente.

— Desculpe. Eu...

— Tudo bem — cortou o rei, abrandando-se. — Você não se recuperou da emboscada ainda. Eu entendo. Nem o grande Lancelot é capaz de aguentar esse ritmo tão intenso. — Uma leve ironia estava presente em suas palavras.

— Já tive batalhas piores, e você sabe.

— Sim, mas talvez esteja ficando velho — provocou.

— Tenho 27 anos. Apenas três a mais que você.

— E sete a mais que Morgana — acrescentou, displicente.

Lancelot franziu o cenho, querendo entender aonde Arthur queria chegar.

— Do que está falando?

— Minha tia me disse que você e minha irmã estão apaixonados — explicou, em tom neutro, querendo tirar mais informações.

— Isso não é verdade.

— Não? — Agora Arthur demonstrava um pouco de irritação. — E você dormiu em sua tenda quando foram para Avalon por quê? — Encarou-o, pegando-o desprevenido.

— Arthur — começou, vendo-o cruzar os braços —, dormi no chão porque ela não estava bem.

— É... Medo de lobos, eu soube. O interessante é que ela não tem medo nenhum. Morgana brincava com lobos em Avalon.

— Ela não estava bem. E não foi a primeira vez que dormi no mesmo lugar que ela. Por que está bancando o irmão protetor para cima de mim, Arthur? Sabe muito bem que eu seria o primeiro a matar quem fizesse mal à pequena. — Seu tom passou mais nervosismo do que queria. Estava cansado de ver seu amigo sendo influenciado por terceiros.

— Vocês não estão mais em Avalon, Lancelot. Ainda que eu saiba que a respeita, minha irmã está se tornando uma mulher, por mais que eu queira mantê-la inocente para sempre. Até onde me consta, ela nem sequer foi beijada. Gawain garantiu que vocês estão apaixonados. O que me diz?

— Aquele garoto e a mania dele de contar tudo para a mãe. — Lancelot levou uma das mãos à cabeça. — Não estou apaixonado por Morgana.

— E ela?

— Ela não está apaixonada por mim.

— Tem certeza? É provável que eu aprovasse a união de vocês. Agora que vou me casar com Melissa e cumprir a profecia, não será preciso criar laços entre

Morgana e um reino aliado. O poder que envolve Melissa é muito intenso. Acredita que até Percival veio me reafirmar que sente como se tivesse que entregar sua vida a ela? Só você permanece sem sofrer efeitos.

O cavaleiro não respondeu. Qualquer palavra sairia brusca, e Arthur entenderia errado. Preferiu mudar de assunto.

— O que você estava dizendo sobre Isolde? Com o que Mark concordou?

— Ah, sim, com a perda de toda a sua família, o bebê tornou-se o herdeiro do trono que era de seu avô, e Isolde precisa de proteção. Eu poderia oferecê-la, mas teríamos ainda mais problemas políticos. Mark concordou em se casar com ela.

— O quê? — chocou-se.

— Lancelot, não me diga que está apaixonado por ela? E eu pensando que era Morgana. Precisa se decidir, homem. — Arthur espantou-se com a reação do amigo. — Infelizmente não poderei fazer nada por você. Ela já foi prometida e vamos informar a aliança aos outros reis na reunião.

— Não estou apaixonado por ela. — Diminuiu a intensidade. — Tristan já sabe?

— Então é isso? Sua reação foi por Tristan ser tão ligado a Kay e pedido para ser informado previamente? Não se preocupe. — Afastou-se da janela e aproximou-se da mesa redonda. — Não falei com ele antes porque, como se tratava de seu tio Mark, tive certeza de que ele aprovaria. Não acha?

— Acho — respondeu, sem alternativa.

Após ser liberado por Arthur, Lancelot desceu pelas escadas do castelo à procura de Tristan. No alojamento dos cavaleiros, encontrou Galahad sentado em uma cadeira, na área espaçosa em que eles faziam as refeições no térreo, com as duas mãos na cabeça, parecendo sofrer.

— Galahad, o que você tem? — Abaixou-se para que pudesse ver seu rosto.

— Nada. Uma dor de cabeça estúpida. — Apertou a própria testa.

— Chamarei o médico. — Levantou-se.

— Não. Não é necessário. Já melhorei, olha. — Tentou ficar de pé e cambaleou, sendo amparado pelo amigo, que o guiou para o quarto, no andar superior, colocando-o na cama.

O quarto, como os de todos os cavaleiros não pertencentes à Távola Redonda, era pequeno, composto de uma cama, uma mesinha e um baú para seus pertences. Havia uma única e pequena janela que dava para a área de treinamento.

— O que está havendo? — questionou Lancelot, pegando uma jarra com água na mesinha, servindo uma caneca de metal e entregando ao jovem.

— Nada. Já disse. Pare de me interrogar — reclamou Galahad com a mão sobre os olhos.

— É magia, não é? Você está se excedendo para quebrar o feitiço de Merlin e recuperar a memória de Melissa. Por isso ela está se lembrando. — Sentou aos pés da cama, preocupado. — Pode parar com isso agora.

— Parar? — questionou, surpreso. — E deixá-la se esquecer e casar com Arthur? Nunca! Nem que seja preciso usar até a última gota do meu poder. Merlin não vencerá. Vocês ficarão juntos.

— Com a sua vida como preço? Não. Não depois de tudo o que ela fez. Você vai parar com o que está fazendo. Está me entendendo? — Seu tom era autoritário.

— Lancelot, não sei se você sabe, e sinto ser eu quem vai lhe informar, mas... — Sentou-se na cama, sentindo-se um pouco melhor. — Você não manda em mim. — Tentou sorrir e seu rosto se perdeu em uma careta de dor. — Estou melhorando. É só ir com calma.

— Não concordo.

— Você concordar ou não, meu caro amigo, não vem ao caso. Eu devo isso a Melissa depois de tudo o que lhe causei.

— Ela não aprovaria tantos riscos.

— Pode ser o único modo.

— Você morrer para ela se lembrar?

— Sim. E se a escolha final for essa: ela ou eu?

— Jamais escolheria.

— Ainda bem que a escolha é minha.

66

Era noite quando Arthur conseguiu se desvencilhar de todos os seus afazeres e pôde ir até o quarto de Melissa. A batida na porta fez com que ela corresse para abrir e precisou disfarçar a decepção ao vê-lo, tomada imediatamente pela culpa. Mais cedo, Galahad a avisara que Lancelot não conseguiria se livrar das preparações para a viagem de Arthur e não poderiam mais falar naquela tarde.

— Arthur, eu...

— Melissa, eu...

Disseram ao mesmo tempo, depois se calaram. Arthur aproximou-se para beijá-la, e ela deu um passo atrás, seu coração destroçando-se pelo que causava a ele.

— Você ainda está zangada — constatou Arthur, entristecendo-se. — Não sei bem com o quê, mas está.

— Precisamos conversar.

— Eu sei. Foi para isso que vim. Partirei de madrugada, vim me despedir e dizer para ter cuidado em minha ausência. Dos cavaleiros da Távola, apenas Bors e Gaheris me acompanharão, além de cavaleiros comuns e parte do meu exército. Os outros ficarão no castelo. Preciso deles aqui para manter tudo em ordem.

Ela assentiu, pensando imediatamente em Lancelot e sentindo vergonha por conhecer os sentimentos de Arthur.

— Quanto ao casamento, preciso dizer que não será possível — tentou explicar Melissa.

— Por quê? Isolde disse algo a você. Eu vi vocês com o bebê pela manhã. Ela não aprova minha escolha? De todos os reis que conheço, Mark é o melhor. — Ele confundiu-se com os casamentos, julgando que Melissa jamais lhe diria não.

— Do que você está falando? — perguntou, completamente confusa.

— De Mark e Isolde. Não é disso que fala? Nem sei como ela ficou sabendo, já que não fiz um anúncio formal ainda, mas nesse castelo as notícias correm rápido demais.

— Isolde se casará com Mark? — Ela estava chocada.

Quando as duas estiveram juntas pela manhã, Isolde nem sequer havia recebido a notícia da morte de sua família ainda. Melissa queria correr para seus aposentos e apoiá-la, porém o horário avançado não permitiria.

— Sim, eu a prometi a ele.

— Com que direito? — A jovem estava horrorizada.

— Com o direito do Grande Rei — devolveu.

— Não acredito! — bradou, irritadíssima. — Perguntou se ela queria?

— Claro que não — respondeu, ríspido.

— Como pôde? Nem sabe se ela o ama.

— É assim que os casamentos são feitos aqui. Se não existir antes, o amor vem depois. — Tentou abrandá-la. — Como nós dois.

— Não vou me casar com você, Arthur — declarou, aproveitando-se do momento de fúria.

— Como não? — perguntou, exasperado.

— Não vou. — Cruzou os braços, e levantou o queixo, negando-se a ceder.

— Melissa, não sei o que deu em você ultimamente, mas não quero brigar. Partirei amanhã e posso não voltar.

Toda a raiva dela esmoreceu. Ele podia realmente não retornar com vida e, por mais que estivesse zangada e não quisesse se casar, jamais desejou que morresse.

— Espero que fique bem.

— Não quero partir com você assim. É só do que me lembrarei. — Seus olhos mostravam sua tristeza. — Não gosto de vê-la zangada comigo. — Deu um passo em sua direção.

— Não estou mais zangada. — Melissa tentou se acalmar. — Mas realmente não pretendo...

Arthur a beijou antes que pudesse concluir a frase. Melissa sentiu seu desespero passando através dos lábios. Ele percebia que ela escorria por seus dedos e temia perdê-la. Para ela, aquilo não significava mais nada. Todo o sentimento, antes partilhado tão febrilmente por eles, evaporou-se. Ele tentou aprofundar a carícia, porém foi barrado.

Encostando a testa na dela, disse:

— Conversaremos quando eu voltar, Melissa, mas saiba que nós vamos nos casar. Não pretendo ceder. — E mais uma vez saiu sem esperar por uma resposta.

Melissa olhava para a porta sem acreditar no que havia acontecido. O que teria de fazer para que ele aceitasse que não se casaria?

Trancando-se no quarto, decidiu que iria dormir e deitou na cama, sentindo o sono a embalar aos poucos e fazendo-a vagar pelas lembranças do seu último dia em Avalon, antes de perder seu irmão. A manhã fatídica em que foi acordada por uma visão.

Avalon estava em polvorosa por causa do assassinato do jovem Malagant, um dos primos de Arthur, ocorrido no dia anterior. Ninguém sabia quem lhe cravara o punhal no peito.

Perguntando por seu irmão, Melissa descobriu que ele estava com Lancelot fora dos limites da ilha, tentando encontrar pistas do assassino. De uma forma estranha, ela sabia que seriam emboscados e que ambos se feririam. Sem avisar, pegou um dos cavalos do estábulo e partiu, tendo apenas o seu coração para direcioná-la. Por uma hora, que pareceu dias, cavalgou sem descanso até que ouviu sons de luta.

O cavalo freou bruscamente a poucos metros do fim da área plana da colina. Estava sobre um vale e podia avistar seu irmão e Lancelot, cercados por 12 homens. O ar lhe escapava do peito. Por mais que fossem treinados e corajosos, não poderiam vencer facilmente a vantagem numérica. Não em uma pradaria onde só havia capim baixo por perto.

Melissa tentou usar seus poderes, porém o esforço feito nos últimos dias para evitar que Merlin apagasse sua mente deixava-a desgastada demais, e uma forte tontura a tomou quando tentou insistir.

A colina era íngreme demais para que pudesse descer com o cavalo, então desmontou e, quando se moveu, alguém segurou seu braço.

— Pare, Melissa — ouviu a voz de Merlin.

— Não posso. — Ela se assustou com a aparição repentina. — Tive um sonho horrível. Vi essa cena. Eles podem morrer.

Merlin a encarou. Em momentos assim, queria que eles fossem mais velhos e experientes. Mas, não, ele sempre precisava aconselhar os jovens que nunca aceitavam bem o seu destino.

— Você teve uma visão, Melissa. Não foi um sonho. Seus poderes estão aumentando. Seu sangue está tentando lhe mostrar quem você realmente é. — Tentou usar a paciência para convencê-la.

— Eu sei quem eu sou — rebateu, sem confiar nele.

— Então sabe o significado do que viu.

— Uma visão... Se o que vi realmente for acontecer, eles podem morrer. Preciso ir.

— Não há "se" aqui, jovem. Lembre-se da visão completa. Veja além do que quer ver. Como eles vão se ferir?

Melissa olhou para a pequena batalha à sua frente. Quatro inimigos já estavam caídos, mas oito ainda estavam de pé. Lancelot e Gabriel lutavam vigorosamente protegendo as costas um do outro.

— Eu corri para ajudar e... eles se feriram. Acho que pelo menos um deles morreu. Preciso impedir. Se eu não tentar nada, perderei um deles.

— Se eles a virem, você perderá ambos.

— Como isso é possível? Você tramou isso, não é? Lancelot me disse que você era ardiloso — acusou, nervosa, afastando-se dele.

— Tenho meus poderes e estou tentando salvar você das consequências. Suas perdas vão prepará-la para o seu futuro.

— Que futuro? Aquele que você arquitetou? Não. Não aceitarei.

Melissa não queria perder ninguém, ainda que seu futuro dependesse disso.

— Não há nada que possamos fazer? — implorou ela. — Não há nada que *eu* possa fazer? — reformulou a pergunta. — É isso que você quer, não é? Que eu ceda.

— Não é sempre que consigo interferir no destino. E, nesse caso específico, não posso fazer nada. Você, entretanto, pode.

— O que você quer? — questionou, ansiosa por salvar quem amava.

— Que faça uma escolha.

— Que escolha? — Ela deu um passo atrás, temerosa. — Escolher esquecer Lancelot? Escolher entre eles?

O mago não disse nada.

— Não posso fazer isso! Escolher um seria como arrancar metade do meu coração! — exclamou. — Prefiro morrer.

— Você ainda teria a outra metade. Vivemos em um mundo em que metade é bom o bastante. Se não escolher, ficará sem nada. É um aviso. A escolha será feita de uma forma ou de outra — avisou, calmo e enigmático. — Um deles morrerá hoje e você perderá o outro. Passei os últimos dias avisando-a de que haveria consequências para o seu comportamento. Tenho planos para você e, infelizmente, você não me deu alternativa.

— Não. Não escolherei nada! — Afastou-se ainda mais dele.

— Eu sabia. Lide com as escolhas do caminho que escolheu. Veja, já acontecerá — acrescentou, apontando para a batalha.

As espadas se chocavam, e ela virou mais uma vez sua atenção para a luta. Surpreendentemente, seu irmão e Lancelot haviam derrotado a metade.

Lancelot levantou a espada, protegendo-se do golpe, depois girou o corpo, acertando a barriga de um deles. Abaixou-se, defendeu-se outra vez, e matou outro. Gabriel cortou a cabeça de um e foi ferido no ombro por um oponente, perdendo uma de suas espadas.

Os dois se protegiam, eram mais que guerreiros; eram irmãos. E, acima de tudo, eram o coração de Melissa. Se qualquer um se ferisse, seria como feri-la.

Apenas dois inimigos estavam vivos. Um deles acertou Gabriel sobre o ferimento no ombro, fazendo-o cambalear para trás, quase caindo.

— Gabriel! — gritou Lancelot, chutando o homem contra quem lutava e volvendo para seu amigo, protegendo-o e matando quem o havia atingido.

A cena se desenrolou em poucos segundos, mas para Melissa parecia acontecer em câmera lenta. Seu irmão encurvado, com a mão sobre o ferimento. Lancelot tirava a espada do peito do soldado inimigo e se virava. O último homem em pé bradou para cima deles e, antes que Lancelot conseguisse terminar de se virar, Gabriel jogou seu corpo contra ele, desviando-o do golpe inimigo que vinha de encontro às suas costas. O cavaleiro mais jovem, com sua espada em punho, ficou cara a cara com a arma do guerreiro. Ambos se atingiram, e o homem caiu desfalecido sobre o corpo mortalmente ferido de Gabriel.

O coração de Melissa se partiu, e ela ouviu o grito de Lancelot, que tirava o homem de cima de seu amigo e pressionava a mão sobre os ferimentos.

— Não... — murmurou ela. E independente do desejo do mago, começou a descer a encosta.

Poucos minutos depois, quando Melissa se aproximou correndo, Lancelot virou-se e quase atravessou uma espada em seu coração.

— Melissa! — exclamou, surpreso, suas mãos repletas do sangue de Gabriel. — O que faz aqui? — perguntou ao abraçá-la fortemente, querendo protegê-la do que estava por vir.

— Meu irmão. — Foi apenas o que disse ao soltá-lo e ajoelhar-se perante o irmão.

— Mel... — gemeu Gabriel baixinho. — O que faz aqui? — repetiu a pergunta do outro, em meio a espasmos de dor e frio.

— Tive uma visão... Isso não importa. — Ela passou a mão na testa dele, que ficava mais fria a cada momento. — Precisamos levá-lo para Avalon. Viviane saberá o que fazer — falou rápida e esperançosamente, mudando o tom ao perceber a troca de olhar entre os dois. — O que foi? Ele vai sobreviver, não vai? — perguntou, baixinho, levantando a cabeça para Lancelot, que sustentou o olhar por alguns segundos e depois o abaixou em direção a Gabriel.

— Eu não queria que você me visse assim, mas poderei me despedir.

— Não diga isso! — exclamou, desesperada.

— Mel...

— Você precisa viver. Amo você, Gabriel. Muito. — Chorava.

— Também amo você. — Levantou a mão e tocou o rosto da irmã, que a segurou com força, o sangue dele manchando sua pele e misturando-se às lágrimas.

— Merlin — chamou ela. — Ajude-o, por favor. Estou implorando.

— Merlin? — Os outros dois repetiram, sem entender, só então vendo o feiticeiro caminhar até eles.

Sem dizer nada, abaixou-se perto de Gabriel e, por um momento, o pesar passou pelo rosto do feiticeiro. Foi rápido, porém genuíno.

— Eu lhe disse, menina. A escolha era sua. Agora só há um caminho, e você perderá os dois. Só precisava ter sido um, e não ele. — Lançou um olhar rancoroso a Lancelot.

— Farei o que você quiser — cedeu Melissa, ciente do sacrifício que teria de fazer.

— Você não fará acordos com ele, Mel — declarou Gabriel, em meio a um acesso de tosse.

— Não posso permitir que você morra.

— Não. Sou seu irmão, meu dever é proteger você.

— E o meu é proteger você. — Acariciou seus cabelos.

— Ele está enganando você para apagar sua memória. Estou morrendo, Mel, nada mudará isso. — Seu corpo estremeceu.

— Tenho que correr o risco.

Ela passou a mão sobre o rosto do irmão, deu-lhe um beijo na testa e desejou, mais do que nunca, desistir de tudo só para que ele ficasse vivo. Ao mesmo tempo, segurou a mão de Lancelot. Queria transmitir com seu toque todo o amor que sentia por ele e pedir perdão pelo que estava prestes a fazer. Mais uma vez seus olhares se cruzaram. Lancelot falava com ela em silêncio. Ele faria tudo por ela, e ela, por ele.

No olhar de Melissa, Lancelot leu um dilema, imaginando que o feiticeiro se aproveitaria desse momento de fragilidade. Aproximou-se mais e tirou um punhado de cabelos de seu rosto e deu-lhe um beijo rápido. Ele assentiu. Ela assentiu de volta. O amor incondicional estampado em seus olhos. Seja lá o que Melissa precisasse decidir, ele a apoiaria, ainda que isso significasse deixá-la ir.

Melissa acordou sobressaltada. Sonhou com um trecho de sua própria vida. Como isso era possível? Agora tinha certeza: Gabriel e ela estiveram em Camelot antes. Gabriel morreu neste lugar. E, no fim, ela perdeu os dois. Merlin a enganou, seu irmão morreu, e ela não se lembrava de Lancelot. Na verdade, tirando essa lembrança nublada e a grande familiaridade que sentia por ele, ainda não se recordava completamente. Havia muitas lacunas. Estava confusa, triste, chocada. A morte voltava mais uma vez.

Por que Lancelot não lhe disse nada? Por que as pessoas a deixavam no escuro? Já não bastava estar em uma época distante? Precisava de respostas e as teria agora.

67

Melissa queria conversar com Lancelot sem que fossem interrompidos outra vez e tinha um plano para isso. Testou criar a ilusão de que era uma jovem serva e percebeu que conseguia estabilizar melhor seu poder. Assim, deixou o quarto e saiu à procura de Galahad.

— Preciso da sua ajuda — pediu Melissa quando o viu saindo da cozinha.

— Basta pedir.

— Espere. Você está bem? — Percebeu suas profundas olheiras, resistindo ao impulso de tocar seu rosto.

— Estou. Passei a noite vigiando a muralha — mentiu, escondendo as péssimas últimas horas que passara buscando recuperar a memória dela. — Do que precisa?

— Eu me lembro de Lancelot e de meu irmão.

— É mesmo? — Sorriu. Apesar da dor que sentia, estava satisfeito.

— Não tudo. Eu me lembrei do dia que Gabriel morreu.

Galahad desviou o olhar, entristecido.

— Ainda não consigo acreditar que Merlin apagou minha memória.

— Mas é verdade.

— Eu sei. Preciso falar com Lancelot e tive uma ideia. Pode me ajudar?

— Eu sempre ajudarei você. — Trocaram um olhar significativo e, por um segundo, Melissa julgou conhecê-lo de seu passado.

— Também conheço você, não é? Vou me lembrar?

— Não sei. Estou trabalhando nisso.

— Obrigada.

— Ainda não me agradeça. Só me conte seu plano. — Galahad sorriu outra vez, iluminando o ambiente.

Uma serva cruzou o pátio, deixando Melissa parada à porta do castelo, bem visível a todos, e seguiu rumo à área de treinamento para encontrar Lancelot. Encontrou o cavaleiro treinando no pátio. Antes que ela abrisse a boca para falar, ele viu Melissa. O cavaleiro podia ver através da magia. Contudo, ficou quieto, aguardando.

— Podemos falar em particular? — pediu, e ele percebeu o desespero em sua voz.

— É claro — respondeu. Deu orientações a Mordred para que seguisse o treinamento. — Para onde quer ir?

— Para o único lugar que posso controlar. — E guiou-o para o jardim de Morgana.

Mais uma vez, os arbustos fecharam o caminho impedindo a passagem de quem quer que fosse, e Lancelot percebeu que Melissa despertava. Era claro o reconhecimento em seu olhar. A tensão entre eles crescia.

— Eu já estive aqui antes — afirmou ela.

Ele assentiu, mudo.

— Gabriel esteve comigo.

Novamente ele assentiu.

— O ferimento foi em uma luta... Ele protegeu você.

Lancelot continuou assentindo. Pela primeira vez em sua vida, teve medo de tentar falar e sua voz não o obedecer.

— Nós dois... Você e eu... Nós... — Procurou as palavras certas. — Havia algo forte entre nós. — Vendo-o consentir, continuou: — O sentimento que tem me tomado... É você, não é? Estávamos apaixonados?

Dessa vez, Lancelot não assentiu, segurou seu queixo de modo que Melissa o encarasse. Percebeu que ela tremia involuntariamente e tentou controlar o furacão de sentimentos.

— Era mais... — disse, baixinho, bem próximo.

— Nós nos amávamos... — concordou, confundindo o que sentia agora com as lembranças do que vivera com ele.

Ele subiu a mão do queixo para o seu rosto e a trouxe para mais perto. A comunicação silenciosa no olhar, gritando o que as palavras ainda não haviam dito.

— Não, amava não. Ainda amo. Amei todos os dias em que estivemos juntos, em que estivemos separados e amarei até meu último suspiro. Se depender de mim...

— Até depois — completou ela, levando a mão aos lábios, assustada. — Lancelot. — Sua respiração acelerou-se como se o visse pela primeira vez. — Eu amo você... — sussurrou Melissa, mais para si mesma do que para ele. Uma constatação chocante. Amava-o intensamente. Uma lembrança, uma nova vivência, um fato. — Eu me lembro de amar antes e sinto isso, mas, além, amei você outra vez. Não sei como consegue, por mais que eu o esqueça, continuo me apaixonando por você — repetiu com mais convicção, sorrindo, admirada.

— Eu esperei e você veio, como prometeu — sussurrou, pouco antes de beijá-la.

Lancelot envolveu-a fortemente nos braços. Quando seus lábios se tocaram, soube o que era morrer e viver ao mesmo tempo. Beijá-la com suas memórias era trazer a vida de volta depois de mais de dois anos. Sua luz se lembrava quem era. Nos primeiros segundos, manteve seus olhos semicerrados, não queria perder nenhum detalhe daquele rosto com que sonhara todas as noites.

Sem que tivessem controle ou se dessem conta, Lancelot a encostou em uma das árvores e se aventurou por sua boca. A língua de Melissa seguia a dele, como se a memória dela nunca tivesse sido afetada. O mesmo acontecia com seu corpo. Ela parecia se acender. Seu corpo nunca o esquecera e agora o queria. Envolveu-o com uma das mãos, e com a outra puxou-o pelo pescoço.

O beijo começou a se intensificar e provocava chamas sobre a pele, fazendo com que o sangue de ambos borbulhasse. Ela se sentia envolvida em seus braços e confusamente entendeu que seu lugar era ali. Ele a puxava para mais perto, ela o puxava para mais perto. Desejavam-se, necessitavam-se, preenchiam-se, conectavam-se.

Ele segurou uma parte de seu vestido e jogou sua capa no chão. Surpreendeu-a por não se assustar e, sim, querer mais. Ela agarrou-se à sua camisa, sentindo que ainda não estavam próximos o suficiente. Ele beijava seu pescoço e seu colo, descendo cada vez mais, sua barba curta roçando sua pele, marcando-a. Ela murmurou seu nome, e ele continuou seguindo seus instintos, acariciando suas pernas por baixo do vestido. Melissa inclinou seu corpo, oferecendo mais. Ele voltou a beijá-la, pegou-a pela cintura, e ela deu um impulso no chão, fazendo com que suas pernas se erguessem e o envolvessem pela cintura, mais próxima ainda. A jovem demonstrou surpresa em seus olhos ao se recordar de que haviam feito aquele mesmo movimento dezenas de vezes. O cavaleiro sorriu entre seus lábios, reconhecendo a lembrança no olhar dela. Ambos estavam em êxtase, e Melissa se admirou ao sentir o desejo de Lancelot crescer perto de seu corpo.

Lancelot tentou recobrar a razão e acalmar a intensidade dos beijos. Controlar-se não era fácil. Queria-a e não pretendia deixá-la nunca mais.

— Ei... — murmurou entre seus lábios, tentando se afastar, mas sendo puxado novamente, fazendo com que se inundasse de felicidade. Ela realmente se lembrava.

Melissa tomou fôlego e, em seguida, decidiu que não o desperdiçaria com palavras. As memórias se anunciavam, e sua mente era povoada por imagens de seus corpos nus. Queria senti-lo outra vez, queria recuperar tudo o que lhe fora arrancado. Colocou a mão sob sua camisa, acariciou a pele quente e o beijou novamente, quebrando a última barreira de controle que ele tinha.

Lancelot estava tomado pelo desejo de possuir Melissa. Era tarde demais para parar e sabia que ela não permitiria. Eles não raciocinavam, apenas se incendiavam. As recordações eram vibrantes, memórias incandescentes, que ele nunca havia perdido, e ela as recebia todas de uma vez, sobrecarregando-a. Estavam em ebulição.

Ele tirou sua camisa e, ainda com Melissa nos braços, jogou a peça de roupa no chão, colocando-a sobre a folhagem verde. O chão estava úmido e frio, mas não se importaram. Ela admirou seu peito nu, reconhecendo cada detalhe e descobrindo novas cicatrizes. Passou a mão sobre os pelos do peito e desceu, até parar sobre a linha que desaparecia dentro das calças. Sorriu e mordeu o interior do lábio inferior, fazendo com que ele antecipasse sensações e risse ao recordar-se da primeira vez em que estiveram juntos.

O cavaleiro deitou-se sobre ela, os lábios sedentos por mais. Ela se inclinou para ele e novamente o envolveu com as pernas, puxando-o cada vez mais para perto, como se nunca fosse o suficiente. Ele desamarrou seu vestido, com urgência, e eles ouviram o barulho do tecido se rasgando, expondo o colo alvo. Beijou-o, continuando a despi-la.

— Meu coração, meu corpo, minha alma... — murmurou ela, recordando-se das promessas que fizeram, sentindo seus olhos arderem com a dor de ter deixado as lembranças para trás.

— Amor, não — pediu Lancelot, acariciando sua face. — Não deixe a dor atingir você. Está comigo agora e é tudo o que importa.

— Tudo o que eu fiz... — A culpa era cruel.

— Você voltou para mim como disse que faria. Eu não me importo com nada. Tem a minha palavra. Sei que aqui — ele colocou a mão sobre seu peito —, em seu coração, você sempre foi minha como sempre fui seu.

— Sempre — afirmou.

— Está ótimo para mim.

Beijando-a mais uma vez, Lancelot torturava-a docemente com suas mãos. Melissa não sabia dizer qual vida vivia; suas lembranças vinham todas juntas. Todas as ocasiões em que se amaram passavam como um raio por sua mente, enlevando-a. Ela temia perder-se entre memória e realidade. Sua única certeza era Lancelot. Lancelot. Lancelot. Lancelot. Seu mundo, seu corpo, suas lembranças, sua vida.

Correndo a mão por seu corpo, Melissa tocou Lancelot e o envolveu, fazendo com que dessa vez ele fosse embalado por lembranças que o perseguiram por muito tempo. Não querendo perder o controle, impediu-a.

— Calma, Mel, estou há dois anos esperando por você — disse, colando sua testa na dela e olhando-a nos olhos. — Dois anos convivendo com cada memória de momentos assim, sendo atormentado por elas e não encontrando conforto sem você. Preciso que me deixe apreciar você. Cada detalhe seu.

Quando Lancelot começou a beijar seu corpo, descendo vagarosamente, Melissa sentiu que desfaleceria. Ao chegar entre suas pernas, cada uma das vezes em que se amaram explodiu em sua mente. No lago, seu corpo contra um carvalho, na chuva, na neve, em todas as estações de Avalon, ela fugindo nua pela Primavera, e ele encontrando-a, beijando-a loucamente, e, por fim, o campo de lavanda, entre dezenas de outras memórias.

Ao voltar ao presente, Melissa o viu sobre ela, olhando-a nos olhos, esperando.

— Amo você — disse ela, certa de que seu coração não podia ser de outro.

— Amo você — respondeu ele, tirando uma mecha de cabelo de seu rosto.

Ele estava no limite de seu controle, não esperaria mais um segundo ou explodiria. Tomou Melissa e a ouviu gemer baixinho, acompanhando seu ritmo. Nada mais importava. O mundo entrava nos eixos novamente.

Sem que pudesse conter a emoção, as lágrimas escorreram pela face de Melissa e, vinda de Lancelot, uma única lágrima caiu sobre ela e escorreu por seu rosto; tristeza pelo que lhes foi tirado, e alegria pela nova oportunidade.

Uma brisa leve passava por eles, e com ela o aroma das flores que os envolviam. As poucas lavandas do jardim se agitavam, felizes. Pequenas partículas de pólen eram levadas pelo ar, refletindo na luz que passava pelas árvores e brilhando como fagulhas de energia. Com mais intensidade, o ar tornou-se vento, passando pelos dois com uma mensagem que não foi notada. Estavam perdidos em si mesmos, recuperando o que era seu por direito.

Os corpos explodiram sem controle em meio a um beijo. Finalmente ele era seu, e ela era sua. Profecia nenhuma jamais mudaria seus corações.

68

Mordred subiu os degraus da escada do castelo rumo a seus aposentos. Precisou ser responsável sozinho pelo treinamento da manhã, afinal Lancelot não retornou; provavelmente ainda estava nos braços daquela serva que o procurou mais cedo. O jovem cavaleiro pretendia fazer o mesmo: achar uma mulher para aproveitar a hora do almoço e depois seguir outras ordens de Arthur referentes a seus soldados.

Caminhava apressado quando ouviu um lamento, repleto de dor, vindo do corredor por onde havia passado sem olhar para os lados. Girou o corpo e seguiu em direção ao som. Avistou um jovem sentado, com os joelhos dobrados e as mãos na cabeça, parecendo sofrer.

— Mas o que... — Não completou a pergunta ao reconhecer o cavaleiro. — Galahad, o que houve? — Abaixou-se, próximo a ele. — Quem o feriu? — questionou, sacando a espada e levantando-se ao ver o sangue nas mãos do jovem.

Galahad procurou um lugar para se esconder após ajudar Melissa a encontrar Lancelot. Ele criou uma ilusão e se passou pela jovem para que todos a vissem na porta do salão ao mesmo tempo em que se esforçava para quebrar completamente o feitiço de Merlin. Isso o esgotou completamente, e agora ele pagava o preço.

— Ninguém — respondeu, quase um murmúrio, deixando-o sem entender.

— Buscarei ajuda.

— Não. — Apoiou-se na parede, tentando se levantar, mas tombou. — Por favor, não chame ninguém.

— Você não pode ficar aqui sozinho sangrando.

— Preciso que me esconda. Ninguém pode me ver agora, por favor — continuava pedindo e agarrando firme a mão do outro. — Estou implorando.

Mordred estranhou ainda mais a situação. Analisou o cavaleiro caído por poucos segundos e foi movido pelo desejo de ajudá-lo. Jamais abandonaria alguém ferido, e ele parecia fraco, prestes a desfalecer.

— Venha — ofereceu apoio com o ombro e praticamente carregou Galahad. — Se precisa se esconder, o mais próximo é o meu quarto, mas saiba que não o ajudarei sem perguntas.

— Que não serei obrigado a responder — disse, baixo, com a mão livre pressionando seu ouvido.

— Nem morrendo você deixa de ser impertinente? — questionou, entre chocado e indignado, abrindo a porta do quarto.

— Não. — E desabou na cama.

— Agora chamarei auxílio.

— Não — respondeu, enquanto se contorcia, um espasmo de dor insuportável tomando conta de seu corpo.

O outro andava pelo quarto, agitado. Cruzou a antessala e trancou a porta, considerando o que devia fazer.

O quarto de Mordred era o que mais ostentava riqueza e organização de todos os cavaleiros. Era grande e espaçoso. Os móveis eram do melhor tipo de carvalho. A antessala assemelhava-se muito à de Arthur, repleta de manuscritos e pergaminhos sobre a escrivaninha. O cavaleiro gostava de escrever, o que encantava as mulheres e fazia os homens o importunarem, principalmente Gaheris.

— Galahad, sabemos que há um traidor no castelo, e sua atitude é muito suspeita.

— Acha que se eu fosse o traidor estaria caído em um canto do castelo esperando que me encontrassem?

— Quem sabe? — A história era confusa. — E Lancelot, posso chamá-lo? Vocês são amigos.

— Não. Lancelot não pode me ver assim.

Mordred suspirou e aproximou-se da cama, passando as mãos pelos cabelos, nervoso. A fronha do travesseiro já estava repleta do sangue que parecia jorrar da cabeça do jovem. Devia a vida de seu irmão a Galahad e seu senso de justiça o obrigava a fazer o possível por ele.

— Preciso pelo menos saber do que se trata. É verdade que ninguém o feriu?

— Sim. Pelo menos não da forma tradicional.

— Magia. Meu irmão me disse como você o salvou. Você é um feiticeiro.

— Isso é meio óbvio, se analisar o meu estado.

— Ah, garoto, você está passando dos limites.

— Desculpe. É mais forte que eu — explicou. — Não consigo evitar, quando eu o vejo, sinto um desejo inexplicável de provocá-lo.

— Isso não é desculpa. Sinto um desejo inexplicável de matá-lo, e você continua vivo. Por enquanto, creio eu. Então, é magia.

— Sim.

— Talvez minha mãe possa ajudá-lo — ofereceu.

— Não, não pode.

— Você está morrendo?

— Ainda não tenho certeza, mas parece que sim. — Balançou a cabeça, triste.

— E não há nada que eu possa fazer?

— Não.

— Mas você não tem certeza?

— Não.

Duas batidas na porta foram ouvidas.

— Quem é? Você chamou alguém? — perguntou Galahad, baixinho.

— Como poderia? Você é o feiticeiro aqui — respondeu, cruzando o quarto. — Fique quieto. Já volto.

Antes mesmo que abrisse a porta, ouviu a voz de sua mãe.

— Mordred, por que essa porta está trancada a essa hora do dia?

Expressando completo desgosto, abriu uma fresta e viu a expressão curiosa de Morgause, que disfarçava enquanto ajeitava as longas mangas do vestido marrom com dourado.

— Estou ocupado.

— Nenhum filho pode estar ocupado para sua mãe — respondeu, chateada.

— O que você quer? — Foi ríspido.

Ela ficou na ponta dos pés e tentou ver através dele, que continuava bloqueando o caminho.

— Temos assuntos para resolver, não se lembra?

— Ficarão para mais tarde.

— Eu me recuso a ser tratada assim. Saia já aqui e fale comigo com o respeito que eu mereço.

Querendo que ela fosse logo embora, Mordred saiu, porém impediu que sua mãe entrasse e fechou a porta ao passar.

— Diga.

— Quem está aí?

— Ninguém.

— Está com uma mulher, não é? Vi Melissa vindo para esta área do castelo. — Referiu-se à ilusão que Galahad havia criado dela. — Não me diga que está com ela?

— Não direi. — Foi irônico.

Ela o analisou de cima a baixo e notou uma pequena mancha de sangue em suas vestes.

— Hum... Ou é virgem ou você perdeu a mão do quanto pode ser violento com uma mulher — palpitou, fazendo-o revirar os olhos. — Que você não engravide nenhuma serva deste castelo, Mordred. Sabe que seu pai ficaria furioso, e isso não acabou bem da última vez. — Jogou com as palavras e notou o impacto surgir no olhar do filho.

— Não se preocupe.

— Bom, eu o deixarei se saciar.

— Vai colocar alguém para vigiar o corredor, não é? — suspirou, enfadado.

— O que pensa de mim, garoto?

— Preciso mesmo responder?

— Gaheris.

— Filho errado.

— Ultimamente os dois estão irritantes.

— Também amo você, mãe — disse, enquanto virava as costas para ela e entrava no quarto, deixando-a boquiaberta.

Morgause hesitou por uns momentos e viu uma jovem aia passando.

— Você! Não saia daqui enquanto a mulher que estiver com meu filho não aparecer. — E partiu para seus aposentos.

O cavaleiro voltou para perto de Galahad e percebeu que ele ainda gemia de dor.

— Quem era?

— Minha mãe.

— E...

— Ela pensa que estou com uma mulher.

— Não basta morrer, tenho que morrer com a reputação na lama. — Cobriu os olhos com a mão. — De todos os cavaleiros, logo você.

— Pior para mim, que continuarei vivo. — Ouviu a risada do outro em meio a uma lamentação.

— Você até que é engraçadinho quando quer. — Depois mudou o tom. — Mordred, preciso da sua palavra. — Estendeu a mão para ele. — Jure que não contará a ninguém que estou aqui, por favor.

Ele hesitou. Galahad não lhe dera uma explicação plausível. Por que deveria ajudá-lo?

— E se você morrer?

— Aí alguém me enterra.

— Você é um idiota.

— Um idiota que está morrendo e precisa do seu juramento. Tenha misericórdia e segure a minha mão — esbravejou.

— Certo. — Segurou-a firme. — Juro que enquanto você estiver vivo não contarei a ninguém onde está. Tem minha palavra. — Apertou a mão do cavaleiro. — Quero que saiba que não gosto de você...

— É mútuo.

— Posso continuar? — Franziu o cenho, irritado.

— Sim, desculpe — pediu outra vez.

— Não gosto de você, mas reconheço seu valor. Você ajudou Melissa.

— Você não faz ideia. — Galahad tentou rir em meio à dor.

— E salvou meu irmão e Lancelot. Mesmo tendo nossas divergências, temos um compromisso um com o outro e pretendo mantê-lo até o fim.

— Que esperamos que não seja em breve.

— Esperamos que não.

Soltando sua mão, Mordred despejou a água da jarra em uma bacia na mesinha, pegou a toalha, molhou-a e começou a limpar o sangue de Galahad.

— Se contar para alguém...

— Nem sei se vou viver ainda — reclamou, porém já não sentia mais espasmos nem dor, estando apenas insuportavelmente cansado.

— Você irá. Agora fique quieto. Estou tentando resistir ao impulso de sufocá-lo com esta toalha.

69

Em meio às flores, que pareciam brotar com mais avidez, Melissa estava aninhada nos braços de Lancelot, ouvindo seu coração bater, o melhor som que poderia desejar ouvir, enquanto ele acariciava seus cabelos. Ela virou-se e passou os dedos por sua barba, arrepiando-se ao recordar dela passando por seu corpo.

— É, parece que um beijo é mesmo capaz de quebrar maldições — disse Lancelot, com o sorriso mais provocante que Melissa já vira.

— Foi um pouquinho mais que um beijo.

— Quase nada. — Eles riram.

A calmaria que os envolvia não podia durar para sempre, e ambos pensavam em como dizer ao outro que precisavam sair do jardim.

— Eu me lembro de tudo sobre nós, Lancelot. — Buscou coragem para falar. — Desde você me tirando do lago até meu irmão... Merlin me enganou, não é? Usou meu irmão para apagar minha memória.

O cavaleiro procurou pelas palavras corretas. Desejava que Melissa recuperasse o restante da memória e lhe contar a impossibilitaria de se lembrar do que realmente aconteceu.

— De certa forma, sim — disse ele. — E continua enganando — arriscou.

— O que ele fez? — O silêncio de Lancelot respondeu. — É o feitiço da memória, não é? Não pode me contar. — Viu-o assentir. — O que faremos agora?

— Esperamos você se lembrar de tudo.

— Não, Lancelot, não posso ficar aqui. — Sentou-se, seguida por ele. — As consequências...

— Eu sei quais são.

— E quer arriscar?

— Jamais arriscaria você, Mel, mas há memórias que você precisa recuperar e não posso levá-la assim. Não me perdoaria.

— Você? Mal consigo me perdoar por tudo que fiz. — Melissa baixou os olhos, sem conseguir encará-lo. — Como pude olhar para você e não reconhecer o meu amor? Como?

— Já passou. — Lancelot abraçou-a, lembrando das palavras de Tristan sobre como era difícil se recordar dos erros. Afastou-se um pouco e a fez olhar para ele. — Merlin é o culpado, não você.

— Você deve ter se ferido tanto. — Ela passou a mão por seu rosto, a culpa transparecendo em sua voz e apertando seu coração.

— Eu me feri, como você está ferida. — Ele tocou seu queixo. — Não deve se deixar levar pela culpa. Será doloroso, mas passará. — Beijou-a, aproximando-a de seu corpo.

— Tenho medo das consequências do que fiz — confessou.

— Lidaremos com elas quando chegar a hora. Prometo.

— Não quer mesmo ir embora?

— Você precisa ficar no castelo por enquanto. — Omitiu que ele também precisava. Devia lealdade a Arthur e não poderia viver sendo responsável por sua morte. Teriam de encontrar um meio. — Confia em mim?

— Sempre. — Aconchegou-se a ele, a mão ainda em sua face, desejando poder ficar ali.

— Precisamos ir — murmurou, a insatisfação evidente.

— Não quero.

— Também não, porém precisamos.

— Eu sei, mas... — Melissa desceu a mão pelo pescoço, passou vagarosamente pelo peito, fingiu hesitar pelo abdômen e finalmente atingiu seu objetivo. — Não podemos ficar só mais um pouquinho? — pediu, fingindo inocência.

— Sabe que não será tão pouquinho assim. — Lancelot sorriu, radiante, deitando-a enquanto sua mão explorava o corpo dela.

— Um pouquinho mais longo, então? — provocou.

— Você me conhece bem para saber que não resisto a esses pedidos — sussurrou, beijando-lhe o pescoço.

— Sei, sim — respondeu, acariciando-o.

— Praga. — Ele a fez rir e deliciou-se com o som da felicidade dela. — Ah! E antes que eu esqueça — disse, entre beijos —, prepare-se para usar seu poder de ilusão mais tarde, porque hoje, meu amor, você passará a noite comigo — murmurou em seu ouvido, deixando-a completamente extasiada.

— Acordada? — quis saber Melissa, puxando-o mais para perto.

Ele riu antes de responder:

— Ainda tem alguma dúvida?

70

Morgana estava sentada no meio da sala secreta na livraria, cercada de livros que não podia tocar. Mal conseguira dormir tentando encontrar uma forma de quebrar a magia que protegia os livros, com a esperança de assim encontrar uma forma de voltar à Escuridão e salvar Benjamin.

Todos aqueles que praticavam magia sabiam que a única capaz de transitar pela Escuridão sem se corromper por ela era Lilibeth. Morgana nunca a vira e tampouco imaginava onde ela poderia estar. Porém, Benjamin parecia ser um feiticeiro muito poderoso, e ela sentia tão forte quanto as chamas que era capaz de produzir que havia um modo de resgatá-lo com ou sem a fada desaparecida.

Usando todos os conhecimentos que tinha, Morgana canalizava a magia, se aproximava de um novo livro devagar e retrocedia a mão, pressentindo o calor.

— Os médicos disseram que há alguns picos de energia nos equipamentos, mas eles não sabem explicar a razão. Já trocaram tudo três vezes. — Ela ouviu a voz de Marcos, que descia as escadas.

— Olha, o ar estava mesmo estranho ontem. Tinha aquelas fagulhas de quando encontramos Morgana — contou Paula a ele.

Morgana se levantou de súbito, olhando ao redor e pedindo a guia da Deusa para encontrar uma saída. No instante seguinte, Marcos tropeçou nos próprios pés. Paula foi tentar segurá-lo e ambos caíram de joelhos no chão, com as mãos abertas sobre os livros.

— Ain, meu Deus! — Paula prendeu a respiração e nenhum dos três se mexeu.

Quando nada aconteceu, os dois olharam confusos para o sorriso de Morgana.

— Os livros estão protegidos apenas contra estranhos. Muito bem, Benjamin. — Depois agradeceu à Deusa em voz baixa. — Obrigada, mãe.

— Podemos ler, então? — Paula pegou um volume de capa escura e o folheou.

— Sim. Comecem pelos diários. São os que mais se aquecem quando chego perto.

Horas mais tardes, Marcos bocejava. Por mais que lessem, pouco compreendiam. Os diários começavam após o nascimento de Melissa e Gabriel e acompanhavam seu crescimento. Eram bem simples. Apenas ficavam confusos no último ano de vida de Gabriel. Era como se Benjamin pudesse antecipar que algo ruim aconteceria.

Morgana andava de um lado para outro, impaciente por não poder ler por si mesma. Ressentiu-se pelo poder que emanava da espada. Ao se aproximar, ouviu Marcos murmurar palavras do diário e um vislumbre de luz passou pela espada.

— Uma vida pela outra. Uma vida pela outra. Uma vida pela outra. Deve ter umas cinquenta páginas com essa frase repetida — comentou.

— Ué, no meu também. — Paula mostrou o volume a ele. — Uma vida pela outra. Um milhão de vezes. Tio Benjamin não estava batendo bem da cabeça não.

Do mesmo modo que aconteceu quando Marcos falou, um vislumbre de luz passou rapidamente pela espada ao som da voz de Paula lendo o diário.

— Venham aqui — chamou a feiticeira. Os dois a atenderam e se colocaram um de cada lado, de modo que a pedra ficasse entre eles. — Digam a frase.

— Uma vida pela outra — disse ele.

— Uma vida pela outra. — Ela foi em seguida. — A espada brilhou?!

Morgana não respondeu, apenas olhou para a espada na pedra. Tão semelhante a Excalibur, porém menor, como se tivesse sido feita sob medida. Não era possível que fosse coincidência. Havia uma ligação com Camelot. Benjamin tinha algo a ver com seu reino. Ela tinha certeza. E ele ligara cada encantamento a pessoas que ele conhecia, mas não parecia ser suficiente.

— Acho que Melissa devia estar aqui.

— Você está no lugar dela.

— Sim, mas a sala continua protegida contra mim.

— Talvez ela só precise saber que você é confiável. — Paula chacoalhou os cabelos em um azul bem vivo e estendeu a mão para Morgana.

Marcos fez o mesmo e, sem que fosse preciso pedir, os três, em um círculo perfeito, repetiram a frase três vezes.

Um feixe de luz começou leve na ponta do cabo da espada e foi se alastrando até formar um brilho intenso. O coração de Morgana começou a disparar. Sua mão direita queimava tanto que ela soltou Marcos para não machucá-lo e não pensou duas vezes: agarrou o cabo da espada e a arrancou da pedra.

Paula olhou para a feiticeira com um sorriso orgulhoso no rosto, ainda sem soltar sua mão. Morgana arfava. Todas as respostas de que precisava estavam em sua mente.

— Vá ficar com Benjamin — disse Morgana para a garota. — Se tudo der certo, ele acordará e você terá de trazê-lo para cá o mais rápido que puder. Já sei o que fazer.

Assentindo, Paula saiu apressada. Marcos afastou uma mecha vermelha do cabelo de Morgana e notou que ela ainda respirava com dificuldade.

— E se tudo der errado? — Seu instinto protetor o fez perguntar.

— Tem que dar certo — respondeu ela, tocando a lâmina da espada e seu punho marcado por um dragão, tão parecido com a marca que aparecera em sua pele uma vez, refletindo a tatuagem de Melissa.

— Quais os riscos, Morgana? Esse "uma vida pela outra" é o que estou pensando?

— Se eu errar, pagarei o preço. — Sua voz saiu tranquila.

— Não posso deixar que você se arrisque assim. — Eles se entreolharam.

— Não cabe a você me deixar praticar ou não magia. — Ela sorriu, apesar das palavras duras. — É minha missão. Quando eu era criança, ouvi minha tia Viviane dizer inúmeras vezes que podemos ouvir o chamado, quando a Deusa espera algo de nós. Aconteceu comigo quando meus pais morreram, mas demorei muito para identificar. Agora eu sei o que fazer. Ninguém mais morrerá, se eu puder evitar.

71

Seis dias se passaram em Camelot. Durante esse tempo, Lancelot e Melissa viviam como se não houvesse amanhã. Às vezes, o futuro vinha em forma de um presságio ruim, porém o cavaleiro insistia que precisavam ficar no castelo. Galahad permanecia entre melhoras e recaídas, negando-se a diminuir a intensidade de seu poder, na esperança de fazê-la recuperar a memória.

Sentada à mesa dos aposentos de Isolde, Melissa brincava com Wace, que batia os pezinhos em seu colo, enquanto ela fingia que pretendia derrubá-lo.

— Ainda me surpreendo com o quanto ele gosta de você — disse Isolde, sentando-se perto dela.

O quarto era o mesmo que Kay usava quando pernoitava no castelo antes de se casar. Isolde tornou o lugar aconchegante e acolhedor, repleto de flores frescas que ela trocava quase diariamente. A cama era coberta por uma colcha de retalhos coloridos de seus vestidos antigos, para a qual Morgause certamente torceria o nariz, porém era linda.

A viúva sentia falta de ensinar às crianças, como tinha mais liberdade para fazer em sua casa. Então, todas as tardes, contava histórias no centro do pátio para qualquer menino ou menina que se aproximasse. Muitos adultos paravam também, incluindo Tristan, que aproveitava o momento de distração e empolgação de todos para olhar para ela. Melissa passou a observar esses olhares silenciosos e repletos de significado. Isolde pouco olhava na direção dele, mas, quando o fazia, era rápida e discreta.

A amizade das duas evoluíra muito nos últimos dias, a ponto de Melissa contar a ela toda a sua história, pelo menos até onde se recordava. A viúva seguia fechada em seu passado, porém cada conselho seu mostrava à nova amiga que ela havia vivido uma situação semelhante.

— Então, Isolde, quando me dirá o que há entre você e Tristan? — perguntou Melissa ao entregar a Wace um cavalinho de madeira que o cavaleiro havia esculpido para ele.

— Não há nada. Eu lhe contei que Arthur me prometeu a Mark — comentou em um tom neutro.

— E se Mark não existisse?

— Mark existe. Não faço conjecturas. É pior se eu imaginar o que poderia acontecer — explicou, pegando o cavalinho que o filho deixou cair e passando os dedos levemente sobre a madeira esculpida por Tristan.

— Não entendo como pode ceder só porque Arthur estipulou.

— Sei que de onde você veio é diferente, mas aqui é assim que funciona. — A expressão decepcionada de Melissa a fez acrescentar: — Não pense que sou uma mulher indefesa e sem opinião em um reino comandado por homens. Não sou. Seria diferente se eu não tivesse Wace. — Pegou o filho no colo e beijou seus cabelos, carinhosamente, enquanto ele bocejava. — Preciso protegê-lo.

— Vai se casar com Mark.

— Wace é o herdeiro do trono do meu pai. Onde estivermos, ele estará em risco. Mark pode protegê-lo.

— E o preço é viver sem amor?

— Pagaria muito mais pela segurança dele.

Melissa recordou-se de que fez o mesmo por Gabriel, ainda que Merlin a tenha enganado.

— Eu entendo. É difícil aceitar quando vemos alguém de quem gostamos se sacrificando dessa forma, mas entendo.

— E quanto a você?

— Lancelot disse que não posso partir enquanto não me lembrar de tudo.

— E o que seria tão importante?

— É o que estou tentando descobrir.

A noite caía em Camelot, a temperatura diminuía e Melissa se aninhava debaixo das cobertas na cama de Lancelot, enquanto ele a abraçava.

O sono chegava vagarosamente, forçando os olhos a se fecharem. Os corpos cansados e saciados aumentavam o desejo de descansar.

Lutando contra a vontade de se entregar, Melissa encostou a cabeça no peito de Lancelot. O medo ameaçava tomá-la. Uma impressão distante a colocava em constante estado de alerta. Ficar no castelo era um erro, e quanto mais persistissem, mais caminhariam rumo à tragédia.

Antes de se entregar completamente ao sono, Lancelot pensava na aflição que ameaçava tomá-lo desde que havia recebido a notícia de que Arthur retornaria em cinco dias. Cinco dias. Esse era o tempo que teria para tomar uma decisão. Perder Melissa ou deixar seu amigo morrer. Cada juramento que fizera a seu rei. Cada dia que passaram sonhando, quando mais novos, com um reino livre. Cada vez que se protegeram durante os anos. Precisava encontrar uma forma de salvar os dois. Não suportaria perdê-la outra vez.

A preocupação com Galahad também ocupava um espaço entre suas angústias. Ele não tinha condições de acompanhá-los em uma viagem, e esse era mais um motivo que o fazia crer que a melhor situação para o momento era permanecer no castelo. Mordred havia lhe dito que Galahad estava fora para verificar as fronteiras. Lancelot estranhou que o amigo não lhe tivesse comunicado, mas ele andava silencioso e agindo nas sombras ultimamente. O jovem cavaleiro se negava a desistir e, por mais que desejasse que ele tivesse êxito, Lancelot temia como tudo poderia acabar.

Havia escondido a notícia de Melissa. Sabia que ela se agitaria e insistiria mais uma vez para que fossem embora. De nada adiantaria preocupá-la.

Suas pálpebras pesavam, e Lancelot percebeu que não resistiria por muito tempo. Desejou ficar acordado mais um pouco, apenas o suficiente para escutar a respiração profunda dela e senti-la perto de si. O cavaleiro também adormeceu ansiando por uma resposta que jamais teria.

Poucas horas depois, a porta do quarto se abriu com um estrondo. Lancelot e Melissa acordaram, assustados, e, antes que ele tivesse tempo para pegar a espada ao lado da cama, viram Merlin parado no meio do quarto. O misto de raiva e frieza estava claro em sua face.

— Muito bem, cavaleiro. Arthur e eu viramos as costas e você dorme com sua futura rainha.

— Ela não aceitou se casar — declarou Lancelot, certificando-se de que Melissa estava coberta e levantando-se para colocar as calças, para que pudesse enfrentar o feiticeiro de pé.

— E o que isso importa? Acredita mesmo que Arthur espera uma negativa como resposta?

— Ele não pode me forçar — falou Melissa, alto.

— Não grite, Melissa. — O feiticeiro fechou a porta do quarto. — Apesar das suas indiscrições, ainda quero manter a sua reputação de donzela, mesmo ciente de que nem todo poder do mundo poderia transformá-la em uma.

— Cuidado com a boca, Merlin — avisou Lancelot, zangando-se e colocando-se de pé ao lado dela, que permanecia sentada, segurando as cobertas contra o corpo. — Arranco sua língua se você se referir a ela dessa forma outra vez. — Apontou a espada para ele.

— Quanta agitação. Achei que o breve intervalo que tiveram o deixaria menos explosivo. — Fingiu descaso.

— Não me casarei com Arthur. Não importa o que diga ou faça.

— Está aí algo de que eu duvido.

— Por que não nos deixa em paz? — questionou o cavaleiro.

— Não serei repetitivo. Vocês conhecem minhas razões. Serei bondoso e lhes darei o resto da madrugada para se despedirem. Pela manhã quero vê-la em minha torre. — Ficou mudo e coçou a cabeça, parecendo refletir. — Não, pela manhã tenho um compromisso. Você pode ir até lá à tarde — considerou. — Preciso resolver um problema por vez.

— Não vou — respondeu com firmeza.

— Vai, sim. Há algo que apenas eu posso lhe dar — disse, misterioso. — Algo que quer muito.

— Não! Você não ousaria. — O cavaleiro empalideceu, percebendo o rumo que a conversa tomaria.

— O quê? Do que ele está falando, Lancelot? — Melissa estava confusa, como se tivesse perdido uma parte da conversa.

— Ora, pense no que eu poderia lhe dar que mais ninguém pode. É tão simples. — O feiticeiro tripudiava. — Lancelot jamais poderia oferecer o trunfo que tenho para você. Ainda que ele queira muito.

— Merlin, não se atreva — ameaçou ele, enquanto Melissa olhava de um para o outro.

— É tão simples. Fiz uma promessa, não se lembra? Ah, não lembra. Você ainda está com um probleminha de memória, não é, menina? — O cinismo transbordava em suas palavras. — Refrescarei suas lembranças.

— Não! — insistiu o cavaleiro, porém em vão.

Ciente de seu poder e do quanto ameaçaria o relacionamento dos dois, o feiticeiro sorriu triunfante e disse:

— Se desistir de Lancelot, lhe devolverei seu irmão.

72

Tomado pela fúria, Lancelot empurrou Merlin contra a parede, pressionando a espada em seu pescoço, perigosamente. Um filete de sangue escorria devido a um pequeno corte.

— Lancelot! — gritou Melissa, enrolando-se em uma das cobertas e pisando no chão frio. — Não faça isso.

O feiticeiro, mesmo em desvantagem, sorriu mediante a provável ruína do cavaleiro, que se afastou bruscamente, fazendo-o cambalear. Limpando o corte com uma toalha que estava na mesa e ajeitando suas vestes, Merlin disse:

— Ah, o momento de profundo desespero que antecede a constatação da derrota. — Olhou de um para o outro, enquanto Melissa se aproximava do cavaleiro. — Seria mais fácil se, desde o início, vocês entendessem que não pretendo ceder.

A respiração de Lancelot estava acelerada e ruidosa. Parecia prestes a matar o feiticeiro, porém sabia o que o choque poderia causar à memória de Melissa, por isso se conteve.

Temendo o que estava por vir, Melissa hesitava. Lembranças que ela custou a resgatar piscavam em sua mente.

— É verdade? — Buscou a coragem dentro de si para perguntar. — Você pode trazer meu irmão de volta? — Depois segurou a mão de Lancelot. — Ele pode?

— Sim, é verdade. Foi o que conversamos da outra vez. É claro que você precisaria fazer uma escolha — alertou Merlin.

Lancelot apertou sua mão, sem responder o que ela havia lhe perguntado. Tentando prorrogar uma explicação que não tardaria em chegar.

— Não pode estar me pedindo para escolher entre eles outra vez, não depois do que passamos. — Melissa sentia o choque ser substituído pela fúria. — Quem você pensa quem é? — Apontou o dedo para ele, controlando-se para não pegar a espada de Lancelot e matá-lo ela mesma. — Depois de tudo, seu maldito!

— Menos, menina. — Merlin balançou a mão menosprezando o que ela sentia. — Acredito que já passamos da fase de rebeldia. Será que podemos ser práticos desta vez? É o único caminho. E, desta vez, não apagarei sua mente. Não adianta. Você sempre retornará para Lancelot. Parece que o amor é realmente mais forte, apesar de tudo. — Uma leve melancolia permeava suas palavras. — Você terá de desistir conscientemente e não voltar atrás.

— Não confie nele, Melissa — orientou o cavaleiro.

— Eu não confio — respondeu a jovem, lançando um olhar enfurecido ao feiticeiro.

— Claro que não. — O feiticeiro segurou uma risadinha. — Porém confia em Lancelot, não é mesmo? Pergunte a ele o que posso ou não fazer. Seu amado não mentiria.

Temerosa e com o coração apertado, Melissa olhou para Lancelot. A resposta era evidente em seus olhos devastados, porém perguntou em voz alta:

— O que Merlin diz é verdade? Ele pode trazer meu irmão de volta? — Uma desolação rasgou-a enquanto aguardava.

O cavaleiro poderia dizer qualquer outra palavra, fazendo com que Melissa jamais ouvisse Merlin e se afastasse dele, contudo o amor que sentia não permitiria que escondesse a oportunidade que ela tanto esperava. Duas pessoas seriam capazes de ajudá-la: Merlin e Galahad. O primeiro não o faria sem um doloroso preço, e o segundo estava tão fraco que poderia morrer no processo. Sem poder esconder a verdade, deixou escapar as quatro letras que o separariam dela para sempre:

— Pode.

Melissa soltou um murmúrio desesperado e apertou o cobertor contra seu corpo. Seu maior sonho e maior pesadelo digladiavam-se em seus pensamentos. Sentou-se na cama, abraçando o próprio corpo, enquanto respirava pela boca, incapaz de levar aos pulmões o oxigênio que o corpo precisava para se acalmar. Uma nova oportunidade. Uma nova escolha. Uma nova dor.

— Não pode me obrigar — murmurou ela, levando a mão à testa.

— Vamos começar de novo? — O feiticeiro revirou os olhos. — Não vou obrigá-la a nada. A beleza está aí. Dessa vez, a escolha é sua, sem truques, sem memória removida. Quer ficar com Lancelot, fique, mas sobreviva à culpa.

Sem se conter, Melissa pegou o primeiro objeto que encontrou e arremessou contra Merlin. Era uma das adagas de Lancelot, que se enganchou à porta enquanto ela se recriminava por não ter coragem de matá-lo sem saber mais sobre o irmão.

— Na minha torre. À tarde — disse Merlin, e virou as costas, deixando-os em um miserável dilema.

O cavaleiro aproximou-se dela e a puxou contra seu peito, envolvendo-a com os braços. Fisicamente nenhuma barreira os separava, porém em seus pensamentos, medos e pesares antigos retornavam.

— Me diga que há outro meio — suplicou ela, permitindo-se desabar fora da presença de Merlin.

— Creio que não — respondeu, beijando seus cabelos. Lancelot pensou em conversar com Galahad, mas estava ciente de que qualquer ajuda da parte dele acarretaria sua morte e a perda seria terrível de qualquer forma.

Um redemoinho de emoções se intensificava no peito de Melissa. Seu irmão poderia ter tudo o que merecia. Mas a que preço? Conseguiria deixar Lancelot outra vez? Como poderia viver agora que sabia que a vida de Gabriel estava novamente em suas mãos?

73

O dia mal havia nascido e um guarda estava à espera de Galahad em frente a seu quarto. Merlin solicitara sua presença. O cavaleiro levou poucos minutos para se lavar e trocar, depois seguiu o homem enviado, questionando-se se Lancelot e Melissa já tinham conhecimento da chegada do feiticeiro.

Subindo as escadas, perdeu o equilíbrio duas vezes. Manter-se de pé se tornava mais difícil a cada dia. Apoiou-se nas paredes e seguiu até a torre. Merlin aguardava parado à porta.

— Fique aí até que eu o chame. Precisarei de você em breve para levar um pacote — avisou o feiticeiro ao guarda, enquanto Galahad entrava e se sentava.

Analisando-o intensamente, Merlin puxou a cadeira para que pudesse se sentar a seu lado e começou:

— Veja, Galahad, alguém conseguiu alterar minha percepção de tempo, fazendo com que eu pensasse que passei apenas três dias em Avalon, além de quebrar minha ligação com o castelo a ponto de não saber que Arthur não estava aqui e que Lancelot havia retornado.

— Culpado. — Galahad levantou a mão.

— Tanto poder usado de forma errada. — Seu tom era de repleto desagrado e decepção.

— Sem querer bancar a criança mimada, mas o poder é meu e eu uso como eu quiser. — Sorriu cinicamente e cruzou os braços.

— Você está morrendo. Tem noção de que está realmente morrendo, garoto?

— Aconteceria eventualmente.

— E para que apressar?

— Para derrotar você.

— Eu não sou o inimigo. Está se desgastando por alguém que está do mesmo lado que você.

— Isso é o que você diz.

— Tanto treinamento para nada. Você terá problemas em controlar muitas de suas habilidades depois. Seu poder está atingindo níveis altíssimos, e você está desperdiçando-o.

— Depende do ponto de vista. E sempre terei a Água, não se esqueça.

— O que pretende? Recuperar a memória dela, certo? Digamos que consiga. Sabe o que acontecerá depois? Você estará morto, e ela, desprotegida.

— Lancelot a protegerá.

— De mim? — Merlin gargalhou. — O único que poderia protegê-la de mim está parado bem à minha frente com uma aparência lastimável.

— Dói muito saber que meus poderes estão além dos seus e que só não quebrei completamente o feitiço de memória porque estou quebrando várias magias suas ao mesmo tempo? — provocou o cavaleiro.

— E dói saber que você conseguiu quebrar todas menos a que mais gostaria?

— Questão de tempo.

— Posso ver a mágoa em seus olhos, mesmo quando tenta ser valente, garoto. Morrerá à toa e, no fim, ela fará o que eu quiser — disse, observando-o baixar os olhos, depois voltá-los para ele novamente, enfrentando-o. — Estamos do mesmo lado.

— Você devolverá a memória dela?

— Se eu fizer isso, ela se perde.

— Não, ela se encontra. Ela encontra Lancelot. Por que você é tão contrário ao amor? Por que não nos deixa salvar o reino do nosso modo? Nós temos o direito de escolher como viver nossas vivas! — Galahad se levantou bruscamente, irritado.

— Eu não sou o Deus cristão para dar o livre-arbítrio às pessoas — zombou, dando uma risadinha.

— Você é patético, Merlin.

— Não. Sou prático. As pessoas querem que alguém as direcione, por isso esse fanatismo cristão. O povo quer ter a quem seguir. Pois veja só: estou lhes dando direcionamento.

— Está perdendo seu tempo comigo. — Galahad olhou para as próprias mãos, desdenhando do feiticeiro. — Tomarei meu desjejum agora.

— Fique. — Ele abrandou o tom. — Estou farto de discutir. — Serviu a si e ao outro um pouco de chá, enquanto os primeiros raios de sol entravam pela janela. — Trouxe as ervas de Avalon, assim como um recado de sua avó.

Galahad esperou que o feiticeiro bebesse da sua xícara e depois a trocou na frente dele, antes de beber, demonstrando sua desconfiança.

— Que recado?

— Não foi ela que apagou sua memória — respondeu, ficando em pé.

Confuso, o cavaleiro depositou a xícara pela metade na mesa.

— E por que está me dizendo isso, quando foi você quem disse que tinha sido ela? Não que isso tenha me preocupado muito, no momento.

— Achei que eu lhe devia pelo que farei a seguir — disse, obscuro.

— O que você... — Levantou-se e imediatamente sentiu-se zonzo. Não era apenas sua fraqueza habitual. — Como? Eu o vi beber, troquei as xícaras... O que você fez?

— Ora, você pode ter se tornado o mais poderoso, mas eu ainda sou o mais astuto. — Deu a volta na mesa, passando os dedos pelas bordas, enquanto as vistas de Galahad escureciam. — Bebi o antídoto primeiro — acrescentou, sorridente, vendo-o cambalear. — Uma jogada de mestre, não acha?

— Seu bastardo miserável, eu... — E tudo ficou escuro antes que ele concluísse a frase, perdesse a consciência e caísse.

O feiticeiro abriu a porta e chamou o guarda:

— Seu pacote está caído no chão — disse, apontando para Galahad. — O pobrezinho estava sob muito estresse. Creio que não o aguentará sozinho, então pode chamar o servo mais discreto que existir neste castelo. Leve-o para seus aposentos. Irei mais tarde para dar as instruções do que deve ser feito com ele. — Quando o homem desceu as escadas para chamar alguém para ajudá-lo, Merlin comemorou, sozinho: — Assunto da manhã: resolvido. Vamos à pendência da tarde.

74

Por pouco, Lancelot não encontrou Galahad caído no chão dos aposentos de Merlin. Os guardas tinham acabado de tirá-lo de lá e foram devidamente recompensados para que mantivessem segredo de onde o encontraram, até que retornassem a Merlin e, sem saber, tivessem suas mentes apagadas.

— Veio terminar de fazer a minha barba? — provocou Merlin, assim que o viu entrar, tocando o local onde a espada do cavaleiro o cortara.

— Você mentiu para ela — acusou.

— Menti?

— Sim.

— Não foi você que disse que eu poderia trazê-lo de volta?

— Porque você pode, mas sabe muito bem o que está fazendo.

— Estou omitindo detalhes técnicos, apenas.

— Contarei a Arthur — declarou Lancelot. — Estou farto das suas manipulações.

— Contará tudo? Ou também omitirá detalhes, como por exemplo o que tem feito com a mulher com quem ele pretende se casar? Você teria coragem de destruí-lo em meio à guerra que vivemos? Conhece-o bem demais para saber que Arthur cometeria erro após erro ao saber dessa traição.

— Eu não o traí — defendeu-se.

— Não, na primeira vez, não traiu. Mas agora... De onde vejo, parece uma traição. Vá embora, Lancelot. Deixe-os viver. Melissa sofrerá menos com você longe. Quantas vezes terei de repetir isso? Você jamais conseguiria dar a ela o que darei.

— Galahad pode.

— Pode? — Foi irônico. — Ainda não tive o prazer de revê-lo — mentiu —, mas fui informado de que ele anda como um fantasma pelo castelo. — E vendo o cavaleiro desviar o olhar, continuou: — Culpa. Não há sentimento mais corrosivo, não é mesmo?

— Você é um monstro manipulador, Merlin.

— O que dói mais, Lancelot? Saber que estou de certa forma manipulando-a ou que ela mais uma vez escolherá o irmão e deixará você?

À muralha do castelo, duas pessoas conversavam em voz baixa enquanto fingiam observar o horizonte.

— E então?

— Arthur retornará em quatro dias.

— Está sendo observado?

— De perto.

— Já sabemos o que essa reunião entre reis definiu?

— Ainda não, mas estamos em vias de descobrir.

— E quando agiremos?

— Em breve.

— O que foi decidido em relação à mulher?

— Ela será usada para outros propósitos. Temos que impedir o casamento.

— E como pretende impedir?

— Sequestrando-a.

— Do jeito que é protegida? Há sempre um cavaleiro com ela.

— É aí que você entra.

— Como? — A surpresa era evidente.

— É hora de você provar a quem é leal.

Como um trovão, Lancelot entrou no quarto de Galahad. Tristan estava sentado ao lado da cama e se levantou para recebê-lo.

— O que aconteceu?

— Não sei — respondeu Tristan. — Ninguém sabe. Os guardas que o encontraram disseram que ele estava caído no salão.

— Não é possível — murmurou Lancelot, agachando-se ao lado da cama do amigo e segurando sua mão fria. — Ele parece... — Não conseguiu completar a palavra.

— Parece. O médico esteve aqui e não nos deu esperanças, porém negou que estivesse morto. Sua respiração está fraca e lenta, mas ele vive, pelo menos por enquanto. É magia. Não sei quem chamar. Honestamente, é difícil escolher entre Merlin ou Morgause. Quem tentaria nos enganar menos?

— Não é preciso chamar nenhum deles. Sei o que aconteceu.

— Ele finalmente esgotou seu poder, certo?

— Sim.

— Não há nada que possamos fazer? — Tristan insistia, visando ajudá-los.

— Não.

— Mas ainda há esperanças, não é?

— A única esperança para ele está nas mãos de uma feiticeira que não se recorda de todos os poderes, uma que está em outro mundo e uma fada desaparecida. Ou seja, as três pessoas que poderiam tirá-lo da Escuridão em que vive agora estão impossibilitadas de fazer isso.

— Mais ninguém?

— Infelizmente, há alguém, mas o preço será alto.

— Merlin.

Mordred desceu as escadas da muralha e se dirigiu ao alojamento dos cavaleiros. Um burburinho começou a correr pelo castelo de que um dos cavaleiros havia desabado, sem motivo aparente, no salão.

Para conter o desespero que poderia tomar a população de Camelot ao pensar que uma praga os tivesse atingido, foi dito que Galahad sentira um mal súbito e que se recuperava lentamente.

À porta do quarto havia sempre um homem de confiança de Lancelot, que queria ser informado de todos que o visitassem. Mordred, por ser quem era, entrou sem maiores problemas, colocando a cadeira perto da cabeceira da cama e sentou-se, com as mãos cruzadas sobre o joelho.

— Então você realmente está buscando a terceira opção, garoto? — perguntou, o pesar transparecendo.

Após a ajuda em seus aposentos, os dois se aproximaram mais, sem nunca perderem a mania de implicar um com o outro, porém com a aceitação crescendo entre eles.

Naquele dia, Galahad não conseguiu se levantar da cama, e Mordred ordenou que a serva deixada de vigia por Morgause buscasse alimentos para eles. Apenas na manhã seguinte o feiticeiro conseguiu ter forças suficientes para ficar de pé, porém era impossível criar uma ilusão de ser outra pessoa até que seus poderes retornassem. Um dilema se formava: ou ele permaneceria ali e levantaria suspeitas sobre seu desaparecimento, ou saía, deixando a serva ver quem ele era. Mordred ainda tentou mandá-la fazer outra coisa, porém os servos pareciam brotar; Morgause estava preparada.

— O que prefere? — perguntara Mordred. — Ficar ou arriscar?

— Não há uma terceira opção? A morte, por exemplo? — provocara Galahad.

E, no fim, ficou até o dia seguinte, quando seus poderes estavam melhores para que pudesse criar a ilusão de que era uma das servas do castelo, seu desaparecimento sendo acobertado por Lancelot, porém sem saber ao certo onde o feiticeiro estivera.

Agora, Mordred continuava a observá-lo, velando-o de um sono que poderia não terminar.

*

Lancelot passou o dia afastado de Melissa, sem querer influenciá-la na decisão que precisava tomar.

A tarde chegou, e com ela o momento da verdade. Cada degrau da escada que a levava para a torre do feiticeiro era uma martelada em seu coração. Cruzou a porta já com ele destroçado, sem conseguir senti-lo.

— E, como eu previ, você veio — disse Merlin, próximo à janela.

— Vim.

— E, então, vamos às formalidades.

— Sua crueldade não tem limites.

— Não vou mais me defender. Já estou farto de explicar que não sou o vilão desta história. Por quanto tempo vocês achavam que poderiam ficar juntos? Arthur está perto de retornar. — Vendo-a empalidecer, continuou: — Lancelot não lhe contou? Chegará em quatro dias e garanto que virá louco para se casar com você. Mais uma vez, vocês tiveram um tempo extra e o devem a Galahad, devo acrescentar. O pobre menino esgotou-se para ajudá-los. Agora é hora de ser adulta e seguir com o que foi planejado para você.

Melissa continuava parada, em frente à porta fechada, sem querer ficar perto do feiticeiro. O choque tomando conta dela. A constatação de que estavam perdidos dominava-a, destruindo qualquer esperança.

— Você é mesmo capaz de trazê-lo de volta? — Sua voz tremeu.

— Sabe que sim. Seu cavaleiro amado não mentiria. Chegou a hora de escolher, minha cara: uma vida de amor com Lancelot ou dar a oportunidade de seu irmão viver? Você se lembra de que ele morreu salvando seu adorado, não lembra? Conseguiria viver com esse peso?

Levantando os olhos para ele, Melissa não permitiu que as lágrimas caíssem. Não choraria em sua presença, não importava o quanto seus olhos queimassem.

— Como posso escolher sabendo tudo o que sei agora? — questionou mais a si mesma do que ao outro.

— Você sabe que já escolheu, só está tentando encontrar coragem de dizer. Como poderá viver com Lancelot e olhar para ele todos os dias sabendo que seu irmão retornaria, se ele estivesse afastado? A culpa iria embora se Gabriel retornasse. É claro que uma nova culpa surgiria, porém não se pode comparar. Os dois estariam vivos. É uma proposta melhor do que a última que ofereci.

— Cada lembrança do que vivi com Lancelot está surgindo em minha mente como um alerta do que estou abrindo mão. Se eu desistir dele, parte de mim morrerá.

— Mas seu irmão viverá.

— Eu odeio você, Merlin! — explodiu Melissa. — Odeio por me fazer escolher entre partes do meu coração. Odeio por destruir tudo o que amo. Odeio por você achar que pode escrever o meu destino. — As próximas palavras ardiam em seu peito, lutando para não saírem. — Você terá a sua Britânia e Arthur terá sua rainha. Escolho... — A hesitação durou apenas um segundo. — que meu irmão viva. Mas não ouse me enganar. Se for mais um de seus jogos, não haverá quem me faça casar com Arthur.

Sem poder mais sustentar o peso que essa decisão colocava em suas costas, temeu cair e apoiou-se na parede, com os olhos fixos em suas próprias mãos, a respiração profunda, e o coração partido. Quando tocou a maçaneta da porta, querendo sair de perto do feiticeiro e de tudo o que ele representava, ouviu-o dizer:

— Melissa, não dificulte mais, não vá atrás de Lancelot.

— Eu preciso ir. E você não pode nos negar isso — respondeu, de costas. — Ele tem que saber por mim.

— Ele nunca a perdoará.

Melissa virou-se para o velho e o encarou em silêncio por uns segundos, depois disse:

— Você está errado. Lancelot me perdoará. Ele me ama o suficiente para abrir mão em nome da vida de Gabriel. Agora eu... eu não sei se um dia me perdoarei, mesmo ciente de que a culpa não é minha, é sua.

E saiu da torre, desolada, como se Merlin tivesse arrancado seu coração com as próprias mãos e seu peito fosse uma ferida aberta, que jamais poderia cicatrizar outra vez.

Melissa descia as escadas na mesma velocidade que suas lágrimas escorriam por seu rosto. Entrou no primeiro corredor vazio que encontrou e, ao perceber que estava sozinha, apoiou as costas na parede. Seu peito doía e ela não conseguia respirar;

estava sufocando em desolação. Os soluços atropelavam seu desespero, e ela não conseguia mais raciocinar com clareza. Levou as duas mãos à cabeça buscando em vão recuperar a tranquilidade que a abandonara ao desistir de Lancelot.

Apertou os lábios, contrita. Ferida por uma escolha que não poderia ser outra. Respirou profundamente e recomeçou a andar, depois correu. Correu como se pudesse mudar a situação, como se pudesse encontrar um meio de não arrancar o próprio coração e triturá-lo entre os dedos. Estava perdida, devastada, destruída. Era o correto a fazer. Ela precisava salvar o irmão. Gabriel merecia viver. Então, por que doía tanto?

75

Com a mão apoiada na prateleira que ficava sobre a lareira de seu quarto, Lancelot aguardava. Seu tempo com Melissa escoava para longe, colocando um ponto final na história dos dois. Ele jamais seria capaz de se colocar entre ela e o irmão.

Ouvindo passos rápidos no corredor, virou-se em direção à porta do quarto segundos antes de Melissa abri-la e correr para os seus braços, as lágrimas marcando seu rosto.

— Está tudo bem — murmurou ele, apertando-a fortemente. — Tudo bem.

— Não, não está. Eu escolhi, Lancelot — disse, sem olhar para ele, tentando conter o pranto, o rosto encostado em seu peito. — Fui obrigada a escolher.

— Eu sei. — Ele compreendia.

— Sabe?

— Soube desde que Merlin fez a proposta. — Sua voz carregava tristeza.

— Sei que era o que eu deveria fazer, mas me sinto tão triste — desabafou, entre soluços.

— Você não teve escolha.

— Sempre há uma escolha. É o que você me diz desde que nos conhecemos.

— Eu digo, não é? Parece que eu não estava tão certo como pensávamos. Às vezes nossas escolhas são o único caminho a seguir.

— Vamos fugir, Lancelot? — Ela despejou as palavras, aflita. — Eu espero Merlin me devolver Gabriel e vamos embora. Vamos embora daqui — implorou, agarrando-se a ele.

— Merlin é ardiloso, Mel. Ele espera por isso. Só devolverá Gabriel quando você estiver casada. Aí será tarde demais.

— Eu sei que são os planos dele, mas fujo mesmo assim! — insistiu, olhando para ele com a face molhada.

— Não podemos destruir Arthur para ficarmos bem. Sei dos meus limites. — Lancelot enxugou seu rosto, deixando-a perceber que ele também tinha lágrimas em seus olhos. — Dessa vez, Merlin nos amarrou. Você conseguiria se casar com ele e fugir comigo sabendo que Arthur morrerá?

— Não... — confessou ela, abraçando-o outra vez.

— Você merece ter seu irmão de volta. É o que mais desejo desde que voltou. Queria arrancar a culpa que você sentia.

— Agora a culpa será outra.

— Não, Mel. Não é para ser assim. Não quero que o que vivemos seja motivo de dor para você.

— Como posso não sofrer se a cada vez que respiro tenho a certeza de que amo você? — perguntou, afastando-se para olhar em seus olhos tão magoados quanto os dela.

Lancelot tomou seus lábios, e Melissa o envolveu pelo pescoço. Um beijo desolado, machucado e salgado pelas lágrimas. Um amor que era separado pelas consequências de uma vida que nenhum deles havia procurado. Uma profecia que insistia em atravessar seu caminho. Feridos, buscaram conforto no único lugar que sempre estava pronto para recebê-los: um no outro.

— O que você fará? — Foi a pergunta de Tristan, mais tarde, quando Lancelot apareceu para cobri-lo como responsável pelos guardas no período noturno.

— Acredito que você, de todas as pessoas, tenha a resposta.

Tristan anuiu, calado, conhecendo o sentimento de Lancelot. O momento que antecedia a decisão de se desligar de quem se amava era o mais doloroso entre duas pessoas que se queriam tão intensamente.

— Ela já sabe? — perguntou o amigo.

— Não.

— Não contará?

— Contarei. — Lancelot conseguiu rir, ainda que inundado de tristeza. — É de Melissa que falamos. Ela explodiria o reino se soubesse por outra pessoa além de mim.

— E como acha que ela reagirá?

— Ficará triste, depois com raiva e, com o tempo, entenderá que era o único caminho.

— E Arthur?

— Se ele ficar com ela, estará protegido, então... Creio que eu lhe dei muito mais do que anos servindo como um cavaleiro.

— Certamente — disse, pesaroso. — Sinto muito, Lancelot. — Colocou a mão em seu ombro. — Queria que tivesse terminado de forma diferente para você.

— Eu sei, amigo. Eu queria o mesmo para você. Aliás, cuidado — aconselhou.

— Estou tentando, mas no meu caso parece que o destino resolveu se repetir indefinidamente. — A mágoa velada de Tristan ressurgia.

— Isso é ruim. Sofrerá dobrado. Perder, recuperar, perder. A cada vez nos fere mais.

— Lancelot, serei o responsável pelo período noturno — disse, decidido.

— É o meu turno. Você passou a tarde aqui — respondeu, sem entender.

— Vá passar a noite com ela. Você já tomou a decisão, então não prorrogue mais. — Lançou-lhe um olhar significativo. — Vá.

— Você é um grande amigo, Tristan. — Lancelot o abraçou.

— Sou seu irmão. — Viu o outro assentir. — Cuidarei de tudo, de todos, do que for necessário. Você tem a minha palavra.

Ciente de que a promessa de Tristan ia muito além dos guardas, Lancelot correu para os seus aposentos, onde sabia que Melissa estaria, contrariando qualquer aviso de Merlin. E, assim que abriu a porta, viu-a sentada perto da janela, olhando para a noite e procurando por uma solução que não existia.

Fechando a porta ao passar, caminhou lentamente para ela, querendo guardar a imagem de seu rosto para sempre em seu coração. Tocou sua mão, beijando-lhe os dedos. Aproximou seu rosto e sussurrou perto dos lábios:

— Há algo que nunca mudará entre nós, que ninguém nunca poderá tirar de nós: eu sempre amarei você.

— E eu sempre amarei você — respondeu, acariciando seu rosto.

— É o que basta.

E, então, ele a beijou.

Horas mais tarde, Lancelot e Melissa estavam enroscados um no outro, como se isso pudesse evitar o que os aguardava. Ela estava quase dormindo, e ele decidiu que não poderia mais segurar o que tinha a dizer.

— Amor, quando você acordar — falou baixo, sem desviar o olhar —, terei ido embora.

— Não! — Agarrou-se mais a ele, como se isso bastasse para o segurar. — Você ficará no castelo.

Melissa reconhecia todos os riscos de tê-lo por perto. Merlin engendrara a situação habilmente, e agora estavam presos. O mínimo que poderia ter era vê-lo, era tê-lo ao alcance dos olhos, sabendo que estava bem. Como viveria com Lancelot longe dela? Era inadmissível.

— Eu amo você e, se você se casar com Arthur, eu serei o homem que Merlin sempre disse que seria. Trairei meu rei e tudo em que acredito. Arthur, além de tudo, é meu amigo, e eu o odeio neste momento, mesmo sabendo que ele é só mais uma peça no tabuleiro de Merlin. Eu poderia matá-lo agora, Melissa. Veja o homem que me tornei. — Seu desespero era claro.

— Não, Lancelot, você não é esse homem. Não é um traidor. Não é.

— Como não? Se eu ficar, nós dois cairemos em desgraça. Você conseguiria se afastar comigo por perto? — Ele a beijou. — Conseguiria não me beijar? — Aprofundou as carícias, a mão tocando-a por baixo das cobertas. — Conseguiria não ser minha?

— Não... — confessou. — Jamais conseguiria.

— Eu também não. Seria impossível tê-la por perto e não estar com você, não ser o homem que passa as noites com você. Para protegê-la e evitar que corra riscos, vou embora e nunca mais retornarei.

Melissa tocou seus cabelos devagar, sentindo a textura dos fios escuros contra sua pele. Amava-o tanto que perdê-lo era como tentar ser alguém diferente, alguém vazio. Sentia como se fossem apenas um, e abrir mão dele lhe custava sua vida. Jamais seria completa outra vez.

Mesmo tendo preparado a si mesmo para essa despedida, Lancelot sentiu os olhos arderem e percebeu que as lágrimas não resistiriam por muito tempo. Melissa, por sua vez, chorava abertamente.

— Você é a minha vida, Lancelot. Sempre será. Meu coração, minha alma, minha vida. — Segurou sua mão e a aproximou de seu peito. — Perder você mais uma vez, e com a lembrança do que vivemos, me matará.

— Estaremos ambos mortos, amor. Ambos mortos — sussurrou antes de puxá-la para um beijo e amá-la pela última vez.

Sem alternativa, entregaram-se um ao outro, implorando com a força de seus corações que o momento pudesse durar para sempre.

Após se amarem, Melissa relutou o quanto pôde para não dormir, querendo fazer Lancelot ficar com ela. Porém, quando o sono a envolveu, ele ainda permaneceu admirando seu rosto e acariciando seus cabelos por um tempo.

Depois, levantou-se, vestiu suas roupas, beijou seus lábios de leve mais uma vez e deixou o quarto.

Caminhando como um derrotado, seguiu para sua última parada antes de deixar o castelo. Cumprimentou o guarda à porta do quarto de Galahad e entrou.

Os candelabros repletos de velas iluminavam o local, e a lareira o mantinha aquecido. Galahad continuava pálido feito a fronha do travesseiro que amparava sua cabeça. Ajoelhando-se perto de seu jovem amigo, Lancelot apoiou-se na cama e tocou suas mãos frias, que estavam sobre o cobertor.

— Sinto muito, garoto. Deveria ter percebido o que você estava fazendo. Na verdade, percebi, mas a felicidade me cegou. Pensei que você conseguiria resolver tudo e ficar bem. Não é desculpa, eu sei. Se tivesse parado para pensar, veria que a magia envolvida era forte demais e você seria o único que faria algo tão estúpido assim por mim. Porque foi isso, não é mesmo? A pressa foi por mim. Melissa recobraria a memória com o tempo, um tempo que eu não tinha. Você é meu irmão. Falhei com meu irmão. Parece que tudo o que eu toco se parte. Melissa, você... Arthur, se souber de tudo o que fiz. Ela finalmente fez a escolha e nem posso julgá-la. Provavelmente faria o mesmo se estivesse em seu lugar. A ironia é que nós sabemos que Merlin não está sendo sincero com ela e não podemos contar. Era isso o que queria, não é? Por isso exauriu seu poder; queria que ela se recordasse de tudo. Agradeço pelo que fez por mim, agradeço muito, mesmo não terminando como esperava. Pelo menos você nos deu alguns momentos. Lembranças. Ela se casará com Arthur, e eu partirei. Amo Melissa como jamais amarei outra mulher e, mesmo ciente de que é para o bem dela, me afastar me matará dia após dia como foi da outra vez. Você sabe melhor do que qualquer outro. Foi você quem insistiu em salvar um homem de coração partido que não queria mais viver. E, agora, além de tudo, perdi meu irmão. Preciso organizar meus pensamentos, não posso ficar e ser o traidor. Jamais serei o traidor. — Apertou a mão do jovem. — Também tenho um dever. Prometo que encontrarei uma forma de trazer você de volta. É o meu objetivo agora. Não sei se sabe, mas nem sempre eu apreciava seus conselhos e palavras de esperança. Às vezes, tudo o que eu queria era ficar sozinho, mas você nunca permitia que me isolasse por muito tempo. Agora, daria tudo por uma piadinha sua sobre como quebrei uma cadeira. Você diria que tudo ficaria bem e que eu deveria ter esperanças, porque mostraríamos a Merlin que ele não era o senhor do nosso destino. Se estivesse muito inspirado, citaria Deus e nós brigaríamos. Queria realmente crer que vai dar certo, crer que uma força maior me ajudará. Seria mais fácil acreditar que alguém está zelando por mim e que devo ter esperanças, que é questão de tempo ter a minha vitória. Mas, garoto, neste momento, tudo o que sinto é um buraco gigantesco no peito guardando um coração que quer o que ele jamais poderá ter. — Beijou a mão de seu amigo e levantou-se. — Eu o trarei de volta. É uma promessa.

E Lancelot partiu cavalgando velozmente, deixando Camelot e seu coração para trás.

76

Lancelot havia partido fazia três dias e, desde então, todas as vezes que Melissa abria os olhos pela manhã tinha a esperança de vê-lo. Ninguém sabia para onde ele havia ido, nem mesmo Tristan.

A jovem alternava seu tempo entre chorar no quarto, abraçada a peças de roupas que ele havia deixado, ficar deitada sobre as folhagens, no mesmo lugar em que se amaram quando se recordou dele, e visitar Galahad, com quem passava horas conversando sem saber se ele podia ouvi-la. Em qualquer outro momento ela estava tendo atritos pelo castelo. Melissa era uma bomba prestes a explodir.

Nada do que Merlin dizia era capaz de convencê-la a tentar uma vida sem Lancelot.

— Quero meu irmão! — exigiu, aos gritos, mais cedo.

— Não o trarei enquanto você não se casar com Arthur. Conheço aquele garoto. Se aparecer antes do casamento, irá convencê-la a fugir para encontrar Lancelot.

— Maldito! — Ela xingou Merlin, jogando um vaso de argila na direção dele, que se espatifou contra a parede, não o atingindo por pouco. Depois saiu de sua torre, batendo a porta.

Desceu as escadas correndo, trombando com Tristan, que tentou em vão falar com ela, e partiu para o quarto de Galahad, trancando-se lá.

Sentindo que uma conexão poderosa os ligava, deitou-se a seu lado e chorou enquanto segurava sua mão. De alguma forma, tinha a impressão de que ele também podia senti-la.

— Galahad, acorda, por favor. Por favor — pedia, baixinho.

De repente, lá fora, os sinos tocavam e as trombetas soavam. O sangue de Melissa congelou, e um calafrio tomou seu corpo. Arthur havia retornado.

O castelo estava exultante, e a comemoração era febril devido ao retorno do rei. Melissa passou o dia se escondendo de Arthur no quarto de Isolde. A amiga via seu estado de desolação e não sabia como proceder. Mesmo tendo passado por isso, com Melissa era diferente, pois sua personalidade explosiva a levava do choro à irritação. Ela jogava coisas em Merlin ou respondia atravessado para Morgause, que nunca se sentira tão insultada em toda a vida. A jovem estava completamente descontrolada, o que deixava todo o castelo em alerta.

— Todos estão em polvorosa, Melissa. Sei que é difícil, mas precisa se controlar, pelo seu próprio bem.

— Não sei por que as pessoas estão tão nervosas. — Deu de ombros, brincando com Wace, o único que conseguia tirar um sorriso seu.

— Talvez por você ter dito que Morgause era uma bruxa mexeriqueira durante o jantar, quase matando Mordred engasgado com um pedaço de faisão. Nunca vi aquele rapaz rir tanto desde que o conheço.

— Morgause mereceu. Estou cansada de ouvi-la dizer que estou apaixonada por Tristan, que devo superar a perda e me casar com Arthur. Além de mexeriqueira, errou de cavaleiro. Jamais amarei outro. Jamais!

— Bem, ou talvez seja pelo punhal que você atirou em Merlin, em pleno pátio, cortando-lhe um tufo de cabelos e não o matando por pouco. Você chegou a tirar sangue, Melissa.

— Eu sabia que não o acertaria mortalmente. Fui bem treinada. Não o matarei enquanto ele não trouxer meu irmão de volta — respondeu, determinada.

— Você pretende matá-lo de verdade?

— Com certeza. Ninguém some com meu irmão por dois anos, tira meu amor de mim e espera que eu fique feito uma donzela indefesa chorando. Sim, eu choro, e muito, mas, além disso, penso em vingança. Matarei Merlin. — Wace deu um gritinho em seu colo e bateu palmas, como se aprovasse.

— E Arthur?

— O que tem ele?

— Acha que ele permitirá que você mate o homem que o criou?

— Não pretendia pedir a ele.

— Precisa tomar cuidado, Melissa. Tenho medo do que pode acontecer com você. — A apreensão marcava suas palavras.

— O que eu tenho a perder, Isolde? Diga, o que mais eles podem tirar de mim?

A noite avançava e Melissa olhava pela janela de seu quarto. Era impossível dormir sem Lancelot a seu lado. Não encontrou com Arthur nenhuma vez durante o dia, porém sabia que era questão de tempo. Não poderia fugir para sempre. Como se alguém pudesse ler sua mente, duas batidas na porta foram ouvidas.

Resolveu fingir que estava dormindo, mas as batidas não paravam. Arthur não cederia. Entreabrindo a porta, deixou-o entrar. Era isso ou pular pela janela a metros e mais metros do chão, e ela não estava tão sensível a esse ponto.

— Melissa — disse, abraçando-a com carinho —, senti sua falta. — Estranhou seu silêncio. — Você está bem? Soube que seu comportamento está um pouquinho alterado ultimamente.

— Estou indo — tentou dizer.

— Indo aonde? — Ele não entendeu.

— Estou bem. — Afastou-se dele, que lançou um olhar preocupado.

— Seus olhos estão vermelhos. Esteve chorando? — perguntou, aproximando-se dela e encurralando-a contra a parede, como Lancelot havia feito dezenas de vezes no tempo que estiveram juntos.

— Estou bem — repetiu.

Enquanto ela tentava desesperadamente conter as lágrimas, ele a abraçou novamente. E quando Arthur a beijou, Melissa soluçou em seus lábios, fazendo-o interromper o beijo no mesmo instante e a abraçar.

— O que houve? — perguntou, carinhoso e angustiado.

— Meu coração está partido. — As palavras fugiram, permitindo que a amparasse.

Arthur lembrou-se do conselho de Viviane, quando encontrara a jovem no lago. Ela dissera que Melissa recuperaria seus poderes e a habilidade de trazer Morgana de volta, mas teria seu coração partido no processo.

— Quem a magoou assim? — Um leve nervosismo apoderava-se dele.

Melissa pensou em dizer que havia sido Merlin, porém sabia que isso implicaria em explicações que não estava disposta a dar.

— Preciso sair.

— Não, Melissa. É tarde e perigoso.

— Preciso.

— Para onde quer ir? — começou a ceder.

— Ver Galahad.

— Galahad? O cavaleiro que desmaiou no salão? — Arthur surpreendeu-se.

— Sim.

— Por que quer vê-lo?

— Não sei, apenas preciso.

Antes de responder, Arthur cogitou se havia algo que ele não faria por ela.

— Sim, pode. Eu a levarei.

*

— Oi, Galahad — disse Melissa, baixinho, enquanto entrava no quarto e trancava a porta.

Arthur ficou do lado de fora, conversando com o guarda e esperando-a para acompanhá-la de volta ao quarto. O rei não estava satisfeito por trazê-la, e menos ainda ao descobrir que ela era uma visita frequente. Porém, a angústia que vira em seus olhos obrigou-o a atender seu pedido.

Colocando um dos candelabros próximo à cama para que pudesse ver o rosto dele, Melissa sentou-se a seu lado e segurou sua mão direita.

— Como você está? Preparado para acordar? Porque preciso que acorde. — Mexeu em seus cabelos, carinhosamente. — Os dias têm sido horríveis, mas as noites são piores. São insuportáveis. Sei que fiz a escolha certa, porque quero que meu irmão viva mais do que qualquer coisa, mais do que minha própria felicidade, mas saber não leva a dor embora. Parece que nunca vai parar de doer.

As chamas das velas bruxulearam dando um aspecto diferente ao rosto do cavaleiro.

— Às vezes, você se parece tanto com meu irmão. É como se eu olhasse para você e pudesse literalmente vê-lo, não importa o quanto sejam diferentes fisicamente. Lancelot me disse que, quando Morgana perdeu a consciência, ela foi parar na Escuridão, e Tristan me disse que é provavelmente onde você está agora. É por isso que venho conversar todos os dias e em vários momentos. Não sei se é possível, mas gostaria que minha voz guiasse você para a luz. Quero que você acorde. — Acariciava sua mão fria. — Será que é aí que meu irmão está também? Será? Você pode vê-lo? Se estiver, pode lhe dar um recado? — Levou a mão do cavaleiro até seu rosto, sem perceber que suas lágrimas a molhavam. — Preciso de ajuda, Gabriel. Se você estiver aí, na Escuridão com Galahad, pode voltar e trazê-lo de volta para mim também? — Melissa pedia. — Por favor. Sei que com você aqui conseguiríamos resolver tudo. Preciso de você, meu irmão. Preciso que me abrace forte e diga que tudo vai dar certo, como você fazia quando éramos pequenos. Ou quando dizia que nenhum monstro era capaz de nos vencer só para que eu pudesse dormir sem medo do ser invisível que eu achava que habitava meu guarda-roupa. — Abaixou a mão até a cama e passou os dedos sobre ela. — Por favor, Gabriel, por favor, volte.

E Melissa deitou-se com a cabeça no peito de Galahad, apertando sua mão e seguindo com suas preces em voz baixa, sem perceber que uma lágrima solitária e brilhante rolava pelo rosto do cavaleiro.

77

No dia seguinte, Arthur estava muito ocupado envolvido em reuniões da Távola Redonda para discutir a substituição de seus cavaleiros perdidos e os rumos da guerra, definidos na reunião entre os reis. O rei ainda estava indignado pela partida de Lancelot, mas julgava que ele retornaria em breve.

Como em todas as manhãs, Melissa correu para o jardim e deitou-se entre as folhagens, pensando em Lancelot e em um meio de encontrá-lo.

Deitada em uma enorme pedra coberta de folhas e cercada por troncos caídos envolvidos por musgo, Melissa olhava para o céu claro e sem nuvens. As árvores à sua volta balançavam com o vento e jogavam folhas e flores sobre seu corpo, como se quisessem mostrar a ela que não estava sozinha.

Os animais do jardim estavam agitados. Melissa deveria ter previsto que algo estava errado, porém, quando se deu conta, era tarde demais. Quatro homens a cercaram. Lembrando que jogara o punhal que costumava carregar em Merlin, descobriu-se sem defesa perante eles.

Levantando-se em um impulso, perguntou:

— Quem são vocês? — Não os reconhecia como moradores do castelo, tampouco se vestiam como homens de Arthur.

— Acalme-se, mocinha — avisou o gordinho e careca. — Você irá conosco.

— Não irei a lugar nenhum com vocês. — Deu um passo atrás e um deles, loiro, bem mais alto e forte, a segurou pela cintura.

Melissa deu-lhe uma cotovelada, e ele a segurou ainda mais firme, enquanto os outros riam.

— Como pensam que vão sair comigo do castelo?

— Não se preocupe. Teremos ajuda. Ou como teríamos chegado até aqui? — ironizou o bandido moreno de olhos claros.

Debatendo-se como podia, Melissa não percebeu quando um punhal saiu do meio das árvores e atingiu a cabeça do homem que a segurava, matando-o na hora.

Assustados, os outros três olharam na direção que a arma viera, porém não havia nada além de vegetação.

— Isso é jeito de tratar uma dama? — Melissa ouviu uma voz conhecida sem acreditar que fosse possível. — Bem, se eu fosse vocês, correria e correria rápido porque tenho uma donzela, nem tão indefesa, para salvar. E um feiticeiro desgraçado me colocou para dormir nos últimos dias, ou seja, estou novinho em folha. — Galahad surgiu de trás das árvores com seu melhor sorriso. — É... Três contra um. Acho injustiça e permito que vocês fujam se quiserem — provocou, antes de atirar outro punhal com a mão esquerda no peito do gordinho e careca, fazendo os outros dois sacarem as espadas. — Hum, minha mão foi mais rápida, eu tinha dito que os deixaria fugir, não é? — Coçou a cabeça com o cabo da espada, enquanto os dois avançaram sobre ele, que sacou sua outra arma e lutou com as duas mãos.

Desarmada, Melissa deu um passo para trás, saindo do caminho e deixando que Galahad tomasse conta da situação. Não queria que se preocupasse com ela e acabasse se ferindo, logo agora que estava acordado. Sem contar que ela não podia buscar ajuda porque a briga bloqueava a passagem.

O cavaleiro era ágil e forte e, como ele mesmo havia dito, estava restabelecido. Em um piscar de olhos, Galahad arrancou as duas espadas, uma de cada peito dos bandidos, que desabaram no chão.

Correndo a seu encontro, Melissa o abraçou. A adrenalina percorria o corpo de Galahad. Em um minuto, estava paralisado, parecendo dormir. No seguinte, havia acordado sem aviso e ciente de que ela precisava dele no jardim. Criando uma ilusão à sua volta, enganou o guarda e depois o enfeitiçou para que não se lembrasse de alguém saindo do quarto.

— Melissa, não tenho muito tempo — começou, aflito.

Para que a jovem se lembrasse de Lancelot, como tinham mais tempo, Galahad pôde dar sugestões e permitir que as memórias viessem aos poucos. Porém, agora, teria que falar mais claramente e bloquear de uma vez o feitiço de Merlin para que ela não se esquecesse de tudo. Isso provavelmente acabaria com suas forças mais depressa, mas valeria o risco.

— Para quê? — Ela não entendeu.

— Se Merlin souber que estou acordado, ele tentará qualquer coisa para me fazer dormir outra vez. Preciso fazê-la se recordar de tudo e terá de ser agora. Não importam os riscos.

— Foi ele? — revoltou-se.

— Sim. Colocou uma poção no meu chá. Foi estupidez minha. Agora escute. — Segurou seus braços. — Antes, preciso agradecê-la. Obrigado, Mel. — Ela estranhou que a chamasse pelo apelido, mas continuou ouvindo. — Ouvi cada palavra do que me disse nos últimos dias. Você me trouxe de volta.

— Eu?

Galahad estava tenso, sensação rara para ele. Seu modo leve de levar a vida o fazia estar sempre sorrindo, porém, com aquilo que precisava fazer por ela, estava ansioso e temeroso. Era sua última chance.

— Sim. Você se lembra quando eu lhe disse que sempre que me chamasse eu viria? — Ele não sabia por onde começar.

— Você me disse? — A cada minuto estava mais confusa.

— Disse.

— Quando?

— Você vai lembrar, calma. — Segurou sua mão.

Galahad respirou fundo. O tempo em que ficara dormindo restaurara suas forças, e era hora de usá-las todas de uma vez. Era o único meio.

— Quando olha para mim, o que você vê?

— Vejo você.

— Não, não vê. Como me vê? — Galahad passou a mão pelos cabelos. O peso do que fazia não tardaria em chegar. Em meio à sua calma habitual, um desespero surgia.

— Que pergunta é essa? — questionou, confusa. — Vejo seus cabelos e olhos castanhos.

Ele riu, nervoso.

— Eu não sou assim.

— É claro que é. Estou vendo você. Será que a Escuridão deixou você mal?

— Nem cheguei a ir para lá. Merlin me dopou, já disse. Eu teria ficado inconsciente por dias. Você me acordou. Nossa ligação me trouxe de volta.

— Ligação? — perguntou, mesmo ciente de que sentia algo diferente por ele.

— Nossa forte conexão... De onde acha que veio? Ou você acha que tem um caso tórrido de amor com cada cavaleiro do mundo? — Sorriu. — O dragão em seu punho... — Virou sua mão para cima. — É por minha causa, não é? Eu vivia desenhando isso por aí. O símbolo me remetia a Avalon. Ele significa tanto...

Você ainda vai saber. Você só fez quando voltou para Quatro Estações. — Ele falava tudo ao mesmo tempo, confundindo-a, tocando-a, chocando-a.

— Por que está fazendo isso comigo, Galahad? Por que está entrando em minha mente e vendo meu passado? Está me enfeitiçando como Merlin? — Deu dois passos para trás, tropeçando em uma raiz de árvore e pensando em correr. — Espera. Você não é o Galahad? É algum feiticeiro se passando por ele para me enganar?

Ele se aproximou dela e segurou-a com firmeza, porém tomando cuidado para não machucá-la.

— Não estou na sua mente. Estou no seu coração. Não estou enfeitiçando você, estou quebrando o feitiço que faz com que me veja diferente do que realmente sou. Olhe para mim. — Suas forças se exauriam na mesma velocidade que a lembrança de Melissa retornava. — E, sim, não sou o Galahad, nunca fui. Só usei esse nome porque precisava de proteção. Eu sou o cara cujos melhores amigos sempre se apaixonam por você. Olhe para mim e veja quem sou. Por favor, sou eu, Mel.

— Por que está me chamando assim agora? — perguntou, balançando a cabeça, querendo resistir que a envolvesse em um feitiço.

— Porque eu a chamo assim desde que aprendi a falar.

— Não é possível — repetia, cada vez mais assustada.

A cabeça do cavaleiro explodia. A tontura envolvia seu corpo.

— Não aguentarei por muito tempo, Mel, por favor — implorou, antes de cair de joelhos com as mãos apertando a testa.

Melissa se afastou, resistindo ao impulso de ajudá-lo. O receio de ser mais um dos truques de Merlin a dominava. Conforme piscava, o rosto de Galahad parecia mudar, e era como se seu irmão estivesse de volta.

O sangue escorria por suas orelhas, fazendo o cavaleiro sentir fortes dores pelo corpo. Apoiou as mãos no chão e levantou a cabeça para Melissa.

— Não acredito que estou perdendo tudo. Você não se lembrará de mim. — Deu um murro no chão, lágrimas grossas escorriam por sua face. Já não conseguia mais conter a dor, em todos os sentidos. Desolado e sentindo que perderia, fez uma última tentativa. — Sou eu. Aquele que morreria mil vezes por você, que derrotou o monstro invisível embaixo da sua cama e outro no guarda-roupa, que bateu no garoto mais forte do parquinho porque ele te derrubou do balanço, aquele que faria qualquer coisa por você, até mesmo exaurir seu poder até a última gota desde que pudesse ter poucos minutos da sua lembrança. Olhe para mim, Mel, por favor... — Sem esperanças, arriscou tudo. O que mais ele poderia perder, afinal?

Tocando seu próprio rosto, Melissa percebeu que chorava. Seu coração gritava em seu peito para que ela se aproximasse dele. Devagar, tocou seu ombro e ajoelhou-se em frente ao cavaleiro, que olhou para ela. Os olhos verdes brilhantes, os cabelos loiros, até mesmo a cicatriz minúscula sobre a sobrancelha quando ele correu atrás dela e caiu, batendo a cabeça na mesinha da sala, porque Melissa havia escondido o controle do videogame. Ela tocou a pequena marca, e seu peito transbordou em reconhecimento.

— Gabriel? — Um soluço escapou de seus lábios ao ver o sorriso capaz de iluminar o mundo.

— Sim, sou eu. — Ele a abraçou forte e choraram juntos.

Melissa o apertava com força, não querendo soltar nunca mais. Beijava seu rosto e seus cabelos, enquanto Gabriel apreciava o momento mais feliz de sua vida, sentindo o cheiro das folhas secas que os cercavam, uma última lembrança para guardar.

— Não vou largar você nunca mais — declarou, voltando a abraçá-lo.

— Ei — pediu, ao ser esmagado entre seus braços. — Se é assim que está me recebendo, faço uma ideia do que esse jardim testemunhou quando se lembrou de Lancelot. Pobres plantinhas inocentes. — Não conseguiu conter a provocação.

— Idiota! — xingou, rindo. Deu outro beijo em seu rosto e se afastou um pouquinho para olhar para ele. — Como isso é possível? Como não percebi?

— Era um feitiço. Não tinha como ver. — Seu corpo começou a tremer, e ele lutava para não desmaiar.

— Eu senti tanto a sua falta. Todos os dias.

— Eu também. — Ele segurou sua mão.

— Por que não me mostrou antes?

— Porque há um custo... — Estava zonzo, apoiando seu corpo no dela.

— O que está havendo? — Melissa assustou-se. — Você ficará bem, certo?

— Merlin é poderoso. Eu arrisquei tudo para quebrar o feitiço, e parece que estou perdendo. — Foi tomado por um acesso de tosse e seu corpo terminou de despencar. Não tinha mais forças.

— Não! — gritou ela, tentando apoiar o irmão. — Não, por favor. Acabei de encontrar você.

— Mel, me escuta. Está tudo bem. É a oportunidade que eu tive para dizer que não foi sua culpa. Nunca foi. — Tocou suas orelhas e sentiu que sangravam. — Você precisa ir embora daqui. Encontre Lancelot e seja feliz com ele. Pouco importa se uma bomba explodir o reino inteiro. Vá ser feliz. — A voz ficava fraca.

— Não sem você. — Ela chorava, com a cabeça dele em seu colo. — É minha culpa. Você se esforçou demais porque fui idiota e não vi de uma vez. Você não vai morrer, Gabriel. Está me ouvindo? Está proibido de morrer.

Ele tocou seu rosto, marcando-a com seu sangue, exatamente como no dia que ela perdeu a memória.

— Senti tanto a falta desse seu jeito mandão. — Sorriu novamente, mesmo em meio a tanta dor que partia seu corpo. — Mel, me dá sua mão. Vou tentar algo, como naquele dia, dentro do carvalho. Não sei se dará certo, porque você ainda não deveria ser capaz, mas tenta me passar um pouco de energia outra vez.

Melissa segurou as mãos dele, que já estavam frias. Fechou os olhos e pediu a Deus que salvasse seu irmão. Não aguentaria perdê-lo outra vez. Ele não merecia. Não depois de tudo.

— Não está dando certo. Abusei demais — murmurou. — Mel... Desculpa por fazê-la passar por isso outra vez. — As lágrimas escorriam por seu rosto, misturando-se ao sangue. — Juro que não era o que eu queria. O tempo todo... só queria ver você feliz.

— Tem que haver algo que eu possa fazer! Deixe eu buscar ajuda — pediu, sem se mexer, incapaz de deixá-lo.

— Precisa buscar Lilibeth.

— Quem é Lilibeth? Onde posso encontrá-la?

Uma forte luz começou a emanar deles. Melissa sentiu a alegria voltando, porém, ao olhar para Gabriel, viu-o apertando os olhos. Não estava dando certo. Então por que a luz? O que estava acontecendo?

— O que é isso? Está dando certo?

— Não. É outra coisa — sussurrou ao ver a mecha vermelha surgindo entre os cabelos dela. Um pensamento triste o percorreu quando se deu conta de que jamais veria Morgana outra vez. Não conseguiria nem se despedir. — Me escuta, não temos tempo. O nosso pai pode ensiná-la a voltar. Ele tem a chave e pode ensiná-la a aceitar e usar todos os seus poderes. Eu não terei tempo — acrescentou, decepcionado. — Volte, busque Lancelot e viva sua vida. Vá buscar nosso pai — repetiu.

— Buscá-lo? Mas ele... — Parou de falar.

Tentou acariciar os cabelos do irmão outra vez e notou que suas mãos desapareciam. Melissa virou-as para si e percebeu que sua tatuagem não estava mais no punho, havia sumido, como da outra vez.

— Está tudo bem — dizia o irmão. — Vai dar tudo certo.

— O que está acontecendo? Vou procurar Merlin. Faço qualquer coisa para você sobreviver.

— Não, não fará sacrifícios por mim de novo. É a minha vez agora, Mel. — Gabriel perdia completamente as forças.

— O que está acontecendo comigo? — perguntou, desesperada.

— Você está voltando para Quatro Estações.

— Não! Não posso voltar agora. Preciso salvar você. Eu vou salvar você. — Tentava em vão segurá-lo, porém já não o sentia mais.

— Vai dar tudo certo. — Ele mal conseguia manter os olhos abertos. — Amo você, Mel.

— Gabriel, não morra, por favor, por favor, por favor. — Foram as últimas palavras que Melissa conseguiu dizer antes de vê-lo perder a consciência e desaparecer, como tudo ao seu redor.

78

A espada não brilhava mais, porém Morgana podia sentir sua magia. Sem dúvida, era a mesma de Excalibur. E da mesma forma que aquela se conectava ao irmão, esta parecia pertencer a ela.

— Qual é o próximo passo? — perguntou Marcos ao perceber que Morgana parecia hipnotizada pela espada.

— Não se assuste.

— Vou tentar — ele franziu o cenho —, mas antes preciso saber o que vai acontecer.

— Pode confiar que sei o que estou fazendo? — perguntou Morgana, perdendo-se em seu olhar por um instante. Havia algo que ninguém mais podia ver ali. Ela reconhecia.

— É claro.

— Tudo ficará bem. — Ela tocou o braço dele e o viu assentir. — Quando tudo parecer perdido, você saberá o que fazer.

Em um segundo, Morgana sorriu, grata pela confiança genuína que sentiu vindo dele e, no momento seguinte, ela girou a espada no ar, agarrou o punho com as duas mãos e afundou-a no próprio ventre, caindo para trás e sendo amparada por Marcos.

— Morgana!

— Está tudo bem. — Sua voz estava fraca, enquanto o sangue se esvaía. — Me dê a sua mão.

Marcos atendeu ao pedido e entrelaçou os dedos aos dela.

— Preciso chamar um médico. — Usou a mão livre para pegar o celular.

— Não. — Uma luz intensa surgiu da espada e os cercou. — Tem que ser assim.

— Assim como? Você morrendo? — Ele estava aflito.

— Eu não morrerei. Você só precisa segurar minha mão.

— Eu não tenho poder como você, Morgana. Não posso te salvar.

Os olhos cansados da feiticeira encontraram os dele, e ela suspirou.

— Há muito mais em você do que pode imaginar. Basta não me soltar. — Foram suas últimas palavras antes de perder a consciência.

Morgana puxou o ar com força e acordou assustada no meio da Escuridão. Os gritos e gemidos apavorantes a envolveram em instantes, e ela estremeceu. Levantando-se, apertou com uma das mãos a espada e, com a outra, apalpou o próprio ventre. Não havia sinal do ferimento.

Quando pensou que não conseguia enxergar, a espada se iluminou, clareando tudo à sua volta. Era a confirmação de que aquele objeto havia sido abençoado por Lilibeth. Querendo deixar logo aquele local, ela saiu da sala e encontrou o corredor longo que levava até o lugar onde Benjamin estava preso.

Ainda que iluminada, a Escuridão exalava tristeza, morte e dor. Havia corpos caídos pelos cantos e três seres cadavéricos se arrastavam em direção à Morgana. Ela não teve dificuldade em derrubá-los, mas se afastou contra a parede quando um deles tocou sua pele. O toque gerava a dor de perder alguém amado.

Concentrando-se e ainda com lágrimas marcando seu rosto, ela continuou até abrir a porta que a levaria a Benjamin. Ele franziu o cenho quando a viu; parecia ainda mais doente.

— Veio...

— Eu disse que viria. — Morgana correu em direção a ele.

— Perigo. Sangue. — Ele apontou o ventre dela, que percebeu que uma mancha de sangue se formava.

— A magia requer sacrifícios — respondeu, um pouco insegura.

A nuvem escura e o frio se tornavam mais intensos, e a feiticeira tocou Benjamin, afastando-o um pouco do lugar em que a corrente estava presa.

A força de Morgana se esvaía pouco a pouco. Lutando para não desfalecer, ergueu a espada e com um só golpe arrebentou as correntes de Benjamin.

Abriu um sorriso e, antes que pudesse comemorar, viu as correntes se reconstruírem, prendendo-o outra vez.

— Não, não. — Morgana não compreendeu e repetiu o gesto, libertando-o apenas por poucos segundos.

A Escuridão lutava, e uma névoa escura surgiu pelos cantos até envolvê-los. A espada mal podia mantê-los iluminados.

— Preso. — Benjamin puxava as correntes de leve.

— Eu não sei o que fazer. — Morgana gemeu e tossiu, sentindo seu abdômen queimar com o ferimento.

— Mas eu sei. — A voz de Gabriel cortou a névoa escura, e ele surgiu diante dela, tocando seu rosto.

— Galahad! — Ela o abraçou e se encolheu de dor, em seguida. — O que faz aqui?

— Está ferida. — Ignorou sua pergunta. — Precisa ir embora.

Dando alguns passos à frente, o cavaleiro puxou o manto que cobria o espelho. Imediatamente ele reagiu à espada e começou a brilhar, mostrando o caminho para fora daquele lugar.

— Filho... — A voz de Benjamin não era mais que um sussurro.

— Pai. — Gabriel tocou o rosto do homem com delicadeza e depois o abraçou, enquanto Morgana olhava de um para o outro sem entender. — Eu não fazia ideia que você estava aqui, mas isso acaba agora. Eu prometo.

— Preso. — O pai mostrou a corrente.

— Não por muito tempo. Quebre a corrente, Morgana.

A feiticeira obedeceu, mesmo sem entender o que mudaria, porém, no instante em que ela começou a se formar outra vez, Gabriel disse:

— É hora de ir embora. — Ele sorriu para o pai e, sem dar tempo para que ele pensasse, empurrou-o através do espelho.

Como uma cobra dando o bote, a corrente se enroscou à perna de Gabriel.

— Uma vida pela outra — murmurou as palavras que conhecia havia muito tempo.

— Não! — Morgana arrebentou a corrente em vão outra vez, desesperada.

— Ela não me soltará, Morgana.

— Eu não o deixarei aqui. — As lágrimas escorriam por seu rosto.

— É tarde demais. — Ele a acariciou com o dorso da mão.

— Não. Eu não posso deixá-lo aqui.

— Já está feito.

O corpo de Morgana tremia pela dor física e emocional. Ela não aguentaria em pé por muito mais tempo.

— Você precisa ir. — A névoa aumentava, e em breve tomaria toda a sala. A Escuridão traria o que havia de pior com ela.

— Eu não consigo. — Soluçou, abraçando-se a ele.

Cientes de que não tinham muito tempo, Gabriel procurou seus lábios e a beijou, desejando que o mundo pudesse parar ou que ambos fossem transportados para um lugar seguro. Ele a amava tanto e estava prestes a deixar uma ferida em seu coração. Ele permitiu-se ter esse pequeno momento, torcendo para que isso o mantivesse são na Escuridão.

Tocando o ventre de Morgana, notou que a perda de sangue se intensificava e fez o que devia fazer.

— Você será a minha luz nesta Escuridão. — E a empurrou para o outro lado do espelho, com o coração tão partido quanto o dela estaria ao recuperar a consciência.

79

— Galahad! — Morgana acordou, gritando nos braços de Marcos.

A luz da espada se tornou ainda mais intensa e depois se apagou, separando-se de Morgana, como se tivesse vida própria.

— Ruiva, calma. — Marcos não soltava a mão de Morgana e ela se debatia. — Eu tenho que levar você para o hospital.

— Não. Eu tenho que voltar. — Ela tocou a espada no ventre e gemeu de dor.

— Que voltar o quê? Está louca?

— Você não entende. Uma vida pela outra. Pensei que seria eu. Pensei que você me ajudaria. Entendi tudo errado. — As palavras saíam pausadas e entre lágrimas. — Agora Galahad está preso naquele breu. Salvei Benjamin. Perdi Galahad.

Marcos não entendia nada do que Morgana dizia e julgou que ela delirava. Se os dois não estivessem tão assustados, perceberiam que uma mecha escura havia surgido em seus cabelos ruivos. Porém ele estava focado em sua situação de risco e sabia que precisava fazer algo ou ela morreria em seus braços. Colocando-a deitada no chão, encostou de leve em seu ventre, tentando observar o ferimento.

Assim que sua mão tocou a pele por baixo da roupa rasgada de Morgana, uma onda de energia passou do seu corpo para o dela, assustando-o.

— O que foi isso?

— Eu sabia... — disse Morgana, baixinho. — Não estava tão errada então.

— O quê? — Ele não entendia.

— Seu coração é diferente dos outros. Sua lealdade... Seu amor é único... — Ela tossia sem parar. — Você não é daqui, Marcos.

Quase desfalecendo, Morgana pegou a mão dele e a colocou sobre seu ventre. A energia que vinha de Marcos era a mais pura que ela já havia sentido. Havia tanto amor nele que ela jurava que poderia inundar o mundo inteiro.

Sob o olhar admirado dele e uma certa exaustão que crescia em seu corpo, Marcos não se afastou dela. Ele não entendia o que acontecia, mas jamais a deixaria morrer.

Quando Morgana se sentou, ele a puxou para seus braços e não a soltou. Ambos tremiam e respiravam com dificuldade. A feiticeira abriu a boca para agradecer a ele, mas antes que pudesse dizer uma palavra tudo começou a mudar outra vez.

— Eu... eu estou fazendo isso? — perguntou Marcos, chocado.

— Não. Camelot. — Morgana piscou. — Marcos... você precisa ir... Precisa voltar...

— Para onde?

Morgana não teve tempo de dizer mais nada. Confusa e desnorteada, Melissa surgia em seu lugar.

— Mel? — disse ele, ainda sem acreditar que estava diante dela outra vez.

— Marcos! — Melissa abriu e fechou a boca várias vezes, pensando no volume de coisas que aconteceram enquanto estivera longe. Não sabia nem por onde começar a falar. — Me abraça forte, por favor.

E ele o fez. Marcos nunca precisou de muitas palavras quando se tratava de Melissa. Ele sabia que um abraço não podia curar tudo, mas era o que desejava do fundo do seu coração.

No caminho para o hospital, Melissa mantinha o olhar perdido. Marcos decidiu não perguntar nada, por enquanto. Ele não sabia o que encontrariam lá. Na correria, Paula deixara seu celular na livraria.

Os dois caminharam pelos corredores, e Marcos segurou sua mão.

— Eu vou contar tudo, tá?

— Eu sei. Leve o tempo que precisar.

Melissa assentiu, e eles pararam em frente ao quarto de Benjamin. Antes que pudessem ver o que acontecia lá dentro, Paula gritou e agarrou Melissa, surtando por ver a amiga novamente.

— Meu Deus! A Ruiva salvou você também? — perguntou Paula, dando pulinhos. — Cadê ela, Marcos? Por que vocês estão com essas caras?

Ela continuou com mais uma porção de perguntas, uma atrás da outra, e Melissa entrou no quarto, encontrando a cama do pai vazia. Virando-se para os amigos, ela se preparava para perguntar, quando a porta do banheiro se abriu e ela viu seu pai parado, ajeitando a camisa.

Tapando a boca e deixando as lágrimas escorrerem, Melissa se jogou sobre Benjamin, que a abraçou como se tivesse o poder de resolver todos os problemas do mundo.

— Você está acordado — murmurou contra seu peito.

— Estou, sim, filha. — Sua voz era fraca, e ele falava pausadamente, ainda se recuperando dos dois anos na Escuridão.

— Eu vi o Gabriel, pai. Ele está vivo. — A frase de Melissa fez os amigos se entreolharem.

— Eu sei. — Ele passava a mão por seus cabelos e lhe deu um beijo na testa, tentando acalmá-la.

— Eu tenho que voltar.

— Sei disso, meu anjo. — A tristeza surgiu, mas em seguida foi substituída por uma força que Melissa nunca tinha sentido nele. — Você voltará, e desta vez não irá sozinha. Ninguém mais brincará com o destino dos meus filhos.

Fim do livro I

Este livro foi composto na tipologia Goudy Oldstyle Std, em corpo 10,5/14, e impresso em papel off-white na Lis Gráfica.